NARRATORI DELLA FENICE

In copertina: illustrazione di Giancarlo Caligaris
Grafica: *the*World*of*DOT

Per essere informato sulle novità
del Gruppo editoriale Mauri Spagnol visita:
www.illibraio.it

ISBN 978-88-235-3359-2

Gruppo editoriale Mauri Spagnol
www.guanda.it

MARCO VICHI

IL RITORNO

UGO GUANDA EDITORE

a Fiammetta

Il male muore insieme alla sua azione, il bene splende per secoli.

REMARQUE

Il primo sogno dell'uomo è nato dalla paura suscitata in lui dalla donna.

PETER KIEN

Hai una bocca rossa, Maria.
E neanche un segno su?
Maria, come sei bella, come il peccato;
può essere così bello il peccato mortale?

Hai freddo, Maria? Però sei calda, tu.
Che labbra calde hai! calde, un respiro caldo,
da puttana!
Eppure rischierei l'Inferno pur di baciarle
ancora una volta!
Hai freddo?

Dal *Woyzeck* di GEORG BÜCHNER

Marzo 1993

Una lunga fila di figure nude, e in fondo, all'orizzonte, una parete bianca, e una porta. La fila si allunga ogni minuto, io sono sempre l'ultima. Ogni secondo che passa è un tempo interminabile. Aspetto, aspetto, in quell'attesa mi sento quasi invecchiare... Nel frattempo, una per volta o a gruppi, quelle figure umane spariscono oltre quella porta. Ecco, non c'è più nessuno in attesa. Dovrebbe toccare a me. Un uomo con il viso da saggio, vestito di bianco, mi chiede il nome.

« Maria... » rispondo. L'uomo si abbassa, mi guarda tra le gambe con una lente, osserva con interesse qualcosa che io non vedo, scuote il capo. Con un attrezzo prende alcune misure e le scrive sopra un foglio, poi con decisione comincia a tagliarmi dal corpo dei minuscoli brandelli di carne. Non sento male, ma cerco lo stesso di ribellarmi.

« Bisturi... » dice il chirurgo, e un attimo dopo il bisturi è nelle sue mani.

L'uomo saggio, che adesso ha il volto luminoso, grida così forte che non è possibile capire cosa sta dicendo, intanto continua a tagliare, i brandelli della mia carne sono via via più grandi. Non esce sangue, non mi posso muovere... Il cielo sopra di me invece si muove, è bianco, inondato di luce accecante, si abbassa su di me, adesso è azzurro e pieno di nuvole enormi... Tengo gli occhi chiusi ma vedo tutto, mi sembra di volare, ma mi accorgo di essere legata a un letto... Quattro volti coperti da stracci bianchi sono chinati sopra la mia pancia, hanno in mano forchette e coltelli e cominciano a tagliare, sono io il banchetto, vogliono mangiarmi... Qualcuno tira fuori una bottiglia di vino rosso, molto rosso, denso come il sangue... Quegli uomini fanno un brindisi e il vino cola sulle mie gambe, caldo e appiccicoso... All'improvviso i quattro si agitano, arriva altra gente... Si passano di mano qualcosa che hanno tagliato dal mio corpo, l'ultimo getta quel brandello di carne in un bidone di metallo...

«Svelti...» dice il chirurgo, e gli assistenti si danno da fare per passargli l'occorrente.

Non vedo più il cielo, adesso sono in piedi, ho un dolore forte in mezzo alle gambe... Sono ancora in fondo alla fila, che è di nuovo lunghissima, ma soltanto io sono nuda... La gente mi guarda male, le mamme coprono gli occhi ai bambini... L'uomo con il viso da saggio sbuca dalla porta e percorre tutta la fila al contrario, senza fermarsi a parlare con nessuno, e mi si avvicina, mi chiede come mi chiamo, eppure glielo avevo già detto.

«Maria...» ripeto. L'uomo mi sgrida come se fossi una bambina disobbediente, fa oscillare il suo lunghissimo indice davanti ai miei occhi, mi sussurra che non devo mentire, poi mi benedice tracciando in aria una croce, fa anche un altro gesto che non capisco... La folla si mette a gridare, a battere le mani... Mi prendono, mi sdraiano schiena a terra, mi tengono ferma, ma io non voglio muovermi... Qualcosa mi buca la pelle, decine di mani mi accarezzano, mi opprimono, tutti mi fanno i complimenti, mi chiedono il nome, mi parlano nelle orecchie, sono felici, ridono, solo io sto male, non capisco perché tanta allegria, cerco di liberarmi di tutte quelle mani, un odore di disinfettante mi entra nel naso, davanti a me vedo una parete di bruscoli neri in movimento, sagome bianche si muovono intorno, sto volando, sono leggera, un'altra fitta tra le gambe, la più forte, poi la pace, il silenzio...

*

Maria si sveglia in un letto non troppo pulito, un insetto scuro le cammina su un braccio, si alza di scatto, è notte, la luce nella stanza è accesa. Si è addormentata vestita. Si affaccia alla finestra aperta, l'insegna della pensione ha due lettere spente, due uomini litigano per la strada, si sentono le voci ma loro non si vedono, parlano una lingua che Maria non conosce, ma si capisce che uno accusa e l'altro si difende, almeno dal tono sembra così. Passa un camion, con un rumore di ferraglia, e lascia dietro di sé una nuvola di polvere. Maria chiude i vetri, si sdraia di nuovo sul letto. È passato più di un mese dall'intervento, è andato tutto bene. Era stata una sua amica a consigliarle di andare in Turchia per quella operazione. Le avevano detto che i chirurghi erano eccezionali, esperti e competenti, e poi l'operazione costava meno che nel resto del mondo... Anche se per lei, per Maria, era comunque una grossa somma. Ha speso quasi tutto. Doveva farlo...

A un tratto la maniglia si muove, qualcuno cerca di entrare nella stanza, lei grida, la maniglia si ferma e si sentono dei passi che corrono lungo il corridoio. Ma chi era? L'insetto va a sbattere contro i vetri, perde quota, poi vola di nuovo, fa un altro giro per la stanza e sbatte ancora sui vetri chiusi, continuerebbe così fino a morire. Maria si alza, apre la finestra, l'insetto esce dalla stanza credendo di uscire da una prigione, ma forse non c'è alcuna differenza. Lei si sdraia di nuovo sul letto, senza spogliarsi, e poco dopo riesce a prendere sonno. La mattina, quando si sveglia, trova la porta della camera aperta. Le hanno frugato nello zaino, ma non hanno rubato nulla. Cercavano soldi, ma quel poco che le è rimasto lo tiene nella tasca dei pantaloni, che non si è tolta. Le servono per tornare a casa, anche se una casa non ce l'ha più. Ma vuole tornare in Italia, a Firenze. Poi si vedrà. Tiene anche qualche banconota nelle mutande, per emergenza. In tutto sono pochi soldi, ma deve farseli bastare per il viaggio. Chissà se ce la farà. Non è piacevole sapere che qualcuno ha rovistato tra le tue cose, ma non è troppo arrabbiata. È successa una cosa che la rende felice, non può rovinare tutto per quella stupidaggine. Deve solo mettersi in viaggio e riuscire a tornare.

Si chiamava Mario, adesso si chiama Maria. Sta camminando per la strada, a Balikesir. Guarda il cielo chiaro, respira, sospira, ripensa a Mario... Si rivede dodicenne affacciata alla finestra della cucina, un tic antipatico che ogni secondo le muove la bocca e il naso, «perché fai quei versi brutti?» le chiedono a scuola. Se ci ripensa le viene da piangere. Ma si costringe a sorridere. Adesso può sorridere, no? Potrebbe anche rispondere a quella domanda... *Faccio così perché sono confusa, e quel gesto mi serve a rimettere a posto il mondo intorno a me, a ripartire da zero...* Ma allora non poteva rispondere, non lo sapeva, non aveva le parole per farlo...

Entra in una specie di bar, uno schifo di bar, chiede a gesti dov'è il bagno, l'uomo dice qualcosa in turco, asciugando una tazza, le fa capire che se non beve qualcosa niente bagno, e intanto il suo sguardo corre su e giù sul corpo di Maria. Lei ordina un tè, lo paga e lo beve in fretta, adesso ha il passaporto per andare in bagno. Chiede di nuovo a gesti dov'è, guarda l'uomo aspettando indicazioni. Dalla mano dell'uomo sbuca fuori un indice tozzo, lo punta verso sinistra e dice qualcosa, che dovrebbe essere «là in fondo».

«Thank you» dice Maria, e si avvia verso il bagno. Due porte senza maniglia, men, women. L'abitudine la trattiene per un istante, poi sorride del proprio segreto e spinge la seconda porta, women. Devo farci attenzione, pensa. È in piedi di fronte al cesso alla turca, un buco in terra incrostato oltre ogni fantasia... Ma che importa? Non può aspettare. Scuote il capo e si volta, si alza la gonna, si accuccia, sente un brivido freddo alle ginocchia, socchiude gli occhi, si sente bambina, una bambina nuova... Appeso al muro c'è uno specchio, si guarda... è bionda, è bella, ha due grandi occhi verdi pieni di malinconia. Si passa una mano sulla guancia, si alza di nuovo la gonna. Si piace, adesso, è una femmina, una vera donna. Mario se n'è andato per sempre, non verrà più a disturbarla... *Addio Mario, in fin dei conti la tua morte un po' mi spaventa, ma non si poteva più aspettare. Ora ti voglio bene, Mario, ora che non ci sei più. La tua morte è la mia libertà. Non ti dimenticherò proprio perché non tornerai... Non puoi tornare, sei seppellito dentro di me, hai la tua tomba nella parte più profonda della mia anima, soltanto io lo so... Mi hai fatto soffrire, Mario, ti ho odiato, ma adesso posso volerti bene...*

Maria sogna, parla con se stessa, dialoghi mentali e invisibili che non racconterà mai a nessuno. Lascia andare la gonna sopra le gambe. Annusa il profumo che sale dai vestiti, dalla sua pelle... Il tanfo del bagno è sconfitto, quasi non si sente. Un ultimo sguardo alla bionda Maria, ai suoi occhi verdi... Sente un fruscio, nella fessura della porta vede un occhio che la sta spiando, un occhio maschile, nero e attento, fisso come quello di un cadavere... Che porco, pensa, ma intanto sorride. È solo un uomo che guarda una donna. Chi se ne importa.

Quella sera il babbo tornò a casa cantando. Puzzava, aveva bevuto più del solito. Cantava ma aveva gli occhi delusi, sembrava molto triste. La mamma se n'era andata via da più di sette anni... Il babbo di colpo smise di cantare, prese per mano il suo figlioletto di dodici anni e lo portò nel bagno, si sedette sulla tavoletta del water, «fatti vedere», mise il bambino sotto la luce e gli passò un dito sul labbro superiore, da un po' di tempo lo faceva sempre più spesso, osservava, pensava, poi faceva oscillare il capo senza dire nulla... Quella sera cercò con più attenzione, «ecco sì, vedo qualcosa», una peluria che si notava solo controluce... ancora qualche anno e sarebbero spuntati i baffi, giusto?, non poteva che essere così, giusto?, si mordeva le labbra... di certo Mario stava crescendo, stava diventando un ometto, però ci stava mettendo un po' troppo, il viso sembrava quello di una bambina, ma queste cose potevano succedere... «Non preoccuparti, Mariolino, le donne vanno pazze per i tipi come te, con il viso dolce e lo spirito maschio», il babbo sorrise, e Mario vide ancora meglio quanto era triste, ma non capiva come mai... andarono a cena, e il babbo non parlò quasi... qualche mese prima, a Carnevale, aveva comprato per Mario un bel paio di baffi finti, neri neri, e glieli aveva appiccicati sotto il naso, «Guarda come ti stanno bene...», aveva preso quel figlio maschio per una spalla e gli aveva dato uno scossone amichevole, «vai a guardarti» aveva detto... Mario era andato a guardarsi allo specchio, aveva visto una bambina con i baffi, una bambina con gli occhi arrossati di angoscia... Mario non trovava le parole per dirlo, ma qualcosa non andava, lo intuiva, lo sapeva, e prima o poi sarebbe successo il finimondo... sentiva arrivare la tempesta, come un animale del bosco.

Erano in quattro, ubriachi, ma soprattutto erano stronzi, vigliacchi... Una bella ragazza bionda con l'uccello, era questo a eccitarli. Facevano i duri, i maschi, ma sapevano che in quella zona non c'erano le prostitute, erano eccitati per l'ambiguità del tuo corpo... Te li ricordi bene, ragazzi pieni di soldi, la barba trascurata, i capelli lucidi di gelatina, l'orecchino, abiti firmati... A prenderti a quel distributore sul viale venne uno da solo, con una lunga Mercedes. Ti pagò, ti portò in una strada buia in cima alle colline, dove ci sono le ville dei ricchi, poi sbucarono fuori gli altri tre, a forza di spintoni ti buttarono dentro un garage, ti stesero a pancia in giù sopra un tavolo, «Fai la brava... o devo dire fai il bravo?», ridevano, ma in un angolo era appoggiata una mazza da baseball... Cercasti di liberarti, «Non ti agitare... ti abbiamo pagato, no? », tre di loro ti tenevano ferma, schiacciata sopra il tavolo, il quarto faceva l'uomo... Ti scoparono a turno, un po' meravigliati dalla tua voglia di scappare... Lo fai di mestiere, no? Uno più uno meno cosa te ne frega? Non fa parte del gioco? Tu non gridasti nemmeno, ricacciasti il pianto in gola... Finalmente arrivarono in fondo... Erano fiacchi, quasi tristi, come se adesso fossero incerti sulla « qualità » della loro impresa. Ridacchiavano, ti prendevano in giro, buttarono sul tavolo altri soldi, ti suggerirono con arroganza di non fare nessuna denuncia, sennò ti avrebbero dato una lezione... Mentre tu, bellissima, ti rimettevi a posto la gonna, ti infilavi le scarpe, ti sistemavi i capelli, provavi per loro una gran pena, ma li odiavi...

« Un'impresa magnifica » mormorasti con una smorfia, guardando il cucciolo del gruppo. Era il più giovane, aveva lo sguardo meno stupido, forse poteva avere un guizzo di coscienza e salvarsi. Sembrava tormentato da un pensiero. Ti avvicinasti a lui, sorridendo e fissandolo dritto negli occhi.

« Ti senti un vero uomo? » Avvicinasti la mano per fargli una carezza, lui si scansò, quasi spaventato. Non capiva quella carezza.

« Andiamo » disse quello che si atteggiava a capobanda. Ti fecero salire in macchina, ti riportarono al tuo distributore, lungo il viale... Tu scendesti, e prima che ripartissero li guardasti bene bene negli occhi...

« Benvenuti nel mondo dell'AIDS » sussurrasti, e ti venne addirittura da sorridere... Li vedesti sbiancare, impauriti, e ti fece un gran piacere.

« Non dire cazzate, troia... »

« Come abbiamo fatto a non pensarci... » disse un altro.

« Dai che non è vero, lo avrebbe detto prima. »

« Magari lo ha fatto apposta... »

« Maledetta puttana! » Il più cattivo scese dalla macchina, i pugni chiusi. Tu avevi già in mano una siringa usata, di quelle che tenevi in borsa per difenderti, anche se prima non avevi fatto in tempo a prenderla...

«Ne vuoi un altro po'? Vieni... ho una bella siringa usata...» dicesti. Il ragazzo si bloccò. Gli altri erano rimasti in macchina.

«Dai, io non ci credo, non è malata» disse uno di loro.

«Questa stronza vuole solo farci paura» disse un altro.

«È vero o no?» chiese il più cattivo. Intanto, con tutta calma, si stavano avvicinando dei tuoi amici, dei travestiti alti e grossi, che quando ci voleva sapevano picchiare forte, da uomini. Con la coda dell'occhio li vedevi avanzare con le loro eleganti pellicce, e ti sentivi più tranquilla.

«Te ne accorgerai tra un anno se è vero, tesoro mio» dicesti, e il tuo sorriso era crudele.

«Fanculo!»

«C'est la vie, les gars...»

«Fanculo, puttana!»

«Addio stronzi, fatevi seppellire lontani da me.» I travestiti adesso erano vicini, dalle borsette sbucarono fuori catene e pugni di ferro.

«Qualche problema, tesoro?» disse Ottavia.

«Sarei contenta se questi quattro froci se ne andassero.»

«Finocchio sarai te!» disse il più cattivo, il più penoso. Renata avanzava tranquilla sui tacchi a spillo.

«Avete sentito? Toglietevi dai coglioni» disse con un tono gentile e le dita già infilate nel pugno di ferro. I tre in macchina chiusero i finestrini.

«Dai, andiamo via! Lasciali perdere!» gridavano all'altro, che era ancora fuori dalla macchina. Tu adesso ti stavi davvero divertendo.

«Siete froci, ditelo alle vostre fidanzatine!»

«Sali, cazzo! Andiamo via!» Il quarto non voleva far vedere di avere paura, ma quando Ottavia si avvicinò e fece BUUU!, saltò come una molla e andò a chiudersi in macchina, mise in moto e la Mercedes partì sgommando.

«Che è successo, bambolina?» chiese Ottavia. Ti chiamavano bambolina perché eri bella, non alta come loro, avevi i fianchi da donna, un viso da modella, lo sguardo da femmina... anche se in mezzo alle gambe avevi quel cosino.

«Non importa, è già dimenticato. Grazie di essere venute...»

Quei quattro imbecilli avrebbero girato per gli ospedali per un sacco di tempo, un'analisi dietro l'altra, anche se lei aveva mentito, non aveva nessuna malattia.

«Troia... Stronza... Puttana...» Quei ragazzotti idioti si erano rivolti a te al femminile, questa era l'unica cosa da salvare, di quella serata. E in effetti eri bella, bellissima, eri una donna, a parte quel piccolo dettaglio.

Adesso basta con i brutti ricordi. È notte. Maria è nella sua stanza, in quella pensione che costa poco. Si guarda nello specchio, da quando si è operata le piace molto guardarsi allo specchio. Non è per vanità. Il viso è sempre il suo, ma è diverso, da quando l'intruso è stato asportato le sembra più bello. È il suo segreto, si tocca, si guarda ancora. Una bella ragazza. Prova un senso di freschezza, l'ebbrezza della novità, del futuro che si stende davanti a lei come un tappeto, ma si sente anche impaurita... *Devo tornare in Italia, poi si vedrà, sono giovane, farò la modella, magari diventerò famosa, sono bella, non voglio più battere i tacchi sui viali davanti a quel distributore, basta con i porci che pagano, che credono di poter pagare tutto...* Se potesse riempirebbe di soldi le sue amiche, per farle smettere di lavorare sui viali, sarebbe bello... Un borgo in campagna per abitarci con tutte le sue amiche ferite dalla vita, un meraviglioso pollaio di esseri umani esclusi e luminosi, uniti dall'amicizia... Mai più sulla strada, a fare sempre finta di essere allegre, pronte a diventare il piacere di chiunque, un piacere oscuro, a volte imbarazzante, mentre dentro cresce la noia e un senso di angoscia rimandato di continuo... Qualche tua collega diceva a volte che quel lavoro non l'avrebbe cambiato con nessun altro, ma sono balle. Si dice così per tirare avanti, altrimenti ci si spara un colpo. Poi magari ci si fa l'abitudine, ci si affeziona a quello schifo di vita, ci si rassegna. Almeno per Maria è così. Lei lo sapeva, lo ha sempre saputo che quella vita non le piaceva, ma cercava di non pensarci. Sul viale non ti metti a pensare, è quasi pericoloso. È come essere chiusi in una gabbia, se tocchi le sbarre non puoi ignorarle, allora è meglio chiudere gli occhi per non vederle... Ferma, non muoverti, immagina di essere libera, nessuno ti tiene prigioniera, non c'è nessuna sbarra... Tutti ti amano per quello che sei, nessuno ti giudica... Immagina un mondo dove nessuno ha bisogno di andare contro gli altri, dove ci sia spazio per ogni varietà umana... Dio mio, è così semplice da sembrare assurdo, un mondo dove la differenza crea solo curiosità, interesse, voglia di conoscersi meglio, di capirsi... Un mondo dove l'amore è una cosa normale, non un'eccezione... Quel mondo appare dietro i tuoi occhi chiusi, nella tua mente, si sviluppa come una città lungo un grande fiume... mercati, case, palazzi, quartieri, strade dove puoi muoverti senza guardarti alle spalle, senza sentire in bocca il sapore della malignità, dove il più solo ha cento amici, dove nessuno è meglio di un altro, dove nessuno mi dice cosa devo essere e cosa devo fare... Il suono di un clacson e tutto scompare, un altro bagliore della memoria... ti trovi davanti una faccia imbarazzata, quasi impaurita, un uomo che ti guarda con avidità, vinto da chissà quale peccato... non è allegro, e il suo non è solo desiderio, non viene per divertirsi, è come malato, ha una macchina che non finisce più, guadagna un sacco di soldi, quasi tutti meritati, per carità, non stiamo a sottilizzare, la moglie l'ha lasciata a casa o a teatro, sua figlia domani deve alzarsi presto, frequenta l'ultimo anno di liceo classico, una figlia per cui darebbe tutto, o quasi, la famiglia è a posto, il lavoro è a posto, tutto è a posto, è molto ricco, ha un'azienda che macina soldi, ha un sacco di dipendenti, può comandare, lui sopra, gli altri sotto, ma ora è solo, ti vuole, crede di aver bisogno di te, però è ancora indeciso, il sangue non gli dà tregua, si vergogna, finora è andato solo con le puttane, perché ora è qui?, ti avvicini, gli fai un sorriso, la voce sexy, « cinquanta, cocco », lui ha uno scatto del collo, si ritrae nel buio, sorride, se sul lavoro qualcuno si permettesse di trattarlo così... ma qui è un'altra cosa, qui nessuno lo vede, qui i patti sono chiari, pochi minuti, poi ognuno torna alla sua vita... Forza, che aspetti? Ti si legge in faccia quello che vuoi, « allora, cocco? », lui parte di scatto con la macchina, rosso in viso, e se qualcuno mi riconosce? se qualcuno mi vede qui?, scuote il capo, respira, all'incrocio sta per tirare dritto, poi si morde un labbro, gira a destra, dopo un po' te lo ritrovi davanti, sono in molti a fare così, alcuni per tre o quattro volte... Tu sei bella, sei una donna, a parte quel gingillo... e poi non importa, quel « coso » non si vedrà... Lui si è arreso, fa di nuovo scendere il vetro, una sgassata bizzosa, ti fa cenno di salire, ma sembra quasi offeso, come se ti rimproverasse qualcosa, il tumulto che sta vivendo lo attribuisce a te, eppure è dentro di lui... Ti mette in mano un biglietto da centomila, si fa vedere generoso, vuole garantirsi l'affetto per qualche minuto, è abituato a pagare, e anche ora paga, è più sbrigativo... si sente molto solo, non sa nemmeno il perché, ma adesso ha un desiderio nuovo, così, per curiosità, si sente triste, tu metti le centomila nella borsetta e gli fai una carezza, « andiamo » dici, gli spieghi dove deve voltare, dove deve fermarsi, ecco, ha spento la macchina, ansima, tu lo guardi, provi addirittura un po' di tenerezza, dai, comincia... non vedi com'è ridotto?, con la bocca sei brava, e lui è tanto solo, è venuto da te per trovare qualcosa che non ha mai avuto, ma non soltanto il piacere, si tratta di qualcos'altro, chi può saperlo, gli apri i pantaloni, gli dai un preservativo, lui ti guarda un po' strano, « mettiti questo » gli dici... Cosa si aspettava? Di fare tutto senza protezione? Lui alla fine obbedisce, si mette quel coso, sorride, ma è cupo, non si diverte...

Mentre lavori con la bocca lui si lascia andare, ti chiama puttana, e dice altre cose che hai sentito un sacco di volte, non ci fai nemmeno caso, continui a lavorare, con quel sapore di lattice in bocca, lui ti prende per i capelli, spinge, tira, ti fa quasi male, perde il controllo, lo lasci fare perché ti fa un po' pena, e poi ne hai passate di peggio, a volte hai dovuto difenderti con le unghie, questo è nulla, fa parte del lavoro... lui respira forte, prova molto piacere, ma allora perché non sta bene?, lo senti che non sta bene... Mugola, viene, ma non sta bene, non sta per niente bene... Tu hai finito, ti rimetti seduta, accendi una sigaretta, lui ha gli occhi chiusi, piano piano si riprende, si toglie il preservativo e lo butta fuori dal finestrino, si pulisce con un fazzoletto... No, non sta bene, è più cupo di prima, fa un sorriso sgraziato, vorrebbe che tu sparissi, ha mille diavoli nella coscienza, uno in particolare ha la faccia di sua madre, accende anche lui una sigaretta, tira fuori un altro foglio da centomila e te lo dà senza guardarti, tu lo prendi e lo metti nella borsetta, ripensi a quando ti ha afferrato per i capelli, ma non ti senti offesa, non eri tu a fare quella cosa, non erano i tuoi capelli a essere afferrati, tu eri altrove, sei sempre altrove quando lavori, sennò moriresti... lui mette in moto e ti riaccompagna al distributore, non dirà a nessuno di essere stato con un transessuale, anche se sembra proprio una donna, una donna bellissima... se ne va con il muso lungo, a lui piacciono le donne, solo le donne, nessuno deve sapere che ha fatto certe cose con... Sembra una donna, ma non è una donna... non capisce davvero come ha fatto, è assurdo, non ci vuole pensare... Domani deve andare a parlare con i professori della figlia, che lo temono... C'è una professoressa niente male, giovane, insegna latino, di fronte a quella signorina lui è un signore da rispettare, un uomo importante... Gli occhi della professoressa sono verdi, proprio come gli occhi di quel trans... Perché ci pensa ancora?, basta, in fondo quella donna era un uomo, si deve dimenticare di quella serata, sua moglie lo sta aspettando a casa, magari ha voglia di fare un po' di sesso, oppure vuole parlare della loro figlia, « da qualche tempo non studia più, che succede? sarà innamorata? avrà un ragazzo? speriamo che non sia un delinquente... sai cos'è successo alla figlia dei Manrico, Dio mio... », lui sgrana gli occhi, « cosa? un ragazzo? », ma non segue bene il discorso, è distratto... Una settimana dopo andrà di nuovo sui viali, ma non cercherà te, sceglierà una vera donna, una femmina che però nella borsetta ha un fallo di gomma, un attrezzo ormai assai richiesto, e si metterà a quattro zampe, si farà trattare male, tanto lei è una donna, e lui sta facendo queste cose con una donna... Quando la riaccompagnerà al distributore, prima che quella bella puttana esca dalla macchina, le dirà: « Sia ben chiaro, io non sono finocchio », e lei scenderà sorridendo: « Ma certo... » dirà, e lui sentirà il viso in fiamme...

In Turchia, in una clinica privata di Balikesir, a trecento chilometri da Istanbul, si è finalmente operata... ha quasi finito i soldi, ma è troppo contenta per essere preoccupata... Prima aveva un insulso e minuscolo pendaglio, una sorta di strano attributo maschile non troppo capace di « erigersi » maschilmente... Ci aveva pensato il bisturi a rimettere le cose a posto. Adesso in mezzo alle gambe aveva un bel taglio verticale, di quelli che fanno ammattire gli uomini, un taglio magnifico, una ferita aperta dalla quale è uscito il veleno che si portava dentro da sempre... una vagina del tutto uguale a quella che fa girare il mondo, almeno all'esterno... il suo seno invece era rimasto lo stesso, non aveva voluto cambiarlo, un piccolo seno da tredicenne che le aveva donato madre Natura, la sua vera e unica madre... una madre indecisa, poco precisa, o forse fantasiosa... Maria era nata con un corpo da femmina, niente peli, mani e piedi piccoli, fianchi larghi, un collo lungo e liscio, a sedici anni un seno da adolescente, e tra le gambe invece... La sua anima però era sempre stata quella di una femmina, fin da quando era piccola... Appena nasci ti guardano tra le gambe e pensano di aver capito tutto, « c'è il pendaglio, è maschio », eh no, aspettate a dirlo, se invece di Mario è nata Maria?, un bel casino... Poi viene il momento in cui bisogna rimettere le cose a posto, e così aveva fatto lei... nel suo corpo c'era un po' di confusione, adesso non più, l'anima adesso ha trovato pace, giustizia è fatta, adesso si chiama Maria, deve solo farsi cambiare il nome sui documenti, in fondo si può dire che Maria è diventata Maria...

A chi batte il marciapiede capita di incontrare tipi assai strani. In certe occasioni l'uomo si rivela più che in ogni altra situazione. Alcuni ti facevano paura, allegri e simpatici mentre guidavano, gentili, quasi corteggiatori, poi spegnevano il motore e cambiavano faccia, ti prendevano la mano e se la mettevano tra le gambe, gli occhi cattivi, dicevano le solite cose oscene, ti prendevano il capo come fosse una palla, lo spingevano con forza verso il tuo dovere, ti entravano dentro la bocca come se tu fossi un fantoccio, meno male che a dividere il tuo mondo dal loro c'era almeno la muraglia del preservativo, senza quella non ce l'avresti fatta, e poi ti pagavano bene... alcuni esageravano, e se gli piantavi le unghie in una coscia si eccitavano ancora di più, sempre di più, di più, di più... il tuo dovere, i loro diritti, il tuo mestiere, i loro soldi, di più, di più... Poi venivano, si svuotavano, e si ritrovavano fiacchi, increduli, con lo sguardo idiota, tu li fissavi in silenzio, guardavi i loro occhi acquosi, la bestia domata, ti facevano schifo ma sorridevi, anche sorridere faceva parte della commedia, era compreso nel prezzo... Loro si aggiustavano la cravatta, accendevano una sigaretta, mettevano in moto, si atteggiavano a conquistatori, ma erano afflosciati, ti riportavano al distributore, ti salutavano, e per te ricominciava l'attesa... Di là dal viale palazzi inespugnabili come castelli, più lontano, sulle colline, ville indifferenti circondate da giardini oscuri, famiglie serene, famiglie infelici, famiglie in guerra... Qualche nottambulo sbatte l'ultima persiana, la notte è ancora lunga, fumare e guardare, guardare e aspettare, ogni tanto scendevi dalla pedana del distributore e andavi a fare due chiacchiere con le tue compagne di lavoro, uomini truccati da donna, che di giorno erano maschi... Ti invidiano, ma ti vogliono bene, senza trucco sei più donna di loro, sei una donna vera, e se non fosse per quel cavolo di aggeggio appeso là sotto... Loro sono costrette ad ancheggiare, imitano le donne, cercano di essere più femminili delle femmine, tu invece te ne stai appoggiata alla colonna della benzina con una minigonna, e nello sguardo dei maschi vedi l'ammirazione... C'è chi te lo chiede, ma sei un uomo o una donna? A volte hai pensato che potresti anche prostituirti insieme alle donne, offrendo solo lavori con la bocca, come fai sempre... ma poi ti sei detta che sarebbe troppo complicato, che preferisci lasciare le cose come stanno...

La mattina presto, prima di lasciare la stanza, Maria conta i soldi che le sono rimasti. Centottantasettemila lire. L'aereo se lo può scordare. All'ospedale ha speso più di quello che immaginava, ma va bene, quello che ha fatto non ha prezzo. Sta pensando di tornare a Istanbul con il treno e il traghetto, come ha fatto all'andata, e poi magari troverà il modo di salire sopra una nave che la porti in Italia. Però sta bene, si sente un po' strana ma sta bene. Qualcosa di simile alla contentezza, ma non solo... Vabbe', chi se ne importa di capire cosa sia. Per quello ci sarà tempo. Ora deve pensare a come tornare in Italia. Esce, paga la stanza, va a sedersi in un bar e ordina una grande tazza di caffè. All'andata era piena di soldi, aveva preso un volo per Istanbul, poi il traghetto fino a Bandirma e un biglietto di prima classe per Balikesir. Aveva speso una bella somma per diventare anche fisicamente quello che in fondo era sempre stata, una donna. Si era tenuta un po' di soldi per tornare a casa, senza stare troppo a fare i conti. Per farsi l'operazione aveva dovuto vendere anche una casa, o meglio un seminterrato che affittava agli studenti poveri. L'aveva ereditato da una lontana parente zitella che aveva visto solo da morta, distesa nella bara, con il viso ruvido come un cavolfiore. Adesso non aveva più nemmeno quelle due stanzette a San Frediano. Di soldi ne aveva guadagnati molti, lavorando per anni sui viali, ma ne aveva anche spesi molti. Una stanza in affitto in centro, bei vestiti, qualche gioiello, un po' di droghe da fumare... Poi era arrivata lei, mamma eroina, che lentamente aveva spazzato via ogni altra cosa, anche i romanzi, che ti erano sempre piaciuti, che ti portavano altrove, che avevi continuato a leggere anche mentre battevi sui viali... fino a che non era rimasto spazio per nessun'altra cosa. Il tempo tra un buco e l'altro era solo attesa... Non vedevi l'ora di infilarti l'ago nel braccio... osservare la nuvoletta di sangue che entrava nella siringa, spingere lo stantuffo, sentire il liquido tiepido che saliva lungo la vena, la dolce ondata che diffondeva il piacere in tutto il corpo e anche nello spirito... Dopo qualche settimana avevi cominciato a pensare: come diavolo si fa a vivere senza l'orgasmo di mamma eroina? Ci mescolavi spesso anche la coca, e all'orgasmo si aggiungeva un'esplosione della mente e del corpo e un'azzurra lucidità del pensiero... Cosa poteva esserci di meglio? Alla faccia di tutti quelli che si spaccavano in quattro dalla mattina alla sera per vivere in modo squallido, misurando piaceri e vizi, invidiando e bestemmiando, senza mai un gesto di coraggio... Così pensavi, però avevi quasi smesso di mangiare, eri diventata pelle e ossa, ogni tanto vomitavi sangue... Maledetti spacciatori, chissà che merda ci mettevano dentro, il fegato andava in pezzi. Erano bastati solo pochi mesi. Pelle e ossa, lo sguardo spento. Gli uomini non ti guardavano più, e questo non potevi sopportarlo. Dopo un'infanzia e un'adolescenza infernali, essere ammirata era la tua unica difesa. Senza contare che magra com'eri lavoravi sempre meno. Chi poteva desiderare e pagare una ragazza scheletrita che si reggeva l'anima coi denti? Una mattina ti svegliasti pensando a quando t'innamoravi, e a tutti quelli che s'innamoravano di te. Ti mettesti nuda davanti allo specchio, ti mettesti a piangere, e dicesti «ora basta». Ti chiudesti in casa, decisa a smettere.

Il treno puzza di sudore, non fa caldo, nessuno suda, ma l'aria è impregnata ugualmente di quel puzzo di sudore, rancido sudore vecchio rimasto negli anni, gli scomparti sono quasi vuoti, una donna con cinque bambini dorme seduta, le mosche entrano e escono dal suo naso... pensi a tuo padre, quando era ubriaco schiacciava le mosche con il giornale, e le contava, a voce alta, a volte arrivava fino a cento, e rideva, i pavimenti erano pieni di mosche morte, toccava a te spazzarle, ti faceva schifo, ma dovevi, il manico della scopa era più alto di te... pomeriggio di domenica, hai nove anni, il pranzo è stato abbondante e cattivo come sempre, tuo padre va in camera sua per dormire, ti vuole con sé nel letto, devi dormire con lui, che vuol dire non vuoi, vieni qua, fa bene dormire dopo pranzo, vieni a fare il riposino, non farmi incazzare, dopo spazzerai le mosche, un uomo deve saper fare tutto... ti sdrai accanto al babbo, trattieni il respiro, appena lui si addormenta e russa, tu scendi dal letto piano piano, per paura che ti scopra, ti metti a spazzare le mosche, pensi alla mamma, lei non c'è più, ricordi vagamente lei e il babbo che parlano, forse avevi quattro anni, il babbo disse che saresti diventata come lui, un uomo grosso e forte, «vero, Elvira?», la mamma annuì, cercando di sorridere, ma forse aveva già capito tutto... hai ripensato spesso a quei momenti, a volte con il nodo alla gola, altre volte con sollievo, non capisci come mai... mentre il babbo russa sali sulla sedia, guardi fuori dalla finestra, inventi un mondo tutto nuovo, sei ancora capace di immaginare, ma senti dentro qualcosa che prima non c'era, è come quando hai mangiato troppo, un peso che non capisci, per un attimo il mondo diventa grigio, il cielo è nero e basso, ti fa paura, ti senti minacciata, brutte facce ti guardano dall'alto, il peso che hai dentro aumenta, il sole è coperto da uno strato di nuvole sporche, una bambina passa lì davanti, sul marciapiede, corre, inciampa, cade in una pozza d'acqua, « Maria! Dio santo! », la mamma la solleva con violenza, tirandola per un braccio, la scuote, « ti avevo detto di non correre », poi per punizione la ributta nella pozza, ignora lo strillo acuto della bambina, se ne va più avanti, continua a parlare con l'amica, la bambina si alza, il viso colpevole, è tutta colpa mia! è tutta colpa mia!, piange, vuole il perdono, corre dietro alla mamma, e tu guardi dalla finestra, non sai cos'è quel peso che ti blocca il respiro, intorno è tutto nero, hai paura che ogni cosa rimanga così per sempre, per sempre... « Maria » continui a ripetere sottovoce... « Maria »...

La prima notte senza mamma eroina la passasti sudando, scalciando nel letto, la smania nelle gambe, la schiena irrigidita, le ossa rotte, i brividi di freddo perfino dentro il cranio, e un'angoscia che non avevi mai provato, inimmaginabile... Quando eri troppo stanca per tremare ti fermavi un attimo, provavi a guardare avanti, il futuro, e trovavi una parete nera, il mondo era inutile, morto, non valeva la pena fare niente, nulla serviva a nulla... non ce la faccio, non ci riesco... Ti alzavi e camminavi per la casa... Vivere è da idioti, ma morire non voglio, devo resistere, il mondo non può essere morto, in mezzo a quel nero qualcosa deve essere rimasto, sono io che non lo vedo... L'odore della tua pelle era così forte che ti dava il voltastomaco, e l'odore dell'acqua, dei lenzuoli, del muro, del legno... odori netti, acuminati, che ti si infilavano nel naso come chiodi... Dopo tutto quel tempo sentivi di nuovo l'aria entrarti nella gola, nei polmoni... e dolore dappertutto, anche solo stringere il pugno o respirare era qualcosa di nuovo e di strano... Qualche ora fa, quella mattina, hai sperato di riuscire a oltrepassare il filo spinato e di salvarti, ma quando sei arrivata a sera, dopo una guerra contro dieci cani rabbiosi, hai pensato che non ce la puoi fare, hai perso, devi tornare indietro in quell'Inferno che sa offrirti il Paradiso, hai perso... Ti sei vestita da uomo, le donne che vanno da sole a comprare la roba vengono picchiate e derubate... Ti sei messa i pantaloni, gli occhiali scuri, ti sei legata i capelli, sei andata fuori con le ultime cinquantamila lire, hai girato un'ora, poi hai trovato un tipo, hai parlato sottovoce fingendo di essere un maschio, lui ti ha portato dentro un portone, era strafatto, e puzzava, nel buio vedevi brillare i suoi occhi chiari, spillati, si grattava il naso di continuo, era strafatto di roba buona, sentivi il suo respiro lento, la sua voce rauca, « vacci piano, questa roba spacca il culo! », quel bastardo ti bucava il dorso della mano con il coltellino, senti qua com'è appuntito, non provare a fregarmi, tanto ti ritrovo, sembrava preoccupato, ti vedeva stravolta per l'astinenza, cercava di distrarti, ti ha anche detto « cazzo, non fartela tutta insieme! », invece sei corsa a casa e hai buttato tutto nel cucchiaio, hai visto subito che galleggiava, non si scioglieva, hai messo ancora limone, ma non si scioglieva, non volevi crederci, ti sei morsa le labbra... questa roba spacca il culo! come no! Quello stronzo ti ha rifilato un pacco, altro che!, ti ha dato una busta di pasticche tritate, di gesso, di muro grattato, di chissà quale merda, hai piantato la siringa nell'armadio, hai pianto, avvilita, umiliata... che cogliona! come ho fatto a non capire... stavi troppo male, non te ne sei accorta... poi ti è venuta la rabbia, ti saliva da dentro, vaffanculo! stronzo!, rivedevi quel bastardo dietro il portone, immaginavi il calore che aveva nel sangue, e tu avevi freddo... il gelo... Stronzo!, ti aveva fregato... ma ora tu fregavi lui... bastardo!, rimani pure nella merda, drogato del cazzo! io me ne vado! un paio di giorni e poi parto! sono una donna! una bella ragazza che ti faccio sbavare! vedrai come sarò bella! ti passerò davanti e non ti riconoscerò nemmeno! dai, stronzo! resta qui a farti le pere! tutte le mattine all'ospedale, le fiale di morfina, cinque insieme in una siringa, gli spilli nelle tempie, poi si comincia, tutto il giorno in giro, vendere comprare rubare, il naso che cola, le stesse facce, le stesse parole, la paura, la polizia, non ho più vene, guarda che piste, devo farmi nel collo, l'amico che ti frega i soldi, ho trovato il tipo giusto, la spada raccattata da terra, i fuorivena, le bestemmie... poi finalmente ti pianti la spada nel braccio... gli occhi chiusi, le gambe molli, il mondo che va a farsi fottere, ma solo per tre ore, se sei fortunato per sei, poi si ricomincia! dai stronzo! divertiti ancora! tra poco io sarò lontana! andrò laggiù, vedrai come sarò bella! ora sto male, stronzo maledetto! ma tra un paio di giorni... E intanto sudi, scalci, batti i denti dal freddo, dall'angoscia, un collasso, credevi di morire, il cuore soffiava, perdeva colpi, andava al minimo, il capo all'indietro, tutto diventava nero, poi un quadrato di luce giallastra sopra il muro, è il cuore che si ferma, è la fine... o forse no, è la luce del lampione, entra dai vetri aperti, è quasi primavera, i rumori fuori dalla finestra, il freddo che ti circola dentro, nel sangue... ma non sei morta, sei tornata, sei di nuovo qui, tutto è come prima, non riesci a immaginare come possa finire, continuerà così per sempre, non smetterà mai, forse è meglio morire, meglio chiudere gli occhi e andarsene... Ma resistevi, stavi per minuti interi a guardare il soffitto, ipnotizzata, immaginavi la vendetta, vedevi la faccia di quel ragazzo, i suoi occhi chiari spillati... credi di avermi fregata, figlio di puttana... invece ti dico grazie... se non mi vendevi quello schifo non ce la facevo a smettere! mi viene anche da ridere... non vedi che rido?... vedrai come sarò bella! vedrai, vedrai...

Maria passò la settimana più brutta della sua vita, senza dormire, scalciando nel letto, svenendo, vomitando bile, con l'intestino a pezzi... Vivere non aveva alcun senso, ogni pensiero era nero, la speranza di farcela era un'assurdità. Eppure ce l'aveva fatta, ci era riuscita pensando all'operazione, alla vagina che avrebbe avuto, alla bellezza che stava buttando via... Sono una donna, si ripeteva, voglio innamorarmi, voglio sentirmi abbracciare, voglio essere attraversata guardando il mio uomo negli occhi... voglio... voglio... voglio un treno che mi porti lontano, voglio dormire, voglio sentire il battito del cuore nelle orecchie, colpo dopo colpo, fino alla resurrezione, voglio non avere domande, voglio sentire che la vita è sogno, voglio sognare oltre il limite della notte, uscire per sempre dall'oscurità, dissolvermi come fumo nell'aria, come coscienza nel sogno... Maria è sopra un treno e sta sognando, o forse tiene gli occhi chiusi e cerca di sognare, sta viaggiando verso Bandirma... Alla stazione, prima di partire, ha sentito gli sguardi addosso, degli uomini ma anche delle donne. Una sensazione bellissima. Ma non era vanità, era voglia di vivere... Lasciare indietro il passato e allargare le braccia per accogliere ogni scoperta.

Quaranta chili di ossa dentro un letto, ormai quando andavi all'ospedale a trovarlo ti salutavano tutti, le ultime settimane ci andavi ogni giorno, Mina quando ti vedeva s'illuminava per quanto poteva, gli lavavi la faccia, lo facevi bere e mangiare, ma lui quasi sempre vomitava tutto... Maria, Maria... Non dirmi che guarirò... Se menti mi sembrerai lontana, Maria, non mentire... Mina, io ti ricorderò, lo sai... Gli leggevi dei libri, qualunque cosa, lui chiudeva gli occhi e ti ascoltava, ogni giorno era peggio, parlava a stento, diceva poche frasi, a quelle parole affidava l'ultimo residuo di vita e di coscienza, erano parole semplici e leggere come il volo di una farfalla e pesanti come montagne, in un solo respiro doveva esserci tutto, perdonava chi lo aveva infettato, lo conosceva e voleva essere seppellito accanto a lui, morto già da tempo, e sperava di essere perdonato da chi aveva infettato, ti chiedeva scusa di quella volta del rasoio, tu non rispondevi, gli asciugavi la fronte giallastra, lui si domandava se quella malattia fosse una punizione, e per cosa, decisa da chi... ritornava come in un delirio l'educazione infantile, il collegio delle suore... il viso luminoso di Gesù appeso nella camerata ispirava comprensione, e invece le suore sussurravano dicevano e gridavano che Iddio era implacabile con i cattivi, che dopo la morte i peccatori l'avrebbero pagata cara, ma a quei tempi, per i bambini rinchiusi nell'orfanotrofio, l'aldilà era più lontano di Marte... La vita, soprattutto di giorno, in mezzo agli schiamazzi, sembrava una strada lunga e senza fine, era impossibile immaginare che potesse finire... Solo di notte, quando nelle camerate si spegnevano le luci, anche i bambini ascoltavano atterriti il respiro minaccioso di un mostro, non osavano chiedere, chiudevano gli occhi per non vedere le ombre, ma il respiro veniva da dentro, dallo stomaco, e anche lui, Mina, che in quel tempo lontano si chiamava ancora Giulio, si addormentava con il cuore nelle orecchie stringendo e mordendo il cuscino, e la mattina il mostro era sparito, al suo posto tornavano gli schiaffi delle suore, ossuti e vitali... Adesso Mina sussurrava che la vita non era una strada dove camminare, ma una piazza dove si sta fermi in attesa, esposti al sole come alla morte, così diceva... e sicuramente voleva dire qualcosa che non riusciva a spiegare... E continuava a parlare, affanno dopo affanno, voleva sapere perché i peccati doveva pagarli su questa terra, invece che sotto terra, e si chiedeva cosa fossero i peccati, parlava della morte con tenerezza, incapace di avercela con lei, con la sua falce affilata... Era stato sulla strada per vent'anni, aveva impostato la voce per renderla il più possibile femminile, per parlare con i clienti, per farli eccitare... Voleva credere che la sua vita fosse tutta lì, ora scopriva di aver pensato molto, malgrado tutto... Ora che stava morendo si sentiva più saggio di quello che immaginava, un vecchio saggio di quaranta chili con un passato squallido che invadeva tutta la memoria, una donna nata dentro il corpo di un uomo che nessuno avrebbe ricordato, che nessuno aveva conosciuto davvero, l'esercito di maschi che l'aveva pagato come si paga una puttana non avrebbe mai saputo che Mina era morta... Gli tenevi la mano mentre moriva, sentivi i respiri che cominciavano e finivano con fatica... Maria, devi giurarmi una cosa, avvicinati... Mina, dimmi... Avvicinasti l'orecchio alla sua bocca, venne fuori un sussurro senza senso... Prese fiato, passò un minuto... Adesso era pronto, ti chiese con un cenno di avvicinarti di nuovo... Giurami che tu... non come me... tu devi farcela... devi diventare una donna, una vera donna... non come me... giuramelo... io sarò con te in questa vittoria... giuramelo... Te lo giuro, Mina, te lo giuro... verrò a farmi vedere da te, sulla tua tomba... Mina sorrise e rantolò qualcosa... indicò la bottiglia dell'acqua, ti alzasti per prenderla, lui inspirò aria e non la mandò più fuori... se n'era andato, finalmente... Al funerale eri sola, bella e bionda come piaceva a lui, cioè a lei, a Mina, la cappella dell'ospedale era di cemento armato, i ceri di plastica, i mosaici di plastica, anche i santi sembravano di plastica... Durante la messa per Mina il prete parlò di un certo Giulio, che tu non conoscevi... Al cimitero, sopra la terra scrivesti con il dito «Mina», era quello il suo nome, che c'entrava Giulio? Quella sera andasti sui viali, come sempre, al distributore della Q8, guardavi scorrere il traffico, le luci dei fanali, e ti veniva in mente la voce di Mina, ti giravi di continuo a cercare il mascherone della sua faccia... La città sembrava più morta, ma era solo un'impressione, sentivi una sensazione di impossibilità, forse Mina non era mai esistita, o forse era ancora lì accanto, altre possibilità non ce n'erano... Si fermò una macchina, un paio di occhiali scuri e una bocca giovane, sali?, ripassa tra un minuto, cocco, ora non posso... Fai la difficile?, senti piccolo, aspetto una telefonata di Carlo d'Inghilterra, sparisci!, fanculo mormora il giovanotto, e parte... Lei stasera non ha voglia di lavorare, non le va di farsi riempire la bocca da quei mocciosi pieni di soldi e di sentire sapore di lattice, quei ricchi pezzenti non sanno nemmeno chi era Mina, a volte venivano solo per prenderla in giro, passavano veloci lanciandole addosso buste piene d'acqua, « ti piace la doccia, finocchio? », « guarda là che mostro! », e ridevano come matti... Di solito ti imponevi di essere indulgente, per non mangiarti il fegato... Quella sera eri furiosa... avevi negli occhi lo scheletro di Mina... Fiorentini del cazzo, incapaci di fare i conti con la propria morbosità e con l'incertezza del proprio sesso... finocchi mancati e vigliacchi, branco di pecore che si credono lupi... Anche quei coglioni dovranno pagare i loro peccati su questa terra, che Dio li faccia a pezzi... Resti lì appoggiata al distributore, non hai nemmeno voglia di tornare a casa, ti metti a giocare con il portachiavi, senti una voce squillante poco più in là... E Mina? come sta? Patrizia stava salendo sulla macchina di un cliente, ti fece la domanda con la stessa voce che usava per dire « cinquantamila, bello »... Ne sai qualcosa? è un po' che non la vedo, « è morta », morta? e quando?, il cliente era impaziente, il fallo pieno di sangue è il peggiore dei dittatori... la macchina partì con la portiera aperta.

Il capo abbandonato oscilla, il treno continua a galoppare nella notte, le immagini scorrono velocemente e stentano a svanire, restano appese negli occhi come ossessioni, ma non fanno paura, restano agganciate al rumore delle ruote, penetrano in fondo, si deformano, diventano altre cose, sembra un sonno eterno, c'è spazio per tutto, ma appaiono quasi sempre le stesse immagini, un viso che ride, la cucina di quando eri piccola, la nonna distesa nella bara con un fiore bianco infilato a forza tra le dita... una mano ti scuote una spalla, parole che non conosci, uno scrollone più forte e ti spaventi, ti svegli, apri gli occhi con un lamento, un uomo vestito male, con un berretto in capo, ti chiede qualcosa, non capisci cosa vuole, ti fissa e continua a dire la stessa parola, per aiutarti mima anche qualcosa, ma continui a non capire, hai troppo sonno, la donna con i cinque bambini si fruga addosso, finalmente trova un pezzo di carta con scritti sopra dei numeri, lo dà al controllore, allora capisci, anche tu tiri fuori il biglietto, « quanto tempo ancora? », lui non capisce, allora indichi il suo orologio, « tempo... quante ore? », l'uomo alza otto dita, fora i biglietti e sparisce, otto ore, per pensare al passato che vuoi ricordare basta molto meno... non voglio più pensare, voglio dormire.

Si fermavano, ti chiedevano « quanto », alcuni dovevi avvertirli, « hai visto, cocco, chi lavora qui? », arrossivano e ripartivano, erano maschi e volevano donne, tu eri bella, la più bella, la più bionda... Un vecchio travestito ormai alla fine della carriera cercò di tagliarti le guance con una lametta, dava tutta la colpa a te, non voleva credere di essere ormai un rottame, la colpa era tua se non lavorava più, gli avevi tolto anche l'ultima schifosa soddisfazione, essere cercata, desiderata, pagata... Ma tu eri giovane, svelta, gli mollasti un calcio in mezzo alle gambe, rantolò e bestemmiò come un uomo, rimase sdraiato odiando te e i propri testicoli doloranti, biascicando maledizioni contro Dio che l'aveva costruito male, si lamentò di tutti i tradimenti umani e ultraterreni subiti, una vita indegna... fino a che si mise a piangere come una donna, sussultando con le spalle, la faccia nelle foglie marce del viale, i piedi enormi, da uomo, sformati da vent'anni di tacchi a spillo... Aveva perso una scarpa, calze a rete smagliate, l'oggetto sessuale si era trasformato in una carcassa indefinibile, ambigua, ti fece pena, lo aiutasti a rialzarsi, piangeva a singhiozzi, poco fa era sbucato dal nulla, ti aveva afferrata alla gola, brutta troia, che bel visino che hai, liscio come una pesca, mi viene voglia di farci sopra un disegno, era apparso un rasoio, il suo braccio ti teneva chiusa la gola, ti eri girata di scatto, ti eri liberata senza fatica... ma quel travestito avanzava ancora, il rasoio stretto in mano, mirasti bene, con la punta della scarpa, lo vedesti crollare come un bue, la parrucca gli volò via, restò una maschera da clown, una disgustosa smorfia di dolore... adesso frignava, la parrucca in mano, il trucco sciolto gocciolava dal mento, si vedeva la barba fitta sulla pelle flaccida, era orrendo, lo abbracciasti, gli desti un bacio sui capelli, lui si meravigliò, quasi si offese, voleva spingerti via, continuò a piagnucolare, a fare bizze oscene, poi ti si attaccò addosso e non si staccò più, diventò tuo amico, tua amica, ti proteggeva, ti consigliava, ti insegnava le uniche cose che sapeva fare, sopravvivere nella giungla popolata di bestie umane... ti guardava con ammirazione, ti confessò che continuava a invidiarti, ma non ti odiava più, non avevi colpa, eri la più bella, eri la più donna, nessuno poteva farci nulla... Attraverso di te riprese un po' a vivere, non per molto, morì di AIDS un paio di anni dopo... Era nato Giulio, gettato via da sua madre, era cresciuto in un collegio di suore, in arte si chiamava Mina.

Glielo aveva detto un'amica, una collega, insomma un travestito, in Turchia ti rifanno nuova, è una città a trecento chilometri da Istanbul, una clinica privata, ci vuole un mucchio di soldi, ma dopo... Rosy ci è andata l'anno scorso, tu non la conosci, non lavora qui, è stata via un paio di mesi, quando è tornata sembrava una diva del cinema, e non era bella come te, no di certo! a te basta un colpo di bisturi e sei a posto, che ci fai ancora con quel coso tra le gambe? tu sei una donna! più donna di tutte noi! devi andarci, domani ti porto l'indirizzo, ciao bella, è arrivato un cliente, guarda che macchina! se salgo lì sopra per stanotte ho finito, gli porto via mezzo milione... buonanotte strafica! eccomi bello, mi porti a cena?... Quella notte Maria non era riuscita a prendere sonno, come quando era adolescente e s'innamorava... la mattina era andata in un bar del centro e si era fatta portare una colazione da re, aveva deciso, avrebbe venduto il seminterrato e sarebbe partita per la Turchia, Balikesir, sarebbe rimasta senza una lira, ma donna per sempre, donna come si sentiva, donna com'era nata... e poi, dopo, avrebbe trovato un uomo, un vero amore, se era fortunata...

Mina è morta da una settimana, sulla sua tomba ci sono solo fiori secchi, la bara gliel'ha comprata Maria, ha speso non pochi soldi, una cassa di legno scuro foderata di seta viola per una specie di mostro con il teschio che spinge sotto la pelle della faccia... Maria salì sulla macchina di un cliente, è giovane, vestito bene, «sei sposato?», «sì, da otto mesi», «tua moglie è bella?», «è bellissima», «più di me?», «no, non come te», ma che ragazzo gentile... Maria si fece pagare subito, «perché vieni da me?», «mia moglie è incinta», «maschio o femmina?», «maschio», Maria sorrise, «non si sa mai, aspettate a dirlo», «come sarebbe? ci sono le ecografie», «non volevo dire quello...», «cioè?», «nulla... vedo che sei già eccitato, cocco...», gli tirò giù i pantaloni, non lo faceva quasi mai, in genere dovevano sbrigarsela da soli, questa volta no, lo fece sdraiare, gli tolse i capelli dalla fronte, stai comodo?, il preservativo comunque, cominciò a far valere le sue labbra, la lingua, in testa aveva Mina, sempre lei, la vedeva quando era ancora viva, sui viali, con la sua faccia colorata, la parrucca, le gambe troppo lunghe e grinzose, le mani da camionista, il ragazzo cominciò a muovere i fianchi, stava per venire, la bocca di Maria era tiepida e morbida, le labbra scorrevano su e giù lungo lo stelo, ecco, sì, vengo... vengo... Maria vide Mina nell'ultimo giorno, risentì le sue parole... le venne naturale, tirò fuori i denti e li affondò nella carne, solo un secondo, ma con tutta la forza, sentì il lattice che si rompeva, la pelle che si lacerava... il ragazzo non urlò nemmeno, non subito, respirava forte, ancora non capiva, un attimo dopo Maria aveva i piedi sul prato, si voltò, lui aveva le mani piene di sperma e di sangue, lo sguardo inorridito, « che racconterai a tua moglie, cocco? », poi gli sbatté la portiera in faccia, si allontanò con calma, il ragazzo cominciò a urlare, si ripiegò sul volante, mise in moto e guidò a singhiozzi fino a sparire dalla vista, non tornò nemmeno a trovarla per fare due chiacchiere, Maria non si fece troppe domande, quella sera era più triste del solito, ma in fondo al cuore sentiva appena un po' di sollievo... pensava a Mina e sorrideva...

Perché aveva quel ghigno sulla faccia?, se faceva questo mestiere doveva almeno crederci un po', invece continuava a sorridere sotto quei baffi enormi, o forse era quella la sua faccia naturale e non poteva farci nulla... Maria gli aveva dato quasi tutti i soldi che aveva, per diventare davvero Maria, lui li aveva messi in un cassetto, chiusi a chiave, aveva tirato fuori un foglio, un paio di firme, « sotto la mia responsabilità... », poi era arrivata un'infermiera e aveva accompagnato Maria in una stanza piccola e spoglia... un letto, un tavolo, una lampada, cose misere ma pulite, un odore forte di disinfettante, oggi stesso si cominceranno le analisi, e tra una settimana « si taglia », la notte non riesce a dormire, si copre con i lenzuoli, fuori c'è una grande confusione, le strade piene di gente che canta, domani è festa, solo in questa specie di ospedale si lavora, è impossibile dormire, Maria ha i brividi in mezzo alle gambe, si carezza l'intruso, lo saluta, ora non lo odia più, si lasceranno da buoni amici, si immagina di metterlo in una boccia di vetro, a bagno nell'alcol, e sorride... il chirurgo le ha chiesto se vuole avere un seno più grande, ma lei ha scosso il capo... il seno no, va bene così, preferisce che rimanga il suo, più piccolo di quello di Marlène Jobert... sulla fronte del chirurgo appare una ruga... Marlène Jobert, l'attrice francese... il chirurgo non la conosceva... insomma il seno va bene così... certo, certo... Maria chiude gli occhi e cerca di immaginare come sarà la nuova Maria... troverà un uomo, faranno l'amore guardandosi negli occhi... si toglie i capelli dal viso, sta sudando, tra una settimana «si taglia...»

Ti videro in un palazzo in costruzione del quartiere, avevi diciassette anni, sui documenti c'era scritto Mario, ma eri abbracciata a un ragazzo più grande, tremavi di emozione mentre lo baciavi, lui ti stringeva e ti chiamava Maria, ti faceva sognare, il sapore della sua lingua apparteneva a un mondo nuovo, sentivi la sua bocca che ti mangiava le labbra, non ti bastava un bacio, ne volevi sempre di più, una vecchia ti aveva vista e lo aveva detto al babbo... tutto il palazzo l'aveva saputo, il babbo non aveva mai sopportato il tuo viso da bambina, questa volta ti frustò, aveva lo sguardo da pazzo, smise soltanto quando vide il sangue... con le dita sugli occhi mormorò una specie di scusa, si appoggiò al muro emettendo suoni strani, ti sembrava che piangesse, buttò la cintura sopra il tavolo, riprese fiato, poi ti cacciò di casa... qualche anno dopo ti dissero che era morto, avevi i riccioli biondi, portavi i tacchi a spillo, ti facevi chiamare Maria, battevi sui viali, alla messa funebre nessuno ti riconobbe, fingesti di essere lì per caso, a pregare per i fatti tuoi, «anche le puttane pregano...» biascicò una vecchia mentre le passavi accanto, poi continuò a fissare l'altare sbattendo di continuo le ciglia e masticandosi i denti... tra le panche c'erano forse quindici persone, tre o quattro condomini del babbo, un paio di coppie di zii che avevi visto solo in fotografia, qualche altra faccia sconosciuta, un paio di barboni, un tizio con il collo tatuato, altri brutti ceffi compagni di sbronze del babbo con l'aria impaurita... passasti vicino alla cassa aperta, era difficile immaginare che qualcuno venisse chiuso là dentro per sempre, accanto alla bara c'era una corona di fiori con scritto «il figlio Mario», chissà chi l'aveva pagata... non ti piacque, «io mi chiamo Maria», il babbo era davanti a te, vicino e lontano, inoffensivo... ti facesti coraggio e allungasti una mano per toccare il babbo, aveva la fronte gelida, gialla, le guance grigie, le orbite quasi nere... non ti facevano paura i morti, non era per quello che ti facesti coraggio, era perché non ricordavi nemmeno quando era stata l'ultima volta che lo avevi toccato... da ragazzina evitavi di toccare tuo padre, la sentivi una cosa strana, innaturale... da bambina invece ti piaceva toccare il babbo, sentire le sue mani addosso, ma quando eri bambina lui con te era diverso, forse perché ai suoi occhi eri ancora un maschietto... togliesti la mano dalla sua fronte gelida e grigia, solo in quel momento ti rendesti conto che il babbo era morto, ti uscì un singhiozzo dalla gola, la gente si voltò, per nascondere la verità fingesti di ridere, ti venne istintivo, e i presenti ti disprezzarono facilmente, tutta la chiesa era contro di te, tranne Gesù, che ti guardava di sottecchi dalla croce, e ti amava perché vivevi ai margini della vita... degli altri te ne fregavi, al disprezzo ci eri abituata, era tuo padre in quella cassa che cominciavi a non sopportare, ti sembrava non fosse mai esistito... eppure lo vedevi seduto a tavola, con la bottiglia di vino accanto, sofferente come sempre, deluso, incapace di fare i conti con i sentimenti che provava... Cominciò la messa, volevi andartene, ma alla fine rimanesti, il prete disse qualcosa sull'onestà di quel padre sfortunato, sull'infinita nullità dell'uomo, sulla luminosità della Parola di Dio, sulla vita eterna... finì la messa, il coperchio fu avvitato, la bara uscì ondeggiando sulle spalle dei becchini, ti arrivavano alle orecchie frammenti di frasi, ma non capivi cosa dicevano, poi si avvicinò a te uno di loro, che non conoscevi, e ti raccontò qualcosa a cui facevi fatica a credere... ti disse che dopo aver cacciato di casa suo figlio omosessuale, quel povero uomo era stato tutta la notte a piangere e a bere sul terrazzo di cucina, la mattina dopo era sparito fino alla sera, poi era apparso di nuovo sul terrazzo, aveva un aspetto orribile, aveva gridato che era orgoglioso di suo figlio... «il mio Mario è un ragazzo sensibile, lo hanno rovinato le cattive amicizie...», barcollava, non stava in piedi... diceva che suo figlio era puro e bello... se lo aveva cacciato di casa era solo perché anche lui era un vigliacco figlio di puttana che non aveva il coraggio di voler bene a un figlio così bello... ma la gente del palazzo cominciava a non poterne più, era sabato, gli dissero di farla finita, volevano vedere i comici in televisione... ma sì, ma sì, guardate pure quelle stronzate, che cazzo ne sapete voi di quello che sento, un figlio viene cacciato di casa e voi guardate quelle puttanate, il dolore di un padre non conta nulla... Poi solo Dio vide quell'uomo addolorato scuotere il capo, dire piano «pezzenti», rientrare in casa, prendere la bottiglia di vino e lasciarsi andare sul divano davanti al televisore... c'era l'ospite d'onore, nulla era più importante dell'ospite d'onore... il babbo bevve molto, e dopo un rutto amaro si addormentò...

È ancora notte, è così bella la notte, se non ti impone una vita che non vuoi... il treno di notte fa un rumore diverso, Maria guarda dal finestrino, lontano, l'orizzonte, si scorge appena un chiarore verdastro, tra mezz'ora sarà l'alba, quanto tempo è passato?, poco più di un mese, e sembrano trascorsi molti anni... fino a pochi giorni prima si sentiva come malata, o forse sbagliata, uno scherzo della natura, uno scherzo non troppo divertente... ma ormai il peggio era alle spalle... non avrebbe mai dimenticato... l'avevano portata sopra una lettiga in sala operatoria, un'iniezione nel braccio, si era addormentata di colpo, si era svegliata con un dolore tra le gambe, e prima di capire dov'era aveva chiamato «mamma»... eppure la mamma se la ricordava poco, se n'era andata quando lei aveva cinque anni... il chirurgo era in piedi in fondo al letto, sorrideva, aveva fatto un gesto per dire che era andato tutto bene, sul tavolino accanto al letto c'era un mazzo di fiori dentro un vaso di ceramica, tutto compreso nel prezzo... c'era anche un biglietto, « ora sei donna bella e vera », una frase commovente, Maria si toccò il seno con la mano, era più piccolo di quello di Marlène Jobert... era il suo seno, ma adesso toccarlo le dava una sensazione diversa, sentì la carne morbida cedere sotto le dita, la pelle liscia, le venne da piangere, « così fan tutte » mormorò il chirurgo, canticchiando... Maria, Maria, era rinata, era pronta per una nuova avventura... il chirurgo la salutò gettandole un bacio... adesso ci voleva solo un po' di pazienza... due giorni di stordimento, di debolezza, nella nuova vagina era stato messo un dilatatore di un materiale speciale, un siluro che impediva una cicatrizzazione indesiderata, qualche perdita di sangue, molte punture, un'infermiera grassa era diventata amica sua, si fermava sempre a parlare con lei, sapeva qualche parola di italiano, le diceva che era bella, che nessuna « donna » operata finora era così bella, « capelli come oro », e prendeva una ciocca tra le dita, una volta le fece una treccia, e non finiva più di farle i complimenti... Dopo qualche giorno Maria si alzò dal letto, era un po' dimagrita, guardava fuori dalla finestra, il mondo era strano, più bello, o forse solo sconosciuto... una notte, mentre dormiva, Maria sentì una mano che le toccava la pancia e saliva rapidamente verso il seno, aprì gli occhi, « chi è? », tirò un colpo alla cieca contro qualcosa di duro, sembrava un osso... un tramestio, un tonfo sul pavimento... accese la luce e si trovò davanti un uomo magro e ossuto, con una cicatrice che gli attraversa un occhio... se ne sta lì a quattro zampe sul pavimento e la guarda con avidità, l'uomo ha paura e fa paura, un lenzuolo sudicio addosso, i piedi nudi e sporchi, Maria è spaventata, lui mette un dito sulle labbra, « ssst », ancora a quattro zampe fa un passo verso di lei, « vattene o mi metto a gridare », l'uomo si blocca, sorride, scuote il capo, gli mancano molti denti, fa dei cenni rapidi con le mani, per calmarla, chiede scusa con un mugolio, si rialza, si tocca il mento e muove la mascella, è lì che lo ha colpito Maria, lui continua a toccarsi il mento e a ridere, si allontana zoppicando, apre piano la porta, fa un inchino, si batte più volte il palmo della mano sulla fronte, sorride ancora, forse troppo, ha un luccichio cattivo negli occhi, borbotta qualcosa e se ne va... Il giorno dopo Maria raccontò quello che era successo all'infermiera grassa, voleva sapere chi era quell'uomo, se dovesse avere paura... l'infermiera non disse nulla, uscì dalla stanza, dopo qualche minuto tornò insieme a due uomini che spingevano un letto con le ruote, lo misero accanto a quello di Maria, «io sempre qui, tu dormi e non preoccupi», si abbracciarono, e la sera, poco prima che l'infermiera grassa venisse a dormire, nel silenzio dei corridoi si sentirono due colpi secchi, e subito la voce stridula di qualcuno che si lamentava, che negava, piangeva, poi apparve l'infermiera grassa, aveva gli occhi tristi.

Gli occhi di tuo padre te li ricordi bene, il suo sguardo a volte ti pesava addosso, non potevi respirare, quando avevi otto o nove anni lui già non sopportava il tuo modo di camminare, la tua voce da bambina, da oca, e tu non capivi, «sembri una femmina...», scuoteva il capo, essere guardata in quel modo dal babbo ti angosciava, anche se ancora non conoscevi la parola angoscia... molti anni dopo pensavi a lui con pena... povero babbo, ti guardava di traverso, ti detestava e ti voleva bene, una cosa atroce, come un coltello che scava nella pancia... a volte ti toccava dappertutto con disgusto, come si tocca un mucchio di cenci per dimostrare quanto siano inutili... solo ogni tanto, dopo aver bevuto più del solito, ti prendeva sulle ginocchia, ti faceva dondolare, ti sussurrava qualcosa all'orecchio, e il suo fiato ti faceva il solletico... puzzava di vino e di sigarette, ma a te piaceva lo stesso, il babbo ti stringeva, diceva che ti avrebbe portato lontano, dove nessuno poteva vedervi, ma tu non capivi, come mai dovevate andare lontano?... sentivi solo che il babbo era triste, si addormentava sul divano, con le sue braccia intorno al tuo corpicino di bambina, stavi ferma per non svegliarlo, smettevi anche di respirare, ti sembrava strano che si potesse dormire seduti... Quando il babbo si svegliava, la sua faccia era quella di sempre, scura e delusa, bofonchiava qualcosa e se ne andava a letto, ti lasciava da sola... la mamma era scomparsa da un pezzo, « morta! » diceva il babbo, rabbioso, e sottovoce aggiungeva « quella puttana », la mamma te la ricordavi, ma non bene, quando a letto chiudevi gli occhi la vedevi come attraverso la nebbia... fratelli non ne avevi, il babbo lavorava molto, così diceva, era sempre fuori, non sapevi cosa facesse, solo quando eri in prima media scopristi che lavorava in un'officina, ma non era sua, riparava macchine dalla mattina alla sera, allora capisti cos'era quell'odore che sentivi sui suoi vestiti ogni tanto, benzina e olio da macchina, lavorava tanto e spesso la sera usciva, insomma stavi spesso da sola, ma stare da sola ti piaceva, rimanevi pomeriggi interi a guardare fuori dalla finestra della cucina, a pensare, vedevi cose che nessuno vedeva... la tua vera vita era quella... dalle finestre della cucina il mondo ti sembrava meno opprimente, forse più bello, e la casa si riempiva di figure strane, parlavi con le pentole, con i mestoli... a volte ti stendevi sul tavolo e ascoltavi la voce di Dio che ti chiamava per nome, ti faceva promesse... lo senti?, ti dice che il babbo ti vuole tanto bene, e presto riuscirà a fartelo sentire, e tu non avrai più paura di lui... non devi averne, no, il babbo andrà lontano, ad aspettarti in qualche posto, forse è già andato via, stasera non torna, è in un posto dall'altra parte del cielo, tu penserai a lui e lui penserà sempre a te, vi sorriderete da lontano, con il pensiero, ma non vedrai mai più i suoi occhi delusi e tristi, mai più, mai più, poi all'improvviso riconoscevi i suoi passi sulle scale, la sua tosse da malato... la chiave gira nella serratura, la porta sbatte, tu corri a letto, ti nascondi sotto le coperte, il babbo passa davanti alla tua camera, apre la porta, tu fai finta di dormire, lo spii dalle ciglia socchiuse, lui non dice nulla, ma ti guarda, ti guarda, ti guarda... Dio è un bugiardo.

Sei nata quando si stava spegnendo il grande incendio degli anni di fuoco, un fuoco che non sei mai riuscita a immaginarti, fiamme alte fino al cielo, dovevano carbonizzare l'ingiustizia, come ogni fuoco idealista promette da sempre, anche quando è ingiusto, eppure sei cresciuta come saresti cresciuta dieci anni prima, nulla di diverso... anche tuo padre attraversò il fuoco e rimase lo stesso, gli inquilini del palazzo attraversarono il fuoco e restarono gli stessi, un po' più egoisti, ma gli stessi, tutto è uguale a prima, anche i froci e le puttane aspettano come sempre di trovare un posto dove posare il capo, fanno la coda per il Paradiso, dicono ancora che « di là » tutti sono uguali, anche i diversi, certo, come nelle aule dei tribunali, dicono, anche se non si sa uguali a cosa... sei nata e sei cresciuta e finalmente dopo l'idiozia infantile è arrivata l'età della ragione, hai continuato a sentir parlare degli anni di fuoco, hai cercato la brace, i segni della fiamma, ma ormai era tardi, tutti erano tornati da un pezzo a casa, le porte ben chiuse, il salotto in ordine, e poi che palle!, basta con queste cazzate!, guai a chi mi tocca la donna!, quel che è mio è mio, fuori dal mio giardino!, le donne avevano già richiuso le gambe rivoluzionarie, proteggevano di nuovo l'onore della vagina borghese, ma chissà come mai una vagina dovrebbe essere di destra o di sinistra... il fuoco si era spento, ma era bello parlarne a tavola, davanti a un bicchiere di vino, meglio se di champagne... i figli dei potenti avevano preso il posto dei padri, la targa d'oro a fianco del portone era la stessa, notaio, avvocato, contrattualista, musicista, macellaio, tutti ugualmente appesantiti dalla soddisfazione, qualche professore pelato e sposato inseguiva voglioso l'allieva gallina, bella da portarsi a letto, e la inseguiva con meno sensi di colpa di quando era giovane e non ammogliato, questo era un risultato niente male, e poi le famiglie erano diventate moderne, il padre si fa i fatti suoi, la madre cucina, si sfoga con l'amica mentre fa la spesa, il figlio gira tutto il giorno per cercare di farsi una pera, poi si vedeva qualche politico quasi quarantenne ancora fiero delle battaglie e delle botte, con la frase pronta a ribadire il passato, io c'ero!, lo sguardo spento puntato verso un futuro grigio e piatto, la lingua impastata di dolci alle mandorle, ma qua e là qualche bombarolo faceva carneficine sporadiche e non si capiva se facessero più comodo alla mafia, al regime (un regime materno, s'intende) o ai giornalisti, poi le raffiche di mitra passarono in fretta dalle ginocchia a bersagli più concreti, cuore, polmoni, fegato, stomaco, cranio... davano il nome di qualche ucciso a strade e piazze, e tu crescevi, non sapevi nemmeno chi erano quei morti, ma non te ne fregava nulla, ti capitava di sentire addirittura i racconti della Grande Guerra e della Seconda, parole commosse sulle labbra di vecchi ormai aridi, delusi, orribilmente canuti e grinzosi, marziani alla fermata del tram, o entrati per sbaglio in un fast food, « non c'era nemmeno la farina », « l'olio lo tenevamo sotto il letto », « il pane era nero e cattivo », « il caffè era cicoria », « quando c'era lui... », una nenia ascoltata per caso, prima di uscire dalla porta di quel locale inondato di luce non divina, inseguita da una palla di fumo giallo, patate, hamburger, sigarette... era meglio il Duce, ma chi cazzo è questo Duce?, e intanto crescevi, tuo padre scoprì « chi » eri, ti invitò a forza di schiaffi a levarti di torno, girasti un po' per case e cantine, una bella ragazza ma senza vagina, bella e luminosa, ma senza vagina, nonostante questo tutti volevano scoparti... poi vedevano com'eri fatta, qualcuno ti spingeva via, ti picchiava, che schifo! sei un maschio!... no, sono una donna, però... no no, sei un maschio, sei un finocchio... che schifo!... un minuto prima ti volevano bene, ti stringevano, ti baciavano... poi inorridivano... sei un maschio!, no, aspetta, guardami negli occhi, vedi una donna o un maschio?, altri invece dopo la repulsione tornavano, ti portavano a casa, in un letto, dormivi con loro, una carezza bastava a farti perdonare le umiliazioni e a dimenticare, la notte restavi sveglia a guardarli, spossati, soddisfatti, tu non eri mai soddisfatta, la mattina presto si svegliavano e ti chiedevano ancora qualcosa, tu gliela davi, ma nessuno ti teneva per più di tre o quattro giorni... Sei bella, ma io sono normale, mi piacciono le donne, queste cose strane non sono adatte a uno come me... i più sinceri dicevano altre cose, «se la gente venisse a sapere...», «cerca di capire», tu capivi e te ne andavi, uno te lo disse la sera, prima di fare l'amore, era bello, il più bello, «però domani te ne devi andare», il gelo nello stomaco, non riuscivi a parlare ma dicesti di sì con il capo... poi lui ti stringe, ti scopa, lo lasci fare, pensi ad altro, finché il ragazzo bello si butta di lato, si addormenta, e la notte, nel buio, mentre guardi il soffitto ti accorgi che nemmeno lui dorme, vedi brillare la pupilla, stai per parlare, poi chiudi gli occhi e fai finta di dormire, domani te ne devi andare, dormirai da qualche altra parte... E intanto crescevi, i tuoi capelli crescevano, biondi, sani, diventavi sempre più bella, decidesti di chiamarti Maria, la tua unica possibilità era la prostituzione, la prima volta per caso, poi a forza di morsi e di schiaffi ti guadagnasti un posto sui viali, tanti soldi solo per far godere qualcuno, che ci vuole?, bastava chiudere gli occhi e pensare a qualcos'altro, avevi già imparato, subito dopo la bocca era di nuovo pulita, il sapore di lattice del preservativo se ne andava con un chewing-gum, non era successo nulla, all'inizio prendevi poco, ti cercavano ragazzi curiosi e vecchi eccitati, molti ogni notte, tutti dicevano di essere normali, lo dicevano ogni minuto, poi pagavano, venivano, scappavano, dopo un po' alzasti il prezzo, meno lavoro stessi soldi, tre o quattro uomini a sera, con macchine di lusso, ti raccontavano la loro vita da signori, godevano come gli altri e dopo sembravano offesi, ti pagavano, ti guardavano male come se fosse colpa tua, non si sa di cosa, alcuni ti davano il doppio, chissà, forse poteva significare che cominciavano ad amarti?, te li saresti ritrovati davanti con un mazzo di fiori e un invito a cena?... invece non tornavano più.

Alla tv c'erano le imitazioni di Andreotti, Craxi e compagni... l'intero palazzo, tutta la città, tutta Italia godeva, si sfogava davanti al circo politico, rideva malignamente dei potenti, nessuno si chiedeva se la cosa fosse reciproca, le bollette della luce e del telefono erano dimenticate, i figli andavano bene a scuola, e se andavano male chi se ne importa, stasera niente schiaffi, poi si vedrà, oggi vogliamo ridere... le donne cucinavano sughi con le cipolle come sempre, e insomma non c'era tempo per i piagnistei di quel babbo alcolizzato e di suo figlio finocchio con la faccia da femmina, oggi è il giorno dello sfogo settimanale, della rivolta popolare contro il potere, oggi si ride dei grandi, Dio quanto si ride!, si gode come matti, lasciateci al nostro sabato di lotta politica sul divano!, nessuno ascolta la sofferenza del mondo, sono tutti troppo concentrati, tra una risata e l'altra resta sulla faccia la maschera del riso... senti questa, guarda questa... oddio, oddio... un'altra risata poderosa suona in tutto il quartiere, in tutta la città, in tutto il paese... Andreotti celiava sul potere, Spadolini aveva un mento a otto terrazze, toccava la gobba al compare, un momento esilarante, e nella sala del teatro... sorpresa, sorpresa, ci sono i politici veri, quelli che vengono presi in giro sul palco, e cosa fanno?, ridono insieme a tutta la platea, si divertono un mucchio, si divertono più degli altri... non importa se la satira di solito dovrebbe, come dire... ma chi se ne importa, in fondo quei figli di puttana di politici sono simpatici, sanno sorridere di se stessi... comunque è sabato, ci si deve divertire... si stappano le birre, si cena per la seconda volta, via le cinture, s'ingrassa seduti, anche i bambini possono stare alzati, i mariti con i piedi sotto il tavolo, le donne cucinano apparecchiano sparecchiano lavano i piatti... tutto come prima del grande fuoco della speranza... ecco la musica del balletto, ragazzine sorridenti con il culo di fuori, cosa vuoi di più?, sui divani del sabato le mani maschili circolano finalmente intorno a fianchi femminili grassi e magri, scendono cerniere, saltano bottoni, i bambini a letto di corsa, è tardi, domani si va a fare la gita... calano mutande e si sfilano calze e appaiono culi e mani e capezzoli e vieni qua e vedi che ti faccio...

Arrivò una macchina, il vetro si abbassò, « quanto? », un rito noioso, necessario, appoggi il braccio al finestrino, « solo baci, cocco... cinquantamila », lui fa un cenno con il capo, non parla, sembra nervoso, appena sali in macchina lo riconosci, guarda che caso, è lui, è proprio lui, è rimasto uguale, non sono passati molti anni, lui era già un uomo, tu una bambina, lui non può riconoscerti, puoi spiarlo, guardi la macchia rossa che ha sotto l'occhio destro, da bambina in quella chiazza informe ci vedevi la testa di un lupo, ora ti sembra solo una schifosa macchia rossa, lui si muove a scatti, si morde le labbra, vorrebbe essere naturale, non va mica a puttane, sta andando al cinema con la fidanzata, nessuno deve pensare che lui ha certe voglie, roba da animali, lui è uno che pensa, non cede a quelle porcherie, tutto quello che fa lo fa per capire, per analizzare, certa gente gli fa pena, la bassezza umana non ha limiti, schiavi di una voglia animale, individui ributtanti, quando sono eccitati sono capaci di tutto, hanno la materia grigia nei testicoli, « dopo la piazza gira a destra... », passa una ragazza in minigonna, è bella, si volta tutta la piazza, lui non la guarda, fa finta di nulla, il silenzio gli pesa, non ce la fa più, deve parlare, quella strana fidanzata che ha raccolto al distributore lo mette in imbarazzo, « i giovani, io penso, stanno cambiando... la società si trasforma... il bene e il male... le conquiste della donna... l'essere e l'avere... », che porco!, ora ci penso io, Maria muove le gambe, anche una puttana può fare giustizia, scopre le cosce fino alle mutande, « senti bello, come vuoi che ti lecchi? se me lo spieghi è meglio per tutti », l'uomo respira forte, il capo gli rientra nel collo, « ce l'hai grosso? guarda che ho la bocca piccola... vedi? più di così non posso, se ce l'hai piccolo è meglio... fammi sentire », gli mette una mano tra le gambe, lui sta ancora guidando, si attacca al volante, ormai lei è esperta, conosce il tipo, non gli apre nemmeno la cerniera, pochi secondi e sente sotto il tessuto una pietra che si allunga, « tutto bene, di questi me ne entrano due », sono in mezzo al viale, le altre macchine passano accanto veloci, « cos'è che dicevi prima del bene e del male? mi interessa... », la mano di Maria continua a collaudare il materiale, lui suda, ondeggia, cerca di fissare la strada, « mi hanno raccontato di un uomo che con la scusa di aiutare i ragazzini un po' strani se li scopava, pensi sia bene o male? ehi, dico a te! », la macchina sbanda, una frenata, clacson furiosi, luci che lampeggiano, strida di gomme, un'altra frenata, e un'altra... un'altra... poi un colpo di ferraglia, laggiù dietro, e un altro colpo più secco... Maria punta i piedi, la macchina accosta, il motore si è spento, l'uomo ha il viso piegato sul volante, non vede più nulla, la macchina avanza ancora per qualche metro, lentamente, si ferma senza troppa violenza contro il tronco di un albero, l'uomo sbatte appena la bocca sul volante, dietro si sente urlare, clacson che suonano, Maria ha le dita appena umide, il « saggio uomo » è venuto, ha gli occhi sbarrati e un filo di bava tra le labbra, lei si asciuga le mani, « siamo arrivati, cocco, sono cinquantamila », l'uomo la guarda stupito, ha un labbro che sanguina appena, la macchia rossa sotto l'occhio è ancora più rossa, come faceva a sembrarmi la fiera testa di un lupo?, nella mano tremante dell'uomo appare una banconota da centomila, « hai... da farmi... il resto? », « va bene anche così, cocco », Maria gli sfila i soldi di mano e li mette in borsa, l'uomo non protesta, si passa di continuo le dita sul viso, si guarda i pantaloni bagnati, « se non venivi subito ci divertivamo, ciao bello, torna a trovarmi », lo lascia al suo destino, sparisce dietro l'angolo, arriva gente, seduto al volante trovano un uomo imbambolato e lo tirano fuori dalla macchina, lo attaccano al muro, c'è una sirena in arrivo, ci sono dei feriti, in quattro reggono un tizio per la giacca, sta urlando, ha del sangue sulla faccia, gli occhi stravolti, le vene del collo pronte a scoppiare, « lasciatemi! voglio farlo a pezzi! », un altro grida che in macchina c'era anche una bionda, l'ho vista con i miei occhi, dev'essere scappata, guarda guarda!, l'uomo ha i pantaloni bagnati, porco, non potevi aspettare!, maiale...

In tre giorni poteva farcela, e poi chi se ne importa, non ha fretta, ha aspettato ventidue anni per nascere, tre o dieci giorni che differenza fa? Il treno attraversò la Grecia, si fermò a Idomeni, poche centinaia di metri dalla frontiera con la Jugoslavia, con quello che rimaneva della Jugoslavia... Non era previsto, ma non si può proseguire, spiacenti, ordini dall'alto, Maria scese, tutti scesero, erano appena una ventina, qualcuno bestemmiava, non si sa in quale lingua, ma la bestemmia non è fatta di parole, è un suono universale, come la preghiera... risalirono tutti, sperando di poter passare... Un'ora di attesa, poi annunciarono che il treno faceva dietrofront, di qui non si passa, Maria scese di nuovo, con la borsa da viaggio, entrò svelta nei cessi della stazione, un buco schifoso, si infilò una minigonna cortissima, si truccò, non voleva tornare indietro, si coprì le labbra di rossetto, entrò in un ufficio, un uomo magro con la faccia di granito le si parò davanti, lei fece un sorriso come si deve, poi strizzò via una lacrima da un occhio, l'uomo diventò gentile ma rimase irremovibile, per poter passare la frontiera a piedi ci volle l'aiuto di una banconota da centomila, Maria era delusa... « stronzo finocchio! », cos'è? non sono abbastanza bella?, i subalterni dell'irremovibile avevano gli occhi di fuori, si sentivano i loro battiti del cuore, se fosse stato per loro... invece! bella fortuna, pensava lei! un finocchio! una faccia oblunga di granito, due occhi da pesce, insensibile alle sue gambe nude, al suo viso, centomila... prima me le davano a me centomila, per dieci minuti, ora sono proprio nella merda, mi è rimasto poco in tasca... Vicino a Gevgelija fece l'autostop, un furgone con una famiglia albanese al completo la raccolse e la portò verso nord per due o trecento chilometri, chissà cosa ci andavano a fare lassù... Maria sonnecchiò tutto il tempo con una bambina sulle ginocchia, il furgone deviò spesso in strade strette e deserte, passò accanto a paesini minuscoli accartocciati intorno a una chiesa, salì e ridiscese colline, si ributtò su arterie popolate, dopo cinque o sei ore la schiena sembrava di legno, a Dakovica gli albanesi la scaricarono e se ne andarono verso un sentiero che s'immergeva nel bosco, Maria si mise a sedere su un paracarro, per mezz'ora non passò nessuno, poi finalmente il rumore di un motore... Maria si mise in mezzo alla strada e fermò un camion di Trieste, saltò su contenta, ancora verso nord, forse domattina sarò in Italia, speriamo... Da un po' di tempo si incontrano meno persone, i paesi che passano ai lati del camion sembrano disabitati, finestre senza imposte, porte scardinate, dall'altra parte dell'orizzonte lungo una strada bianca sta passando una colonna di formiche grigioverdi, l'autista indica le formiche, «militari», e ride, Maria sbadiglia, quasi si addormenta... Forse poteva arrivare dritta fino in Italia, ma il camionista rallentò e allungò le mani, cambiò faccia, sudava, erano in mezzo ai monti, da due ore non vedevano una macchina, nemmeno un mulo, Maria si spaventò, fece la voce da maschio, «sono un uomo, cocco», «che? un uomo?», «vuoi trovarti in mano una sorpresa?», il camionista rise forte, poi le cacciò una mano tra le gambe, «chi vuoi prendere in giro, bella?», «non ci provare», si strappò via la mano dalle gambe, «odori di donna, io me ne intendo», «lasciami in pace», «cos'è? non ti piaccio?», cretina che sono, pensava Maria, dovevo togliermi questa maledetta minigonna, « un uomo? chi vuoi prendere in giro? senti qui che pelle », il camion andava a venti all'ora, porco maledetto, nemmeno se facessi ancora la vita verrei con te, questo Maria lo pensò soltanto, se lo avesse detto chissà quel figlio di troia cosa avrebbe fatto, magari l'ultimo brandello di rispetto sarebbe andato a farsi fottere... « ho fatto la puttana, vuoi beccarti una malattia? », « ah, batti il marciapiede?, allora uno più uno meno che differenza fa? e se vuoi ti pago », « non lavoro più... », c'era una salita ripida, a una curva Maria saltò giù dalla portiera insieme alla borsa, mentre l'uomo rideva, rideva sempre più forte... il camion si allontanava lentamente, su per la salita, « attenta bella, qui c'è la guerra », te la do io la guerra, porco!, il camionista gridò un'altra frase volgare, vomitata in un dialetto incomprensibile, poi si sentì una risata sonora, schifosa, una specie di tosse... « bestia! »... Maria si aggiusta già i capelli, si guarda intorno, la borsa pesa, la lascia scivolare in terra... Certo, non da una bestia così, ma essere desiderati fa bene all'anima... adesso sono una donna... dopo la curva il rumore del camion cessa di colpo, poi riappare dopo un'altra curva, diminuisce ancora, diventa un ronzio, poi aumenta di nuovo e diventa un rombo, con in mezzo un sibilo, un'altra scarica, un'eco, poi più nulla, silenzio improvviso, come una visione che scompare... il viaggio, duecento chilometri, il camionista, nulla di vero, un'apparizione, un'allucinazione, il cielo è chiaro, immobile, nessun rumore, nemmeno gli uccelli cantano, una distesa di colline deserte, il sole tramonta, sbiadito, c'è davvero la guerra?, forse silenziosa, a colpi di coltello... Giù in basso, non lontano, in fondo alla valle, un campanile aguzzo attorniato da una distesa di tetti bassi, una città grigia, senza luci.

A un tratto una mattina di domenica era capitato in casa un signore che non avevi mai visto, con gli occhiali d'oro, tu avevi undici anni, forse dodici, la bocca da femmina... tuo padre era agitato, non l'avevi mai visto così emozionato, quasi allegro, quel signore aveva una macchia rossa sotto l'occhio destro, ti fece una carezza sul capo, «ecco qua il suo bel bambino», ti lanciava occhiate che non sapevi capire, la macchia rossa sul suo viso aveva la forma di una testa di lupo, una bella e fiera testa di lupo, forse voleva dire qualcosa... «fiera» era una parola che avevi imparato a scuola da non molto, ti piaceva, e la usavi più che potevi... volevi essere fiera, volevi che tutti pensassero di te che eri fiera... Il babbo si appartò con quel signore in un angolo, gli fece molte domande sottovoce, il signore rispondeva con calma, disse varie volte le parole «psicologico», «alterazione», «difetto»... il babbo si grattava il capo, «sì, l'ho sentito dire...», «pranziamo tutti e tre insieme, è importante per valutare la faccenda», «certo, venga, si mangia», tutti e tre seduti a tavola per pranzo, il babbo s'ingozzava e guardava il signore con gli occhiali d'oro, poi guardava te... Appena il giorno prima ti aveva spogliato in mezzo alla cucina, le mutande giù fino alle caviglie, con la faccia angosciata ti aveva rovistato tra le gambe, «cos'è questo pirulo? questo cencio? cos'hai lì, la ricotta? alla tua età avevo l'uccello sempre ritto, duro come il marmo!», ti sentivi umiliata, colpevole, anche sbagliata... il babbo poi ti aveva chiuso in bagno con un giornale pieno di donne nude, vulve enormi, spaventose, seni mostruosi, alcune si tenevano un dito in bocca, altre avevano gli occhi chiusi e sembrava soffrissero, una in particolare ti fece impressione, presa di scorcio come il Cristo morto del Mantegna (che vedesti molti anni più tardi in una fotografia), si teneva con le dita la vagina aperta, ti trovasti davanti agli occhi una voragine immensa, piena di bolle strane e di umidità, colori infiammati, e rimanesti a guardarla sentendo insieme schifo e attrazione, quella caverna carnosa era così grande e vera che sembrava quasi di sentire odoracci mai sentiti, in certi punti la pelle era flaccida come le interiora che tuo padre strappava via dalla pancia del pollo, e la faccia della donna, piccola, laggiù in fondo, affogata in mezzo ai seni enormi, sorrideva come nelle foto della pubblicità, fuori da ogni senso logico, senza alcun legame con il resto, sorrideva senza spiegarti nulla di cosa ti stesse accadendo di fronte a quella apertura enorme che doveva pur significare qualcosa, non sapevi ancora niente del mondo oscuro che sentivi con terrore di dover scoprire, tuo padre era là fuori e parlava, ti incitava a fare chissà cosa... « non esci da lì finché non hai finito, alla tua età mi facevo tre seghe al giorno, mi rovinavo di seghe! », ti mettesti a sedere sulla tazza del cesso, aspettando che il babbo aprisse la porta e ti facesse uscire, sperando che ti liberasse presto da quella galera alla quale non sapevi dare un significato... ti sentivi sommergere dalla vergogna, non avevi il coraggio di parlare, non potevi, la colpa era tua, solo tua, forse avevi una malattia, eri diversa dagli altri bambini, eri colpevole e impotente, tormentavi il babbo con la tua colpa, potevi solo restare seduta sulla tazza del cesso, paralizzata, per un tempo infinito, pensando a quella cosa sbagliata che avevi in mezzo alle gambe, mentre il babbo continuava a dire frasi assurde, e tu eri terrorizzata, continuavi a ripetere in mente « colpa mia, colpa mia »... rimanesti molto tempo seduta sulla tazza del cesso, seguivi con gli occhi le righe delle mattonelle, non portavano da nessuna parte, era stata una giornata brutta, il babbo ti faceva paura, uno spazio nero si allargava minuto dopo minuto intorno a te... Quella mattina di domenica, invece, il babbo era diverso, strano, sembrava contento, ridacchiava, aveva cucinato cose pesanti, fritte, unte, c'era quel signore a pranzo, un ospite, tutta la casa puzzava di olio bruciato, tuo padre si leccava le dita e beveva un bicchiere dietro l'altro, festeggiava chissà cosa, il signore ospite continuava a guardarti, occhiate brevi, furtive, faceva un sorriso finto, poi guardava tuo padre con aria d'intesa, e il babbo sorrideva, a te piaceva veder ridere il babbo, quando rideva non ti faceva paura, era come se ti perdonasse tutto, ma quel signore non lo capivi, era diverso dal babbo, aveva la faccia curata, i baffi ordinati, un paio di occhiali d'oro tondi e puliti, non si schizzava di sugo, masticava in silenzio a bocca chiusa, non ruttava, aveva un vestito elegante, una cravatta blu con una molletta dorata, lo sguardo freddo, sembrava non fosse nemmeno presente, emanava un profumo strano, ti entrava nel naso con forza, non mangiò quasi nulla, sembrava che guardasse il cibo con compassione... Finito il pranzo il signore si chiuse insieme a te in camera tua, invece il babbo rimase in compagnia della bottiglia di vino e ti lasciò sola con quel signore, non capivi come mai... ti dava fastidio che uno sconosciuto entrasse in camera tua, ma non potevi farci nulla, era camera tua ma poteva entrarci chiunque, in quel momento desiderasti una camera tua veramente tua, dove potevi decidere chi fare entrare... il signore ti fece sedere accanto a lui, tirò fuori un taccuino, ti faceva domande e scriveva... Cosa ti piace, qual è il tuo gioco preferito, come ti vedi tra dieci anni, cosa vorresti fare da grande... Tu non sapevi cosa dire, o non lo volevi dire, e inventavi... Gioco a guardare il buio, mi piace stare zitto, da grande farò il pompiere, il mio migliore amico è un verme, si chiama Mario come me, mi piace leggere al contrario, da grande sarò un'aquila che vola, mi fa male la pancia... dov'è il babbo?

Maria si toglie il trucco con le mani, se lo toglie leccandosi le dita, si ferma tra due alberi, si tira su la minigonna, si abbassa le mutandine, si accoccola, dalla vulva nuova, vergine, zampilla sul muschio il liquido antico, e la terra, intrisa, intiepidita, rende un odore buono, animale, Maria non smette di guardarsi, di giocare, si passa le dita in mezzo alle gambe, assapora il « vuoto » sognato e desiderato e finalmente arrivato... sorridendo ricorda quel ciondolo di pelle rosa che la faceva sentire strana e triste, ricorda anche il chirurgo con i baffi enormi e gli occhi che ridevano, una busta piena di soldi, i suoi soldi, e gioca, gioca, dentro e fuori dal « taglio », ipnotizzata, non sa di sorridere, davanti agli occhi passano i ricordi... notti al distributore, notti in questura, notti senza sonno, a guardare dalla finestra, in inverno... Le confidenze di un tipo, una sera, sottovoce, sdraiati per terra, qualcosa di simile all'amore, ma la sua faccia non te la ricordi, un bacio solo, la lingua calda, non sapevi nemmeno il suo nome, e adesso addirittura provi per quei momenti una nostalgia che ti consuma e ti dà piacere, e all'improvviso una domanda stanca, un dubbio, cosa sono? chi sono? di fronte a chi? « sono una donna, una femmina... oppure... », chiunque guardi bene dentro di sé trova dubbi pericolosi, dubbi che a volte svaniscono guardandosi in mezzo alle gambe, altre volte mai... Un mostro? uno scherzo della natura?, « sono una donna », Maria si alza, mezza nuda, si tocca il seno e sorride di piacere, socchiude gli occhi, vede un uomo che la desidera, che la porta in un letto, il primo uomo, il primo amore, in fondo è come se lei fosse vergine, anzi è vergine, la sua vagina nuova è inviolata, aspetta il momento di essere uno strumento di amore e di piacere... lui prima la stringerà forte, dirà cose che lei non ha ancora sentito dire da nessuno, è bello, e con lei è anche buono, le bacerà il viso, la pancia, le mani, la bacerà sugli occhi, la terrà stretta, e dopo non se ne andrà, non la spingerà via, le accarezzerà la schiena, lei potrà addormentarsi, non avrà paura, non dovrà rivestirsi, tornare in strada, scoperanno per sempre, solo lui e lei, la notte dormiranno abbracciati, sente le sue braccia, forse la felicità è questa, immaginare qualcosa fino in fondo, senza partecipare, senza esserci, altrimenti... certi pensieri fanno piangere, non sono tristi o allegri, sono solo incapaci di trasformarsi in parole, qualche lacrima le cola sul mento, sulle labbra, lei le raccoglie con la lingua, sono lacrime buone, salate e dolci, sanno di vita, di verità, fa appena in tempo a leccarle, mentre dal cielo scende il fresco della sera... Alzò gli occhi e cacciò un urlo, un'ombra era ferma tra gli alberi, a venti metri da lei, nel crepuscolo, Maria cadde indietro dallo spavento, ora mi uccide, nessuno mi troverà più, o forse è un albero, stupida che sono... si sforzava di capire se si era sbagliata, eppure la vedeva, era un'ombra immobile, scura, dall'aspetto vagamente umano... no, non era un albero, l'ombra si mosse e si avvicinò, Maria era senza respiro... l'uomo si fermò di fronte a lei, la sua voce era un suono caldo, parole sconosciute, le tese una mano grande, poi vide che lei era quasi nuda, sorrise, chiese scusa, si voltò, Maria si alzò e si rivestì, tremava ancora, l'uomo si voltò di nuovo verso di lei, vide che si era rivestita, disse ancora qualcosa, Maria scosse il capo...

«Non capisco, mi dispiace...»

«Italiana?»

«Sì.»

«Ah! Roma, Napoli, Firenze...»

«Sì, Firenze.»

«Che fare qui?»

«Non lo so...»

«Perduta?»

«Sto tornando in Italia.»

«Mio nome Zubick.»

«Io sono Maria.»

«Vieni, ti porto là.»

«Dove?»

«Vieni... No paura...»

Era già quasi notte, l'uomo prese la borsa di Maria, accese una torcia elettrica che faceva pochissima luce e cominciò a camminare, lei lo seguiva, vedeva la schiena larga dell'uomo, forse aveva sessant'anni, forse di più, ma era un toro, un quarto d'ora di cammino, sentieri, fossi da saltare, arrivarono alle prime case di una piccola città che si arrampicava su una collina, c'era silenzio, il cartello con il nome era illeggibile, crivellato di proiettili, Maria chiese all'uomo come si chiamava quel posto, la risposta fu un suono di gola per lei impronunciabile, entrarono nell'abitato, le strade non erano deserte, tra i vicoli oscuri, come lemuri, si muovevano ombre grigie, ombre nere... «manca la luce?» chiese Maria, l'uomo puntò un dito contro il cielo, «aerei, bombe», «quando?»,

« molte volte… quando meno aspetti », Maria alzò gli occhi, il cielo era un materasso scuro, dietro qualche nuvola strappata s'intravedeva un viola che dava l'idea dell'infinito, dell'immensità in cui rotolava la palla del mondo… Maria sentì dentro una nostalgia struggente, anche se non sapeva di cosa, le venne quasi da piangere, sentiva che quel cielo apparteneva anche a lei, provava una sensazione animale, aveva voglia di correre a quattro zampe, di ululare, non aveva bisogno di parole, si accorse che non le era mai successo, rimase come incantata, in attesa, aspettando qualcosa, si sentì toccare e si spaventò, l'uomo l'aveva presa per mano, « vieni », lei non si era accorta di essersi fermata, il cielo l'aveva ipnotizzata, quel cielo dal quale potevano piovere le bombe… Continuarono a camminare nel fresco della sera, che a momenti faceva venire i brividi sulla pelle, alcune case là intorno erano puntellate, altre erano distrutte, le macerie sparse nei vicoli… in mezzo alle pietre, ai mattoni, si vedevano stracci e scarpe, armadi fracassati, cessi, la testata di un letto… le ombre grigie si muovevano disinvolte, silenziose, si voltavano a guardare nel buio le gambe nude della donna, il silenzio si rompeva, si sentivano commenti, complimenti, sussurri, lontano qualcuno gridava e piangeva, un bambino o una donna, ma nessuno ci faceva caso, ogni tanto, guidata da un fantasma, l'ombra di una macchina, a passo d'uomo, l'ultimo litro di benzina per portare un ferito, un malato…

« Tu… fame? »

« Sì. »

« Ti porto mia casa, dove mia moglie… Segui me. »

« Sì… »

Maria lo seguì, passarono per alcune stradine, tutte grigie, ovunque ombre in movimento, mute, si animavano appena per le gambe nude della ragazza, per i suoi capelli biondi e quasi luminosi nel buio, un'apparizione che in quell'Inferno sembrava un frammento di Paradiso, poi tornava la quiete… Maria si accorse di essere stanca morta, non poteva scegliere, doveva avere fiducia, voleva un letto, sdraiarsi, abbandonare le gambe, posare il capo, sognare... la voce di quell'uomo, di Zubick, era buona, forse anche lui era buono... l'uomo voltò in un vicolo strettissimo, dopo pochi passi aprì una porta con la chiave, si sentì la voce appena allarmata di una donna, «Zubick?», l'uomo rispose con un mugugno che aveva il sapore della consuetudine, si sentì borbottare ancora qualcosa, poi l'uomo si voltò verso Maria, «vieni, entra».

Entra, Maria, entra, sogna una casa tua, una porta da aprire e chiudere quando vuoi, come le tue belle gambe... pareti bianche, labbra rosse, un soffitto solido, un pavimento sotto i piedi nudi, finestre per spiare, per chiudere fuori la luce o per farla entrare, una casa che sia la tua libertà, sì, stanotte questa sarà casa tua, è buio, non si vede quasi nulla, la candela nell'angolo non basta, sei abituata alla luce dei lampioni, ai fari delle macchine, alla città, «vieni, entra», la candela spande più oscurità che luce, non vedi nemmeno come è fatta la stanza, una mano ti sostiene, ti guida, come faceva tuo padre prima di scoprire «cosa» eri, la porta dietro di te si chiude, e subito si accende una lampada fioca, la stanza è piccola, c'è odore di verdura bollita, le finestre sono coperte da stracci neri, non si respira, non pensare a tuo padre, Maria, non ora, non ricordare la sua faccia, il suo sorriso amaro, le sue mani nodose, il suo disprezzo, il suo cadavere nella bara, innocuo e commovente... Adesso sei qui, non sai di preciso dove, ma sei qui, il braccio di Zubick ti guida fino a una sedia, le ombre nella stanza adesso sono due, c'è una donna, è vecchia, nella penombra vedi un viso pieno di rughe, una bocca che sorride, una dentatura rada e bianca che brilla dentro un contorno di labbra scarne, poi si accende un'altra candela, appaiono due occhi neri, antichi, che brillano della luce forte degli animali, un fruscio di passi, la vecchia si avvicina, bisbiglia, dal tono sembra meravigliata, dilata gli occhi, resta come paralizzata, una mano rugosa come sughero si avvicina al viso di Maria, lo sfiora, la vecchia guarda Zubick, si copre il viso con le mani e piange senza fare rumore, si allontana e si siede accanto al muro, ripete di continuo una parola, Zubick si avvicina a Maria, «lei dice, tu sembri Tianack, la nostra figlia», «perché piange?», «Tianack morta, febbraio... si dice così, eh?, febbraio», «sì, si dice così», «Tianack molto bella», «mi somigliava?», «Tianack nera, come corvo... ma mia moglie è così, vede ragazza bella, e dice sempre, Tianack, Tianack... diciotto anni», «come è successo?», «serbi...», «una bomba?», «niente bomba, otto uomini...», «Dio mio...», «ora basta... fame?», Maria non risponde, davanti agli occhi vede Tianack, nera, bella, giovane, non sa di preciso come è morta, cerca di immaginarlo, si perde in quell'orrore, Zubick le fa una carezza, «mangiare?», «sì... grazie», l'uomo tuffa le mani in una tinozza, le sfrega una contro l'altra, la vecchia ha quasi finito di piangere, si asciuga il viso con le dita, Maria indica la vecchia con lo sguardo, «come si chiama?», Zubick si asciuga le mani, guarda lontano, oltre le pareti, sorride, «suo nome Lubjanca».

Una stanza... una candela... fuori la guerra, che può arrivare da un momento all'altro... Ripensi al tuo seminterrato fiorentino, ripensi a quella sera, avevi diciotto anni, ancora non ti prostituivi, lavoravi come cameriera nei bar e nelle trattorie... lui ti piaceva molto, era uno studente, un ragazzo pulito, curioso... ti diceva cose bellissime, lo portasti da te nel seminterrato, non accendesti la luce, lasciasti l'oscurità per non farti scoprire subito, non gli avevi detto nulla della tua «imperfezione», ma lui non era come gli altri, no, non è come gli altri... ti ripetevi questa frase mentre ti spogliavi, mentre lui si spogliava, sentivi il rumore delle lampo, i vestiti gettati via, lui non è come gli altri... accendiamo la luce?, no, ti prego, niente luce, è più bello così, dai vieni, lo conoscevi da due settimane, ma dopo un'ora ti aveva già baciata, ogni giorno ti baciava centinaia di volte, ti guardava negli occhi, s'incantava di fronte alla tua bocca, ti accarezzava la nuca, le dita dentro i capelli, chiudevi gli occhi, ti sentivi sfiorare il seno, la pancia, poi lo fermavi... lui non è come gli altri, sei bellissima... domani sera vieni a casa mia?, mia madre esce con le amiche, staremo un po' insieme... no, ti porto io in un posto, subito, vieni... era inverno, camminando per strada tremavi di freddo e di emozione, andiamoci subito, lo portasti nel seminterrato, ce lo portasti per mano... ti aveva baciata e baciata per giorni, parlandoti di Nietzsche, di Majakovskij, di Baudelaire, non ci capivi nulla, ti piaceva ascoltarlo, aveva gli occhi più belli del mondo, una sera ti aveva letto Allan Poe per telefono, tu poi non avevi dormito... ti portava nei cimiteri a leggere le lapidi, a immaginare la vita di chi se n'era andato... a forza di baci ti costrinse a rubare una penna alla Standa, provasti un'emozione terribile di disobbedienza e di felicità, seguire lui era seguire il disordine e la libertà, il suo modo di muoversi nel mondo ti esaltava e ti faceva piacevolmente paura, ti diceva cose che non avevi mai sentito, aveva sempre in tasca il suo Walkman, ti faceva ascoltare Jimi Hendrix, si entusiasmava, ti raccontava la potenza essenziale dei Ramones, l'epica rock dei Pink Floyd, la grandezza inarrivabile degli scrittori russi... Lermontov, Gogol', Dostoevskij, Leskov, Tolstoj, Čechov... ti leggeva qualche pagina, ti fece venire voglia di leggerli e poi lo facesti... ti spiegava i legami dell'arte, la catena che legava le opere lungo i secoli... ti parlava di come Mick Jagger avesse trasformato un romanzo di Bulgakov in un capolavoro come *Sympathy for the Devil*... ti raccontava di Hitler, di Stalin, delle atrocità delle guerre... infilava *Some Girls* nel Walkman e diceva che Mick Jagger era l'essere più bello del mondo, oltre i generi maschile e femminile, e tu ci credevi perché lo diceva lui, che non era come tutti gli altri... mentre ti spogli ti batte il cuore, pensi ai baci, quando lui ti bacia ti viene voglia di mangiarlo, lui ti cerca nel buio, ti abbraccia, senti le sue mani passare sulla pelle, la schiena, i fianchi, lui no, lui non è come gli altri, ti lecca piano le labbra, «sei bella, sei bella...», e quando dice bella tu ti senti bella, non solo un corpo bello, ma bella tutta, bella davvero, bella in ogni cellula... Adesso nel buio di quella città senza nome con il cielo carico di bombe cerchi di ricordare il suo viso, ma è difficile, sai solo che lui non poteva essere come gli altri... Ti stringe sempre più forte, sei eccitata, gli dici di aspettare, nel buio lo fai sdraiare sopra di te, lui ti bacia il collo, le guance, le spalle, il seno piccolo e delicato, due coppe di champagne, «sembra il seno di una ragazzina» dice, e ride, ti bacia ancora, ti lecca il viso, sussurra... no, non è come gli altri, non è come gli altri, questa frase ti ossessiona, una parola dietro l'altra, come un suono che vibra nelle orecchie, non ha più senso, ma continui a ripeterla, a ripeterla, mentre la sua bocca è già sulla pancia, e scende, scende, serri i pugni, tremi, non è come gli altri, non è come gli altri... non è come... non è... non è... senti le sue mani sui fianchi, hai gli occhi spalancati sul buio, aspettare ancora è impossibile, il cuore ti batte nella lingua, nelle orecchie, la sua bocca arriva finalmente in mezzo alle tue gambe, trattieni il respiro, aspetti la sentenza, il tuo corpo è colpevole o innocente? puoi vivere ancora o devi morire? per un po' la sua lingua cerca l'apertura che non c'è, vaga confusa, si ostina, all'improvviso uno scatto, una specie di bestemmia, una voce che non riconosci, una mano corre a frugare là nel mezzo, come faceva tuo padre, tocca, esamina, ricostruisce le forme, appena il disegno è completo la mano si ritira con uno scatto violento, come se si fosse ustionata, ti uscì un sussurro, «amore... che c'è...», nel buio sentivi il suo respiro, lo chiamasti ancora, rispose con una specie di ringhio, «che razza di roba è?», «amore... sono io... sono sempre io...», lui era sconvolto, si buttò giù dal letto, cercò una sedia, tu non avevi il coraggio di parlare, lui a poco a poco sembrò calmarsi, «perché non l'hai detto subito?», «avevo paura... non è facile... ma sono io, ci siamo baciati, sono una donna... », « mi hai ingannato, perché non l'hai detto? », « sono sempre stata una donna », « non posso, non posso... », lui si rivestì e cercò l'uscita, inciampò, fece rotolare qualcosa, poi riuscì a trovare la porta, « amore... non te ne andare... », « peccato... sei così bella... », se ne andò senza dire altro, tu rimanesti raggomitolata sul letto a guardare il buio, in mezzo a tutto quel nero apparivano dei puntini blu, viola, gialli, sentivi freddo nelle ossa, non ti muovesti per almeno un'ora, ti dondolavi e mugolavi una nenia come quando eri bambina, ti serviva a non sentire e a non vedere nulla, ti cullavi da sola... a un tratto ti rimettesti le mutandine, la gonna, le scarpe, uscisti a camminare nella notte, e ti sentivi più cattiva.

Sei seduta sulla tazza del cesso, Maria, senza saperlo dondoli le gambe, avanti e indietro, avanti e indietro, dal vetro rotto entrano schizzi di pioggia, il babbo è di là, ogni tanto lo senti bofonchiare contro la razza umana, questa maledetta stirpe di troie ruffiani invertiti porci bastardi ladri farabutti... Ti alzi e ti guardi allo specchio, hai i capelli cortissimi, sembri una bambina, sei una bambina, ti guardi negli occhi, fai una boccaccia, ma non ti diverti, chiudi gli occhi, ti metti a mugolare piano piano una canzone, la senti ronzare nelle orecchie, ondeggi con tutto il corpo seguendo la nenia informe che nasce da sola nella tua bocca, solo così riesci a sentire un po' di pace, vorresti stare così per sempre, senza più aprire gli occhi, senza sentire più nessuna voce, senza mangiare, senza pensare... ma sul pavimento c'è ancora la donna con la vagina aperta, solo a immaginarla ti fa schifo e anche paura, in quel giornalino ci sono altre donne nude che sorridono, altri letti, altre stanze lontane da casa tua, ma ti senti morire e vorresti scappare dentro una di quelle foto, andartene via, nasconderti dietro una di quelle donne con il viso strano, vorresti che una di quelle case fosse casa tua, vorresti fuggire via da quella dove dormi e vivi adesso... ti ricordi bene la paura che provavi, ma non era solo paura, ti sentivi smarrita, con il vuoto intorno... A un tratto la porta del bagno si spalancò, il babbo lanciò un'occhiata al giornale aperto buttato sul pavimento... chiudesti gli occhi e ti mettesti a mugolare più forte, avresti voluto scomparire insieme alle tue colpe... dopo un po', non sentendo nulla ti azzardasti a socchiudere gli occhi, il babbo era in piedi davanti a te, « ti porto da una troia come tua madre, vediamo se diventi un uomo », poi tutto nero... ti risvegliasti in un letto, una stanza semibuia, ci mettesti qualche secondo a capire che era il tuo letto, la sagoma di tuo padre era enorme, ti osservava in silenzio, immobile, non sembrava nemmeno lui, « cos'ha? », la sua voce era preoccupata, dall'altra parte del letto apparve un altro uomo, aveva una borsa nera in mano, « anemia », « come? », « sangue povero di globuli rossi », « è grave? », « ci vuole una cura », « è andato giù come uno straccio », « gli dia queste fiale », « sembrava morto », « certo, è così che succede », « grazie dottore », « prego », avresti voluto dire allo sconosciuto di non andarsene, ma non riuscivi a muoverti, « mi raccomando, non deve stancarsi », « no di certo », « riposo assoluto », « lo legherò al letto », provasti a parlare, ma non potevi, il dottore se ne andò, per almeno tre settimane non riuscisti a parlare, aprivi la bocca ma non veniva fuori nulla, il babbo ti guardava preoccupato, ti misurava la febbre, ti dava le medicine, stava spesso seduto accanto al tuo letto e ti leggeva qualcosa, ogni tanto ti faceva una carezza, era commosso, quasi non lo riconoscevi... di notte sognavi la donna con la vagina aperta, ti chiamava per nome, si alzava a sedere sul letto e allungava le dita, ti toccava le guance, aveva le mani calde e puzzolenti, ti fissava con gli occhi grandi e buoni, ti respirava sul viso, diceva « dai un bacio alla mamma ».

« Vieni, entra », così dirò al primo uomo che potrò amare, fra le mie gambe non troverà un rivale, potrà affondare dentro di me, sarò la sua donna, non si spaventerà, non ci sarà bisogno di scuse, troverà quello che cerca, si attaccherà al mio seno, io sarò contenta di essere sua, lui di essere mio, ma solo in quei momenti, per giocare all'eterno piacere dell'amore, non ci illuderemo di essere una cosa sola, come gli altri, quelli che non capiscono quanto sia bello essere e rimanere sempre due... Insieme a lui non sarò più colpevole, non sarò una cosa strana, un animale ambiguo che attira e respinge, non sarò più il gioco malato dei signori perbene, l'esperimento dei viziosi, degli annoiati, la preda di chi vuole provare tutto, « perfino » questo, non sarò più l'emozione di avvicinarsi al pericolo, alla paura di essere finocchi, lo strumento per una banale e innocua sfida, l'ebbrezza di farsi leccare da una donna con l'uccello, il brivido di avere « contatti » con il mondo oscuro e squallido degli scherzi della natura, dei mostri che vivono scivolando tra i sentimenti come sulla bava di una lumaca, che hanno il sesso come unica religione, che sono marci e corrotti, che vendono peccato ai peccatori, che sono il divertimento dei normali, il circo infinito della notte, il vizio delle contrade buie, che si nascondono dietro all'ambiguità, che ti guardano negli occhi per non essere guardati, che hanno la forza di sopravvivere, che se Gesù non mentiva saliranno in cielo per primi, magari dopo una coltellata, ma qui sulla terra sono gli ultimi per l'eternità.

Il tavolo è di legno, senza tovaglia, Zubick si siede a capotavola, Maria e Lubjanca ai lati, si fa così in casa di Zubick, da sempre, due padelle fumanti, verdura cotta, un pasticcio che malgrado l'aspetto odora di carne, il pane non manca, è di qualche giorno fa, ogni sera è stato avvolto dentro un panno, ma è duro lo stesso, Zubick vede una domanda negli occhi stanchi di Maria, « prima noi mangiato bene, guerra portato via tutto, ora a tutti manca tutto », Zubick guarda Lubjanca, si sorridono, lei non parla italiano... Maria ha fame, porge il piatto vuoto, Lubjanca lo riempie con un ramaiolo, bisbiglia qualcosa a Maria, si batte una mano sul petto, poi si volta verso Zubick, gli fa cenno di tradurre, Maria è curiosa, « cosa ha detto? », « lei fatto questo, cose da nulla, ma buone, a Tianack piaceva », Maria sorride alla donna, la ringrazia con un cenno, comincia a mangiare, sapori mai sentiti, mai immaginati, sembra di aprire una porta che dà su un altro mondo, Maria non riesce ancora a capire se riuscirà a mangiare quella roba, non sa se le piace o no, qualcosa scatta dentro di lei, solo ora si rende conto di trovarsi in quel luogo, ma « dove »?, non sa capire come si sente, e questi due vecchi... sta mangiando con loro, questa è la loro casa, la loro tavola, li osserva, sono volti incomprensibili, però familiari, ogni tanto alza gli occhi, Zubick la sta guardando, si fissano a lungo, l'uomo sorride, scuote il capo per dire qualcosa che non dirà mai, Lubjanca parla spesso da sola, tra i sussurri si sente dire « Tianack, Tianack... », Maria non capisce altro, il giorno prima era ancora in un altro mondo, un mondo sconosciuto e strano anche quello, ma lei aveva un motivo per essere là, ora invece... sembra che la vita cominci adesso, il passato è un'immagine che scorre lenta sopra un muro, qualcosa da osservare quando se ne ha voglia, adesso Maria non ne ha voglia, si sente appena nata, ha un corpo nuovo, vergine, nessun uomo è entrato in lei dalla porta davanti, occhi mai incontrati la stanno guardando, quei due vecchi sconosciuti non sanno nulla di lei, di quello che era e di come è diventata con l'aiuto di un bisturi... altri occhi ancora la guarderanno, immagineranno di lei cose nuove, mai immaginate... Maria adesso mangia di gusto, quella roba le piace, le piace molto... vive strane sensazioni, le sembra di essere lì da sempre, non sa il nome di quella città, non sa nemmeno dove sia sulla carta geografica, non sa cosa c'è intorno, quanto è distante il mare, chissà perché le viene in mente il futuro, un futuro lontano, lei si ricorderà di aver vissuto in una città di cui non ha mai saputo il nome... è qui da un'ora, ma non riesce a pensare di andarsene, si volta a guardare la stanza, è quasi vuota, povera, la cosa più preziosa è un'immagine della Madonna, sotto c'è una candela minuscola, spenta, ai piedi dell'immagine la foto di una bambina bellissima, nera, Tianack, una cornice di legno scuro, il vetro è rotto, tutti i vetri della città sono rotti, nella penombra si vede il rettangolo nero di una porta, il vecchio sorride, « quella è stanza dove tu dormi », « per me? », Zubick ora la guarda con tristezza, dice qualcosa nella propria lingua, beve un bicchiere, si asciuga la bocca con la mano, non importa che dica nulla, Maria ha capito, ancora Tianack, quella era di certo la sua camera, Lubjanca prende i piatti dal tavolo, lentamente, li mette in una tinozza, la cena è finita, Lubjanca lascia sul tavolo solo i bicchieri, ci versa dentro un liquore trasparente come acqua, prima Maria, poi Zubick e Lubjanca, come per la zuppa, i bicchieri pieni si staccano dal legno, per Zubick un unico sorso, la vecchia invece beve appena e rimette giù il bicchiere, Maria imita Zubick, lo butta giù in un fiato, due lacrime calde le scendono dagli occhi, l'abbraccio dell'alcol la scalda dappertutto, apre la bocca, la lingua brucia di piacere, l'aroma della grappa la stordisce, con una mano sotto il tavolo si tocca in mezzo alle gambe, le piace non trovare nulla, ogni volta si emoziona, sembra tutto un sogno, continua a toccarsi, si commuove per quel vuoto, per quel luogo senza nome, per quei vecchi malinconici, non pensa più a niente e sorride, e intanto piange... Zubick sta accendendo il fuoco, Lubjanca è già seduta davanti al camino, un gatto enorme e nero si sdraia sulle sue ginocchia, lui non teme la fame, i topi non mancano mai, in nessun senso, Maria appoggia il capo sul tavolo, cerca di farlo smettere di girare, di fermare tutto, chiude gli occhi... la sua vita passata è un macigno enorme e scuro che cade nel mare senza rumore.

Il signore ospite con gli occhiali d'oro e il muso di lupo sotto l'occhio destro ti fa ancora delle domande, guardandoti con un lieve sorriso sulle labbra... ti trovi meglio con i maschietti o con le femminucce? «meglio di tutti con la televisione...», ti piacciono i soldatini e le pistole? «mi piace il mare ma non l'ho mai visto...», quali sono le scarpe che preferisci?, «i piedi nudi...», poi l'uomo apre la borsa e tira fuori dei fogli con delle figure nere, delle macchie d'inchiostro... Guarda questo, cosa vedi?, «una bomba che scoppia», e qui?, «una donna senza la bocca», e questo qui?, sentisti un brivido, perché ti sembrò di vedere la donna con la voragine aperta, era proprio lei, ma non glielo dicesti, «quello lì sono io, sono proprio io», ti mettesti anche a ridere, avevi il terrore che quell'uomo capisse cosa stavi vedendo... questo sei tu? e perché?, «perché siamo brutti uguale...», ah, tu sei brutto?, «sì sì...», e come mai sei brutto?, «perché lo dice il babbo», il babbo ti dice che sei brutto?, «no non lo dice...», e allora?, «si arrabbia perché sono brutto...», brutto come?, «non sono come gli altri bambini...», e come sei?, «strano e brutto...» in che senso?, «non sono un maschio... cioè, sono un maschio però non come gli altri bambini», e cosa sei?, «boh!... non ho capito...», sei una bambina? eh? cosa mi rispondi?, sei una bambina?... Proprio in quel momento la porta della tua camera si aprì e apparve il babbo, con il bicchiere in mano, ti fissava, il signore andò a bisbigliargli qualcosa all'orecchio, il babbo se ne andò, il signore tornò indietro sorridendo, si rimise seduto accanto a te... Dove eravamo rimasti?, te lo ricordi?, il signore ti poggiò una mano sopra il capo, ti pesava, di là dalla porta chiusa sentivi il rumore della televisione accesa, lo stadio pieno, guardare la partita ti piaceva, non perché ti piacesse la partita, ma perché potevi nasconderti, il babbo durante la partita non ti vedeva, ti ignorava... e poi milioni di persone guardavano la stessa cosa nello stesso momento, quella sensazione ti piaceva, ti sembrava di far parte di una cosa importante, insieme a tutti gli altri, e nessuno che guardava te, milioni di occhi che ti ignoravano, ti sentivi protetta dal loro disinteresse per te, la fine della partita era l'inizio della tristezza, avresti voluto che quegli uomini con le magliette colorate non si fermassero mai... il signore levò la mano dal tuo capo, sentisti tuo padre che saltava sul divano, incitava qualcuno, commentava, « ma no, che cazzo fai! », restavi immobile seduta sul letto, aspettavi che succedesse qualcos'altro, il signore si alzò e si mise a girellare per la stanza, si guardava in giro, osservava e toccava tutto, si fermò davanti al quaderno dei tuoi disegni, lo aprì, diventasti rossa di vergogna e glielo strappasti di mano... in quel momento odiavi il signore con gli occhiali d'oro, ti aspettavi uno schiaffo e ti parasti il viso, lui invece ti lasciò prendere il quaderno e ti fece anche una carezza, la cosa ti meravigliò, quasi ti venne da piangere... Siccome tu eri cattiva, pensavi che tutti fossero cattivi, gli rendesti il quaderno, il naso ti bruciava, avevi la gola chiusa, il signore ti ringraziò, si sedette e si mise a guardare i tuoi disegni... ma che belli, disse, sono davvero molto belli, ora vieni qui, parliamo ancora un po'.

Il capo pesante, la mente leggera, l'aria sa di fumo, il fuoco brucia già da un pezzo, il gatto dorme, Lubjanca dorme, il vecchio Zubick è seduto su una panca in fondo alla stanza, sta lavorando a qualcosa con un coltello, ogni tanto guarda Maria che sonnecchia, il capo appoggiato sul tavolo, non sa che anche Maria lo guarda, attraverso le ciglia semichiuse, faceva così da bambino, cioè da bambina, per non farsi vedere dal babbo... lui dormiva davanti al televisore, la bocca aperta, Maria a volte si sdraiava sul divano, dalla parte opposta, socchiudeva gli occhi e attraverso le ciglia lo spiava... perché pensi ancora a tuo padre, Maria, avevi detto che non volevi più pensare a lui... continui a vedere il suo sorriso, ti fa male pensare al suo sorriso, il suo sorriso è morto, se fossi nata qui, se mio padre fosse nato qui... non riesce a finire questi pensieri, sta per dormire, se mio padre fosse qui con me, se fosse un padre diverso, se fosse il padre che avrei sempre voluto... se fosse, se fosse... dietro di lei appare l'ombra del babbo, larga, nera, Maria apre gli occhi e alza il capo per farla sparire, si volta indietro, il muro è sporco, il fuoco fischia, brucia legna fresca, Zubick la rassicura restando immobile in silenzio, Maria richiude gli occhi, il capo ricade sopra il tavolo, ora è sola, e allora sogna, sogna di sdraiarsi sull'erba e di fissare il cielo, sogna di essere una stella... ha sempre invidiato chi poteva pensare cose inutili e impossibili, essere una stella, una di quelle già spente, gelida, scura, invisibile, isolata in mezzo a milioni di altre stelle, quante volte avrebbe voluto pensare alle stelle, alzare gli occhi sopra i viali, sopra il distributore della Q8, sopra le macchine dei clienti, sopra i preservativi gonfi di sperma, sopra l'ospedale dove è morta Mina... non doveva fare altro che fermarsi, buttarsi in terra, braccia e gambe distese, gli occhi puntati in alto, le stelle, le stelle, chi le ha mai viste le stelle... guarda bene, Maria, tu sei quella piccola stella laggiù, ormai fredda da milioni di anni, immobile nella penombra del cielo... Maria respira il fumo della stanza, fumo che profuma di bosco, dentro sente arrivare una pace inaspettata, è sola, ma serena, quasi serena, solo un tremore continua a impedire la pace completa, un tremore che forse è la vita, le viene in mente qualcosa... poco fa, un'ora fa, tre ore fa, non sa quando, mentre camminava dietro a Zubick, nelle stradine oscure, a un tratto si era voltata, d'istinto, forse un rumore, aveva visto un viso, l'ombra grigia di un viso, le altre ombre sono in movimento, quella era immobile, si era sentita attratta da quell'ombra, le sembrava di aver visto due occhi che guardavano lontano... che idiozia, non si capiva nemmeno se l'ombra era di un uomo o di una donna... chissà quante altre ombre avrebbe visto, altri misteri, e forse quell'ombra non esisteva nemmeno, non c'era, se l'era inventata, era un viso grigio in una città grigia, oppure nulla.

Il signore distinto con il fiero muso di lupo sotto l'occhio destro tornò ancora molte volte, sempre di domenica, quando il babbo non andava al lavoro... Entrava, salutava il babbo, si toglieva il cappello, lo appendeva con delicatezza all'attaccapanni, il babbo lo accoglieva ormai con aria perplessa, a volte addolorata, un dolore che sembrava disgusto del dolore, ma al signore gli umori del babbo non interessavano, anzi cominciò a trattarlo quasi con indifferenza, ma sempre con gentilezza, dopo un po' di tempo il babbo gli affidò la responsabilità di quel bambino strano, appena il signore arrivava il babbo usciva e tornava dopo qualche ora... il signore portava spesso dei dolci, continuava a farti domande, stava ad ascoltarti pulendo i suoi occhiali d'oro per un tempo interminabile, poi se li rimetteva, le lenti erano spesse e là dietro i suoi occhi diventavano enormi, gli uscivano dal viso, lui non ti piaceva, non ti era mai piaciuto, ma eri contenta che ci fosse, eri contenta di passare del tempo con lui, perché era un tempo in cui il babbo non veniva a farti paura... ti faceva bene stare un po' lontano dal babbo, cominciasti a confidarti con quel signore, così per gioco, o con l'illusione di dilatare il tempo... Per non farlo scappare via troppo presto, gli raccontavi cosa vedevi nel buio, la notte, quando non ti addormentavi, gli raccontavi che gli altri avevano deciso che eri strano, ma non era vero, forse eri solo diverso... gli dicesti di un ragazzino che ti piaceva, a scuola, aveva un anno più di te, era ripetente, un giorno mentre ti passava accanto gli avevi dato un bacio sulla guancia, gli altri si erano messi a ridere e a fare fischi, il ragazzino era diventato rosso di vergogna, ti aveva allontanato con una spinta, ti aveva guardato con odio, «mi fai schifo!», si era pulito la guancia con la manica della maglia... qualche giorno dopo ti trovò nei bagni della scuola, ti spinse dentro un cesso e chiuse la porta a chiave, ti prese la mano e se la infilò nei pantaloni, lo vedevi contento, e lasciasti la mano là dentro, ti piaceva vederlo contento, lui era il migliore, era da tanto che volevi fosse tuo amico, lui si aprì i pantaloni, aveva il coso duro e grande, ti disse di piegare le ginocchia, ti spinse il capo e ti infilò in bocca quel coso duro, fai così, piano, bisbigliava, più dentro, continua così, sì, continua, la maniglia si mosse, qualcuno cercava di entrare, « c'è qualcuno? », lui si spaventò a morte, ti fece cenno di stare zitto, quando l'altro se ne andò ti disse di continuare, così, fai così, sì, dai... dai... finché lo sentisti respirare come se stesse correndo, credevi si sentisse male, ma lui ti teneva fermo, ti guardava, anche tu lo guardavi di sotto in su, aveva la faccia quasi cattiva, poi alzò il capo, chiuse gli occhi, quasi cadde per terra, qualche goccia di liquido amarognolo ti schizzò in bocca, la lingua ti pizzicava... un attimo dopo il ragazzino si tirò su la cerniera, era tornato normale, la pelle del viso lucida di sudore, « è un segreto, eh? mica lo dici a nessuno... », fece un sorrisetto e se ne andò, la bocca continuava a frizzarti, tornasti in classe con il tuo segreto, il vostro segreto, lui era il migliore, e avevate un segreto, eri emozionata, ma il giorno dopo mentre facevi pipì nel solito cesso della scuola entrò un altro ragazzo, uno che ti era odioso, chiuse la porta e si tirò giù i pantaloni, lo guardasti fisso, « che vuoi?... lasciami andare », lui fece un sorriso disgustoso, piegò il capo di lato, « dai, lo so che ti piace », ti afferrò una mano, « ho detto lasciami! », volevi scappare, lui smise di ridere, gli occhi duri, sussurrò velocemente con un tono terribile, « guarda stronzetto che lo dico al preside cosa fai qua dentro... », capisti che era una minaccia, che « quella cosa » non si doveva fare, ti mettesti a piangere, lui si calmò, ti prese la mano e t'insegnò come dovevi fare, ma solo con la mano, e come l'altro, anche lui a un certo punto si contorse tutto, si resse alla porta, respirò forte, gli si piegarono le ginocchia, sì, sì, ancora, dai... uscirono delle gocce e caddero per terra, il ragazzo odioso continuò ad ansimare per qualche secondo, poi a un tratto si tirò su i pantaloni e andò via con gli occhi in terra, tu rimanesti dentro il cesso a pensare, eri triste e umiliata, il segreto non era più un segreto, non capivi come mai fosse stato scoperto il segreto, il vostro segreto... eri spaventata, tornasti in classe e mandasti un biglietto al tuo amico, gli dicevi che il vostro segreto era stato scoperto, lui ti fece un cenno per dire che era tutto a posto, durante la ricreazione ti si avvicinò, ti fece l'occhiolino e ti sussurrò di seguirlo, non subito, dopo un minuto, appuntamento nei cessi... Quando arrivasti lui stava fumando, ti dette una pacca sulla spalla, ti spinse dentro uno dei cessi, gettò la sigaretta nella tazza e tirò fuori il coso, ti disse che eravate amici... dai, spogliati anche tu, « perché? », non chiedere sempre perché, dai, ti faccio una cosa, vedrai che ti piace, poi mi ringrazi, ti sganciò i pantaloni, ti fece voltare, sarà il nostro segreto, il nostro patto, giura!, « lo giuro... », sì, ecco, così, così, stai fermo... A questo punto il signore distinto cambiò faccia, sembrava nervoso, non ascoltava più il tuo racconto, si allentò la cravatta, il babbo non era ancora tornato, il signore ti disse che doveva visitarti, dovevi spogliarti, doveva capire qualcosa di molto importante, tu continuavi a fargli domande... come mai il mio amico il giorno dopo ha raccontato a tutti quello che avevamo fatto?, aveva giurato... invece lo disse a tutti, il giorno dopo mi chiamavano « femmina » come se fosse un'offesa... che voleva dire?, essere femmina è una cosa brutta?, lo so di essere strana, però sono una bambina... il signore cambiò voce, se non ti spogli non posso capirlo, dai, levati tutto... ti aiutò a spogliarti, ti guardava dappertutto, ti passava le mani sulla pelle e respirava forte, aveva un'aria seria, troppo seria, ti vergognavi, ti sentivi strana... fammi vedere cosa hai fatto con quel tuo amico, poi ti spiego, si sedette accanto a te, sudava, io non ti tradisco, so mantenere i segreti, fidati di me, vieni, toccami qui, facevi così con il tuo amico? ti piace? e poi come facevi? così? ecco, sì, ancora, io non ti tradirò, non lo diremo a nessuno, a nessuno, sei una bella bambina... dai, sì, così, facevi così? sei una brava bambina, non sei strana... il signore sudava, ti faceva schifo, ma obbedivi a quello che ti diceva, ti volevi fidare di lui... no, non ti fermare, che belle labbra, non dirlo a nessuno, continua, sì, sì... no, non staccarti... ti sentivi angosciata, avevi freddo, ma ce la mettevi tutta per resistere... quel signore vuole aiutarmi a essere normale... eri angosciata e contenta, e continuavi, il signore sembrava malato, tremava, si mordeva le labbra, ti faceva impressione... a un tratto un'onda calda sul viso, dentro la bocca... la lingua ti frizzava, avevi le guance bagnate, ti faceva schifo quella roba, ti mettesti a sputare sul pavimento, il signore crollò disteso sul letto, rimase a occhi chiusi per mezzo minuto, sembrava morto, non sapevi cosa fare, avevi il terrore che arrivasse il babbo e vedesse che avevi fatto male a quel signore... ma il signore dopo poco si svegliò, si rivestì senza guardarti negli occhi, era spettinato, respirava male, pulì il pavimento a lungo, andò in bagno, ci rimase un paio di minuti, quando tornò era quello di sempre, gli occhi gentili, enormi dietro le lenti, rosso in viso, si mise in piedi di fronte alla finestra... mi raccomando, questo è il nostro segreto, nessuno deve saperlo... parlava velocemente, sussurrava... facciamo un giuramento, eh?, mai nessuno, gli altri non possono capire, nessuno può capire, solo noi due possiamo capire... corse a sedersi accanto a te, allungò una mano, stava per farti una carezza, la mano si fermò, tornò indietro, si rialzò di scatto, adesso devo andare, si fermò sulla porta, senza voltarsi, lo sguardo puntato sulle scale, mi raccomando, a nessuno, il tonfo della porta che si chiudeva ti rimase nelle orecchie per tutta la settimana.

« Maria, vieni... dormire », « che? », Zubick la tirava per la spalla, « tuo letto pronto », Maria si alzò, non riusciva a tenere gli occhi aperti, da almeno dieci anni non dormiva così, il sonno dei bambini, si aggrappò al braccio del vecchio, si lasciò portare, nell'altra mano Zubick teneva la borsa della sconosciuta... dopo alcuni interminabili passi, il vecchio si fermò e Maria si lasciò scivolare sul letto, sentì che Zubick le sfilava le scarpe, « meglio leva vestiti, eh?... dormire meglio... », Maria non rispose, voleva vedere cosa succedeva, voleva giocare alla morta, non aveva mai giocato alla morta, o forse sì, con la mamma, quando era piccolissima... «ehi, dormi?», Zubick parlava sottovoce, disse ancora qualcosa nella propria lingua, passò un minuto di silenzio, poi ricominciò il borbottio tra i denti... Maria sentì due mani sfilarle la gonna, lentamente, sbirciò da dietro le ciglia, la stanza era quasi buia, una candela friggeva vicino alla porta, Zubick teneva gli occhi chiusi, andava a tentoni, mormorando in bosniaco, scuotendo il capo, Maria era arrendevole come un manichino, Zubick la maneggiava con facilità, le sfilò via tutto, si fermò solo davanti al reggiseno, passò una mano sotto le gambe nude di Maria, le alzò lentamente, tolse di sotto le coperte e gliele stese sopra con delicatezza, le fece una carezza sui capelli, disse ancora qualcosa, e la frase finiva con «Tianack», soffiò sulla candela e se ne andò... Maria aprì gli occhi, buio pesto, scese dal letto, cercò i fiammiferi nella sua borsa, riaccese la candela, la stanza era piccola, le finestre senza più vetri, tappate con gli stracci tenuti fermi dagli scuretti, si ributtò sul letto... anche un'altra volta aveva giocato a fare la morta, aveva sei o sette anni, aveva visto in un film un cadavere maneggiato dai becchini, si sdraiò sul divano e aspettò il babbo, si finse morta, il babbo la sollevò e la portò a letto, la spogliò, la mise sotto le coperte, era stato bellissimo, ma non era mai più successo... Adesso Maria si guardava nuda alla luce della candela, i piedi, là in fondo, nella penombra, erano piccoli, femminili, lisci come le mani, era bella Maria, bella come Tianack, bella come Tianack... otto uomini, otto serbi, sedici braccia per un corpo solo, troppe mani, troppe bocche... una bocca enorme, l'apertura di una grotta, cadono gocce dalla roccia nera, «Tianack!», fa freddo, «Tianack, dove sei?», ti volti, tuo padre sta giocando a carte, seduto sopra una pietra... i sogni sono viaggi, portano lontano...

«Babbo che fai? Non eri morto?»

«Ssst, lasciami giocare.»

«Che gioco è?»

«Un solitario, l'ho imparato in Turchia.»

«In Turchia?»
«Anche tu sei stato in Turchia, no?»
«Sì.»
«E ora come devo chiamarti?»
«Sono sempre stata Maria.»
«Ah, ecco... Maria.»
«Babbo, sono una donna.»
«Il re di fiori non è ancora uscito...»
«Mi senti?»
«Questo mazzo è truccato, non si vince mai.»
«Perché non mi guardi?»
«Che vuoi da me, Mario?»
«Mi chiamo Maria.»
«Ma quando arriva la regina di picche?»
«Mi ascolti? Sono Maria, adesso.»
«Non seccarmi più, Mario.»
«Babbo...»
«Ho da fare, non vedi?»
«Sì, scusa...»
«Bravo, adesso lasciami in pace.»
«Tornerò a trovarti.»
«Portami un mazzo nuovo, questo è truccato, i fanti sembrano donne.»

Estate, sole a picco, ai piedi di una collina il prato diventa pianeggiante, alcuni uomini stanno scavando una fossa, Maria è con loro, la fossa non è grande, ma è profonda, gli uomini sono tranquilli, si scambiano occhiate d'intesa, arriva altra gente, si affolla intorno agli spalatori, la fossa è pronta, un uomo si allontana, torna con un bambino in braccio, è nudo, biondo, dalla bocca aperta esce un filo di saliva, il braccio abbandonato ondeggia in aria, gli spalatori si asciugano il sudore, qualcuno tira fuori una bottiglia di vino, in due prendono il bambino, tenendolo per le braccia e per le gambe lo calano nella fossa, lo appoggiano sul fondo, e subito la terra comincia a cadere sul suo viso, sulla pancia, sulle gambe, intorno alla fossa la gente guarda, silenziosa, i becchini mormorano, il sole spande luce, la gente vuole andarsene presto, alcuni si avvantaggiano, si fanno il Segno della Croce, un'ultima occhiata alla terra, poi salutano, si avviano, gli altri aspettano ancora, mentre i becchini continuano a gettare terra sopra il bambino, lo hanno coperto, il bambino non si vede più, ma a un tratto la terra si muove, i becchini fanno un passo indietro, poi uno in avanti, la terra si apre, sbuca una mano, poi l'altra, appare la faccia del bambino, apre la bocca e tossisce, sputa la terra, guarda il cielo parandosi gli occhi, poi cerca di aggrapparsi ai bordi della fossa per uscire, i becchini lo spingono giù, hanno lavorato tanto, ora lo devono seppellire, il bambino cerca di arrampicarsi ancora, vuole uscire fuori, la gente si lamenta, tutti guardano l'ora, tre signori scendono giù nella fossa, parlano con il bambino, lo sgridano, vogliono fare presto, una donna tira fuori una caramella, su da bravo, torna giù, lasciati seppellire, il bambino fa le bizze, batte i piedi, un uomo fa un passo avanti, non vedi che ti sciupi il vestito? poi che dirà la mamma?, il bambino strilla, con un guizzo da pesce riesce a uscire dalla fossa, si appoggia a una lapide e si mette a piangere, i becchini si siedono sopra una tomba, tirano fuori i panini, un signore scuote il capo, se fosse mio figlio... ma via, è un bambino, la donna è commossa, il bimbo è solo un po' triste, ma è intelligente, lasciate fare a me, si apparta in un angolo con il bambino, la gente cammina su e giù, si accendono sigarette, ci si scambiano inviti a colazione, a un tratto la donna alza il capo di scatto, è irritata, pensateci voi a questo moccioso, gli dà un colpo secco sulla nuca, il bambino la morde, ora basta, lo prendono in quattro, lo scaraventano nella fossa, guai a te se piangi, lo ricoprono velocemente di terra, poi ci camminano sopra, si puliscono le mani, qualcuno dà una bella mancia ai becchini... il bambino là sotto grida con tutto il fiato, ma non dà troppo fastidio, si sente appena, è sotto un metro e mezzo di terra, arriva solo un uggiolio lontano, soltanto Maria sente bene quelle grida, forti e disperate, si tappa le orecchie ma non serve a nulla, sente ancora quel grido, sempre più vicino, più acuto, più acuto... Maria esce dal sogno urlando, con le braccia avanti, è ancora notte, l'urlo rimbomba nella sua mente, non si ferma, Maria si tappa la orecchie, ma l'urlo continua sempre più acuto, più forte, è buio, è tutto buio, il bambino sono io, sono io, un rombo assordante passa sopra la casa, copre qualsiasi urlo, un boato vicino, rumore di vetri, di gente che grida e corre, Zubick si affaccia alla porta, « presto », la prende per le braccia, la mette in piedi, le avvolge addosso le coperte, una bomba scoppia vicino, la casa trema, « dove andiamo? », una botola prima invisibile è stata aperta in mezzo alla cucina, Lubjanca è già di sotto, regge una candela, « aspetta... prendere questo », Zubick dà a Maria un fiocco di cotone, « metti in orecchi... presto », Maria scende nel buco, c'è odore di terra fresca, Lubjanca posa la candela, abbraccia la sua « nuova » Tianack, mormora qualcosa, Maria si mette il cotone nelle orecchie, chiude gli occhi... nel mondo di sopra continuano i boati, Maria ha i piedi nudi, sbucano fuori dalla coperta, le due donne si siedono in terra, restano abbracciate, Maria si abbandona sul seno della vecchia, sente il suo cuore battere sulla guancia, una mano rugosa passa e ripassa sul viso di Maria, i vestiti della vecchia sanno di fumo, di cipolla, sanno di mamma... Dopo qualche minuto la bufera sembra passata, Maria apre gli occhi, guarda il buio senza motivo, vede brillare qualcosa, si spaventa come una bambina, la vecchia ha capito, la stringe più forte, indica il buio con il dito e dice qualcosa, Maria guarda ancora, il suo sguardo si abitua all'oscurità, ci sono altri occhi laggiù, altre persone silenziose, ora si vedono bene, hanno il viso fermo, aspettano, un bambino gioca con i riccioli di sua madre, nessuno parla... Maria pensa che se la casa crolla faranno tutti la fine del topo, si guarda intorno impaurita, non sa che è stato scavato un cunicolo che sbuca oltre il perimetro della casa, come hanno fatto in ogni casa che ha un rifugio... Lubjanca sembra leggerle nel pensiero, indica in una delle pareti di terra un'apertura ostruita da sacchi di sabbia... Maria annuisce, ha capito... adesso c'è silenzio, un attimo di quiete, poi uno schianto violento, sembra che tutto crolli, dalle pareti si staccano manciate di terra, cadono sul capo, sui capelli, la vecchia sobbalza, « Zubick! Zubick! », nessuno risponde, « Zubick! », una sequenza infinita di esplosioni, sempre più lontane, più fitte, la vecchia piagnucola, « Zubick! »... Zubick è di sopra, ha aperto la finestra, ha acceso un sigaro, è in piedi e guarda fuori la sua città che a poco a poco si sgretola...

Stavi tornando a casa a piedi, come sempre, facevi la terza elementare, avevi preso uno schiaffo dalla maestra, eri un bambino fastidioso, distraevi i compagni con i tuoi racconti stupidi, le tue visioni notturne... il lupo bianco alto come un armadio che vedevi di notte avvicinarsi al letto, ti respirava sul viso, te lo giuro!, se ti muovi ti mangia... e lo sai che i topi corrono a milioni sotto la città, facendola tremare?, se appoggi l'orecchio sul pavimento li senti, non si fermano mai... una volta un uomo mangiò una formica, la formica gli mangiò lo stomaco, diventò grande come un gatto e gli uscì dalla gola mentre dormiva... Eri girata all'indietro, non ti accorgesti che la maestra era in piedi alle tue spalle, aveva smesso di parlare dei fiumi d'Europa per colpa tua, ti tirò per i capelli, fu sbrigativa, « se non vuoi studiare fatti tuoi ma non devi disturbare gli altri », « io non disturbo mica nessuno », lo dicesti arrossendo, « stavo raccontando dell'uomo che mangiò una form... », non ti fece finire, ti rivoltò la faccia con un ceffone sull'orecchio, poi sbattendo i tacchi sul pavimento tornò fino al suo trono e ci salì sopra... Ti sentivi offesa, piena di odio, non piangevi, ma ne avevi voglia, ti mordevi un labbro a sangue per alimentare la rabbia, i compagni ridevano impauriti, con il capo sul banco... quello schiaffo bastò ad assicurare il silenzio nella classe per tutta la mattina, la maestra continuò a parlare dei fiumi d'Europa, il più lungo, il più corto, il più largo, ti mettesti a guardarla cercando anche di ascoltare, l'orecchio dello schiaffo ti fischiava, affogaci te nei tuoi fiumi, pensavi... quella mattina i fiumi non ti piacevano per nulla, non capivi come mai, eppure alla televisione avevi visto il Mississippi, il Niagara, il Nilo, il Gange e molti altri fiumi immensi, ti erano piaciuti, ti ritornavano in mente le immagini della massa d'acqua che scorreva tra i boschi, gli animali che si abbeveravano, le inondazioni invernali, le cascate, ti ricordasti la leggenda dell'uomo che sfidò il fiume... la voce della maestra non la sentivi più, c'era un'altra voce nelle tue orecchie e raccontava storie paurose, di tigri assassine, di scimmie giganti, di uomini folli che uccidevano senza motivo... passò l'ora, la maestra cambiò materia, in bocca sua la matematica e la geometria erano ancora più noiose dei fiumi... chi mi sa dire come si calcola il peso netto? cos'è un triangolo isoscele? e i numeri decimali? come si calcola l'area di un quadrato? chi vuole dirmelo? allora decido io, vediamo... ti veniva la pelle d'oca, ti nascondevi sotto il banco, dimmelo tu... come?, no no no, sbagliato, e tu Gambaccini?, no, anche tu non sai nulla, scommetto che non hai nemmeno aperto il libro... dimmelo tu De Vitalis... bravo, bravo, si vede che hai studiato, sei il più bravo della classe... grazie signora maestra, ho soltanto letto il libro di testo... Il ciuffo ondulato, i vestiti in ordine, pulito, profumato, ti faceva vergognare, sempre attento, coccolato, veniva l'autista a prenderlo a scuola, si diceva che a casa avesse un maestro privato, un cavallo, un campo da tennis, la piscina riscaldata, andava alle scuole pubbliche perché i genitori erano convinti che stare in mezzo alla «gente comune» era più educativo... bravo De Vitalis, tutti gli altri come al solito non hanno studiato... Stavi andando a casa a piedi, ti ritornava in mente lo schiaffo, camminavi e rivedevi la scena, sentivi lo schiaffo, ti meravigliavi di sentire ogni volta la stessa umiliazione, non riuscivi a smettere di pensarci, non avevi un pensiero preciso, continuavi a sentire lo schiaffo sull'orecchio, sempre uguale, ogni volta arrossendo, ti ossessionava, non potevi smettere di infliggerti quella vergogna, l'attimo dello schiaffo ti riappariva davanti agli occhi sempre nello stesso modo... Sentisti un lamento, veniva da un mucchio di rifiuti al bordo della strada, ti avvicinasti, volevi che quel lamento smettesse, ti faceva stare male... un gattino bianco sbucò da un barattolo vuoto di vernice, era piccolo, le ossa fuori dalla pelle, la coda dritta, costretto alla fiducia, era l'ultimo tentativo per sopravvivere, lo prendesti in braccio e lo portasti a casa, mangiò ringhiando tutto quello che appoggiasti sul pavimento, dopo sembrava più magro di prima, la pancia gli toccava per terra, si addormentò sotto un armadio... Tornò il babbo, vide la ciotola dell'acqua in cucina, ti chiamò, voleva spiegazioni, gli puzzava il fiato di vino, che animale è?, non sarà mica un gatto... i gatti sono ladri, sporcano dappertutto!, quando avrai la tua villa con il giardino prenderai tutte le bestie che ti pare!, dove l'hai raccattato? è malato? non voglio bestie in casa! mi basti te! domani lo riporti dove l'hai trovato, se lo trovo ancora qui lo faccio a pezzettini, e se sporca pulisci... Mentre eravate a tavola il gatto si svegliò, tornò alla carica, saltò sulle ginocchia del babbo, si arrampicò sulla sua spalla, gli leccò l'orecchio facendo le fusa, il babbo rimase a bocca aperta a fissare quel mucchio di pulci, ti tappasti gli occhi, avevi paura che il babbo lo uccidesse, aspettavi di sentire l'urlo del gatto, come lo avrebbe ucciso? con un pugno?, o lo avrebbe stritolato, infilzato con la forchetta?, apristi gli occhi, il gatto era seduto sul tavolo, il babbo lo stava imboccando, rideva, «è simpatico, e non mi pare nemmeno troppo sporco, cazzo però com'è magro! è maschio o femmina?», tu non ci avevi proprio pensato, era un gatto e basta, il tuo gatto... maschio o femmina?, « e come si fa a saperlo? », « come sarebbe? se ha l'uccello è maschio, se non ha l'uccello è femmina... ti sei mai guardato in mezzo alle gambe? lo vedi che sei un maschio, no? », tu non rispondesti, quando ti guardavi in mezzo alle gambe ti sentivi strana, ma non capivi come mai... il babbo come sempre andò a sedersi sul divano davanti al televisore, con il gattino sulle ginocchia, imponendogli le sue carezze, « è maschio, lui sì che è un vero maschio »... passavano le settimane, e il babbo trattava il gattino bianco come una persona di famiglia, gli voleva bene, lo coccolava... tu pensavi, ma allora il babbo sa ancora essere affettuoso, come quando tu eri piccola piccola... il babbo non lo sapeva, ma il gattino dormiva nel tuo letto, veniva di notte, silenzioso, e andava via all'alba, nei mesi caldi gli lasciavi una finestra aperta, il gattino entrava e usciva quando gli pareva, tornava con topi, uccelli, lucertole, li decapitava e te li lasciava sul cuscino, erano i suoi regali.

Maria si vestì, uscì dalla sua stanza, Lubjanca si voltò di scatto, lasciò la verdura sopra il tavolo, posò il coltello, si mise davanti a lei, sembrava ancora più vecchia della sera prima, sulle labbra aveva un sorriso insicuro, rimase un attimo a fissare Maria come fosse una visione, le fece una carezza sul viso, la carezza che avrebbe voluto fare a Tianack, poi le offrì una ciotola di latte, era tiepido, coperto da uno strato giallo di panna, Lubjanca tornò alla sua verdura, Maria bevve... l'odore del latte le ricordò i tempi della scuola, i libri inutili che portava agganciati alla spalla, le lezioni interminabili e noiose, i professori insignificanti, il piacere di parlare con altri ragazzini, tornando da scuola, camminando per strada sotto il sole, la speranza di essere accettata, la delusione, la cattiveria degli adolescenti, a volte ingenua, a volte colpevole... gli scherzi, le risate, la solitudine, nemmeno la professoressa d'italiano ti sopportava, ti faceva arrossire di fronte a tutti, si divertiva a umiliarti, sapeva che tuo padre non avrebbe mai protestato, con i figli di altre persone si comportava diversamente, con te poteva fare tutto, tuo padre era un ignorante, l'aveva visto una volta sola, con la barba lunga, sporco, aveva capito che nessuno ti avrebbe mai difeso, automaticamente diventasti il bersaglio più comodo, il più innocuo, eri la lavagna su cui si scrivevano le condanne... Maria sorride, che me ne importa, quella strega sarà nell'oltretomba... io sono qui, sono una donna... Maria bevve il latte in un sorso, lavò la ciotola nel catino, si sedette accanto alla vecchia, Lubjanca si mise a cantare una filastrocca, ondeggiando sulla schiena, Maria chiuse gli occhi, ricominciò a sognare, le tornarono in mente molte sensazioni del passato, ma non pensava a nulla di preciso, la vecchia finì di tagliare quelle foglie larghe e verdi, gettò tutto in una pentola, ci versò dell'acqua, agganciò la pentola sopra il fuoco, si rimise a sedere e prese una mano di Maria, cominciò a parlare con lei come se si capissero, Maria la fissava, le sembrava di sentir parlare una donna saggia... Tornò Zubick, era andato a cercare qualcosa da mangiare, appoggiò sul tavolo una busta di carta, salutò Maria con un cenno, si mise a parlare con Lubjanca, fermo in mezzo alla stanza, la voce vagamente alterata, la vecchia lo guardava impaurita, in certi momenti si copriva il viso con le mani... Maria intuiva qualcosa, anche se non capiva... Zubick nominava i morti della notte, ripeteva il racconto di qualche forestiero, abbassava la voce, il racconto riguardava molte persone, lasciava andare le braccia lungo i fianchi, sospirava, taceva, avevano fatto tutti una brutta fine, scosse il capo, riprese il tono normale, si voltò verso Maria, « io ancora fuori, tu anche venire con me? », « sì, vengo... »

Una notte il gatto bianco non tornò, era già successo qualche volta, non ti preoccupasti, ma non tornò nemmeno il giorno dopo, né quello dopo ancora, il terzo giorno andasti a cercarlo, camminasti a lungo perlustrando le stradine e gli angoli abbandonati dei palazzi, arrivasti fino ai pantani, ai margini dell'abitato, ti accorgesti che al tuo gatto non avevi dato un nome, lo chiamavi facendo schioccare la lingua... non lo trovasti, tornando verso casa piangevi, una vecchia del tuo palazzo ti vide dalla finestra, ti chiese cos'era successo, le dicesti del gatto bianco, sì lo conosco, lo vedevo spesso qua intorno, qualche volta gli ho dato un avanzo, forse l'hanno mangiato i cinesi, quelli mangiano tutto, ogni giorno ne arrivano cento, le donne di quella razza fanno tre figli per volta, prima o poi ci manderanno via per fare posto a loro, vedrai, lavorano giorno e notte, friggono tutto, fanno una vita da cani, e sono pieni di soldi, per non smettere di lavorare non si lavano nemmeno, le cantine di certi quartieri sono piene di cinesi, vivono in quaranta in una stanza, anche la polizia ha paura a entrarci, vendono e comprano tutto, non si fermano mai, oh che disgrazia, oh che paura, oh che schifo... c'era un ristorante cinese a due isolati da lì, non ci eri mai entrata, ci passavi davanti e sentivi odori che non conoscevi, vedevi il cuoco dalla finestra della cucina, baffi scuri e sottili sopra le labbra, occhi neri e sempre uguali, ti faceva paura... le parole della vecchia ti piegarono le ginocchia, corresti a casa, ti buttasti sul letto, vedevi il cuoco che tagliava a pezzi il tuo gatto, gli levava la pelle, lo metteva in padella, gli scarti finivano in un bidone pieno di schifezze... conoscevi il carattere del tuo gatto, le sue abitudini, a volte ci parlavi, ti rispondeva, vi capivate, lui non era «un» gatto, era proprio «quel» gatto, il tuo gatto... vedevi un uomo grasso e odioso che succhiava le sue ossa, si leccava le dita, faceva i complimenti al cuoco, il tuo gatto spariva nel suo stomaco, diventava un pezzo di carne cucinato, uguale a tanti altri, per lui non era un gatto speciale, non era il tuo gatto bianco... piangesti tutto il pomeriggio, quando sentisti la chiave girare nella serratura corresti da tuo padre, non pensasti alle sue mani pesanti, eri convinta che lui oggi fosse diverso... doveva essere diverso, tutto era diverso, il tuo dolore aveva cambiato il mondo, avresti trovato comprensione in qualunque persona, ne eri certa, eri angosciata e allora tutti si sarebbero stretti intorno a te, con il tuo dolore avresti guadagnato la comprensione di qualsiasi nemico, pensavi che la tua disperazione fosse un passaporto per la dolcezza, anche a scuola i compagni e la maestra ti avrebbero coccolato, « siate buoni con Mario, il suo gatto stanotte non è tornato... », tuo padre ti fissava senza capire, « che succede? che altro hai combinato? », volevi parlare ma non ci riuscivi, appena aprivi bocca piangevi, ti gettasti sul babbo per abbracciarlo, ti abbarbicasti a lui con forza, dicevi « il gatto, il gatto », lui ti tenne stretta a sé, « che è successo al gatto? », « non è tornato, non è tornato », « ma dai, non ti preoccupare, i gatti maschi a volte stanno via per settimane, vanno a cercare le gatte », « non è tornato, non è tornato », « anche te dovresti andare a cercare le gatte, no? », sorrideva, non succedeva troppo spesso, « allora dici che torna? », « ma sì, ne sono sicuro... adesso andiamo a mangiare, ho fame, stasera c'è una partita importante... », c'era sempre una partita importante, il mondo ruotava intorno alle partite importanti... ma quella sera non volevi nasconderti, volevi che il babbo trovasse il tuo gatto... mangiasti in silenzio, mentre il babbo ti lanciava delle lunghe occhiate, nel suo sguardo c'era compassione, preoccupazione, e la solita insoddisfazione... Dopo cena il babbo portò la bottiglia di vino davanti al televisore, per la partita importante... prima c'era il telegiornale, attentato in Sicilia, tre o quattro morti sulla Torino-Genova, un sindaco in manette, rappresaglia di Israele, venticinque palestinesi morti, quaranta feriti, strangola il figlio neonato perché piange... il mondo era rimasto lo stesso, non bastava un gatto scomparso a cambiarlo, eri stata tu a trasformare ogni cosa, soltanto tu, con il tuo dolore... Oggi avevi imparato una cosa in più sulla vita... ognuno ha i suoi dolori, ognuno è solo nel suo dolore... Andasti in camera, ti sdraiasti sul letto, non sentivi più nulla, giravi lo sguardo sui vari angoli della stanza, il mondo sia quel che sia, non avresti mai dimenticato il tuo gatto.

Maria è nei vicoli di quella città senza nome, c'è il sole, l'aria è tiepida, forse è già mezzogiorno, gruppi di persone spalano tra le macerie, lei cammina accanto a Zubick, per uscire si è messa dei jeans, in quella situazione la minigonna non è adatta, e non certo durante una guerra... poco fa sulla porta Lubjanca l'ha baciata sulla fronte, poi ha stretto le mani di Zubick, come un addio, lo fa ogni volta... in fondo alla strada c'è una piccola folla in movimento, avanzano, vengono da questa parte, man mano che si avvicinano il gruppo diventa più folto, gli uomini lasciano pale e carriole, le donne escono dalle case, i grembiuli allacciati, in mezzo alla gente c'è un uomo alto con un cappello buffo, ha un fagotto sotto il braccio, Zubick si avvicina, Maria è accanto a lui, una donna arriva di corsa, si lancia verso l'uomo con il fagotto, la reggono in quattro, è una scena silenziosa, nessuno grida, si sente solo il rumore dei vestiti che si strappano, i respiri affannati, i gemiti... l'uomo con il cappello buffo adesso sta passando proprio lì davanti, il fagotto che ha sotto il braccio sono due bambini, le gambe penzolano al ritmo dei passi, i visi color cenere, l'uomo si avvicina a un tavolo, ci lascia andare sopra i corpi, un maschio e una femmina, sono sporchi di terra, niente sangue, sono stati uccisi a mani nude e sepolti alla meglio ai margini della città... la donna di prima è svenuta, la portano via, due mesi fa è morto l'altro figlio, il più grande, quindici anni, ucciso da una bomba, scaraventato contro il muro dallo spostamento d'aria, la gente resta in silenzio a guardare i due bambini, la femmina ha la bocca e gli occhi aperti, avrà cinque anni, il maschio è più grande, più o meno sette anni, il capo grosso, sproporzionato... Zubick si avvicina, cerca di chiudere gli occhi alla bambina, uno si riapre quasi subito, l'altro dopo un po'... si riprendono le pale, si vanno a scavare altre due buche, o forse una sola, dietro la chiesa, lungo il muro del cimitero, senza messa, il prete è morto il mese scorso, di vecchiaia, una morte di lusso... un uomo prepara due croci, incide sul legno i nomi dei bambini, Marik, Zeldanja, figli di una bosniaca e di un croato, in città ci sono etnie e religioni diverse, bosniaci, croati, albanesi, cristiani e musulmani convivono da sempre, si rispettano... per fare le casse da morto non c'è tempo, basta scavare una fossa più profonda, arriverà presto l'estate, c'è il pericolo di un'epidemia, si comincia a scavare, a borbottare, Maria chiede a Zubick chi è stato a fare una cosa simile, « serbi », sempre loro, li hanno visti di lontano, hanno rapito i bambini, giocavano al ruscello, li hanno picchiati fino ad ammazzarli, « ma perché? », Maria non vuole crederci, « loro odia noi », tutto qui, pulizia etnica, anche i bambini sono nemici, albanesi, bosniaci, meglio ammazzarli subito, prima che crescano... la fossa viene scavata in fretta, è pronta, due uomini scendono nella buca, da fuori un vecchio robusto porge loro il bambino, i due lo sistemano in terra, arriva anche la bambina, la appoggiano accanto al fratello, da dentro la buca uno dei due uomini caccia un urlo verso il cielo, un lamento e una protesta, contro gli uomini e di fronte a Dio... Ecco fatto, tutto finito, i due stanno per uscire dalla fossa, una donna li ferma, dice qualcosa, indica i bambini, poi piange, i due uomini si chinano sul fondo della buca, intrecciano insieme le mani dei due fratellini, poi finalmente escono, si puliscono le mani sui pantaloni, tutti gli altri si affacciano sulla fossa per l'ultimo saluto, molti si fanno il Segno della Croce, anche Maria si affaccia, un uomo anziano dice venti o trenta parole, la faccenda è chiusa, si riprendono le pale... una donna arriva di corsa, è la madre, una contadina, non hanno potuto trattenerla, si butta in ginocchio sul bordo della fossa, bisbiglia qualcosa, chiama i figli per nome, vuole scendere a toccarli, la reggono, lei li prega di lasciarla andare, la abbracciano, lei spinge via tutti, alla fine la aiutano a scendere giù, la calano lungo la parete di terra, la donna si accovaccia e accarezza il viso dei figli, si strappa una catenina dal collo, la depone tra i due corpi, quel gesto è solenne, vale più di un'incoronazione... all'improvviso un rombo assordante, un aereo serbo sopra il capo, la donna non alza nemmeno lo sguardo, la gente si disperde, Zubick prende Maria per un braccio, la tira contro il muro del cimitero, grida agli altri di fare lo stesso, qualcuno alza il pugno contro il pilota e urla, si vede la sua bocca aperta, le vene gonfie del collo, il viso rosso dallo sforzo, ma il grido non si sente, il rumore dell'aereo copre tutto, prima di allontanarsi il serbo torna indietro, mitraglia la folla, due raffiche sole, ferisce una donna al capo, poi se ne va, non sempre sprecano bombe per questa città inutile, la usano come un bersaglio da esercitazione, la donna ferita viene soccorsa, non è grave, la portano via sopra un carro, qualcuno corre in altre direzioni, due uomini litigano, stanno per picchiarsi, chissà cosa è successo, vengono divisi, intanto un vecchio aiuta la madre dei bambini a uscire dalla fossa, torna il silenzio, intorno ci sono le colline verdi immobili e indifferenti, e il cielo velato di bianco, ma non c'è nessun dio a vedere quello che accade in questo spicchio di mondo... Maria si attacca alla camicia di Zubick, lui resta immobile a guardare, gli occhi incastrati tra la fronte e gli zigomi, la madre conficca le dita nel terreno, si riempie le mani di terra e stringe, stringe con forza, una forza che non ammazzerebbe un topo, poi lascia andare piano la terra sopra Marik e Zeldanja, si fa tre volte il Segno della Croce, si macchia di fango la fronte i vestiti e le labbra, poi si siede sull'erba, vicino al bordo della fossa, con i piedi comincia a spingerci dentro la terra umida e fresca, gli uomini con la pala completano il lavoro, si piantano le croci, vicine come i due corpi... lentamente la gente torna verso casa, si deve mangiare, sopravvivere, spalare le macerie, solo la madre resta ancora lì, guarda le croci, poi guarda lontano, sempre più lontano, dove vorrebbe essere insieme ai suoi figli...

Un uomo la sta aspettando, impaziente, ha un cappello nero e floscio, stivaloni, una cintura alta di cuoio scuro, una spada enorme attaccata alla vita, sbuffa come un mulo...

«Possibile che quando ti si chiama...»

«Sto arrivando.»

«Sei sempre in ritardo... dovresti capire che non si può...»

«Mi dispiace.»

«Come ti senti?»

«Perdo sangue...»

«Saranno le mestruazioni... Che dici?»

«Perché ridi? Sto male...»

«Mario, Mario... Lemà sabactàni?»

«Io sono Maria...»

«Perché mi hai abbandonato?»

«Non ti ho abbandonato...»

«Hai abbandonato te stesso.»

«No, mi sono ritrovata.»

«Hai smarrito tuo padre...»

«Ho un padre?»

Maria apre gli occhi, è nel suo letto, qualcuno deve averla portata in braccio, anche la sera prima ha bevuto un po' di quell'alcol potente, è giorno, si vede la luce filtrare dalle fessure della finestra, Maria si alza, apre piano la porta, si affaccia, la cucina è illuminata dal sole, Lubjanca sta tagliando della verdura con un coltello, non si accorge di lei, Maria richiude la porta, apre la finestra della sua stanza, entra il sole, la camera è piccola, un letto, un tavolo, crepe nel muro, l'immagine di un santo, la foto giallastra di un uomo, è vecchio, ha la barba, è seduto sopra una pietra in mezzo a un campo, un bastone appoggiato di traverso sulle gambe, non sorride, non sta aspettando nulla e nessuno, è una posa abituale, guarda fisso davanti a sé, sembra non capire che quell'attimo verrà immortalato... Un rumore ritmico, lontano, Maria sbircia dalla finestra, il rumore si avvicina, il suolo trema, la finestra si affaccia su un vicolo, il vicolo si apre come uno spiraglio sulla via principale della città, dopo un po' Maria vede passare dei bambini scalzi, correndo, e subito dopo uomini che marciano, un centinaio appena, sufficienti a far muovere il sangue, sembrano mille, la gente corre incontro ai soldati, le divise passano lungo la via, alzano polvere, sembrano uomini indistruttibili, discesi direttamente dalla mitologia, un simbolo di difesa, per i più commossi annuncio di vittoria, le donne lanciano fiori, passano dei camion vuoti, c'è anche qualche carro armato, alla fine della strada gli uomini rimontano sui camion, se ne vanno, non possono fermarsi qui, devono proseguire, hanno marciato per esibirsi, per incoraggiare, ma devono andare più avanti, forse arriverà qualcuno, tra qualche tempo, il grosso dell'esercito serbo è ancora lontano, arrivano notizie terribili, voci disperate, si racconta di violenze inaudite, maledetti serbi, ma i croati non sono da meno, qualcuno dice che più a nord i croati hanno massacrato migliaia di musulmani bosniaci, donne e bambini, hanno spopolato una città intera, eppure c'è chi giura che i bosniaci siano dei pazzi sanguinari... e i montenegrini? gli sloveni? i serbo-croati?... Serbi di Bosnia, croato-bosniaci, albanesi sparsi ovunque, risultati di una volontà folle, esperimenti del vecchio regime, integrazione forzata, di fatto deportazioni, appena il gatto è morto, i topi invece di ballare hanno cominciato a sparare... tutti contro tutti, focolai di guerra si accendono e si spengono qua e là, anni prima era capitato a Beirut, si combatte, si distrugge, il mondo osserva ma è difficile capire, o magari c'è la volontà di non spiegare, solo quelli che sparano sanno forse quel che stanno facendo e perché, ma non c'è da giurarci, l'esercito serbo non è il popolo serbo, non vogliono le stesse cose, molti vogliono cose diverse, così per i musulmani, per i croati, i bosniaci... la gente non si identifica sempre con i capi, i civili vogliono vivere in pace come prima, tutti insieme, così dicono, i profughi parlano tutte le lingue e pregano divinità diverse, in ogni regione si muore di fame e di freddo, epidemie di tifo e di colera... C'è qualcosa di troppo confuso, « chi » vuole « cosa »?, i serbi e i croati vogliono dividersi la Bosnia?, forse è così, ma chissà... ci sono davvero i buoni e i cattivi?, l'unica certezza è che qualcuno si arricchisce, forse si fa la guerra per vendere le armi, per ingrassare i trafficanti che brindano alla morte, ogni bomba un calice di champagne... il mondo sottosopra, inafferrabile, irraggiungibile... in tempo di pace per chi vende armi è meno facile guadagnare soldi, la guerra è il migliore degli affari, molti moriranno, lontani dal denaro, non vedranno mai i tavoli dove si vende e si compra la loro vita, le valigie piene di soldi, i contratti... i trafficanti sono uomini come tutti gli altri, hanno facce normali, si dichiarano dispiaciuti che la gente si ammazzi, guardano i telegiornali per tenersi informati sulle guerre, vecchie e nuove, sulle rivoluzioni, sui focolai di rivolta, vendere un Kalashnikov non significa guardare negli occhi quello che riceverà in dono i suoi colpi incandescenti... la guerra prima o poi finirà, le città torneranno lentamente a vivere, la ricostruzione ingrasserà altri mercanti o magari gli stessi, prima o poi tutto tornerà normale, i miseri ridiventeranno solo poveri, i ricchi diventeranno molto più ricchi, la guerra sarà spostata altrove e in questa parte di mondo sarà solo un brutto ricordo, per qualcuno diventerà un'ossessione, ma insomma non si morirà più per le strade... invece adesso vivere è una scommessa, in alcune città per comprare il pane si deve correre senza alzare gli occhi, sperare che il cecchino sia distratto, a volte viene ucciso qualche ebreo isolato, nulla di particolare, dove c'è malcontento c'è pogrom, in alcune zone convivono popoli razze religioni diverse, albanesi croati montenegrini musulmani di ogni regione bosniaci serbi turchi ebrei mescolanze di ogni tipo, parlano di pace come se dipendesse da loro, ma i « condottieri » seduti a tavolino la pensano diversamente, decidono per loro, decidono « adesso » per poter decidere « dopo », e gli eserciti sparano, l'importante è comandare sempre, l'importante è colpire il nemico duramente... alcuni forestieri arrivano in città, la gente li assilla di domande, loro bevono birra e dicono che risponderanno dopo, più tardi, adesso birra e riposo... le donne si fanno il Segno della Croce, e la sera, davanti al piatto mezzo vuoto, la fantasia si accanisce contro la ragione, e cominciano i racconti... Vi manderanno via di qua, ci metteranno dei serbi, uccidono tutti i contadini, regalano la terra ai loro uomini, ho attraversato città intere dove non c'era più un bosniaco, o morti o fuggiti, nessuno sa dove siano, città disabitate ripopolate dai serbi, o forse dai croati, o chissà, comunque da altri, vorrei dirvi molte cose, vorrei raccontare, ma non ce la faccio... non ce la faccio... ho visto con i miei occhi, non potete credere, non posso, non posso... eppure c'è chi dice che l'esercito serbo non passerà mai di qui, finora solo qualche sortita, violenza spicciola, bombardamenti brevi e intensi, per spezzare il morale, per dire chi è il più forte, ma c'è chi giura che « loro » non passeranno mai da qui, stanno combattendo altrove, questa città non è di nessun interesse strategico, forse la calpesteranno per caso, per andare avanti, anche gli aerei che passano sopra la città a bombardare non vengono apposta, sono diretti più a nord, verso il vero obiettivo, Sarajevo, lungo il percorso lasciano cadere un centinaio di bombe sopra i piccoli paesi, non si sa mai, tutti devono sapere chi vincerà, non è bene sprecare l'occasione, qualche volta un gruppo di militari arriva in pattuglia ai margini della città, vagano nei campi e nei boschi là intorno, uccidono qualcuno, non importa l'età, se capita stuprano qualche donna, molti altri eserciti fanno lo stesso, violenza e vendetta, le donne sono carne da macello, lo sono sempre state... due o tre volte alcuni soldati serbi sono entrati in una piccola città senza importanza, passavano lì accanto diretti altrove, hanno svuotato qualche negozio, hanno appiccato fuoco ad alcune case, hanno sparato qualche raffica, un paio di morti, poi se ne sono andati, vogliono far sapere a tutti come si combatte per una causa giusta... ma si sente raccontare che in altre zone è l'Inferno in terra... stupri di massa, campi di concentramento, campi di sterminio, prigionieri decapitati con la motosega, o seppelliti vivi, dissolti nell'acido, ma forse non è vero, forse...

Quando credevi di aver trovato un'amica non riuscivi a dormire, ti sembrava impossibile, stavi sveglia nel letto fino all'alba, dimenticavi clienti e squallore... dimenticavi il viso idiota di quel cliente grasso, che mentre veniva era orribile... Una ragazzina romana, batteva nel viale accanto al tuo, era appena più giovane di te, venne con un cliente a chiederti di cambiare un biglietto da centomila, era carina, mora, occhi neri, un faccino provocante e sincero, possibile che prendesse meno di centomila lire?, ci sarà la coda, pensavi... mentre le cambiavi i soldi ti affacciasti per caso al finestrino, vedesti il cliente, senza spiegazioni apristi la portiera e trascinasti via la ragazza, il cliente s'incazzò, scese, chiamasti le tue amiche, arrivarono con mani maschili armate di coltelli e catene, « guardate un po' chi c'è qua... », « cazzo, è quel... prendilo! » « porco! » « bastardo! », l'uomo s'infilò in macchina e partì, spiegasti alla ragazza di Roma che quel tipo ti aveva portata in un garage e violentata insieme ad altri tre bastardi... altro che soldi da cambiare!, la ragazzina fece una smorfia, « se uno prova a violentarmi gli strappo le palle », aprì la borsetta, aveva un coltello a serramanico e un pugno di ferro, le dicesti che quel tipo aveva anche il vizio di picchiare puttane e travestiti subito dopo le prestazioni o anche prima, « so difendermi », era orgogliosa, « guarda che unghie! », le spiegasti che non si trattava di schiaffi, « Emma, vieni qua un attimo », Emma ce l'aveva un po' con le puttane, era concorrenza sleale, erano nate donne, per loro era più facile, però era sempre pronta a esibirsi, a far vedere com'era fica, arrivò sculettando, Maria accese una sigaretta, « Emma, fai un po' vedere cosa ti ha fatto quello stronzo », Emma alzò la gonna, all'interno della coscia aveva una cicatrice lunga venti centimetri, la ragazzina dilatò gli occhi, accese svelta una sigaretta, « sentito male? », Emma sbuffò, coprì la coscia con un gesto da torero, « per poco non ci lasciavo le penne, carina... », passò una macchina di lusso con due bei ragazzi, Emma andò incontro ai due clienti scoprendo il seno, grande e duro come gomma, la ragazza di Roma si mise a ridere, poi guardò Maria, « che ci fai tu in mezzo ai travestiti? se ci provo io mi ammazzano », le prendesti una mano e te la mettesti in mezzo alle gambe, lei non voleva crederci, « sei... un uomo! », « no, sono una donna con questo cosino qua, un errore della natura! », « fammi vedere », ti seguì dietro il distributore, si accovacciò davanti a te, con un gesto naturale ti tirò giù le mutandine, si trovò davanti la verità, una verità minuscola, « quant'è piccolo... non è né carne né pesce », si rialzò sorridendo, si mise una mano sulla fronte, « ci avrei scommesso una mano... che tu... oh Dio! », ti disse che eri bellissima, che potevi ingannare chiunque, « e non hai nemmeno la parrucca! », volle sapere tutto, la invitasti a cena nella tua tana, ti spogliasti volentieri di fronte al suo sguardo, lei scoprì che avevi i fianchi larghi, le gambe femminili e senza peli, piedini affusolati e lisci, mani piccole, ti guardava con una certa invidia, « sei più bella di me, brutta troia », sorrideva, ti ammirava, sembrava tua amica da sempre, si chiamava Carla, « e il seno? nemmeno quello è finto? non è grande, ma ti giuro che è un seno da donna », le dicesti che tu eri una donna da sempre, anche se sui documenti c'era scritto Mario, « sai che ti dico, Mario? sei proprio una strafica! », ti piaceva quel suo modo di scherzare, ti faceva sentire normale, si buttava nuda sul divano, « vieni, chiamami Carlo », ridevate come matte, andavate insieme in centro, di giorno, una bionda e una mora, belle, giovani, si giravano a guardarvi anche le donne, i ragazzi vi fermavano per la strada, senza speranza... una volta lei ebbe un'idea, scelse dei vestiti al limite del comune senso del pudore, era estate, quasi nude, truccatissime, occhiali neri, in centro si bloccò il traffico, gli stranieri scattavano fotografie, si vedevano uomini litigare con mogli e fidanzate, un giapponese si mise a filmarvi, vi seguì per tutto il centro, lo vennero a riprendere in quattro, l'autobus della comitiva stava per partire... il giorno dopo misero addirittura un articolo sul giornale, cronaca cittadina, « due bellissime ragazze seminude bloccano il traffico per un'ora » e sopra c'era la foto delle colpevoli, « vedi com'è scema la gente! », Carla rideva, « bastano due ragazzine in minigonna... che ragazzine fiche, però! », a volte si fermava a dormire da te, baci, carezze, un po' di sesso sincero e limpido, puro piacere... era bello, dormivate abbracciate, lei non aveva paura di toccarti, non capivi più che differenza ci fosse tra i sessi, le volevi bene, ti piaceva com'era, se fosse stata un ragazzo sarebbe stato lo stesso... un giorno scomparve, la cercasti dappertutto, sembravi un'amante abbandonata, per dormire fosti costretta a prendere diverse pasticche, ogni notte sui viali spiavi dentro le macchine, dai clienti ti facevi accompagnare in giro, speravi di ritrovartela davanti da un momento all'altro, non la vedesti per quattro mesi... riapparve una notte, piena di lividi, le labbra spaccate, « Carla! », l'abbracciasti, lei era dimagrita, imbruttita, la sigaretta le tremava in mano, era stata in Francia con un tipo, si era innamorata, lui spacciava eroina, ti fece vedere le braccia, erano segnate da righe blu, « stanne lontana, Maria », il tono eroico di chi si è sacrificato per salvarti, era scappata dalla Francia, quel tipo era pazzo, pretendeva di scoparla ogni giorno, di prenderle tutti i soldi che guadagnava, alla fine non le lasciava più nulla, le faceva addirittura pagare l'eroina come se lei fosse una cliente qualsiasi, quello stronzo!, una volta lei si era ammalata, febbre alta, non era andata a lavorare, non aveva un soldo, stava male e aveva bisogno di un po' di roba, lui si era incazzato, « se vuoi farti devi pagare », non le aveva dato nulla, « nemmeno uno schizzo per togliermi i brividi... », lei stava sempre peggio, si era lasciata scopare e aveva aspettato che lui si fosse addormentato, poi gli aveva rubato mezzo grammo, lui però se n'era accorto, l'aveva presa a calci e buttata giù dalle scale, « ho fatto una settimana di ospedale », ti raccontò quella storia mordendosi le labbra, non parlò dei bei tempi passati, dei baci, delle notti insieme, degli scherzi... nulla, sembrava non se ne ricordasse nemmeno, come fossero ricordi troppo lontani... sorrideva solo con le labbra, lo sguardo rimaneva triste, da donna annientata... all'improvviso si avvicinò e ti dette un bacio sulla bocca, un bacio vero, la lingua si muoveva come prima, ma lei era fredda, « ora vado... », sparì di nuovo, non la vedesti più, ti venivano spesso in mente le sue braccia, i segni della siringa, ancora non ti facevi, cominciasti l'anno successivo, ogni pera pensavi a Carla, « stanne lontana, Maria ».

L'uomo scuote il capo, un capo tondo e piccolo, coperto di capelli neri e disordinati, il corpo magro e legnoso, occhi scuri e intensi, è affacciato alla finestra di casa sua, i gomiti appoggiati al davanzale, mani grandi e pelose, sta parlando con una donna, le sorride con tristezza, la donna si lamenta, non ha farina, ha tre figli, pensava che lui potesse farle credito, l'uomo scuote il capo, non può aiutarla, non può fare eccezioni, la guerra è una brutta cosa, la farina costa cara, anche lui la paga una fortuna, se si mette a fare regali e favori non potrà più avere il denaro per ricomprarla, si romperebbe un equilibrio, sarebbe un danno per tutti... la madre affamata si lamenta ancora, non vuole regali, giura che pagherà tra qualche giorno, ma Kalik alza le spalle e scuote il capo, non può farlo, gli dispiace ma non può farlo, dice alla donna che spera nella sua comprensione, poi la saluta e richiude piano la finestra... Lui di figli non ne ha, o meglio, ne ha uno ma non lo ha mai visto, sua moglie è fuggita molti anni fa, prima che cominciasse la guerra, fuggita con un armeno di passaggio, un venditore di tappeti, se n'è andata con un figlio suo nella pancia, la puttana!, se la rivede l'ammazza... insomma è rimasto solo, nessuna donna l'ha più voluto... ma lui non è un ignorante, ha studiato, anche se è servito a poco... prima della guerra riparava qualsiasi cosa, porte, lavandini, scarpe, tetti, ora nessuno ripara più nulla... che tempi, succedono cose orribili, farsi ammazzare è più facile di infilarsi un dito nel naso... La casa di Kalik è in fondo alla via principale, prima dei campi, in una zona di edifici abbandonati, è quasi sempre chiusa, luci spente come in tutte le altre case, per via degli aerei... A volte passando di notte davanti alla sua porta si sente suonare l'armonica, un lamento che dà i brividi, qualcuno dice che con la luna nuova il turco diventa pazzo, mette insieme degli stracci per fare un fantoccio, lo infila sotto le coperte, lo accoltella sussurrando il nome della moglie... di notte nessuno si avvicina a quella casa, di giorno invece il turco non fa paura, si può perfino bussare alla sua finestra, lui è gentile, apre a tutti, chiacchiera volentieri, però non fa entrare nessuno, chiede al « cliente » cosa vuole, a volte ce l'ha già, e quando non ce l'ha dice al cliente a che ora deve tornare, magari anche il giorno dopo, poi richiude la finestra... quando la persona torna, Kalik prende i soldi e consegna la merce... l'altro se ne va chiedendosi come diavolo fa il turco a procurarsi tutta quella roba da mangiare... Kalik tiene qualcosa a casa, ma il suo deposito è in mezzo al bosco, non troppo distante ma ben nascosto, in una grotta ricoperta di vegetazione, impossibile da trovare, ci va a notte fonda con il suo furgoncino a scaricare la merce che si è procurato, o a piedi con lo zaino quando deve prendere qualcosa... vende a caro prezzo, lo chiamano « bastardo », « ladro », lui lo sa, ma non gliene importa nulla, fa affari d'oro, la sua è anche una sorta di vendetta contro il destino, che lo ha sempre bastonato... e poi si fa presto a dire ladro e bastardo, i fagioli e la farina, il lardo, il formaggio, il salame... non crescono mica sugli alberi... per procurarsi quella roba deve affrontare dei rischi, e fa comodo a tutti avere roba da mangiare a portata di mano, senza faticare... altro che ladro e bastardo, a suo modo è un benefattore, quello che guadagna è il frutto del rischio e del sudore... andate voi a cercare quella roba, se non volete pagare la farina più di quello che costava in tempo di pace... un paio di volte è anche stato mitragliato dagli aerei serbi, mentre viaggiava con il furgone carico di viveri... dunque state attenti a quello che dite... Kalik è di origine turca, la sua famiglia è musulmana, niente alcol, ma a lui piace bere, quando viveva in Turchia beveva di nascosto, adesso è libero di farlo quando vuole, però osserva il Ramadan, non mangia maiale, e ogni tanto prega... Kalik va in camera e si sdraia sul materasso... i soldi li tiene nel doppiofondo di una cassapanca che ha fabbricato con le proprie mani... Subito dopo la morte di Tito, il suo istinto animale l'aveva messo in guardia, e di anno in anno aveva visto peggiorare la situazione, fino alla guerra... ai primi spari Kalik si era dato da fare per accaparrare viveri, gli altri stavano ancora cercando di capire cosa stesse succedendo, stavano lì a discutere di faccende inutili, lui invece ammassava provviste nella grotta, una volta alla settimana partiva prima dell'alba, andava in una città importante, sessanta chilometri a nord, passava da stradine tortuose che nessuno usava quasi più, caricava il furgone e tornava a notte fonda, una gran fatica, ma ne valeva la pena... i soldi che guadagna sono intrisi di sudore, se li è meritati, adesso è abbastanza ricco, ma il denaro nella vita non è tutto... prima era un poveraccio, benedetta sia questa guerra, in poco tempo ha guadagnato più che nel resto della sua vita... per il momento tutti quei soldi non se li può godere, è costretto a stare nell'ombra, ma dopo la guerra... chi è ricco può pensare al futuro... Era anche stato fortunato, è proprio vero, Dio aiuta quelli che si danno da fare... una notte prima del sorgere del sole, mentre stava andando in città a rifornirsi, vide brillare qualcosa in fondo a un pendio, al lato della strada, il suo fiuto gli impose di fermarsi, e fece bene... un camion di aiuti umanitari era uscito di strada ed era finito contro un albero, dieci metri più sotto, il parabrezza era rotto e l'abitacolo era sporco di sangue ancora fresco, l'autista doveva essersi fatto male, però non c'era nessuno, il camion era carico di viveri, e il suo furgone era ancora vuoto, doveva darsi da fare, e anche in fretta, poteva tornare qualcuno... si era rimboccato le maniche e aveva portato via tutto quello che poteva, era andato alla grotta e aveva scaricato il furgone, poi era tornato di corsa al camion, aveva fatto quattro viaggi, una gran fatica, ma aveva riempito il nascondiglio fino all'orlo, senza cacciare un soldo... cibi in scatola, insaccati, farina, pasta, riso, olio, sale, zucchero, carne affumicata, qualche medicinale... per diverso tempo aveva smesso di andare in città, con quella roba aveva fatto un bel po' di soldi, poi la riserva era finita...

«Prego, desidera?»

«Ho visto in vetrina quel collier di diamanti.»

«Oh, le starà benissimo... Sembra fatto apposta per lei...»

«Ne è convinto?»

«Certamente, solo una donna bella e raffinata può portarlo.»

«Grazie...»

«Se non si ha una innata eleganza, anche un gioiello simile può diventare volgare.»

«Addirittura... Quanto costa?»

«Vogliamo parlarne dopo?»

«Giusto per capire...»

«Oh, una sciocchezza... Solo trentacinque milioni, ma per lei vedrò di fare un prezzo speciale.»

«Lei è davvero gentile...»

«Ecco qua, si guardi allo specchio, non ho mai visto un collo bello come il suo.»

«Dice a ogni donna queste magnifiche bugie?»

«Non a lei, mi creda... Questi diamanti saranno felici di adagiarsi sulla sua pelle...»

«Mi sta corteggiando?»

«Non mi permetterei mai, anche se le confesso che mi sono innamorato di lei appena l'ho vista entrare.»

«Dio mio...»

«E non credo di essere il solo...»

«In effetti il collier non mi sta male... Ci penserò su e tornerò a trovarla...»

«Come desidera, sono qui per servirla.»

La vetrina successiva era quella di un bellissimo negozio di scarpe.

«Buongiorno, ho visto in vetrina delle scarpe molto carine, nere con il tacco...»

«Buongiorno, vuole provarle?»

«Sì, grazie.»

«Numero?»

«Trentotto...»

«Ecco... Oh, che bellissimi piedini...»

«Grazie.»

«Ogni donna vorrebbe avere dei piedini come i suoi.»

«Troppo gentile... Mmm, sono molto comode, e sembra che mi stiano bene.»

«Sono state fatte per lei, mi creda.»

«Quanto costano?»

«Per quello che valgono sono regalate... novecentocinquantamila...»

«In effetti credevo che costassero di più...»

Continuavi a sognare, a camminare davanti alle vetrine del centro immaginando di entrare, di provarti gioielli vestiti e scarpe, ma in realtà non era la ricchezza a farti sognare... cercavi la libertà, la confortante libertà che si poteva ottenere con il denaro... poter andare e venire a piacimento, avere una casa tua, dalla quale nessuno poteva mandarti via... non dover sottostare a regole non tue, non dover subire i capricci degli altri, non essere costretta a fingere per ottenere il minimo indispensabile per sopravvivere... avevi diciotto anni, tuo padre ti aveva già buttato fuori di casa, non poteva accettare che suo figlio Mario fosse una donna, non poteva sopportare che le cose non fossero come dovevano essere, povero uomo, povero babbo, quanto doveva aver sofferto... le persone incapaci di capire soffrivano più delle altre... povero babbo incapace di vivere in un mondo diverso da come lo aveva sempre visto... per cercare di trasformarti in un maschio ti aveva obbligata a vestirti da uomo e a tagliarti i capelli cortissimi, e il risultato era una bella femmina con i capelli cortissimi vestita da maschio... Adesso eri sola, ma finalmente libera di lasciarti crescere i capelli, erano biondi e un po' mossi, una bella ragazza che in jeans e maglietta faceva voltare gli uomini per la strada... I primi tempi abitavi in una casa occupata, in periferia, insieme a dei ragazzi che si facevano le canne dalla mattina alla sera, ogni tanto uno di loro s'infilava nel tuo letto, ma quando lo respingevi non protestava e se ne andava, era solo il disturbo di spingerlo via... poi finalmente avevi ereditato quel seminterrato a San Frediano... facevi la cameriera nei bar e nei ristoranti, e cambiavi spesso locale per colpa di quanto eri bella e attraente, anche se non facevi nulla per esserlo... ma quello che più desideravi era un po' di dolcezza, come ogni altro essere umano... la notte, quando aspettavi il sonno, immaginavi di dormire tra le braccia di qualcuno, uomo o donna non faceva differenza... qualcuno che ti facesse sentire amata, che ti coccolasse, che ti proteggesse... dolce come avevi visto in certi film, come avevi letto in certi libri... senza che ti venisse chiesto nulla in cambio... Solo adesso, in questo paese in guerra, in questo paese di cui non conoscevi il nome, avevi trovato quello che desideravi...

Zubick e Lubjanca, due vecchi bosniaci che avevano perso la loro figlia, due vecchi semplici e generosi... i loro abbracci erano anche negli sguardi, ti fidavi di loro come di nessuno...

Kalik ultimamente ha trovato un altro modo per rifornire la sua stiva, parte a piedi a metà pomeriggio e sale sulle colline boscose, cammina per quasi due ore in mezzo agli alberi e alla vegetazione fitta, scende dal versante opposto e arriva a una vecchia casupola di carbonai, dove vive un serbo zoppo, un disertore, è zoppo perché gli hanno sparato mentre fuggiva dal campo, l'hanno ferito ma lui è riuscito a fuggire lo stesso, « non mi piace sparare, non mi piace per nulla, se devo uccidere preferisco farlo con le mani », vende merce rubata, questo è sicuro, è impossibile sapere dove la trovi... Kalik entra, ha sempre un po' di paura, il serbo è un colosso, ha il volto ricoperto di peli neri e duri, bestemmia di continuo e spara prezzi troppo alti... Kalik si siede, gli offre un sigaro, tira fuori una fiasca di acquavite, bevono insieme, la brace eterna del camino spande sulla pelle una luce rossastra, in quella spelonca si soffoca per il caldo, il fetore prende alla gola, soprattutto in estate, ma non si deve dire sennò il serbo si offende... Kalik parla lentamente, inventa storie... donne armene, palazzi principeschi, vecchi suonatori che spandono musica soave per accompagnare danzatrici bellissime coperte di veli, un diamante nell'ombelico, i piedi nudi, magnifici piedi delicati che sembrano avere un'anima propria, catenine d'oro alle caviglie, si muovono come serpenti, fanno male e bene al cuore, femmine indimenticabili, cose che Kalik non ha mai visto, basta che il serbo beva l'acquavite, che si calmi e smetta di respirare in quel modo, come se fosse ferito, e soprattutto che abbassi i prezzi... Kalik continua a raccontare, il serbo diventa triste, è una scena di mille anni fa, al tramonto il serbo abbraccia Kalik, gli mette una mano sul capo, lo bacia sulla fronte, un bacio puzzolente, umido come uno sputo, ma i prezzi adesso sono più bassi, « amico mio... », Kalik si asciuga la fronte con la manica, i suoi occhi scuri brillano nella penombra, paga, se gli riesce ruba anche qualcosa, si carica il sacco sulle spalle, lascia altri due sigari al serbo, affronta di nuovo il bosco per tornare a casa con l'aiuto di una torcia, ma quando c'è luna piena la tiene spenta, il verso dei gufi lo accompagna, il sentiero lo conosce a memoria, ogni tanto si ferma, si riposa, pensa a sua madre, morta per il morso di un serpente, se n'è andata facendo stridere i denti, povera donna... Kalik scuote il capo, riprende la marcia, l'ultima volta è caduto tra due rocce, si è quasi spezzato una gamba, ha zoppicato per un po', il suo è un mestiere duro, per questo si guadagna bene, altro che ladro e bastardo... Kalik torna di notte, va dritto al nascondiglio nel bosco, sistema la merce, torna a casa esausto, mangia qualcosa, beve una mezza bottiglia di vino, poi si lascia andare sul materasso per il giusto riposo, dorme con un occhio aperto, come sempre... la guerra è una brutta cosa, ma quando finirà lui se ne andrà lontano, in una città importante, a fare la vita del signore, comprerà un terreno, una casa nuova, un negozio, appartamenti da affittare, vivrà come un re... ma ora deve stare attento, non deve fare passi falsi, non deve irritare nessuno, non deve suscitare invidia... una volta uno del quartiere che comprava da lui lo aveva affiancato per strada, tornando a casa...

« Morirai come tutti, Kalik... Come vuoi essere ricordato? »

« Che significa? »

« Non ti vergogni per quello che fai? »

« Perché dovrei vergognarmi? »

« Fai soldi sulla fame della gente. »

« Sono uno di voi, rischio la vita per procurare del cibo per tutti... Perché dovrei vergognarmi? »

« Guadagni per te, non per tutti. »

« Guadagno poco, pochissimo... Anche io pago cara quella roba, molto cara, se la vendessi allo stesso prezzo non potrei ricomprarla e nessuno avrebbe da mangiare.»

«Mettila pure in questo modo, ma non fai una cosa bella.»

«Se non ci fossi io...»

La faccenda era finita lì, ma Kalik doveva stare attento, molto attento...

Una sera in cui pioveva acqua sporca di sabbia del deserto, davanti a Maria si fermò una macchina vecchia e ammaccata, dal finestrino sbucò un viso magro, settant'anni, imbarazzato, gli occhi erano chiari e smorti, con un gesto le disse di salire, «guarda nonno che costo cara», l'uomo fece un sorriso consapevole, lei salì, «in fondo al viale a destra», le parole erano sempre quelle, il vecchio sorrise di nuovo, «non vuole fare prima un giro in macchina?», Maria non credeva alle proprie orecchie, «parli con me, nonno?», sui viali si dà del tu a tutti, nessuno deve lusingare nessuno, è un mercato senza complicazioni, un bazar dove i mondi più diversi si incontrano... la sua amica Ottavia si divertiva a levare il parrucchino al presidente di una grande società, lui rideva e arrossiva, provando un piacere particolare, i suoi dipendenti non osavano nemmeno guardarlo negli occhi, e nessuno nominava il parrucchino, solo Ottavia poteva... «certo che parlo con lei, posso offrirle un cioccolatino?», Maria si era distratta a pensare, si era quasi scordata del nonno, si svegliò all'improvviso, lo fissò stralunata, «un cioccolatino?», si ritrovò in mano un bacio perugina, c'era molto traffico, la gente usciva dai cinema, era sabato, la provincia accorreva in città per divertirsi, il nonno si mise a raccontare, guidando lentamente in mezzo al fiume di macchine che inondava i viali... era un poliziotto in pensione, quarant'anni di servizio, mai un contrasto con i superiori, però aveva le sue idee, con i ladri ragionevoli ci parlava, i più giovani li riaccompagnava a casa, alcuni di loro giuravano di non fare più idiozie, e magari finivano in galera il giorno dopo, « be', io almeno ci avevo provato... », il vecchio aveva dei bei ricordi, era stato poco piacevole andare in pensione, adesso era rimasto solo, la moglie era morta sei mesi prima investita da una macchina, sulla via Bolognese, venti giorni di coma, notti insonni, cannelli, medicine, ossigeno, poi finalmente la liberazione, povera donna, « meglio così... », dopo quel brutto incidente sua moglie era fuori uso, sarebbe rimasta immobilizzata in un letto per sempre, priva di senno, si sarebbe piagata lentamente, viva e morta nello stesso momento, vederla e non poterci parlare, « no, no... meglio così... », il vecchio si era vestito di blu e l'aveva accompagnata al cimitero, quel giorno c'era un bel sole, aveva colto l'occasione per acquistare per sé il loculo accanto a quello della moglie, lei si chiamava Erminia, andava a trovarla al camposanto tutte le settimane, metteva fiori nuovi, sempre diversi, puliva il vetro della foto, « ho messo una foto di quando era giovane... secondo lei ho fatto male? », « perché male? va benissimo », « lo penso anche io, sì », nei mesi successivi il vecchio aveva seguito il processo, si era offerto generosamente di « investigare » sull'incidente, ma dissero che non ce n'era bisogno... il processo fu breve, lui aveva assistito impassibile alla sentenza, omicidio colposo, una condanna lieve, il ritiro della patente per un anno... era uscito dall'aula con la sensazione di aver messo un'altra pietra sopra la bara di Erminia, in casa aveva lasciato tutto come prima, sua moglie camminava ancora in quelle stanze, una volta i ladri avevano tentato di entrare, ladri male informati, il poliziotto dormiva con la pistola sotto il cuscino, non era ricco, ma aveva risparmiato tutta la vita, aveva una villetta in montagna, due figli all'estero, sposati e sistemati, li vedeva per Natale, non avevano nulla da dirsi, i nipotini non sapevano chi fosse quel vecchio sconosciuto, lui non frequentava nessuno, aveva un cane che gli teneva compagnia, due pappagalli, ogni sera si addormentava davanti al televisore, ma non per questo era triste...

si sentiva ancora giovane, la mattina si svegliava alle sei, portava fuori il cane, parlava con il lattaio, con il giornalaio... la mattina era lunga, la sera non arrivava mai, ci si doveva ingegnare... Maria seppe tutto questo mentre andavano verso piazzale Michelangelo, dove a volte portava i suoi clienti, nelle stradine là dietro... l'ex sbirro continuava a parlare, amava i giovani, voleva solo fare due chiacchiere, non sapeva dove andare, « sa una cosa, signorina... », « andiamo là dietro, ti ascolto... », gli disse di parcheggiare in una zona buia, « quando avevo vent'anni... », « dopo me lo racconti... », Maria gli slacciò i pantaloni, il poliziotto arrossì, si voltò dall'altra parte, « dai nonno, poi ti senti meglio », Maria cercò di essere dolce, solo con le mani, fu una cosa breve, qualche secondo di esuberanza, un lamento, uno scossone, fossero tutti così... Maria accese una sigaretta, si mise a guardare fuori, aspettava che il nonno si riprendesse, che si chiudesse i pantaloni, lui riaprì gli occhi, sembrava in un altro mondo, accadeva così anche a molti giovani, prima di ritrovare la via della ragione annaspavano un po'... finalmente il poliziotto ritrovò se stesso, era spettinato, aveva un altro viso, gli occhi lucidi, le mani gli tremavano, era impacciato, sembrava volesse dire qualcosa, ma che c'era da dire?, si avvicinò a Maria, la tirò verso di sé e le appoggiò un bacio sulla fronte, « signorina, lei è... è... lasciamo stare, non mi vengono le parole, lasciamo stare », aprì il portafogli, si leccò le dita per contare i soldi, « mi scusi signorina, quanto pago? », Maria immaginò il vecchio davanti ai suoi fagioli bolliti, le ciabatte infeltrite, il cagnolino che dormiva... « è un regalo, nonno. »

Il cielo sta diventando scuro, la città sembra un grande ragno nero sul fianco della collina, forse i serbi bombarderanno anche stanotte, la luna è a metà, rischiara e crea ombre, fa brillare il bianco degli occhi... Maria esce con Zubick, vanno a cercare legna per il camino e per cucinare, subito fuori dall'abitato c'è un bosco, passano nelle stradine buie... da lontano la città sembra disabitata, ma se ci si mette in ascolto si sente il fruscio degli uomini che strisciano come serpenti, ogni tanto un fischio, un saluto... ombre solitarie o a gruppi passano silenziose, in ogni isolato c'è un bambino che piange, due amici bevono seduti davanti a casa, il vino non manca, non ancora... Zubick sta camminando più avanti, passando in un vicolo Maria si sente tirare per un braccio, si volta, ha paura, un uomo la tiene stretta, è seduto, la fissa ridendo, la guarda da capo a piedi, dice qualcosa tra i denti, le bacia una mano, Maria si libera con uno strattone, l'uomo si è offeso e si alza, Maria fa un passo indietro, con un grido chiama Zubick... lui non si era accorto di nulla, adesso sta tornando indietro... l'uomo offeso domanda qualcosa a Maria, si pianta davanti a lei e aspetta una risposta che non arriva, ripete la domanda ancora un paio di volte, con durezza, e si avvicina a Maria con la faccia scura... Zubick appare all'improvviso, si mette tra Maria e lo sconosciuto...

«Lui cattivo con te?», Maria dice di no, nulla di grave, vuole solo andare via, l'uomo bestemmia, Zubick gli afferra una spalla, gliela stringe e lo fissa negli occhi, mormora qualcosa che sembra una sentenza, l'uomo geme e si accascia, è in ginocchio, Zubick gli stritola ancora la spalla, una frase lamentosa esce dalla bocca dello sconosciuto, è rivolta a Maria...

«Non capisco» dice lei.

«Lui chiede scusa, molto scusa», Zubick parla con solennità, Maria fa cenno di accettare le scuse, la faccenda è chiusa, Zubick lascia la spalla dell'uomo, che si siede in terra con un grido fioco, si tiene il braccio con una smorfia sul viso... Zubick se ne va insieme a Maria... Adesso si deve trovare la legna, si deve camminare ancora, Maria si guarda intorno, cerca di stare accanto a Zubick, spalla a spalla, quell'uomo ha la forza di un toro, avanzano insieme nel buio come animali notturni, passano nella via principale, molte ombre si muovono là in mezzo, c'è chi gioca a dadi sotto il pallore della luna, più avanti un uomo è appoggiato al muro, sotto un'insegna di lamiera arrugginita, sta fumando, l'insegna è staccata da un lato, sembra stia per cadere, l'uomo non se ne preoccupa, Maria gli passa davanti, lo guarda, ha un sussulto, « è lui », Maria ha un'emozione infantile e violenta, « sì, è lui », è l'uomo che ha visto ieri sera, quello che guardava lontano... e se anche fosse lui? perché tutta questa emozione? non vede nemmeno che viso ha, solo gli occhi sembrano uscire dal buio, come l'altra sera... Zubick svolta in un vicolo, Maria lo segue, camminano ancora per qualche minuto, lei continua a pensare a quegli occhi, a quell'uomo, chissà chi è... a un tratto si volta verso Zubick...

« Ti volevo chiedere... »

« Sì... »

« Perché state ancora qui? »

« Non capisco... »

« Come mai non ve ne andate via tutti? »

« Qualcuno andato, poi tornato. »

« Ma qui... non c'è più nulla... »

« Altre città uguale... Olovo, Vlasenica... Margetići, Kladanj, Kraljevo, Kruševac... Niš... »

« Come fate a vivere in questo posto? »

« Si vive... mangiare poco... »

« Non c'è una città grande, qua vicino? »

« Sarajevo. »

« Perché non andate tutti là? »

« Distrutta... Aerei che passa qua sopra, vanno Sarajevo... là muore facile... bambini, donne, tutti... serbi spara dai tetti... cammini, ti spara... respiri, ti spara... muore facile... meglio muore qui, io nato qui. »

« Speriamo che finisca presto... », Maria lo spera con tutto il cuore, ma l'uomo scuote il capo, i suoi occhi nel buio dicono che durerà ancora molto... Trovano il bosco, ci sono altre persone, un fischio di saluto per farsi riconoscere, Zubick spezza i rami più lunghi, Maria li raccoglie, poi torneranno a casa carichi di legna... All'improvviso le urla di molti uomini, in alto sulla collina, Maria affretta il passo, si volta verso Zubick, « no paura, è caccia... come chiamare in Italia, maiale nero, peloso, che abita in bosco... », « cinghiale... », « ecco sì, cinghiale... », vanno a caccia di cinghiali, di notte, ma è sempre più difficile trovarne, quando ne ammazzano uno si fa festa, si mangia carne, ci si rimette in forze, senza pagare, senza dover spendere soldi al mercato nero, da quel bastardo di Kalik... Ma da molti mesi se ne trovano pochi di cinghiali... si va di notte sulla collina attirati dalla speranza, per non trovarsi a letto a rigirarsi, a pensare al passato, a prima della guerra... non era bello, la dittatura comunista, Tito... anni e anni di povertà « vigilata », tutti amici, tutti compagni, ogni settimana una novità, sono arrivate le banane, tutti mangiano banane, poi per mesi non si vedono banane, per mesi niente banane... poi arriva la carne buona, si sparge la voce, tutti comprano la carne buona, due ore di coda per tre bistecche, mangiare lavorare, lavorare mangiare, però niente bombe, la vita sospesa in aria, qualcuno la tiene lassù, lontana, dove vengono decise le cose, c'è chi dice che era meglio della guerra, altri invece no, meglio il caos, qualcosa di diverso arriverà... poi tutto è crollato, hanno venduto i frammenti del muro di Berlino, qualche bagno di sangue, qua e là nuove elezioni, gente in piazza... molti hanno voglia di gridare, di parlare, qualcuno si picchia, è quasi bello potersi picchiare, il mondo ci guarda, l'emozione è grande, forse c'è speranza, forse adesso succederà qualcosa, abbiamo sopportato per anni, ma ora... la Jugoslavia non esiste, chi è quel pazzo che ha provato a inventarla? che ha voluto unire insieme popoli così diversi?, adesso basta, io sono io, tu sei tu... si tirano fuori le armi, qualcuno perderà, altri vinceranno, o forse perderanno tutti, chilometri e chilometri di strade dritte, interminabili, paesi interi deserti, forse qualcuno sta spiando, nascosto tra le case distrutte, ma è più probabile che non ci sia nessuno,

Sarajevo si sbriciola lentamente, gli ospedali non vengono risparmiati, sono pieni di bambini mutilati nel corpo e nella mente, molti di loro non riescono a parlare... altri bambini parlano della morte come adulti, mia madre è stata colpita da una granata una settimana fa, io ero vicino a lei, l'ho vista mentre le schegge la buttavano contro il muro, mi sono messo a gridare per chiedere aiuto, ma era già morta, piango spesso, ogni tanto la vedo, di notte, mi sembra che sia ancora qui, penso molto a lei... vicino al cimitero ebraico si combatte corpo a corpo con il coltello, dalle tombe emerge un uomo vivo con il viso contratto, ti arriva alle spalle e ti spacca il cuore, spesso vedi negli occhi chi ti spara, una questione di riflessi, le televisioni europee contano i morti, credono davvero di poterli contare... passano le settimane e i mesi, i trattati di pace sono carta da cesso, la diplomazia percorre vie tortuose, tratta con governi fasulli, uomini invisibili, Bosnia, Croazia, Sarajevo, Novi Sad, Zenica, Zara, Bihać, sembrano solo nomi, ma contengono uomini donne bambini vecchi case idee volontà desideri sogni speranze, finché una pallottola non dice fine... Si combatte in molti luoghi, gli aggrediti diventano aggressori, gli eserciti si inseguono di città in città, si accusano reciprocamente di aggressione e di crudeltà, intanto si spara su tutto quello che si muove, l'ordine è distruggere, la popolazione deve stare ferma e subire, i palazzi vuoti diventano scheletri di un passato lontanissimo, l'inverno è stato terribile, sono morti molti bambini, li seppellivano a gruppi, dopo averli spogliati, i vestiti servivano ai bambini vivi, si correva a spalare, spalando ci si scaldava, anche nelle città vicine, più piccole, mancava già tutto, città legate alla campagna, ci si difendeva con il fuoco e con il vino, ma si moriva lo stesso, qui fino a poco fa c'era ancora il prete, benediceva i morti in fretta, tornava di fronte al caminetto, meglio non pensare, meglio andare sulla collina a cacciare, a rincorrere le ombre dei cinghiali, meglio sperare che lasciar perdere tutto... prima o poi, prima o poi... Maria non dice più nulla, passano ancora nella via principale, lei cerca con gli occhi la figura dell'uomo che guarda lontano, ormai lo chiama così, cerca l'insegna arrugginita, la vede, sotto non c'è più nessuno, passano oltre, Maria si gira un paio di volte a controllare, ma non vede nulla... Zubick saluta un uomo senza fermarsi, l'altro mugola qualcosa, gli dà una manata sulla spalla, sparisce in una strada laterale, Maria e Zubick proseguono il cammino, passano davanti alla casa di Kalik, una tenda si scosta, un'ombra appare dietro i vetri, un capo piccolo coperto di capelli imbizzarriti, due occhi attenti controllano, spiano le figure della strada... Kalik al biancore lunare vede ondeggiare dei capelli biondi, un corpo agile di donna, un'ombra appena, ma capace di farlo fantasticare, era molto che non gli capitava... Maria e Zubick vanno oltre, spariscono, la tenda si richiude, Kalik pensa ai capelli biondi che ha visto passare, sente un brivido in mezzo alle natiche, immagina di essere con quella donna in un letto a baldacchino circondato di veli azzurri... la vita non è poi così brutta.

Qualche volta ti innamoravi di un cliente, non era vero amore, lo sapevi, era un passatempo necessario, quelli arrivano, consumano, pagano, se ne vanno, come in una pizzeria, nessuno resta a farti una carezza, qui si viene per godere, magari per lasciarsi andare a un piccolo e sterile e falso sogno, poi si torna nel mondo normale, si racconta ai più intimi come sei brava con la bocca... nessuno dice che ha capito quanto sei triste, nessuno racconta il tuo disgusto, la tua noia camuffata dai sorrisi... chi paga non vuole fastidi, io pago, non faccio mica un sopruso, cinquantamila, centomila, duecentomila, ognuno è libero di fare quello che gli pare, la vita uno se la sceglie, a volte si vantano, s'illudono di essere desiderati, soldi e piacere vengono separati, è più comodo, raccontano la prodezza, sentissi come muove la lingua, e mentre vieni... non puoi immaginare, anche se è un peccato che ci sia di mezzo quel preservativo, ma meglio di nulla... Tu non ricordi nemmeno che faccia hanno, sono come sassi calciati lungo la strada, ma ogni tanto uno è diverso, ti piace pensare che lo sia, ha il viso buono, è indeciso, ti guarda, sente che esisti, che pensi, che puoi amare, gli fai una carezza, si imbarazza, gli appoggi il capo sopra la spalla, rimandi il momento in cui dovrai aprirgli la cerniera, gli baci le labbra, sorridi, quel sorriso varrebbe milioni, ma è gratis, anche lui ti abbraccia, sembrate due innamorati, ti infila una mano nei capelli, gli sali addosso, lui ti sfiora le gambe, è una cosa che non può durare, presto il sottile velo di dolcezza si strappa e riemerge il cliente, devi cominciare a lavorare, ti fai dare i soldi, li metti nella borsetta, lo spogli, lo fai eccitare ancora, gli metti il preservativo, scendi con la bocca, lo accontenti, lui sospira, si muove, tu pensi ad altro, ormai la bocca va da sola, la mente è libera, indipendente, vola lontano, come succede ai lavapiatti, mentre raschiano l'unto dalle pentole e sgrassano i bicchieri possono recitare poesie, immaginare un'altra vita, sognare... tu pensi a un sogno che fai spesso, ti alzi in volo e vedi il mondo dall'alto... chissà chi è quell'uomo che è venuto a pagare la tua bocca... pensi alla sua donna, a sua moglie, li vedi insieme mentre fanno due passi in centro, lei si ferma di fronte a una vetrina, indica qualcosa, poi si abbracciano, camminano uno accanto all'altra, in silenzio, sono insieme, sono una coppia... a volte litigheranno, si offenderanno, ma stanno insieme... il cliente comincia a dimenarsi, a gemere forte, come fanno tutti, finché esplode, si tende come un arco, si gonfia... si gonfia... fa un paio di mugolii e si sgonfia, si rilassa, lo guardi mentre ansima, il capo di lato, le gambe aperte, gli occhi ancora chiusi, sembra che dorma, è stato bene, la cosa è finita, non devi fare altro... non vorrai mica metterti a parlare di letteratura... ti ridai il rossetto, per il cliente successivo... lui si sveglia e si asciuga, si riveste, stesse cose, stesse mosse di tutti i clienti, fai fatica a considerarlo diverso dagli altri, eppure c'è qualcosa nel suo sguardo... se lo avessi conosciuto in un'altra situazione, magari... lui ti sorride, dietro la faccia adulta trovi il bambino... e intanto pensi, sua moglie è brava quanto me? ora glielo chiedo... Ma dai, che ti succede? ti sembra quasi di essere gelosa, e poi che idiozia!, nessuno misura il valore di una donna da queste cose, semplicemente una lo fa per amore, l'altra per soldi, non si incontreranno mai, non sono rivali, « senti bello, perché non torni a trovarmi uno di questi giorni? », lui dice di sì, gli fai un'altra carezza, chi se ne importa se è un cliente, ti piace, ti sembra una persona a posto, ti sei un po' innamorata... immagini che all'alba, quando tornerai a casa, ti addormenterai pensando a lui, prima di scendere dalla macchina stai per baciarlo, poi lasci perdere... basta, ora stai esagerando, « ciao cocco », lui parte, dopo un quarto d'ora non ti ricordi nemmeno che faccia aveva, sei salita su un'altra macchina, sei con un altro, è carino, lo baci sulle labbra, capisci che stanotte hai voglia di innamorarti, ne hai bisogno... sarà così tutta la notte... quando torni a casa hai molti soldi nella borsetta, e nella memoria nemmeno un viso.

Goran è sdraiato sul letto, ha già sigillato le finestre, una candela illumina l'angolo opposto della stanza, un po' di luce fa compagnia, è tornato in città da qualche mese, è nato qui, in questa casa, se n'era andato, adesso è di nuovo qui, spesso rimane con le finestre aperte tutta la notte, al buio, basta non accendere nessuna fiamma, oggi però voleva lasciare fuori anche i rumori, il viso di Jules gli torna in mente con violenza, alto, capelli scuri, si sono incontrati a Kragujevac, quando Goran lavorava là, era quasi mezzogiorno, c'era la coda davanti a un magazzino, erano arrivate le angurie dalla Grecia, era almeno un anno che le angurie non si vedevano, in tutta la città ci si metteva in coda per portarne a casa almeno un paio, era quattro anni fa, la guerra non c'era, la tensione era alta ma ancora non si sparava... Jules ha visto tutte le coste del Mediterraneo, dal Marocco alla Siria, poi Turchia, Grecia, Albania, stava tornando a Parigi, ti aveva attirato il suo modo di stare in coda, doveva essere il meno abituato, dalle sue parti non si facevano code per le angurie e le banane, eppure sembrava il più paziente, stava lì immobile a pensare, non sprecava il tempo contando i minuti... la coda cominciava già fuori dal negozio, attraverso le vetrine sporche si vedevano barattoli di vari colori ammassati alla rinfusa, sparsi sul pavimento, la cassiera era una bionda massiccia sui quaranta, stretta in un grembiule azzurro, i bottoni tirati, gli occhi delusi e opachi, prendeva i soldi senza guardare in faccia nessuno... Goran di solito non ci faceva caso, ma quel giorno di fronte allo straniero si vergognò di quella sciatteria, gli pareva di far entrare un ospite nel cesso sporco di casa... Jules tirò fuori un libro, leggeva e faceva passare avanti donne e vecchi, guardò Goran solo un attimo, poi si rimise a leggere, anche Goran lo aveva guardato, gli passò accanto, sbirciò il libro dello straniero, *Woyzeck*, «anche io l'ho letto...», «ah, non siamo in molti a conoscere Büchner», «molto bello, fa soffrire», «ti va un po' di anguria?», finita la coda si ritrovarono su una panchina a macchiarsi di rosso con il succo dell'anguria e a parlare di romanzi, di teatro, di cinema... la sera erano già a letto insieme, per Goran baci e carezze erano una novità, le sue storie erano di altro genere, sbrigative e violente... Invece con Jules stava bene, troppo bene... il ritorno a Parigi fu rimandato di qualche giorno, poi di settimane, mesi, andavano spesso insieme in cima a una collina fuori città, di notte, si baciavano, parlavano, i giorni passavano, non riuscivano a separarsi, chi se ne importa se la gente bisbiglia, chi la sente?, la morte della madre di Jules funzionò da mannaia, Jules sparì in Francia, passò un mese, non scrisse, bastardo!, diceva di amarmi, Goran riuscì a rintracciare il suo indirizzo, scrisse una lettera infuocata, carica di delusione, la risposta arrivò dopo un paio di settimane, una lettera di sua cugina, diceva che Jules si era suicidato, non specificava come aveva fatto...

era arrivato a Parigi, aveva assistito ai funerali della madre, due giorni dopo si era ucciso, non aveva lasciato messaggi, « mi dispiace, ciao, Camille », nella lettera c'era una foto di Jules, sorridente... Goran era rimasto immobile, lesse la lettera tre o quattro volte ingoiando lacrime, poi la stracciò, « non dovevi farlo, non dovevi farlo », mise la foto sopra lo specchio del bagno, si faceva la barba guardando Jules, dopo qualche giorno scrisse a sua cugina, ma prima di spedire la lettera la buttò via, Jules morto, non poteva crederci, non gli riusciva... credere alla morte è difficile anche se si tocca il cadavere, così da lontano era quasi impossibile, erano stati insieme tre mesi, Goran aveva imparato un po' di francese, era la prima volta che s'innamorava, era stato con diversi uomini, per poco tempo, li vedeva quasi solo a letto, di notte, a Goran piaceva stare solo per giornate intere, un paio di suoi amanti erano sposati, storie clandestine, noiose, sembrava un destino inevitabile, niente amore, che c'entra l'amore con gente come lui?, i froci pensano solo a scopare, lo dicevano tutti, no?... una volta l'aveva anche trovato scritto da qualche parte, espresso in modo molto fine e colto, lì per lì si era perfino arrabbiato, poi si era messo a ridere, « forse ha ragione questo qui... », e poi l'amore, l'amore... e chi se ne frega!, aveva anche pensato di andare in qualche locale, vendere e comprare sesso, passare notti intere a letto con chi gli capitava... si vedeva condannato, era convinto che fosse l'unica vita possibile per quelli come lui, ormai se pensava agli omosessuali vedeva stanze da bordello, schizzi di sperma, culi sfondati, visi segnati dal vizio, la parola « omosessuale » racchiudeva tutto il marciume dell'uomo, sembrava il nome di una malattia, eppure quando Goran si guardava allo specchio vedeva un ragazzo con il viso pulito, che poteva anche meritarsi un po' d'amore... un ragazzo con gli occhi scuri, magari un po' cupo, ma se abbandonava la smorfia di difesa, o di attacco, gli veniva voglia di sorridere, ma a chi?... Invece con Jules aveva vissuto qualcosa di nuovo, di sconosciuto, non era solo sesso, anzi il sesso era alla fine di un lungo corridoio disseminato di cose ancora più belle... Una volta aveva cercato di raccontarlo a una donna, l'aveva trovata in un bar, lei sembrava affascinata da Goran, non aveva capito che lui voleva solo parlare... Jules era sparito a Parigi da un paio di settimane, non scriveva, e Goran aveva voglia di parlare di lui... parlare poteva servire a non tirare pugni contro il muro, ma raccontare queste cose a un uomo sarebbe stato difficile... la ragazza ascoltava la storia di quell'amore, pronta a intervenire con le sue cure, ma quando scoprì che Goran stava parlando di un maschio cambiò faccia, si alzò di scatto e se ne andò... Dopo qualche anno lo scricchiolio del paese si era trasformato in fragore, era cominciata la guerra, non c'era più lavoro, Goran era tornato a casa... qui nessuno sa che lui « non è normale », lo lasceranno in pace, la sua casa è tutta per lui, suo padre non l'ha mai conosciuto, non sa dove sia, sua madre è morta quando lui era un ragazzino, gli ha lasciato quella casa e una scatola piena di fotografie, ce n'è anche una di suo padre, una specie di gigante con il viso da mercenario, un fucile tenuto per la canna, il calcio a terra, bandoliere a tracolla, da quella foto Goran ha scoperto da dove vengono i suoi occhi... a parte questo, sul momento vedere quell'uomo sconosciuto non gli ha fatto nessun effetto, è stato quasi divertente, soltanto dopo si è sentito strano, suo padre è solo una foto, c'è qualcosa che non riesce ad afferrare, è quasi buffo ma viene da sospirare, ogni tanto riguarda la foto, si sdraia a letto e la tiene davanti agli occhi, ogni volta suo padre gli sembra diverso, se non fosse una foto si potrebbe dire che cambia umore... poi Goran la rimette nella scatola e si volta dall'altra parte...

La notte è passata tranquilla, non ci sono state incursioni aeree, la mattina Maria trova sul tavolo la sua tazza di latte, in casa non c'è nessuno, lei è curiosa, scosta una tenda, trova una scala piccola, di legno, sale al piano di sopra, la stanza di

Zubick e di Lubjanca, un letto scuro, pareti decorate, incrinate dalle bombe, da un lato del letto candele e santini, dall'altro un libro alto, la copertina nera, sembra un libro sacro, il pavimento è coperto di tappeti, sopra un mobile una specie di altare minuscolo, Maria si avvicina, una candela piccola come un fiammifero, la foto di Tianack, è davvero bellissima, accanto alla foto una ciocca di capelli neri, un anello, l'immagine della Madonna con il cuore trafitto da sette spade, una Madonna sofferente, addolorata... il dolore avvicina, il dolore riesce anche a consolare, nel dolore siamo uguali... Maria si asciuga una lacrima, sentendo pesare sulle spalle tutto quello che ha vissuto prima di allora, tutto il dolore che ha fatto finta di non provare, che ha allontanato con i sorrisi al distributore lungo i viali, che ha dimenticato per mettere da parte i soldi e diventare una donna libera, una donna che guarda avanti lasciandosi dietro una bava di dolore... Maria torna di sotto, nella camera dove dorme, la sua camera, sovrappensiero apre la borsa, sistema alla meglio i vestiti sopra il tavolo, solo dopo si accorge di quello che ha fatto, disfare una borsa da viaggio significa qualcosa, sente che vuole restare, che adesso quella può essere la sua casa... Bussano alla porta, si affaccia Zubick, «trovato questo», le dà un giornale italiano, in città stamattina presto è arrivato un camion, aveva un po' di viveri, medicine, vestiti, era la Croce Rossa Italiana, c'era anche un giornale buttato in un angolo, la data di venti giorni prima, c'era folla intorno al camion, anche a Zubick è toccato qualcosa, poi si era messo da una parte, aspettando che gli altri se ne fossero andati, aveva indicato il giornale italiano, facendo un gesto per chiedere se poteva averlo, i ragazzi si erano emozionati, «ci sono italiani, qui?», uno era saltato giù dal camion, Zubick aveva scosso il capo, «nulla italiani, io conoscere un po' vostra lingua... *leone va a passeggio in bosco, il pesce passeggia in acqua*», fece ridere tutti, gli dettero il giornale, lui ringraziò...

«Come va Italia?» chiese lui.

«L'Italia va a pezzi...»

«Qui tutto in pezzi.»
«Meglio i serbi dei mafiosi in parlamento.»
«Serbi peggio di tutti, io giuro.»
«In guerra tutti sono peggiori.»
«Serbi ancora più.»
«In Italia è diverso, stanno arrestando i politici, non si salva nessuno.»
«Perché?»
«Lo sa Dio! Non siamo noi a decidere...»
«Questo è male, non decidere è sempre male.»
«Che ci vuoi fare? Ciao, noi andiamo.»
«Voi tornare qui prossimi giorni?»
«Non lo sappiamo...»
«Addio.»
«Forse arriveranno aiuti dall'ONU.»
«Bene...»
«Ciao, in bocca al lupo.»
«Cosa è lupo?»
«Un animale migliore dell'uomo» disse uno dei ragazzi, e chiuse la portiera... Il camion partì con fragore, e quando era già lontano qualcuno si sporse dal finestrino, la voce arrivava appena, coperta dal rumore del motore, «ehi, come si chiama questa città?», Zubick non rispose, li guardò mentre si allontanavano, li vide sparire dietro la curva, s'incamminò verso casa, aveva in mano una busta di plastica con tre scatolette di tonno, una di carne, quattro di fagioli, due di ceci, e sotto il braccio una camicia... Per qualche giorno l'uomo del mercato nero avrebbe fatto meno affari... Zubick regalò la camicia a un ragazzo, figlio di un suo amico, poi lasciò quasi tutte le scatolette sul davanzale di una donna con quattro figli vivi, l'unica là intorno a non aver visto morire nemmeno un figlio, però suo marito era morto la settimana precedente, la sirena, gli aerei... una bomba nella camera da letto, lei era nel bagno, dall'altra parte della casa, e quando era tornata, al posto del soffitto si vedeva il cielo, dove c'era il letto si era aper-

ta una buca, in fondo alla buca una montagna di macerie, quel che restava di suo marito era là sotto, nella bara avevano messo uno accanto all'altro i pezzi che erano riusciti a trovare... Zubick ha tenuto la scatoletta di carne per la bella italiana... Maria prende il giornale e si mette a sfogliare le pagine, sono mesi che non legge qualcosa nella propria lingua... Lubjanca è andata al cimitero a trovare Tianack, ci va tutte le settimane, si siede sopra un sasso, parla con lei del più e del meno, lascia una mela sulla tomba, torna a casa e per tutta la sera non dice nulla... In Italia mezzo parlamento è sotto il tiro dei giudici, industriali in galera, arresti domiciliari, truffe per miliardi portate alla luce, mafiosi latitanti da anni arrestati nell'orto di casa, rivolte di piazza, nuovi simboli per vecchi partiti ormai cadaveri, nuovi partiti con vecchie idee, gente senza scrupoli, stesse facce, risse alla Camera, Craxi sommerso da una pioggia di monetine, Ciampi cerca di cucire insieme un nuovo governo... Mina... Modugno... Woody Allen... il toro di piazza Affari è diventato un vitellino... donna s'innamora dell'amante della figlia e la strangola, Israele non cede, affoga nella vasca di casa, seviziata dal fidanzato geloso, il Papa chiede la pace per la ex Jugoslavia, nuovi indizi sul mostro di Firenze, Andreotti indagato per connivenza con la mafia, ritrovata la balena bianca, il nuovo film di Coppola, uccide la moglie e le figlie per non rinunciare all'amante, traffico di organi dal Sudamerica, bambini comprati e venduti a pezzi, il Milan vincerà lo scudetto, travestito romano ucciso a coltellate, scoperti campi di concentramento serbi, bosniaci deportati, migliaia di prigioniere violentate dai serbi, inseminate per avere figli serbi, impiccagioni, torture, trenta bambini uccisi in una scuola di Sarajevo, i cecchini sparano a vista, bambini o adulti non fa differenza, una vecchia serba strangolava bambini bosniaci e li seppelliva in un campo, nessuna tregua per la Bosnia, i due ospedali di Sarajevo erano i gioielli del regime, l'orgoglio della città, sulle loro facciate ci sono più squarci che finestre, nelle sale operatorie improvvisate si tagliano decine di gambe e di braccia ogni giorno, non ci sono medicine, si opera senza anestesia, l'Inferno sulla terra, come ogni guerra... Maria legge tutto, fino in fondo, poi accartoccia il giornale e lo butta nel fuoco... Zubick apre la scatoletta, sistema la carne in un piatto, arriva Lubjanca, ha il viso pallido e trasparente come cera, sorride a Maria, stringe una mano a Zubick, si siedono tutti e tre a tavola, Lubjanca si fa il Segno della Croce, piange in silenzio...

Di giorno la gente cammina per strada, si formano gruppetti, parlano dei morti di Sarajevo, stanotte forse gli aerei serbi passeranno qua sopra, scaricheranno un po' di bombe, non c'è il tempo di capire, il terreno del cimitero è esaurito, gli altri morti devono accontentarsi del prato fuori dal recinto, consacrato in fretta dal vecchio prete... Goran sta fumando, dopo Jules non si è più innamorato, da qualche settimana però ha notato un ragazzo, diciassette anni, non di più, il figlio di un macedone ebreo, un impiegato di banca, uno ricco, cioè non povero, il ragazzo si chiama Luchka, biondo, l'ha visto passare per strada, una mattina, con accanto una ragazza, si tenevano per mano, l'ha visto ancora, in altri giorni, in altre occasioni, ha capito che di lui potrebbe innamorarsi davvero, come di Jules, anche se non ha senso, il ragazzo non è omosessuale... ma non è importante, non è per quello che Goran pensa a Luchka, quel che conta è che lui potrebbe di nuovo innamorarsi, il suo spirito è di nuovo pronto a lanciarsi in un'avventura sentimentale... non vuole ancora dirselo, ma si è sentito liberato, nell'impeto stava per buttare la foto di Jules nel fuoco, poi invece l'ha infilata in un cassetto, solo per non vederla in ogni momento, come ha fatto fino a ora... ogni tanto il viso di Jules torna a chiedere attenzione, è un fantasma esigente, dispotico, quell'amore è diventato inumano... Goran si sente asfissiare, per troppo tempo ha amato un morto come si ama chi si può toccare e baciare, anni interi così, non ha saputo trasformare quell'amore, non è riuscito a farlo diventare legna da ardere per accendere altri fuochi... Quell'amore morto lo ha isolato, gli ha tolto la voglia di vivere e di amare, ormai è un amore che serve solo a dividerlo dagli altri... allora come si può chiamare ancora «amore»? No, è un tradimento... Basta, Jules!, non devi più venire a tormentarmi, lasciami stare, se amerò un altro amerò te, quell'amore sarà anche tuo... Ero fatto di roccia, Jules, tu mi hai lanciato contro una bomba, hai spaccato la mia corazza e mi hai fatto scoprire dentro di me un mondo nuovo che non sapevo di avere... un mondo che avevo appena cominciato a esplorare, e tu adesso lo stai seppellendo di nuovo... Lasciami in pace, Jules!, lasciami in pace, altrimenti... Oddio, ma che sto facendo? Basta, sono un matto, parlo con i morti... questa città è morta, perché sono ancora qui? Luchka non potrò mai avvicinarlo, se la gente scopre che io sono... Bah, chi se ne frega, mi sputino pure in faccia, non è certo quel ragazzino a trattenermi in questa città che non mi ha dato nulla, però voglio morire qui, dove sono nato... e poi sennò dove vado?, a fare cosa?, tanto vale seppellirsi qui... Goran fuma, sdraiato sul materasso, i vetri sigillati, la candela nell'angolo, la fiamma trema, sul muro si muove un'ombra, sembra quella di sua madre, un altro fantasma, Goran non ci fa più caso, quando suona la sirena dell'allarme aereo non si alza nemmeno dal letto.

Il suo primo cliente fu occasionale, un tipo che puzzava di ferrovia, di binari, di stazione... Nei mesi successivi, gli odori sgradevoli che i clienti le lasciavano addosso non le facevano più nessun effetto, era pagata anche per sopportare quelle cose, e sopportava... Appena tornava a casa faceva un bagno caldo, rinasceva, era pronta per dormire, magari anche per sognare un po', in attesa di una nuova nottata... Ma tutte le cose hanno un inizio, e quella sera il tanfo di stazione le fece schifo, lei si era seduta al tavolino di un brutto bar, uno di quei locali dove giuri di non rimettere piede, quel tipo si era messo a sedere al tavolo accanto, la sbirciava, era facile capire cosa voleva, puzzava di ferrovia anche se aveva giacca e cravatta, Maria era sola, voleva pensare con calma e decidere cosa fare della propria vita, non aveva più soldi, dopo aver vissuto nella casa occupata, aveva preso una stanza in una pensione, la proprietaria saliva a piedi su da lei al quinto piano, non c'era ascensore, arrivava sudata, pesava novanta chili, entrava con la seconda chiave, « devi pagare, mia cara... », diceva che non poteva più aspettare, « se ti mancano i soldi sono fatti tuoi », lei non si poteva permettere il lusso di tenerti lì, nemmeno a sua figlia poteva fare un regalo simile, però figli non ne aveva, le sarebbe tanto piaciuto averne, invece il destino... « insomma vedi di pagare presto, che ti ci vuole a trovare i soldi?, se fossi bella come te saprei io come fare... », guardava schifata il disordine della stanza, vedeva i portacenere pieni, fingeva un attacco di tosse, apriva la finestra, continuava a sbuffare, conosceva uomini che avrebbero pagato fior di quattrini per « passare un po' di tempo » con Maria, poi se ne andava dicendo la somma esatta del suo credito, l'ultimo avvertimento risaliva appena a ieri, « ti do due giorni », vista così quella grassona non sembrava poi tanto cattiva, ma qualcuno raccontava che a volte diventava crudele, la disperazione degli altri alimentava la sua perfidia, si accaniva contro i deboli, li umiliava fino a farli piangere... così dicevano in giro, anche se Maria non ci credeva, quella grassona non le faceva nessuna paura, ma se non pagava...

L'ultimo lavoro di cameriera in una trattoria del centro era stato un disastro, aveva resistito due settimane, i clienti più giovani le davano fastidio, erano volgari, lei aveva sempre minigonne corte, scolli, tacchi, trucco, il padrone del ristorante voleva così, « oltre a te ho assunto le tue gambe e il tuo culo », sorrideva e intanto la sbirciava, a volte restava addirittura incantato, si mordeva le labbra, non lo sapeva mica che lei era una donna «particolare», nessuno lo sapeva... Guardare Maria era piacevole e doloroso, i clienti se la mangiavano con gli occhi, alcuni le lasciavano mance insolite, una rosa, un biglietto... All'una di notte Maria voleva soltanto andare a letto, stare da sola, allungare le gambe, far riposare la schiena, sperare in una vita migliore, sognare di riuscire un giorno a liberarsi di quell'intruso che la Natura poco gentile le aveva messo tra le gambe... Lei era una donna, era nata femmina, si sentiva femmina, il suo sguardo era quello di una donna, così come la sua voce, le sue mani e i suoi piedi... c'era solo quel piccolo grande errore che doveva essere corretto... Capitò nella trattoria uno che le piaceva, si sedette da solo a un tavolo, Maria diventò allegra con tutti, quando il tipo pagò il conto e si alzò per andarsene, lei lo salutò con un sorriso speciale, lui non le lasciò la mancia, lei sperò di rivederlo, ma lui non tornò, fu una delusione, una delle tante... faceva collezione di delusioni fin da quando era bambina... Una sera il padrone la chiamò dalla cucina, stavano chiudendo, Maria era rimasta l'ultima, spense le luci nella sala, accese una sigaretta ed entrò in cucina, lui aveva il coso fuori, duro come un mestolo, «vieni qui», si accartocciò addosso a lei, sudava, puzzava di fritto, di cavolo, «vieni...», Maria cercò di spingerlo via, caddero in terra insieme, lei sotto, lui sopra con il viso arrossato, le sue labbra gonfie e lucide che sapevano di pollo cercavano di trovare la bocca di Maria, il respiro grosso... Maria tirava pugni, lui non li sentiva, cercò di strapparle le mutandine, intanto diceva parole dolci, gli uscivano dalla gola insieme allo sforzo, una specie di rantolo, lei gli mise le dita negli occhi, «bella topolina... vuoi farmi male? mi piace, mi piace, fammi male...», le afferrò la mano e quasi gliela spezzò, «buona, piccina... buona...», un cuoco aveva dimenticato qualcosa, entrò in cucina, era un bestione, non disse nulla, prese il padrone per il colletto e lo fece volare lontano contro gli scaffali, il rumore di pentole ingigantì l'umiliazione, il padrone era caduto in ginocchio, dolorante..., «licenziato! siete tutti e due licenziati!» gridava camminando a quattro zampe, il cuoco sollevò Maria da terra, «andiamo...», il padrone si mise in piedi barcollando, si riagganciò i pantaloni, «fuori... via! non metterete più piede qua dentro!», sembrava una cacciata dal Paradiso, «ti accompagno» disse il cuoco a Maria, ignorando lo stronzo... quando i due erano già usciti da un pezzo, il padrone ancora bestemmiava, si teneva il capo, sanguinava, Maria e il cuoco si fermarono poco lontano, lei si appoggiò al muro, sembrava angosciata, ma era felice, un uomo l'aveva difesa, aveva sfidato quel porco per lei... Maria era confusa, pensava che il cuoco aveva difeso una donna, non un essere ambiguo, e aveva perso il lavoro, non si era mai sentita così importante e strana, l'emozione era forte, ma lentamente svaniva, come tutte le cose, tra poco la sua vita sarebbe tornata come prima... Il cuoco indicò una strada buia più avanti, «ho la macchina da quella parte...», «andiamo a piedi, ti va?», camminarono in silenzio, il bestione era imbarazzato, arrivarono davanti alla porta dove viveva Maria, il cuoco la salutò in fretta, si voltò per andarsene, lei lo trattenne per un braccio, voleva ringraziarlo ancora...

«E adesso che farai?»

«Cercherò un altro posto.»

«Mi dispiace...»

«Sarei andato via lo stesso.»

«Non è vero.»

«Quello stronzo non mi è mai piaciuto.»

Maria lo prese per le braccia e lo baciò sulla bocca, «buonanotte... grazie...», lui restò con le mani in tasca, dallo sguardo sembrava che stesse per abbracciarla, poi guardò un attimo il cielo, «be', ciao», si voltò e se ne andò, Maria lo guardò mentre si allontanava, era buffo, camminava come un bambino, nella trattoria lei non lo aveva mai considerato, entrava in cucina con le ordinazioni e usciva con i piatti, l'altro cuoco guardava le sue gambe nude, il bestione la guardava negli occhi o non si voltava nemmeno, non scherzava con nessuno, non rispondeva alle provocazioni, lei non sapeva neanche come si chiamasse... Dopo quella sera non lo vide mai più, ogni tanto pensava a lui, qualche volta si attaccava a quel ricordo, le faceva bene, anche adesso seduta in quel cesso di bar stava pensando a lui... chissà dov'è, chissà cosa mi direbbe se sapesse cosa sto pensando, « mi metto a fare la puttana o no? », e se sapesse che in mezzo alle gambe...?, chissà, magari mi abbraccerebbe... ma adesso devo pensare a come uscire da questo imbuto... non ho soldi, faccio la fame, spaccarmi la schiena per due lire, e per cosa?, facendo la cameriera non riuscirò mai a pagarmi l'operazione... lo sai bene, cara la mia bella ragazza, puoi battere il capo nel muro ma devi ricordarti che ti chiami Mario, e se vuoi essere davvero Maria non hai alternative, nessuno ti aiuterà, nessuno ti darà mai i soldi per farti diventare quello che sei... Si specchiò in un vetro, si sistemò i boccoli biondi, nessuno l'avrebbe mai chiamata Mario, era bellissima... ecco, la bellezza, mi resta solo quella, non voglio invecchiare con un nome sbagliato, tanto vale morire presto, allora, e sulla tomba ci mettano pure il nome che vogliono... ma quale tomba? Finirai nella fossa comune, che forse è meglio, le tue ossa si mescoleranno a quelle di altri dimenticati... Aveva bevuto un paio di bicchieri, roba forte, l'alcol le suscitava un'euforia macabra, non aveva una lira in tasca, non poteva pagare nemmeno i due cognac, chi se ne frega, scoperò con il barista, « dammene un altro per favore... », si sentiva sempre più triste, in fondo aveva già deciso, o meglio, tutto era già stato deciso per lei, se fosse nata « normale » le cose sarebbero andate diversamente... Si fa presto a giudicare, quando tutto è a posto... non ho nulla da decidere, è così e basta... se voglio diventare una donna libera, prima devo essere una schiava, devo affrontare intere notti di maschi eccitati... devo camminare tra i serpenti, immergermi nel disgusto, e ovviamente sorridendo... Sentì una folata di aria calda, un tanfo di ferrovia, si guardò intorno, il tizio le sorrise, si allentò la cravatta, «buonasera signorina... fa caldo, eh?», lei sorrise, non voleva perdere tempo, le venne in mente la frase giusta da dire... «senti bello, so cosa vuoi, facciamo così, mi dai cinquantamila lire e mi paghi i tre cognac... hai un posto dove andare?», però non parlò, non disse nulla, fece la preziosa, voleva pensarci ancora un po', aveva anche altri dubbi, non sapeva se dirgli o no che non era una donna con tutti i crismi... cioè, era una donna, si sentiva una donna, però... ma poi figurati cosa gliene importava a quello, di chi era lei e di come era fatta... poteva essere proprio quel tipo ridicolo il suo primo cliente, bastava tapparsi il naso e pensare al futuro, all'operazione... Lasciò che l'uomo delle ferrovie la corteggiasse ancora, se si poteva davvero chiamare corteggiamento il suo goffo bofonchiare, quegli ammiccamenti arrapati... Maria andò a sedersi al suo tavolo, «fa davvero caldo...», cominciarono a parlare, Dio che noia, quel tipo non faceva che raccontare cose noiose in modo noioso, viaggi, calcio, gite in barca, quando invece aveva in mente tutt'altro, gli si leggeva in faccia... Alla fine Maria si stufò, gli chiese di accompagnarla, appena salirono in macchina lei disse che aveva bisogno di denaro, in cambio poteva dare la sua bocca, solo quella, e con il preservativo, prendere o lasciare, l'altro inghiottì il rospo, s'imbarazzò e si agitò, mise in moto, si fermò a una farmacia, poi la portò in un posto isolato...

«Qui va bene?»

«Puoi pagarmi prima?»

«Chi mi dice che non è uno scherzo?»

«Non ho molta voglia di scherzare.»

«Non sembri davvero una...»

«Puttana?»

«Già.»

«Dammi i soldi e ti faccio vedere...»

L'altro era perplesso, Maria allora cominciò a fare quello che doveva, gli aprì i pantaloni e cercò là dentro con la mano, sfilò il cannone, lo incappucciò nel preservativo e chiudendo gli occhi cominciò a leccare, s'impegnò con la freddezza di chi vende un prodotto, era disgustata, quel sapore di lattice era tremendo, cercava di pensare solo ai soldi... Si fermò di colpo, «ecco, ora sei convinto?», l'uomo sudava, tirò fuori i soldi in un attimo, lei capì il tipo, raddoppiò la tariffa, «ora ce ne vogliono cento», lui pagò senza fiatare, Maria prese i soldi e si rimise subito al lavoro, aveva fretta, voleva andarsene, in fondo era facile, a parte lo schifo... soprattutto si sentiva triste, ma bastava saper pensare ad altro, la vera fatica era quella... stasera andrò a mangiare in un bel posto, mi faccio portare una bistecca enorme, sono settimane che non mangio carne, quello che avanza me lo bevo, voglio spendere tutto, non ho più bisogno di risparmiare, la mia banca sono io, posso prelevare senza limiti, e prima o poi mi farò quella benedetta operazione... Finì il lavoro, scese dalla macchina mentre il tipo ansimava ancora, se ne andò senza dire nulla... Camminò a lungo, pensando a com'era sgradevole avere a che fare con persone che non poteva stimare, che considerava squallide, e soprattutto era triste pensare che sarebbero state proprio quelle persone a riempirla di soldi, a permetterle di diventare una donna anche tra le gambe... Arrivò in centro, aveva la nausea, pensava al cuoco bestione, al bacio di quella sera, pensava a un ragazzino con i capelli neri, conosciuto qualche anno prima, un ragazzino cecoslovacco... non avevano fatto l'amore, erano rimasti mezzi vestiti, sdraiati nel letto... lui l'aveva accarezzata tutta la notte, il giorno dopo partiva, le disse che una donna come lei non l'aveva mai conosciuta, e non poteva sapere quanto avesse ragione, visto che sui documenti c'era scritto Mario... Pensò al suo gatto bianco, al babbo che dormiva al cimitero... entrò in un bar di lusso, per pulirsi la bocca bevve un altro cognac.

Bussavano forte, era notte, Maria ci mise un po' a svegliarsi, aprì la porta, era la polizia, un ispettore e due agenti, riportavano a casa il babbo, era ubriaco, spettinato, aveva un segno rosso sullo zigomo, sangue secco sotto il naso, lo lasciarono andare sopra il divano, accidenti quanto pesa... L'ispettore salutò la bella bambina, « ciao piccola, come ti chiami? », il babbo chiuse un pugno e lo batté sulla coscia, « è un maschio, cazzo! », disse con un rantolo e si addormentò, la bambina stava ritta in mezzo alla stanza, imbambolata, i due agenti erano accanto alla porta d'ingresso, si guardavano in giro, studiavano la casa, l'ispettore si sedette.

« Quanti anni hai? »

« Quasi sette. »

« Come ti chiami? »

« Mario... »

« Anche io mi chiamo Mario... », l'ispettore aveva l'aria preoccupata, quel bambino biondo che sembrava una bambina non poteva essere il figlio di quell'ubriacone... Era un esserino delicato, occhi tristi, silenzioso, timido... L'ispettore fece un cenno agli agenti, e i due presero l'ubriaco per le braccia e lo accompagnarono a letto.

« È tuo padre? » chiese. Il bambino che sembrava una bambina fece di sì con il capo.

« Senti Mario... » L'ispettore gli spiegò cos'era successo, il babbo era andato in un bar, aveva bevuto qualche bicchiere di troppo, non si era sentito bene, cadendo per terra aveva sbattuto il viso, lo avevano aiutato a rialzarsi, lui si era arrabbiato, aveva rotto un paio di bottiglie, qualcuno aveva chiamato la polizia...

« Ed eccoci qua... »

« Sì... »

« Sono cose che succedono, tuo padre non sembra una cattiva persona. »

« No... »

« Ti fa del male? »

« No... »

« Gli vuoi bene? » Il bambino non rispose, l'ispettore mise

una mano sulla spalla di quella bella bambina, le sorrise... Mario non cambiò espressione, fissava muto la pistola dell'ispettore, agganciata sotto l'ascella...

«Ti piace? Vuoi vederla?» La sfilò dalla fondina, levò il caricatore, gliela fece tenere in mano, il bambino la guardò bene, si voltò, la puntò contro il muro...

«Bang bang!»

«Chi hai ammazzato?»

«Un uomo cattivo.»

«L'hai fatto secco? Sei sicuro?»

«Bang!»

«Ora è proprio morto.»

«Sì.»

«Bene, adesso puoi darmi la pistola...»

«Sì.» Il bambino rese la pistola all'ispettore, i due agenti tornarono dalla camera e scambiarono un'occhiata con il loro superiore.

«Adesso andiamo... senti Mario, ti lascio il mio biglietto, se hai bisogno di me chiamami, ok? Faremo fuori tutti i cattivi...»

«Mi porti una pistola?»

«Certo.»

«Grande come quella?»

«Anche più grande... Adesso fai il bravo, vai a dormire...»

«Sì...» I poliziotti uscirono, Mario tornò a letto, spense la luce, restò a guardare i puntini bianchi che si muovevano nel buio... Perché il poliziotto mi guardava in quel modo?, il biglietto con il numero di telefono lo aveva nascosto nel cassetto del comodino, riaccese la luce per leggerlo, «Ispettore Mario Graziosi», non sembrava il nome di uno che ammazza i cattivi, rimise il biglietto in fondo al cassetto, si addormentò pensando alla pistola che aveva tenuto in mano, era pesante, ma era stato bello, aveva provato una bella sensazione, come di sicurezza... quella notte fece sogni brutti... Dopo essere uscito da quella casa, l'ispettore era diventato silenzioso, guardava la strada e ripensava a quella bella bambina che si chiamava Mario... La versione che le aveva raccontato non era del tutto vera, ma nemmeno l'ispettore sapeva di preciso cosa era successo prima che chiamassero la polizia... Il babbo era abituato al vinaccio, ma quella sera aveva bevuto un'intera bottiglia di whisky, aveva perso completamente il controllo, non voleva pagare, voleva picchiare tutti, « venite avanti, finocchi...! », aveva scagliato un posacenere di vetro contro il barista, l'altro si era chinato, specchi e bottiglie erano andati in frantumi, il babbo aveva agguantato subito una bottiglia, l'aveva alzata prendendo la mira, ma non aveva fatto in tempo a lanciarla, si era sentito afferrare il polso, « adesso basta, coglione », lo avevano immobilizzato in quattro, gli avevano tolto l'orologio, forse valeva qualcosa, lo avevano buttato fuori dal bar... Quando il babbo riuscì a rimettersi in piedi vagò un po' qua un po' là senza orientarsi, la città oscillava intorno a lui, le salite diventavano all'improvviso discese, senza un motivo... anche se stava fermo alcuni oggetti si avvicinavano, le macchine salivano sui tetti, i palazzi si accartocciavano, davvero strano, tutta colpa di quei finocchi!, un tipo buffo gli si mise davanti, aveva un bizzarro colore giallo, non aveva occhi, non reagiva alle bestemmie, perché era un albero... continuò a camminare, in fondo a una discesa ripida la strada a un tratto saliva, arrancò fino in cima e tirò due calci contro qualcosa che gli sbarrava il passo... sentì un colpo sordo risuonare dentro il cranio, vide tutto nero e poi si svegliò avanzando senza fatica, il mondo non oscillava più, però non poteva muovere le braccia, erano come incastrate, chiese notizie a due uomini con il cappello che camminavano accanto a lui, uno a destra uno a sinistra, ma quelli appartenevano a un altro mondo, parlavano soltanto tra loro...

« Hai trovato i documenti? »

« Non ce l'ha. »

« Dove lo portiamo? »

«In tasca aveva una bolletta dell'acqua, c'è l'indirizzo.»
«Speriamo sia giusto.»
«Il medico che ha detto?»
«Nulla di grave.»
«Non si regge sulle gambe.»
«Ha bevuto una cisterna di whisky.»
«E quel sangue sulla faccia?»
«È stato quel barbone.»
«Che botta...»
«Questo matto l'ha svegliato a calci, che doveva fare?»
«È stato anche troppo buono.»

Il babbo si voltava di qua e di là, cercava di capire di cosa stessero parlando, quei due usavano una lingua mai sentita, li salutò con un rutto e se ne andò per la sua strada, ma quei due sciagurati continuavano a stargli accanto, uno di qua e uno di là... lui allora si addormentò, si svegliò davanti a una cosa enorme e familiare, una specie di parete bianca con tanti rettangoli verdi, continuava ad avanzare senza fatica, e quei due tizi erano sempre lì, uno di qua uno di là, decise di ignorarli definitivamente, poi ci ripensò e capì che non era giusto, voleva protestare, chiedere insomma a quegli scimmioni che Cristo volevano, aprì la bocca per parlare ma non trovò la lingua, in bocca non c'era più, fanculo a quei due! prima o poi se ne andranno!, là davanti una porta si aprì da sola, lui la oltrepassò, gli facevano male le braccia, ma le gambe erano a posto, senza nemmeno muoverle saliva su, sempre più su, di certo per qualche motivo preciso si fermò di fronte a un rettangolo di legno scuro, sentì un odore familiare, un trillo prolungato nelle orecchie... in attesa di chiarimenti si rimise a dormire, un rumore metallico gli fece spalancare gli occhi, il rettangolo si aprì, apparve una bambina bionda con i capelli corti, altre cose conosciute gli vennero incontro, «qui comando io», dal nulla uscì con chiarezza una voce, «ciao piccola, come ti chiami?», in una qualche profondità animale ebbe uno scatto, una voce che lui conosceva bene gridò, « è un maschio, cazzo! », quella voce sembrava uscirgli dallo stomaco, una cosa stranissima... Si sentì sprofondare in basso, il capo pesante, il buio.

Maria va a prendere l'acqua, c'è una fontana non lontana da casa, ma nemmeno troppo vicina, qualche volta va da sola a prendere la legna per cuocere o per scaldare il cibo, si mette un paio di vecchi jeans e torna carica di rami, chi vive in questa città non può non sentir parlare del « bastardo », due o tre volte anche lei è andata alla finestra di Kalik a comprare scatolette e farina, spendendo una parte di quei pochi soldi che le sono rimasti, il turco la guarda in modo strano, la fissa, sembra che debba dire qualcosa, ma poi sta zitto... oggi Maria ha comprato un vasetto di miele, un po' di mandorle, tre chili di farina, ha speso un capitale, è tornata a casa e ha messo tutto sul tavolo, Zubick già la prima volta si era quasi offeso, ora ha addirittura protestato, anche se alla sua maniera, in silenzio, l'ha guardata con occhi severi, ma come sempre amorevoli, Maria pensa che sia giusto così, per quello che può vuole contribuire, altrimenti sarà costretta ad andarsene, non vuole gravare su quella famiglia in difficoltà, va in camera sua, la camera di Tianack, si sdraia sul letto, cerca di capire cosa sta succedendo, sono passati molti giorni, lei vive in quella casa, è stata accolta a braccia aperte, nessuno le chiede nulla, la sua presenza sembra normale, nessun patto, i pochi discorsi e gli sguardi sono quelli di chi si conosce da sempre... Lei dovrebbe tornare in Italia, perché non parte?, ricorda i viali, le luci dei fari, banconote che passano di mano, uomini eccitati, minigonne, cosce, seni finti, odore di sperma, preservativi, polizia, cosa c'è in Italia, per lei? Anche se adesso però sarà diverso, la sua vita ricomincia dal nulla, lei è nata da poche settimane, sarà diverso, sarà tutto diverso, deve tornare, deve andarsene da quella città senza nome, è la cosa più normale da pensare... ma se immagina di partire sente freddo, quella casa è magica, è un nido dove sprofonda volentieri... La chiamano per la cena, sono già passate tre ore, Maria si alza dal letto, solo ora si ricorda che ha pensato a molte cose... suo padre, il gatto bianco, la nonna distesa nella bara con un fiore tra le dita, la noia della scuola, tutta la vita le è passata davanti agli occhi, non se n'è nemmeno accorta, adesso che è in piedi si sente come liberata, ogni istante a cui va incontro è nuovo... Si siedono a tavola, Lubjanca prega, di fronte al cibo è giusto chinare il capo, soprattutto in guerra, mangiano, Lubjanca ha fatto il pane con le proprie mani, è contenta, sopra la forma ha tracciato una « M », lo mostra a tutti, è il pane di Maria, è lei che ha portato la farina, Lubjanca ha fatto anche i biscotti al miele, li mette in tavola piangendo, Tianack li chiedeva sempre, erano i suoi preferiti... Zubick addenta un biscotto, dilata gli occhi, fischia di piacere, sono buoni, buonissimi, ci beve dietro un bicchiere, vino invecchiato, Lubjanca prende di nascosto un biscotto, sale in camera, lo mette davanti alla foto di Tianack, ecco, ora può tornare giù anche lei, può mangiare i biscotti al miele, Maria le offre del vino, lei ride, tappa il bicchiere con la mano, anche Zubick cerca di convincerla, Lubjanca continua a ridere, a dire di no, non sta bene, il vino le fa girare il capo, poi guarda gli occhi di Maria, diventa seria, dice « bella » in italiano, guarda Zubick, è lui che le ha insegnato quella parola, Zubick annuisce, « bella... bella... », Lubjanca si diverte a ripetere quel suono, alza il bicchiere, vuol dire che oggi berrà anche lei, è troppo contenta, dopo mezz'ora sono tutti e tre allegri, dei biscotti sono rimaste solo le briciole... si sistemano davanti al camino acceso, ma anche loro tre insieme sono un fuoco, il calore di una famiglia, fuori tira un vento freddo... Zubick prende l'armonica, non la suona da molto tempo, toglie via la ruggine con uno straccio, suona e canta una ballata antica, parla di donne rapite, di amore, di morte, Lubjanca muove le labbra, canta sottovoce, il gatto dorme sulle sue ginocchia, Maria è sdraiata in terra, sopra un tappeto, si abbandona, sente nostalgia di cose mai vissute, s'immagina un'infanzia diversa, le sembra di averla davvero vissuta, un'infanzia inventata che fiorisce nel terriccio putrido della sua memoria... Lubjanca ondeggia avanti e indietro, le labbra continuano a muoversi, come quando prega, la ballata è interminabile, circolare, aggira la tirannia del tempo, gli occhi di Zubick hanno smesso di guardare le cose, vedono solo ricordi, tempi e luoghi passati, a ogni nuova immagine strizza gli occhi, non si capisce se sta sorridendo o soffrendo, vede suo padre, è giovane, più giovane di lui, è a torso nudo in mezzo a un campo, canta e batte il tempo colpendo l'aria con un pugno, e Zubick è insieme a lui, è un bambino, corre intorno al babbo, ride come uno scemo, Zubick sente il canto, la risata del bambino, vede scorrere nella mente quel ricordo, era da qualche parte nella memoria, ora è riapparso, Zubick vorrebbe entrarci dentro, tornare a quei momenti, si avvicina a suo padre e a se stesso bambino, agita una mano, chiama, nessuno lo sente, come se lui non esistesse, la scena continua, non si può cambiare nulla, ormai è andata così, e sarà così per sempre, sempre uguale, il bambino corre intorno al babbo ridendo come uno scemo... l'ultima nota della ballata sfuma nel nulla, Zubick rientra nel presente, Lubjanca gli manda un bacio, Maria batte le mani, Zubick scuote il capo, ride, il fuoco ha fame di legna, Zubick si alza, barcolla, ha percorso sei decenni in pochi minuti, ha ancora gli occhi pieni di infanzia, prende un ciocco, lo appoggia nel camino, sistema la brace con un ferro, il fuoco è un vecchio amico che sussurra storie antiche.

La gente corre, per andare a fare la spesa si passa sotto il tiro dei cecchini serbi e ora anche delle telecamere, in certi quartieri di Sarajevo si cammina in fretta a capo basso, ogni tanto uno che sta correndo cade, gli altri si infilano in un portone, aspettano qualche minuto, alcuni non escono più fino a sera, se è possibile cercano di uscire da un'altra porta, sempre di corsa, sempre a capo avanti, i soccorsi non arrivano, sono stati bloccati, bombardati, in zone più tranquille si può fare la coda davanti a un magazzino, poi cade dal cielo una granata, come una punizione, e nessuno rimane in piedi, i feriti hanno facce stupite, non capiscono cosa è successo, i morti sono quindici, tre bambini, cinque donne, qualche vecchio, si continuano a contare i cadaveri, la telecamera corre in altre strade, militari sui camion, militari che sparano, una bomba colpisce un palazzo, il quotidiano più importante di Sarajevo continua a stampare nei sotterranei... *Oslobodenj, Liberazione*... non hanno saltato nemmeno un giorno, al posto delle molte pagine è rimasto un foglio di formato ridotto, per comprarlo la gente fa la coda come per il pane, il palazzo del giornale è conciato male, gli uffici dei piani superiori sono completamente distrutti, i cecchini serbi sparano a qualunque cosa si muova in quelle stanze sventrate, la telecamera passa ad altro, come sottofondo si sentono gli spari, qui fino a una settimana fa c'era un asilo, sono morti più di trenta bambini, là sorgeva la chiesa del quartiere, potete vedere ancora il portale, il resto è crollato, appare il viso di una donna che piange, siamo a molti chilometri di distanza dall'asilo colpito, l'inquadratura si allarga, centinaia di persone sono accampate in un prato attrezzato con tende e camion, muraglie di sacchi di sabbia, profughi cacciati dalla loro città, hanno perso tutto, c'è qualcuno che ha deciso per loro, ancora un salto, siamo in zona serba, una vecchia fissa lo sguardo nella telecamera, dice che i bosniaci andrebbero ammazzati tutti, perché sì, perché è giusto, i musulmani devono sparire, anche i bambini, indica un punto del terreno, c'è un mazzo di fiori, suo figlio è seppellito lì, quindici anni, le rughe del suo viso non si muovono, bisogna ammazzarli tutti, i suoi occhi sono duri come vetro, la vecchia sparisce, si vede un casco blu francese che sta bevendo da una bottiglia, un attimo dopo un forellino rosso appare al centro della sua gola, gli occhi sbarrati, il capo che trema, cade in terra, forse sua madre lo ha visto morire in televisione... poi ecco una lunga coda umana, siamo a Belgrado, davanti all'ambasciata canadese, i più colti possono fuggire in Canada, gli altri resteranno qui a sperare, ogni momento della storia è caratterizzato da una «selezione», tu sì tu no, in acque internazionali incrocia un battello radio, l'emittente si chiama Diritto di parola, trasmette notizie e musica, gli operatori sono sloveni, serbi, croati, musulmani, lavorano insieme senza ammazzarsi, senza nemmeno guardarsi male.

Eri in quarta elementare, la maestra disse che si doveva scrivere un pensierino... Parla dei tuoi genitori, con la penna in mano ti fermasti a pensare qualche secondo, poi cominciasti a scrivere... «la mamma è morta, oppure è andata via, ma non mi ha portato, il babbo lavora tanto ma non so cosa fa, è sempre fuori, a volte non torna a mangiare, la sera dopo la cena esce e torna tardi che ha bevuto molto, mio babbo è quasi sempre triste o arrabbiato, forse è colpa mia, ma non so come mai, spero che il babbo mi vuole bene, ma non me lo dice, la mamma non c'è, è morta o è andata via, ma questo lo avevo già detto...», la maestra di quell'anno era simpatica, aveva letto il pensierino, poi ti aveva chiamato alla cattedra, parlava a sussurri, non sapevo che tua mamma fosse morta, com'è successo?, «è sparita...», ma se n'è andata o è morta?, «è sparita... è morta...», non è la stessa cosa, «per me sì, la mamma non c'è...»

Maria osserva Zubick, quel vecchio ha i gesti solenni del sacerdote, anche quando taglia il pane o attizza il fuoco, la fiamma si rianima... è primavera, di giorno l'aria è tiepida, ma la notte torna il fresco, sarà così ancora per qualche tempo... Zubick si rimette seduto, si preme forte gli occhi con le dita, quando li riapre Maria e Lubjanca lo stanno guardando, il fuoco, il silenzio, Zubick sospira, la città sembra disabitata, da fuori non viene nessun rumore, solo il vento che ogni tanto fischia infilandosi in una fessura, la bocca di Zubick si apre, comincia a raccontare, prima in italiano, poi traduce qualche parola per Lubjanca, lei sa già tutto, capisce subito di quale storia si tratta, l'ha vissuta insieme a lui, anticipa gli avvenimenti con gesti e smorfie, sono in due a raccontare, Lubjanca prepara il solco, Zubick semina le parole, il viso del vecchio si distende e si contrae, gli occhi guardano nella memoria... Una volta Zubick e Lubjanca volevano fare l'amore, non erano ancora sposati... Lubjanca si mette le mani sulle gote calde, rosse d'imbarazzo, Zubick sorride, Maria è impaziente, « e poi? e poi? »... quel giorno camminavano per strada mangiandosi con gli occhi, nessuno dei due aveva detto « facciamo l'amore », ma le dita s'intrecciavano fino a farsi male, quelle dita stavano già facendo l'amore, loro due stavano pensando a dove potevano trovare un posto tranquillo, lungo la strada incontrarono il prete del quartiere, era un po' agitato, il sacrestano non tornava, quell'infedele!, era andato nella città vicina a trovare un parente... una donna, ci scommetterei!, solo le donne ti fanno fare tardi, tra pochi minuti si dovevano suonare le campane, c'era di mezzo un santo importante, mica storie!, il prete aveva l'artrite, in più doveva correre da un malato, uno che poteva morire da un momento all'altro carico di peccati, ma le campane... si dovevano suonare in tutti i modi... come si fa? chi le suona?, Zubick e Lubjanca si guardarono solo un secondo, decisero all'istante, ecco... « saremmo onorati e felici di renderci utili suonando le campane della chiesa », il prete unì le mani e li chiamò « provvidenza »... Lubjanca arrossisce di colpo, sgrana gli occhi, poche altre volte Zubick ha raccontato quella storia, e ogni volta lei vibra di piacere e di vergogna... il prete li lasciò nella stanza bassa del campanile, lo stesso che ora è un cumulo di macerie, Zubick questo non lo dice, va avanti con la storia, non vuole rovinarla, la guerra adesso non c'entra, « mi raccomando, alle cinque in punto », il prete scappò via di corsa, il malato poteva morire da un minuto all'altro, alle cinque mancavano dieci minuti, i due ragazzi non chiedevano di meglio, non c'erano sedie, né tavoli, nulla di nulla, solo la corda della campana, il resto Zubick non lo dice, guarda Lubjanca, rivede la bella ragazza ombrosa... « però alle cinque le campane le abbiamo suonate... », il viso di Lubjanca brucia come un tizzone, si copre le guance rugose con le mani rugose, sta così un minuto, poi ha un sussulto, anche lei vuole raccontare qualcosa, dice a Zubick di tradurre, Zubick accende la pipa, si prepara, Lubjanca è emozionata, non è abituata a raccontare storie, forse è la prima volta... Un giorno Lubjanca aveva deciso di lasciare Zubick, la premessa è commovente, Maria sorride, Zubick finge di essere ancora addolorato, erano fidanzati da un mese, innamorati fino alla demenza, ma ecco che qualcuno nel quartiere giurava di aver visto Zubick con una femmina, « bella? », sono passati decenni, solo oggi Lubjanca riesce a dire che quella donna era bellissima, « più di me », Zubick protesta, non è vero, con quella non ci ho mai nemmeno parlato, « stai zitto tu! non lo sapremo mai se è vero o no!, non da te », gli mostra il pugno, tutti ridono, insomma era stato visto con « quella », non era da perdonare, la femmina oltre a essere bella era anche più ricca di Lubjanca, c'era chi giurava che per Zubick si sarebbe uccisa, « ah, è così? », Lubjanca glielo lasciava tutto intero, non sapeva più che farsene di quel bisonte di Zubick, si preparò a dirglielo, si vestì con cura, il vestito più elegante, si pettinò, si truccò, « devo essere bellissima », l'avrebbe fatto sbavare, quel traditore!, andò a casa di Zubick, bussò con tre pugni, aprì la mamma di lui, vide gli occhi infuocati di Lubjanca e corse a chiamare il figlio, Lubjanca restò ad aspettare sulla soglia, poco dopo Zubick apparve sulla porta, era bello il suo Zubick, troppo bello...

« Lubjanca... »

« Non sono più la tua Lubjanca, addio. »

« Che succede? »

« Se m'incontri per strada, non salutarmi. »
« Ma sei pazza? Non capisco... »
« Sei libero! »
« Che vuoi dire? »
« Non dico più nulla, addio per sempre. »
Lubjanca girò su se stessa per andarsene, in fondo all'anima sapeva che non si stava comportando bene, stava condannando Zubick senza processo, ma non voleva discutere, altrimenti avrebbe potuto cedere, e così si convinse di essere nel giusto, si sentiva demolita ma non voleva tornare sui propri passi, quel che è fatto è fatto... Per voltarsi ruotò così velocemente che la gonna si allargò, come quella delle ballerine, la trina si impigliò in un chiodo, lei partì di slancio, livida di gelosia, decisa a far soffrire Zubick fino alla morte, pensò che a trattenerla fosse Zubick, disperato, e tirò più forte, la gonna si strappò, si slacciò alla vita, rimase appesa al chiodo, lei si ritrovò a gambe nude, con il freddo dell'angoscia che si mischiava all'aria fredda dell'inverno... sentì la risata di Zubick, si voltò per maledirlo, lo vide che teneva in mano la sua gonna, rossa di vergogna si lanciò correndo verso di lui con i pugni alzati, Zubick l'afferrò alla vita, la sollevò, la baciò, Lubjanca rise e pianse per un'ora, « quel chiodo ti salvò », dice Lubjanca, e ride... anche Zubick ride, « era bella, così offesa e nuda, prima ero solo innamorato, dopo diventai tutto pazzo », traduce per Lubjanca, lei arrossisce ancora, si copre il viso per la decima volta, poi guarda le gambe di Maria, ammira la bellezza, dice che ai suoi tempi le donne anche sotto la gonna erano più vestite di adesso, i tempi cambiano, forse se fosse nata più tardi... Fa niente, la vecchiaia arriva comunque, alza ancora il bicchiere, Maria li riempie di nuovo tutti e tre... e lei cosa può raccontare?, di ricordi così non ne ha, e non può certo raccontare di quando si vendeva sui viali o di quando si faceva di eroina, e nemmeno di suo padre... sta pensando di inventare una storia, un ricordo tenero e divertente, per fare contenti i due vecchi, porta i bicchieri pieni di vino a Zubick e

Lubjanca, si rimette a sedere, beve, questo vino scalda... la prima bomba scoppia senza preavviso, la sirena comincia a fischiare subito dopo, a volte succede, in pochi secondi è il caos, lampi di fuoco, grida, tutto vibra, Zubick alza il tappeto, apre la botola e va verso la porta, Maria e Lubjanca scendono nel rifugio, «Zubick! Zubick!» grida Lubjanca, abbracciando Maria, «adesso viene, adesso viene», la casa trema, di sopra cade qualcosa, cinque figure entrano dalla porta e scendono veloci sottoterra, si sistemano contro la parete... Zubick non c'è, sta aspettando ancora qualcuno, una donna con la figlia piccola, abitano nella strada accanto, non hanno un rifugio, quando arrivano gli aerei vengono sempre qui, stanno ritardando, Zubick esce, corre lungo i muri, le sagome nere degli aerei passano basse sulle città, lasciano cadere bombe scure che sventrano le case e le strade, da sotto le macerie provengono strilli e lamenti ovattati, voci dall'oltretomba, Zubick arriva davanti alla casa della donna, un cumulo di pietre e mattoni, travi spezzate, un lavandino intatto, dai detriti sale lento del fumo, una chioma folta di capelli castani è sparsa sui mattoni come sopra un cuscino, il resto del corpo è sotto, accanto al capo della donna sbuca dai sassi la gamba nuda di una bambina, gli aerei continuano a incrociarsi sopra i tetti, Zubick sale sulle macerie, scopre il viso alla donna, vuole rivederla, lei ha le labbra aperte, tutti i denti spezzati, il naso non c'è più, le preme due dita sulla gola, è tiepida, ma lei è morta, il sangue è fermo, poi avvolge con la mano la gamba della bambina, anche per lei la guerra è finita, sta per spostare le pietre, vorrebbe sfilarla da là sotto, poi pensa che purtroppo non c'è nessuna urgenza, si fa il Segno della Croce, si siede sulle macerie e resta immobile a guardare gli aerei.

Un ricordo bello ce l'hai, magari anche più di uno, ma non emergono facilmente dalla memoria, sono seppelliti sotto il fango degli anni successivi... a volte pensi che i ricordi belli te li sei solo immaginati, invece forse sono veri... ecco che ne emerge uno, come un lombrico dalla terra... la mamma c'era ancora, non ti ricordi che viso ha ma sai che c'era, era quasi Natale, avevi quattro anni, forse meno, non sapevi bene cos'era il Natale, ma sentivi nell'aria qualcosa di bello che non conoscevi, un'emozione strana... il babbo è giovane, non sembra nemmeno lui, camminavate insieme per le strade in mezzo a tanta gente, lui ti teneva per mano e non parlavate, ti piaceva che la tua manina fosse dentro la sua, ti faceva sentire sicura e protetta, ti guardavi intorno e vedevi tante cose, tante luci... poi il babbo ti aveva portato in un posto che non avevi mai visto, con i soffitti altissimi, e gli chiedesti chi abitava in una casa così grande...

«Non è una casa.»

«E cos'è allora?»

«Una chiesa...»

«Cos'è una chiesa?»

«Dove la gente viene per pregare.»

«Cos'è pregare?»

«Ringraziano Dio.»

«Cos'è Dio?»

«Dio ha creato tutte le cose.»

«Che vuol dire creare?»

«Fare apparire una cosa dal nulla.»

«Dio fa apparire tutto?»

«Sì.»

«Ha fatto apparire anche la mamma?»

«Anche la mamma.»

«Anche me?»

«Anche te, certamente.»

«E prima dov'ero?»

«Prima quando?»

«Prima di apparire.»

«Ssst... Ecco, cominciano a cantare, sediamoci...»

Molte persone vestite uguali si misero in fila, una accanto

all'altra, gli uomini dietro e le donne davanti, ti tappasti le orecchie, lo facevi sempre quando qualcuno urlava, pensavi che molte persone insieme facessero un rumore fortissimo, eravate nelle ultime panche, ma avevi paura lo stesso, un uomo vestito in modo diverso da tutti gli altri si mise a fare dei gesti che non avevi mai visto... si voltò di spalle, alzò le mani e le persone del coro aprirono la bocca, cominciarono a cantare, tu non sentivi nulla, tenevi ancora le mani sulle orecchie, provasti piano piano a scoprirne uno, non c'era nessun rumore assordante, tante persone insieme facevano appena un sommesso ronzio, era bello, ti mettesti a ridere, il babbo fece gli occhi grandi, « ssst, fai piano... », il coro ogni tanto cantava più forte, tu guardavi le figure appese alle pareti, uomini avvolti da grandi teli colorati con un cerchio luminoso sopra il capo, bambini con le ali, un uomo appeso a una trave di legno con le mani inchiodate, sembrava che stesse molto male, perché lo avevano attaccato lassù?, che aveva fatto di brutto?, a un tratto il babbo ti strinse, appoggiò le labbra al tuo orecchio, vicine come un bacio, si mise a cantare, sentivi il calore del suo respiro, ti faceva quasi il solletico, l'odore del babbo ti avvolgeva, sentivi il suo mugolio vibrare dietro gli occhi, in mezzo al capo, nello stomaco, la sua voce copriva il canto del coro, era più forte del coro, allora lo sentivano tutti... ma come mai nessuno si voltava a guardare il babbo?

La donna e la bambina sono state seppellite la mattina presto, Zubick le ha tirate fuori da sotto le macerie, ha voluto farlo da solo, Maria lo ha accompagnato, è rimasta a guardare il vecchio che scavava tra i mattoni, per un anno quella donna era andata con la figlia nel rifugio di Zubick e Lubjanca, ogni volta diceva « meno male che ci siete voi », ora la sua casa non esiste più, è come una lotteria, arrivano gli aerei, bombardano, se ne vanno, alcuni « numeri » vengono estratti, altri no, si deve solo aspettare e sperare di non essere pescati dal destino... Nel prato accanto al cimitero le croci sono fitte, sembrano steccati, Zubick finisce di seppellire la mamma e la figlia con l'aiuto di altri uomini, poi pianta una croce sopra la terra smossa, si avvicina a Maria, guardare il suo viso bello fa bene al cuore, sconfigge per un secondo la morte... molte mani si muovono insieme, il Segno della Croce è come un coro muto, sembrano le gambe delle ballerine a teatro... la donna riposa sottoterra insieme alla figlia, si torna a casa, le vanghe non le riportano indietro, meglio lasciarle lì, domani forse si dovrà tornare a seppellire qualcun altro, in ogni occasione è bene facilitarsi la vita, la storia è fatta di queste cose, si scoprono modi più comodi e veloci per sopraffare, per sopravvivere, per seppellire... Il gruppo si smembra lentamente, il saluto è un suono di gola, o un cenno, Zubick e Maria camminano vicini, non parlano, ma hanno la sensazione di dirsi molte cose, qualcosa di simile li accomuna, si guardano, è sufficiente, non c'è nulla da spiegare, a volte Zubick pensa che Maria dovrebbe andarsene, stare qui è pericoloso, si muore come mosche, ma in effetti il viaggio può essere ancora più pericoloso, allora è meglio che rimanga, forse le cose miglioreranno, o forse no... è così difficile decidere, qualsiasi scelta può essere fatale, ci si affida alla fortuna... non dice nulla a Maria, e comunque sarebbe inutile, il destino fa come gli pare... e poi Zubick è quasi certo che se Maria se ne andasse, Lubjanca si lascerebbe morire, non potrebbe sopportare di perdere Tianack ancora una volta... ma nemmeno Maria parla, non dice a Zubick quello che pensa, non gli dice che in certi momenti le sembra di avere finalmente trovato una famiglia, non vuole dirlo, teme di essere invadente, ma anche di spezzare la magia di quella sensazione sospesa dentro di lei... Sulla strada principale c'è movimento, Zubick e Maria si avvicinano, un uomo è seduto su una sedia, è circondato da molta gente, gli portano da bere, sulle ginocchia ha suo figlio, tre anni, gli occhi grandi come ciliegie mature, l'uomo piange, è nato qui, è andato via molti anni fa, a Sarajevo, si è sposato, qualcuno in città si ricorda ancora di lui, l'uomo abbraccia il figlio, gli copre le orecchie con le mani, racconta di sua moglie, Tazjenka, è stata violentata e torturata, è morta all'ospedale, l'avevano accecata, il cranio fratturato, il ventre ridotto a una pozza di sperma, l'uomo si morde un labbro, lo taglia con i denti, il sangue gli cola addosso, l'ultima frase della moglie non la può dimenticare, aveva visto muovere le sue labbra, aveva accostato l'orecchio, « non voglio più vivere... non voglio... », era stata seppellita insieme a venti altre donne, stessa sorte per tutte, una era incinta, almeno dieci di loro avevano meno di vent'anni, erano sparite un pomeriggio, per tre settimane nessuno aveva saputo nulla, poi le avevano trovate, qualcuno le aveva gettate in una discarica di rifiuti, in periferia, alcune erano ancora vive, erano morte all'ospedale, nessuno potrà mai sapere dove e come è successo... l'uomo beve, beve molto, quando sviene lo portano in una casa, il bambino si mette a piangere, qualcuno cerca di farlo giocare, lo trascinano via, « il babbo è stanco, deve dormire », sistemano l'uomo in un letto, gli tolgono le scarpe, chiudono porte e finestre, da oggi ci sono due bocche in più da sfamare, chi ha in tasca un po' di soldi andrà dal bastardo del mercato nero... Kalik spia da dietro le tende della finestra, controlla, se vede movimenti che non riesce a decifrare si agita, teme di venire assaltato e derubato... Ecco, ce l'hanno con me, stanno venendo qui, mi porteranno via i soldi e tutta la merce, mi tortureranno, mi ammazzeranno... Non si calma finché la strada non è di nuovo deserta... anche oggi ha notato la bionda, quella ragazza è una luce che cammina, muove i fianchi in un modo così bello... ma non lo fa apposta, è bella in modo naturale, come una pantera... Kalik si sdraia sopra il letto, pensa, sogna, se solo potesse avvicinarla quando è sola, conoscerla meglio...

Quando era davanti al televisore, il babbo non voleva essere disturbato per nessun motivo, rideva, beveva, ruttava con piacere, d'estate si spogliava pezzo a pezzo, buttava i vestiti sul pavimento, il puzzo di sudore si spandeva lentamente per tutta la casa... spesso si addormentava sul divano, l'oggetto più costoso che c'era in casa, un divano comodo, di lusso... tu avevi sette anni, quella sera c'era una partita importante, il babbo teneva il televisore a volume altissimo, non era sordo, ma quando c'erano le partite gli piaceva così, se le godeva di più... Qualcuno bussò alla porta, tu eri già a letto, il babbo non sentiva, per via del volume alto, e non smettevano di bussare, allora ti alzasti e apristi la porta, c'era una donna in pigiama con gli occhi cisposi, era una vicina arrivata da una settimana, abitava al piano di sopra, « piccina, c'è qualcuno in casa... o sei sola? », corresti a chiamare il babbo, gli dicesti che c'era una donna che lo cercava, lui si alzò soffiando dal naso, arrivò alla porta, « che c'è! », « signore, sono quasi le undici e mezzo... », « ah grazie, il mio orologio va un po' indietro », « voglio dire... il suo televisore è troppo alto... », « lo appoggerò per terra », le richiuse la porta in faccia, tornò davanti al televisore, si lasciò andare sul divano, abbassò il volume ma continuò a bofonchiare contro tutti gli inquilini del palazzo, maledetti loro e le loro mamme, non si poteva nemmeno vedere una partita in pace... Tornasti a letto, ti mettesti a leggere un libro per bambini, ti piaceva sentire di lontano la cronaca della partita, ti piaceva sapere che il babbo era distratto e tu eri libera... il babbo sapeva poco o nulla di quello che pensavi e di cosa facevi nei lunghi pomeriggi che passavi da sola... al piano di sotto abitava una ragazzina che ti stava simpatica, che avresti voluto conoscere, avresti voluto essere sua amica... si chiamava Camilla... A volte spiavi dalla finestra, la vedevi arrivare per la strada, aspettavi che entrasse nel palazzo, poi scendevi di corsa le scale solo per guardarla da vicino, ma non avevi nemmeno il coraggio di salutarla... era molto carina, snella, i capelli neri, e aveva sempre l'aria impaurita, ti piaceva anche per quello, viveva con una zia, i suoi genitori erano morti finendo giù da un viadotto...

Camilla aveva paura di sua zia, e anche a te faceva paura quella donna magra e legnosa, con la faccia da uomo, con gli occhi cattivi affogati nella carne, lo sguardo schifato... sembrava sempre che annusasse qualcosa di puzzolente, e quando sorrideva sembrava che stesse per mordere... Quando la zia morì, Camilla pianse tutte le lacrime che aveva, adesso era sola al mondo, e la misero in un istituto, un orfanotrofio di monache... tu non l'avevi mai più vista...

Stamani hanno seppellito due vecchi, marito e moglie, sono morti asfissiati nel sonno per colpa di una stufa difettosa... Comincia a fare più caldo, da qualche giorno gli aerei serbi non si sono fatti vedere, ma bisogna stare pronti, arriveranno all'improvviso, in città c'è molto silenzio, la gente aspetta, qualcuno è partito, non ce la faceva più a stare qui... ieri hanno ammazzato un cinghiale, forse l'ultimo, hanno acceso il fuoco in un cortile, dopo un paio d'ore erano rimaste solo le ossa... Goran è disteso sul letto, le mani dietro la nuca, sta così per ore, i pochi libri che sono in casa li ha letti tutti più di una volta, ma non il *Woyzeck*, quello gli ricorda Jules, non ce la fa più a leggerlo... guarda il soffitto e vede Luchka, il ragazzino che passa per la strada con la sua andatura incerta, è bello Luchka, ha lo sguardo triste, Goran per gioco sogna di essere con lui lontano da quella città mezza distrutta, ma è davvero solo un gioco, per ricordarsi che il suo cuore è di nuovo pronto a gettarsi nel mare... Luchka è la breccia nella muraglia del dolore per la morte di Jules... speriamo che quel ragazzino non muoia sotto una bomba, che ne sanno le bombe di chi uccidono?, a fine pomeriggio Goran si alza dal letto, ha bisogno di camminare, passa dai vicoli, prende la strada che porta alle ultime case della città, cammina senza fermarsi, la strada finisce, cominciano i sentieri che salgono sulle colline boscose... cambiano gli odori, cambiano i pensieri, Goran trova in terra un ramo robusto, lo usa come bastone, in cima alla collina si siede sopra una roccia, guarda in basso, la città silenziosa che frana verso la valle, il sole tramonta tardi, il cielo è già rosso, tra un po' sarà meglio tornare, stanotte c'è la luna nuova, la notte sarà buia, c'è vento di scirocco, il capo si riscalda, è facile cadere indietro nella memoria, scene vissute passano davanti agli occhi... anche Maria sta pensando, è sdraiata sul tappeto davanti al camino, sentire il tepore del fuoco è piacevole, Lubjanca borbotta un rosario, il gatto ha appena finito di divorare un topo, si sta lavando il muso, tra poco Zubick chiuderà le finestre, tapperà le fessure con gli stracci, come ogni sera, per poter accendere una candela... al tramonto andrà a comprare qualcosa al mercato nero, un uovo costa ormai come una gallina, il bastardo del mercato nero ha alzato ancora i prezzi... Kalik in quel momento sta mangiando un piatto di ceci, l'ultimo viaggio dal serbo zoppo è stato faticoso, è scivolato vicino a un crepaccio, si è aggrappato a un ramo, ha rischiato di cadere di sotto, magari di morire... si fa presto a dire bastardo, continua a ripetersi, ormai è una litania... che ne sanno loro di quanto è difficile fare questa vita?, mi danno i soldi e prendono le cose da mangiare... la fanno facile, ma non è facile per niente... la fatica, la paura, il rischio... una notte se l'era vista brutta, anche solo a ripensarci gli viene la pelle d'oca... era quasi arrivato dal serbo zoppo, già intuiva nell'oscurità l'ombra della sua capanna da carbonai, laggiù in fondo... doveva fare presto, mancavano sì e no tre ore all'alba, la luna era quasi intera, in mezzo agli alberi il suo chiarore di latte faticava a entrare, ma lungo il sentiero Kalik distingueva bene perfino i sassi... si voltava di continuo a guardare indietro, per controllare di non essere seguito... a un tratto a una cinquantina di metri davanti a lui intravide una sagoma umana, di spalle, che camminava curva e silenziosa nella sua stessa direzione... Kalik si bloccò, « serbi! », il primo pensiero fu quello... l'ombra doveva aver sentito qualcosa, di scatto si voltò all'indietro, accese una torcia, vide il turco e uscì dal sentiero nascondendosi nel bosco... Kalik sentì il sangue gelarsi nei polsi, non erano i serbi, loro non avevano paura di nulla, erano armati e di certo gli sarebbero andati addosso... allora chi era?, magari qualcuno del suo quartiere... magari fingeva di camminare per i fatti propri e invece lo aveva seguito per derubarlo... magari erano in due, o forse anche di più, era una trappola, lo avrebbero torturato per farsi dire dov'era il nascondiglio, poi lo avrebbero ammazzato con una scure, fatto a pezzi e lasciato nel bosco, poi si sarebbero divisi le sue cose e i suoi soldi... li vedeva davanti al bottino gridare come bestie, strapparsi le banconote di mano, prendersi a pugni... non poté fare altro che invertire la marcia e scappare via, tornare indietro, chiudersi in casa... mentre fuggiva aveva visto una volpe correre tra gli alberi, e aveva invidiato la sua libertà...

Il «giorno» è arrivato, Maria tra poco uscirà dalla clinica di Balikesir, le hanno appena tolto il dilatatore, l'ha tenuto molte settimane dentro il taglio, un'apertura fatta con il bisturi che da ora in poi si chiamerà «vagina», l'infermiera grassa piange, ha fatto un regalo a Maria, un disegno, un ghirigoro a penna, due facce si confondono insieme, una maschile una femminile, sotto in italiano c'è scritto «al bello Maria», non si capisce se è dolce ironia o cattiva conoscenza della lingua italiana, Maria la abbraccia, è commossa, è contenta come una bambina, la bambina che è sempre stata e che non ha mai potuto essere... la direzione le fa avere un mazzo di fiori, quella paziente è speciale, è una femmina che si è fatta togliere un gingillo che la disturbava, un gingillo che casualmente assomigliava a un pene... boh!, cose che capitano, dice sorridendo il chirurgo alle infermiere... Maria adesso è ferma sulla porta, è arrivato il momento di andare, saluta ancora, l'infermiera grassa se ne va correndo, non può stare a guardare, le viene da piangere, e fa piangere anche Maria, senza saperlo l'infermiera scappando ha fatto a Maria il saluto più bello... Maria fa un ultimo cenno, molte mani si alzano in risposta, lei spinge la porta, scende la scalinata, è in strada... dopo molti giorni ferma a letto è stordita, oggi sembra che le macchine si muovano troppo in fretta, ha un continuo e leggero capogiro, si volta ancora a guardare l'edificio dove si è operata, una facciata gialla, una decina di finestre tutte uguali, lì dentro è cambiata la sua vita, in una clinica di Balikesir che sembra una pensione di terza categoria... ora tornerà in Italia, non ha più una casa, in qualche modo si arrangerà, non ci vuole pensare, per ora le basta sapere che può spogliarsi liberamente, non deve più nascondersi, potrebbe camminare nuda per la strada, sarebbe un'offesa al pudore, ma non più uno scherzo di Dio, un essere strano che spaventa maschi e femmine, un corpo ambiguo, un'anima sofferente... Ora tutto è a posto, l'ultimo ritocco da fare è il nome sui documenti, ci penserà poi... adesso è una bionda bellissima che fa voltare gli uomini come sempre, tutto uguale ma tutto diverso, la consapevolezza ha la forza di un fiume in piena, trasforma ogni cosa... Maria va un po' in giro a caso, non ha visto nulla di questa città, appena arrivata è andata in quella specie di clinica, se lo ricorda bene, erano le due del pomeriggio, una corsa in taxi, l'autista era un uomo grosso e silenzioso, la faccia unta piena di bolle e foruncoli, il sudore gli colava sulle spalle, dallo specchietto lanciava a Maria occhiate lunghe e pigre, in qualche modo significative, ma non si capiva in che senso... lei aveva paura che quel tipo la portasse in un vicolo isolato, sarebbero sbucati dai portoni un paio di assassini con il viso coperto, le avrebbero aperto la pancia da cima a fondo per portarle via i milioni che teneva nascosti nelle mutande e nel reggiseno... davvero una bella fine, stava con la mano sulla maniglia della portiera pronta a buttarsi di sotto... dopo dieci minuti il taxi si fermò di fronte all'indirizzo giusto, Maria smise di trattenere il fiato, mentre pagava le venne quasi voglia di baciare quel faccione foruncoloso per riconoscenza, «grazie di non avermi ammazzata...», il cielo nuvoloso le sembrò pieno di luce, spinse la porta della clinica e sentì nel naso odori forti di cibo cotto e di medicinali... Venne accolta da un portiere assonnato, con il viso barbuto, che si stropicciava gli occhi con le dita... l'uomo guarda i documenti, legge a fatica... «Mario...», sorride e osserva la bionda, con un gesto le fa capire che deve aspettare lì, indica una poltrona sporca, se ne va strascicando i piedi, torna dopo un quarto d'ora insieme a un uomo enorme in camice bianco, altri sorrisi, inchini brevi e veloci, spiegazioni incomprensibili... la fanno accomodare in una stanza al primo piano, finalmente arriva il momento della prima visita, la meraviglia del chirurgo è notevole, tocca e ritocca quel pendaglio minuscolo, lo volta, lo alza, è strano, si direbbe quasi una vagina che aprendosi ha generato un pene, o un pene appena spuntato che cerca di tornare indietro... chiamati dal chirurgo arrivano alla spicciolata altri medici, guardano, toccano, è sorprendente... e guardate il seno, non è grande ma... e i peli?, guardate qui, niente peli, i fianchi sono quelli di una donna, mani e piedi vengono misurati, valutati attentamente, qualcuno scuote il capo, un viso scuro e serio si china sopra il viso della paziente, due dita lunghe e fini toccano il suo naso, lo stringono, il chirurgo scruta le narici per molti minuti, Maria sente sulle guance il suo alito tiepido e aspro, adesso nessuno parla, un dito passa e ripassa sulla gola bianca e liscia della paziente, gli occhi scrutatori hanno continui scatti di stupore, c'è qualcosa di molto strano... alla fine il viso si allontana, il chirurgo si tocca di continuo il naso e dice qualcosa a Maria con voce rauca, sembra una domanda, la ripete più volte, Maria non capisce, il chirurgo ripete ancora la domanda, si strizza il naso, se lo torce, nulla, Maria non capisce proprio cosa voglia dire, il chirurgo sospira, allarga le braccia, uno dei medici gli si avvicina, gli sussurra qualcosa all'orecchio, il chirurgo dilata gli occhi, annuisce, si volta verso gli altri, fa un cenno con la mano, uno dei medici se ne va in fretta, gli altri parlottano a bassa voce tra loro, si grattano il capo perplessi, dopo poco l'altro torna, con lui c'è un ragazzo con gli occhi ridenti, tutti si avvicinano alla paziente, il chirurgo parla sottovoce con il nuovo arrivato, il ragazzo pensa un secondo, poi parla...

«Tu fatto cambiato naso?»

«Come?»

«Ehm... sì... tuo naso... prima... altro naso?»

«Ho sempre avuto questo, perché?»

«Peli di viso?, barba...»

«Non è mai spuntata...»

«Che è 'spuntata'?»

«La barba... mai avuta.»

«E quello?»

«Il seno? Non è finto, è il mio.»

«Capito...» Il ragazzo traduce, i medici si guardano, borbottano, poi di colpo fanno silenzio, il chirurgo indica la paziente e chiede all'interprete di fare un'altra domanda, vogliono sapere se Maria si è fatta operare alla gola, se si è fatta togliere il pomo d'Adamo.

«Non mi sono mai fatta nessuna operazione...»

I medici si avvicinano di nuovo, stralunati, guardano la paziente negli occhi, uno alla volta, alla fine il chirurgo dice una frase secca, il ragazzo con gli occhi sorridenti pensa, traduce mentalmente, poi parla...

«Loro dice, tu donna, femmina... tu essere... speciale... loro interessa molto.»

«Che significa?»

Lentamente il chirurgo riuscì a spiegarsi, in quella clinica le operazioni erano sempre state eseguite per trasformare uomini in donne, corpi maschili in corpi femminili, non avevano mai operato una donna per farla diventare quel che già era, per loro era una situazione nuova, emozionante, non dovevano lottare contro la natura, ma «collaborare con lei»... Le fecero molte analisi, radiografie, fotografie, riempirono fogli su fogli di dati e di risultati... le avrebbero fatto anche un piccolo sconto... il giorno dell'operazione si avvicinava molto lentamente, poi finalmente arrivò... un medico venne da solo a visitarla poche ore prima dell'intervento, si era fatto scrivere una frase sopra un foglio, era imbarazzato come un bambino, sorrise, lesse ancora una volta il foglio, lo nascose dietro la schiena, voleva ripetere le parole a memoria, prese fiato, «Mario, tu sei donna più bella che io visto nella vita mio», Maria sorrise, commossa... Non tutti in quella clinica erano così gentili... una sera un tipo senza un occhio sbucò dal nulla e cercò di baciarla, si aggrappò al suo seno con tutte e quattro le mani, lei non strillò, ne aveva passate di peggio, lo fece solo volare giù dal letto, lui si rialzò, fece un sorriso di sconfitta e scivolò via nella penombra... Adesso Maria è tornata libera, è uscita dall'ospedale, è «guarita», entra in un negozio, ha pochi soldi, ma non riesce a trattenersi, compra una sciarpa di seta colorata, paga senza contrattare, il mercante era già pronto alla battaglia, invece si ritrova in mano i soldi fino all'ultima lira, è quasi deluso, non si è divertito a mercanteggiare... Maria se ne va in fretta e cammina tra la gente, percepisce quel vuoto in mezzo alle gambe, è una sensazione che la fa piangere di gioia, si sente un angelo, da fuori è quasi tutto come prima, dentro è accaduto qualcosa che non si può spiegare, è come un cieco dalla nascita che riacquista la vista, un miracolo di Gesù Cristo che ha corretto un errore... Maria è piena di vita, sorride al cielo, pensa che tornando verso Firenze vorrebbe fermarsi a Istanbul e andare un po' in giro nella casbah, è un desiderio che si è portata dietro dall'Italia... be', poi si vedrà, il treno passa per forza da Istanbul, se mi va scendo, altrimenti... «Istanbul... Istanbul...»

La domenica il babbo russava fino a tardi, non voleva essere disturbato, staccava il telefono e toglieva la corrente al campanello, era strano che lo facesse, non veniva mai nessuno, a parte il postino, qualche esattore, la fauna del palazzo per protestare, ma di certo non la domenica mattina... Invece quella mattina... tu avevi nove anni, una bella bambina bionda, i capelli corti corti come sempre, ti sentivi già una signorina... quella mattina alle undici bussarono alla porta, andasti ad aprire, davanti a te c'era una donna con i capelli ricci e rossi, ti arrivò in faccia un odore stranissimo, non capivi se ti faceva schifo o ti piaceva, la donna era piuttosto grassa, aveva la gonna corta, una calza rotta all'interno della coscia... lei no, non ti piaceva... la donna allungò una mano per farti una carezza, facesti un salto all'indietro, « ehi, tu devi essere Mario », poi guardò bene quello strano bambino, « o forse ti chiami Maria? », la bambina restava muta, « senti bellina, dov'è il babbo? », nessuna risposta, si sentiva il babbo russare, la donna capì che la bambina non avrebbe detto nulla, la ignorò, entrò in casa guardandosi intorno, faceva « mmm » con la bocca, che avrà voluto dire?, la osservavi da dietro mentre camminava, ritta sui tacchi a spillo, proprio non ti piaceva... passeggiando lentamente la donna entrò nella stanza del televisore, c'erano bottiglie per terra, salatini calpestati, vestiti sporchi appoggiati ovunque, « mmm », al muro erano appesi due quadretti con scene di caccia che avevi sempre visto, facevano parte della tua infanzia, a volte ti incantavi a guardarli per molto tempo, ti immergevi in quelle scene, conoscevi ogni particolare, era il tuo modo di fuggire, chissà dov'erano finiti, se ti capitasse di rivederli adesso ti metteresti a piangere... quella donna li guardò appena come se non li vedesse nemmeno... poi aprì la porta della cucina, e la richiuse ridendo, si avvicinò alla porta del babbo... « no, ferma, il babbo dorme », avevi paura che il babbo si arrabbiasse, diceva sempre che lavorava tutta la settimana come un ciuco e la domenica voleva dormire, era stanco, « la domenica devo dormire »... La riccia rossa mise la mano sulla maniglia, « no! », corresti a morderle la mano, la donna ti diede uno schiaffo, in quel momento si aprì la porta, il babbo era lì davanti in mutande, i capelli ritti sul capo, « non picchiare mio figlio, nessuno deve picchiare mio figlio», «ma non è una bamb..?», la donna si ritrovò seduta sul pavimento, sbatteva gli occhi, non capiva cosa fosse successo, lo schiaffo del babbo era stato rapido e preciso, da ragazzo aveva fatto pugilato, aveva la mano pesante... aiutò la donna a rialzarsi, lei torceva la mascella, «sei una bestia!», «mio figlio non si tocca», le prese il viso tra le mani, «bella porcella...», lei rise come una gallina, lo schiaffo era dimenticato, il babbo le afferrò il sedere con le mani, lei strillò e fuggì nella tana del lupo, il babbo la inseguì ridacchiando e la porta si richiuse... ma chi era quella donna?... a momenti dalla camera del babbo arrivavano degli urletti, dei lamenti, risatine, brevi muggiti... ogni tanto parlavano, ma era difficile capire le parole... per te il tempo avanzava lentamente, stavi in camera tua a leggere e a disegnare... La donna uscì dalla camera del babbo alle due del pomeriggio, stropicciata e stanca, barcollando sui tacchi, emanando odori sgradevoli... il babbo la seguiva in mutande, spettinato e ammansito... tu stavi appoggiata al muro del corridoio, non vedevi l'ora che la rossa se ne andasse... lei ti guardò ondeggiando sui fianchi, «ma davvero è un maschietto? è carino», il babbo scoppiò a ridere, grattandosi la pancia, «maschio com'è ver'Iddio, e ce l'ha anche grosso», «come il tuo?», una risata, due mani sul culo, uno strillo, una parrucca che cade, due gambe in movimento, la porta che sbatte, passi sulle scale, il babbo che continua a ridere da solo come un idiota, con i capelli sudati... Quella domenica ti sentivi più triste che mai, la cosa che ti aveva impressionato di più era stata la parrucca, era caduta in terra come un capo tagliato di netto, e sotto i riccioli rossi c'era una capoccia piccola, con dei capelli biondastri appiccicati al cranio, e la donna si era trasformata in un istante, non era più quella di prima... bastavano dei capelli diversi e tutto era diverso, non ti piaceva, non ti piaceva per nulla... il babbo cucinò qualcosa fischiettando, mangiaste in cucina e lui ti raccontò delle vecchie storie di quando era bambino, dopo pranzo si sedette davanti al televisore, era allegro, leggero, guardaste insieme un film divertente, seduti vicini... Quando il babbo si addormentò, tu spegnesti la tv e andasti in camera a leggere, a pensare, a viaggiare con la mente, per dimenticare la tua vita... Un pomeriggio di sogni, una cena tranquilla, poi il babbo disse che usciva a fare due passi, ti fece addirittura una carezza, tu guardasti un po' di televisione, poi andasti a letto, ti lasciasti avvolgere dal buio... La mattina dopo il babbo ti svegliò chiamandoti dalla soglia, come sempre, « non fare il furbo, eh? vai a scuola! », ti alzasti dal letto in un secondo, dopo un minuto sentisti la porta di casa che si chiudeva, il babbo era già andato via... una colazione veloce, lo zaino sulle spalle, andasti a scuola a imparare le cose... i barbari, le guerre, i pianeti... ma non c'era mica solo quello... avevi sentito dire che a scuola si imparava tutto, allora provasti ad alzare una mano, « signora maestra, come si fa a sapere se uno è cattivo? », la tua domanda fece ridere tutta la classe, come se fosse una domanda scema... la maestra rise con loro, scosse il capo e non rispose, la lezione continuò, le leggi di Mendel non ti interessavano, ti mettesti a disegnare, a parlare da sola sottovoce, cercavi le parole giuste per rimettere a posto il mondo, per farlo diventare come piaceva a te, ma non era facile... per tutta la mattina vedesti davanti agli occhi la faccia di quella donna riccia e rossa che veniva decapitata... « tu devi essere Mario »... Ma lei chi era?

La mattina si va a cercare il pane, la farina, l'acqua, tutto ciò che serve per mettersi a tavola un paio di volte al giorno, il pomeriggio si va a fare legna, adesso non ce ne vuole troppa, la primavera avanza, non è più così freddo, serve solo per cucinare, o per qualche sera di tramontana... Chi ne ha voglia e può si riposa, ma la sera si tende l'orecchio, i bombardamenti notturni sono i più lunghi... La notte si striscia lungo i muri per orientarsi, senza torcia, o si sta chiusi in casa a parlare, a pensare, a guardare la brace... lo stomaco gorgoglia per la fame, altri giocano a carte, a dadi, fumano e bevono alla luce delle candele, qualcuno racconta una storia, drammatica o buffa, romantica, romanzesca, vicende di donne, di galera, di infanzia dolorosa, di stupide avventure giovanili... qualcuno fa ancora l'amore, in fretta, senza quasi spogliarsi, la sirena suona spesso in ritardo, si deve essere pronti, in quei minuti di baci c'è chi dimentica la guerra, quei momenti hanno il potere di coinvolgere mente e corpo in modo assoluto, è come sprofondare in un sonno agitato, e il risveglio non è piacevole, si pensa di nuovo alla guerra... in molte case durante i temporali piove dal soffitto, il tetto è vecchio, dopo ogni bombardamento qualche ombra si muove tra le macerie, in cerca di qualcosa da mangiare, di scarpe, di vestiti, magari capita di trovare anche un po' di oro o di soldi, tutte cose che ai morti non servono più... altri cercano di riparare la casa, mettono puntelli, pregano, ma non piangono più... solo Kalik fa progetti, per lui morire proprio ora sarebbe davvero una fregatura, deve stare attento, ultimamente è più nervoso, la notte dorme con una pistola sotto il cuscino, di giorno spia ancora più spesso la strada, se vede uno sconosciuto avvicinarsi alla sua casa si irrigidisce... ma oggi è tutto tranquillo, tutto normale, qualcuno viene a bussare alla finestra per chiedere un chilo di patate, un pezzo di pane, qualche scatoletta... Quando resta da solo, Kalik si perde nelle sue fantasie sul futuro, sospirando, la sua immaginazione segue varie strade, una più emozionante dell'altra... è l'ora del tramonto, il cielo è ancora chiaro, per almeno una mezz'ora ci sarà luce... Kalik scosta le tende, in fondo alla strada appare la bionda, sta trasportando una tanica d'acqua presa alla sorgente, ai limiti del bosco, la tanica è pesante, saranno venti chili, Zubick le ha detto che non deve farlo, è troppo pesante, ma lei oggi di nascosto ha preso la tanica grande, vuole risparmiare un po' di fatica ai due vecchi, però l'ha riempita troppo, pesa davvero tanto, ogni dieci passi Maria deve fermarsi a prendere fiato, Kalik vibra sulla sedia, la sua faccia si contrae, si morde le dita, la bionda fa altri dieci passi, rimette giù la tanica, si massaggia il braccio, Kalik apre la finestra per guardare meglio, la bionda fa altri dieci passi, un'altra sosta, Kalik corre alla porta, questa è l'occasione che aspettava, si prepara a uscire, si sputa sulle mani, si ravvia i capelli, esce nella strada ma la bionda non è più sola, c'è un uomo, si sta offrendo di portare la tanica d'acqua, lei accetta, l'uomo solleva i venti litri senza fatica, Kalik li vede allontanarsi insieme, nella sua bocca gorgogliano imprecazioni di ogni tipo, in turco e in bosniaco, ha perso un'occasione, torna in casa, apre una bottiglia di vino per consolarsi... scalda come sempre la pentola dei fagioli, li tira fuori dalla brodaglia con stizza, si siede a tavola e ne mangia una quantità disumana, bevendoci sopra, dopo si mette a letto, si addormenta avvolto dalla tristezza, sogna un uomo con quattro mani che con abilità scimmiesca gli porta via tutti i soldi...

All'alba hanno trovato un ragazzo morto, sembra che sia caduto giù da un burrone, ha lividi un po' dappertutto e un vecchio foro di proiettile in una spalla, è stato trovato dal cane di uno che raccoglieva erbe nel bosco per fare una zuppa, sono venuti in molti a vedere, cercano di capire chi sia, chissà cosa ci faceva quaggiù, ha segni di catene ai polsi e alle caviglie, in città non l'hanno mai visto, al collo ha una piastrina militare, esercito serbo, numero di matricola, nome, data di nascita, ovviamente nessuno lo conosce, non ha armi addosso, forse è un disertore, dal naso rotto è uscito molto sangue, ha la faccia imbrattata, che facciamo?, dobbiamo seppellirlo, in certe ore del giorno può fare caldo, è pericoloso... Uno che si era allontanato di qualche passo torna indietro in fretta, ha trovato una fotografia sporca di sangue, la mostra agli altri... questa ragazza la conosco, non è la figlia di quei due che abitano accanto alla chiesa?, fammi vedere... nella foto la ragazza con i capelli neri sorride, il suo sguardo è malinconico, ma luminoso... già, sembra proprio lei, come si chiama?, sì anch'io la conosco, è morta qualche mese fa, la trovarono in cima alla collina, l'avevano conciata male, povera ragazza, violentata e uccisa, guarda com'era bella... anche la foto è conciata male, chissà se ce l'aveva in tasca questo ragazzo... che si fa?, glielo diciamo ai due vecchi?, la fotografia gliela portiamo?, ma no, lascia perdere, li faremmo soffrire di nuovo, che senso ha... in due sollevano il serbo, lo portano a valle, lo seppelliranno accanto agli altri, i morti sono tutti uguali, sulla croce appenderanno la piastrina di riconoscimento, la foto della ragazza la metteranno con lui dentro la buca, anche se non sono sicuri che fosse sua... Era una bella ragazza, si chiamava Tianack, un giorno era andata a camminare ai margini della città, voleva pensare, stare un po' sola... se l'era trovato davanti all'improvviso, un soldato armato, era fuggita senza gridare e senza voltarsi, era caduta sui sassi aguzzi del sentiero, aveva cercato di rialzarsi, ma non poteva, si era fatta male, una ferita piuttosto profonda sotto il ginocchio, il soldato si era avvicinato lentamente, sorridendo, si era inginocchiato davanti a lei, aveva posato il mitra, le aveva sollevato la gamba per succhiarle il sangue dalla ferita, Tianack sentiva le labbra del ragazzo attaccate alla pelle del ginocchio, e aveva i brividi sulla schiena, ogni tanto il soldato staccava la bocca e sputava il sangue di lato, ma subito ricominciava a succhiare, sembrava non dovesse smettere mai, teneva la gamba alzata, le mani sotto il polpaccio... Tianack si sdraiò, sapeva che la gonna era aperta, lasciò che il soldato guardasse là sotto, lei intanto fingeva di guardare il cielo, il sangue smise di uscire, il militare medicò la ferita, la fasciò, aiutò la ragazza a rimettersi in piedi, «grazie», Tianack fuggì via correndo e zoppicando, la ferita le faceva male, il soldato stava per gridarle dietro qualcosa, alzò una mano, richiuse la bocca e stette a guardarla fino a che lei sparì dietro una fila di alberi, poi se ne andò, ma continuava a vedere il viso della ragazza, i suoi occhi neri, le sue gambe lisce, la pelle morbida, sotto la gonna aveva cercato di non guardare, c'era riuscito solo a metà, la ragazza era proprio bella, difficile non pensarci... il giorno dopo tutti e due erano tornati nello stesso posto alla stessa ora, si erano visti di lontano, niente saluti.. per un po' rimasero distanti, fingevano di camminare ognuno per proprio conto, si scrutavano, lei raccoglieva rami troppo piccoli e inutili per il fuoco, lui si piazzava di continuo il binocolo davanti agli occhi, osservava attentamente l'orizzonte senza nessun motivo, a poco a poco ignorandosi si ritrovarono vicini, lei aveva ancora la fascia sotto il ginocchio, si misero a parlare seduti sopra una roccia, il sole tiepido sui capelli, le formiche che salivano sui vestiti, lui era serbo, si chiamava Dragan, pattugliava la zona insieme ad altri compagni, ognuno aveva un'area precisa da sorvegliare, «non dirlo a nessuno...», a qualche chilometro da lì c'era il loro accampamento, aspettavano rinforzi, insieme dovevano avanzare verso Zara, unirsi agli altri, «sei mai stata a Zara?», «no», «è bella», «dopo la guerra magari ci vado», «ti ci posso accompagnare... se vuoi...», nessuno dei due sapeva che Zara era diventata una fossa comune, anche in quel momento era sotto i bombardamenti, un quartiere intero era stato annientato da un incendio, Zara non era più bella come prima.

Avevi sette anni, forse otto, una mattina di domenica passando davanti alla camera del babbo sentisti dei versi strani, sembrava un cagnolino che uggiolava, apristi appena la porta per spiare, vedesti il babbo rannicchiato come un bambino, stava singhiozzando, per paura che ti scoprisse richiudesti subito la porta, ma lui ti aveva sentito e ti chiamò, con la voce piagnucolante, «Mario... Mario... vieni qua dal babbo», eri stupita, ormai da qualche anno di solito il babbo aveva l'aria indifferente o annoiata o arrabbiata o anche tutte e tre le cose insieme, non sapevi cosa fare, ma lui ti chiamò di nuovo,

«Mario, vieni dal babbo», allora apristi la porta e rimanesti sulla soglia, il babbo aveva il viso bagnato di lacrime, tirava su con il naso come i bambini, «dai, vieni qua», la sua voce aveva quel tono dolce che non aveva più da anni, ti avvicinasti, il babbo ti tirò sopra il letto, ti avvolse con le braccia, la tua schiena contro il suo torace, eravate appiccicati come due cucchiai, ogni tanto il babbo era scosso da un lieve singhiozzo, ma non piangeva più come prima... rimaneste così un sacco di tempo, poi il babbo si mise a mugolare una melodia, non sapevi cosa fosse, ma ti piaceva, una nenia triste, ti faceva struggere di malinconia, ti piaceva tantissimo, avresti voluto che non finisse mai, sentivi uscire le lacrime e ti piacevano anche quelle, per te era una giornata speciale, il babbo continuò a mugolare quella strana melodia per qualche minuto, poi smise di colpo, tu speravi che non ti mandasse via, aspettavi con apprensione il momento in cui avrebbe smesso di abbracciarti, ma il babbo non ti mandò via, rimase ancora con te, sentivi il suo respiro nell'orecchio, e dopo un po' cominciò a sussurrarti una storia... «Quando ero bambino...», quando lui era bambino e aveva più o meno la tua età, aveva visto suo babbo piangere, gli aveva chiesto come mai era così triste, il babbo gli aveva risposto che quando era bambino, più o meno alla sua età, aveva visto piangere suo padre, allora lui gli aveva chiesto come mai fosse così triste, e il babbo gli aveva risposto che quando aveva la sua età aveva visto piangere suo padre, e così gli aveva chiesto come mai... «chissà, forse tra qualche anno anche tu farai un figlio, e quando avrà la tua età di adesso, un giorno penserai al tuo babbo che piangeva, ti metterai a singhiozzare, tuo figlio verrà a chiederti come mai sei così triste e tu gli racconterai questa storia...», tu eri sbalordita, non avresti mai immaginato che tuo padre potesse raccontarti una storia così commovente, non lo facevi capace di inventare una storia di padri che piangevano perché avevano visto piangere i loro padri, e di figli che chiedevano ai loro padri come mai piangessero... dopo quel giorno non vedesti mai più tuo padre piangere, anzi lentamente diventò ancora più cupo, sempre più scontento, cominciò a bere forte, a ubriacarsi, ti guardava spesso con aria delusa, amareggiato, avvilito... fino a quando ti mandò via di casa, perché non eri normale, perché non eri quello che dovevi essere, perché si vergognava di te... così pensavi, invece al suo funerale scopristi che il babbo parlava di te come di un essere speciale... le cose non accadono mai nei tempi giusti, per questo il mondo va a rotoli, per questo si fanno le guerre.

Tianack e Dragan si videro ancora per molti giorni, non si davano appuntamento, chi arrivava prima aspettava, stavano seduti sulla roccia a parlare, lui ogni tanto si voltava di scatto, guardava tra gli alberi, « nulla... mi pareva... », lei a un certo punto si alzava e se ne andava, affrettava il passo per non sentire le parole appassionate che le mormorava dietro il soldato serbo... in città le case crollavano sotto i bombardamenti notturni, la gente continuava a morire... il giorno dopo tutti e due erano di nuovo là, solito posto, solita roccia, il serbo arrivava in anticipo, si nascondeva dietro all'erba alta, spiava il sentiero, pregava che lei arrivasse presto, pregava che arrivasse... in quel posto tutto gli piaceva, l'odore, i colori, quando vedeva arrivare Tianack si fingeva calmo, la salutava con un cenno del capo, anche oggi doveva perlustrare la zona, purtroppo toccava sempre a lui... la ragazza diventava triste, « quando partirete per Zara? », « aspettiamo ordini », « quando? », « forse due o tre settimane, è difficile saperlo »... Un giorno lei non si alzò, non se ne andò, Dragan la strinse forte e la baciò, lei si lasciò baciare, lo strinse, lo morse, « devo tornare prima che faccia buio... », si addentrarono nel fitto del bosco tenendosi per mano, avevano tutti e due lo sguardo perduto, le armi e i bombardamenti e il sangue e i morti spinti via lontano a fare da sfondo... si separarono poco prima del tramonto, spossati e felici, imbambolati, increduli... quella notte Tianack lanciò un messaggio alle stelle, lassù la guerra non c'era, non ancora, espresse un desiderio che non aveva nemmeno il coraggio di sussurrare... il giorno dopo appena si videro si abbracciarono, lei quasi piangeva, lui la stringeva, le faceva scricchiolare le ossa della schiena, fecero l'amore sulla terra, contro gli alberi, volando sui campi, non riuscivano a staccarsi, il tramonto arrivò in pochi minuti, il cielo era immenso e rosso, li avvolgeva come se volesse proteggerli... Dalla città venne Zubick a cercare Tianack, insieme a qualche amico, qualcuno diceva di averla vista un paio di volte salire da quella parte, gridavano il suo nome, le fiaccole in mano, in processione come monaci medievali, «cercano me, vattene!», Dragan le dette l'ultimo bacio, fuggì via a testa bassa, inciampava nei sassi e cadeva e rideva e baciava l'erba, lei tornò a casa da un'altra strada, inventò una scusa, «pensavamo fossi morta», Lubjanca se la strinse addosso, sentì che Tianack aveva un altro odore, aveva anche uno sguardo diverso, sembrava felice, «non è più una bambina» pensò Lubjanca, aveva capito, ma fece finta di nulla, per tutta la sera spiò Tianack, ormai era una donna e lei non se n'era accorta, era una donna ed era proprio bella, quella notte Lubjanca non riuscì a dormire... Il giorno dopo Tianack se ne andò via alla solita ora, salì su per il sentiero, arrivò al tronco d'albero, Dragan non c'era, lei si allontanò, non voleva arrivare prima di lui, le donne devono farsi attendere, lo pensò per gioco, ma era impaziente, bruciava come un tizzone, amore mio vieni presto, ti prego ti prego, non mi abbandonare... rimase molto tempo seduta sulla loro roccia, lui non venne, Tianack tornò a casa con le lacrime agli occhi, cos'era successo? se n'era andato? l'aveva scopata e se n'era andato? era un bugiardo? o gli era successo qualcosa? se mi hai abbandonata spero che t'ammazzino!, e se invece era stato ucciso?, quella sera Tianack era scontrosa come una gatta dopo un combattimento, litigò con tutti, si chiuse in camera senza mangiare nulla, Lubjanca pregò per lei, la notte la città venne bombardata, Tianack uscì dalla finestra, si mise a camminare piangendo in mezzo alla strada, a urlare contro gli aerei... il giorno dopo tornò alla roccia, voleva incidere un messaggio sulla corteccia di un albero, là vicino... ma invece di Dragan trovò otto soldati serbi, volevano da lei quello che aveva dato all'altro, a parte l'amore, quello non interessava a nessuno... la portarono nel fitto del bosco, uno dopo l'altro la violentarono, l'ultimo le diede un colpo in faccia con il calcio del mitra, dopo non era più così bella... non morì subito, rimase in agonia per diverse ore... Zubick all'imbrunire andò a cercarla, salì per la seconda volta sulla collina insieme ai soliti amici, le torce tenute alte sul capo, tendevano le orecchie, spiavano il cielo per paura degli aerei... la trovarono a notte inoltrata, nuda, le gambe ancora aperte, Zubick gliele avvicinò, le coprì con la giacca, il viso del vecchio si chiuse come un pugno, lei fece in tempo a dire che erano in otto, li aveva contati, tossì schizzando sangue, una bolla rossa si gonfiò sulle sue labbra, poi smise di soffrire, sistemarono il cadavere in un lenzuolo, lo trasportarono fino alla città, non pesava molto, la seppellirono subito, Zubick per tutto il tempo non disse una parola.

Si è avvicinato in silenzio, Maria si è spaventata, si è voltata di scatto, il giovane uomo fa un gesto, si offre di portare la tanica piena d'acqua, Zubick le dice sempre di stare attenta, la guerra fa cambiare anche i migliori... Maria guarda l'uomo negli occhi, ha sempre creduto di riuscire a capire gli uomini solo guardandoli negli occhi... quando lavorava sui viali, per ammazzare il tempo e la noia faceva così, un'occhiata appena, prima di salire in macchina, e stabiliva dentro di sé che tipo fosse il cliente, aspettava conferme e smentite, quasi sempre ci azzeccava... Maria legge lo sguardo del ragazzo, sente di potersi fidare, accetta l'aiuto con un sorriso, quel bidone pieno d'acqua pesa troppo, ma non è solo per quello che accetta, l'uomo afferra il manico della tanica, camminano vicini, l'uomo non fa nessuna fatica, la tanica oscilla al suo fianco quasi come se fosse vuota... Maria si mette a giocare, comincia a fantasticare su di lui, è bello, giovane, occhi cupi e sinceri, e lei si lascia andare all'immaginazione, gioca a fare un ritratto di quel giovane uomo... vive da solo, parla soltanto quando ha qualcosa da dire, è sensibile, leale, non ha mai tradito nessuno, è capace di amare molto e per sempre... sono bastati pochi secondi, Maria lo ha fatto diventare una specie di eroe, sorride di sé, sta inventando il « suo » uomo sulla pelle di uno sconosciuto, ma quel viso non se lo inventa, è bello davvero, « non ti piacerà mica sul serio? », Maria ha paura, prova a difendersi con il cinismo, sarà che oggi si sente sola, come certe sere sui viali, bastava un secondo, un imbecille diventava un dio, e forse ora è anche peggio, ha trovato affetto in un paese in guerra, dove la vita è attaccata a un filo, ma lei adesso è una donna, è vergine, desidera essere desiderata... forse amerebbe chiunque la desiderasse, chiunque le dicesse parole dolci... « sei la donna più bella che abbia mai... », dai, stupida!, smettila!, Maria è agitata, si sente trascinare via, « come una ragazzina alla prima cotta », evita di guardare lo sconosciuto, lui potrebbe capire qualcosa, anche da uno sguardo, lo guida in silenzio indicando le strade, senza nemmeno voltarsi, è quasi scortese, proprio per quello Maria capisce che non è un gioco... un pensiero improvviso, forse era lui!, era lui l'ombra che ho visto di notte, che per due volte mi ha fatto sussultare... l'uomo guarda davanti a sé, il suo compito è di portare la tanica, non si gira verso la donna, non la spia come fanno tutti, non sbircia di nascosto il suo bel corpo in movimento, sembra che stia pensando a qualcos'altro, che sia isolato in un ricordo, forse una donna... una puntura di gelosia trapassa Maria, ma che stupida, gelosa di che, non fare la bambina, adesso!, senza posarla in terra l'uomo ogni tanto fa passare la tanica nell'altra mano, Maria continua a fargli strada a gesti... arrivano a casa di Zubick e Lubjanca, lei ha le chiavi, entrano insieme, Lubjanca guarda l'uomo e la tanica piena, capisce e ringrazia, offre allo sconosciuto un bicchiere di vino, lui rifiuta con un gesto del capo, saluta la vecchia, fa un cenno a Maria, si volta per andarsene... « no, aspetta, io volevo... ascolta... fermati... », sono frasi solo pensate, Maria sente salire l'ansia, che deve fare?, lui sta per andarsene, magari non lo rivedrò mai più, cosa devo fare?, così, in pochi minuti... di certo è un'idiozia, una cosa da nulla, però adesso... « aspetta... senti... come ti chiami? », questa volta lo dice davvero, l'uomo si ferma sulla porta, guarda Maria senza capire, « il tuo nome... », l'uomo si volta verso Lubjanca, chiede alla vecchia cosa vuole la ragazza bionda, Zubick non c'è, è andato a cercare uova e farina, con lui sarebbe stato tutto più facile, Lubjanca scuote il capo, non capisce nemmeno lei, ora sono in due a guardare Maria, aspettano una spiegazione, Maria balbetta, voleva fare apparire tutto più casuale, senza importanza, si morde le labbra, « io... Maria, tu Lubjanca... e lui? », la vecchia sorride, s'illumina come se avesse capito molte cose, Maria si volta, è diventata rossa, si sente una scema, si è scoperta, sente la vecchia che parla con lo sconosciuto, cerca di capire cosa si dicono dal tono della voce, « mi prendono in giro... », non è mai stata così confusa di fronte a un uomo, i clienti li metteva in riga, possibile che adesso si senta così impacciata?, che sarà mai, è solo un uomo, nulla più di questo... l'uomo si avvicina, lei prende coraggio, fa un viso duro, come dire « non la facciamo tanto lunga », Lubjanca è accanto a lei, le fa una carezza sui capelli, la guarda sorridendo, è innamorata di quella bella ragazza italiana, Maria ripete la domanda, « io sono Maria, e tu? », « Goran »... In quel momento entra Zubick, saluta Lubjanca e Maria con un cenno dal sapore antico, guarda lo sconosciuto aspettando una spiegazione, posa un sacchetto di plastica sul tavolo, qualcosa da mangiare... è un bel vecchio, Zubick, un albero secolare... un secondo di silenzio, a Maria sembra lunghissimo, una città senza nome, una cucina con il caminetto, quattro figure in piedi intorno a un tavolo, il cuore di Maria batte forte,

Goran dice una frase, Lubjanca aggiunge qualcosa, Zubick annuisce, tutto è spiegato... Zubick adesso guarda Maria, un bagliore passa nel suo sguardo di vecchio bosniaco, si avvicina a lei, la guarda fisso negli occhi, protettivo, severo, Maria intuisce di essere sua figlia, accenna a Goran, il viso rosso, caldo, « è stato gentile... perché non lo invitiamo a mangiare da noi... », Zubick sospira, si volta verso lo sconosciuto, gli dice qualcosa, l'altro risponde, sembra che sorrida, parlano un po', alla fine Goran fa una domanda a Zubick, il vecchio borbotta una parola, poi traduce, « lui chiesto se tu italiana », « sì, sono italiana », Goran annuisce, fa un piccolo inchino, un cenno di saluto, se ne va senza voltarsi, si chiude la porta alle spalle, Maria fissa Zubick, aspetta di sapere, il vecchio si versa un bicchiere di vino, beve, guarda Lubjanca, poi abbassa gli occhi, « sì, domani viene », Maria scappa in camera, si siede sul letto, si rialza, si mette a camminare su e giù per calmarsi, Dio mio come mai è così emozionata?, domani viene... domani Goran viene...

Dopo quel giorno la ricciuta grassa tornò quasi ogni domenica mattina... Suonava, Mario apriva la porta, lei entrava canterellando, cercava di fare una carezza a quel bambino che sembrava una bambina ma non ci riusciva, perché la bambina correva via... il babbo dormiva e lei entrava nella camera come fosse la sua, « bestione, non dirmi che dormi ancora », « sei già qui... », il babbo si voltava dall'altra parte, lei gli faceva il solletico in certi punti speciali, per un po' lui smaniava, poi andava sempre a finire con quei mugolii, cigolii, soffi, risate dietro la porta chiusa... dopo un paio d'ore il babbo usciva a piedi nudi in mutande, gli occhi un po' pesti ma sereni, un sorriso idiota sulla faccia, la rossa era già vestita, lui la accompagnava all'uscita, le dava una pacca sul culo e le chiudeva dietro la porta... Vedere il babbo in mutande ti faceva stare male, cercavi di non guardarlo, quella pancia bianca ricoperta di peli, le cosce grosse e flaccide... poi finalmente il babbo andava a vestirsi, ciondolava fino in cucina, metteva sul tavolo quello che era rimasto e intrugliava qualcosa canticchiando, durante il pranzo ti raccontava certe avventure buffe o drammatiche di quando era ragazzo, sembrava quasi che la ricciuta grassa gli aprisse le porte della memoria... quei momenti ti piacevano, ti era sempre piaciuto sentirti raccontare delle storie, così come ti piaceva leggere... soprattutto era bello che fosse il babbo a raccontare, a portarti con sé lontano nel tempo, ti sembrava di sentire quanto il babbo ti voleva bene, e poi in quei momenti tu non eri al centro dell'attenzione, questo ti faceva sentire leggera... Dopo pranzo il babbo ti salutava con uno schiaffetto cameratesco e se ne andava chissà dove... uno di quei pomeriggi entrasti nella camera del babbo, eri curiosa... in terra c'erano scarpe e vestiti, un odore mai sentito entrava nel naso con violenza, come fosse solido, non era proprio puzzo, ma quasi, erano molti odori insieme... te ne andasti in camera tua, ti mettesti davanti alla finestra a guardare fuori e a pensare, non riuscivi a immaginare cosa ne sarebbe stato della tua vita, eppure prima o poi saresti cresciuta, e chissà cosa sarebbe successo... prendesti i colori e ti sedesti al tuo piccolo tavolo da bambina, disegnasti un essere strano, con la bocca enorme e gli occhi neri, e intorno gli facesti scoppiare tutti i colori che avevi... alla fine gettasti il disegno nel cestino e tornasti davanti alla finestra, sognando di essere lontana, non importava dove, bastava che fosse un posto lontano... La domenica mattina insieme alla ricciolutà grassa era diventata un'abitudine, finché un giorno il babbo la spinse fuori dalla porta poco dopo il suo arrivo, lei se ne andò con le lacrime agli occhi, borbottando cattiverie, e non si fece più vedere... tu eri contenta, finalmente dalla camera del babbo non sarebbe mai più uscito nessun suono e nessun odoraccio... Quel giorno a tavola il babbo era silenzioso, non raccontò nulla del suo passato, finito il pranzo andò a sedersi davanti al televisore, le ballerine mezze nude riuscirono a strappargli un sorriso, ma si vedeva che non era di buon umore... dopo quel giorno non nominò mai più la rossa ricciuta, sembrava non fosse mai esistita, e tu pensasti... che bello non vederla più.

Tetti sfondati, edifici crollati, vite frantumate... tra chi è morto e chi se n'è andato, gli abitanti si sono ridotti alla metà, Zubick cammina e butta lo sguardo avanti, si volta intorno il meno possibile, preferisce ricordare tutto com'era prima... la città dov'è nato e cresciuto si sta sgretolando, sembra una torta schiacciata, un gigante ci ha tirato sopra un pugno riducendola a una distesa di grosse briciole di pietra e di mattoni, una distruzione di cui nessuno sa nulla, a parte gli abitanti rimasti... sono davvero in pochi a sapere quello che accade in quel frammento di mondo, fin qui arrivano solo ogni tanto i soldati serbi, o qualche camion di viveri della Caritas, le telecamere non si sono mai viste, è una piccola città isolata, affogata tra una dozzina di colline basse e scure, forse è stata nominata qualche volta in un notiziario... Ogni tanto passa qualcuno a piedi o in macchina, porta notizie dei paesi e delle cittadine là intorno, o di qualche grande città lontana, non sono le notizie che si sentono alla radio, sono vicende quotidiane passate di bocca in bocca scavalcando chilometri e montagne, ci sono cose che conoscono soltanto quelli che le hanno vissute, a volte avvenimenti piccoli ma intensi, non importa se sono accaduti un giorno o mesi prima, sono racconti eterni, la guerra è una pressa che tira fuori il succo dell'uomo, il peggiore e il migliore... si spara sui convogli umanitari protetti da mille trattati, si uccidono volontari di tutta Europa, intere città musulmane sono isolate, assediate, nessuno sa che in questo momento Mostar è in fiamme, ci sono pochi palazzi ancora in piedi, le strade sono disseminate di cadaveri, molte persone sono fuggite, i pochi rimasti sono difficili da incontrare, forse vivono sottoterra... i caschi blu sono entrati in città, vedono una scritta sopra un muro, « questa era Mostar », qualcuno ha ancora voglia di scrivere, il convoglio dell'ONU continua a esplorare la città, il fetore dei morti è insopportabile, i cadaveri abbandonati hanno posizioni fantasiose, nessuno li ha mai spostati, ogni tanto si sente il rumore di un palazzo che crolla in un altro quartiere, in lontananza colpi di granate, fumo nero sopra le case... i caschi blu passano vicino allo stadio, si sente un ronzio sommesso ma potente, non si capisce cosa sia, scendono dai camion, aprono i cancelli, il campo di calcio non è verde, è ricoperto da una distesa di stracci colorati, una distesa di morti, il ronzio è impressionante, sciami neri si alzano e si posano sui cadaveri, miliardi di mosche si litigano il pranzo, donne e bambini musulmani, mille, duemila, cinquemila, è difficile capirlo... i croati li hanno portati qui e massacrati, i maschi adulti non ci sono, li hanno portati via, da sotto i vestiti dei cadaveri escono grandi topi a dozzine, un casco blu vomita, quella distesa di morti è incomprensibile, un altro ragazzo con l'elmetto blu si è chinato sopra una donna, le ha levato i capelli dal viso, la morta ha la bocca aperta, piena di sangue scuro e secco, le dita intrecciate con quelle di una ragazzina, il cranio è spaccato, chissà se ha fatto in tempo a capire come mai stava per morire, è difficile dare un senso a quello spettacolo, nessuno può trovare una ragione per tutto questo... il ragazzo continua a camminare in mezzo a quella distesa colorata, guardare i cadaveri uno a uno è diverso che osservare il cumulo di morti, si china su ogni corpo, ha come una febbre di rispetto, prima di andarsene vuole ricordare i volti di alcuni di loro, per non dimenticare quell'assurdità... ha vent'anni, occhi neri, viene dal Belgio, è la sua prima missione, si chiama Pierre, sua madre lo ha baciato a lungo prima che partisse, lui volta lentamente i cadaveri, osserva le facce una dopo l'altra, non pensa a nulla, vuole solo eliminare quella sensazione nauseante che lo affoga, di fronte a una montagna di corpi immobili sta perdendo il senso della morte, invece di fronte agli occhi aperti dei cadaveri è più facile ribellarsi, sono i sentimenti a ribellarsi, quando i cadaveri sono troppi Pierre deve ricorrere alla ragione, la massa è massa anche se è formata dai morti, sembra che abbia un'identità unica, l'individuo non esiste, cento mille diecimila centomila, tutti insieme sembrano una cosa unica e informe... invece ogni cranio conteneva la materia grigia da cui scaturiscono i pensieri... pensieri irripetibili, sentimenti, paure, vizi, illusioni, un meccanismo magico e complesso, originale... Pierre si sente smarrire, non riesce ad accogliere nel pensiero quella distesa di corpi senza volto, si sente svenire, gli sembra che quella massa di morti lo chiami a sé e lo inghiottisca... anche lui ne fa parte, deve reagire, scavalca i corpi, li osserva con attenzione, si ferma e li fissa, una donna è morta in ginocchio, i capelli biondi, lunghi, sparsi su altri corpi, ha un bambino sotto la pancia, un buco alla base della nuca, un colpo sparato da vicino, il bambino è stato ucciso con la stessa pallottola, forse per caso, sono morti insieme, Pierre distende i due cadaveri uno accanto all'altro, faccia al cielo, la donna non ha più il mento, non ha nemmeno la gonna, prima di ammazzarla si sono divertiti un po' con lei, il bambino ha il viso intatto, gli occhi spalancati, la bocca appena aperta... Pierre passa oltre, cerca su ogni faccia una traccia personale che vada al di là della fissità della morte, ricostruisce mentalità e pensieri, immagina, cerca di non fermare la fantasia, continua a camminare sopra i cadaveri e a guardarli negli occhi, finché non lo chiamano... si deve proseguire, lontano ancora esplosioni, dopo un'ora il convoglio dell'ONU è costretto a ritirarsi, l'ultimo trattato di pace vale quanto la carta su cui è scritto, c'era una volta Mostar...

Erano passati due anni da quando l'ispettore era venuto a casa a riportare tuo padre ubriaco, avevi quasi nove anni, un pomeriggio pioveva, il babbo come sempre era fuori a lavorare, non era più il babbo dolce di quando eri piccolina... ti mettesti a giocare correndo per tutta la casa, fingevi di essere inseguita da qualcuno, ti venivano i brividi dentro la pancia, ti piaceva, la paura diventava terrore, vedevi l'ombra del predatore, ti sentivi toccare, afferrare, ti gettavi in terra all'improvviso, cercavi di uscire dal gioco perché non ti sembrava più un gioco... lentamente la casa si riempì di ombre in movimento, nelle camere sentivi dei rumori, era inverno, alle cinque era già buio, l'eccitazione ti saliva dentro senza controllo, diventasti aggressiva, per placare la paura cercavi il coraggio, adesso eri un leone, camminavi a quattro zampe, ruggivi, ti guardavi di continuo alle spalle, c'era sempre un mostro pronto a raggiungerti, il leone che avevi interpretato svanì di colpo, ti ritrovasti in un angolo della tua cameretta, il respiro affannato, il cuore che batteva nelle tempie, la fantasia eccitata... vedevi un uomo magro con il pizzetto, il viso triangolare, vestito di nero, se ne stava in piedi nel riquadro della porta aperta, appoggiato allo stipite, ti fissava in silenzio, le sue labbra tremavano di malignità, gli gridavi di andare via, ti tappavi gli occhi con le mani, spiavi da dietro le dita... l'uomo cominciava a camminare verso di te, quello che ti poteva fare era fuori da ogni immaginazione, cacciavi un urlo e ti paravi il capo con le braccia, ti rotolavi per terra piangendo, rassegnata a morire, ma nessuno ti toccava, riaprivi lentamente gli occhi, spiavi la stanza, non vedevi nessuno, l'uomo magro se n'era andato... il rumore della pioggia ti rassicurava, ti riportava nel mondo conosciuto... uscisti dalla tua camera, un'ombra passò sulla parete, ti voltasti di scatto, l'uomo con il pizzetto era laggiù, stessa posa, stessa faccia, ti tenne in questo stato per molto tempo... avanzava verso di te camminando con quei suoi piedi minuscoli, sorridendo appena, svaniva senza toccarti, riappariva dentro il riquadro della porta di fronte, appoggiato allo stipite, poi camminava verso di te, ogni volta la stessa cosa... correndo riuscisti a guadagnare il bagno, ti chiudesti dentro, a poco a poco ti tornò il respiro, volevi lavarti la faccia ma avevi paura di chinarti sul lavandino, non volevi chiudere gli occhi o voltare le spalle alla porta, immaginavi di ritrovarti accanto quella faccia... apristi la finestra, ti mettesti a guardare fuori, la gente camminava sotto gli ombrelli, le macchine passavano lentamente, i fari brillavano sull'asfalto, l'aria fredda sul viso ti fece trovare un po' di coraggio... dopo mezz'ora decidesti di uscire dal bagno, accendesti tutte le luci, volevi fare merenda, simulando indifferenza andasti fino al frigorifero, facendoti forza riuscisti a dare le spalle alla porta, sceglievi con calma cosa mangiare, lo mettevi in un piatto... uno scricchiolio alle tue spalle ti fece gelare il sangue, ma non ti voltasti, fissavi banane cipolle cavoli yogurt pomodori formaggio... sudavi, ma non ti arrendesti, prendesti uno yogurt, richiudesti il frigo, uscisti dalla cucina, il cuore ti batteva nelle orecchie, nelle labbra... camminavi con lentezza, ti guardavi la punta dei piedi, una risata risuonò all'improvviso sopra il tuo capo, lo yogurt ti volò dalle mani, facesti una corsa pazza quasi volando, eri terrorizzata anche se avevi già capito che la risata veniva dal piano di sopra, la tensione accumulata era come una molla caricata al massimo, era scattata all'improvviso... in salotto inciampasti nel tappeto, urtasti il tavolino e il televisore cadde in terra con un tonfo... Il demonio con la faccia triangolare sparì di colpo e apparve tuo padre, lo vedevi tornare stanco, cenare in fretta e sedersi di fronte al televisore, che per colpa tua si era rotto... «non funziona, cazzo!, che è successo?, ma qui è spaccato, che hai fatto?», ti mancò il fiato, un velo bianco ti passò davanti agli occhi, ti tremavano le ginocchia, «mi tocca ricomprare il televisore!, i soldi non crescono mica sugli alberi!», l'uomo con il viso triangolare non ti fa più nessuna paura, anzi è ridicolo, potresti tirargli il pizzetto e infilargli un dito nel naso... adesso è il babbo che ti fa paura, il televisore è finito per terra, ha preso una gran botta, di certo si è rotto... ti sentivi opprimere dall'angoscia, ti usciva sangue dal naso, tra poco sarebbe arrivato il babbo, non riuscivi nemmeno a piangere, eri troppo spaventata... A un tratto ti venne in mente una cosa, corresti in camera e cercasti nei cassetti, erano passati due anni, ma trovasti il biglietto in fondo al cassetto della tua piccola scrivania da bambini, «Ispettore Mario Graziosi», facesti il numero...

«Polizia di Stato...»

«C'è l'ispettore Mario Graziosi?»

«Chi parla?»

«C'è l'ispettore Mario Graziosi?»

«No, ma chi parla? Quanti anni hai?»

«Quando torna?»

«Purtroppo l'ispettore è... morto.»

«Morto...»

«L'anno scorso... una rapina... ma chi parla?»

«Nulla...»

«Sei una bambina? Come ti chiami?»

«Mario...»

«Dimmi, Mario... Hai bisogno di qualcosa?»

«No, nulla...»

«Aspetta, ti è successo qualcosa? Dimmi cosa c'è, se hai bisogno veniamo subito.»

Il poliziotto era gentile, aveva capito che avevi bisogno di aiuto, lo sentivi parlare di te anche con altre persone lì accanto, «è un bambino, è spaventato», «fatti dire dov'è...», tutti si interessavano a te, sentivano la tua paura, volevano aiutarti... ti veniva da piangere, ma resistevi... ti sembrava impossibile, non ti conoscevano nemmeno e volevano aiutarti, ti passò un'onda di calore sulle guance, non capivi cosa ti stesse succedendo, ti sentivi strana, leggera e pesante insieme, all'improvviso potevi affidare la tua colpa a qualcuno, ritirarti, nasconderti, avrebbero parlato loro con il babbo, l'avrebbero convinto che non l'avevi fatto apposta... avevi la gola chiusa, non potevi parlare, a un tratto ti sembrava che il mondo potesse essere bello, il poliziotto era ancora al telefono, «Mario, mi senti? ci sei ancora?», avresti voluto che il tuo babbo fosse lui, questo pensiero ti piacque così tanto che inorridisti, « ci sei ancora? Mario... mi senti? », non riuscivi quasi a parlare, « il babbo... il televisore... è caduto... », « tuo padre? è caduto? », « no... il televisore... », « il televisore è caduto? », « sì », « è una cosa grave? », quella parola, « grave », ti fece impressione, « devo andare, ciao », « no, aspetta... », riattaccasti in fretta, ti mettesti a correre da una finestra all'altra, guardando fuori con la sensazione che il mondo stesse precipitando, che stessero per succedere cose terribili, un giramento di capo ti fece cadere, battesti la fronte contro il pavimento e finalmente piangesti, ti calmasti un po', ti lavasti la faccia con l'acqua fredda... ti facesti coraggio e provasti a rimettere il televisore al suo posto, fu molto faticoso ma ci riuscisti, lo accendesti, e con tua grande gioia si accese, non si era rotto, funzionava, funzionava... ti sentivi risuscitata, eri scampata all'orco delle fiabe, quando tornò tuo padre non si accorse di nulla...

Maria è andata insieme a Zubick a comprare la farina al mercato nero, domani viene Goran, ci vuole la pasta fatta in casa... Arrivano a casa di Kalik, bussano alla finestra, il turco si affaccia, Maria tira fuori ventimila lire, Zubick protesta, vuole essere lui a pagare, lei non ne vuole sapere, « ho molti soldi... sono ricca », sta mentendo e sorride, Zubick scuote il capo, si allontana di qualche passo, Maria chiede a Kalik la farina e qualche altra cosa, il bastardo richiude la finestra, la fa aspettare qualche minuto, riappare, prende i soldi e le passa la merce... c'è un chilo di farina in più, Maria sta per dire qualcosa, ma il turco le sorride, non è un errore, è un regalo... Maria lo fissa per qualche secondo, prova repulsione per quel tipo che guadagna soldi vendendo a caro prezzo, ma la farina la prende, non c'è da fare troppo gli schizzinosi, la farina non è solo per lei... però non ringrazia il turco, ha capito il senso di quel regalo, non è generosità, conosce bene quelle faccende, fin da bambina, la bellezza crea sempre finta generosità, spesso disgustosa... Maria se ne va senza voltarsi, torna verso casa insieme al vecchio Zubick, il viso di Goran è sempre nella sua mente, invade tutto, non c'è più posto per nulla... dopo cena Maria beve qualcosa insieme ai due vecchi, Zubick racconta qualche storia antica, come accadeva in Italia nei decenni passati in certe case contadine, mentre in altre avvenivano cose turpi, irraccontabili... ma la guerra crea le storie più irraccontabili... La sera tardi Maria si sdraia nel suo letto, prima di dormire ripensa all'odore sgradevole che ha sentito nel naso quando era davanti al bastardo del mercato nero, un fetore di anima corrotta... lavorando sui viali ha imparato che ogni uomo puzza in modo diverso, è diventata una femmina animale capace di percepire gli odori umani che si muovono nella foresta della vita...

Stava tornando al campo militare sognando a occhi aperti, il mondo era un dipinto colorato e fluttuante, figure create apposta per lui, infiammate dal sole rosso del tramonto, finalmente gli occhi potevano vedere la verità, la luce che sprigionavano le cose... in fondo alla vallata c'è il campo militare serbo, anche i carri armati e i mortai e i camion sembrano colorati, giocattoli con la carica, uomini meccanici si muovono là in mezzo per animare il gioco... non è possibile che quei carri armati sparino davvero, che uccidano e distruggano, è tutto così bello, il mondo è bello, le donne sono belle... Se in questo momento Dragan fosse sano di mente forse direbbe « cavolo, è tardi! », ma ha in mano la foto di Tianack, lei gliel'aveva portata quel pomeriggio... si sono separati da più di un'ora...

« Mi porti una tua fotografia? » Dragan la guardava e la vedeva luminosa.

« Che te ne fai? »

« Per ricordarmi di te. »

« Sei un cafone! » Tianack sorrideva.

«Scherzo... una che fa l'amore così non si dimentica.»
«Allora sei un porco.»
«Dai, scema... vieni qui...»
«Lasciami...»
«Lo sai, non ho bisogno di ricordarti, non ci separeremo mai.»
«Giura!»
«Giuro, appena finita la guerra...»
«No, zitto! Non dire nulla... Baciami.»
Il giorno dopo Tianack gli aveva portato una foto, piccola e spiegazzata, dove lei era nera come un corvo, lui era incantato, «in questa foto sembri triste», «non ti avevo ancora conosciuto», Dragan aveva le lacrime agli occhi, perché Dio gli aveva fatto quel regalo?, una ragazza così non ce l'aveva nessuno... Mentre scende verso il campo fa oscillare il braccio con la fotografia, l'immagine di Tianack appare e scompare alla vista, guardarla troppo fissamente gli dà fitte allo stomaco, che starà facendo lei in questo momento?, pensa a me?, è in pericolo?, è sdraiata sul letto e sta immaginando di essere insieme a me?, forse anche lei vede il mondo come lo vedo io... Dragan sorride senza saperlo, un sacco di immagini gli passano davanti agli occhi, un viso bellissimo che si scioglie di piacere, la bocca semichiusa, perle di sudore sulle labbra, due occhi neri che si spalancano all'improvviso, occhi pieni d'amore... gemiti e graffi, capelli che sfiorano il terreno, cascate nere, sorrisi pieni di luce, un seno gonfio, gambe nude, braccia affusolate, labbra, lingua, amore, amore... Un pugno lo colpisce in piena faccia, un pugno di legno, forse il calcio di un fucile, la fronte sanguina, la vista torna lentamente, i colori del mondo sono cambiati, «dieci giorni di punizione!», da dove arriva questa voce?, ha la bocca piena di sangue, la foto di Tianack è caduta, appena torna un po' di luce la trova, la nasconde sotto la camicia, a contatto con la pelle, si sbagliava, il campo militare non è fatto di giocattoli, gli uomini sono fatti di ossa e carne, si spara, si distrugge, si uccide... i superiori

gridano ordini, altri eseguono, c'è la guerra, gli ordini sono ordini, lui ha disubbidito, è tornato troppo tardi, una fitta al capo, il superiore dà ordini precisi, due soldati lo trascinano via, lo caricano sopra un camion, disciplina innanzitutto, « idiota!, siamo in guerra, che ti salta in mente? », « mi sono... perduto », « zitto!, non farti sentire, un soldato serbo non si perde », Dragan è disperato, lo rinchiuderanno in quel camion, non potrà uscire, ma il peggio è che c'è stato un cambiamento, ordini urgenti, tra due giorni si parte per Zara, non si aspetta nessuno, Dragan si sente morire, deve rivedere Tianack, deve vederla, stringerla, deve dirle che parte, ma tornerà, « non morire, io non morirò », dopo la guerra io... no non dire nulla, baciami, la notte è impossibile dormire, la foto di Tianack è meglio non guardarla, fa troppo male, sporca guerra!, devo rivedere Tianack, altro che guerra... altro che priorità assoluta, ordini superiori... superiori a cosa?, siamo impazziti?, la notte sarà lunga, l'alba è lontanissima... Dragan ha la mente popolata di allucinazioni, un paio d'ore prima del tramonto riesce a fuggire dal campo, corre verso Tianack, arriva ai piedi della collina, si accorgono della sua fuga solo dopo mezz'ora, il comandante del campo gli sguinzaglia dietro dei volontari, sono otto soldati che lo odiano, una storia vecchia di qualche mese... venti militari in missione avevano commesso una « bestialità », avevano rubato liquori dai magazzini di proprietà dell'esercito, dopo aver trucidato donne e bambini musulmani volevano fare un po' di festa, li avevano messi sotto processo, « furto ai danni dell'esercito », una cosa inammissibile, i colpevoli chiesero a lui di testimoniare il falso, volevano un alibi, « dai, tra compagni... », lui li mandò a quel paese, « non faccio la spia, ma non chiedetemi di proteggere degli assassini », i venti soldati furono condannati a scontare una pena severissima, e niente più alcol per una settimana, giurarono di vendicarsi, « prima o poi capiterà l'occasione... », sette erano morti durante i combattimenti nelle campagne intorno a Mostar, cinque in un agguato musulmano a Srebrenica, dodici vendette in meno, erano rimasti in otto con la rabbia di venti, lo scorsero di lontano con il binocolo, scalarono la collina correndo come lupi... in cima si poteva scorgere Tianack, i capelli neri al vento, lui agitava il braccio per salutarla, lei non riusciva a vederlo, aveva il sole negli occhi, anche gli otto soldati videro la ragazza dentro il binocolo, era bella, « ecco perché è fuggito... una troia bosniaca! », lo raggiunsero a metà collina, lo spezzarono di botte, lo legarono a un albero e salirono a « salutare » Tianack... si appostarono, la preda guardava lontano, verso l'orizzonte, aveva la bocca pronta per i baci, era eccitante, le arrivarono addosso da tutte le parti, « t'è andata meglio, ne aspettavi uno solo e invece siamo in otto, sarai contenta, puttana », la riempirono di pugni e di sperma, alla fine del gioco, stanchi e sudati si tirarono su i pantaloni, le spaccarono il capo a calci e se ne andarono, tornando verso il campo recuperarono il prigioniero, non gli dissero nulla della bella bosniaca, lo consegnarono nelle mani delle autorità militari, Dragan fu incatenato dentro un camion, il giorno dopo il convoglio partì per Zara... durante la guerra vige la legge marziale, il disertore sarebbe stato presto processato sommariamente e fucilato, un esempio per tutti... Alle porte di Zara vennero bombardati dall'esercito nemico, nella confusione il prigioniero fuggì un'altra volta, scalzo, senza armi, carico di odio, non sapeva nulla di Tianack, non sapeva che lei era morta... la voglia di rivederla gli toglieva il fiato e gli dava il coraggio per affrontare qualsiasi pericolo, trovò scarpe e cibo durante il viaggio, nelle case disabitate e nei campi rubava quel che era rimasto, oppure mangiava bacche, erba, qualsiasi cosa, dormiva poco e con un occhio aperto, camminava solo di notte... dopo diverse settimane arrivò nella città di Tianack, non poteva infilarsi nelle strade, era pericoloso, lui era serbo, accidenti alle stupide differenze... spiava dalle colline, aspettava e aspettava, stava sempre nei pressi della roccia dei loro appuntamenti, ma lei non veniva... Devo trovarla! Devo trovarla! La trovo e la porto via... Una notte è come impazzito, non può più aspettare, decide di scendere in città, di avvicinarsi alle case, vuole spiare da vicino, vuole annusare l'aria come un animale, troverà Tianack seguendo il suo odore, busserà a tutte le porte, urlerà in mezzo alla strada, « devo stare calmo, devo stare calmo »... adesso sta camminando verso Tianack, la polvere bianca del sentiero brilla sotto la luna, sente un rumore e si volta, vede un'ombra, non vuole grane, si nasconde in una macchia, vuole solo trovare Tianack, abbracciarla, portarla via e stare con lei, ma l'ombra lo insegue, ha una pietra in mano, vuole ucciderlo, ma perché? che vuole da me?, esce dal cespuglio e comincia a correre, sente il respiro dell'inseguitore, lo sente cadere, senza fermarsi si volta per controllare, non vede nulla, continua a correre, è sfinito, non dorme da un giorno intero, mette un piede in fallo, una storta alla caviglia e un dolore acuto al piede, uno scarto di lato, le mani avanti, il vuoto... rotola in un burrone, il fondo è di pietra, il cranio si spezza sulla roccia, non fa nemmeno in tempo a capire, il destino gli ha voluto bene, è morto in un attimo, senza sapere nulla di Tianack.

Goran ha deciso, partirà domattina, o forse il giorno dopo ancora, lo zaino è quasi pronto, dentro ci sta mettendo quello che è rimasto della sua vita, poche cose, poi si vedrà... la foto di Jules l'ha buttata via, era stufo di affidare la sua memoria a un pezzo di carta, a un'immagine... non dimentica i morti, ma non ha bisogno di fotografie, soprattutto di quella, a forza di guardarla rischiava di pensare che Jules fosse sempre stato come in quell'immagine, con quell'espressione del viso, si sta quasi dimenticando i suoi « altri » visi, le espressioni, gli altri momenti... ha strappato la foto, poi l'ha bruciata, forse ha esagerato, ma gli ha fatto bene, finalmente ha pianto, fino a quel momento vedeva in quella foto un ragazzo vivo, non ammetteva di non poterlo più incontrare, ora si lascia andare al senso di distanza che lo sommerge, percepisce l'irrimediabile, è come una liberazione, piange di rabbia e tira pugni al muro, si spacca le mani e intanto sussurra il nome del suo amico, Jules... Jules... non gli è mai capitato di perdere il controllo in questo modo, non si riconosce, smette di colpire il muro e si getta sopra il letto, le mani sono piene di sangue, fissa il soffitto, ora è di nuovo il Goran di sempre, calmo, immobile, ha un vulcano dentro che nessuno vede, ora può amare Jules come si amano i morti, dentro se stesso, è lì che deve stare Jules, per sempre... Goran partirà domani, andrà verso nord, cercherà di passare la frontiera, suo padre era croato, sua madre mezza albanese, ha vissuto in Bosnia, non professa nessuna religione, non ha nessun Dio... ora vuole solo andarsene, non sa che farsene di questo paese, e questo paese non si accorgerà di certo che lui è partito, andrà in Olanda, o in Belgio, in qualche città europea, o forse in America, troverà un lavoro, quando la guerra sarà finita tornerà per vendere la casa, o quello che ne sarà rimasto... che m'importa di stare ancora qui?, devo andarmene, pensa al ragazzo biondo, a Luchka, è un pensiero lieve, senza consistenza, è solo un sogno... partirà da solo, e se non partissi?, che ci faccio qui?, al diavolo Luchka, «non sarà per un Luchka qualsiasi che marcirò in questa città», quella frase la ripete mentalmente molte volte, alla fine deve sussurrarla, Goran non è un idiota, sa che dire troppe volte «no» vuol dire «sì», ma non importa, partirà lo stesso, si strapperà di qui a qualsiasi costo, taglierà le radici a colpi di scure... ma davvero c'è qualcosa che lo trattiene?, Goran è stanco, basta con le domande, ficca nello zaino le ultime cose, ci mette anche una statuetta di legno, prima di chiuderla nel sacco la osserva, è molto che non se la rigirava in mano, è uno gnomo, un regalo di sua madre, da bambino lo teneva accanto al letto, la mamma gli raccontava storie di boschi popolati di nani e di animali parlanti, leggende antiche... dietro gli enormi tronchi dei castagni si muovevano gnomi, ombre, fantasmi, Goran tremava, si nascondeva sotto le coperte, apriva appena una fessura tra i lenzuoli, fissava la statuetta di legno, nella penombra lo gnomo si muoveva... era mille anni fa, quando la vita avanzava senza scosse... Chiude i lacci dello zaino, lo mette in un angolo, adesso deve andare a cena a casa di Zubick e Lubjanca, dove c'è la bionda italiana, una volta tanto non mangerà da solo, poi domattina presto se ne andrà, o forse dopodomani.

Una candela al centro del tavolo, odore di cipolla e di spezie, Maria oggi ha lo sguardo di nuvole, Lubjanca ha capito tutto, per lei che le vuole bene gli occhi di Maria sono come quelli di Tianack, basta guardarli e si vede cosa pensa e cosa sente, Lubjanca ha fatto un gesto con la mano, « ci penso io », forse ha detto proprio questo, vengano pure i serbi a bombardare, stasera si cena come in casa dei principi, ha ritrovato nella memoria una vecchia ricetta, un piatto fatto di nulla, piccante, una festa di sapori, un'antica invenzione della povertà, che però ha conquistato anche i ricchi... Lubjanca si mette a lavorare con passione, ne avrà per tutto il pomeriggio, lavora pensando a Tianack... anche il gatto ha capito che stasera c'è un'aria speciale, è rimasto tutto il tempo a dormire accanto al fuoco, i topi possono aspettare... Maria voleva aiutare la vecchia Lubjanca, lei l'ha spedita via agitando le mani, faccio tutto io, vai dove vuoi, non mi serve nulla, vai a farti più bella di così se ci riesci, Lubjanca ride, Maria non ha capito una parola, ma ha capito lo stesso, sì, la vecchia sa tutto, Maria corre in camera, prende dall'armadio i suoi vestiti più belli e li butta sul letto, in confronto a quelli che vorrebbe sono stracci... cenci, come dicono a Firenze... Dio com'è lontana Firenze, in quel momento... è quasi difficile da ricordare, da immaginare... Maria si spoglia, si ammira nuda allo specchio, si veste, prova e riprova, cerca di trovare una sistemazione ai capelli... due mollette o una treccia?, tra poco arriva Goran, le batte il cuore, è il primo uomo che le piace da quando si è operata... Reggiseno, camicetta... Gli piacerò?, mutandine, calze... gonna corta o pantaloni?, non è facile decidere... capelli legati o sciolti?, invece della camicetta una maglia?, vediamo un po'... e le scarpe? tacchi o ballerine?, jeans o velluto?, si prova la gonna, poi si prova i jeans, se li strappa di dosso, il fermacapelli è volgare, i tacchi alti no, sembro una puttana, guarda qua che faccia, sono un orrore, dov'è il tubetto di..., l'avevo messo qui... eh no!, guarda che camicia!, non ho un vestito decente, e il rossetto, che schifo!, capelli su, capelli giù, boccacce allo specchio, c'è da piangere, ora arriva, come mi comporto? gli sorrido? metto un po' di broncio? mi siedo accanto a lui? lo ignoro?, manca poco, ora arriva, ora arriva, che faccio? che faccio?... Maria si siede sul letto, riprende fiato, che mi succede?, non sono mai stata così, e poi che importanza ha?, questa città senza nome è un cimitero, scavano cento fosse al giorno, cosa cambia se il fermacapelli è a destra o a sinistra?, jeans o gonna è lo stesso... si sente una stupida, è impazzita, o forse è davvero innamorata... ma innamorata di chi?, non lo conosce nemmeno, l'ha solo guardato negli occhi... calmati Maria, cerca di non fare confusione, ancora mezza nuda si lascia andare sul letto, chiude gli occhi, una nebbia di pensieri le passa nella mente, in mezzo alla nebbia abiti da sposa, bambini che corrono, spiagge, una distesa di acqua azzurra... sembra un collage di spot pubblicitari, mondi inesistenti, gioia a pagamento, frammenti di benessere irraggiungibile... che mi succede?, non voglio diventare triste proprio adesso... Si sente bussare alla porta di casa... Maria salta su, è Goran, è lui, non può essere che lui, la mente ora è vuota, i vestiti sono stracci sparsi sul letto, Maria ne prende uno a caso e se lo mette addosso, vuole andare subito da Goran, si ferma solo un attimo davanti allo specchio, «sono un mostro», esce dalla camera con aria naturale... lei forse non ci crede, ma è bella, ancora più bella proprio perché non ci crede... guardarla fa bene agli occhi, il passato se l'è scrollato di dosso lentamente, ha cominciato in Turchia, a Balikesir, poi in treno, ora in questa città senza nome... « ciao », tende la mano a Goran, lui la guarda e sorride, è proprio bella, pensa lui, più bella di Jules, è una donna affascinante, ha negli occhi la luce del sole che si riflette sul mare, come Jules, proprio come lui... Arriva anche Zubick, ha preso un po' di legna, il sole sta tramontando, il cielo è una volta dipinta con il fuoco, una cupola rossa e luminosa, sembra che voglia riflettere il sangue sparso sul mondo... si siedono tutti a tavola, il piatto cucinato da Lubjanca è buono, è speciale, anche Goran le fa i complimenti, un monosillabo soltanto... come a volte accade cala il silenzio, Maria arrossisce, immagina che tutti sappiano quello che lei sta provando, le sembra di essere un cristallo trasparente, meno male che la candela non basta a illuminarle il viso, sono quattro ombre intorno a una candela, Zubick accenna a un paio di morti, stamattina, dall'altra parte della città... uno si è impiccato, l'altro è morto a letto, era malato, la malattia non era grave, ma non ci sono medicine, da tre giorni aveva la febbre alta... queste cose non impediscono di gustare i sapori creati da Lubjanca, forse una bomba spazzerà via tutto stanotte, che ci si può fare... la zuppa è piccante, si deve bere molto vino, si parla della guerra, dell'infanzia, di città lontane, del passato che non ritornerà... Maria ascolta senza capire, ogni tanto Zubick traduce qualcosa per lei, ma non importa, quando può guarda Goran e sente cose che non ha mai sentito, che non ha mai potuto sentire... Il tempo passa, il vino entra e esce dai bicchieri, per Goran è arrivato il momento dei saluti... ringrazia, si alza, dice che deve andare... Maria lancia un'occhiata a Zubick... No, ti prego!, digli di rimanere, solo un po', accendiamo il fuoco, digli di rimanere, racconta qualcosa, non farlo andare via... Maria guarda Zubick e pensa queste cose, non può dirle a voce alta, Lubjanca ha capito, invece Zubick è distratto, non vede gli occhi supplicanti di Maria, stringe la mano a Goran, lo accompagna alla porta, arriva di corsa Lubjanca, si nasconde dietro la schiena del marito, gli dà uno strattone, gli bisbiglia una frase con decisione, Zubick sgrana gli occhi, subito finge naturalezza, sorride a Goran, lo invita a sedersi di nuovo, dove va così di fretta?, è già notte, non è rimasto nulla in questa città, può rimanere ancora un po' qui con loro, forse hanno qualche amico in comune, la città è piccola, può succedere... ho una grappa fenomenale, siediti lì, beviamo un bicchiere tutti insieme, se arrivano gli aerei qui sotto c'è il rifugio... Goran è indeciso, poi alza le spalle e rimane, non sa bene il perché ma rimane, quei due vecchi sono simpatici, la bella italiana è strana, cosa ci fa qui?, si siede accanto al camino, Lubjanca ride sotto i baffi, tira fuori ago e filo, si mette a cucire in silenzio, Zubick aggiunge legna nel camino e ravviva la brace per accendere il fuoco, non fa freddo, ma il fuoco rallenta il tempo, è anche bello da guardare, ha qualcosa di magico, sembra che nasconda i profondi segreti della vita e li trasformi in fumo... Maria prende la grappa dall'armadio, appoggia i bicchieri sul tavolo, sono tutti diversi, molti si sono rotti per colpa delle bombe, adesso prima di andare a letto Lubjanca li avvolge in un panno, di questi tempi non è facile trovare bicchieri, sono oggetti preziosi, Maria li riempie lentamente, uno dopo l'altro, il fuoco divora il legno, anche Zubick si siede, cerca nella mente un ricordo che si possa raccontare adesso, in quella situazione, poi comincia a parlare... Maria si sdraia sul tappeto, si toglie le scarpe, finge di chiudere gli occhi, da dietro le ciglia si mette a spiare Goran, sente che quell'uomo è speciale, lei è felice e ha paura, Goran beve e ascolta, ogni tanto sembra assente, forse pensa a un'altra donna, Maria ama e odia quella donna immaginaria, vorrebbe vederla, conoscerla, farle mille domande, sarà bella? si amano ancora? o forse è morta... La voce di Zubick è una cantilena, il viso di Goran riflette le fiamme rosse del fuoco, possibile che possa esistere un uomo così bello?, non si tratta solo di bellezza esteriore, è il suo sguardo a essere bello, il suo sguardo è una finestra su un mondo che lei vorrebbe conoscere, una finestra che adesso è socchiusa...

anche solo guardarlo la fa sentire felice... se il tempo si fermasse potremmo stare così per sempre, insieme, lui seduto davanti al fuoco, io qui distesa a spiarlo, ad aspettarlo.

Una baracca di legno, fuori piove a dirotto, l'unico rumore è il rombo della pioggia sul tetto di lamiera, l'acqua cola dentro la baracca, quattro donne in un angolo, è buio, da una grata entra la luce di un lampione lontano, basta appena a tirare fuori dal buio qualche ombra, le donne sono giovani, una è quasi una bambina, i suoi occhi enormi fissano la porta chiusa, le altre cercano di non pensare, ieri tutto era diverso, nessuno poteva immaginare, per un paio di loro sarebbe bastato non passare in quella strada a quell'ora, le altre le hanno rapite a casa... le donne si stringono tra loro, non parlano, non si conoscono nemmeno, all'improvviso un rumore, le donne sussultano e fissano la porta, è stata chiusa ieri con un lucchetto, da un giorno intero non vedono nessuno, non hanno mangiato, non hanno bevuto, nella baracca c'è puzzo di orina e di escrementi, un paio di ore prima una di loro si è messa a piangere, le altre la guardavano, mute, da allora non è successo più nulla, ora sentono altri rumori, qualcuno si è appoggiato alla porta, lo sentono... sì!, eccoli, arrivano... le donne si attaccano una all'altra, tra poco loro entreranno, il cuore impazzisce nel torace... no, non sono loro, non è nessuno, quando verranno faranno più rumore, almeno venti volte hanno sentito la porta che si apriva, ma non era vero... hanno inventato figure che avanzavano nel buio, poi tutto è svanito, è rimasta la paura, una di loro prega, bisbiglia, s'inchina con la fronte fino al pavimento, le altre non sanno nemmeno che lingua stia parlando, un'altra intreccia le mani, le altre due si abbracciano, Dio non c'è, non è qui, non può essere qui... oppure è proprio in baracche come questa che Dio è presente, un Dio che mostra all'uomo un cammino conosciuto, nessuna solennità, solo umiliazione dolore sangue morte... un colpo viene da fuori, sembra uno sparo di pistola, le donne sussultano di nuovo, chi pregava smette, tendono le orecchie, un lungo lamento, un'invocazione interrotta da un altro sparo, alla fine gli spari sono più di dieci, ogni colpo un cadavere, questo è certo, ora verranno qui, ora verranno!... ma non viene nessuno, torna il silenzio, ricomincia l'attesa... una di loro pensa al suo uomo, lo rivede vivo mentre avanza verso di lei... è stato ucciso, «loro» sono entrati sfondando le finestre, di notte, erano armati, in casa tutti stavano dormendo, si sono svegliati di soprassalto, il mitra in mezzo agli occhi, un grido, un pugno, una raffica nella pancia, il suo uomo è lì che si contorce sul pavimento... la baracca è una delle tante, intorno c'è un recinto... non usciremo vive di qua, non è possibile, una di loro si sfila un pettine di metallo dai capelli, guarda le altre donne, fa un cenno con la mano, un saluto, va nell'angolo opposto, si vede appena un'ombra, si sente bisbigliare un nome, con i denti del pettine la donna si apre le vene del polso, uno schizzo rosso, il pettine cade, lei si accascia, non si lamenta, le altre si abbracciano strette, tuffano il viso una dentro il seno dell'altra, per non vedere l'ombra della donna che trema, che sta morendo, nessuna prova a salvarla, è bene poter scegliere, forse è meglio morire, forse no, chissà, forse c'è ancora speranza, e poi? e dopo? che farò? forse è davvero meglio morire, se solo riuscissi... eppure è proprio qui che Dio dovrebbe essere, qui con noi... lontano una voce grida un ordine, il rumore di un motore, eccoli, ora vengono davvero, un ruscello rosso arriva fino ai piedi delle donne, l'altra ormai è morta, il sangue è uscito in abbondanza... ora apriranno la porta, eccoli! eccoli!, no, nulla, ancora nulla... soltanto due ore dopo la porta si spalanca, i soldati sono cinque, hanno bevuto, gli stivali sporchi di fango, bagnati, fuori piove ancora, richiudono la porta con la catena, appoggiano una lampada sul tavolo, vedono la morta, la voltano con il piede, peccato, era la più bella, uno dei soldati si avvicina, un dito sporco entra nella bocca del cadavere, le apre le labbra, rovista tra i denti e illumina con la torcia, niente oro cazzo!, troppo giovane, denti sani, peccato!, al collo però ha una catenina d'oro, è di chi la piglia, non c'è da dividerla con nessuno, uno strattone, la morta si muove, il capo si solleva e ricade sul pavimento, ha gli occhi fissi, meglio spingerla contro il muro, quello sguardo senza luce dà fastidio... la catenina finisce nella tasca del militare, ora è sua, ma è meglio nasconderla, non vuole discussioni, non si sa mai, può andare a finire male, i suoi compagni non hanno visto nulla, sono occupati in altre faccende, hanno già cominciato a giocare, hanno preso una donna dal gruppo, le hanno strappato di dosso i vestiti... vieni bella, la tengono sospesa in aria all'altezza giusta, lei si dimena, cazzo tenetela ferma!, è solo una donna!, due se la litigano, si calano i pantaloni, si sfidano, fanno scommesse, uno dei due si morde le labbra e con forza entra nella pancia della prigioniera, la donna urla, fatela urlare più forte questa troia, è più divertente, il soldato viene subito, era tutta la sera che aspettava questo momento, si siede per terra, i pantaloni slacciati, beve un sorso d'alcol dalla borraccia, resta con la bocca semiaperta a guardare cosa fanno gli altri, li incita, eccone un altro... reggi questa vacca... ahi! maledetta, la puttana morde! e dai! vuoi mordere, eh? mordi questo, dai, prova a mordere questo, la fanno inginocchiare, una mano le stringe le gote, tenta di aprirle i denti, lei cerca di resistere, la bocca si riempie di sangue, i denti cedono, lei è sfinita, mordi qui bella, una cosa enorme e maleodorante le entra fra i denti, fino in gola, va avanti e indietro, se la donna potesse trancerebbe le vene gonfie di quel porco, ma una mano forte come una pinza le impedisce di chiudere i denti, la canna di una pistola appoggiata sopra un occhio, non si sa mai, con certe cose non si scherza, questa troia potrebbe farmi male, io al mio coso ci tengo, guarda che bel faccino!, lei chiude gli occhi, chiude l'anima, vuole solo vendetta, meglio morire, meglio morire!, a un tratto cambia viso, sembra che ora provi piacere, e partecipa, lecca, succhia, lo dicevo io che ti piaceva, ti si leggeva in faccia!, dai, continua, il militare allenta un po' la presa, si lascia andare, sta per venire, le gambe molli, la donna chiude gli occhi e continua... continua... il soldato le tira avanti il capo, ecco, dai!... dai!... una fitta acuta, un grido di bestia, il tronco dritto invece di sperma butta sangue, cercano di staccare la donna, per farle aprire la bocca bisogna ammazzarla, una revolverata in faccia, il capo balza all'indietro, i capelli volteggiano, pieni di sangue, le due donne sopravvissute gridano insieme, si abbracciano e tremano, la ragazza uccisa e il militare crollano in terra, lei muta, lui con un muggito... il soldato muggisce ancora, steso sul pavimento, le mani tra le gambe, gli altri lo lasciano perdere, ora tocca a loro, prendono un'altra preda, è la ragazzina, la mettono in mezzo, in pochi secondi è nuda, sarà anche una ragazzina, ma guarda che culo! e senti che pelle... dai! voltala!, la tengono a mezz'aria con il sedere in alto, gli strilli forano le orecchie, uno schiaffo sulla bocca, chiudi il becco, puttana!, no, non picchiarla, se urla è più divertente, dai, ragazzina, strilla forte, dai, dai, ti piace eh?, dai, lo senti..? lo senti com'è grosso, com'è duro... il militare si morde le labbra dall'eccitazione, viene quasi subito, le gambe cedono, crolla addosso alla ragazzina, rovinano insieme sul pavimento, sul sangue, l'uomo respira con affanno sopra di lei, è un sacco di patate... ehi! cazzo fai?, tocca a noi... i suoi compagni lo spingono via...

Dal cielo nero milioni di stelle osservano la terra chiedendosi che razza di mondo è quello... All'orizzonte una luna grande e tonda sta sorgendo per l'ennesima volta da quando è nato l'universo, quella stessa luna ha visto uomini che camminavano a quattro zampe, ha visto uomini con la clava, con la scure, con le lance... ha visto eserciti a cavallo rossi di sangue, ha visto uomini che si sparavano addosso, ha visto uomini che lanciavano razzi, uomini che volavano sulle città sganciando bombe... ma non può farci nulla, può soltanto scivolare sopra il mondo e guardarlo mentre diventa sempre più incomprensibile...

Da fuori altri militari battono colpi alla porta, vogliono entrare, aprite bastardi!, volete divertirvi solo voi?, uno di loro spia da una fessura, vede sangue e sesso, si eccita, si mette a urlare, non ammazzatele tutte, maiali!, vattene idiota!, nessuno apre, il militare addentato all'uccello si lamenta ancora, perde sangue, dopo lo porteranno all'infermeria, ora non c'è tempo, bisogna tenere la ragazzina per i capelli, si agita come un pesce, senti che gambe forti, dai! muoviti puttana!, questa bambina è proprio bella, ha un viso che ti fa eccitare solo a guardarla, uno la trafigge, un altro le lecca le labbra, così ti piace eh? lo vedo che ti piace... due mani si litigano un seno, arriva una bocca e morde il capezzolo, dopo un'ora la ragazzina è sfinita, gli occhi vuoti, i militari la lasciano in terra e prendono l'ultima rimasta, la violentano uno dopo l'altro, non si stancano mai, quando la donna smette di ribellarsi la voltano, ricominciano da dietro, si litigano il diritto di precedenza, intanto la ragazzina si trascina lontano, l'hanno abbandonata, ma tra poco toccherà di nuovo a lei, ha due occhi grandi come uova, ma sembrano lumi spenti, il viso disegnato dal terrore, sarà più eccitante... la baracca puzza di sperma, birra, sudore, dai! mettetela giù!, più giù, Cristo!, tenetela così un momento, dai! reggile il viso, sto per venire, reggila, reggila, l'uomo si masturba di fronte agli occhi chiusi della donna, dai, ecco, tienila... un fiotto serbo cade sul viso della femmina bosniaca, imbratta occhi, labbra, capelli, ora tocca a me, no cazzo! ora ci sono io, stronzo, la donna ha un attimo di riposo, anche due dei militari si stanno riposando, si sono appoggiati alla parete, una sigaretta tra le dita, bevono, si raccontano vecchie conquiste, imprese di guerra, stupri memorabili, alcuni da fuori si mettono a cantare, dentro la baracca ricominciano a divertirsi... le due morte le hanno messe in un angolo, le donne ancora vive hanno la faccia piena di lividi, la fronte viola, una è sveglia, gli occhi enormi brillano nel buio, anche la ragazzina sembra morta, poco fa respirava, ma ora sembra proprio morta, era riuscita a liberarsi una mano, quasi aveva cavato un occhio a uno di loro, la troia!, no, così non si fa, quattro calci sono bastati, l'ultimo deve averle spezzato il collo... uno dei soldati si è seduto in terra, la schiena appoggiata al muro, canta canzoni della sua terra, è ubriaco e triste, è lontano da casa, pensa alla mamma e accarezza i capelli della sopravvissuta, la donna fissa il pavimento, gli insetti che corrono su e giù, ha la faccia appoggiata alla gamba dell'uomo, sembra diventata matta... passa ancora un po' di tempo, i soldati si annoiano, uno di loro ha un'idea, si alza barcollando, reggetemi quella, tiratela su, la donna ha lo sguardo assente, tenetela bene, la sollevano e la tengono sospesa, che vorrà fare?, boh, stiamo a vedere, purché sia divertente... l'uomo si avvicina con un sigaro acceso, lo fa scorrere sulla pelle della prigioniera, il corpo della donna si rianima, si tende, finalmente!, la brace del sigaro corre sul seno, sulla pancia, il lamento della donna sale di volume, diventa sempre più acuto, il sigaro arriva in mezzo alle gambe, fa un po' di volteggi, poi entra di colpo nella vagina piena di sperma e di sangue, un grido da animale, acuto e terribile, senti qua che profumo!, legno pregiato... gli altri si divertono da matti, il militare sfila il sigaro, lo riaccende, lo rimette dentro, gli strilli sono sempre più inumani, più brevi, il soldato si morde le labbra, non stacca gli occhi dal viso deformato della donna, è attirato da quel dolore, forse affascinato, più lei grida più lui insiste, è come ipnotizzato, stringe i denti, e guarda, guarda, il fuoco, il fuoco, accende il sigaro, trova i punti delicati e brucia, gli altri fanno fatica a tenere la donna, lui non riesce a fermarsi, sente una specie di terrore, dentro... terrore di quel dolore, sì, sì, è proprio terrore... che farebbe lui al posto di quella donna?, chissà cosa si prova a essere trattati così, a sentirsi impotenti, sapendo di dover morire... deve capire fino a dove si può arrivare, è terrorizzato, non sa perché, per questo continua, deve continuare, non può fermarsi, il fuoco, il fuoco, la donna non riesce più a gridare, e lui deve guardarla ancora, deve vedere tutto fino in fondo... fino in fondo... quel corpo che ha davanti non sembra nemmeno una donna... lui deve capire, vuole vincere la paura, invece è sempre più terrorizzato, e continua, continua, un odio senza senso gli sale dentro lo stomaco, vorrebbe vomitare, la birra gli ritorna nella gola, odia quella donna che lo spaventa in quel modo, che lo guarda, lo fissa con due occhi impazziti, è disgustoso, non può fermarsi, la paura gli corre nel sangue, eccitazione, erezione, vendetta... guarda, non staccare gli occhi, è questo il dolore, guarda, devi guardare, capire fino a che punto... capire cosa c'è dentro l'uomo, il limite ultimo, la fine... gli altri lasciano cadere la donna per terra, si mettono a guardare, lei si trascina in un angolo, è sfinita, la sua mente ha smesso di funzionare da un pezzo, è solo il corpo a muoversi... uno dei soldati la segue, le mette un piede sulla schiena, le monta addosso, dove vuole andare questa tartaruga?, le ossa scricchiolano, scoppiano tutti a ridere, tranne quello con il sigaro, lui è ancora perso dietro al suo terrore, la donna si volta, alza con fatica il capo dal pavimento, lo guarda, non vuole nulla, solo guardarlo... lei ha quegli occhi terribili, sembrano carichi di pietà, che cazzo!, pietà per lui, ma via!, o forse è solo impazzita, quegli occhi sono insopportabili, non voglio più vederli, perché mi guarda così, non voglio! non voglio!, si avvicina, sfila in fretta la pistola dalla fondina, gliela punta in mezzo alla faccia, si volta e tira il grilletto, un rumore di ossa che ricadono sul pavimento, si è fatto tardi, andiamo, da fuori gridano, figli di puttana, non ammazzatele tutte, lasciatene viva almeno una, stronzi!, quando aprono la porta entrano in dieci, bastardi! tutte morte! e ora noi che si fa!, dai non rompete i coglioni, scopatevele lo stesso, sono ancora calde... fanculo!, fanno una bella bevuta tutti insieme, dai, via, sarà per un'altra volta, amici come prima, per due troie!, domani ne troviamo delle altre, ci sono un sacco di paesi qua intorno, li raderemo al suolo e porteremo via le donne... noi vinceremo la guerra! solo questo conta!, dai, andiamo a bere qualcosa, escono tutti, domani andranno a combattere, a sparare... non piove più, è tornata la calma, si sentono cadere gocce d'acqua dagli angoli del tetto, tra qualche ora un sole giallo sorgerà là in fondo, dietro le colline fumanti, illuminerà i morti e i paesi in fiamme... passano pochi minuti, due passi furtivi, un ragazzo magro in divisa entra nella baracca, vent'anni, si tira giù i pantaloni, allarga le gambe della ragazzina morta, le copre la faccia con uno straccio, non vuole vedere il sangue, entra e finisce in pochi secondi, poi se ne va di corsa, non è come con una donna viva, ma insomma, era ancora tiepida... la baracca adesso è silenziosa, le donne sono fantocci malridotti, una forse è ancora viva, sente arrivare i topi, non riesce a muoversi, nella mente ha un'immagine fissa, un oceano rosso, senza onde, un paio d'ore dopo muore, si chiamava Monika... è il XVII secolo, o il 1993, o tra cinquant'anni, ieri, tra un'ora, poco fa, siamo nella sabbia della clessidra, le donne sono bianche, sono nere, verdi, gli uomini sono gialli, blu, rossi... due di loro sono morti qualche giorno dopo, una mina li ha fatti volare in aria, non hanno ritrovato tutti i pezzi, di uno dei due manca il capo, ma non l'hanno cercato bene, non c'era tempo... il terzo ex soldato è vivo, sono passati trent'anni, è un buon padre, fa qualche incubo, ma non così spesso, non c'è da preoccuparsi, dirige un'agenzia di trasporti, guadagna bene, frequenta gente che considera interessante, è un po' ingrassato, la moglie lo ha messo a dieta, non gliene importa nulla di non poter mangiare la cioccolata e i dolci, chi se ne frega dei dolci!, ma la birra, cazzo!... che sofferenza... vabbe', lasciamo stare, non pensiamoci... non pensa nemmeno più alle ragazzate di un tempo, ieri ha sognato una donna con gli occhi sulla nuca, lo fissava, un sogno terribile, si è svegliato e ha bevuto un bicchiere di latte, l'alcol non lo tocca più da tempo... il quarto ex soldato si incanta spesso a pensare, la moglie gli chiede cosa sta succedendo, lui dice « nulla », ma non è vero, era tornato a quella notte, a quella baracca, a quelle donne che ha violentato e ucciso, adesso non lo farebbe, non è un bel ricordo, vorrebbe strapparselo dalla memoria, ma non si può tornare indietro, il passato non si cambia, si può solo fingere che non sia accaduto, ma non è facile, l'inganno dura poco, tornano con forza quei ricordi... il quinto ex soldato non fuma più i sigari, il medico glieli ha proibiti, non si è sposato, ma ha una donna che lo ama, anche lui la ama, un giorno si è messo a pensare, si è svegliato da un lungo sonno, si è impiccato senza lasciare nulla di scritto.

Il fuoco è diventato brace, Zubick non ha più nulla da raccontare, la grappa è finita, Lubjanca dorme con il gatto sulle ginocchia, è tardi, Goran si alza, muove la schiena per stirarla, Maria si ritrova in piedi accanto a lui, il cuore che corre, Goran ha gli occhi rossi, ha bevuto molto, la grappa era buona, ma per abbattere lui ce ne vorrebbe il doppio, Zubick fa un sorriso di saluto, sveglia Lubjanca appoggiandole piano una mano sulla spalla, la vecchia ha un sussulto, si guarda intorno senza capire, poi si alza in piedi e fa scendere il gatto, va a salutare Goran, è proprio arrivato il momento di andare, buonanotte, grazie, non so se ci rivedremo, io parto, quando?, domattina presto, o forse dopodomani, non ho deciso... Lubjanca diventa triste, pensa a Maria, lei ancora non sa nulla, non può capire le parole di Goran, non sa che lui domani se ne va, bisogna dirglielo o no?, Maria guarda i due vecchi con un sorriso penoso, sente che sta succedendo qualcosa, non sa cosa fare, sta male, come quando il babbo la chiuse per punizione nell'armadio, al buio, poteva gridare e scalciare ma non succedeva nulla, non poteva fare nulla... Maria vorrebbe uscire dall'armadio e andare via con lui, con Goran... come fa a dirglielo?, che scema!, invece di spiarlo poteva... che ne so!, poteva stargli un po' addosso, farglielo capire... Lubjanca prega Goran di rimanere un istante ancora, prende da parte Zubick...

«Glielo dobbiamo dire?»

«A chi?»

«A Maria...»

«Dire cosa?»

«Come cosa? Non vedi che lei... Non capisci?»

«No, che è successo?»

«Sei un vecchio rimbambito, una volta non ti sarebbe sfuggito nulla.»

«Ah sì, ora ho capito... e cosa possiamo fare?»

«Dille che lui parte, poi vediamo, sarà lei a decidere.»

«Certo, certo.»

Zubick sospira, Lubjanca va da Goran, lo distrae spiegandogli la ricetta della zuppa, Goran ha una pazienza infinita, la vecchia è simpatica, Zubick va da Maria, sorride in un modo strano, lei si prepara a qualcosa di brutto... intuito femminile...

«Che succede?»

«Devo dire te una cosa, Maria...»

«Sì...»

«Lui partire...» Accenna a Goran, senza farsi vedere. Maria ha un sussulto.

«Quando?»

«Presto.»

«Domani?»

«Forse sì, domani... o giorno dopo...»

«Dio...»

«Vuoi che dico cose a lui?»

«E cosa!»

«Non so...»

Maria ha un capogiro... possibile?, cosa può esserle successo? sembra un incantesimo... no, lui non deve andare via, non adesso, se restasse almeno un po' di tempo, un'altra ora, anche mezz'ora, non farebbe più la preziosa, si metterebbe vicino a lui, gli farebbe capire tutto, solo mezz'ora, non andare, Goran, non te ne andare... Che stupida!, e adesso che faccio? che faccio?, «Zubick, che posso fare? Io... io...», Zubick le fa una carezza, l'abbraccia, «sei come bambina piccola...», «non so cosa mi succede, non lo so...», Lubjanca sta ancora spiegando come si tritano i peperoncini, non devono essere troppo secchi, e non si devono levare i semi... Goran avverte una concitazione misteriosa, ma non si preoccupa, ascolta la ricetta, forse un giorno potrà servirgli, Zubick vede nella penombra che Maria sta piangendo, la stringe forte, pensa a Tianack, anche lei una volta pianse così, abbracciata a Lubjanca, anche lei per un ragazzo, uno stupido ragazzo... come si fa a non amare una come Tianack... lei aveva pianto tutta la notte, Zubick non sapeva cosa fare, quando lui si avvicinava Tianack piangeva più forte, la mattina dopo il suo viso era diventato come di pietra, una pietra bellissima, e solo molto tempo dopo il suo sguardo era tornato dolce... Maria alza il viso, si asciuga gli occhi con le mani, «scusa, sono una scema...», Lubjanca è alle spiegazioni finali, non ha più risorse, Goran la sta già ringraziando, è una ricetta preziosa, ora devo proprio andare, si avvicina a Zubick e Maria, stringe la mano al vecchio, saluta Maria con un cenno del capo, tutto qui?, un cenno del capo?, il gatto salta giù dalla sedia, ha il pelo ritto, si guarda intorno abbassando il muso, miagola in modo strano, un secondo dopo un rombo assordante passa sulla casa, la prima bomba cade molto vicina, la porta esce dai cardini, il gatto sparisce in qualche anfratto, Lubjanca si ritrova seduta in terra, Goran e Zubick la aiutano a rialzarsi, il vecchio apre la botola, altri aerei passano proprio sopra il tetto, uno dopo l'altro, cadono le bombe, vampate di luce, gente che grida, boati da fine del mondo, fanno male alle orecchie, ormai Maria ha imparato, tiene il cotone in tasca, mentre Lubjanca scende nel buco ne dà un po' a Goran, lui ringrazia e senza fretta si tappa le orecchie, Maria si sente felice, lui ora dovrà restare qui, non se ne andrà via subito, « queste bombe le manda il Cielo », quel pensiero la fa sentire un mostro, non lo dirà mai a nessuno, ma con se stessa non può fingere, gli aerei serbi l'hanno salvata... una bomba scoppia molto vicino, il pavimento vibra, i bicchieri e la bottiglia di grappa cadono dal tavolo, l'immagine della Madonna vola giù dal muro, Goran afferra Maria per un braccio, la tiene stretta e l'aiuta a scendere giù nel rifugio, di sopra l'Inferno continua, ma ora sono tutti là sotto, al sicuro, Zubick ha lasciato la botola socchiusa, forse arriverà qualche vicino, può averne bisogno, molti sono già morti ma non si sa mai, Maria continua a ringraziare quelle bombe e a vergognarsi... cosa ci può fare? ora sta bene, si stringe addosso a Goran, è spaventata e può farlo, si attacca al suo braccio, il suo odore è buono, la fa sentire a casa... no Goran, non devi andartene, tu sei mio, non ti lascerò andare via, la bocca di Maria sale verso il viso di Goran, le labbra sul suo collo, sembra tutto casuale... Goran... Goran, dammi un bacio, tanto lui non capisce l'italiano!, Zubick è distante e non può smascherarla, le bombe continuano a scoppiare, Maria si stringe ancora di più a Goran, « dammi un bacio... ti amo... sei bello, Goran, sei bellissimo... », è la prima volta che dice queste cose, è bello sentirle uscire dalla bocca, non ce la faceva più a trattenerle, può dire tutto quello che vuole, tanto lui non può capire, sente solo un fruscio nell'orecchio, Maria si diverte, è come spiare dal buco della serratura, le vengono i brividi sul collo, Goran si volta verso di lei, borbotta una domanda, Maria fa una faccia spaventata, una faccia che non c'entra nulla con quello che dice, si stringe addosso a lui, intanto sussurra, « tu non te ne andrai, Goran, tu starai sempre con me... sempre... sempre », ha un languore nel ventre che non le dà pace.

Alla tv stavano intervistando un killer della mafia americana, carcere a vita, aveva ucciso più di trenta persone, una faccia tranquilla, spiegava i vari sistemi che aveva usato, caso per caso, gli errori, i rimedi... tu avevi otto anni, il babbo cominciava allora a scoprire « cosa eri », o meglio cosa non eri... non ci voleva ancora credere, era preoccupato, borbottava tra sé e sé, ti guardava di sbieco, voleva fare di te un uomo, ma non sapeva che pesci pigliare, « una bambinella, mi è toccata... », tu eri la sua vergogna, ma eri suo figlio e ti voleva bene... il babbo soffriva anche per gli sguardi di alcuni abitanti del palazzo, che certamente avevano capito... prima o poi tutto il condominio verrà a saperlo, e la notizia farà il giro del quartiere... il babbo a volte vede certe persone parlottare in modo sospetto, immagina i loro discorsi... « hai visto quella bimba?, è un po' strana, non credi? », « non è una bambina strana, è un maschio! », « ma che dici?, è una bambina... », « si chiama Mario, fai un po' te... », il babbo era avvilito... non può essere, perché proprio a me?, ti fissava, sperando che invece le cose sarebbero andate diversamente, per adesso era meglio non pensarci... ci beveva sopra, si distraeva con la televisione, tu a volte gli sedevi accanto sul divano... quella sera stavano intervistando un killer americano di origine italiana, aveva lavorato per la mafia americana... l'uomo racconta con freddezza i suoi omicidi, uomini, donne, vecchi, ragazzi, nessun pentimento, è un lavoro come un altro, lo pagavano bene, lui lavorava con impegno, questione di onestà, voleva essere il migliore... racconta di uno che si era inginocchiato, chiedeva pietà, lui lo lasciò pregare, aprì il frigo, prese una birra, quella marca non gli piaceva, ma l'aprì lo stesso e si mise a bere, l'altro aveva finito di supplicare, forse sperava nella grazia, lui gli sparò in mezzo alla fronte da pochi centimetri, una pistola adatta, silenziatore, nessun macello, solo un piccolo foro, poco sangue... l'intervistatrice è soddisfatta, sta offrendo uno spettacolo abbastanza crudo, le sue narici tremano di gioia, gli occhi brillano, esaltazione da « audience », è un anno che lavora per realizzare questo servizio, alla fine ce l'ha fatta, il criminale è lì, davanti a lei, inerme come un bambino, la giornalista lo fissa negli occhi, improvvisa una domanda, « perché non lasciò andare quel tipo, quello che la supplicava? », lui si meraviglia, « non potevo, ero stato pagato, dovevo ammazzarlo », una volta gli avevano chiesto di uccidere un uomo e anche di sfigurarlo, lui si era offeso, « non faccio queste cose, non fa parte del mio lavoro », un altro era un suo amico, erano andati insieme a vedere una partita di baseball in notturna, stavano tornando verso casa, l'amico lo stava riaccompagnando in macchina, era molto arrabbiato perché la sua squadra aveva perso, discuteva e gesticolava, stavano passando per un vicolo deserto, lui disse di accostare, « lasciami pure qui, faccio due passi a piedi », l'amico accostò al marciapiede, « la prossima settimana li facciamo neri », « certo », si salutarono, il killer scese, si aggiustò la cravatta, lasciò che l'altro ingranasse la marcia, prima che l'auto si muovesse riaprì la portiera, « scusa... », « sì? », mirò al cuore e tirò il grilletto, chissà se il suo amico aveva fatto in tempo a stupirsi, la macchina fece un singhiozzo e partì da sola, attraversò lentamente la strada e si fermò contro un muro, ecco tutto, « ha mai avuto incubi? », « non sogno quasi mai », « proprio nessun rimorso? », « e per cosa? », « i suoi genitori... che può dirci di loro? », « i miei genitori?, che posso dire... mia madre era alcolizzata, mio padre era un povero diavolo, non l'ho mai visto con un vestito pulito addosso, litigavano di continuo, si picchiavano, ma picchiavano anche me, avevo sempre lividi dappertutto, ero spesso al pronto soccorso, mia madre di solito mi picchiava la sera, mi colpiva con le mani, aveva due mani grandi e callose, mentre mi colpiva strillava forte, mi facevano più paura gli strilli delle botte, mio padre invece mi picchiava con quello che gli capitava in mano, a volte mi picchiavano tutti e due insieme, così, senza motivo, almeno io non riuscivo a trovare una ragione, nemmeno sbagliata, insomma non ho mai saputo perché ce l'avessero tanto con il loro unico figlio, né mi interessa saperlo adesso, la cosa non mi riguarda più, loro saranno morti, lo spero davvero, e comunque non mi capiterà di rivederli», il babbo si girò verso di te sorridendo, il naso arrossato dal vino, una volta tanto sorrideva, aveva qualcosa da dire, a te o a se stesso, «sentito che roba? pensa... potevi avere un babbo così...», si rimise a guardare la televisione, poi si stufò del pluriomicida e cambiò canale... dopo la pubblicità di prosciutti biscotti assorbenti automobili banane arrivarono le desiderate ballerine mezze nude... dopo la morte un po' di vita.

Gli aerei serbi se ne vanno, il rombo diventa un ronzio, le bombe scoppiano lontano, oltre le colline, un'altra città viene svegliata dalla guerra... Maria vorrebbe non staccarsi mai dal braccio di Goran, le bombe hanno smesso di aiutarla, si sente sporca dentro, è riuscita a ringraziare la guerra, si vergogna, magari qualcuno è morto durante il bombardamento, ma non può farci nulla, quegli aerei l'hanno fatta stare vicino a Goran, hanno prolungato l'incantesimo... Lubjanca si fa il Segno della Croce, tutti si alzano, per stanotte il pericolo è finito, riemergono dalla botola, si guardano intorno, i bicchieri sono in frantumi, il pavimento è cosparso di vetri rotti, la porta è stata divelta ed è caduta in terra, Zubick pensa già a come aggiustarla... escono in strada, da lontano arrivano grida e lamenti, la gente ha iniziato a spalare, si sentono urlare ordini e consigli, a qualche centinaio di metri una colonna di fumo denso sale di traverso sopra i tetti, stavolta gli aerei hanno fatto un buon lavoro, le bombe hanno distrutto isolati interi, nella strada di Zubick e Lubjanca un edificio è andato in briciole, ci vivono tre famiglie, la casa si è afflosciata su se stessa, le macerie sono cadute sulla botola della cucina, ma gli abitanti sono quasi tutti vivi, stanno sbucando da sottoterra come lemuri, il cunicolo che porta oltre le mura del fabbricato li ha salvati dalla fine del topo, vengono portati fuori anche i cadaveri di due bambini, un uomo li adagia nella strada uno accanto all'altro, hanno il capo fracassato, l'uomo copre i bimbi con uno straccio... Maria si stringe a Goran, nasconde il viso nei suoi vestiti, si sente colpevole, le sembra di aver chiamato lei quegli aerei, è stanca e confusa... i superstiti sembrano più morti dei morti, sfilano muti davanti alle loro case demolite, ai loro figli morti, salgono sulle macerie, fermano lo sguardo sopra oggetti familiari, indicano i fiori di una tenda, un tavolo, un lampadario, si scambiano frasi borbottate, una donna perde sangue dal viso, non se n'è accorta, o forse non gliene importa nulla, i fantasmi si siedono sopra le loro rovine, scavano senza convinzione tra i sassi, trovano oggetti, li guardano, li gettano via, Zubick avanza verso di loro, per offrire un letto, staremo stretti ma ce la faremo, « no grazie, sappiamo già dove andare... grazie Zubick, grazie », una donna si alza di scatto, è stata calma fino a ora, sembrava addirittura che sorridesse, adesso agita le mani come se stesse per perdere l'equilibrio, e forse è vero, però si tratta dell'equilibrio della mente, le sue labbra si sono aperte e non si chiudono più, ma non esce nessun suono, il capo trema, scoppia a piangere all'improvviso, fa dei singhiozzi acuti simili ai latrati di un cane... bene, sta piangendo, c'è chi non piange mai e resta rigido e muto a fissare il vuoto... la donna continua a piangere silenziosa, il seno sussulta e si sentono battere i denti, un uomo la abbraccia, la avvolge con il suo calore, ma lei continua a sentire freddo, quell'uomo è il suo uomo, anche lui vorrebbe impazzire, urlare fino a vomitare, ma non può, deve resistere, i due bambini morti erano i loro unici figli, otto e dieci anni, le bombe hanno fatto crollare anche una parte del soffitto del rifugio, una trave li ha colpiti sul capo insieme, erano seduti vicini, Lubjanca ha le lacrime negli occhi, tutto si sfuoca, conosceva quei bambini, giocavano davanti a casa sua ogni giorno, la mamma li sorvegliava dalla finestra, ora finiranno in una buca insieme agli altri, insieme a Tianack... altre figure passano correndo, portano i loro feriti in posti riparati, cercheranno di curarli, in città c'è ancora qualche medico, mancano solo le medicine, per i morti invece c'è tempo, ci penseranno domani... Poi lentamente nelle strade torna il silenzio, i lemuri si alzano silenziosi, si sollevano sulle macerie, quattro uomini raccolgono i cadaveri dei due bambini, la donna non piange più, cammina guardando l'asfalto, si allontanano tutti insieme lungo la via buia, diventano presto delle ombre grigie, poi più nulla, sta cominciando a piovere, i vestiti si bagnano, il fumo nero si dirada, non è una notte speciale, è una delle tante, dopo pochi minuti di guerra una lunga pausa di «pace», Zubick e gli altri rientrano in casa, Goran aiuta a sistemare la stanza, sente che deve farlo, passa un'altra ora, forse sono già le tre di notte, basta così, si deve andare a dormire, domani si dovrà scavare tra le macerie per trovare i morti, si dovrà seppellirli... Al momento dei saluti Maria si mette di fronte a Goran, non le importa più nulla di fare brutte figure, l'imbarazzo è scomparso, quei due bambini morti hanno dato un nuovo senso alle cose... questo è l'ultimo giorno della mia vita, «Zubick, ti prego, chiedigli dove abita, domattina prima che parta voglio andare a salutarlo», Zubick traduce, spiega, una mano rugosa prende quella di Maria, è la mano di Lubjanca, la vecchia ha ritrovato la voglia di sorridere, le piace vedere Maria innamorata, Zubick ascolta la risposta di Goran e traduce per Maria, «lui detto cambiato idea... è tardi... dice che parte il giorno dopo di domani», «posso andare da lui domani?», «puoi, sì...», Maria ringrazia Zubick con lo sguardo, il vecchio sembra molto triste, forse è la penombra, o forse sta pensando al viso di

Tianack, alla sua bocca da bambina, ai denti bianchi, ai suoi fianchi da donna... non sa nulla degli otto uomini nascosti sotto una divisa, otto animali feroci, otto vittime dell'ingiustizia, Zubick è triste, non riesce a trovare un colpevole, non riesce a odiare nessuno, se odiasse sarebbe tutto più facile... Maria sorride a Goran, un sorriso triste, da tempo di guerra, « ciao... », la fiamma della candela trema, fa oscillare i lineamenti di Goran, adesso si separeranno davvero, un cenno del capo ai due vecchi, un'occhiata a Maria, poi Goran sparisce, Zubick raccoglie da terra la porta scardinata e la appoggia alla meglio al vano dell'entrata, domani tirerà fuori gli attrezzi e la rimetterà a posto, per un po' di tempo potrà distrarsi.

Il babbo si ammalò, tossiva forte e aveva il viso bianco, la febbre salì a trentanove, a quaranta... Avevi già dieci anni, gli preparavi da mangiare, gli portavi il vassoio a letto, lavavi i piatti, pulivi la cucina, spazzavi dappertutto, lo accompagnavi in bagno, lo sorreggevi... eri tu che comandavi, che dirigevi la casa, eri orgogliosa, una bambina fiera di aiutare il babbo... Se non ci fossi io, pensavi... il babbo era debole, non aveva nemmeno la forza di essere deluso di te, non riusciva ad alzarsi per andare a guardare la televisione, se ne stava a letto sdraiato a sudare, in mezzo ai lamenti chiamava il tuo nome, eri convinta che il babbo potesse addirittura morire, non sapevi che era solo una brutta influenza, pensavi che se non moriva, magari da quel giorno in poi lui sarebbe rimasto a letto per sempre, incapace di farti del male... Una sera ti sedesti accanto a lui, volevi leggergli qualcosa, lui non si ribellò, sudava e aveva brividi di freddo, apristi un libro di scuola e cominciasti a leggere, dopo poche righe il babbo cominciò a russare, la nuca sprofondata dentro il cuscino... chiudesti il libro, ti avvicinasti al letto per vedere il babbo da vicino... non lo guardavi quasi mai in faccia, ti sembrava di non sapere com'era fatto... nei giorni peggiori, quando il babbo era arrabbiato per qualcosa, di fronte a lui provavi la paura che prova una zanzara di fronte a una mano aperta, e insieme sentivi anche un senso di rispetto, o forse era solo compassione... il suo viso però non lo osservavi mai con attenzione, era come se non lo avessi mai visto, ora che dormiva potevi osservarlo con calma, eri curiosa, toccavi i suoi lineamenti con un dito, piano piano, aveva un naso enorme e un po' storto, le orecchie a sventola come quelle degli elefanti, le labbra grosse e molli, con una piega di disgusto, quasi avesse appena ingoiato un lombrico, gli occhi sporgenti come bolle di sapone, la pelle tutta cosparsa di macchioline rosse, la fronte piena di rughe... sulla guancia destra, non distante dall'attaccatura dell'orecchio, aveva una sottile riga scura verticale, una cicatrice, una vecchia ferita di cui non sapevi nulla... quante cose si vedevano a guardare da vicino, era la prima volta che notavi quei particolari... però era strano, più lo guardavi e più non ti sembrava lui... Andasti da sola a vedere la televisione, lasciando la porta aperta per sentire se il babbo ti chiamava...

Maria non ha dormito, si è infilata sotto le coperte solo per pensare, Goran se ne andrà... deve fermarlo, ha un solo giorno per riuscirci, deve fermarlo, non può lasciarlo andare, non ce la fa a restarsene sdraiata, si alza dal letto in piena notte, si mette addosso qualcosa, si siede in cucina, aspetta che uno dei due vecchi si alzi, dalla porta scardinata entra un po' di vento, si vede l'ombra di qualche topo che cammina tranquillo sul pavimento, ma lei non ha paura... Zubick appare alle sei e mezzo, non si meraviglia di trovare Maria sveglia, la saluta come se si fossero dati appuntamento, nemmeno lui ha dormito, non dorme quasi mai, si sdraia sopra il letto e guarda passare le immagini della sua vita, quello è il suo riposo, Lubjanca respira accanto a lui, chi morirà per primo?, Zubick preferirebbe morire prima di lei, per non soffrire della sua mancanza, ma se ci pensa spera di morire dopo di lei, non vuole lasciare sola Lubjanca, quando pensa di lasciarla sola sta male, forse per questo è ancora forte, vuole morire dopo di lei, anche subito dopo, ma non prima, anche un secondo dopo, ma non prima... non prima... «Zubick, dimmi dove abita», il vecchio sente arrivare la voce come da lontano, stava scaldando il caffè sulla brace tiepida, si era perso dietro ai propri pensieri, in luoghi senza tempo, Maria lo ha riportato davanti al camino, vuole sapere dov'è la casa di Goran, il vecchio si siede, spiega con calma il tragitto che si deve fare, quattro isolati, poi a destra, dritto fino alla chiesa distrutta, poi subito a sinistra, si troverà di fronte un edificio disabitato di otto piani, senza più finestre, a quel punto deve voltare a destra, la strada è quella, andando verso le colline c'è il numero trentatré, se dopo le bombe di stanotte la casa è ancora in piedi, Goran abita lì, che Dio ti benedica... Zubick porta il caffè a tavola, lo chiamano ancora caffè, non è altro che un miscuglio indefinibile, del caffè ha solo il colore, i bicchieri di peltro si sono salvati dai bombardamenti, Maria ne prende due, si siede e beve il caffè insieme al vecchio, vorrebbe apparire calma, ma è difficile fingere, si sente inseguita dall'ansia, deve correre fuori, cercare la chiesa distrutta, destra, sinistra, destra... ha tutto stampato in mente, appena posa il bicchiere Zubick saluta Maria con un cenno della mano, la vede sparire nel vicolo, l'alba è vicina, il cielo è già chiaro e pulito, sarà una bella giornata, Maria percorre le strade con i brividi nella pancia, il mondo non le è mai sembrato così vasto e pieno di misteri, fino a pochi mesi prima la vita era un pozzo, una galera, e dopo il viaggio in Turchia era diventata una specie di castello da esplorare... adesso la vita le appare imprevedibile, sconfinata come il cielo, lei è libera di sognare, di credere, di sperare... lo sguardo si posa ovunque, ma il pensiero comprende una vastità di cose che gli occhi non vedranno mai, oggi c'è vento, sembra che voglia entrare sotto i vestiti, spogliare le donne, accarezzarle, Maria sente i suoi capelli biondi alzarsi e ricadere, si accorge solo ora che da qualche minuto sta fissando il numero trentatré dipinto sopra una mattonella di coccio, la casa è ancora in piedi... ecco, in quella casa vive Goran, lei sta per bussare, ma rinuncia, si siede accanto alla porta, prima o poi lui uscirà, non fa troppo freddo, lo aspetterò qui, voglio pensare, devo pensare, Maria chiude gli occhi, sogna qualcosa, una mano le sfiora il viso, o forse una ragnatela, è tutto così confuso, passano molti ricordi nella mente, alcuni veloci, senza importanza, altri sono ossessivi, si sovrappongono ai pensieri, vecchie paure svanite, immagini ricordate, o inventate, un ammasso confuso di voci, o forse è il rumore del mare, nessuno ti ha mai portata al mare, volevano solo portarti a letto... al mare la prima volta ci andasti da sola, avevi sedici anni, era ottobre, eri libera, anche se ti sentivi prigioniera di una solitudine insopportabile, arrivasti sulla spiaggia e ti togliesti le scarpe, il mare era là davanti, ti venne voglia di immergerti in quella vastità per sempre, malinconia giovanile, rimanesti seduta sulla sabbia molte ore ad ascoltare il rumore delle onde, a guardare il movimento incessante dell'acqua, ora conoscevi il mare, al tramonto ti venne una fame da lupi, con un panino in tasca tornasti verso casa, quella casa dove non potevi essere quella che eri... in treno un signore distinto ti infastidì con sorrisi viscidi e domande, te lo sentivi appiccicato addosso, puzzava di eccitazione, a sedici anni eri già una donna, in un altro momento ti saresti divertita a prenderlo in giro, a fargli credere chissà cosa per poi umiliarlo, odiavi i vecchi porci che si credevano grandi amatori, ma oggi avevi conosciuto il mare, non avevi voglia di perdere tempo con i signori distinti, avevi ancora nelle orecchie il rumore delle onde sulla riva, quello stesso mare aveva visto specie di pesci che non esistevano più da millenni, guardando il mare il tempo degli orologi perdeva di significato, anche allora chiudesti gli occhi, ignorasti il signore eccitato, lo lasciasti a desiderare le tue gambe, ti mettesti a pensare, come oggi, proprio come oggi... la porta di Goran si apre lentamente, Maria si volta e lo vede, Goran è silenzioso, il suo viso è delicato e duro, bello come una pietra antica...

Eri bambina, sei anni, andavi a scuola da pochi mesi, prima elementare, eri andata a letto dopo Carosello, avevi sentito il babbo uscire, adesso eri sola in casa, ti eri alzata e avevi acceso il televisore... c'era un programma in bianco e nero, sullo schermo apparve uno stemma strano che sembrava una girandola, ti incuriosì, ti mettesti a guardare, una musica gracchiante accompagnava la girandola che sventolava al centro di una bandiera, a un certo punto si vedevano tanti uomini vestiti uguali con il capo coperto da un elmetto che marciavano insieme in modo strano, le gambe rigide, il viso girato dalla stessa parte, davano un'idea di potenza, facevano paura, sembravano finti, avevano gli stessi occhi, la stessa faccia, poi apparve un uomo, un ciuffo nero di capelli gli disturbava la vista, sotto il naso aveva dei baffetti buffi, per un attimo ti fece ridere, ma avevi anche paura, la faccia di quell'uomo non era proprio simpatica, negli occhi aveva una luce che non conoscevi, parlava una lingua straniera, si muoveva in modo ridicolo, si agitava, stringeva i pugni, gridava con rabbia, faceva lunghe pause dilatando gli occhi, a un tratto cominciò a gridare più forte ripetendo sempre la stessa frase, era ancora più buffo ma soprattutto era più spaventoso, non riuscivi a spengere il televisore, non potevi non guardare, ora l'uomo agitava i pugni in aria, sembrava quasi che stesse per piangere dalla rabbia o dalla disperazione, come il babbo quando lo deludevi... in basso sullo schermo c'erano delle scritte bianche, non sapevi ancora leggere bene, facevi appena in tempo a decifrare una parola, « colpa », « gloria », « destino », la scritta spariva e ne veniva un'altra, ti rimase impressa soprattutto una parola, « giudei »... cosa voleva dire?, la ripetesti a bassa voce, «giudei», quel suono ti emozionava... l'uomo con i baffi si bloccava di scatto, pronunciava una frase intera a bassa voce, all'improvviso ricominciava a gridare, sembrava arrabbiato come se avesse molte cose da dire e nessuno lo ascoltasse, ora il suo viso era vicinissimo, grande grande, riempiva il quadrato dello schermo, avevi paura che uscisse dal televisore... a un tratto l'immagine cambiò, un boato come quello degli stadi, una piazza inondata di gente, il baffuto parlava di fronte a migliaia di persone, forse milioni, adesso non gridava più per farsi sentire, in fondo allo schermo ancora quella parola che non conoscevi, «giudei», le immagini cambiarono di nuovo, apparve un altro uomo, il viso tondo, il naso enorme, somigliava davvero al babbo... ti venne un brivido solo a ripensarci, ti ricordavi tutto benissimo, quell'uomo aveva un cappotto nero lungo fino ai piedi, si muoveva veloce e a scatti, con un bastone picchiava una donna vecchia, la colpiva sul capo, lei cadeva, apriva la bocca come per gridare, ma il grido non si sentiva, nemmeno i colpi di bastone facevano rumore, quella era la cosa più terribile, era finto e vero insieme, mentre la vecchia tentava di rialzarsi l'uomo le metteva uno stivale sulla pancia e le dava un altro colpo di bastone sulla fronte, i capelli della vecchia si macchiavano di nero, l'uomo si guardava intorno con aria naturale, poi colpiva ancora, non capivi perché facesse così, ti sentivi male, la vecchia non sembrava cattiva... a un tratto apparve un'altra scena, molte persone vestite con un pigiama a righe, avevano tutte il viso magro, molto più magro di qualunque magro, gli uomini avevano la barba lunga, le donne gli occhi grandi, troppo grandi, sembrava che nel loro viso ci fossero solo gli occhi, le ossa della faccia uscivano dalla pelle, come al bidello della tua scuola, solo che lui a volte rideva, questi invece erano seri, tristi, c'erano anche dei bambini, anche loro con gli occhi grandi... ecco di nuovo un uomo vestito di nero, stava in mezzo a loro e fissava lo schermo, era l'unico ad avere un'aria soddisfatta, a un tratto apparve una grande buca, dentro c'erano dei bastoni bianchi ammassati alla rinfusa, come telai di sedie a sdraio, o forse manichini dipinti, roba vecchia da buttare, alcuni soldati con l'elmetto camminavano intorno alla buca, affaccendati in qualcosa, dentro la buca si vedevano anche palle bianche grandi come meloni... quando l'immagine s'ingrandì ti accorgesti che non erano palle, erano teschi umani, ma con sopra ancora un po' di pelle... si vedevano occhi naso e bocca, rimanesti senza parole, cercavi di dare un senso a quello che stavi guardando... adesso si vedeva uno di quei teschi da molto vicino, la bocca era aperta, sembrava rotta, a un tratto gli occhi si aprirono e tu saltasti sul divano, il teschio si muoveva come se fosse vivo... apparve uno di quei manichini fuori dalla buca, era un uomo senza carne, fatto solo di ossa, due uomini con i cappotti neri e lunghi lo tenevano per le braccia per non farlo cadere, intanto sorridevano verso di te, sembravano contenti... adesso una grande macchina con un'enorme lastra di ferro attaccata davanti al muso spinge un mucchio di manichini dentro una fossa molto larga, più grande della tua casa, poi appare un viso magro, ossuto, qualcuno ti fissa negli occhi, non si capisce se è maschio o femmina, è troppo magro, ha solo due occhi che si muovono con lentezza, il suo sguardo trapassa te, la stanza, la città, ignora tutto e va a posarsi lontano, dove nessuno può guardare... altre persone in fila vestite a righe, un gruppo di donne e di vecchi con una stella bianca attaccata al petto, una baracca dove una donna vestita a righe spinge con una frusta altre donne vestite a righe, la cosa diventa confusa, si vede la strada di una città, molti uomini vestiti normali inseguono un altro uomo vestito normale, l'uomo scappa, forse è una cosa buffa, forse no, devi ancora capire, l'uomo che scappa non sembra impaurito, però non ride, ha il viso immobile come quello di una statua, gli altri sono molti, lo circondano, lo prendono, lo gettano a terra, lo picchiano tutti insieme, calci e pugni, c'è anche un bastone, lo stesso fanno con una donna e un bambino, con due vecchi, con un altro uomo dal viso spigoloso e gli occhi enormi e scuri, con due ragazze dai capelli neri, perché lo fanno?, la folla che inseguiva e picchiava ti faceva paura, volevi capire, forse quelle persone inseguite e picchiate erano colpevoli, avevano pensato cose brutte sul loro babbo, lo avevano deluso, vederli picchiare così ti dava angoscia, uno spaventoso senso di solitudine, quelle persone erano sole, venivano spinte e trascinate a forza di calci, senza vedere in faccia chi le picchiava... tra gli inseguitori ci sono anche donne, sembrano le più arrabbiate, i visi stravolti, gli occhi cattivi, picchiano con ombrelli e borsette, incitano gli uomini a colpire più forte, sferrano calci con violenza... avresti voluto smettere di guardare, ti mancava il fiato, ma non riuscivi a staccare gli occhi dallo schermo, i sentimenti si confondevano, immaginavi di essere una degli inseguiti, eri sola, ti prendevano, cadevi a terra, ti davano calci e pugni, ti venne da piangere, ma non piangesti, ti immedesimasti in quelli che picchiavano, inseguivi, colpivi, sentivi il piede che urtava contro il capo di quel disgraziato, ti vennero i brividi, la tua gamba cominciò a oscillare, ti sentivi cattiva, potevi fare del male, anche tu potevi fare del male, potevi, potevi... le immagini finirono, apparve la signorina della tv, sorridente come sempre, e ti augurò la buonanotte... arrivò una musica angosciante, solo un minuto, poi lo schermo si riempì di bruscolini, spegnesti il televisore e andasti a letto, ti addormentasti vedendo visi bianchi e magri, sedie a sdraio, calci, baffi, un melone che apriva gli occhi... la mattina dopo ti svegliasti con l'anima sottosopra, raccontasti al babbo quello che avevi visto in tv, lui fissava la parete, aspettando che uscisse il caffè, gli domandasti chi erano quegli uomini vestiti di nero, quelli vestiti a righe, quelli che picchiavano, quelli che prendevano calci, « che te ne importa? », « perché li picchiavano? », « lascia perdere, sono cose da grandi... », provasti a stare zitta, non ci riuscivi, « cosa vuol dire giudeo? », « fai tardi a scuola... », la tua curiosità non poteva fermarsi, andasti dalla maestra, « signora maestra, cosa vuol dire giudeo? »,

« dove hai sentito quella parola? », « alla televisione... », « lascia perdere, sono cose più grandi di te... bambini, aprite il libro a pagina trentotto... Mario, leggi a voce alta, tira fuori la voce... secondo capoverso... Romolo e Remo furono allattati da una lupa... »

Maria e Goran salgono insieme sulla collina, fuori dai sentieri, lui si arrampica sui sassi con facilità, Maria lo segue con il fiato grosso, si fermano in cima, si siedono sopra una roccia sporgente, dall'alto la città mezza distrutta sembra quasi completamente disabitata, molti tetti sono crollati, ma sotto le macerie c'è ancora vita, una popolazione di topi e di uomini in continuo movimento, Goran osserva le case demolite, è difficile riconoscere i luoghi, domani se ne andrà via, sta salutando la sua città, le colline intorno, i sopravvissuti, gli odori, i colori... Maria aspetta in silenzio che accada qualcosa, è pronta a tutto, « sei bello, Goran, sei bellissimo... », lo pensa soltanto... a un tratto Goran si sente stringere il cuore da un'emozione come in una morsa, s'immagina di partire e di non rivedere mai più quei luoghi, il suo paese, si sente opprimere dalla tristezza, quando si parte è meglio non tornare... Maria si fa coraggio, « Goran, perché parti? », Goran non capisce, Maria ritrova qualche parola francese, ripete la domanda, Goran cambia faccia, si alza di scatto, comincia a parlare, alza le braccia guardando il cielo, frasi brevi, inceppate, silenzi lunghi, finché le parole arrotolate dentro l'anima vengono fuori tutte insieme, forse sono molti anni che cerca di ricacciarle indietro, forse non sono nemmeno le parole che vorrebbe dire, ma deve parlare, non ce la fa più a stare zitto, ha bisogno di sentire il suono della propria voce, il pensiero non gli basta più, allarga le braccia, le alza sopra il capo e parla, parla, fissa l'orizzonte e parla, una lunga nenia fatta di suoni che tagliano l'aria, la voce viene su dallo stomaco, Maria cerca di capire cosa diavolo sta dicendo, le braccia allargate sono il desiderio di farsi ascoltare da Dio, o da tutti gli uomini, o forse sta raccontando una leggenda, il suo viso è una roccia incisa dal tempo, le sue braccia diventano le ali di un'aquila... Goran continua a parlare, le braccia alte verso il cielo... Maria vede l'aquila staccarsi dal suolo, alzarsi in volo, lanciarsi in avanti con il becco aperto, gli occhi gialli sbarrati, lo sguardo sfavillante fisso sul mondo, sulle pietre, sfiorando la collina l'aquila scende fino alla città, vola bassa sopra le case distrutte, sui campi infestati di croci, vola bassa sulle strade vuote, poi s'impenna e punta contro il cielo, tocca le nuvole, fa grandi giri circolari fissando gli uomini piccoli come formiche, ha gli occhi infuocati di sdegno, il becco spalancato, sembra indignata contro la razza umana, che ha lasciato andare alla deriva la coscienza, ormai così lontana da essere quasi perduta... Maria s'incanta, le vengono in mente le parole di una leggenda antica... un'aquila... una montagna... ma non c'è tempo, l'aquila sale più in alto, di lassù osserva ogni movimento, un colpo di vento la sposta, l'aquila volteggia, resiste al vento, poi si lascia trascinare, vola ancora più in alto, sempre più in alto, vede i confini della terra, la vastità del mare, vola verso il Mediterraneo, sotto di lei passano aerei diretti a Lisbona, a Los Angeles, Vienna, Mosca, Saigon, Roma... Roma... sta già volando sopra il Vaticano, è notte, la capitale è una conca oscura piena di puntini luminosi, una volta celeste rovesciata, una stella enorme brilla all'improvviso, seguita da un'esplosione, i vetri delle case vanno in frantumi, i telai delle finestre vengono divelti, i ricordi degli uomini si sbriciolano, si mescolano ai calcinacci delle chiese, diventano un mucchio di rifiuti sui selciati delle strade, l'aquila vola sopra la paura... democrazia... democrazia... stelle blu intermittenti corrono verso il luogo dell'incendio, la capitale ha le spalle invecchiate, s'inginocchia, si sente un gemito, la capitale ha l'asma, vorrebbe togliersi dalla coscienza il peso inutile dei secoli, scrollarsi di dosso i mille traditori che camminano sulla sua schiena indebolita... l'aquila se ne va verso nord, volando più in alto che può, scansando le stelle, dove l'aria è più pulita... vola finché il suo occhio tondo non vede le colline che circondano Firenze... San Miniato, Santa Croce, più avanti San Lorenzo, la cupola del Duomo incrostata di tubi di ferro, l'Arno è il segno di un colpo di frusta, l'aquila volteggia sopra Palazzo Vecchio, sopra gli Uffizi, la tana dei capolavori, è l'una di notte e tutto va bene, una via stretta, più buia delle altre, una torre del Trecento, un boato rintrona tra le colline, una luce bianca illumina il cielo, forse anche Dio l'ha vista, un'onda calda investe le ali dell'aquila, una vampata di fuoco ha sfondato porte, muri, saracinesche, ha polverizzato vetri, ha tirato giù i palazzi, ha incendiato esseri umani, sul porfido della via stretta e buia frana una montagna di pietre, di libri, di stracci, di materassi... lo spostamento d'aria ha sventrato quadri e decapitato statue dentro gli Uffizi, ha sfondato le finestre dall'altra parte dell'Arno... la città si ferma, le strade sono cosparse di vetri, uomini e donne in pigiama camminano sulle rovine, qualcuno grida, occhi spalancati, un ragazzo in fiamme corre verso la morte... se si appoggia l'orecchio alle macerie si sente il richiamo di cinque cadaveri che potranno soltanto avere il nome scolpito su una lapide... l'aquila fa grandi giri sopra la città, non riesce a volare via, è attirata dalle voci che salgono fino a lei, non era mai stata a Firenze, la città dei Medici, del mostro, del Rinascimento... la città di Maria... il becco dell'aquila stride di rabbia, i suoi occhi sono rigati dal sangue, gonfi di un odio quasi umano, non ce la fa più a guardare, saluta i morti e prende la via del ritorno, un vento caldo la spinge verso le coste inquinate di petrolio e di menzogne, sulla destra, lontano, bagliori rosso sangue, a sinistra, in alto, lingue di fuoco e urla femminili, sono queste le stelle che l'uomo accende, e su nel cielo, tra le nuvole opache, un popolo di ombre con pigiami a righe cammina senza riposo, gli occhi più grandi del cranio... l'aquila vola più veloce che può, per stanotte ha già visto morte e sufficienza... meglio tornare in cima alla montagna, troppe dolorose stelle, troppa luce... mentre sorvola la Bosnia, l'aquila vede ancora grandi stelle fiammeggianti, disposte come una corona intorno a Gorazde, erano villaggi musulmani, i serbi cristiani hanno deciso di cancellarli dal mondo, in nome di chissà quale Dio, povero Gesù Cristo, crocifisso ogni giorno inutilmente... terra bruciata, rinnovamento... rinnovamento...

Facce giovani che appaiono sui viali, la notte, dietro i finestrini aperti delle macchine, arrivano scolpiti dalla paura, dall'imbarazzo, arrivano attratti dall'incertezza, a volte dietro il viso indurito si può intravedere lealtà, dolcezza, sacrificate al mito della virilità... Lui forse era diverso, si era fermato davanti a te solo perché gli piacevi, se ti avesse vista di giorno in centro sarebbe stato lo stesso, gli piacevi e basta, di notte al distributore di benzina era più facile attaccare discorso, ti chiese come ti chiamavi, « mi chiamo cinquantamila, cocco... », lo mettesti in imbarazzo, forse lui pensava e sentiva che tu fossi come in realtà eri, ma non sapeva che sui viali si doveva essere diversi, qui si lavora... il ragazzo fece un viso deluso, ingranò la prima per andarsene, « aspetta... mi chiamo Maria », cambiasti anche voce, lui sembrava sollevato, « vuoi salire? », « dove andiamo? », non ti mettesti a pensare, prendere o lasciare, ti sembrava un'occasione, ti portò a fare un giro per la città, parlava con calma, ti fece un sacco di domande, gli rispondesti tutte cose vere, in genere ai clienti curiosi ti divertivi a dire idiozie, quella sera no, quella sera il gioco era dire le cose vere... ti chiese se eri una donna, che vita facevi, cosa pensavi, ti ascoltava con attenzione e poi ti faceva un'altra domanda, o magari stava zitto per qualche minuto, a pensare... ti piaceva cercare di indovinare cosa stesse per dire, ma non indovinavi mai, era imprevedibile, lo scrutavi di nascosto, non volevi fargli vedere che t'interessava, aveva gli occhi neri allungati, un'espressione cupa che attirava lo sguardo come una calamita, a volte ti faceva paura, sembrava indistruttibile, poi a un tratto cambiava e sembrava un bambino, le labbra morbide e qualcosa di orientale nel modo di guardarsi intorno, non avevi mai conosciuto un ragazzo così... ti confessò che da molte notti passava sui viali per guardarti, somigliavi alla prima ragazza di cui si era innamorato, lui aveva quindici anni, lei era un'ungherese più grande di sei anni, bella da morire, se n'era andata all'improvviso senza lasciare tracce, per lui era stato un disastro, non mangiava più, non dormiva più, le solite cose degli adolescenti... Passando per i viali ti aveva vista, aveva pensato subito che voleva conoscerti, ora che ti guardava da vicino eri più bella dell'ungherese, molto più bella... ti venne in mente che una sera avevi notato una macchina come la sua, si era fermata di là dal viale e aveva spento i fari, glielo dicesti, lui sorrise, « ero io », « ah sì? », la cosa ti fece morire di gioia, era lui... Dio mio... Però fingesti indifferenza, alle quattro ti accompagnò a casa, lo salutasti, entrasti in casa e ti lasciasti andare vestita sul letto... che ti era successo?, ti sembrava di essere ubriaca, non riuscivi a dormire, rivedevi il suo viso, ti passavano nella mente le sue parole, quando eri scesa dalla macchina non ti aveva detto nulla, ti aveva guardata e basta, era rimasto ad aspettare fino a che non eri sparita dentro il portone, come si fa con una fidanzata, ti sentivi corteggiata, con cinquantamila lire poteva avere la tua bocca, invece per tutta la sera ti aveva fatta sentire una donna desiderata, forse domani sarebbe stato più difficile vendere le labbra e la lingua, però dovevi farlo, e dovevi mettere da parte i soldi per l'operazione... ti addormentasti a mezzogiorno, ti svegliasti alle cinque del pomeriggio, andasti in centro a comprare un vestito di tulle arancione, ti stava benissimo, le amiche appena ti videro arrivare fecero un urlo, « uuuuuuh... dove vai, a Montecarlo? », ti sentivi triste, odiavi tutti quelli che si fermavano, stavi al distributore solo per aspettare lui, non volevi lavorare, alcuni clienti insistevano, ti toccava essere volgare... lui arrivò verso l'una, te lo ritrovasti davanti all'improvviso, come al solito di fronte a te c'era un ingorgo, ti chiamavano da tutte le parti, appena lo vedesti apristi la portiera, « portami via », la macchina si staccò dalle altre, accompagnata dai clacson invidiosi, lui guidava in silenzio, ti portò sulle colline, da lassù si poteva vedere tutta la città, seduti sopra un muretto come ragazzini, lui si mise a guardarti, sembrava che ti ammirasse... al distributore eri una belva scatenata, umiliavi qualsiasi maschio, se occorreva facevi a botte, avevi anche un coltello nella borsa, accanto a lui eri una bambina indifesa... ti facesti coraggio, o la va o la spacca, gli prendesti il viso tra le mani e gli infilasti dolcemente la lingua tra le labbra, lui aprì la bocca e ti strinse forte, non ricordavi di aver mai baciato nessuno così, ti sentivi quasi svenire, tremavi e lo stringevi, forse troppo forte, poi ti staccasti e ti voltasti verso la città, avresti voluto morire, ti uscirono a spruzzo le lacrime dagli occhi, lui non doveva vedere, ti allontanasti, lui non diceva nulla, ti sembrava di odiarlo, cosa era venuto a fare da te, perché era lì a tormentarti?, in certi momenti l'euforia ti prendeva alla gola, la tua vita passata era un enorme vuoto, un deserto incomprensibile, maledetta scema!, ci ho messo tanto tempo a scavarmi una trincea in mezzo a questa insulsa vita, una tana comoda dove a volte lo schifo non arriva, ci ho messo anni e anni, ormai stavo bene, stavo benissimo!, ero riuscita a dirmi che andava tutto bene... che c'entra tutto questo con me, non voglio, non voglio, vattene via, vattene!, tornasti da lui e lo baciasti, lo tirasti giù dal muretto, « vieni, andiamo a casa mia », le curve della strada ti entravano nella pancia, le luci dei lampioni... una parte di te volava sopra la macchina, ti sembrava di non avere più un corpo, dopo aver vissuto in una fogna, adesso sbucavi fuori e vedevi il sole, era quel contrasto a mozzarti il respiro... ma ugualmente un peso ti schiacciava in basso, ti costringeva a tenere i piedi per terra, lui ogni tanto ti guardava senza parlare, sembrava che ti amasse, inventasti un amore senza confini... infilasti la chiave nella serratura della tua anima e lo facesti entrare, quella stanza era la tua tana, non ci avevi mai portato nessun uomo, quando ti ci chiudevi dentro eri un'altra, il mondo là fuori non lo sentivi più, la prostituta ambigua dei viali diventava una donna, una mente che pensava, una memoria ingombra di brutti ricordi da cancellare e di pochi delicati ricordi da custodire... lui si guardava intorno senza dire nulla, «ti piace?», «mi piace sentire come qui sei diversa», gli portasti via le labbra con un bacio, anche lui ti strinse forte, faceva così, finché stavi lontana lui aspettava, sembrava quasi indifferente, ma era solo rispetto, appena lo abbracciavi ti stringeva a sé come se non potesse dominarsi, «sei bellissima», lo fermasti, «aspettami qui», andasti a spogliarti in bagno, ti passasti un foulard tra le gambe, lui non doveva vedere quell'imperfezione, spegnesti la luce ancora prima di entrare, vedesti la sua ombra seduta sul divano, ti mettesti accanto a lui, ti fece subito sdraiare, sentisti le sue mani sui fianchi, sulla pancia, il piacere che provavi partiva da dentro, dalla mente, dal sangue, investiva la pelle come se la illuminasse, anche la stanza godeva insieme a te, i tuoi libri, i piatti sporchi, la gatta tigrata che ogni tanto entrava dalla finestra e adesso dormiva sopra la sedia... dopo molti altri baci lui ti fece voltare e ti strinse da dietro, tu eri piccola piccola, raggomitolata, eri insieme a lui, eri nel posto giusto, ti sentivi a casa, tenevi gli occhi chiusi senza aver bisogno di dire nulla, ti sembrava di aver già vissuto con lui un passato di anni, i vostri odori confusi insieme li conoscevi bene, guardavi i muri della stanza e ti sembravano diversi, la gatta scese dalla sedia e se ne andò fuori, nella penombra ti passavano davanti le facce del tuo passato, antiche fino alla noia, tutte insieme formavano una sensazione unica, una sola faccia piena di compatimento disprezzo sarcasmo voglia di sesso sesso sesso... quando dai lucernari vedesti che era mattina non sapevi se avevi dormito o no, restavi immobile in quell'attimo senza tempo, lui ti baciò sulla nuca, avevi paura di quel momento, scendere dal divano nudi, stanchi, diversi... lui si alzò, camminò verso il bagno, era magro e bello, lasciò la porta aperta, si voltò a guardarti, sorridendo, avevi temuto quel momento, invece era un bellissimo « dopo », ti era rimasto il caldo della sua pelle addosso, con i clienti non c'era un « dopo », e nemmeno lo avresti voluto... lui tornò verso di te, ti prese le mani e le baciò, non reggesti più, ti riprendesti le mani con uno strattone, « vattene! », il sogno della notte ti crollò addosso, la gola amara, la nausea ti bloccava lo stomaco, sentivi che stavi per vomitare, per evitare il peggio dovevi spazzare via tutto, dovevi allontanarlo, cancellarlo, lo guardasti negli occhi, ti piaceva da morire, ti perdevi nei suoi occhi allungati... ti sentivi già morta da un pezzo, lui! lui! come ti permetti! perché mi baci le mani? perché?, lui si vestì con calma, se ne andò senza dire nulla, fece bene, se avesse detto una sola parola gli avresti sputato in faccia, sentisti chiudere la porta, rimanesti sdraiata sul letto per qualche ora, una smorfia sulla bocca... una bestia aveva cercato di azzannarti, una bestia pericolosa, un amore feroce che ruggiva, dovevi spaccarle il capo in qualche modo, non potevi permetterti quelle cose, l'amore poteva ucciderti, non volevi rischiare una delusione così grande, che futuro posso avere con un ragazzo?, come possiamo essere una coppia?, come faccio a essere una donna se non sono una vera donna?, dovevi fuggire, così pensavi, e piangevi come una scema... ti venivano in mente le cose più diverse, senza una logica, vedevi il tuo viso in mezzo a una massa di capelli neri e lisci, tu eri vestita da sposa, il ragazzo con gli occhi allungati ti infilava l'anello... poi appariva la bocca di un cannone che si allargava a vista d'occhio, ci cadevi dentro...

Una strada larga, bianca, molto bianca e molto larga, ci si potrebbe camminare in tanti, ma non c'è nessuno, è così larga che uno accanto all'altro potrebbero camminarci tutti gli abitanti della terra, ma non c'è nessuno, solo a volte arriva qualcuno, arriva stanco, un sole strano cade a picco sulla strada, un sole alto, enorme, se uno lo guardasse anche per un secondo potrebbe capire molte cose, potrebbe camminare sulla strada insieme a tutti gli altri, per sempre, ma in genere chi arriva è stordito, alza gli occhi verso il sole, gli occhi bruciano, il capo si abbassa, la strada è bianca, accecante, una distesa desolata che va da un orizzonte all'altro, a volte arrivano in due, sono fiacchi, hanno camminato dentro se stessi per troppo tempo, non ce la fanno più, sono sudati e sporchi, arrivano sulla strada bianca e larga e non trovano nessuno, tanta fatica per nulla, sono venuti per camminare insieme agli altri, ma qui non c'è nessuno, la strada è solo una strada vuota e bianca, più che una strada è una condizione, più che un cammino è uno stato interiore... tutti insieme sulla strada bianca, una strada che non è una strada, forse non c'è nemmeno una strada, chi arriva fin qui sente in lontananza dei rumori continui, aerei, bombe, cannonate, spari, grida, sommosse, tonfi, odio, sangue, e nell'aria si spande un odore di cadavere che diventa un ronzio continuo dentro il cranio...

Avevi letto da qualche parte che il massimo dell'amore era la prostituzione, « la puttana abbraccia il mondo » o roba simile... che grande cazzata... vacci tu a fare la troia sui viali!, tutta la vita a prendere cazzi in bocca... poi viene un signorino con gli occhi neri allungati e... porca puttana! non voglio nulla da nessuno!, perché soltanto adesso?, decido io se uscire dalla desolazione!, decido io come e quando!, che volete da me? se mi va resto in questa merda per sempre!, farò la troia finché respiro!, e allora?, eh?, che avete da guardare!, il vestito di tulle arancione era uno straccio buttato per terra, i tacchi a spillo te li sentivi entrare nella pelle, in certi momenti risentivi il piacere che avevi provato quella notte con il ragazzo dagli occhi allungati... la nausea aumentava, piangesti con il viso schiacciato dentro il cuscino, intorno al collo ti sembrava di avere una corda annodata stretta, appena ti alzasti la gola ti si riempì di fiele, uno spruzzo giallo ti uscì dalla bocca insieme a un lamento di disgusto, cadesti in terra, a quattro zampe arrivasti fino alla tazza del cesso, ci piangesti dentro per qualche minuto, quando ti rimettesti in piedi eri tornata Maria la puttana, nuda davanti allo specchio, un maledetto e minuscolo pendaglio tra le gambe, il seno da tredicenne, il viso segnato dall'ultima lotta, cento gocce di Noan per colazione, il pomeriggio qualche canna d'erba, l'amico egiziano ha sempre roba buona, l'eroina ancora non la conoscevi, altrimenti l'avresti usata volentieri... alle undici di sera eri sola, divorasti una pizza, quattro passi in centro per fumare dieci sigarette in pace, calze a rete, rossetto abbondante, occhi tempestati di nero, stivaletti con tacchi da sadica, ti sentivi ridicola, ti eri vestita così apposta per sentirti ridicola, dovevi toglierti di dosso il puzzo d'amore di quella notte, gli uomini ti strisciavano davanti come schiavi, erano pronti ad aprire il portafogli e a slacciarsi i pantaloni, dietro le spalle commentavano ogni tuo gesto, facevano i galanti e ti disprezzavano, la gentilezza era il prezzo che pagavano per portarti a letto, andate tutti al diavolo, chi mi vuole mi paga, gratis non faccio nemmeno un sorriso... a mezzanotte eri già sui viali, accarezzavi la pompa della benzina, prendesti il tubo nero del distributore e te lo passasti tra le gambe, facevi facce da godimento, ti leccavi le labbra, socchiudevi gli occhi, gemevi e invocavi un uomo inesistente, « dai... ancora... più in fondo », non avevi avuto mai bisogno né voglia di fare cose del genere, fra le tue amiche c'era chi si portava dietro una banana, se la spingeva in bocca e la leccava, ci faceva vibrare sopra le dita, alludeva a lunghezze e grandezze, lo spettacolo era penoso, ma funzionava, i maschi sono banali, stupidi, prevedibili, dominabili... di fronte a te il viale era ingorgato di macchine, il traffico bloccato, clacson e proteste, una nuvola di fumo puzzolente saliva dall'asfalto, occhi fuori dai finestrini, occhi fuori dalle orbite, sembrava l'inizio di una rivolta, « lui » sbucò a piedi da dietro la pompa di benzina, le mani in tasca, gli occhi neri e obliqui, un po' arrossati, ironici e buoni, sentisti una scarica elettrica nelle vertebre, lui ti guardò dritto negli occhi, sembrava che volesse una risposta, ma senza domande, facesti il viso da troia, «vuoi scopare ancora, cocco?», lui fece un sorriso come se sapesse già tutto, «sei molto bella, per me sei speciale, ma se preferisci così... addio», gli ridesti in faccia, dovevi essere sicura che non tornasse più, lui si era già voltato per andarsene, ti sentivi smontare osso per osso, la tua faccia da carnevale non cambiava, gli gridasti dietro, «non faccio sconti a nessuno, sai?», lui se ne va, se ne sta andando! perché pensi di non farcela?, potevi almeno provare, scema!, meglio che starsene qui tutte le notti... cazzo!, è facile da dire, questa vita non ti molla facilmente, è come un fremito continuo, è un cammino lungo una strada parallela alla vita, è un mondo dove l'amore è un'invenzione, un inconveniente, un incidente dal quale si deve guarire per tornare nella fogna... l'amore è un'accetta capace di sfondare le pareti che hai innalzato per nasconderti, di farti crollare addosso la tristezza che ogni minuto cerchi di colorare di gioia a forza di sorrisi impregnati di angoscia... davanti a te passa tutto il mondo, davanti a te nessuno si ferma davvero, passano e vanno, una giostra infinita, non c'è tempo per fermarsi a pensare e a capire, è questo che cerchi e che ti meriti, qui non occorre frugarsi dentro, bastano due labbra esperte... lui si stava allontanando con i suoi occhi allungati, avresti voluto rincorrerlo... non ce la facevi, avevi troppa paura, ti piaceva da morire e non ce la facevi, ti avrebbe portato in un bellissimo posto dove avresti vissuto cose che non potevi vivere, dove potevi rimanere sola, pensavi a lui, a voi due, vedevi davanti a te un mondo silenzioso, spaventoso, qui è più facile, qui è tutto molto più orrendo e più facile, in questo schifo almeno c'è sempre rumore, luce, movimento, non importa se sono fari, lampioni, idiozia, bestemmie, il corpo non è mai solo, intorno c'è sempre gente, visi eccitati, sguardi vogliosi... ormai è tardi, non puoi fare più nulla, devi restare qui!, stupida che non sei altro!, cosa volevi sognare?, fai pena!, non riuscivi a mandare via dalla mente quegli occhi neri allungati, quel viso cupo, il suo odore, pensavi di dirgli « ti amo » e ti sentivi ridicola, ti sembrava una recita in parrocchia, eppure era vero, ti sentivi innamorata, ma non potevi dirglielo, i modi da troia uscivano fuori da soli per proteggerti, ti ci nascondevi dietro volentieri, per non sperare e poi magari soccombere... mentre lui si allontanava continuavi a dare spettacolo, nessuno poteva sospettare cosa sentivi, alcuni erano scesi dalla macchina, ti stavano tutti intorno, battevano le mani, una radio era stata alzata al massimo, ti mettesti a ballare, muovevi i fianchi in modo provocante, ti facevi schifo, ma non potevi smettere, cercasti ancora di vederlo... ecco, era laggiù in fondo, di spalle, si era fermato per accendere una sigaretta, riuscivi ancora a intuire il suo viso, sentisti una mano agguantarti una spalla, ti voltasti per spazzarla via, trovasti una faccia tonda e rossa, una bocca che sbavava di voglia, « balla ancora dai! », ti trovasti due labbra bagnate sopra il collo, lo spingesti via in malo modo, ti voltasti di nuovo a cercare, lui non c'era più, avevi perso l'attimo in cui spariva dietro l'angolo, « non c'è più, non c'è più », non era mai esistito, ti bruciavano gli occhi, tirasti fuori dalla borsa un paio di occhiali neri, potevano toccarti guardarti pagarti e scoparti la bocca, nessuno sapeva chi eri e cosa sentivi, lo spettacolo erotico e squallido continuò ancora un minuto, poi all'improvviso te ne andasti, era arrivata la polizia, cercava di far sgombrare i viali, il lampeggiante blu sul tetto, due colpi di sirena, tu eri già lontana, tornasti a casa, bevesti un paio di bicchieri, ti addormentasti vestita sul letto... prostituzione e amore, dentro di te due mondi in guerra... tu vivevi quel contrasto in modo estremo, il mondo che ti teneva soggiogata aveva ficcato in un sotterraneo tutte le cose belle che provavi, e per colpa di quel ragazzo erano schizzate fuori tutte insieme... Ma questi erano pensieri di oggi, mentre allora subivi la condanna senza capire fino in fondo quello che ti stava succedendo...

per molto tempo ti erano rimasti in mente quei due occhi neri allungati, ti sembrava di vederli ovunque, poi anche quel ricordo si era consumato, e a spazzare via gli ultimi residui ci pensò l'eroina.

Oggi hai ripensato a « lui », ai suoi occhi neri allungati, belli e torvi, ci hai ripensato solo per un motivo, perché in qualche modo Goran gli somiglia, « Goran, dammi un bacio », non sei più ridicola, ora il suono di quella frase ti piace, la ripeti di continuo nella mente, « Goran, vieni qui, stringimi », non vedi l'ora di sentire il sapore della sua lingua, le braccia di Goran sono ancora aperte come le ali di un'aquila, le mani salgono lentamente sopra il capo, gli occhi fissano il cielo, se fosse un apache, la sua sarebbe un'invocazione al Grande Spirito di Manitù, un lamento... Goran sta solo cercando di calmarsi, non ha mai parlato molto, oggi non può farne a meno, si lascia andare, forse è colpa di quella bionda italiana che lo guarda, chissà cosa vuole, la ragazza italiana è bella, ha due occhi grandi e tristi, Goran parla contro il vento, guarda la sua città mezza distrutta là in basso, dice che deve andarsene per sempre, non può rimanere qui, una forza troppo grande lo spinge via da questo paese instupidito dalle bombe, la sua voce è un pianto senza lacrime... parto, me ne vado, ma dove vado, dove...?, Goran pensa intensamente a queste due parole, « per sempre », guarda l'orizzonte nebbioso, si vede già altrove, in Olanda, in Inghilterra, in Canada, un vestito addosso e l'altro nello zaino, strade sconosciute e visi differenti, girando lo sguardo non vedrà mai più nulla di familiare, l'odore dell'aria sarà diverso, il colore del cielo sarà un altro, le facce, le voci, la gente, le sensazioni... farà altri sogni, nel buio vedrà altri mostri, il suo pensiero seguirà un altro ritmo, come farà a capire di essere lo stesso Goran di adesso?, questo Goran sarà morto, ne nascerà un altro, forse non gli piacerà, forse sarà un Goran sventurato, ancora più infelice... sarà un

Goran vuoto, inconsistente, passeranno gli anni e lentamente si riempirà di cose nuove, di altri ricordi... Goran guarda la valle, le case ridotte in macerie... lui è fatto anche delle cose che gli stanno intorno, quello che ha dentro non basta, senza saperlo si specchia in quello che vede, lui è anche ciò che vede, è penetrato dalle cose su cui credeva di posare soltanto gli occhi, è diventato l'insieme di se stesso e di quelle cose, dividersi da tutto quello che gli sta intorno vuol dire andarsene via completamente vuoto... a volte gli sembra bello poter morire e ricominciare a vivere, liberarsi di tutto e di tutti in un colpo solo, anche di se stesso, anche di Goran... sparire, andarsene, ritrovare un altro Goran chissà dove, a volte pensa così, a volte invece pensare alla distruzione gli dà ossigeno, come quando morì sua madre... il cielo si aprì di colpo, cambiò colore, lui guardava la cassa mentre veniva ricoperta di terra da quattro sconosciuti, sua madre era davvero là dentro?, si sentiva leggero, non capiva come mai, non odiava sua madre, anzi le voleva bene, ma la sua presenza era stata un velo che lo divideva dalla vita, quando il velo fu strappato Goran visse qualche mese di euforia, poi si accorse di non essere più lo stesso, si ritrovò a combattere con i rimorsi, il velo era dentro di lui, la mamma non c'entrava nulla, la sua vita è sempre stata una confusione di sentimenti, per molto tempo ha cercato di metterli in ordine, un lavoro faticoso e inutile, i sentimenti non sono documenti da sistemare in uno schedario, alla fine ha rinunciato, accettando l'imperfezione e il disordine ha vinto e perso nello stesso momento, un'ulteriore confusione, l'unica certezza è la nostalgia continua di una perfezione irraggiungibile e mai vissuta, la sensazione di aver lasciato per sempre un luogo dove la felicità è una cosa normale, ha sempre sentito intorno a sé la presenza di spettri e di ricordi che non lo abbandonano mai... Adesso ha deciso, non partirà, resterà in questa città fino alla fine della guerra, poi chissà, non vuole pensarci adesso... si sente sollevato, non deve più lottare, abbassa le braccia, guarda lontano, tutto sembra diverso, torna dalla bella ragazza italiana, si siede accanto a lei, le mette un braccio intorno alle spalle, Maria non vuole più aspettare, « Goran dammi un bacio », gli prende la testa e lo costringe a baciarla, un secondo dopo le bocche si staccano, Goran la guarda stupito, gli viene in mente solo una parola...

« No... »

« No cosa? »

« No... No... »

« Goran! »

« No. »

È una mattina di primavera, l'aria è tiepida, il rumore dei passi sul sentiero sterrato, polvere gialla e odore di ginepro, Maria sta scendendo verso la città, ha lasciato Goran seduto sopra quella roccia, vuole solo arrivare a casa, chiudersi in camera sua... chiudersi... chiudersi... maledetto stupido con la faccia di pietra... no... no... no...

Una mattina andasti alla stazione, partisti per Roma con il treno più veloce che trovasti, a mezzogiorno eri in piazza Navona, seduta al tavolo di un bar guardavi la gente che passava, cercavi di immaginare chi fossero solo dalla faccia, un gioco angosciante, quasi tutti ti sembravano insignificanti, non sapevi immaginare nulla, vedevi soltanto centinaia di sguardi idioti, vite squallide, vigliacchi con il viso basso, diventavi sempre più cupa, ma forse erano i tuoi occhi a non essere più capaci di vedere le cose belle... gli africani ti piacevano, li spiavi da dietro le lenti scure, avevano il passo di chi non arriverà mai a destinazione, lo sguardo vivo, intenso, sulle spalle l'alba del mondo, che però non pesa troppo, fermavano le persone fissandole negli occhi, offrivano cose colorate, « costa poco, devo mangiare », i bianchi si imbarazzavano, non erano più abituati a guardare un uomo negli occhi, sbattevano le palpebre come per togliere una mosca dalle ciglia, ma non è una mosca, è un uomo nero che ti fissa, ti si mette davanti e non se ne va, allora pur di fuggire l'uomo bianco correva, sgomitava e inciampava, aveva perso le parole per rispondere... non mi piace, non mi piace... un ragazzo di vent'anni si mise a sedere a un tavolo pochi metri più in là, grassoccio, i capelli ispidi, neri, ti sbirciava, ordinò qualcosa con aria colpevole, vent'anni, anche tu avevi vent'anni, Cristo, ho vent'anni!, ripetevi «vent'anni... vent'anni», non sapevi perché, ti sentivi delusa... ho vent'anni!, ti venne voglia di fare un'incursione in una vita diversa, ti sfilasti gli occhiali neri, il ragazzo era pallido, due occhi grandi e imbarazzati nascosti dietro gli occhiali, fingeva di leggere un libro, non voltava mai la pagina, leggeva e rileggeva la stessa riga da molto tempo, ti mettesti a guardarlo, occhiate brevi e timide, fulminanti, era facile, lui diventò rosso fino alle orecchie, s'incollò al libro, ma di sicuro non capiva più una parola, vedevi il sangue pulsare nelle vene del suo collo, il resto era come pietrificato, aspettasti che rialzasse gli occhi e gli sorridesti, lo invitasti ad avvicinarsi, lo costringesti a farsi avanti, lui si alzò con il viso ancora più bianco, trascinato a forza verso di te, fece un passo e tornò indietro, gli sorridesti ancora, quando mai avevi fatto un sorriso così innocente e impacciato?, lui arrivò davanti a te con gli occhi sbarrati, non poteva crederci, la faccia inebetita, davvero questa bellissima ragazza ha sorriso a me?, era bruttino e timido, da vicino gli occhi erano ancora più grandi, dilatati dalle lenti spesse, la fronte piena di bolle, all'inizio la voce gli tremava...

«Ciao, sei romana?»

«No.»

«Mi chiamo Enrico, e tu?»

«Maria.»

«Un bel nome.»

«Grazie.»

«Da dove vieni?»

«Firenze...»

«Cosa fai a Roma?»

«Sono venuta a trovare mia madre.»

Di fronte a lui che non sapeva nulla di te potevi essere una persona nuova... ti divertisti a immaginare quella mamma inventata, una donna ricca ancora bella e giovane, abitava in una villa con parco, una donna libera, intelligente, ti amava sopra ogni altra cosa, «sono venuta a trovare mia madre», anche lui vide quella madre nei tuoi occhi, la inventò insieme a te, ti sembrò davvero di avere una mamma, «mi fai vedere Roma?», «io?... certo! non la conosci?», «è la prima volta che ci vengo», «davvero? ma non ci abita tua madre?», «mia madre? ora non pensiamo a mia madre»... ti portò in giro per la città tutto il giorno, fontane, rovine, chiese, monumenti, dal finestrino della macchina vedevi cadaveri di pietra e di bronzo senza significato, chiusi nel loro recinto, mantenuti in piedi con ostinazione, ti piaceva di più camminare nei vicoli stretti dove non arrivava nemmeno il sole... mentre attraversavate il Ghetto lui guardò lontano e ti prese la mano, lo lasciasti fare, volevi regalargli qualcosa, come aveva fatto con te il senegalese, ma lo facevi anche per te, ti sembrava di vendicarti di qualcuno, quel ragazzo timido forse non aveva mai avuto una fidanzata, non era proprio il tipo di cui ci s'innamora, dalla tasca gli sbucava fuori un libro, cercavi di leggere il titolo, lui se ne accorse, «sono poesie, te ne leggo una, vuoi?», «sì...», «sediamoci là», vi metteste a sedere, lui aprì il libro e lesse dei versi, non lo stavi a sentire, provavi una sensazione mai provata, forse era la prima volta che potevi dire di essere malinconica, ma provavi anche gioia e speranza, sentimenti che in genere non c'entravano nulla con la tua vita, di solito eri schifata, delusa, depressa... la malinconia ti faceva sentire strana, più viva, quasi privilegiata... il ragazzo finì di leggere una poesia, non sapevi cosa dire, gli sorridesti, lui fu contento, «te ne leggo un'altra?», «sì, un'altra», lo guardavi mentre leggeva, pensasti che ti faceva pena, in qualcosa ti somigliava, non sapevi dire in cosa, ma ti somigliava, volevi solo che lui si ricordasse di te, ti piaceva l'idea di restare nella sua memoria per sempre, i clienti ricordavano le labbra, il rossetto, le gambe, il culo della bella puttana al distributore della Q8... quel ragazzo ti avrebbe ricordata come una ventenne triste e un po' strana, una storia d'amore magica e impossibile... ma queste cose non esistono, c'è sempre qualcosa di banale dietro ai misteri, volevi solo fare in modo che qualcuno ti pensasse come nessuno ti pensava, come non eri, o forse come potevi essere, come avresti voluto essere... e poi non importava che lui ti ricordasse davvero... in realtà ti bastava immaginare e credere che lui ti avrebbe ricordato per sempre come la bella ragazza fiorentina conosciuta in piazza Navona... «Maria la puttana» ti stava troppo stretto, tu eri molto di più, molte cose di più e assai diverse, molte altre cose che forse non immaginavi, molto, molto di più... ti tornò in mente quella sera sui viali, «quella» sensazione... mille e mille vite, i popoli in movimento, le carovane, i lamenti, i deserti, gli oceani immensi dove tutto accade... Ti svegliasti seduta in macchina, stavate passando sopra un ponte, laggiù in fondo apparve un obelisco alto e solido, sembrava piantato nel terreno da poco, una scritta verticale in bronzo eterno, MVSSOLINI DVX, il ragazzo sembrava felice, «vuoi vedere San Pietro?», «sì...», San Pietro... non ti riuscì di trovare Dio in quello spazio immenso, sotto quella cupola grandiosa, ma forse eri distratta, Dio era proprio lì nei panneggi d'oro, nei marmi colorati, incastrato tra gli altari levigati e i dipinti e in mezzo al colonnato che circondava la piazza... e pensare che tu Dio te lo immaginavi vecchio e sporco, le dita dentro la barba, gli occhi pieni di amore e di saggezza, un Dio solitario, seduto sopra una spiaggia desolata, felice di poter pensare in silenzio alle proprie colpe, e Gesù era seduto sotto un ponte, a bestemmiare insieme ai barboni, ubriaco, umiliato, morso dalle pulci e incalzato dalle puttane, libero da regole e da leggi, giocava a dadi e rideva con amarezza, ma quando voleva ti guardava negli occhi e ti faceva sentire quanto era bella la vita, anche quella non eterna... ti fece impressione la Pietà di Michelangelo, la Madonna con il cadavere di suo figlio tra le braccia... faceva caldo, i vestiti si attaccavano alla pelle, «hai fame?», «sì...», «ti porto a cena in un posto, vuoi?», «dove?», una bettola al Testaccio, lui si mise a bere vino, le guance presero un po' di colore, ti parlava guardandoti negli occhi, ti raccontò della sua famiglia, dei suoi libri, di poeti maledetti e poveri, dei suoi sogni... non ti è rimasto nulla di quei discorsi, ti ricordi solo i suoi occhi increduli, ti fissava con speranza e sofferenza, la sera in un giardino pubblico ti mettesti a guardarlo in un certo modo, lui cominciò a balbettare, poi rimase muto, lo baciasti sulla bocca e lui ti strinse, si aggrappò a te, ti crollò addosso come se volesse morire, ti faceva paura, aveva gli occhi di uno che sta per perdere il senno, appena staccavi le labbra dalle sue lui cominciava a parlare, con una voce strana da malato diceva cose che non volevi ascoltare, che non potevi dimenticare in fretta, come invece ti capitava con i discorsi inutili e i sospiri odiosi dei tuoi clienti... lo baciasti molte volte per tappargli la bocca, gli passasti le dita tra i capelli ispidi, gli salisti addosso, lui ti prese una mano e se la portò alle labbra, poi sul cuore, «Maria...», «ssst», «Maria... Maria...», lentamente si calmò, lo tenesti appoggiato al seno per molto tempo, pensavi alle tue amiche, se ti avessero vista in quel momento... provasti quasi vergogna, stare lì a cinguettare con un ragazzino brutto... lui a un tratto alzò il capo, sorrideva...

«Maria...»

«Sì...»

«Stasera ero invitato a una festa.»

«Perché non ci sei andato?»

«Mi sarei annoiato.»

«Andiamoci insieme.»

«E tua madre?»

«Mia madre è morta...»

«Ma che dici?»

«Andrò domani al cimitero...»
«Ah...»
«Di certo non sentirà la mia mancanza.»
«Mi dispiace.»
«E per cosa? Dai, andiamoci insieme a quella festa.»
«Non è vicino.»
«Che importa?»

A scuola già da molto ti chiamavano «femmina», anche se tuo padre ti faceva tagliare i capelli corti come un militare ti chiamavano «femmina», e non ci sarebbe stato nulla di sbagliato, tu eri e ti sentivi una femmina... ti offendevi solo perché dopo questa parola ridevano, «silenzio, parla la femmina», si mettevano tutti intorno e ridevano, forse non ne avevano nemmeno voglia ma ridevano, si sforzavano di ridere, a volte erano latrati, le facce odiose e cattive... quando uno qualsiasi di loro tremava di fronte a un professore o prendeva un bel quattro tu godevi... ce n'era soprattutto uno, grasso, era preciso a suo padre, diceva sempre la stessa frase, «i' mi' babbo lo sa fare», all'uscita di scuola correva come un ippopotamo verso il padre, grasso come lui, si scambiavano carezze sudate, a volte il figlio indicava al babbo quelli che gli avevano dato fastidio, allora il grassone si protendeva agilmente in avanti, senza una parola dava uno schiaffo sulla bocca ai colpevoli, aveva mani grasse quasi tonde, pesantissime, il sangue sulle labbra era assicurato, poi babbo e figlio se ne andavano soddisfatti facendosi coccole rivoltanti, giustizia era fatta, «se qualcuno ti dà noia dillo a me», «sì babbo»... l'ippopotamo adulto una volta picchiò anche una signora, la mamma di un alunno già punito con lo schiaffo sulla bocca, la donna voleva protestare, lui la lasciò seduta per terra, anche lei con il sangue sulle labbra, la donna lo denunciò alla polizia, il grassone aveva amici in questura e non successe nulla, la denuncia passò ai carabinieri, di fronte a loro il ciccione fece una scena pietosa, la donna rimase schifata e ritirò la denuncia, il grassone continuò indisturbato a usare i suoi sistemi, il figlio grasso faceva punire tutti quelli che lo chiamavano « bombolo », « lardo », « ciccio », « bestia », gli facevano la caricatura sulla lavagna, lui tondo, una palla, il capo come una ciliegia, in mezzo alle gambe un gingillo piccolo come un cece, dalla bocca usciva un fumetto, « aiutatemi a trovarlo », lui andava a piagnucolare dai professori, accusava e indicava, tirava fuori una voce stridula in falsetto che anche ai professori faceva diventare simpatici i suoi persecutori... « dai su, lascia stare, cancella la lavagna e torna al tuo posto », la rabbia del ciccione cresceva, gli ingombrava l'anima... trovò il modo di sfogarla sulla « femmina », durante l'intervallo nei corridoi cercava con ogni mezzo di aizzare i suoi compagni contro di te, per proteggersi, per sviare la crudele meschinità degli adolescenti verso di te... molti si chiudevano in bagno a fumare, quella mattina entrasti là per caso, affogasti in una nuvola di fumo aspro, quando smettesti di tossire te lo trovasti davanti, « femmina, pisci in piedi o seduta? », era lui, il grasso, ti lanciò una boccata di fumo in faccia, ti scagliasti su di lui con i pugni alzati, lo buttasti in terra tra i mozziconi di sigaretta, davi calci dove capitava, la « femmina » era diventata un uomo, il grasso si mise a strillare, più gridava e più picchiavi, la porta dei cessi si spalancò di colpo, apparve il bidello, ti diede uno schiaffo in pieno viso, ti mandò a rotoloni sul pavimento, non dicesti nulla, eri abituata alle botte, non ti fece male lo schiaffo, la rabbia di non poter spiegare le tue ragioni era più forte, corresti via, lontana dai cessi, dai corridoi, dalla scuola, dal grassone, ti allontanavi dalla scuola per non urlare, una voce ti gridò dietro, non capivi chi era, « parleremo con tua madre », ti venne da sorridere, la mamma non la conoscevi nemmeno, li avevi fregati, continuasti a correre per allontanarti ancora, ti calmasti solo quando arrivasti ai giardini pubblici, ti sdraiasti sopra una panchina, in disparte, respiravi forte, guardavi la punta degli alberi contro il cielo, erano le dieci e mezzo passate, la campanella della fine della ricreazione era già suonata, c'era l'ora di matematica, una professoressa avvizzita con gli occhi da gufo, durante quelle lezioni ti sentivi strana... in quel momento i tuoi compagni stavano con gli occhi puntati sulla cattedra, o bassi sul quaderno, ti sembrava di vederli, equazioni di primo e di secondo grado, incognite, X e Y, tutti erano impegnati, tutto il mondo stava lavorando, chiuso da qualche parte, il flusso torbido dell'abitudine andava avanti senza di te, a capo chino, tu avevi fatto un passo di lato, ti eri fermata, ti eri tirata fuori, eri libera... potevi guardarti intorno, ti accorgesti che bastava poco per sentirsi meglio, il sole ti scaldava la pelle, era maggio, ti sentivi eccitata, era diverso dalle mattine della domenica, quando anche tutti gli altri stavano a casa senza fare nulla, la cosa emozionante era essere l'unica, il piacere era non essere lì dove dovevi essere, dimenticata dagli altri, quelli che ora potevi immaginare e spiare con la fantasia, quelle ore erano tue, potevi inventare qualsiasi cosa, ti bastava stare sdraiata su quella panchina... le cime dei cipressi, il vento sulla faccia, il sole abbagliante, i bambini che gridavano, il rumore delle moto sul viale... sensazioni semplici e nuove, un mondo diverso, più luminoso, una specie di solletico elettrico ti passava a ondate sulla pelle, sentisti un fruscio a pochi centimetri da te, quasi davanti agli occhi trovasti due banconote da cinquemila, le teneva un uomo tra le dita, le strusciava insieme per provocare quel fruscio, l'uomo si era piazzato sulla seduta opposta della panchina, che era doppia, se ne stava di spalle, fingeva di guardare due cani che giocavano, impietrito e indifferente, come se la mano con i soldi non fosse sua, l'unico movimento era quello sfregare di banconote... dopo qualche secondo l'uomo si voltò appena, ti sbirciò con la coda dell'occhio, sorrise con agitazione, sempre guardando lontano, sentisti una contrazione allo stomaco, non avevi paura di lui, ma di qualcosa che non conoscevi, dietro a quel fruscio avvertivi una volontà disgustosa, era come affacciarsi sull'orlo di un pozzo, ti sembrava di sentire il fetore di acqua stagnante, ma non nel naso, era un fetore che avvertivi dentro, una cosa simile alla nausea, alla tristezza... saltasti giù dalla panchina e scappasti via, corresti senza voltarti fino a una panchina meno isolata, quando ti voltasti l'uomo non c'era più, forse è quello là?... no, non è lui, era vestito in un altro modo... accanto a te c'erano due donne, parlavano di continuo, facevano a gara per spiegare come si fa a farsi rispettare dai maschi, pronunciavano la parola «maschio» con un tono innaturale, ostile... «basta con questo e con quello...», «ma dove si vive?», «siamo donne moderne o povere sceme?», «i maschi fanno finta di avere la mente aperta, ma sono balle», «vogliono solo quello che sappiamo, la solita vecchia storia», «sono dei maiali», «con tutto il rispetto per i poveri maiali...», poi cominciarono a ridacchiare sui difetti dei loro mariti, quei doddoloni!, quest'anno al mare... vedrai... intanto controllavano i loro figli, due bambini che si rotolavano nella sabbia a pochi metri dalla panchina, continuarono a parlare per almeno un'ora, poi una delle due guardò l'orologio, spalancò la bocca dallo stupore, anche l'altra dilatò gli occhi, si alzarono, devo andare al supermercato, mi manca la cipolla, devo comprare il pane, oggi filetti di sogliola, nell'arrosto ce lo metti il rosmarino?... prima di separarsi si voltarono a salutarti, ti fecero una carezza sul capo, «ciao bella bimba», non rispondesti, le guardavi e basta, «che carina...», le mamme raccattarono i figli e se ne andarono, il sole era salito in alto, faceva più caldo, rimanesti seduta sulla panchina a guardare la gente, dopo un po' accanto a te si sedette un vecchio con il bastone, si addormentò, russava a bocca aperta, una mosca gli camminava sulle labbra, cambiasti ancora posto, eri decisa a non farti rovinare la mattina...

Attraversasti Roma insieme a Enrico, quel tenero ragazzo pallido con gli occhiali che non sapeva nulla di te... una strada che sale, parchi e giardini, cancelli chiusi, muri alti, cani lupo, siepi fitte e cancellate aguzze, ancora più in alto, sopra la città, stelle a milioni e un sorprendente odore di mare, una villa con i vetri illuminati, un colpo di clacson, si aprono le finestre, si affacciano molti visi, gente con i bicchieri in mano, « aprite il cancello... c'è Enrico », « ma... non è solo », « c'è una ragazza... », « una ragazza? », « ma sei sicuro? », entrasti nella sala tenendolo per mano, lui guardò tutti con aria di sfida, « questa è Maria », apparvero molte mani protese per salutarti, i più lontani si avvicinarono, nel silenzio sentivi mormorii di stupore, commenti, complimenti esagerati, alcuni volgari, ci eri abituata... nella sala erano tutti molto stupiti, se ti avessero vista in televisione in mezzo a un gruppo di modelle sarebbe stato diverso, una cosa normale, accanto a quel ragazzo bruttino facevi l'effetto di Venere tra i ranocchi... Enrico, proprio lui, timido e imbranato, con una ragazza così bella, bionda, sexy... godevi per lui, per Enrico, godevi dell'invidia di quegli stupidi con la faccia liscia e l'aria da scopatori, di fronte a tutti abbracciasti il « tuo » uomo, ti fingevi innamorata, lui diventò rosso, respirava male, i maschi gli davano pacche sulle spalle, guardavano la bionda e ammiravano lui, alcuni lo trascinarono da una parte, gli fecero un sacco di domande, le ragazze ti guardavano dai piedi ai capelli, bevevano e fumavano, si mettevano in posa, ridacchiavano isteriche, catalogavano difetti inesistenti, le sopracciglia spettinate, il nasino troppo così, le labbra troppo cosà, è volgare, troppo bambolina, sembra una puttana!, piacevi a tutti, ma solo una ragazza mormorò quello che tutti pensavano, « Dio quanto è bella... », lentamente la sera ricominciò a scorrere, le occhiate partivano come fucilate da ogni angolo della sala, tu non guardavi nessuno, passasti la sera appiccicata a Enrico, lo tenevi stretto e lo baciavi, appena ti allontanavi di un passo ti ritrovavi qualcuno tra i piedi, « ciao », « come ti chiami? », « vuoi bere qualcosa? », « da dove vieni? », passavi oltre senza rispondere, tornavi dal « tuo ragazzo » con due bicchieri, brindavi e ridevi, non eri mai stata così triste, lui ti guardava inebetito, aveva momenti di terrore, sbarrava gli occhi, ti stritolava una mano, « sto sognando, vero? », « no », « posso perderti... », « anch'io posso perderti », « mai! mai! », « vieni, abbracciami... », se tu avessi avuto una fica l'avresti data volentieri, così, per farlo contento, l'avresti portato in un letto, subito, adesso, l'avresti fatto entrare in mezzo alle tue gambe, più in fondo, sempre più in fondo, fino all'anima, avresti sospirato « amore mio », era la prima volta che avevi voglia di fare un regalo del genere, provasti a immaginare di volergli bene, « andiamo via », « dove? », « vieni, andiamo via... », i maschi si radunarono tutti intorno alla porta per salutarvi, « ciao Enrico... telefona... a presto... », le femmine rimasero sedute, chiacchieravano indifferenti, dall'altra parte della stanza si sentì il rumore di un bicchiere lanciato per terra, la festa era finita, ora sarebbero cominciati i commenti, i litigi, ma la cosa non vi riguardava, ti facesti portare nei vicoli più oscuri di Roma a camminare, lui ti sussurrava all'orecchio la storia della sua vita, l'ultima sigaretta sui gradini di una chiesa, poi gli chiedesti di accompagnarti a casa di tua madre...

« Ma non era... morta? »

« La sua casa è ancora in piedi... » Lo guidasti in una strada a caso, appena vedesti una villa buia in mezzo a un giardino gli dicesti che eri arrivata.

« Abiti qua? »

« Sì. »

« Dammi un bacio. »

« L'ultimo... sono stanca... »

« L'ultimo... »

Il bacio più lungo della serata, poi lui si mise a ridere, ti infilò le dita dentro i capelli e continuò a ridere, un riso a scatti che sembrava il sintomo di una malattia, scendesti dalla macchina mentre lui ti teneva la mano, non voleva lasciartela più, gli stringesti le dita, « vado... », « quando ci rivediamo? », « domani in piazza Navona alla stessa ora... », « sì... », « buonanotte... », « buonanotte, aspetto di vederti entrare », « no ti prego, parti... », finalmente lui ti lasciò la mano, partì tirando le marce, appena sparì dietro la curva cercasti una cabina e chiamasti un taxi, mentre aspettavi si fermò un tizio a piedi e ti chiese se eri sola, aveva la faccia sudata, gli occhi piccoli e vogliosi, non rispondesti nulla, tenevi la mano in tasca, stretta sul manico del coltello, il tizio si mise a girarti intorno, si mise a biascicare parole, « la notte è pericolosa... non hai paura? », e scuoteva il capo in ogni direzione, finalmente arrivò il taxi, ci saltasti dentro, due occhi buoni da bue in una faccia da uomo, « dove va signorina? », « stazione Termini », « non ha paura a quest'ora? », « paura di cosa? », il tassista non disse più nulla, ti sbirciava dallo specchietto e cantava sottovoce, ti scaricò alla stazione e rimase fermo a guardarti mentre ti allontanavi, di sicuro era da tempo che non vedeva una bionda così... un treno notturno, nello scomparto riuscisti a dormire un po', ti svegliarono dei militari entrando nello scompartimento, subito si scusarono e rimasero a guardarti... diverse ore di viaggio, quando scendesti a Firenze vedesti i militari affacciati al finestrino, li salutasti e loro ti gridarono dietro mille saluti in dialetti che non conoscevi, poco dopo eri sui viali, distributore della Q8, gli stessi jeans, la stessa maglietta, era tardi, riuscisti a rimediare solo due clienti, poi andasti a casa, la tua stanzetta era più buia del solito, più vuota, via gli orecchini, via le scarpe, in cucina doveva esserci qualcosa da mangiare, buttata sul tavolo c'era la foto di Marilyn con il viso triste, l'avevi ritagliata da una rivista qualche mese prima, la sua tristezza somigliava alla tua, non sapevi ancora che la settimana successiva l'egiziano ti avrebbe offerto un po' d'eroina, « l'hai mai provata? ti rimette al mondo ».

Vuole arrivare subito a casa, vorrebbe essere già chiusa in camera sua, la faccia nel cuscino, sentire Zubick che bussa piano alla porta, Lubjanca che piagnucola davanti al camino,

« Maria, che è successo? », vorrebbe essere guardata negli occhi, tutti devono vedere come Maria sta soffrendo... venite a vedermi piangere... un dolore vecchio come il mondo, amare e non essere amati... come mai adesso si sente così disperata?, nemmeno quando era adolescente stava così male per queste cose... non è che non soffriva, però aveva una corazza più robusta, riusciva a parare i colpi, adesso invece si sente sprofondare all'Inferno... ma se affonda bene le mani in quel dolore afferra anche qualcosa di bello... in mezzo alle gambe non ha più quella indecente imperfezione che rubava forza alla sofferenza... cammina in fretta, vuole arrivare a casa... nella sua mente si muovono molti pensieri, si accavallano e si inseguono senza nessun ordine temporale, alcuni ricordi volano leggeri come spinti dal vento, difficili da fermare, altri sono pesanti come mattoni, altri ancora sono pericolosi come matasse di filo spinato, rotolano sempre più in basso nella vallata della memoria, dove va a finire tutto quello che abbiamo vissuto e dimenticato... Maria ripensa a come viveva fino a pochi mesi prima, quando metteva da parte i soldi per l'operazione... adesso non deve più vendersi, ma quando lo faceva poteva farlo perché era bella... i maschi pagavano per avere tre minuti del suo tempo, della sua bocca... sì, è bellissima, lo sa bene, non è che gliene importi più di tanto, a volte per lei la bellezza è stata un problema... ma sa anche che in certe cose la bellezza non conta nulla... Goran non la vuole, non è interessato a lei... è gentile, ma non la guarda con desiderio... sarebbe stato così bello essere ricambiata... invece Goran non è minimamente innamorato di lei... « non gli piaccio per nulla, tutto qua », nella storia del mondo è successo milioni di volte, non è colpa di nessuno... Cammina sempre più svelta, con il viso bagnato di odiose lacrime infantili... dai Maria, esci da quel pozzo nero, Goran non è l'unico uomo sulla terra, troverai qualcun altro... se lo ripete ogni secondo, sono frasi fatte, sentite mille volte, ma non servono a nulla... immagina di chiudersi in camera e di non uscire mai più, come una bambina umiliata... non uscirà più da quella stanza, Zubick verrà a consolarla, e lei lo spingerà via... qualcuno soffrirà per lei, Lubjanca piangerà per lei, come per Tianack... Perché doveva innamorarsi di un croato tra le macerie di un paesello sperduto tra le colline?, vaffanculo, Goran... « sono proprio una scema », in mezzo alle gambe le hanno aperto una nuova galleria, e allora?, stupida, cosa credevi?, che tutto il mondo cadesse in ginocchio di fronte alla tua fica nuova?, non sei niente Maria, non sei niente, ti senti speciale... hai bisogno di crederlo perché non sei niente... sei soltanto un bel corpo e un bel viso... carne destinata a morire e a marcire, di te non resterà più nulla... nessuno verrà a mettere una rosa sulla tua tomba... anche perché non avrai una tomba, finirai nella fossa comune, e della bella Maria nessuno ricorderà più nulla, nemmeno il suo bel viso... va bene così, chi se ne frega!, deve fare presto, deve arrivare a casa e chiudersi nella sua camera... Te la trovasti davanti all'improvviso, spettinata, sporca, la bocca aperta come un animale inseguito, si fermò con gli occhi spalancati, ti fissava con due occhi da lupo, cercava di capire se eri o no un pericolo, o addirittura la sua morte, se doveva lottare per difendersi, a un tratto fece un salto per fuggire, cadde quasi subito sulle rocce, il rumore del ginocchio sopra le pietre aguzze, non gridò nemmeno, restò a fissarti per capire la propria sorte, ti avvicinasti per aiutarla, alle orecchie ti arrivò un rumore, avvertisti la presenza di qualcuno dietro un albero, sentisti la paura arrivare tutta insieme, come due mani forti che ti stringevano le caviglie, lanciarsi avanti e fuggire era l'ultima possibilità contro il terrore, invece corresti verso l'albero pensando o la va o la spacca, « chi c'è? vieni fuori! », girasti dietro il tronco e ti bloccasti di colpo, era l'ultima cosa che ti aspettavi di vedere... nascosti dietro l'albero c'erano due bambini, uno biondo e magro, cinque anni, gli occhi più grandi del viso, l'altro aveva otto o nove anni, capelli neri, la faccia da uomo, un cappello cencioso sul capo... quello biondo ti guardava con un sorriso triste, sembrava pronto a prendere qualsiasi botta, non gli importava più nulla, l'altro giocava con una striscia di cuoio, faceva dei nodi, una ruga verticale sulla fronte, il viso serio, la pelle grigia, non staccava mai gli occhi dai suoi nodi... Due bambini, solo due bambini, niente paura, Maria li prende per mano e insieme a loro si avvicina alla donna, « sono i tuoi figli? », la donna non capisce, risponde con una frase che sembra un fischio, perde sangue dal ginocchio, Maria si china per guardare la ferita, la donna agita le mani e indietreggia, « non avere paura », Maria le sorride, il sorriso non ha bisogno di parole, « non voglio farti del male », la donna si volta di lato, sembra che adesso parli con qualcuno che non esiste, forse è pazza, sorride e piange, sì, dev'essere pazza, chissà chi sono questi bambini... di lontano appare Goran, sta scendendo dalla collina fuori dal sentiero, si fa largo tra i rami con le braccia, lo sguardo assente, la donna lo vede, si lancia di lato strisciando sui sassi, allunga un braccio per prendere una pietra, la stringe con tutte e due le mani, guarda i bambini e la stringe più forte... Maria cerca di calmarla, se la donna non capisce le parole capirà il tono della voce, indica Goran, « è un amico, tutto bene... lui amico », la donna scuote il capo, bisbiglia velocemente qualcosa, i bambini sono immobili, quello con il viso da uomo ha alzato gli occhi per la prima volta, fissa Maria, chissà a cosa pensa, il bambino biondo è rimasto attaccato al braccio dell'altro, ogni tanto il suo corpo ha un sussulto, è un movimento disordinato, ma è sempre lo stesso, il capo scatta in avanti, come per uno schiaffo sulla nuca, quasi sbatte sul torace, le gambe cedono per un istante, poi subito s'irrigidiscono, il capo torna al suo posto come fosse respinto da una molla, sbatte gli occhi velocemente, eppure dallo sguardo non sembra demente...

Goran è arrivato, vede i bambini, vede la donna ferita con il viso impaurito, scambia un'occhiata con Maria, fa una carezza al biondino e si avvicina alla donna, le parla con un tono calmo, dopo un po' riesce ad appoggiarle una mano sopra la spalla, le accarezza i capelli, la donna posa la pietra e sviene, Maria sente con vergogna di essere gelosa, vorrebbe essere quella donna, sentire la mano di Goran sui capelli... Goran si china a guardare la ferita della donna, il ginocchio continua a sanguinare, tira fuori un fazzoletto e lo lega stretto intorno alla coscia sopra la ferita, fa un cenno a Maria di pensare ai bambini, prende la donna in braccio e parte, Maria tiene la mano del bambino più grande, l'altro è allacciato a lui, la carovana è al completo... dopo un quarto d'ora arrivano in città, la primavera avanza, le lucertole corrono a nascondersi tra le crepe delle macerie e sotto i sassi, per loro la guerra non finisce mai... A casa di Goran la donna viene messa sopra il letto, lei a un tratto si agita e comincia a gridare, i bambini si stringono uno all'altro, la donna grida sempre più forte, cerca di graffiare il viso di Goran, lui le dà un colpo secco alla mascella e lei crolla svenuta, i bambini corrono in un angolo e si siedono in terra, Goran prende un canovaccio pulito, del cognac, disinfetta la ferita e la fascia come può, ci vorrebbero medicinali veri, la ferita è brutta, Goran sa dove può esserci ancora un dottore, forse... in guerra non si può dire altro che «forse», è un vecchio medico croato, abita dall'altra parte della città, Goran si fa capire da Maria e esce per andare a cercarlo, Maria si siede accanto al letto e aspetta, il bambino biondo continua a fare ogni tanto quel movimento improvviso, a sbattere quasi il mento sul torace, si regge al braccio dell'altro, a ogni contrazione lo scuote, ma l'altro non protesta, continua a fare i suoi nodi con grande impegno, la donna ha la guancia appoggiata al cuscino, è di nuovo sveglia, gli occhi fissi contro il muro di fronte, ma quello che vede è già dentro i suoi occhi, Maria si avvicina, si siede sul bordo del letto, le libera la fronte dai capelli, la osserva bene, è bella, era bella, la donna comincia a bisbigliare e a sudare, forse racconta,

Maria non può capire quelle parole, ma non importa, non è difficile capire cosa sta dicendo, è una storia vecchia di millenni, cambiano solo i nomi, le facce, i paesi... ogni frase una pausa, un respiro profondo, rapido, le immagini passano lente e nitide dentro i suoi occhi... Maria non capisce ma capisce... mi hanno presa alla stazione insieme ad altre... prigioniera... chiusa in una baracca... la mamma mi pettinava sempre i capelli... in dieci mi sono saltati addosso... sporchi di vomito e di sangue... troia bosniaca farai figli serbi... o così o la morte... rinuncia al tuo Dio, puttana... avevo due orecchini di perle... erano di mia nonna... mi sono spezzata le unghie sulle loro schiene... ho strappato via la loro pelle... non mi sentivano... il mio nome significa «pace e sole»... mi tenevano per i capelli... uno dopo l'altro... quanti sono?, quanti sono?, Dio mio... tra i soldati ho visto un mio vecchio compagno di scuola... ti ricordi?, pace e sole... sono io... mi riconosci?... stava per toccare a lui... io ti conosco... gli stessi occhi di allora... Turan, perché?, perché mi fai questo?, chiudi la bocca, ora io sono un serbo e tu una bosniaca... questo solo conta... ma sono io, pace e sole... zitta puttana!, lui è stato il peggiore di tutti... il più violento... pace e sole non è più qui... non c'è più nessuno... accanto a me c'è una mamma... sua figlia ha dieci anni... la mamma grida... no, lei no!, prendete me!, lei no!, fai stare zitta quella gallina!, prendono la bimba e la spogliano... no, lei no, ha soltanto dieci anni... la bambina forse è già pazza... ride e guarda tutti... ha smesso di ridere solo quando l'hanno voltata... dietro, mettiglielo dietro a quella... gli strilli bucavano le orecchie... il sangue scendeva a bicchieri... questa non fa figli, quando hai finito uccidila... l'hanno aperta in due... gettata a terra... hanno buttato la madre sopra il cadavere della figlia... l'hanno violentata per l'eternità... lei è riuscita a uccidersi... il sangue schizzava dappertutto... sono tornati da me... lecca... lecca... mi hanno fatto leccare il sangue... impara cosa vuol dire... sentivo le grida di altre donne... altre baracche... decine di donne... molti giorni... molti giorni sono venuti da me... sempre sopra... addosso... buttata in terra... vedevo il cielo al contrario... sono fuggita... non so come ho fatto... sono fuggita... ho visto morire molte donne... molte donne... si può uccidere in molti modi... non lo sapevo... non lo volevo sapere... il cielo è infinito... sembra infinito... volevo solo i miei orecchini... c'erano due perle pescate in fondo al mare... erano di mia nonna... i miei orecchini... potevo essere felice... sarei felice... io... potevo... Una pausa più lunga, senza fine, gli occhi si chiudono, Maria si china su di lei per vedere se si è addormentata, la donna riapre gli occhi, alza le mani e afferra Maria con forza, la stringe, la tira a sé, fissa la sua bocca, «odio gli uomini... odio gli uomini...», attacca le labbra alle labbra di Maria, una lingua disperata che cerca la sua lingua, scava dentro la sua bocca, un bacio, solo un bacio, Maria si lascia andare, abbraccia la donna, la stringe, muove la lingua, è solo un bacio, un bacio lungo e disperato, un bacio tra donne per togliersi dall'anima il fetore dei maschi... Poi la donna ricade sfinita sul letto, non si muove più, forse è di nuovo svenuta, Maria è stordita, nessuno l'ha mai baciata così, guarda fuori dalla finestra e pensa a Goran, sente la ferita riaprirsi... perché si è innamorata di quel ragazzo?, per tutta la vita ogni uomo che ha incontrato le ha sbavato addosso, ora è una donna vera, vuole un uomo vero, sperava di averlo trovato...

Il rumore continuo delle macchine sul viale, luci bianche e luci rosse, vanno, vengono, passano, è sabato, c'è traffico, arrivano anche dalla provincia, ha piovuto tutto il giorno, non fa molto freddo, le puttane in minigonna non battono i piedi, le discoteche sono strapiene, martellano senza sosta, occhi sbarrati che cambiano colore, prima di lunedì ci si deve divertire, si deve ridere, bere, magari scopare, pioviggina ancora, si vedono le gocce venire giù, non cadono soltanto, si schiantano sull'asfalto illuminato dai fari e dai lampioni, c'è un odore di foglie disfatte, il tabellone luminoso dice che va tutto bene, «tasso di biossido d'azoto nella norma», oggi ci si intossica in modo legale, una moto va a zig zag tra le macchine, i due ragazzi urlano, agitano i pugni, ridono, una capoccia sbuca da un finestrino, due occhi spalancati, un fischio, un clacson che non smette più di suonare, un uomo con la pelle nera passa correndo a testa bassa, un'ambulanza non riesce a farsi largo, la sirena entra nelle orecchie, ti svuota la mente, speriamo che se ne vada presto, qualcuno passa a piedi e ride, ride forte, si sforza di ridere, e invece dalla sua gola esce un suono brutto, sembra un grido di aiuto, tra due giorni è lunedì, il Mar Rosso si apre, l'ambulanza riesce a passare, forse hanno accoltellato qualcuno, ai telegiornali donne in posa parlano e parlano, inflazione sotto controllo, nuova crisi in Medio Oriente, un industriale si è ucciso, fondi neri, l'assedio di Sarajevo... c'è anche la polizia, è scattato il verde all'improvviso, una famiglia a piedi è rimasta in mezzo al viale, una vecchia con la bocca rattrappita osserva il mondo dall'alto della sua finestra, non scende mai di sabato, troppa gente, troppa confusione, nemmeno gli altri giorni esce spesso, qualche anno fa è stata scippata, tre settimane di ospedale, per certa gente ci vorrebbe la pena di morte, non si può più mettere il naso fuori di casa, ti portano via tutto, ti ammazzano, un ciccione in moto con un drago rosso sulla schiena passa sul viale, non guarda nessuno, ha già risolto tutto, non gli serve più nulla, donne quasi nude e sculettanti invitano a farsi avanti, ce ne sono a decine, basta scegliere, manca solo Maria, lei è partita, forse tornerà o forse non tornerà più, è sparita all'improvviso, mica ha detto nulla quella stronzetta!, vuoi vedere che è andata a farsi operare?, chiamala scema, sai quanti soldi farà quando torna!, ommamma! non farmici pensare! bella com'è!... qualche mese fa anche tu eri ancora là con loro, pioveva come oggi, c'era traffico, tutto era uguale, sempre uguale, se ci pensi te lo ricordi... è sabato, tu hai tirato fuori la limetta, ti limi le unghie, le pareggi, te le sei mangiate tutto il giorno, ora cerchi di rimediare, ogni tanto alzi gli occhi sul viale, finalmente la polizia se n'è andata, decine di visi diversi, occhi di ogni tipo, tristi, spaventati, volgari, stupidi, migliaia di vite si incrociano in questo viale, come dappertutto, vite isolate, l'unico contatto è casuale... mentre ci si evita si parla con lo sguardo, « che cazzo vuoi? », « perché mi guardi? », occhiate diffidenti, guardare gli occhi di un uomo o di un topo è lo stesso, come arma si agitano giudizi definitivi, solo pensati, se qualcuno sapesse leggere negli occhi... il misero e il potente possono incontrarsi a un semaforo rosso, solo qui possono guardarsi negli occhi, ricordarsi chi sono loro e chi è l'altro, una vicinanza strana, il povero è giustamente sudicio, giustamente si è bevuto gli ultimi spiccioli, barcolla, passa a pochi centimetri dal cofano della Porsche, alza le dita per sfiorarlo, ma poi non lo fa, i due uomini si scambiano un'occhiata, disprezzo, una scintilla fiacca di invidia, un rutto, una sgassata, non si stringeranno mai la mano, tu continui a limarti le unghie, osservi distrattamente quella scena al semaforo, la donna seduta nella Porsche guarda lontano, non vede nulla, non ha visto nulla, è triste, molto triste, faccende sentimentali, un marito idiota che l'aspetta in villa, un amante ricco che però ha un'anima poco interessante, va bene solo a letto, poi è noioso, che vita brutta, vorrei morire, che palle!... scatta il verde, la Porsche è già lontana, l'ubriaco non si volta nemmeno, l'incontro è finito, pochi secondi, ma a guardare bene era più di un incontro, era l'immagine di come va il mondo... le macchine scorrono nel viale come una mandria di mucche, metti via la limetta e ricominci a morderti le unghie, « qualcosa » ha preso forma di fronte a quel semaforo, qualcosa che alcuni esaltati chiamano ancora « ingiustizia », una faccenda di pochi istanti, nessuno ha gridato, nessuno ha tirato fuori il coltello, niente sangue, tutto passa, va e viene, tutto scorre, milioni di differenze si sfiorano ogni secondo, si urtano, camminano fianco a fianco, formano per le strade un unico popolo, come la sabbia, granelli di pietra ben distinti casualmente stretti in un solo pugno... ricominci a spezzarti le unghie con i denti e pensi a queste cose, ti sembra tutto così assurdo, ma in fondo anche tu ci sei nel mezzo, sei la prima a dare calci a chi ti si avvicina, ormai il mondo è così, che ci si può fare, ci siamo abituati all'assurdità, ci si compiace, chi esce dal gioco è un pezzente o un idiota o un buffone, non sono importanti le parole, il più forte è chi si fa i fatti suoi, chi non sorride a nessuno, chi si nasconde meglio, chi è «solo» vince, cosa vince non si sa, ma vince, forse vince la convinzione di vincere... ma basta con questi discorsi, devi darti da fare, ti guardi intorno, accendi una sigaretta, la ventesima, la trentesima, chi lo sa, appoggiata al distributore aspetti di fare mattina, le tue amiche starnazzano e si aprono la camicia, seni gonfiati come palle, duri come pesche, la più vecchia è Paloma, è italiana, di Bari, diversi anni prima faceva la spogliarellista a Barcellona, sono trent'anni che batte, è stata una delle prime a operarsi, è venuta anche la televisione a intervistarla, lei lo racconta sempre... «te li raccomando, quelli! vadano al diavolo! facevano certe domande idiote... oh guarda!... e poi, voi transessuali, voi transessuali... noi che!, gli uomini ci amano più delle donne, che credete?, non riescono a scopare con le loro mogli e vengono a farsi coccolare da noi... non siamo mica puttane, noi!, qui ti diverti ma trovi anche affetto, sai?, chiedilo a chi vuoi, io non sono mica triste... voi transessuali, voi transessuali... voi transessuali un cazzo!», tu stai a sentire e non rispondi, pensi solo che c'è chi sta peggio di lei, peggio di te, ma questo non ti serve a nulla, è un pensiero come un altro aspettando soldi e cerniere da aprire, ogni tanto dopo il lavoro vi ritrovate tutte o quasi in qualche locale gay, Tabasco, Chez Rudy... si beve, si sprofonda nei divani, si piange, si sta sdraiati nelle braccia di un altro a fissare il muro, o si balla, si odia, si raccontano fatti di sangue, se ne sparano di grosse un po' su tutto, Rudy piroetta sotto le luci colorate, si porta dietro il suo corpaccione da lottatore inguainato in una tunica costellata di brillantini, sul suo grande capo da eroe greco una corona luccicante buttata di sbieco, sandali da schiavo, « che bel ragazzo... sei nuovo? », colonne di marmo con i capitelli scolpiti, barista nero con occhiali da sole, tende viola, pavimenti lustri, camere per gli amici, cessi pieni di scritte, di sfoghi... ogni tanto ci capita un etero, così per curiosità, è il benvenuto, qui non si discrimina nessuno... Paloma sono trent'anni che batte, forse di più, la barba nascosta sotto il trucco pesante, si lancia contro le macchine alzandosi la gonna, gli occhi scintillanti, « ciao belli, la mamma ve li ha dati i soldi stasera? », di giorno la vedi camminare in centro vestita in modo indefinibile, la coda ai capelli, il viso sfatto, ambiguo, i segni del trucco, non è un uomo, non è una donna, nessuno si avvicina, di giorno non ride mai, cammina con il passo incerto in mezzo agli altri, lo sguardo di chi aspetta la notte per aspettare la mattina.

Dopo aver vissuto in mezzo a un branco di maiali ha conosciuto lui, un ragazzo che solo a guardarlo... e invece... perché Goran non le cade ai piedi come tutti gli altri?, Maria si blocca in tempo, scuote il capo con amarezza, non sapeva di essere così vanitosa... pensa di essere innamorata e magari vuole solo conquistare un uomo, vincere una battaglia, una scommessa... o forse no, è davvero innamorata, questa rabbia è soltanto un modo per non stare troppo male, quando pensa a Goran sente caldo e freddo nelle vene, si sente morire all'idea di perderlo... fino a ieri ha fatto ballare gli uomini come le pareva, e adesso... Maria si volta a guardare i due bambini, dormono uno sull'altro appoggiati in un angolo... amore, amore... ci sono cose più urgenti adesso, si sforza di rimandare tutto a quando ci sarà il tempo per pensarci, non è detta l'ultima parola, non si sa mai, tutto può cambiare, forse anche lui è innamorato di me e vuole aspettare... anche se non sembra il tipo che si perde in giochetti stupidi... comunque Maria ringrazia la donna e i due bambini, per merito loro può stare ancora accanto a Goran, quasi quasi le sembra di amare più loro di lui, ma è solo riconoscenza, quella che si ha per chi ci ha fatto un regalo e magari non lo sa nemmeno... chi saranno questi bambini?, non sembrano figli di quella donna... da dove vengono?, e lei da dove viene?... dopo un'ora torna Goran, ha la faccia scura, niente dottore, è morto d'influenza la settimana scorsa, era vecchio, mancavano aspirine e antibiotici, anche lui è morto in guerra, Maria guarda Goran mentre parla, sanno tutti e due che non possono capirsi, ma stare zitti è impossibile, si deve parlare, per chilometri e chilometri intorno a loro non c'è che silenzio, anche i boati delle bombe sono silenzio, il silenzio della distruzione... tutto ciò che annichilisce e costringe a nascondersi è silenzio... l'unica cosa da opporre a questo silenzio di morte è parlare, non importa in che lingua... Goran ha trovato solo del liquido disinfettante, una boccetta vecchia, la donna urlerà, bisogna tenerla, aiutami a tenerla, Goran scopre la ferita, la donna dormiva, apre gli occhi come se emergesse da un brutto sogno, Maria versa il liquido, una schiuma bianca che frigge, la donna scalcia, si ribella, pochi secondi soltanto, poi si rimette a fissare il muro, speriamo che riesca a riaddormentarsi, deve riposare, Goran sospira e sorride, sorride sempre quando Maria non se lo aspetta, anche questo lo rende bello... sì, forse è proprio adesso che è giusto sorridere... i bambini si sono svegliati, Goran li solleva come fossero due sacchi di farina e li porta nella stanza accanto, Maria lo segue, qui il tetto ha uno squarcio, è stato riparato come si poteva, è stata una bomba di qualche mese fa, nella stanza c'è un divano, Goran fa sedere i bambini, sparisce per qualche minuto e ritorna con un pezzo di pane e una mela, il bambino con il viso da uomo scatta in piedi e fa un passo avanti, strappa il pane e la mela dalle mani di Goran, torna a sedere sul divano, senza complimenti dà la mela al biondino e cominciano insieme a divorare quel cibo inaspettato, dopo pochi secondi non rimane più nulla, guardano

Goran sperando di avere ancora qualcosa, ma nemmeno Goran ha più nulla, Maria si offre di andare a cercare qualcosa, esce in fretta per raggiungere la casa di Zubick e Lubjanca, Goran starà con i bambini... al biondino mancano tre dita della mano destra, prima non si poteva capire, teneva la mano dentro la camicia, per mangiare ha dovuto tirarla fuori, una specie di pinza già esperta, sulla gola ha una chiazza viola, finito l'ultimo boccone sbatte il mento sul petto come sempre, Goran s'inginocchia di fronte a lui, gli fa delle domande, il bambino risponde, non è demente, ha una memoria di ferro, tutto stampato in mente come una fotografia, non è demente come potrebbe sembrare, solo che all'inizio di ogni pensiero il capo gli scatta in avanti, la frase comincia con un suono di gola, simultaneo al movimento inconsulto che impegna quasi tutto il corpo, non può farci nulla, forse non se ne accorge nemmeno, sembra un attimo di incoscienza, un'assenza inevitabile, come una nebbia che lo ripara da una luce troppo forte, le sue parole scorrono fluide per qualche secondo, poi s'inceppa, « q-q-q-q-quando finisce la guerra torno a scuola... », tra una risposta e l'altra ripete questa frase, e i suoi occhi diventano luminosi, solo per un secondo, poi il capo si piega in avanti, quando lo rialza il suo sguardo è opaco... continua a raccontare, vuole raccontare, gli fa bene... è successo molti mesi fa, giocava con il fratellino in un piazzale fangoso tra le case, Sarajevo si sgretolava pezzo a pezzo, tra le montagne di rifiuti trovano una macchinina, è la più grande che abbiano mai visto, di lamiera colorata, sembra nuova, è bella, con le ruote nere e lucide, si mettono a litigare, io l'ho vista prima, io sono arrivato prima, la tiravano di qua e di là, quando è scoppiata il fratellino aveva appena vinto la battaglia, si stringeva la macchinina sulla pancia, « l'ho vista prima io! », era fuggito, il biondino lo aveva inseguito, aveva allungato una mano, lo scoppio abbagliante, tre dita gli erano volate via, ma il fratellino era stato fatto a brandelli, i vestiti e la carne che fumavano, una gamba intatta dal ginocchio in giù era appesa a una rete metallica lì accanto, lui la guardava e pensava: «non gli si è slegata la scarpa... non gli si è slegata la scarpa...», stava lì con la mano sanguinante, i pezzi del fratellino erano tutti lì davanti, non mancava nulla, erano tutti lì, tutti lì... lui nella mente cercava di rimetterli insieme, il capo era intatto, il viso sembrava vivo, gli occhi spalancati, meravigliati... quanto tempo?, tutto questo in quanto tempo?, due, tre, cinque secondi, però molto lunghi... nella mente ancora il rumore dello scoppio, un fischio continuo nelle orecchie, le case ondeggiavano come fossero fatte di acqua, un dolore forte alla gola, tutto era cambiato in un attimo, era tutto diverso, la maglietta bagnata di sangue, una ferita di striscio sul collo, le gambe gli tremavano, stava cadendo e si era sentito sollevare, un uomo in divisa lo aveva preso in braccio per portarlo all'ospedale, mentre correva un palazzo era crollato non lontano da loro, calcinacci e fumo, gente che gridava, un vecchio che avanzava a capo basso aveva sbattuto contro un palo, era caduto in terra, un cecchino lo aveva colpito dietro l'orecchio, non era morto subito, si era lamentato come un cucciolo di cane per almeno mezzo minuto, era morto stringendo i pugni davanti al viso... il bambino biondo aveva visto tutto, immagini annacquate dalla debolezza, all'ospedale lo avevano medicato e curato, gli parlavano in lingue sconosciute, corridoi lunghi e oscuri, file di letti interminabili, come i lamenti, ogni ora un morto, li portavano via dentro un lenzuolo, il letto veniva rifatto in fretta, pochi minuti dopo arrivava un nuovo ferito, o un malato, giorno e notte si sentivano le bombe, sempre le bombe, quando tutti dormivano il biondino si alzava e guardava il cielo, gli avevano detto che la mamma era in cielo, chissà cosa ci faceva la sua mamma lassù in quel buio... era fuggito una notte insieme al bambino con la faccia da uomo, non si erano detti nulla, si conoscevano solo di vista, erano gli unici due bambini in quel corridoio pieno di letti allineati... non sapevano di essere uno serbo e l'altro bosniaco, uno cristiano e l'altro musulmano... non pensavano a nulla, volevano solo andare via, il più grande si era alzato, si era avvicinato alla porta con il passo di chi se ne sta andando, l'altro era saltato giù dal letto e gli si era incollato dietro... dopo molti tentativi e corridoi sbagliati erano usciti dall'ospedale, le tasche piene di pane e di biscotti rubati nel magazzino, si voltarono un attimo a guardare l'edificio enorme e semidistrutto dove avevano passato notti insonni, si erano messi a correre uno dietro all'altro, non faceva freddo, era già l'alba, i cecchini sparavano senza riuscire a centrarli, la sera si erano addormentati in un campo... Si erano svegliati la mattina con il sole negli occhi, un cane arrotolato in fondo ai piedi, uno scheletro di cane, morto poche ore dopo mentre li seguiva, era caduto in terra con un rantolo... qualche giorno dopo avevano incontrato quella donna, si erano uniti d'istinto, senza dire nulla, tre disperati che cercavano di sopravvivere, avevano vagato tre o quattro mesi rubando e dormendo nelle case disabitate, evitando uomini e animali, avevano guardato il mondo di lontano, incendi, bombardamenti, cadaveri ancora caldi, già freddi, o decomposti... avevano imparato a riconoscere il tanfo di cadavere, e cambiavano strada... nascosti dietro la vegetazione avevano visto un gruppo di miliziani croati uccidere un bambino serbo, si era azzardato a dire «viva la grande Serbia», aveva sì e no otto anni, ripeteva parole sentite dai genitori, i soldati lo avevano circondato, lo avevano preso a calci e pugni, gli avevano sfondato il cranio con il calcio del mitra, poi se n'erano andati cantando... subito dopo da una casa mezza distrutta era uscito un ragazzino che non aveva più di tredici anni, aveva sputato sul cadavere del bambino serbo, aveva preso un bastone e glielo aveva sbattuto addosso dieci, venti volte, «obbedisci... obbedisci... obbedisci», era sparito correndo nell'antro senza porta della casa diroccata... la donna e i due bambini avevano visto quelle scene, erano rimasti nascosti, poi finito il pericolo avevano ripresero a camminare... Maria non è ancora tornata, il bambino con la faccia da uomo sbadiglia, Goran si siede accanto a lui, «e tu da dove vieni?», il bambino si alza in piedi, non gli piace parlare stando seduto, guarda Goran negli occhi, prende fiato, ha uno sguardo adulto che disturba la coscienza, è quasi mostruoso, « mia madre è morta, una bomba di mortaio, io mi chiamo Hanek, abitavo a Sarajevo, ho visto un lampo fuori dalla finestra, i vetri sono scoppiati, mia madre ha gridato, è caduta, il pavimento era tutto rosso, la mamma si chiamava Ascwa, una scheggia nella schiena, grande come un sapone, mi sono messo a urlare, chiamavo aiuto, volevo che venissero a salvare la mamma, lei però era già morta, ho pianto molto, molte ore ogni giorno, poi ho smesso, sogno la mamma tutte le sere, mio fratello l'ho lasciato a Sarajevo, ha cinque anni, non riesce più a parlare, si chiama Lamushk, è un bel nome Lamushk, quando finisce la guerra vado a cercarlo... la mamma la sogno spesso, anche stanotte l'ho sognata, non so cosa farò dopo, quando finirà la guerra... non riesco a immaginare nulla... », i suoi occhi troppo adulti sono neri e fissi, lo sguardo grave, sul capo ha un cappello cencioso che non si toglie mai, « quando finirà la guerra... quando finirà la guerra... »

Eri tornata alle quattro di notte, come sempre, ti addormentasti dopo un'ora, alle sette eri già sveglia, gli occhi da gufo nella tua stanza buia, piena di ombre conosciute e sconosciute, ombre in movimento, come quando eri bambina... il diavolo passava davanti alla porta della tua camera, camminava in punta di piedi, la coda in mano per non fare rumore... si fermava un attimo per vedere se dormivi, lo sentivi respirare, poi passava oltre, andava a prendere il babbo per ammazzarlo, da un momento all'altro avresti sentito l'urlo, il sangue sarebbe schizzato fino a te, non potevi fare nulla, tutto era già deciso, tendevi l'orecchio aspettando l'urlo, o forse il babbo non aveva fatto in tempo a gridare, forse era già successo tutto, senza rumore, « il babbo è morto... il babbo è morto », uno spazio enorme e vuoto ti cresceva intorno, eri un granello di polvere in mezzo al nulla... tra un attimo sentirò l'urlo, uno spazio immenso riempito solo dalla colpa, la colpa gelida e immobile, non sono cattiva, non sono cattiva, è il diavolo che lo ammazza, è lui, è il diavolo!, tagliava il babbo a pezzi piccoli piccoli, le dita, le orecchie, la lingua, piccoli pezzi senza sangue, lasciava intero solo il capo, veniva silenzioso ad appoggiarlo in fondo al tuo letto, il babbo aveva gli occhi ancora aperti, vivi e malvagi, tutto il resto il diavolo se lo mangiava, le mani pesanti del babbo, le sue gambe coperte di peli neri, era difficile dormire, come oggi in questa stanza, dopo una notte sui viali... i mostri sono veri, camminano per le strade, in città, sono travestiti da uomini e da donne, ti camminano accanto, senti i loro sguardi dietro le spalle, ti volti, li vedi allontanarsi come nulla fosse... i mostri... un esercito di mostri... il babbo è morto qualche anno fa, devi contare, uno, due, tre anni, solo tre anni, sembrano trenta, sembra un altro secolo, il babbo è morto anni fa, non è stato il diavolo, gli è scoppiata una vena da qualche parte mentre beveva in un bar, prima di morire ha detto «maledetti», non saprà mai chi è stato ad ammazzarlo, da tempo pensi che nessuno muore senza che qualcuno lo abbia ammazzato, forse sono stati in cento, un po' per uno, un po' per volta... no, nessuno muore senza che qualcuno lo abbia ammazzato, tuo padre disse solo «maledetti», lo rivedi annaspare controcorrente, inadeguato alla vita, hai ancora davanti agli occhi il suo sguardo avvilito, triste, angosciato sotto il peso di un'esistenza che non capisce e subisce... un figlio così, perché proprio a me, cosa ho fatto di male... è impossibile continuare a dormire, il viso del babbo ti fa ancora paura, andasti a salutarlo nella cassa da morto, là in chiesa, forse ci andasti per avere la certezza di non rivederlo mai più... gli toccasti la fronte, gelida più del marmo... una volta sognasti di tornare a trovarlo in quella chiesa, era immobile, vicinissimo, la bocca cucita dai becchini, le orbite scure, il corpo affogato nella seta viola, provavi una grande pena per lui, e anche per te stessa, per tutti gli ingannati, per le vittime del destino... ti affacciasti sopra di lui, non ti sentivi tranquilla, i suoi occhi si aprirono, alzò una mano per afferrarti... non era morto, non sarebbe mai morto, un uomo senza pace, non poteva essere morto, ti tirasti indietro, adesso aveva di nuovo gli occhi chiusi, ma non avresti mai dimenticato quegli occhi aperti, gli occhi aperti di un morto, chiusero la bara, ma a volte non basta, « non si muore per tutti nello stesso momento e nello stesso modo », che bel pensiero, molto utile sui viali alle tre di notte, cinque clienti alle spalle, cinque ancora da soddisfare, tutti con gli stessi occhi e la stessa foga, lo stesso eterno cazzo ritto, un'unica faccia che torna centinaia di volte, una faccia che conosci bene ma che non riesci a ricordare... filtra un po' di sole dalle persiane, là sotto sul marciapiede stanno passando i primi mostri, non capisci cos'è che non ti fa dormire, alla nausea ci sei abituata, non basta la nausea a toglierti il sonno, forse è colpa di quel lampo nella mente, ieri notte, o stanotte... mentre il fiume di macchine ti scorreva davanti sul viale, una visione come di vastità, di infinito, una notte perenne si perde laggiù, dove non arriva l'occhio, altre vite dentro di te, milioni di vite diverse, i popoli in movimento, le carovane, i richiami e i canti, i lamenti, i deserti... gli oceani... t'interruppe la risata di Ottavia, un travestito fra i meglio riusciti, la voce ambigua e calda, femmina più delle femmine, la più nuda di tutte, « ti giuro, dovresti vederla... bellina bellina, sembra una bambolina!, e ha una bocca... », lo diceva commossa, lei e la sua amica non facevano che parlare di bellezza, un po' come parlare di amore e di sopravvivenza, superata l'invidia precipitavano nella passione, mentre descrivevano la bellezza di una donna a volte quasi piangevano, gli occhi umidi, forse erano lacrime prese da qualche altra parte, seppellite dal tempo... insomma Ottavia ti aveva svegliata da quel tuo momento, la visione era svanita... non sapevi nemmeno che ora fosse, la bocca impastata, amara, non ti eri neanche spogliata, ti eri buttata sul letto, la tazzina dell'ultimo caffè sul pavimento, piena di cicche fumate fino al filtro, la stagnola con la coca è quasi vuota, un paio di tiri al massimo, appena apristi gli occhi ci strofinasti il filtro della sigaretta, la fiamma dell'accendino, il fumo che resta immobile davanti al viso, con la lingua spandesti la coca in tutta la bocca, per goderti quella effimera anestesia dei tessuti... nel fumo vedevi il viso del senegalese che ti fissava ridendo, « bella... vuoi accendini? », « quanto? », « io regalo », « perché? », « io regalo », ti mise in mano l'accendino e restò un attimo a guardarti, due occhi grandi e tondi, un regalo, un accendino, la sigaretta era finita, il senegalese sparì mentre ti alzavi dal letto, una vasca piena d'acqua, un altro caffè, un paio di jeans e una maglietta, scarpe da ginnastica, come una ragazzina, contasti i soldi guadagnati quella notte, molti soldi, te li ficcasti in tasca e andasti in centro a fare due passi.

Ti guardi dentro un pezzo di specchio, in guerra uno specchio intero è raro, pensi a Goran, ti guardi con i suoi occhi, cerchi di scoprire chi è davvero quella femmina bionda e bella che ti sta davanti, l'immagine che vedi ha qualcosa di penoso, ti sembra di vederla sorridere, eppure dentro di te nulla sta ridendo, quella bionda nello specchio ti prende in giro, t'inganna, non capisci più chi si nasconde dietro a quella bellezza, forse anche tu sei un'immagine riflessa, una delle infinite possibilità di te stessa, la vera Maria è pura essenza ideale, né maschile né femminile, vaga oltre i cieli insieme alle altre verità dell'universo, forse non ha le stesse labbra che hai tu, a volte ti piaci così tanto che leccheresti quelle labbra riflesse nello specchio, ma poi capisci che è un pensiero disperato, è un modo per tenerti a distanza dalla sofferenza... ora però non c'è tempo per questi pensieri, i bambini hanno fame, Goran ti sta aspettando... un'ultima occhiata allo specchio, che male c'è?, poi devi andare... Zubick e Lubjanca ti danno pane e uova, verdura lessa, un po' di salame, due scatolette di tonno, una bottiglia d'acqua, una coperta, dicono che sono cose in più, naturalmente non è vero... esci di casa con i viveri nello zaino, affretti il passo... ogni tanto sorridi a qualcuno che conosci solo di vista, è piacevole, ti fa sentire ancora di più a casa... poi continui a pensare a come ti vedi, come ti senti... a volte ti detesti, vorresti cancellarti, sparire, non ti piaci nemmeno un po', l'unica certezza è che sei bella, il tuo sguardo lugubre aggiunge fascino alla bellezza, gli uomini ti guardano, ti temono e ti desiderano, ti lanciano maledizioni, ronzano intorno a te come mosche spaventate... Anche quel tuo compagno di scuola delle medie, quel povero grassone triste, se ti vedesse ora s'innamorerebbe, lui forse adesso è chiuso in un ufficio, la moglie lamentosa, grassa anche lei, due figli che non sono mai contenti, ma nemmeno lui è contento, il capufficio è più giovane di lui, magro e asciutto, gioca a tennis, ha i capelli folti, è sempre abbronzato, invidiato, si scopa le segretarie, le porta nello sgabuzzino dei detersivi o dietro la scrivania, ha una macchina verde metallizzata con la trazione integrale e il tettino apribile, comprata in contanti... il grassone ha mal di fegato, vorrebbe essere lui il capufficio, forse poteva esserlo, ma tanti anni fa fece « quell'errore », e la sua carriera è stata compromessa, l'Italia ha dimenticato molte cose, omicidi e stragi, magistrati trasferiti con una telefonata, attentati poco chiari, aerei caduti per motivi oscuri... ma « quell'errore » nessuno lo ha dimenticato, sono tutti pronti a farglielo pesare, a fare allusioni, il grassone si affanna, lecca molti culi e molti piedi, lavora e suda, suda e lavora, se nessuno lo scoprisse ucciderebbe il capufficio per prendere il suo posto, la moglie si lamenta sempre di più, quest'anno basta con Riccione, voglio andare in Côte d'Azur, la mia amica Deborah c'è andata l'anno scorso, dice che è bellissima, roba da ricchi... è così invidiosa di Deborah che l'ammazzerebbe, trema dentro il suo grasso, non può stare senza vedere la sua cara amica Deborah, senza sapere dov'è e con chi è, e poi fa tutto quello che fa lei, ripete le sue parole e le sue battute, e quando la invita per il tè le lancia i biscottini e sorride con tutti i denti in mostra, una catasta di paletti gialli, come un cane che ringhia, «Côte d'Azur o mi butto dalla finestra!», sì, sì, lui dice di sì, la moglie lo controlla, lui risparmia sui caffè, poi spende quei soldi a puttane, esce la sera con la scusa dell'insonnia, scopa, paga, torna a casa vuoto, inseguito dai sensi di colpa, torna con un regalino per la moglie, sempre qualcosa di dolce, se dorme la sveglia, le dà un bacio sullo zigomo, dice «ti voglio bene» con la voce che stenta a uscire dalla gola, le lacrime agli occhi, lei grugnisce qualcosa, getta i cioccolatini sul comodino e si rimette a dormire, e così lui si sente sufficientemente punito, osserva la moglie mentre dorme, sfatta, ripugnante, reprime lo schifo, in mezzo a un lampo luminoso appare la bella prostituta con cui si è accoppiato poco fa, una fontana di capelli biondi, un seno che ti ammazza, dita magre e veloci... lui si volta dall'altra parte, si rannicchia come un verme e fissa il muro, la luce sul comodino della moglie è ancora accesa, domani è lunedì, tra poco è agosto, il bollo, le bollette... Côte d'Azur... Suo padre è morto dieci anni fa, il dolore è stato immenso, dopo un mese lui si è sposato... e la mamma?, la mamma va a trovarla ogni mercoledì, da solo, sua moglie non ci va d'accordo, che cosa triste... be', ora basta, si deve dormire... si deve sognare... prima o poi anche lui potrà comprarsi una barca, un appartamento al mare, ci riuscirà, ci riuscirà, vivrà anche lui nel mondo fantastico dei ricchi, degli invidiati... l'Italia è una Repubblica democratica fondata sull'invidia... quando guarda certe pubblicità cerca di non credere a quel mondo inventato e fasullo, ma non è facile... quei visi belli, le donne con le gambe lunghe, il lusso, le feste, le danze tra le palme... lo fanno crepare d'invidia, prima o poi anche lui ci riuscirà, anche lui salirà sopra quella barca, entrerà in quella villa, con quelle donne, sguazzerà nella piscina con una cannuccia tra i denti, circondato di sguardi femminili vogliosi... insomma vivrà anche lui tra i migliori, sarà benevolo con gli inferiori, altrimenti che si vive a fare?, non è da solo in questa avventura, è una gara silenziosa tra individui sgomitanti cattivi e meschini... no, no, si deve essere cauti, si deve andare avanti a capo basso senza troppi grilli in mente... è meglio non pensare troppo, chi pensa troppo diventa pallido, antipatico, ogni scintilla di coscienza è meglio spengerla con un bello sputo... perché combattere, e contro cosa?, il grassone non ha il fisico, soccombe facilmente, vuole essere speciale, sì, ma nella normalità!, si sente diverso dalla massa, ma vuole appartenere a un'élite, una qualsiasi va bene, pur di essere almeno un po' più su, anche uno scalino soltanto... poter guardare qualcuno dall'alto in basso, mangiargli in capo, poterlo calpestare anche solo un pochino... quando qualcuno gli dà un numero di telefono che comincia con 0337 si sente piccolo piccolo, «chiamami a qualsiasi ora... è un portatile», «certo, lo so», odia i drogati e i radicali, i comunisti, Fidel Castro e i cani randagi, non sopporta gli immigrati terroni e i negri, gli zingari, i travestiti e gli scimmioni rock, trema quando sente dire AIDS, i senegalesi gli fanno pena, ma se stessero a casa loro sarebbe meglio per tutti... in famiglia alza la voce, ma non contro sua moglie, bestemmia davanti al telegiornale, ogni notizia un commento, la soluzione è semplice, vaffanculo a tutti!, al lavoro borbotta a voce alta, a volte tira pugni sulla scrivania, «sono dei ladri!», «in questo maledetto paese non ci si può più vivere», «e poi? ci toglieranno anche le mutande?», fa così solo con i colleghi di pari grado, davanti ai superiori si contiene, «la situazione è difficile», «in questa congiuntura...», «dove andremo a finire», «posso offrirle un caffè?», povero ciccione, se avesse imboccato un'altra strada ora forse sarebbe chissà dove, ma alcune strade sono in discesa e cosparse di grasso di maiale, tornare indietro è impossibile, a scuola ti chiamava «femmina», lo diceva per offenderti... oggi se ti vedesse si innamorerebbe, parlerebbe di te ai colleghi con una mano sulla bocca e gli occhi al cielo, «vedessi che bionda...», il giovedì gioca a carte con tre amici accaniti pokeristi, fa le due di notte, perde sempre, s'incazza e suda, beve e fuma troppo, l'altra sera sua moglie si è vestita di rosa, il musino rattrappito in mezzo al grasso, pareva nervosa, voleva andare a teatro, « la Deborah ci va », lui è arrivato tardi, si è piazzato di fronte al televisore, « che ci andiamo a fare a teatro, sai che noia », « c'è Pirandello, dice la Deborah che è bello », « ora zitta, c'è la Coppa Uefa », « che hai detto? », « Coppa Uefa... perché? », un trillo da suino gli trapana le orecchie, rumore di colpi di piccone, la moglie sta piangendo di rabbia, batte i piedi sul pavimento, ha passato tutto il pomeriggio a farsi bella... ma forse al grassone è andata meglio di così, è morto, non sente più gli strilli della moglie... Quando arrivi da Goran i due bambini ammutoliscono, ti guardano mentre svuoti la busta sul tavolo, dilatano gli occhi, aspettano il permesso di avvicinarsi al cibo, Goran ti sorride, è bello Goran quando sorride, i bambini cominciano a mangiare... in strada c'è trambusto, Maria e Goran si affacciano alla finestra, due uomini si stanno picchiando, si sentono i tonfi dei pugni sulle ossa, lenti e regolari, si offendono in lingue diverse, è una guerra personale, libera da ordini superiori, uno dei due ha la faccia piena di sangue, dopo un po' se ne vanno in direzioni diverse.

I poliziotti del mondo stanno a guardare, Clinton ha paura, se si occupa « troppo » del mondo gli americani lo buttano nel cesso, come George Bush, l'Europa civile continua a parlare seduta ai tavoli delle capitali, vengono redatti piani di pace, come risposta si combatte più duramente, dalle postazioni di Ilidža e Nedžarići sono partite mille granate in una sola notte, nella « no fly zone » si vola quasi come prima, nasce l'idea di creare aree protette per i musulmani, nuove riserve indiane, Goražde è una di queste, ci vivono sessantamila musulmani in stato di assedio, alcune città vicine sono state interamente evacuate, in quelle strade circolano solo divise e convogli militari, l'esercito serbo ha già conquistato quasi tutto, qualcuno dice che si dovrebbero dare più armi ai musulmani, hanno il diritto di difendersi, anche il Papa lascia intendere che la guerra contro i guerrafondai è una guerra di pace, l'intolleranza diventa ogni giorno più evidente, più violenta, cambiano le alleanze, gli amici diventano nemici, si spara sui convogli di aiuti, tre volontari italiani sono stati ammazzati, erano in cinque, i soldati li hanno fermati, catturati, rapinati, li hanno trascinati in un bosco per ucciderli a raffiche di mitra, due si sono gettati in un torrente e sono riusciti a fuggire, tre sono rimasti sul terreno, sembra che a sparare siano stati miliziani bosniaci, i «buoni», o forse truppe irregolari, o provocatori con l'intenzione di creare confusione, di spezzare alleanze... i caschi blu tentano di entrare nelle città assediate e affamate, raramente ci riescono, spesso vengono bombardati, a Sarajevo non si entra, da Sarajevo non si esce, a Sarajevo si corre e basta, in attesa di una granata o del proiettile di un cecchino, chi tenta di fuggire diventa un bersaglio... sono stati filmati i cadaveri di due amanti, erano in riva al fiume Miljacka, le immagini hanno fatto il giro del mondo, lui serbo, lei musulmana, volevano solo stare insieme, avevano deciso di fuggire, sono diventati un simbolo dell'orrore e dell'ingiustizia, anche da morti erano stretti insieme, allacciati, i cadaveri durante la notte sono spariti, nessuno sa dove siano finiti, qualcuno ha voluto portarli via, toglierli dalla vista, davano fastidio anche da morti, sulla strada di Mostar è morto un giornalista europeo, il trentesimo, un cecchino ha aggiunto una tacca sul calcio del fucile, ieri a Sarajevo c'è stato un concorso di bellezza, donne quasi nude sopra il palco di un teatro, la vita cerca di dimenticare la morte, non c'è nulla di meglio di una ragazza giovane e bella per dimenticare la morte, per non pensare alle corse a capo basso lungo le strade, c'è anche chi sorride, si suona un po' di musica, applausi, gambe nude, occhi da gatta, come sottofondo il mormorio delle granate, ne è caduta una sopra un campo sportivo, si stava giocando una partita di calcio, sono morti tutti, hanno fatto fatica a ritrovare il pallone, ma era bucato fin dall'inizio della partita, sul video appare una strada di Sarajevo appena colpita da una granata, tra i morti c'è qualche ferito senza una gamba o senza un braccio, sdraiato sopra una pozza di sangue uno di loro allunga una mano verso la telecamera, in Italia è l'ora di cena, il ferito non si lamenta, ha il viso immobile, solo la sua mano vaga al centro del video, il filmato è al rallentatore, sottofondo di musica tragica, si vede che ci hanno lavorato... un effetto da film, la sofferenza racchiusa nel quadrato di vetro che si accende e si spegne a piacimento, « guarda là che roba... povera gente... », si smette un attimo di masticare, nello schermo un paio di bambini disperati urlano e piangono e corrono su e giù davanti alle case crollate, più a est quattrocentomila profughi serbi stanno morendo di fame... Pierre stanotte è arrivato alle porte di Sarajevo, il casco blu sul capo, insieme ai suoi compagni è riuscito a entrare in città strisciando lungo i muri, si sono nascosti in un edificio diroccato, operazioni di controllo, devono contattare una base di smistamento per i convogli alimentari, la mattina corrono per le strade insieme ai civili, una granata scoppia in mezzo a una piazza piena di gente, molti rimangono a terra, morti o mutilati, un bambino ha il volto pieno di sangue, un piede staccato di netto da una scheggia rovente, Pierre lo raccoglie, civili e caschi blu trascinano i feriti al coperto, l'ospedale non è lontano, bisogna fare in fretta, Pierre corre, il bambino non è svenuto, continua a parlare con calma, sembra che si sia appena svegliato da un sogno un po' strano, l'ospedale è lì davanti, un paio di proiettili fischiano sopra il casco blu di Pierre, si schiantano contro il muro di fronte, finalmente lui riesce a buttarsi contro la porta a vetri e a entrare nell'ospedale, i corridoi sono pieni di calcinacci, una donna vestita di bianco vede il bambino ferito, fa cenno a Pierre di seguirla, corre avanti e spinge una porta, Pierre si trova di fronte a una distesa di persone mutilate, bendate, i meno gravi camminano su e giù, si affacciano con cautela alle finestre, i cecchini sono sempre al lavoro, sparano su ogni ombra, sparano su medici e moribondi, il bambino viene portato in sala operatoria, in tutta Sarajevo mancano acqua e luce, i chirurghi operano con lampade da minatori sulla fronte, Pierre ha le mani piene di sangue, le sta guardando con orrore, un'infermiera gli passa accanto, gli dà un asciugamano di carta, è una bella ragazza, Pierre la guarda mentre si allontana, pensa che vorrebbe darle un bacio, gli piacerebbe addormentarsi abbracciato a una donna, per non vedere più nulla, per non sentire più nulla, ma è arrivato in quel paese per vedere e per sentire, niente baci, niente donna, si guarda intorno, dalla massa indistinta dei feriti emergono visi, bocche, sguardi... un vecchio con gli occhi bendati continua a muovere la mascella, forse sta borbottando, ma non si sente nessun suono, si sta reggendo alla spalliera del letto, intorno alla sbarra di ferro il suo pugno pulsa come un cuore, nel letto accanto c'è una donna, non ha più le gambe, ha lo sguardo di chi sta aspettando da sempre e aspetterà all'infinito, fissa Pierre negli occhi, poi guarda la sua pistola, poi di nuovo gli occhi, poi la pistola, alla fine si ferma sui suoi occhi, lui cerca di sorridere, forse ci riesce, la ragazza continua a guardarlo come prima, poi chiude gli occhi, accanto a lei c'è una vecchia con le gambe nude e lisce, il catetere e un cannello nel naso, non ha ferite visibili, è abbandonata sui lenzuoli, capelli bianchissimi e radi, l'ossatura del viso spigolosa, muove lentamente le labbra, ogni tanto apre un paio di occhi azzurri chiarissimi, lo sguardo stranamente intenso scorre con calma lungo il soffitto, nel letto accanto un bambino è seduto sul materasso, non sembra grave, si guarda intorno con curiosità, forse si annoia, un'infermiera gli si avvicina, gli parla, il bambino continua a guardarsi intorno come se lei non ci fosse, l'infermiera gli fa una carezza, lontano esplodono delle granate, il bambino sbatte gli occhi, il suo viso si raggrinzisce, apre la bocca, forse vuole dire qualcosa, ma non dice nulla, l'infermiera è giovane, un'italiana della Croce Rossa venuta con i primi convogli, Pierre la guarda accennando al bambino, lei sorride, nonostante tutto sorride, «parli italiano?», «no, je suis belge... Liegi», lei sa qualche parola di francese, spiega a Pierre che il bambino da un po' di tempo non parla più, però la notte urla nel sonno, ce ne sono tanti così in ospedale, altri bambini invece parlano della guerra come adulti, raccontano della madre uccisa, disegnano sullo stesso foglio fiori e bombe... arrivano due medici, controllano i feriti, un ragazzo giovanissimo ha il viso coperto di gocce di sudore, trema di freddo, gli occhi sbarrati, fissa con terrore dei mostri che solo lui vede, gli tolgono la benda dalla gamba, un fetore tremendo, i due dottori si guardano, se ne vanno in fretta, dopo un po' entrano due infermieri con una lettiga, caricano il ferito e se ne vanno, Pierre interroga l'italiana, lei sospira, «la gamba... cancrena... devono amputare», il bambino si è messo in piedi sul letto, sbatte gli occhi e inghiottisce, sempre più veloce, sempre più veloce, l'infermiera cerca di farlo calmare, gli prende il viso tra le mani, lui la respinge e continua, ora muove anche il capo, su e giù, su e giù, sembra non debba smettere mai, non si può fare nulla, ma a un tratto il ritmo rallenta, il bambino si placa, si rimette seduto e si guarda la pancia, se la accarezza, l'ombelico attira tutto il suo interesse, poi si volta, Pierre intravede dietro il suo collo il segno rosso di una cicatrice, il cecchino ha sbagliato mira, Pierre indica la vecchia con le gambe nude, «qui est cette femme?», «sta morendo, dicono sia di famiglia nobile... capisci? noblesse...», «oh, noblesse...», fa un sospiro, in guerra nulla ti salva da una fine misera... Pierre lancia un altro sguardo alla vecchia, poi al bambino, adesso deve andare via, deve ritrovare i suoi compagni, saluta la ragazza italiana, sta per andare, torna indietro, la coglie di sorpresa, le dà un bacio sulle labbra, corre via senza voltarsi prima che lei possa parlare, si porta via quel bacio, un blando antidoto contro l'orrore... i suoi compagni lo stanno aspettando, li raggiunge, hanno fatto quello che dovevano fare, ora si deve correre via, si nascondono in un palazzo disabitato, al tramonto tornano al campo, ma poco dopo saltano di nuovo sugli automezzi, il convoglio riparte, c'è un'emergenza, hanno segnalato combattimenti lungo la strada che va da Tuzla a Vitez, cinquecento camion di aiuti sotto il fuoco dei croati, qualche morto, i caschi blu inglesi non erano lontani, sono venuti in soccorso, anche due o tre militari croati sono rimasti in terra, un'altra tregua fasulla, ritorsioni, vendette, quando il convoglio belga arriva sul posto si sente ancora qualche sparo... Pierre ha il viso stanco, pensa all'infermiera italiana, non si è mai sentito così europeo come adesso, alcune donne croate assaltano con i bastoni i camion diretti in Bosnia, le facce invecchiate, gridano con disperazione, le lasciano fare, « viveri per tutti, viveri per chi ha fame », intorno si sentono i suoni di molte lingue diverse...

La donna ferita non parla più, fissa il muro, è da molto che sta nella stessa posizione, a volte canta sottovoce, vive sottovoce, vorrebbe sparire, annullarsi, accarezza con un dito la piega del cuscino, si dondola impercettibilmente, su e giù, su e giù, poi si blocca, solleva il capo, vuole un po' d'acqua, Goran si siede accanto a lei, il bicchiere in mano, il letto emana un odore vomitevole di orina, la donna non si lava da chissà quanto tempo, Goran la aiuta a sollevare il capo, lei beve un sorso, fa una smorfia, anche bere è doloroso, ma è un segno di ripresa, di resistenza, di voglia di risuscitare... Maria ha cucinato dei ceci, li ha comprati al mercato nero, sono costati una fortuna, li porta alla donna, cerca di farla mangiare, la donna non vede né lei né il piatto, canta ancora qualcosa sottovoce, una nenia, Maria posa il piatto, non sa cosa fare, « se va avanti così morirà », in questa guerra sono morte e continuano a morire migliaia di persone, ma è giusto tentare di salvare anche una sola vita, anche se può essere un affare complicato... Goran deve aver capito il senso di quelle parole, va da Maria e le fa una carezza sul viso... tre o quattro parole sussurrate, è bello sentire le sue mani sulla pelle, poi Goran se ne va dai bambini, comincia a raccontare una storia, fingendo di giocare cerca di lavarli, puzzano come galline, non ne vogliono sapere di toccare l'acqua, lui riempie una tinozza d'acqua tiepida e si mette a parlare di cose fantastiche, di oceani sconfinati, di avventure marine con ragazzini eroici che sconfiggono mostri, alla fine i due bambini si immergono in quel mare infinito senza opporre resistenza... dopo il bagno il biondino mangia con avidità, l'altro continua a parlare della guerra, a Sarajevo disegnava campi di papaveri neri, bombe rosso fuoco, un sole basso e piccolo, quasi nero, si è lasciato lavare solo a patto di tenere il cappello sul capo... Maria ogni tanto torna da Zubick e Lubjanca, racconta ai due vecchi della donna e dei bambini, Zubick si accende la pipa, una vicina gli ha regalato il tabacco del marito morto, tabacco inglese, mezza scatola, erano secoli che non fumava roba così, con il suo italiano sbagliato dice a Maria che andrà tutto bene, vedrai che la donna si riprenderà presto, ma i suoi occhi dicono altre cose, parlano di altre guerre, di altre donne violentate, morte lentamente di umiliazione, distrutte e consumate dall'impotenza, non potevano dimenticare, non riuscivano a capire, Zubick vorrebbe dire di non lasciarla mai da sola, spesso le donne violentate con quella cattiveria si uccidono, non subito, prima raccontano tutto, a volte sembrano tranquille, riaffiora il sorriso sulle loro labbra, poi dopo mesi o dopo anni non reggono al ricordo dell'uomo animale, si uccidono con la massima convinzione, a volte si uccidono proprio appena si sentono al sicuro, quando potrebbero ritornare alla normalità, Zubick vorrebbe dire tutto questo ma non dice nulla, servirebbe solo a fare agitare Maria, le cose andranno come devono andare, come sempre... il vecchio si mette davanti al camino spento, intorno al suo viso si spande una nuvola di fumo azzurro, lui è vecchio, tra non molto morirà comunque, di vecchiaia o sotto le macerie della sua casa, mentre fuma pensa che da troppi giorni gli aerei non vengono a bombardare, questa cosa non lo lascia tranquillo, forse vuol dire che tra non molto in città arriveranno i soldati?, o forse hanno solo dimenticato quella manciata di case mezze distrutte sul fianco della collina?, sussurra a Maria i suoi dubbi, poi ognuno prenderà la propria decisione... Zubick è contento di avere incontrato Maria, l'ultima cosa bella da cui separarsi, di cui riempirsi gli occhi prima di morire, se fosse ancora capace di farlo piangerebbe, ma la sua pelle è una corteccia d'olivo secolare, sotto il tronco scorrono linfe fresche e giovani, ma per farle uscire alla luce del sole si dovrebbe usare il coltello... Maria sta di nuovo uscendo, vuole tornare dalla donna e dai bambini, tornare da Goran, accanto a lui si sente bene, nonostante tutto... Lubjanca la benedice con le mani che odorano di aglio, «figlia mia, figlia mia», ormai ha confuso Maria e Tianack fino a non distinguerle, la guarda allontanarsi trattenendo il respiro, appena la porta si richiude si siede e si mette a cucire, a borbottare... Zubick fuma e pensa, ancora quel pensiero, «vorrei morire dopo Lubjanca, per non lasciarla sola, appena un attimo dopo, ma non prima...», per associazioni misteriose la memoria gli spinge davanti agli occhi una distesa di terra piatta e infinita, in lontananza soldati in marcia, silenziosi, sconfitti, tra quei soldati uno si chiama Zubick, ha un ferito sulle spalle, un ferito che morirà senza un lamento... lui si era accorto di aver portato un cadavere sulla schiena per venti chilometri solo dopo molte ore, quando l'aveva scaricato per terra durante il bivacco, tanta fatica per nulla, non capiva come mai pensando a quei momenti, a quel periodo, provava nostalgia, la guerra è l'Inferno, non si può avere nostalgia dell'Inferno, forse in quei momenti aveva conosciuto gli esseri umani più profondamente, aveva visto come la guerra spreme gli uomini tirandone fuori il succo... aveva visto da vicino i dolori e le speranze e la brutalità, aveva dato da bere l'ultimo sorso d'acqua a compagni moribondi, aveva corso nei villaggi e nei campi con il fucile in mano e il coltello tra i denti, si era trovato davanti occhi spaventati o spaventosi, aveva mirato al capo di sagome umane in fuga, spingendo il dito sul grilletto con rabbia e amarezza, aveva visto cadere i nemici colpiti alla schiena o alla nuca, a un amico aveva amputato una gamba marcita con un colpo d'accetta per evitare la cancrena, poi lo aveva visto morire e lo aveva seppellito... Se c'era calma, dopo il rancio si sdraiava faccia al cielo, la lingua bruciata dall'alcol e dal tabacco, e pensava... in quell'Inferno era stato costretto a guardarsi, a tollerarsi, si era scoperto vile, o generoso, aveva ucciso per conto di altri, dei potenti, aveva gridato, sparato, aperto gole con il coltello, aveva visto da vicino gli occhi dei nemici credendo di trovarci odio, invece aveva trovato solo paura, incredulità, erano occhi tutti diversi e tutti uguali, aveva passato notti a bere e a suonare l'armonica e a pensare a quando sarebbe ritornato a casa, una pianura infinita come la nostalgia... Zubick sospira, svuota la pipa e guarda Lubjanca, si è addormentata con l'ago in mano, tra qualche minuto si sveglierà chiedendo a voce alta « chi è? », guardandosi intorno come pronta a combattere, si rimetterà a cucire l'orlo inutile di un qualche pantalone inutile, è bello averla ancora accanto... in un angolo dietro la credenza il gatto gioca con un topo minuscolo, lo tira in aria e lo rimbecillisce a forza di zampate, il topo sembra morto, non si muove, il gatto lo osserva, lo sfiora con gli artigli, non si diverte più, si accuccia accanto al cadavere del topo e sbadiglia, in quel momento il cadavere risuscita, fa un balzo e sparisce dentro una fessura del pavimento, il gatto scatta in piedi, annusa l'aria e la fessura, dopo un po' si rassegna, sale sulle ginocchia di Zubick, si mette a dormire...

Quando Maria arriva a casa di Goran, la donna ferita è seduta in cucina, la gamba fasciata tesa in avanti, Goran si avvicina a Maria e le stringe un braccio, accenna alla donna, apre la bocca, finge di masticare, vuol dire che la donna ha perfino mangiato, ha parlato a lungo con Goran, ha gli occhi vivi, il bambino biondo è seduto sul letto, ogni tanto mormora qualcosa e sbatte il mento sul torace, l'altro guarda fuori dalla finestra, il muro di fronte, il cielo chiaro... la donna è calma, Goran le fa ancora qualche domanda, lei ricorda e risponde, il peggio è passato, si alza barcollando, vuole uscire, forse per vedere la luce, le nuvole, è molto che non guarda il cielo, gli uomini sono delle bestie, voglio vedere il cielo, alzare lo sguardo dalla terra, fare finta di non essere quaggiù tra gli esseri più crudeli del creato, la donna esce sorretta da Maria, è debole, la gamba ferita fa male, rientra in casa quasi subito, si siede da qualche parte, pensa e si guarda le mani, sembra tranquilla... Qualche giorno dopo la lasciarono da sola mentre mangiava lattuga bollita, andarono a cercare del disinfettante, scatolette di fagioli e farina, chi la trova più la farina... quando tornarono a casa trovarono la donna impiccata al gancio del lampadario, i bambini erano distesi sul tappeto a dormire.

Lo incontrasti una mattina in quel giardino pubblico, non eri andata a scuola, eri scappata all'ultimo momento... erano quasi le undici, dopo un po' sarebbe cominciata l'ora di storia, la maestra in quel periodo stava raccontando la vita di Attila, ti venne un brivido nello stomaco, Attila ti piaceva, era il tuo vendicatore, bruciava tutto e non risparmiava nessuno... seduti su una panchina in fondo al giardino c'erano un ragazzo e una ragazza, si guardavano negli occhi per lunghi secondi, in silenzio, poi attaccavano le bocche, era bello guardarli, contavi quanti secondi duravano i baci e anche i secondi che passavano tra un bacio e l'altro, ti divertivi... un colpo di tosse ti fece voltare, ti vennero i brividi sul collo, un uomo enorme e fiero era seduto accanto a te, non l'avevi sentito arrivare, lo esaminasti con la crudeltà dei bambini, aveva il capo a forma di uovo, gli occhi tondi da bue, chiari come il cielo, una camicia sudicia e tesa sulla pancia grassa, le scarpe sfondate, però stava seduto come un re, puzzava ma era speciale... dopo il primo spavento ti calmasti, nonostante la mole non ti faceva poi così paura, lui non si voltava a guardarti, forse non ti aveva nemmeno visto, era molto impegnato, stava aprendo un cartoccio, dentro c'era un panino imbottito, lui aprì il pane, appoggiò la parte superiore sulla coscia, sembrava preoccupato, prese con due dita tutto il prosciutto, lo gettò via con molta serietà, un cane passò di corsa e inghiottì il prosciutto, l'uomo enorme richiuse il panino vuoto, stette molto attento a far coincidere le due parti, lo guardò da tutti i lati, lo strinse fino a schiacciarlo, finalmente si preparò a dargli il primo morso, era una cosa troppo strana...

«Perché?»

«Perché cosa?»

«Perché butti via il prosciutto?»

«Non lo butto via, lo elimino.»

«Perché?» gli chiedesti. Lui ti fissò accigliato.

«Perché è lì che sta il male.»

«Dove?»

«Nel mezzo.»

«In che senso?»

«Il male sta in mezzo alle cose... nel cuore delle cose...»

«Perché?»

«Non lo sai? Il male si porta via il meglio... oppure nulla!»

«E perché?»

«Il male vuole addentare ogni cosa...»

«Perché non compri un panino già vuoto?»

«Sarebbe troppó facile... e se poi mi scoprono?»

«Chi?» gli chiedesti. Lui abbassò la voce.

«Io sono capace di pensare, ecco perché... Sono l'unico al mondo, ma non lo deve sapere nessuno.»

«Non lo dico a nessuno.»

«Brava bambina... allora ti dico una cosa... sai cos'è il male?»

«Cos'è?»

«È il bene visto allo specchio.»

«Allo specchio?»

«Sì, allo specchio... è lo specchio a corrompere il bene... anche te, quando ti guardi allo specchio...»

«Io?»

«Sì sì, facci caso... quella nello specchio non sei mica te!»

«E chi è?»

«È la bambina maligna che abita dentro di te... senza il bene il male non ci sarebbe... lo specchio è il maligno, ogni cosa ha il suo specchio...»

«Anche lo specchio?»

«Anche lo specchio, certo... ma non cercare di capire, lascia perdere, è troppo complicato.»

«E poi?» Maria lo guardava ammirata, anche se non capiva come mai. L'uomo addentò il panino con molta convinzione.

«Ne vuoi un morso?»

«Non ho fame...»

«Vedi, nello specchio le cose esistono e non esistono... pensaci... è una cosa terribile...»

«In che senso?»

«L'immagine dello specchio 'somiglia', ma non è mica vera, non può essere vera... prova a mettere un dito nel naso alla tua immagine dentro lo specchio...»

«Non si può...»

«Appunto... però non si tratta sempre di quello specchio, appeso nel bagno... lo specchio è un concetto... lo sai cos'è un concetto?»

«No...»

«Un concetto è una cosa che non si può toccare ma tocca tutto... è una cosa che c'è ma non c'è... capito ora?»

«Non lo so...»

« Falsità, ipocrisia... bugie e bugie... tutto il mondo dice bugie... »

« Che vuol dire ipoclisia? »

« Ipocrisia, con la r... Vuoi proprio sapere cos'è? »

« Sì... »

« L'ipocrisia è un panino con dentro il prosciutto. »

« E perché? »

« Hai mai visto il prosciutto crescere nei panini? Guardati intorno... questo mondo non è quello vero... quello vero è lassù, oltre i cieli... questo mondo che vediamo è la sua immagine allo specchio, la sua immagine capovolta... è un inganno... adesso facciamo una pausa, devo distruggere questo panino ipocrita... »

« Sì... »

Ecco il silenzio, un bel silenzio, intorno a te il mondo sembrava trasformato, guardavi il cielo, pensavi al mondo « vero », cercavi di vederlo, capovolto dietro le nuvole, ti sembrava di cominciare a capire qualcosa di importante, ma la confusione sovrastava ogni pensiero, eri avvolta dalla nebbia, volevi uscirne e conoscere ogni cosa... accanto a te l'uomo biascicava con disgusto il suo panino, il viso serio come per un impegno solenne, poi appallottolò la carta, prese la mira e la lanciò in un cestino centrandolo in pieno, scuotendo il capo con disprezzo...

« Apparenza, solo apparenza... » Da sotto la giacca sfilò una borraccia, bevve rumorosamente, poi te la mise davanti agli occhi.

« Ne vuoi, bambina? »

« No... »

« Perché no? Inganna la sete. »

« Non mi va... Come ti chiami? »

« Domani. »

« No, dimmelo adesso. »

« Te l'ho detto, mi chiamo *Domani.* »

« Domaaaani? E perché? »

«Perché *Domani* è sempre meglio di *Oggi*...»

«Perché?»

«Perché *Domani* è la speranza... *Domani* è il vuoto assoluto dove ci si può ficcare tutto... per non parlare di *Ieri*, che è già seppellito ma non si vuole rassegnare a essere un fantasma.»

«E poi?» gli chiedesti, sempre più affascinata da quella confusione che in una qualche maniera ti sembrava di capire. L'uomo guardò davanti a sé e allargò le braccia come per volare, con le lacrime agli occhi.

«E poi... e poi... *Domani* è una montagna di roccia da scolpire.»

«Una montagna...» ripetesti, sottovoce. L'uomo cambiò sguardo, lasciò cadere le braccia.

«*Oggi* è come lo specchio, è un inganno... *Oggi* fa schifo.»

«Come fai a saperlo?» Ti piaceva sentirlo parlare. L'uomo si guardò intorno con diffidenza, aspettò che una signora con il viso da fagiano passasse oltre, poi fece una faccia offesa.

«Ho passato notti intere a pensare... loro non volevano, 'dormi scemo!' mi dicevano... Eh già, figurati un po'... volevano che io smettessi di pensare... chi dorme è come morto, non mi piace dormire, sono dieci anni che non dormo... comunque se vuoi chiamami pure Platone, non mi offendo... e te come ti chiami?»

«Mario...» dicesti, arrossendo. Ti sembrava di mentire, ma non sapevi come mai. L'uomo fece una faccia molto divertita, stava per scoppiare a ridere, poi di colpo diventò triste, poi si arrabbiò, si dette una manata sul capo.

«Lo vedi? Lo vedi che ho ragione?»

«Cosa?»

«Ascoltami, non devi dirlo a nessuno... nel mondo oltre il cielo, lassù... vedi quella nuvola?»

«Quale?»

«Quella là, a forma di cane.»

«Sì...»

«In quel mondo lassù il tuo nome è Maria.»

«Maria?»

«Sì... Maria... Quaggiù sei la bambina dello specchio, qui tutti ti chiamano Mario... Eh sì, brutta storia... Non dirlo a nessuno, eh... a nessuno!»

«Perché?»

«Perché è pericoloso... Dire come stanno le cose è sempre pericoloso» disse l'uomo, fissandoti.

«Sì...» Tu guardasti ancora il cielo, eri confusa, avevi brividi dappertutto, la troppa emozione ti fece alzare in piedi, non riuscivi a stare ferma, quante cose c'erano da sapere... bastava parlare con qualcuno... lassù c'era una bambina che si chiamava Maria, quella vera... Lassù forse anche il babbo era più vero, più babbo. L'uomo ti puntò contro un dito.

«Giura che non lo dirai a nessuno... Giura!»

«Giuro...»

«Bene... ora siediti e smetti di guardare il cielo, fai finta di nulla.»

«Perché?»

«Sai chi sono io? Io faccio di testa mia, ecco perché... mi controllano, hanno paura di me... quelli come me non servono a nulla, meglio tenerli rinchiusi, è questo che dicono... ma io non ci sto mica là dentro... il momento più bello è quando esco dal cancello, loro mi cercano sotto il letto, fanno un gran casino, vogliono riprendermi e rinchiudermi... non sopportano l'idea che io veda cose che loro non vedranno mai...»

«E come fai?» gli chiedesti. Quella domanda gli piacque, si morse le labbra dalla soddisfazione, avvicinò il suo viso al tuo e si aprì un occhio con le dita.

«Guarda bene... cosa vedi?»

«Un occhio...»

«Un occhio come?»

«Grande.»

«E poi?»

« Azzurro. »

« Azzurro, grande, ma per il resto è un occhio normale, se te lo dico io ci puoi credere... Ci credi? »

« Sì... »

« Brava... Loro invece pensano che i miei occhi abbiano qualcosa di speciale, ma non è mica vero. »

« Che stupidi... »

« Loro non lo sanno, gli occhi non c'entrano nulla... io... sappiatelo tutti... io non guardo mai nulla una volta sola... »

« E perché? »

« Hai mai provato a stare in una stanza buia a pensare?... non importa a cosa pensi... io lo faccio spesso, mi siedo in mezzo alla stanza, spengo la luce, penso alla prima cosa che mi viene in mente, penso solo a quella, per molte ore... è sorprendente... se riesci a entrarci dentro, tutte le cose portano nello stesso posto... tutte, proprio tutte... ma è uno 'stesso posto' che è sempre diverso, per questo è un luogo dove si annusa l'assoluto... Hai una caramella? »

« No... »

« A volte mi sento buono, provo a raccontare a quegli scemi tutto quello che vedo dentro le cose... mi guardano con invidia, vogliono subito farmi dormire, io dico che non ho sonno, loro mi saltano addosso in quattro, mi fanno una puntura nel braccio... due giorni fa sono stato tutto il pomeriggio a guardare una briciola di pane... »

« Perché? »

« L'ho trovata dentro il mio letto... si possono vedere molte cose in una briciola di pane, basta guardarla a lungo, te l'ho detto. »

« E cos'hai visto? »

« Ho visto la storia dell'umanità, ho visto il Bene e il Male che facevano a pugni, che giocavano a dadi, che si sputavano addosso... Ho capito chi è Dio, ho sentito la Sua voce... »

« E cosa diceva? »

« Non erano proprio parole... era un vento che mi passava

dentro il cranio... strideva, sembrava un pianto... Ti confesserò una cosa, Dio non può fare più nulla per noi.»

«Noi chi?»

«Per noi... per l'intera umanità.»

«Perché?»

«Io l'ho anche visto...»

«Chi?»

«Come chi? Dio!»

«Non ci credo... Com'era vestito?»

«Stracci, era coperto di stracci... non è mica vero che ha la barba... Macché barba e barba... ora ti dico io la verità... Dio è una donna, e che donna... Altro che parole e parole... quello che voleva dirmi è arrivato direttamente dentro il capo... Vuuum!»

«E cosa ti ha detto?»

«Non può fare più nulla per il mondo, anche i cieli sono nel caos, figurati che voleva un consiglio da me...»

«E tu che gli hai detto?»

«Gli ho detto... Caro Dio, sono molto onorato, ma te la devi sbrigare da solo...»

«Hai detto così a Dio?»

«Che consiglio potevo dare io a Lui, così su due piedi?» disse l'uomo. Poi rimaneste di nuovo in silenzio, a guardare il cielo. Passò qualche minuto. A un tratto ti venne voglia di fargli una domanda.

«Ce l'hai il babbo e la mamma?» gli chiedesti. Lui scosse il capo.

«Ogni tanto però la mamma la vedo... Sì, la vedo... è bella...»

«Dove la vedi?» Eri curiosa, tu non la vedevi mai la mamma, ti sembrava quasi di non averla mai vista... quando pensavi a lei, nella memoria ti appariva una figura sempre diversa, e non vedevi mai il suo viso. Sulle labbra dell'uomo apparve un sorriso cattivo, si leccava le labbra, si mise a torcere il collo da ogni parte, facendolo schioccare.

«La mamma una volta si mise a camminarmi accanto, voleva farmi vergognare...»

«Perché?»

«Era bellissima... ho cercato di abbracciarla, lei non voleva, allora l'ho presa per il collo, così, per darle un bacio, la tiravo e lei non veniva, dovevo metterci tutta la forza, ma lei nulla... poi ho capito, lei non si sentiva bene, appena ho lasciato il suo collo lei è caduta in terra e non l'ho vista più, era sparita...»

«Proprio sparita sparita?»

«Sparitissima... mentre piangevo sentii una gran botta sul capo.»

«Cos'era?»

«Boh, forse mi ero addormentato di colpo... ti sei mai addormentata di colpo? Non ci pensare, non ci pensare... insomma mi sono risvegliato dentro una stanza chiusa, la mamma era seduta di fronte a me, era molto offesa...»

«Perché offesa?»

«Mi ha detto che nessuno può baciare la sua mamma, non si fa... poi ha aperto le braccia ed è sparita dentro la parete... Hai un po' di cioccolata?»

«No...»

«Meglio così... Uuuh, la senti?»

«Cosa?»

«La sirena... cercano me... ciao bella.»

«Domani torni?»

«*Domani* non torna mai...»

«No dai, dimmi quando torni.»

«Puoi scoprirlo da sola, prendi un sasso...»

«Quale?»

«Uno qualsiasi... guardalo a lungo, è tutto scritto lì dentro... non proprio scritto, è un concetto... addio, quando morirò mi sognerai, ti dirò tutto quello che oggi non ti ho detto.» Ti porse una mano enorme, piena di peli, potevi afferrare appena due dita, a guardarle sembravano ruvide e callose, invece erano lisce.

«Ciao Maria.»

«Ciao... *Domani.*»

«Via, si parte...» Si alzò con un lamento, si voltò di scatto e si mise a camminare in fretta, facendo ondeggiare il capo in ogni direzione... Lo guardasti mentre si allontanava, oscillava come un barile buttato giù da una discesa, sparì in fondo al giardino, dietro gli scivoli e le altalene, prendesti un sasso da terra e te lo mettesti in tasca... tornasti a casa, il babbo era già arrivato, e sbuffava, «dove sei stato?», «il bus ha bucato una gomma», senza dire nulla apparecchiasti il tavolo di cucina, sentivi il sasso nella tasca dei pantaloni, nulla poteva farti paura... quando dopo pranzo il babbo uscì di nuovo ti sdraiasti sul letto, sfilasti il sasso dalla tasca e lo mettesti sopra il cuscino, lo guardavi fisso, era un sasso grigio, aveva ragione *Domani*, dopo un'ora cominciasti a vedere molte cose, non con gli occhi... no no, gli occhi non c'entravano nulla, le immagini e i pensieri passavano nella mente come in processione, uomini e cose e donne e animali, ricordi e fantasie e storie brevi o lunghissime raccontate in un attimo, cortei di straccioni condannati a morte, una stanza piena di uomini tutti con la faccia del babbo, persone vive distese nella bara, Attila con la spada alzata, la scuola che bruciava... vedesti anche la mamma, non aveva nessun viso, parlasti con lei, ti disse che prima o poi sarebbe tornata, forse domani, «se sei buona ti porterò con me», era proprio vero, il mondo era bugiardo, le cose vere erano tutte in quel sasso... Qualche giorno dopo stavi andando a scuola, appesa alle edicole c'era la fotografia di un uomo, accanto una scritta grande grande, RITROVATO E UCCISO IL FOLLE OMICIDA, era proprio lui, era *Domani*, staccasti la foto dall'edicola, un uomo ti gridò dietro, corresti via eccitata e triste, a scuola facevi vedere a tutti la sua foto, «io lo conosco, io questo qui lo conosco, si chiama *Domani*, mi ha raccontato un sacco di cose, si chiama

Domani, io lo conosco, dice cose bellissime... », non ti credevano, ti prendevano in giro, « le femmine sono bugiarde! », figuriamoci se avessi raccontato quello che ti aveva detto *Domani* sugli specchi, sul mondo vero, o di quando lui aveva parlato con Dio, o magari che ti aveva insegnato a leggere i sassi... ti avrebbero riso in faccia... imparasti che se non dicevi quello che dicono tutti ti ritrovavi da sola in un angolo... e così dicesti soltanto che lo conoscevi... molti ti prendevano in giro, altri se ne fregavano, alcuni tuoi compagni invece ti guardavano pieni di curiosità, ti facevano domande, la maestra ti arrivò alle spalle silenziosa come un gatto, « non vedi che stai disturbando tutti? », ti strappò la foto di mano, la fece in mille pezzi e la gettò nel cestino, « se ti volti ancora ti butto fuori di classe », la lavagna era piena di disegni noiosi, prendesti dalla cartella la gomma da cancellare, l'appoggiasti sul banco, ti mettesti a fissarla, dopo un po' vedesti molte cose, moltissime cose, era facile, facilissimo...

C'erano poche sedie, aspettasti in piedi il tuo turno, alle sette e mezzo di mattina quel reparto dell'ospedale era un fermento di disinfettanti, ti sentivi stanca, in quel periodo fumavi una sigaretta dietro l'altra, non eri nemmeno tornata a casa, finito di lavorare sui viali eri andata a cercare un bar, ce n'era uno aperto in periferia, pieno di camionisti e di puttane, di gente ambigua che parlava con accenti mai sentiti, avevi bevuto solo una bottiglietta d'acqua, non dovevi mangiare nulla, dovevi essere digiuna, all'alba te n'eri andata con un taxi fino all'ospedale, dietro un muro ti eri fatta quattro fiale di morfina tutte insieme, gli spilli ti avevano bucato il corpo, ti eri quasi addormentata sopra una panchina del cortile, la sirena di un'ambulanza in arrivo ti aveva scossa, avevano scaricato un ferito con la faccia insanguinata, eri riuscita a metterti in piedi e ti eri incamminata nei corridoi dell'ospedale, eri salita con l'ascensore fino al sesto piano, ti eri messa in coda nel reparto di malattie infettive, avevi addosso la stessa minigonna della notte, magra come uno stecco, avevi pochi soldi in tasca, i clienti sceglievano corpi più carnosi, avevi anche abbassato i prezzi, in un momento di ribellione contro te stessa avevi deciso di farti le analisi del sangue, stavi appoggiata al muro del reparto come un manichino, i bambini ti osservavano con insistenza, le mamme si imbarazzavano, negli ultimi sei mesi due tue colleghe erano morte, una di AIDS, l'altra per colpa di un'epatite trascurata, eh no, così no, meglio morire per una coltellata... la notte prima avevi avuto uno svenimento, alla fine ti eri decisa, « devo andare in ospedale », ti facevi da quasi un anno, ormai ti servivano tre grammi al giorno, mangiavi poco, spendevi tutti i tuoi soldi in eroina, vomitavi spesso, tenevi le siringhe usate in tasca insieme ai preservativi e ai soldi, ti cresceva dentro una rabbia che trattenevi, una rabbia senza direzione, eppure dietro quella nebbia spessa che ti circondava doveva esserci un colpevole, c'è sempre un colpevole, ti ripetevi, magari sono io stessa, ma un colpevole c'è sempre, anche se era più comodo dare la colpa a qualcun altro... da qualche parte dentro di te sentivi frusciare un desiderio di vivere che lentamente moriva sotto l'eroina e la noia, a volte provavi una specie di rassegnazione estatica, i rari momenti di vera euforia erano violenti e inutili, altre volte facevi progetti per il futuro remoto, ti guardavi dentro lo specchio, non eri più la bella Maria, le gambe erano rami secchi, gli occhi cerchiati, Cristo!, la giovinezza è ora!, non diventerò mai una vecchia felice o nostalgica, non avrò figli da maledire o venerare, la mia vecchiaia è già cominciata, dopo di me non ci sarà più nessuno, devo fare presto, presto... decidesti di fare un controllo del sangue, un controllo completo, se eri già malata avresti continuato quella vita fino all'ultimo, oppure un tubo di pasticche, o il rasoio... anche quello era un problema non da poco, « come lo faccio? », se invece non avevi nulla, chissà, magari riuscivi a uscire dal gorgo... un ragazzo ti fece sedere al suo posto, non gli dicesti nemmeno grazie, non vedesti nemmeno che faccia aveva, si avvicinava il tuo turno, « sono malata... mi diranno che sono malata », le persone entravano da una porta con i vetri opachi, uscivano poco dopo con un cerotto sul braccio, ogni tanto si sentiva strillare un bambino, infermiere che ridevano, carrelli che tintinnavano... ti chiamarono verso le otto e mezzo, l'infermiere ti fece sedere e ti chiese di stendere il braccio, vide le righe blu che correvano lungo le tue vene, ti lanciò un'occhiata di compassione, ti parlava con sollecita gentilezza quasi paterna, a te dava fastidio quella commiserazione obbligatoria, addirittura lui ti sorrideva, non si devono trattare male i drogati, ormai si sa, in fondo sono dei poveri malati da curare, l'infermiere s'infilò i guanti e ti legò il laccio in cima al braccio, « stringa il pugno », e lo dici a me?, stringevi il pugno tre o quattro volte ogni giorno, le vene vennero con fatica a galla sotto la pelle, l'infermiere non sapeva dove infilare l'ago, ti guardò perplesso, gli indicasti un punto vicino al polso, forse quella vena era ancora aperta, l'ago entrò ma non trovò la vena, uscì e rientrò di nuovo, l'infermiere cominciò a innervosirsi, lo aiutasti, e alla fine la vena venne infilzata, guardavi il tuo sangue che riempiva le provette, te lo sentivi rubare dalla nuca, la vista se ne andò per qualche secondo, l'infermiere continuava a cambiare provette, ne riempì almeno sette, fino all'orlo, quando sfilò l'ago ritirasti il braccio con odio, « torni tra una settimana per i risultati », ti lanciò un batuffolo di cotone intriso di disinfettante, gettò in un bidone tutto quello che avevi sfiorato e ti seguì con lo sguardo finché non ti vide sparire dalla stanza, solo in quel momento ti venne in mente che quell'infermiere lo avevi già visto, quasi un anno prima, si era fermato di scatto davanti al distributore della Q8, « quanto mi costa? », nessuno te l'aveva mai domandato in un modo così ridicolo, « cinquantamila, bello », all'ospedale lui non poteva averti riconosciuta, adesso pesavi almeno quindici chili di meno, e comunque avrebbe fatto finta di non averti mai vista, quella notte aveva avuto bisogno di te, si era sfogato, la moglie, i figli, il lavoro, i colleghi ruffiani, era finito tutto in uno spruzzo di sperma, poi se n'era andato svuotato e quasi vergognoso, pagando il doppio... li conoscevi quelli come lui, si costruiscono una vita fatta di regole e di fili spinati, si affacciano alla grata di quella galera fingendo di essere felici e guardano fuori con la bava alla bocca, dissimulando la lotta che rode il loro stomaco, ogni tanto strisciano fuori dal recinto per annusare un'ora di libertà, sempre di nascosto, di notte, poi tornano a cuccia pieni di paura e di ribrezzo, con l'aria di chi l'ha scampata bella, e si guardano intorno contenti, sono di nuovo al sicuro nella loro galera, una bella cella che hanno saputo fabbricare in molti anni di fatiche e di espedienti... Tornasti dopo una settimana a prendere i risultati, che consideravi una sentenza, non apristi subito la busta, te ne andasti in un bar di lusso e ordinasti un cognac, erano le dieci di mattina, avevi dormito sì e no tre ore, quando arrivò il cameriere con il cognac lo fermasti, era un ragazzino magro e timido, « puoi dirmi cosa c'è scritto qua? », gli desti il foglio con i risultati delle analisi, il cameriere arrossì, balbettando lesse a voce bassa i risultati, numeri e sigle che non capivate né lui né te... al tavolo accanto c'era un signore che leggeva il giornale, vestito bene, pizzo e baffi, occhi da gatto, si offrì di spiegarti il significato di quelle sigle e di quei numeri, si presentò e si sedette al tuo tavolo, aveva un modo di fare d'altri tempi, sfoggiava una gentilezza appiccicosa, pensasti che fosse il diavolo in incognito... prese il foglietto in mano, si mise gli occhiali, lesse in silenzio per qualche secondo, quando posò il foglietto aveva una faccia seria e compassionevole, prima che cominciasse a parlare bevesti il tuo cognac tutto in un sorso, un'onda infuocata ti scese dalla gola allo stomaco, « lei è sana come un pesce », l'uomo sembrava quasi triste, « qualche valore un po' sballato, ma nulla di che... dovrebbe solo fare una vita più sana », invece di ridere gli chiedesti dell'AIDS, ci doveva essere un referto separato, lui si rimise gli occhiali, cercò ancora tra i fogli, si soffermò a leggerne uno verdolino, lo girò verso di te, « ecco qua, negativo »... ti sembrava di essere nata in quel momento, ti uscì dalle labbra un sorriso luminoso, quasi piangevi, ti accorgesti che avevi pensato fino a quel momento di essere malata, di dover morire presto... ordinasti un altro cognac, il signore gentile era ancora lì, ti guardava con occhio clinico, lentamente l'euforia si afflosciò, pensasti che prima o poi dovevi morire comunque, guardasti con antipatia la tua magrezza, ricordasti quanto ti piaceva essere bella, guardarti allo specchio e ammirarti, non era vanità, essere bella ti dava sicurezza, ti sentivi ricompensata per la vita insulsa e inutile che facevi... il signore ti sorrise con tristezza, « posso chiederle che lavoro fa? », non voleva nulla, cercava solo di aiutarti, tu eri intrisa di amarezza, ce l'avevi con te stessa, « io? che lavoro faccio? batto... », « come..? », « faccio la puttana », « lei, una... e perché? », « non ho avuto troppa scelta, e tra le gambe ho qualcosa da togliere », « ah... », « la vita è piena di sorprese... grazie per prima », lasciasti i soldi sul tavolo e te ne andasti, « signorina... », il signore ti chiamò varie volte, piano, con discrezione, non ti voltasti nemmeno, i fogli dell'ospedale erano rimasti a lui, tanto a te non servivano più, eri sana, questo ti bastava, ti facesti coraggio, « domani smetto di farmi... domani... oggi no, oggi devo festeggiare... speriamo di trovare l'egiziano... speriamo... »

La suicida è stata seppellita, nella stessa buca è stata messa una vecchia, è morta improvvisamente per chissà cosa, nessuno si è preoccupato di chiamare un medico, a nessuno interessa, è morta e basta, viveva da sola, tutti i suoi parenti erano già morti da un pezzo, o qui in città sotto i bombardamenti o da qualche parte in guerra, nessuno ha pianto per lei, e nemmeno per la suicida, un rosario, una croce, la casa della vecchia è stata subito occupata da altra gente, i due bambini che erano arrivati insieme alla suicida li ha presi una donna, ora vivono con lei... nei giorni successivi ci sono state un paio di brevi incursioni aeree, qualche casa crollata, tre o quattro morti, quando è suonata la sirena d'allarme i due bambini si sono messi a correre, a urlare, le mani sulle orecchie, sembravano impazziti, per il resto stanno bene, mangiano, sono ingrassati, la donna che li tiene è contenta, anche se non sembra molto normale, è come se stesse sempre ascoltando una voce, strizza gli occhi e tende l'orecchio, ha perso i suoi tre figli poche settimane fa, tutti in una volta, il più grande aveva dieci anni, lei era abituata a sentirli mentre in strada giocavano e litigavano, a un tratto si è ritrovata intorno il silenzio, una cosa brutta, non ce la faceva più, aveva bisogno di sentire dei rumori in casa, la donna abita accanto a Goran, ha saputo dei due bambini fuggiaschi, quando « la poverina » si è uccisa lei ha chiesto di poter tenere i bambini, lo ha chiesto fissando Goran e stringendogli un braccio con tutte e due le mani, Goran glieli ha affidati volentieri... all'inizio i due bambini non erano troppo rumorosi, poi hanno cominciato a parlare, quasi sempre ognuno per conto proprio, il biondino sta affacciato alla finestra, parla al cielo e come al solito sbatte il mento contro il petto, l'altro fa un continuo monologo sottovoce, ha sempre quello sguardo da uomo, rughe profonde intorno agli occhi e alla bocca, ogni tanto sorride, non si sa perché, tiene in mano la sua striscia di cuoio, continua a fare i nodi e a disfarli, quando la donna li chiama per mangiare corrono e si siedono a tavola, non si guardano quasi mai negli occhi, finito di mangiare si alzano e tornano a giocare... Ogni giorno Maria va a trovarli, anche solo pochi minuti, quei bambini sono fotografie della guerra, è difficile guardarli senza stare male, ma a lungo andare ci si abitua anche a questo, addirittura a qualcosa di peggio, non ci si può fare nulla, abituarsi è un modo per sopravvivere, a volte Maria allunga una mano per fare una carezza ai bambini, quello con la faccia da uomo la guarda come se non capisse quel gesto, il biondino scuote appena il capo come per scacciare un insetto dalla fronte... nonostante tutto Maria in quella casa ci va volentieri, quei due piccoli sopravvissuti le ricordano Goran, quel giorno sulla collina, ogni tanto anche lui viene qui, si mette seduto e parla con i bambini, loro rispondono, a volte smettono di giocare e raccontano qualcosa, in genere la stessa cosa, la guerra, la mamma, la morte... Maria guarda Goran e cerca ancora di scoprire cosa le è successo, non capisce una parola di quello che lui dice, non sa chi sia e cosa faccia, non sa cosa pensa, cosa vuole... ma è normale, pensa Maria, in fondo ci s'innamora di un sogno, di una fiamma che brucia nel nulla, mi sono sempre gettata nell'amore privandomi di me stessa, mi piace perdermi, non essere più quello che ero, mi piace uccidere il passato e rinascere a nuova vita, mi innamoro per morire e risuscitare, per scoprire anime nuove dentro di me, mi innamoro «malgrado tutto»... è bello vivere qualcosa che non capisco, annullarmi, vagare nel buio, pensa Maria... e se non sono ricambiata va bene lo stesso, soffro ma mi piace lo stesso, mi piace sganciarmi da quello che sono stata e scoprire che posso essere anche un'altra, mi attira l'idea di lasciar cadere le zavorre per salire sempre più in alto, verso l'ignoto, verso cieli da conoscere... ma non sempre e non per tutti è così, pensa Maria... lo sa, lo ha visto, alcuni vivono l'amore come un bisogno di sottomettersi, di dipendere da qualcuno, altri ancora amano o credono di amare per comandare, per sentire che l'altro «è mio», e per il fatto di amarlo pensano di avere il diritto di tracciare i confini della sua personalità, della sua vita... amore e potere, che tristezza... se ci si limita ad amare è tutto più bello, pensa Maria, e sente che quei pensieri per lei sono nuovi... amare e niente più di questo, nessuna galera, l'altro può anche non saperlo, fa lo stesso, la bellezza sta in me che amo, senza tornaconto, senza per forza voler essere ricambiata... però così è anche misterioso, è come se l'amore fosse un viaggio oltre la morte, in un prato dove ognuno vorrebbe andare a cogliere dei fiori... Maria sorride dei propri pensieri, ma perdersi in quelle vaghe divagazioni le fa bene, si sente più serena, non vuole più nulla da Goran, è felice che lui esista, le basta questo, se non può avere altro le basta questo, amare quell'uomo misterioso le fa bene, la vita non va mai condannata, bisogna prenderla per mano e camminare insieme a lei... bellissimi pensieri, ma se ora Goran mi prendesse tra le braccia e mi baciasse sarei felice, lo stritolerei di abbracci, me lo tirerei addosso, lo farei entrare dentro di me, ora che posso, vorrei vederlo sfinito, vorrei sentire il suo odore sulla mia pelle... ma se questo non può succedere, va bene così, va bene lo stesso...

Quando ha tempo se ne sta appollaiato sopra uno sgabello, nascosto dietro le tende, aspettando e sperando di rivederla, e adesso finalmente... la ragazza con i capelli dorati passa di nuovo davanti alla sua finestra, quella bionda italiana lo ha fulminato, una notte lui si è svegliato annaspando nel vuoto... un sogno bellissimo, all'inizio... lui e la bionda correvano nudi in un prato immenso sotto un cielo immenso circondati da una luce immensa... lui cercava di acciuffarla, e se riusciva a prenderla poteva farle tutto quello che voleva, ma lei a un tratto si era trasformata in una gallina enorme e scappando si era messa a starnazzare, un risveglio terribile... La bionda oggi è da sola, in quel momento sta passando davanti alla sua finestra, Kalik non può resistere, si mette un paio di occhiali da sole, esce dal retro e la segue con aria indifferente, rimugina e parla tra sé a voce bassa, si tormenta le labbra con i denti... i rari passanti che incrocia gli lanciano occhiate di traverso, lui è il bastardo del mercato nero... pezzenti maledetti!, non sono un ladro!, andateci voi di notte sui monti, in quella spelonca buia dal matto zoppo, ha delle mani che sembrano badili, caricatevi voi trenta chili sulle spalle, chilometri e chilometri nel bosco, provateci un po', e dopo chiamatemi ancora ladro, pidocchiosi!, ma adesso basta con quei discorsi, ha altro a cui pensare... quella ragazza bionda l'ha abbagliato, gli è entrata dentro come un vino di Oporto e lo ha ubriacato, non gli era mai successo... Kalik sente il cuore battere forte... quella bionda gli piace, quella bellezza lo confonde, quando la guarda si sente insieme contento e frustrato, che cosa strana, gode e soffre, il desiderio e l'incertezza si intrecciano... Segue la ragazza attento a non farsi riconoscere, non vuole che lei si accorga di essere seguita, deve scoprire dove abita, poi si vedrà, per il momento non deve perderla di vista, vuole vedere dove abita, non deve sfuggirgli, deve assolutamente vedere dove abita... ecco, la bionda ha voltato a destra... oh, caz... mi ha visto?, no, no, ma dov'è finita?, eccola laggiù, piano, Kalik, piano... non farti vedere... la bionda è sparita in quel vicolo, forse è lì che abita, Kalik deve correre, altrimenti la perde, fa appena in tempo a vederla sparire dietro una porta... forse è proprio qui che vive, che dorme, che si sveglia, che si spoglia... Kalik si avvicina alla porta che ha inghiottito quella meraviglia di ragazza... si ferma a origliare, non sente nulla... a un tratto un rumore di passi, qualcuno sta arrivando da una strada laterale, scappa e va a nascondersi in fondo al vicolo, in una zona d'ombra, vede un vecchio alto e robusto con i capelli bianchi, è lui, lo riconosce, è quello che era venuto con la bionda a comprare del cibo... ha un fascio di legna sotto il braccio, infila la chiave nella stessa porta di prima, entra e la richiude... chissà come mai la bionda italiana vive con quei due vecchi bosniaci... Kalik esce dall'ombra e torna verso casa... deve conoscere quella ragazza, deve trovare il modo, «bella... bionda... bella... bella...», cammina a capo basso, senza nemmeno vedere le ombre umane che gli sfilano accanto nei vicoli, sta pensando a cosa può fare, poi gli viene un'idea, dopo molti anni sulle sue labbra appare un sorriso tenero... le farò un regalo... la vita è bella, le donne sono belle, un regalo... la bellezza merita un regalo, quei capelli biondi, quegli occhi, una donna così... devo lavarmi, puzzo come una capra, devo lavarmi subito, tutto pulito, pulitissimo... Kalik arriva a casa, si mette in bocca un sigaro, si toglie una scarpa, prende dal mobile di cucina la pentola più grande che ha, risveglia il fuoco soffiando sulla brace, getta il sigaro, si toglie la camicia, riempie la pentola d'acqua e la mette sul fuoco, si toglie l'altra scarpa... è un po' confuso, cerca di calmarsi, poi corre a scegliere un vestito, ne trova uno nero, sa di naftalina e di muffa, forse è quello del matrimonio, lo getta su una sedia, ne trova un altro, è blu, il blu gli sta bene, Kalik ha gli occhi neri e duri come pietre, una cravatta viola, questa sì che è una bella cravatta, non se l'è mai messa, scarpe lucide marroni, non troppo malandate, alla biancheria penserà dopo, si siede accanto al camino, e facendo ballare un ginocchio aspetta che l'acqua si scaldi, dopo un po' ci mette dentro un dito, è pronta, è tiepida... porta la pentola nel bagno e si denuda, davanti a lui c'è uno specchio, si guarda, forse è dal tempo dell'infanzia che non si vede nudo, in certi punti le ossa aguzze spingono dietro la pelle, la pancia invece è un po' grassa, pelosa... quant'è che non si lava per bene?, si passa addosso un pezzo di sapone grigio, si strofina con una spazzola... posa gli occhi sullo zucchino scuro che gli pende sotto la pancia, sbucando fuori da un cespuglio di peli radi e spessi... dalla pelle esalano odori sgradevoli, « bella... bionda... », lascia cadere la spazzola nell'acqua sporca... immagina cose belle, lui e lei per mano, lui è vestito di blu, lei ha un abito verde abbagliante e una farfalla tra i capelli, molti bracciali, anelli, collane d'oro... la vita è bella, le donne sono meravigliose... stupido Kalik! bestia di un turco!, dove sei stato tutto questo tempo?, chiuso in questo buco, solo come un ragno, sei ricco, però non ti basta più... hai fatto un mucchio di soldi, certo, ma cos'è la vita senza... senza... ma sì, alla fine lo dice... cos'è la vita senza amore... Kalik si blocca... amore... questa parola se l'era dimenticata, l'aveva chiusa con i ceci e gli stoccafissi nel suo nascondiglio... amore... amore... si guarda nello specchio, si compatisce, si commuove, bestia di un Kalik, meriteresti di crepare... a che serve essere ricchi se non hai una donna che ti ama?, mentre si scrosta i piedi con le unghie scuote il capo e mugola, anni e anni buttati via senza amore, la donna che aveva sposato non lo amava, e nemmeno lui la amava, un matrimonio inutile e noioso... solo il mucchio di soldi che ha accumulato lo consola un po', il denaro rende tutto più facile, anche l'amore... e l'amore rende più bella la ricchezza, è così... si lava gli occhi con l'acqua ormai torbida, si soffia il naso con le dita, un gesto deciso, vuole essere pulito dappertutto, è un giorno molto importante, esce dal secchio grondando acqua e avvicina la faccia allo specchio, vuole guardarsi da vicino, da molto vicino, orbite scavate, il viso spaccato in due da un naso affilato e adunco, piantato sopra una bocca carnosa, sorride e vede brillare l'oro di un dente, ha la barba dura e aggrovigliata... turco maledetto!, dove ti sei rinchiuso tutti questi anni!, sul torace magro due misere file di costole arcuate, più in basso quella pancia grassoccia... ma no, non sei male Kalik, lascia perdere i particolari, l'insieme è un'altra cosa, hai un certo fascino animale, virile, le donne sono sensibili a certe faccende... fascino turco, Kalik, fascino turco... è lo sguardo a fare la differenza, gli occhi neri, carichi di storia, di millenni... non c'è bisogno di essere modesti, nei tuoi occhi s'intravedono civiltà perdute, popoli estinti... non senti?, intorno a te risuonano grida di guerra, ordini di navigazione, il fragore delle tempeste di sabbia nei deserti, guarda come splende di luce nera la tua pupilla... non senti le voci dei sacerdoti, dei poeti, degli schiavi in catene... maestosi e potenti re, figli del sole e della luna, città d'oro cinte da innumerevoli cerchie di mura, animali mai visti, giganti, ladri, nani, puttane di ogni razza e colore, turchi sdraiati a fumare, ballerine nude, frutta e dolciumi, musica e massaggi con oli odorosi, giardini raffinati, fiori e fontane e zampilli d'argento... castagne... quaglie... lumache... ceci... fagioli... Sussulta, un po' confuso... quanto tempo ha perso dietro a queste idiozie?, che gli succede?, si è addormentato in piedi?, annusa l'aria, in effetti puzza di ceci e di fagioli... da qualche parte entra un filo d'aria fresca, lui è ancora tutto bagnato, ha la pelle d'oca, si copre in fretta con l'asciugamano, si asciuga il torace, poi scende lungo le cosce magre, si sofferma a massaggiare le ginocchia, rotule grandi come meloni, gambe due stecchi, piedi larghi e piatti come tegole, giallastri e callosi... non si è mai guardato così bene, gli sembra di strofinare un estraneo... con l'asciugamano sulle spalle va ad aprire un armadietto di giunco, regalo della nonna Burkina... ecco la boccetta azzurra, olio di Kurmaruk, se lo versa sulla pelle e massaggia, adesso il suo corpo brilla, dalla pelle esala un odore di bestia in amore, non rimane che radersi la faccia, Kalik si cosparge il viso di sapone giallo, raschia via la barba senza tagliarsi, il rumore è quello di una forchetta sfregata sul legno, quando finisce è un uomo nuovo, si cerca ancora nello specchio, i suoi occhi brillano di vanità rinnovata... è proprio un bel turco, soprattutto affascinante... gli gira il capo dall'emozione, serra i denti e i pugni, sguardo da animale feroce, « femmine, io sono Kalik! », si dà un colpo sul petto, un suono sordo di legno vuoto... tutto a posto, tutto a posto, si dà anche un paio di schiaffetti sul viso, poi corre in camera, adesso è pulito, pronto per indossare gli abiti migliori, la biancheria è un po' vecchia, ma va bene... inguainato di blu, cravatta viola, corre ancora una volta di fronte allo specchio... bene, benissimo, ci vuole solo un fiore da mettere nell'occhiello della giacca, lo troverà strada facendo, la guerra non avrà mica ammazzato tutti i fiori!, e a lui ne basta uno, uno solo... prima di uscire deve scegliere il regalo per la bionda italiana, fruga nella dispensa, prende due scatole di tonno, una di piselli, due chili di farina, del formaggio duro e salato, un pezzo di lardo, una tavoletta di cioccolata amara, anzi due... roba che costa un sacco di soldi, è un grande regalo, quasi si commuove, « ah, le donne! », mette tutto nello zaino, sulla porta dà uno sguardo alla sua misera catapecchia, pensando che presto vivrà in una villa, deve solo finire questa benedetta guerra... esce di casa con lo zaino appeso alla schiena, sta andando verso la bionda, vuole conoscerla, vuole parlarci, ha un sogno... cos'è la vita senza i sogni?, « un regalo per lei, signorina... », no, no, forse... « signorina, un omaggio alla sua bellezza », simula un inchino, « in questi tempi duri... mi sono permesso... », per la strada nessuno può riconoscerlo, il turco del mercato nero si è trasformato in un bel signore pulito, da bruco a farfalla colorata, in questi tempi duri nessuno si veste così, Kalik sembra un cartone animato caduto per caso in territorio di guerra... ma lui non vuole pensare alla guerra, adesso... che cavolo ne sa lui della guerra?, che c'entro, io?, finirà quando finirà, non so nemmeno chi si sta sparando addosso...

Il babbo un sabato mattina aveva trovato per caso la mamma in un giardinetto pubblico, lei era uscita a fare la spesa, tardava a tornare, in quel momento stava parlando con un ragazzo più giovane di lei, insomma un maschio... il babbo era apparso all'improvviso, alto come un albero, il suo sguardo non lasciava dubbi, il ragazzo si era permesso di difendere la signora, « non facciamo nulla di male... », il babbo non ci aveva più visto, « cosa credi, eh? vuoi mangiare nel piatto degli altri? », « ma che dice, non sia geloso », « geloso io?, di uno sgorbio come te?, ti do tre secondi... », il ragazzo si era spaventato, se l'era data a gambe... il babbo trascinò a casa la mamma e le dette un ceffone, solo uno, nemmeno troppo forte, giusto per affermare chi comandava, ma le spaccò il labbro con l'anello nuziale... per un attimo sembrò che la mamma volesse saltargli addosso e cavargli gli occhi, poi invece si lasciò andare su una sedia di cucina, avvilita, fissandolo con pena, lui le girava intorno come a una pozza di fango, « chi era quello? », « nessuno », « nessuno eh? », « nessuno », « che avete fatto? puttana! », « abbiamo parlato... parlato... avevo bisogno di parlare con qualcuno », il babbo sgranò gli occhi, era stupito, rabbioso, gli venne la voce in falsetto, « e perché? con me non parli? eh? », « volevo solo parlare con qualcuno... », « e perché con un maschio? », « con qualcuno... se era una donna faceva lo stesso », « se lo rivedi ti butto giù dalle scale », la mamma era sfinita, « vado a letto... voglio stare da sola... », « sei una puttana! », lei se ne andò in camera e si gettò sul letto, si addormentò per sfuggire all'angoscia, un sonno nero e faticoso, scene assurde e ossessive che si ripetevano all'infinito... La mattina dopo nel dormiveglia vide un'ombra camminare davanti a lei, credeva di essere ancora in quel giardinetto a parlare con il ragazzo gentile, « Giacomo... » mormorò, e subito si rese conto di aver sbagliato, l'ombra era il babbo, « chi cazzo è Giacomo? », il babbo sorrise come un idiota, si dette delle manate sulla fronte, « chi cazzo è Giacomo... », pronunciava quel nome come se lo avesse letto sul Libro della Rivelazione, con la voce acuta e disperata, « Giacomo è quel ragazzo con cui stavo parlando... », « che troia... », « parlando, non scopando... », « Mario, vieni a sentire quanto è troia tua madre », « te sei pazzo... non posso vivere con un pazzo... », il babbo se n'era andato sbattendo la porta, era stato fuori tutto il giorno, era tornato a notte fonda, ovviamente ubriaco... la mamma aveva chiuso a chiave la porta della camera, e aveva attaccato un cartello alla maniglia, « se ti azzardi a entrare chiamo i carabinieri », il babbo era a pezzi, non si reggeva in piedi, quella notte dormì sul divano... Qualche giorno dopo la mamma conobbe un camionista olandese e se ne andò con lui... tu avevi cinque anni... ti chiamavano Mario, ma eri nata Maria...

Nelle strade passa qualcuno, ma c'è silenzio, nessuno parla, tutti tendono l'orecchio per sentire se arrivano gli aerei... il luogo più affollato è il cimitero, un intrico di croci sbilenche, Kalik ci passa davanti, rallenta, si infila tra le tombe... si guarda un po' intorno, nessuno lo considera, hanno altro da fare, stanno piangendo i loro morti... Kalik ruba un fiore bianco da un vasetto appoggiato accanto a una croce di legno, se lo mette all'occhiello della giacca... camminando si ravvia i capelli con le dita... si lascia inghiottire da sogni luminosi, nel cielo passano avanti e indietro nuvole nere e immagini di Paradiso, farfalle verdi e zampilli argentei... sogna e pensa che a volte i sogni si avverano... perché non può succedere?, la vita non può sempre essere una bastonata sul capo, la fortuna ogni tanto bacia qualcuno... perché non lui?, prega che il suo sogno si avveri, ha messo da parte la ragione, è ubriaco di speranza come una mosca caduta nel vino... a un tratto si trova davanti la porta della bionda, lo zaino in spalla, « bella... bella... amore... », le donne gli sono sempre piaciute un po' più grasse, ma questa qui... ha un viso... e il modo di camminare, e quello sguardo... un angelo che ti fa venire voglia di baci, di cose belle... chiude gli occhi, un'ultima preghiera struggente, Gesù o Allah fa lo stesso, poi bussa deciso... si sentono dei passi avvicinarsi, la porta si apre, appare il vecchio con i capelli bianchi, non riconosce Kalik, il bastardo del mercato nero... vede quel tipo magro vestito di blu e il naso gli si arriccia, non ha mai sentito un olezzo simile...

« Serve qualcosa? »

« Salute amico... Non mi riconoscete? Sono Kalik. »

« Salute. » Zubick adesso lo riconosce, lo guarda senza capire.

« Scusate il disturbo... Avrei qualcosa da dirvi... »

« Dimmi... » Non gli piace questa visita, cos'è venuto a fare?

« Io volevo... in questi tempi duri... » Kalik unisce le mani come per una preghiera.

« Cosa vuoi? »

« Prego, fatemi entrare, ho un regalo per voi... »

« Entra. » Zubick non vuole essere scortese, nemmeno con quel tipo. Non vuole rinunciare a se stesso.

« Grazie, mi inchino alla vostra benevolenza... » Kalik abbassa il capo e avanza, entra in casa.

« Prego, cosa posso offrirti? »

«Nulla, nulla, grazie... Anzi... io... in questi tempi duri...» Arrivano insieme nella penombra della cucina. Lubjanca sta cucendo, il gatto dorme sulla sedia accanto al camino tiepido, l'aria profuma di legna bruciata, della bionda nemmeno l'ombra... Kalik appoggia lo zaino sul tavolo, i due vecchi aspettano di capire cosa voglia quell'ometto che emana odori strani.

«Sono tempi duri... ho pensato che...», dallo zaino tira fuori a una a una le cose che ha portato, le allinea sul tavolo, Zubick guarda il turco, sfila dalla bocca la pipa spenta.

«Perché?» dice, con lo sguardo severo. Kalik sgrana gli occhi, suda, grosse gocce scivolano rapide sull'olio di Kurmaruk.

«Ho creduto che... in questi tempi duri...»

«Sono duri per tutti.» Il vecchio sente che Kalik sta mentendo... gli torna in mente un suo caro amico turco, andavano a scuola insieme da bambini, poi erano rimasti amici, una delle persone più belle che avesse mai conosciuto, buono, leale, generoso, un uomo al quale avrebbe affidato anche il proprio cuore da custodire... quando era morto aveva sentito un vuoto immenso, gli sembrava che metà del mondo fosse precipitato nel nulla... ma a che serve pensare a questo, adesso?, il suo amico non c'è più, se n'è andato molto tempo fa, quando il mondo era un altro mondo... A un tratto lungo una parete buia si apre una porta, entra Maria, legato sopra il seno un asciugamano che arriva fino alle caviglie, un altro a turbante sul capo, nei sandali i piedi nudi magri e belli, Kalik la guarda estasiato, ha davanti una dea... una dea che sembra una luce nella notte... si inchina e indica il formaggio e i piselli...

«Signorina... un omaggio alla vostra bellezza... in questi tempi duri...» mormora, ma lei non conosce la lingua e non capisce, non ascolta nemmeno... Zubick guarda Lubjanca sorridendo con amarezza, lei però non sorride... Adesso è tutto chiaro, la faccia del turco è l'immagine dell'idiozia degli innamorati, fissa la bionda aspettando che lei dica qualcosa, o che soltanto lo guardi negli occhi... Maria passa davanti al turco senza vederlo, è distratta, sta pensando a qualcos'altro... è successo ieri, in città è arrivato un uomo affamato e sporco, sotto la camicia aveva un giornale di Sarajevo, la data era di venti giorni prima... tutti d'accordo avevano appeso il giornale a un chiodo nella via principale, a disposizione della gente... Zubick si era messo a leggere, Maria era con lui e voleva sapere tutto, il vecchio parlava lentamente, gli occhi fieri e offesi, la voce carica di desolazione, questa è la sua terra, qui è nato e qui morirà, leggeva quelle pagine con il tono affranto di chi racconta cosa può diventare l'uomo, Maria in piedi accanto a lui, alle loro spalle un gruppo di persone aspettava di arrivare a quei fogli appesi, premevano, sospiravano, commentavano... bombe sugli ospedali, ancora massacri di donne e di bambini, persone impiccate a capo in giù e sgozzate come animali sacrificali, deprivati anche di « quella » ultima dignità, e la fame che non risparmia nessuno, trecentomila bambini morti per malattie comuni, il sistema immunitario annullato dalla denutrizione... Maria passa davanti al turco Kalik ma vede solo cadaveri e fosse aperte... non è il suo paese ma la sofferenza e le atrocità non conoscono il colore delle bandiere, per tentare di capire e sentire quel dolore immenso cerca di raccogliere nella memoria il dolore che ha provato nella vita e lo moltiplica all'infinito... pensa a questo e continua a vedere cadaveri e fosse aperte... le succedeva anche quando era bambina e si chiamava Mario... camminava per casa e vedeva altre immagini, scene di violenza viste in un film... la svegliava il babbo scrollandola per un braccio, « mi dici che ti prende?, ti sto chiamando! », oggi invece si sveglia per via di un odore strano, si accorge dell'ometto sorridente che la fissa, vede sul tavolo barattoli e fagotti, ma ancora non capisce, Zubick traduce per lei le ultime parole del turco...

« Lui dice tutto questo per te. »

« Lui chi? »

« Lui... quello lì... », Kalik in abito blu, i capelli unti, un odore di stalla disinfettata, due occhi neri e vogliosi fissi su di lei, Maria lo riconosce, è quello del mercato nero, si è tirato a lucido ma la sua anima è guasta, emana un cattivo odore... perché diavolo è venuto qua? Maria pensa a Sarajevo e al giornale appeso al chiodo, orrore e sgomento, ma che si può fare?

«Non voglio nulla da quello» dice Maria, disgustata, il turco s'inchina, soprattutto non smette di sorridere, è contento, la bionda gli ha quasi rivolto la parola, e comunque ha parlato di lui, ne è sicuro, preso dall'emozione si avvicina...

«Per voi... per voi... in questi tempi duri...», fissa Maria con sguardo estatico, il sangue che scorre risveglia per magia zone remote della coscienza... adesso pensa che avrebbe dovuto portare molti altri regali, molta più cioccolata... è confuso, suda, vorrebbe baciarla, sentire quelle labbra divine sulle sue, annusare la sua pelle luminosa... e poi potrebbe anche morire, si sente felice, mai nella vita gli è successo di vivere sensazioni simili... sarà la guerra, sarà la morte nell'aria, sarà quella tensione che da un sacco di tempo gli serra la gola... sarà che se chiudi un piccolo fuoco in un barattolo, prima o poi esplode... si sente quasi male, da quanto sta bene... quell'emozione lo stordisce, vorrebbe dire qualcosa, sta per parlare, un invito, un complimento, la fantasia va per conto suo, le solite immagini lucenti, bagliori incontrollabili, prati colorati, profumi... baci, baci, baci... un vortice caldo dentro il naso lo avverte che è in arrivo uno starnuto, perché proprio ora?, ora no, ora no... non sta bene... Kalik barcolla, indietreggia, chiude gli occhi, si strizza il naso, tutti lo guardano senza capire, lui si tiene al tavolo, si contorce, ma non c'è nulla da fare, a tutta l'umanità è dato di poter reprimere uno starnuto, fuorché a Kalik il turco!, l'ometto sudato fa una mezza piroetta e conclude la sua danza con un raglio e un risucchio animalesco, poi lentamente riemerge da una visione di puntini di luce... cerca il volto amato della bionda, e quando lo trova si spaventa, Maria lo sta fissando con uno sguardo per niente gentile... è colpa dello starnuto?, che disastro, che tragedia... ma la bionda non pensa allo starnuto, la bionda pensa a quel turco che guadagna sulla fame della gente...

«Zubick, mandalo via ti prego», Maria torna nella sua camera e chiude la porta, Kalik barcolla, la stanza piomba nel buio, il sole se n'è andato... Lubjanca continua a cucire, non vuole guardare, è come se non fosse nemmeno nella stanza... Zubick si avvicina all'ospite, lo guarda con severità, gli dice di riprendere le sue cose e di andarsene... glielo dice in modo gentile ma deciso, Kalik vacilla, è affannato, disperato... il suo sogno, il suo sogno... il destino, la dea Fortuna... sembra quasi che tremi, si tormenta le dita, ha le lacrime agli occhi, con gesti lenti rimette i regali nello zaino, se lo aggancia alle spalle, se ne va con lo sguardo vuoto... vorrebbe morire... anzi è un morto uscito dalla fossa che cammina nelle strade... come trasportato dal vento si ritrova a casa, getta lo zaino in un angolo, si butta vestito sul materasso, fuma una sigaretta dietro l'altra, il tempo avanza, la disperazione avanza... Kalik passa l'intera notte in un dormiveglia febbricitante...

La mamma era sparita un lunedì, quando tu avevi cinque anni... Pochi giorni prima aveva conosciuto in un bar un camionista olandese, uno con le spalle larghe, biondissimo dappertutto, le dita delle mani pelose, gli occhi sempre nascosti dietro le palpebre strizzate, sorriso dominatore, maschio come un orango, un colpo di fulmine... avevano scopato tutto il pomeriggio nel camion parcheggiato, era bello sentire i rumori delle macchine e la voce dei passanti mentre lo scimmione la scrollava da tutte le parti, per la prima volta aveva conosciuto le visioni luminose dell'orgasmo, la sera stessa i suoi occhi brillavano di giovinezza, cantava sottovoce e pelava cipolle, volava a piedi nudi dai fornelli all'acquaio, «che hai da cantare?, non ti metti le scarpe?», «stasera non ne ho voglia», «perché?», «faccio male a qualcuno?», «no ma non è normale»... a letto il babbo allungò le mani, «vieni qua bella», «lasciami, non ne ho voglia», «come sarebbe... dai...», «ti ho detto che non mi va!», «ma via, senti qui com'è duro... vieni...», «ho detto di no! basta!», «sei mia moglie...», «una moglie ha il diritto di non averne voglia», «ma sì, tienitela stretta, per quello che vale», il babbo si alzò dal letto, ingabbiò faticosamente l'arnese nelle mutande, andò a bere al bar sotto casa... quando beveva si trasformava, diventava più allegro ma anche più violento, ogni bicchiere era un brindisi rumoroso contro le donne, contro Dio che aveva avuto l'idea idiota di inventarle, «puttane, tutte puttane», il bar si divise in due, i pro e i contro, vennero difese le proprie mamme e le proprie figlie, non le mogli... ma su un'unica cosa erano tutti d'accordo, le donne facevano più danni della grandine, una ragazza giovane assunta da poco si mise a piangere, il babbo la consolò con una mano sul culo, il rumore dello schiaffo risuonò nel locale, tutti tacquero, il babbo strinse un pugno e lo fece oscillare in aria, la ragazza disse «porco!» e ancora piangendo fuggì di corsa nel retro, il babbo scoppiò a ridere, il padrone del bar gli disse di calmarsi... il babbo annuì e chiese un altro bicchiere di rosso, lo mandò giù e rimase con i gomiti appoggiati al bancone, immobile come un pilastro, solo la mascella andava e veniva per le parole che biascicava in silenzio, mentre qua e là continuava l'annosa discussione degli ubriachi su sante e puttane... La mamma se ne stava a letto a pensare al suo meraviglioso orango, instancabile e virile... quando veniva faceva rumori di lavandino stasato, dicendo mille delizie in quella lingua maschia di cui lei non capiva una parola, quel buzzurro di suo marito puzzava di vino e di sudore, le montava addosso e la scopava senza complimenti per trenta o quaranta secondi, respirandole con affanno nelle orecchie, veniva così come ruttava, velocemente e senza preavviso, e lei non sentiva nulla, le sembrava di essere un secchio da riempire... il camionista invece... il camionista era virile ma delicato, pulito, poteva forse odorare un po' di sigaro e di birra, magari anche di gasolio, ma ogni cosa che faceva la faceva per lei, aveva già scoperto mille zone di piacere che lei stessa non sapeva di avere, la voltava e la rivoltava, la faceva bollire al massimo grado finché era lei stessa a invocare la grazia della penetrazione, allora lui faceva un sorriso ebete, con un colpo di mani le spalancava le gambe, entrava con gioia nel vaso molle e profumato, la tartassava con dolcezza e brutalità in sei o sette posizioni, dopo una mezz'ora le chiedeva con gli occhi il permesso di venire, se lei glielo concedeva faceva di nuovo un sorriso, abbassava il capo e cominciava il galoppo, la mordeva sulle spalle, tirava pugni alla lamiera del camion, e con un ringhio animale le rovinava addosso con tutto il peso, per lei non esisteva nulla di più bello, non aveva mai vissuto cose del genere, non immaginava nemmeno che un piacere così potesse esistere, e non era solo piacere fisico, era un piacere che le inondava l'anima, che le toglieva di dentro il veleno, la depurava... il camionista prima che lei se ne andasse le aveva preso la mano, gliel'aveva baciata e se l'era strofinata sulla faccia, lei lo aveva guardato come si guarda un eroe, « quando tornerai? », « prossima settimana io ancora qui », « voglio rivederti », « anche io voglio », avevano fissato un appuntamento per la settimana successiva, stesso posto, stessa ora... in quei giorni di sognante attesa lei non si fece più toccare dal babbo, lui ringhiava, invocò qualche legge religiosa sull'uso della moglie, urlò che lei era obbligata, ci fu una discussione squallida... « non puoi dire di no », « sei una bestia! », « se non apri le gambe chiamo il prete e i carabinieri! », « chiama chi ti pare! », la mamma era diventata addirittura temeraria, l'amore le aveva dato coraggio, quel bestione di suo marito poteva ucciderla con un pugno, ma lei resistette, mentre lui annegava la rabbia nel vino... Poi finalmente venne il giorno dell'appuntamento, la mamma ci andò con la valigia, « portami via », « tuo marito? i tuoi figli? », « non ho figli... e mio marito è un porco », pianse attaccata al braccio del camionista, non ce la faceva più a vivere con quell'uomo disgustoso e vile, anzi non era un uomo, era uno spregevole maiale che la picchiava dalla mattina alla sera... stava esagerando, ma in certe condizioni esagerare è normale, e lei stava male davvero, si sentiva prigioniera e adesso aveva visto una porta socchiusa che conduceva alla libertà... insomma doveva fuggire, « portami via, portami via », se non la portava via si buttava nel primo fiume che trovava, voleva un uomo vero... il camionista la consolò, la spogliò, le fece vedere tutti i pianeti, poi mise in moto il bestione e la portò con sé in giro per l'Europa, sopra quel pachiderma di metallo che dava una sensazione di potere e di potenza... facevano l'amore nelle aree di servizio, nei parcheggi delle autostrade, lei quasi nemmeno si vestiva tra una fermata e l'altra, dopo due settimane i suoi occhi erano luminosi e pesti, sulle labbra aveva sempre un sorriso appena accennato, allusivo e trasognato, cantava spesso a bassa voce, si arrotolava le ciocche di capelli con le dita come una ragazzina, ogni tanto mentre l'olandese guidava piangeva da sola sdraiata in cuccetta, non aveva più né parole né pensieri per esprimere la felicità che provava... Tu Maria avevi cinque anni, non potevi sapere queste cose, ma avevi sempre immaginato che la mamma se ne fosse andata verso una vita migliore... non ce l'avevi con lei, aveva fatto bene a fuggire, tu avresti fatto lo stesso, vivere una vita triste è peggio che morire... La mamma non aveva lasciato nessuna lettera a casa, nemmeno per te, per suo figlio... ma il babbo si accorse subito che mancavano molti vestiti, le scarpe, i pochi gioiellini, e meno male che il televisore non era portatile, altrimenti quella vacca avrebbe portato via anche quello... il babbo stette a fissare l'armadio vuoto per qualche secondo, non sembrava troppo incazzato, disse « una troia di meno! », poi cominciò a piegare il capo a destra e a sinistra, come se avesse il torcicollo, faceva smorfie strane, si chiuse in bagno e pianse per un'ora chiamando il nome della moglie... ogni volta che diceva « puttana! », subito dopo singhiozzava e mormorava parole inutili di perdono, si lamentava come un gattino, si dava la colpa, si pentiva di tutte le volte che l'aveva trattata male, si dava della bestia... pianse e pianse con il cuore piccolo come un cece, solo adesso si rendeva conto di che donna aveva perduto, e che gli servisse di lezione... sua moglie era una donna meravigliosa, e lui l'aveva fatta scappare... che idiota, che idiota... era fuggita con un altro, ne era sicuro, era fuggita da una vita che le faceva schifo, e pur di liberarsi di quella bestia di suo marito aveva lasciato a casa anche il figlioletto Mario, a cui lei voleva un gran bene... Quella sera il babbo uscì, passò la notte con una puttana calabrese, quando la mattina tornò a casa non aveva più né l'orologio né il portafogli... Maria, chi ti aveva raccontato i frammenti di questa storia?, ti giravano in mente da molti anni, forse anche tu ci avevi aggiunto qualcosa... era stata la nonna a raccontarti queste cose?, no, la nonna te la ricordavi solo da morta, e allora chi era stato?, sapevi che la mamma ti aveva abbandonata, anche se ti voleva bene ti aveva abbandonata... ma forse certe cose te le eri inventate di sana pianta, così come l'altra storia... la mamma con i polmoni marci, morta in ospedale senza un cane che le stringesse la mano... te l'eri sognata?, forse era meglio una mamma morta che una mamma che ti abbandonava?, di certo tu la mamma in ospedale non l'avevi mai vista... se n'era andata via quando avevi cinque anni e non era mai più tornata, ecco cos'era successo... e c'era anche un'altra storia, che ti piaceva, finta come la tua immaginazione... la mamma era un angelo del cielo, morta d'amore, e la notte veniva a baciarti gli occhi...

Quasi all'imbrunire sulla via principale appare un uomo, sta rigido sulle gambe, nessuno lo conosce, sembra vecchio, è magro, sporco, una figura penosa, il cielo è ancora chiaro, la città si sta oscurando, l'uomo tiene in mano un biglietto, si mette a gridare in modo agghiacciante, qualcuno lo spia dalla finestra, nessuno gli si avvicina, il sole sta tramontando, c'è molto vento, il vecchio grida e guarda gli edifici uno a uno come fossero facce, la sua voce disperata rimbomba nella strada rimbalzando dentro alle case, Maria si affaccia alla finestra e lo vede, non capisce cosa sta dicendo, sente solo la sua voce terribile, le frasi che finiscono con un singhiozzo di pianto rabbioso, si vede appena un'ombra cenciosa, un uomo solo contro il mondo, mentre grida trema in tutto il corpo, lo sforzo gli chiude gli occhi, alza il biglietto in alto, lo tiene fermo sopra il capo, tutti devono vederlo, tutti!, tra una frase e l'altra il silenzio, riempito solo dal respiro affannoso dell'uomo, dai suoi rantoli, nessuno si muove, nessuno respira, « siete voi... porci!... è colpa vostra... tornate al vostro paese... via di qua... maledetti!... siamo tutti maledetti!... per ogni uomo ammazzato la colpa ricadrà su di noi... non capite?... e voi!... voi!... come fate a dormire?... come fate?... avete seminato il male... avete ucciso i nostri figli... dovevamo uccidervi tutti... avete portato il male in mezzo alla pace... avete avvelenato i pozzi... voi siete la peste!, siete voi... maledetti da Dio!... avete ucciso i miei figli... non vi salverete!... ho scritto tutto su questo foglio... tutte le vostre colpe... mi sentite?... vi dovete inginocchiare!... è tutto scritto qua... tutti sapranno!... piangerete come bambini... qui c'è scritto tutto!... avete azzannato i nostri figli innocenti, avete ancora il sangue sui denti... sarete puniti per quello che avete fatto... nessuno vi perdonerà... qui ho scritto la vostra condanna... siete voi... siete stati voi... nessuna pietà vi potrà salvare... è tutto scritto qua... è tutto scritto qua dentro... », l'uomo cade in ginocchio, il vento gli alza i capelli, la sua voce sembra un coro di voci, un lamento non umano, tutta la sua forza è in quell'ultimo grido, « maledetti! maledetti! », un'eco che rimbalza nelle coscienze... di colpo la sua figura si stende al suolo, rigida, la faccia nella polvere della strada, non si muove più, nessuno parla, quelle grida sono rimaste sospese in aria, come fumo rancido, ognuno si è sentito accusato personalmente, ognuno ha ritrovato in sé colpe antiche e dimenticate, nessuno avrebbe voluto ascoltare quelle parole e soprattutto quella voce... passa mezz'ora ma l'uomo non si muove, finalmente qualcuno gli si avvicina, lo volta, fa cenno agli altri, si sente un fischio, arrivano altri uomini, tutti insieme lo sollevano e lo portano via, lo seppelliranno domani, il biglietto è volato via con il vento, con il suo carico di accuse, qualcuno lo ritrova, ha quasi paura a leggerlo, si fa coraggio e lo guarda, è un foglio bianco, non c'è scritto nulla... Maria segue gli uomini che hanno raccolto il cadavere dello sconosciuto, nel suo petto il cuore batte forte e veloce, vuole vedere in faccia il morto, poco fa ha sentito la sua voce, ora vuole vedere che viso ha, forse potrà capire come mai gridava in quel modo, deve vederlo, non vuole immaginarlo, non vuole sognarselo la notte, sarebbe peggio, la voce di quell'uomo non la dimenticherà, gli uomini tengono sollevato senza fatica quel corpo vuoto, lo mettono giù tra i sassi e i mattoni di una casa distrutta, lo coprono e se ne vanno, lo seppelliranno domani... Maria aspetta di vederli sparire, si avvicina al cadavere, gli scopre il viso, lo illumina con l'accendino, è un povero vecchio con gli occhi infossati, la pelle bruna e secca, è morto con una smorfia di dolore sulla faccia.

Più a nord Sarajevo è stretta in una morsa mortale, la città è diventata un lager, ogni giorno i suicidi sono decine, li trovano nelle case e nelle strade, stritolati dalla paura, non hanno saputo resistere, ombre grigie camminano senza meta nelle strade buie, volti folli senza più nulla di umano, ripetono frasi senza significato, alcuni psichiatri riuniscono gruppi di persone in una stanza, tentano una terapia, la malattia si chiama «sindrome di Sarajevo», si parla nella penombra, con il sottofondo di esplosioni, attorno alla città si stringe un anello di ferro e di fuoco, qualcuno ha voluto così... una donna racconta, dieci mesi fa era seduta in un giardino, guardava il cielo e pensava al giorno in cui sarebbe finita la guerra, stringeva tra le braccia il suo unico figlio di cinque anni, lo faceva dondolare sulle ginocchia, una granata era esplosa tra le sue gambe, si era ritrovata tra le braccia il figlio fatto a pezzi, a lei mancava la gamba sinistra, « avrei voluto essere morta anch'io », se guarda il futuro vede solo una parete nera, e quella donna non sa che oggi nelle favelas di Buenos Aires gli « squadroni della morte » hanno sterminato decine di bambini, li uccidono perché qualcuno li paga per farlo, perché sono un peso per la comunità, perché rubano e si arrangiano, perché sono testimoni fastidiosi, perché sono sette milioni, perché le metropoli sono belle, perché « è così che va il mondo », perché « l'uomo è una bestia », perché i turisti sono numerosi, perché in America Latina anche il sole cambia il suo ritmo, perché quest'anno vado a passare le vacanze in Argentina, perché i soldi passano di qua ma poi vanno altrove, perché è lì che i ricchi del mondo nascondono l'immondizia, è lì che dai grattacieli si ammira il panorama delle baracche, è lì che lo stesso denaro ha valori diversi a seconda di chi lo maneggia, è lì, è tutto lì... domande e risposte in un unico agglomerato di sangue, la ricchezza crea ingiustizia, l'ingiustizia è una miniera di denaro... difficile cambiare le cose, si potrebbe farlo soltanto se la razza umana scomparisse, se fossero i vermi a governare il mondo...

Pierre ha appena finito di mangiare, il campo è formato da vari contingenti europei di caschi blu, sono accampati poco fuori Sarajevo, devono cercare di fare entrare in quella città maledetta convogli di viveri e di medicinali, i serbi hanno bloccato tutti gli accessi... a volte alcuni abitanti tentano di raggiungere l'aeroporto, i cecchini hanno buona mira, la mattina i caschi blu seppelliscono i morti, il presidente serbo continua a dire che loro si difendono e basta... quale assedio?, sediamoci al tavolo e parliamo... eppure qualcuno dice altre cose, ci sono state minacce ai caschi blu, la faccenda non è chiara, « se vi avvicinate spariamo sui vostri convogli, sulla

Croce Rossa, su tutto quello che si avvicina», alle Nazioni Unite si sta ancora parlottando, sarebbe bene spezzare questo assedio medievale, «si bombarda o non si bombarda?», Clinton ha il dito sul bottone rosso, adesso non vede l'ora di sparare, che aspettiamo?, un paio di bombe e si torna a casa, ho da pensare anche ai fatti miei... no no, un momento, stiamo trattando, le tregue vane si susseguono di giorno in giorno, ogni trattato annunciato scatena attacchi più violenti, il presidente aveva ordinato il «cessate il fuoco», il generale a capo delle milizie ha fatto finta di non sentire, anche il palazzo del Parlamento riceve la sua dose di granate, i monti Igman e Bjelašnica sono stati conquistati dai serbi, l'accerchiamento è completo, Sarajevo è un catino chiuso, da quei monti si domina l'ultima strada di accesso alla città, viveri medicinali e armi non passeranno mai, c'è chi parla di un tunnel lungo un chilometro che oltrepassa l'accerchiamento, l'hanno scavato i soldati musulmani, ci si cammina chinati e serve per portare carne e fucili dentro la città... C'è chi racconta di prigionieri militari e civili fatti spogliare e sdraiare faccia a terra a cui viene spezzata la colonna vertebrale con il calcio del mitra, e lasciati paralizzati a morire di fame... Ai tavoli di pace si alzano e si siedono, un ballo macabro, secondo il trattato Sarajevo dovrebbe essere divisa in molte zone, confini che passano nel centro della città, una nuova Berlino, più Berlino di Berlino, i serbi annunciano che lasceranno i due monti appena conquistati, poi fanno marcia indietro, lasciano solo una zona del monte Bjelašnica, dopo averla minata... il generale ha la faccia soddisfatta, è contento del proprio lavoro... alla base Nato di Aviano c'è movimento, forse si bombarderà domani, o dopodomani, o dopo ancora... nell'ultima proposta di pace, ai serbi e ai croati spetta più della metà della Bosnia, quella conquistata a forza di cannonate, ai musulmani restano le briciole, viva la guerra!, i patti sono questi, prendere o lasciare, chi non accetta avrà sulla coscienza i morti del futuro, quelli del passato nessuna coscienza li vuole accogliere... Pierre si siede contro un albero e accende una sigaretta, si toglie l'elmetto, il suo capo è rasato a zero, non ce la faceva più a sentire i capelli sporchi e appiccicati, se non c'è la possibilità di tenerli puliti meglio tagliarli, appoggia la nuca al tronco, gira lo sguardo intorno, un ragazzo biondo seduto più in là lo sta fissando, ha lo sguardo nostalgico e offeso, i due si osservano a lungo, finalmente Pierre gli fa un gesto per chiedere cos'ha da guardare, il ragazzo biondo risponde con un altro gesto che vuol dire «nulla», poi si alza e va a sedersi accanto a lui, chiede a Pierre da dove viene, glielo chiede in tedesco, Pierre sa un po' di tedesco, l'ha studiato a scuola, gli è sempre piaciuto il suono di quella lingua, si mettono a parlare, il ragazzo si chiama Günter, ha vent'anni, guardava Pierre perché i ragazzi rapati a zero gli ricordano faccende di casa, scuote il capo con occhi delusi, lui ha un cugino naziskin, sedici anni, una mente inadatta a recepire le ragioni altrui, stivaloni, giubbotto di pelle, faccia dura, questa è la sua divisa, abita a Sulingen, la notte gira con una banda di gente come lui, picchiano immigrati di ogni nazionalità, purché non siano tedeschi va bene, anche una donna va bene, anche ragazzini... scovano la preda e picchiano, molti contro uno, si sentono forti, giusti, hanno il gran pregio di non pensare, una capacità indispensabile per chi lascia in terra un uomo sanguinante, senza alcun senso... Pierre gli offre una sigaretta, Günter aspira forte e continua a raccontare, suo cugino ha perfino dato fuoco a una casa dove dormivano donne e bambini turchi, per miracolo non c'è stato nessun morto, ma in altre occasioni i suoi amici sono riusciti a uccidere, e ancora girano impuniti per la città... suo cugino ha detto con amarezza che purtroppo non era con loro in quell'occasione, «volevo esserci anch'io a dar fuoco a quei porci», «erano donne e bambini...», «porci!», Günter ha provato molte volte a parlarci, sembra che suo cugino goda a vedere che tutti gli stanno addosso e sono così preoccupati per lui, la sua camera è piena di svastiche e di foto di Hitler, di Goebbels, di Himmler e compagnia... suo cugino ha una voce calma e sicura, più sicura della voce di Günter, « i lager non sono mai esistiti, e comunque sarebbe stato un bene », parla con gli occhi di vetro, ripete slogan con la certezza ferrea di essere uno dei pochi veri tedeschi, « ci rubano il lavoro, ci infettano con le loro malattie... la Germania è nostra, devono capirlo », da bambino è stato violentato da un maniaco, forse ha dimenticato tutto, nessuno gli ha mai ricordato quella storia, gli è rimasta solo una gran voglia di dimostrare a tutti che lui è un uomo, un tedesco, un difensore della grande Germania, quella Germania sconfitta due volte a distanza di due decenni... quando vanno in branco le loro capocce bianche brillano come lampadine, difficile trovarli da soli, ma quando succede non sono poi così cattivi, tirano dritto borbottando qualcosa, solo in gruppo sono pericolosi, hanno anche profanato un cimitero ebraico, hanno scritto frasi oscene e spezzato croci, scoperchiato tombe e sparpagliato ossa... Günter ha letto tutto sui lager, ha voluto sapere tutto, « da noi a scuola non sempre ci raccontano dei campi di sterminio », è andato a cercare i libri, è andato a vedere Dachau e Buchenwald, Auschwitz Birkenau, Sobibór, Treblinka, Theresienstadt... ha cercato di concentrarsi e di immedesimarsi, ma non è ancora riuscito a capire, non ci riesce, a volte gli sembra di afferrare qualcosa e subito gli sfugge, è tutto così semplice e orrendo da essere irraggiungibile, quello non era uccidere uomini, era uccidere nell'uomo stesso la cognizione di umanità, e questo per la decisione di un uomo, un solo uomo che comandava su tutti, un solo uomo che aveva svegliato in un oceano di persone la ferocia della bestia... la grande macchina dello sterminio aveva potuto funzionare perché le parole di un pazzo erano state capaci di annullare in una moltitudine di umani la coscienza, il senso di responsabilità delle proprie azioni, rendendoli burattini... un crimine commesso da burattini, che cosa atroce... le mani avevano rinunciato alla mente, la cosa che meno capiva era questa, se qualcuno ordina mostruosità com'è possibile che trovi milioni di complici?, aveva fatto questa domanda a molti, qualcuno aveva dato la sua risposta, « date all'uomo qualcosa su cui dominare e lo farà con furore », « chi esegue gli ordini ha il privilegio di credersi innocente », « l'impunità rende crudeli », le solite cose, alcuni erano stati laconici e amari, « homo homini lupus »... Günter parla con accanimento, ma il suo viso resta calmo, dentro vibra e si dibatte in sentimenti senza nome, nessun regime gli sembra così fuori dall'umano come il nazismo, suo cugino gli fa insieme pena e rabbia, lo strozzerebbe volentieri per poi seppellirlo piangendo... Günter ripete spesso che nonostante tutto è fiero di essere tedesco, se non lo fosse non potrebbe vivere, ma forse lo ripete troppo spesso, con troppa ansia, ha fatto perfino un viaggio in Israele... su un pullman una donna lo fissava, aveva il numero blu tatuato sul braccio, gli si era avvicinata, « sei tedesco? », « sì », « non posso viaggiare sullo stesso autobus con un tedesco, o scendi tu o me ne vado io », Günter era sceso, gli sembrava giusto così... Pierre gli dà un'altra sigaretta, il tedesco continua a parlare, gli occhi grandi e verdi, in un ospedale di Amburgo ha conosciuto un ebreo di settant'anni, erano insieme nella stessa corsia, uno accanto all'altro, anche quel vecchio aveva il numero tatuato sul braccio, 002648, uno dei primi, era quasi cieco, una patina bianca sugli occhi, era in ospedale per problemi ai reni, conseguenza del lager, era molto debole, ma aveva il viso duro come il gesso... Günter era stato operato di appendicite, durante quelle lunghe giornate faceva al vecchio molte domande, senza fretta, con pazienza, ma acceso di curiosità... il vecchio rispondeva solo ogni tanto, per pochi minuti, si chiamava Friedrich Goldmann, era un ebreo tedesco, era stato catturato dai nazisti a ventidue anni, nel gennaio del '42, aveva passato più di tre anni nel Campo di Birkenau, era l'unico sopravvissuto della sua famiglia, la sua voce era come un soffio sonoro, faceva pause lunghe e penose, ripeteva spesso che nel lager l'uomo veniva ridotto a volontà di sopravvivenza, uomo animale tra altri uomini costretti a vivere come animali... nel lager si collaborava al proprio annientamento, si andava con le proprie gambe verso il gas, lo diceva con grande calma, come se raccontasse un romanzo letto in gioventù... alcuni suoi conoscenti sopravvissuti allo sterminio avevano cercato di convertirlo al sionismo, di trascinarlo in Israele, ma lui era nato qui, era tedesco, non voleva «tornare a Sion»... durante i lunghi silenzi dell'ebreo, Günter cercava di immaginare con terrore se stesso prigioniero in un lager, sporco, affamato, uomo animale tra altri uomini animali... se fosse capitato a lui, forse avrebbe scoperto cose di sé che lo avrebbero costretto a disprezzarsi... si sentiva sprofondare... magari in quell'Inferno avrebbe capito di essere un vile, uno spregevole individuo capace di mandare a morte un compagno di letto per una razione di zuppa di ortiche... era terribile... l'umanità andava salvaguardata... l'uomo doveva adoperarsi affinché nessuno dei propri simili si trovasse nell'impossibilità di «pensare», di usare la ragione... bisognava evitare con ogni mezzo che l'uomo venisse schiacciato e soverchiato dalle necessità legate alla sopravvivenza... non si doveva permettere che l'uomo soffrisse troppo, perché poteva diventare un mostro... «non credi che io abbia ragione, Pierre?», non si deve, non si deve permettere che la sofferenza oltrepassi certi confini... Pierre lo guardava, non aveva bisogno di annuire... Günter continuò il suo racconto... in quella corsia di ospedale si era fatto coraggio, aveva raccontato a Goldmann i propri pensieri, parlando lentamente per essere sicuro di farsi capire... il vecchio ebreo rimase a lungo in silenzio, poi disse che a volte aveva desiderato che nessun «ospite» di Birkenau sopravvivesse, non voleva avere testimoni di ciò che lui stesso aveva fatto, non disse cosa, non poteva, non ci riusciva, sembrava che parlasse ormai come se il lager avesse una sua ragion d'essere, come se lui avesse da fare i conti solo con se stesso, con le proprie colpe, la sua struttura morale non poteva più permettersi di giudicare gli oppressori, ma solo gli oppressi, era più facile, era come medicarsi le ferite invece di chiedersi come mai qualcuno ti ha fatto crollare la casa addosso... di notte Günter sentiva l'ebreo ripetere nel sonno il proprio numero, *zero zero due, sei quattro otto... zero zero due, sei quattro otto... zero zero due, sei quattro otto...* sempre con la stessa intonazione, una pausa appena accennata dopo i primi tre numeri, una più lunga dopo l'otto finale... era estenuante, veniva voglia di strangolarlo, in quel numero c'era la colpa di un popolo intero che si era lasciato trascinare nel fango da uno psicopatico... quel bisbiglio continuo era come un muro che si alzava intorno, mattone su mattone, per intrappolarti vivo... da sveglio il vecchio non accusava mai nessuno, di notte la sua anima si svegliava e soffiava sopra la Germania l'alito freddo dello sdegno e della condanna eterna... non si poteva fare altro che stare zitti, oppressi da un peso immenso, senza fiato... solo una notte l'ebreo si era alzato a sedere sul letto, era buio, nel dormiveglia Günter aveva visto la sua sagoma agitarsi, «signor Goldmann... signor Goldmann... si sente male?», «Günter... sei tu?... sono passati tanti anni, sai?... ricordo ancora i numeri e i nomi di ogni Block, di ogni baracca, di ogni compagno... non ho mai saputo odiare nessuno... allora non ne avevo il tempo... avevo troppa fame, ero troppo stanco, e l'inverno faceva molto freddo...», per la prima volta l'ebreo era accalorato, parlava sottovoce ansimando, si massaggiava di continuo il tatuaggio, «gli inverni di Auschwitz erano di ghiaccio... non odio nessuno... per odiare si deve capire... io non ho mai capito... l'odio è un sentimento nobile, e nel Campo di nobile non esisteva nulla... forse solo l'indifferenza della luna era nobile... Günter, ragazzo... mi vedi?... tutto il veleno è rimasto qui... dentro di me... nessuna vendetta è sufficiente... nessuna, Günter... prova tu a capire... provaci... nessuna vendetta è possibile... è durato troppo tempo... è difficile vivere... è difficile... », Goldmann si ributtò giù senza dire più nulla, Günter vedeva brillare nel buio il velo bianco dei suoi occhi, lo chiamò un paio di volte sottovoce, non ebbe risposta e non lo disturbò più... la mattina dopo trovarono Goldmann morto soffocato, si era ucciso legandosi intorno al collo un sacchetto di plastica, il pane che era dentro il sacchetto l'aveva avvolto in un tovagliolo, probabilmente perché non si sporcasse, poteva servire a qualcun altro... Günter alza il capo e sorride con amarezza, se suo cugino fosse capace di pensare non sarebbe quello che è... ogni essere umano è diverso, e spesso è incomprensibile ad altri esseri umani, ma un riferimento morale unico deve pure esserci, un fondamento morale universale... non è possibile navigare nel mare della vita andando a caso, in assenza di una stella polare, non è possibile che ogni visione del mondo possa diventare giusta... Senza che Günter chieda niente, Pierre gli dà un'altra sigaretta, fumano in silenzio, anche a pochi chilometri da lì esistono campi di concentramento dove si tortura e si uccide, chi vuole può sentire nell'aria l'odore del sangue e della paura, in questo momento in Germania dei naziskin stanno marchiando a fuoco un turco, una svastica sulla fronte, Pierre fuma e pensa che si farà ricrescere i capelli...

Stavi tornando da scuola, la cartella ti pesava sulla schiena, dentro avevi messo il vocabolario, quella mattina c'era stato il tema in classe, « una gita in campagna », non sapevi cosa scrivere, alla fine inventasti una storia dove c'erano galline elefanti e coccodrilli, non era in campagna che vivevano gli animali?... stavi per attraversare la strada, c'era molto traffico, in lontananza si sentivano delle sirene, tre uomini uscirono di corsa dalla porta a vetri di una banca, due sparirono in una traversa, il terzo si mise a correre come un pazzo nella tua direzione, non avevi mai visto nessuno correre in quel modo, in una mano aveva un sacco di pelle, nell'altra una pistola, mentre correva si voltava e sparava, la gente scappava e urlava, dopo un attimo la strada era deserta, l'uomo con la pistola inciampò e cadde disteso davanti a te, si alzò da terra con la faccia sanguinante, stordito, ti fissò, era meravigliato di trovarti lì, aveva due occhi impauriti che ti fecero pena, sembrava stesse per piangere, ti venne voglia di dirgli qualcosa, « come ti chiami? », lui fece un balzo e si buttò oltre il muretto di un giardino, un secondo dopo la strada era piena di macchine della polizia che frenavano e sbandavano, scesero molti uomini in divisa, ti voltasti, l'uomo era lì, dietro una siepe, ti fissava disperato, ti fece cenno di non dire nulla, i poliziotti ti corsero incontro, erano agitati, uno di loro ti sollevò da terra e ti portò dentro una macchina, « bambina, hai visto qualcuno che correva? », « sì, correvano tutti », « questo lo so, ma io parlo di uno con la faccia cattiva che sparava, l'hai visto? », « è andato di là », « a piedi? », « no », « e come? », « su una macchina bianca », « non sai che macchina? », « una come quella », indicasti un'auto parcheggiata, « sei sicura? », « sono sicuro... sono un bambino », « un bambino? scusa... », il poliziotto ti scaricò sul marciapiede e si attaccò alla radio, comunicò in fretta le informazioni avute da quello strano bambino... le macchine partirono sgommando una dopo l'altra, le sirene facevano male alle orecchie, ci mettesti sopra le mani per tapparle, appena sparì l'ultima macchina della polizia andasti a vedere se l'uomo c'era ancora, lo trovasti al suo posto, sudato, gli occhi da pazzo, ti sorrise, « mi chiamo Agostino... grazie bambina » sussurrò, un secondo dopo non c'era più... Quel pomeriggio tutti parlavano della rapina alla Cassa di Risparmio, c'era stato un ferito, i banditi erano in tre, grazie alle testimonianze dei passanti due erano stati già catturati, c'erano le foto sui giornali, Agostino non c'era, lui era riuscito a fuggire, si era volatilizzato con la borsa dei soldi... lo trovarono qualche giorno dopo a quaranta chilometri dalla città, dormiva in un fienile abbandonato, lo avevano circondato, lui aveva cominciato a gridare e a sparare, aveva colpito un poliziotto, erano stati costretti ad ammazzarlo, c'era la foto, era proprio lui, Agostino, diciotto anni, fedina penale lunga un chilometro, evaso di galera da un paio di mesi, un soggetto pericoloso... il denaro rubato però non era stato ritrovato, qualche malalingua sussurrava che a farlo sparire erano stati i poliziotti, e che Agostino era stato ammazzato per quello... qualcuno aggiunse: come successe a Mussolini per far sparire l'oro di Dongo... altri si arrabbiarono per quel paragone, l'oro di Dongo era una leggenda... allora venne tirata fuori la storia dei partigiani uccisi da altri partigiani... il dopoguerra del terrore... le vendette... l'avidità... l'oro non esisteva, sono tutte bugie... Mussolini non andava fucilato in quel modo... Bellini delle Stelle lo aveva nascosto... l'Armistizio Lungo... gli Alleati... misteri, menzogne, porcherie... la battaglia continuò su questo tono, nessuno parlava più della rapina, di Agostino... diciotto anni, morto ammazzato... solo tu pensavi a lui, ai suoi occhi impauriti...

Quel pomeriggio Maria e Goran s'incontrano a casa dei bambini, la loro nuova mamma gira per casa come un fantasma, appare all'improvviso, bacia i due nuovi figli sul capo, resta un attimo a guardarli, si volta di scatto verso un angolo della stanza, ascolta la solita voce che nessuno sente, annuisce appena, un sorriso esaltato sulla bocca, poi se ne va silenziosa, forse è davvero impazzita... dopo un po' Goran si alza, saluta i bambini, se ne sta andando, Maria lo accompagna, fanno la strada insieme, lei è agitata più del solito, quei pensieri sull'amore le hanno fatto un effetto strano... sì va bene, lo amerò senza chiedere nulla, che posso fare?, se così dev'essere che sia... però « dopo », solo dopo... adesso devo fare in modo che lui venga a letto con me, anche una volta sola, una sola, dopo posso anche andarmene... voglio che sia lui il primo, è una strana verginità la mia, eppure mi sento vergine come una ragazzina, il resto non conta... Goran apre la porta di casa sua, si scosta per far passare Maria, bevono un tè in cucina,

Goran sorride e scuote il capo, vede bene come Maria lo guarda, le prende una mano e la stringe, gliela bacia dolcemente, Maria si avvinghia a quella mano, basta, ora lo porto di là con me, non me ne importa nulla di quello che penserà, di quello che succederà... Maria si alza e se lo tira dietro, lui sorride, «no... no...», ma continua a sorridere, lei se lo tira dietro, lo spinge sul materasso, gli si sdraia accanto, lo bacia, lo abbraccia, lui ha smesso di dire no, si lascia fare tutto, si fa spogliare, Maria scopre di essere impacciata, e le piace, le piace molto, adesso che ci pensa non ha mai spogliato un uomo, non si è mai sentita così, quell'intimità è qualcosa che non conosce... Dio che emozione, non è mai stata così bene, senza vestiti Goran è più bello, anche lei è quasi nuda, non si è ancora tolta le mutandine, pudore improvviso, o paura... se ne accorgerà?, vedrà che la sua vagina è... finta?, dai Maria, adesso basta pensare a queste cose... siete nudi, siete belli, abbracciati, allora è vero che si può stare così bene, credevo fossero stupidaggini mielose che si scrivono e si leggono per consolarsi, roba da poeti che inventano quello che non può esistere... e adesso scopri che i poeti dicono la verità, anzi meno della verità, da ragazzina ti eri innamorata, sì, ma erano cose diverse, c'era qualcosa di oscuro che minacciava tutto, avevi ancora quel «neo» tra le gambe, e poi eri piccola, volevi solo qualcuno che ti proteggesse, che diventasse tuo padre, a diciannove anni hai cominciato a prostituirti, i primi tempi ti innamoravi anche sui viali, non dei porci che ti pagavano... vedevi passare dentro una macchina un viso che ti piaceva, era sempre qualcuno che non si degnava di guardarti, che non si fermava, lo seguivi finché non lo vedevi sparire in fondo alla strada, rimanevi a sognare... ritornerà, mi porterà via, quando saprà come sono davvero mi farà un sorriso, mi dirà che sono bella, che ha capito quanto deve essere triste per me battere sui viali... ti capitava anche con le donne, bastava un viso affascinante che appariva come un mistero in mezzo a mille facce banali... una volta un cliente dopo essersi asciugato e aver tirato su la cerniera ti fece una domanda, sembrava ansioso, non ti guardava negli occhi, voleva sapere se ti sentivi un uomo o una donna, «donna», la risposta fu pronta, sembrava compresa nel prezzo, il cliente fu soddisfatto, o così sembrava, ma quando ti scaricò al distributore ci pensasti meglio, uomo o donna?, ti sentivi donna, ti eri sempre sentita donna, però ti chiamavi Mario... il giorno dopo provasti a vestirti da uomo, ti legasti i capelli dentro un cappello, baffi finti, occhiali neri, uscisti a piedi, mentre camminavi in centro sentivi che le ragazze ti guardavano, si voltavano, ti fece un effetto strano, anche piacevole, però era solo un gioco, dopo un po' ti scocciasti e tornasti a casa, ti spogliasti davanti allo specchio, vedesti emergere dai vestiti un bel corpo femminile, ti eri divertita a giocare e adesso eri triste... Quante cose ti vengono in mente ora, qui, con Goran che ti accarezza il viso, gliele racconti nella tua lingua, lui non capisce, ma non importa, sorride quando sorridi, diventa cupo quando sei triste... ma ora basta aspettare, basta con le parole e i ricordi, è venuto il momento di fare le cose sul serio, cosa sentirò? che mi succederà?, Goran, vieni, sali su di me, così, dai, che ti succede?, tienimi stretta, Goran... Goran... vieni, dai... entra... le gambe spalancate, un fiore finto e generoso si apre, i fianchi si muovono, Goran si solleva su di lei, la guarda, è bella, si abbassa per entrare... vieni, Goran, vieni... dentro di me... dentro... sì, entra... vieni... questo momento non l'ho mai vissuto, non potevo, tu sei il primo... ecco, sì, ti sento, stai per entrare... non saprò mai dirti cosa significa per me, raccontarti cosa provo... non so trovare le parole, è come se stessi per nascere... vieni... vieni... Ma non c'è pace su questa terra, un paio di spari nella strada, fracasso di vetri rotti, qualcuno grida come un animale, «porco! porco! se ti rivedo t'ammazzo!», anche un altro si mette a gridare, e poi una donna che strilla, e ancora gente... Goran si ferma, ascolta, poi scivola giù dal letto, si veste in fretta, esce di casa, un ragazzo è steso a terra in mezzo alla strada, sta sanguinando, ha le gambe ferite, il vecchio che abita di fronte agita ancora una doppietta, « a me! a me vieni a rubare il pane! », intorno a lui alcune donne tentano di disarmarlo, altre lo difendono, il vecchio è magro e alto, nessuno può raggiungere il suo fucile... Maria è rimasta nel letto, ha gli occhi dolci e felici, « Goran stava per farlo, lo avrebbe fatto », ma forse è meglio che sia andata così... era troppo agitata, stordita da quelle emozioni che non conosceva, che non poteva conoscere, un mondo nuovo, per lei misterioso, la prossima volta andrà meglio, forse sarà un po' più calma, la prossima volta... anche lei si veste, esce in strada, la rissa si è un po' placata, a momenti le donne litigano ancora tra loro, si prendono per le braccia, si tirano e si spingono, una mano si aggancia ai capelli, il ferito viene caricato sopra un carro, un asciugamano arrotolato sotto la nuca, lo portano a casa di un amico, è là che vive, Goran spinge il carro, Maria gli cammina accanto, le donne li seguono borbottando, il ragazzo ferito si copre gli occhi con la mano, si lamenta, una voce lo sgrida, « zitto, la guerra è peggio », qualcuno con molta pazienza gli toglierà i pallini dagli stinchi con delle pinzette, uno a uno, a un bivio Maria si stacca dal gruppo, saluta Goran passandogli una mano sulla guancia, ora lo può fare, « ciao », lui sembra triste, ma è questa città che è triste, è questa guerra... Maria si allontana con il capo affollato di pensieri, il solito « passato » le balla nella mente, ma è come rinnovato, diverso, le viene da sorridere, la memoria è volubile, non sta ferma, non è scolpita, si trasforma, il futuro comincia ad avere un senso, anche se ora fa più paura... Goran la guarda mentre si allontana, rallenta il passo per non perderla di vista, la vede sparire in fondo al vicolo, si ferma quasi, il ferito alza il capo, « siamo arrivati? »

Kalik non si rassegna, anche se è stato mandato via vuole tornare a bussare alla casa dei due vecchi bosniaci, dove vive la bionda italiana, magari stasera lo accoglieranno, non si sa mai, non si sa mai, ha lo stesso abito blu, la stessa cravatta, bussa con delicatezza... dopo un po' Zubick apre la porta, e appena lo vede pensa di mandarlo via, ma alle sue spalle arriva Maria, sorridente, gli dice di lasciarlo entrare, di invitarlo a bere qualcosa... le è venuta in mente un'idea... Zubick è sorpreso, le parla in italiano, « venuto per te... visto che occhi?... non mi piace », Maria guarda Zubick, dice solo che « è importante », Zubick ha fiducia in lei, « va bene, dirò a verme di stare a bere bicchiere di grappa », si rivolge al turco, lo invita, Kalik si inchina, entra spandendo in aria l'odore sgradevole di olio di Kurmaruk, saluta con un cenno Lubjanca, che lo guarda di traverso, Kalik vede che la bionda sorride a lui, proprio a lui, bella come Venere, prende la sua manina tra le sue e la bacia... « eccomi di nuovo, per servirvi... per servirvi... », mangia Maria con gli occhi, ammira i suoi capelli d'oro, ansima e inghiottisce, allinea sul tavolo il contenuto dello zaino, un sacco di roba, molta cioccolata... dietro il viso rugoso di Zubick si nascondono ripugnanza e compassione, il turco non sta nella pelle, se qualcuno gli puntasse addosso una pistola non se ne accorgerebbe, Zubick lo invita a sedersi per un bicchiere, « ero venuto solo a portarvi qualcosa... ma se volete... », si inchina a tale generosa ospitalità, si inchioda su una sedia e resta in attesa... Maria chiede a Zubick di seguirla fuori dalla cucina, richiude la porta, parla sottovoce, « devi farmi un favore », « sì... », « devi scrivermi sopra un foglio quello che ti dirò », « dimmi parole », Maria gli dice alcune frasi, il vecchio la guarda un po' stupito, lei lo fissa negli occhi, « quando dopo ti farò un cenno, lasciatemi sola con lui », Zubick annuisce, le accarezza un braccio, Maria lascia Zubick da solo e torna in cucina, si siede a tavola, continua a sorridere, in quel momento è contenta di non parlare la loro lingua, in quella situazione non saprebbe cosa dire, Lubjanca fissa il turco con disgusto, ma ha capito che non deve trattarlo male, che sta per succedere qualcosa, per rompere il ghiaccio gli fa qualche domanda, chi era suo padre, sua madre, se crede in Dio, cosa ha fatto nella vita... il turco risponde velocemente, parla di un padre ingegnere delle ferrovie, di una madre cantante lirica corteggiata ma fedelissima... in quanto a lui stesso... ha studiato, anche se non troppo, però era un bravo artigiano, adesso aiuta le persone andando lontano a comprare viveri che poi rivende, così è la guerra, una disgrazia per tutti... riguardo a Dio è tutto a posto, lui è un buon cristiano, prega ogni mattina e ogni sera, attaccato sopra il letto ha un Crocifisso... dopo un po' anche Zubick torna in cucina, non ha molta voglia di parlare, nessuno ha voglia di parlare, prende una bottiglia di grappa, si siede e riempie tre bicchierini, Lubjanca quella roba adesso non la beve, Maria beve quel fuoco puro, lo conosce già, non ha mai bevuto nulla di più forte... Zubick lo manda giù, Kalik ringrazia con un inchino e beve, è roba forte, gli gira un po' il capo, e continua a sorridere, Zubick da sotto il tavolo passa a Maria un foglietto, e lei se lo mette in tasca... Kalik sbircia il seno di Maria, la immagina nuda, darebbe tutto quello che ha per averla nel suo letto, ma non è solo quello, sente di amarla.... beve un altro bicchierino, diventa ardito, afferra la mano di Maria e la bacia, « servo vostro... schiavo vostro... », se non fosse sconveniente si inginocchierebbe, il desiderio gli invade il sangue... Maria riesce a riprendersi la mano, la strofina di nascosto sui vestiti per asciugarla, dopo un po' guarda Zubick, gli fa un cenno impercettibile, il vecchio annuisce, strizza l'occhio a Lubjanca, tutti e due escono dicendo che sono stanchi, vanno un po' a riposare, Kalik schizza in piedi, « prego... prego... », ma no, stai comodo, speriamo che non sia una notte di bombardamenti, buon riposo, buonanotte, a presto... quando i due vecchi scompaiono, Kalik stringe i pugni, sta impazzendo di gioia e di tormento, Maria è di fronte a lui, finalmente soli, appena due giorni fa questo era un sogno, solo un sogno, adesso lei è qui, bellissima, è qui davanti a me e mi guarda, ho fatto bene a tornare... lei mi sorride, bionda... bella... fiore del mondo... non speravo di arrivare a tanto in così poco tempo, bestia di un turco!, ti rendi conto di quanto tempo hai sprecato nella tua vita... bestia! bestia!, ora lei è qui... bella... bionda... le dirò che è bellissima... le dirò tutto... bella bionda... Kalik le prende di nuovo la mano, vorrebbe baciare quelle dita una per una... Maria tira via la mano, ha cambiato faccia, non sorride più, si alza, lo fissa con durezza... Kalik sente la gola stringersi... che c'è? che succede? è uno scherzo?, sul tavolo Maria butta un foglietto, il turco legge, « come puoi fare quello che fai?, per quelli come te provo disgusto... », guarda Maria, nei suoi occhi legge il disprezzo... continua a leggere, « sei ancora in tempo a ripulire la tua coscienza... dimostra a te stesso di essere degno di stima... », Kalik si sente male, intorno a lui tutto comincia a girare... la fame, la guerra, l'oro... i prati colorati... i fiori, i bambini senza pane... la morte... i sogni, la bionda, il seno... il disprezzo... come vuoi essere ricordato?... tutto è confuso, l'aria fatica a passare dalla gola... un attimo prima era felice, adesso è in fondo a un burrone... non ha mai pianto Kalik, non ha pianto nemmeno quando sua moglie è fuggita, quella cagna... non piangerò, non piangerò... si alza con quel foglietto stretto in mano, è solo un foglietto ma brucia come una fiamma... va alla porta senza voltarsi, esce e corre via, corre fino a casa, si chiude la porta alle spalle, si getta sopra il letto e scoppia a piangere, singhiozza, è come se stesse piangendo tutte le lacrime che non ha mai versato, un tappo è saltato e le lacrime sgorgano, in fondo alla disperazione scova un minuscolo sollievo, non capisce cosa sia... si tormenta fino a notte fonda, non riesce a pensare a nulla, non trova le parole, riesce solo a piangere, a darsi pugni sul capo... la bionda italiana ha fatto scoccare una scintilla, e lui adesso sta dando fuoco a ogni cosa... immagini colorate e crudeli passano veloci nella sua mente, « come puoi fare quello che fai... la coscienza... la stima... », se glielo avesse detto un'altra persona non gli avrebbe fatto nessun effetto, era abituato ai discorsi della gente, tutti detestavano quel bandito che vendeva fagioli a caro prezzo... Ma lei... lei... di fronte a lei si sente un verme... uno schifoso... non potrà più guardarla negli occhi... quell'angelo biondo, quella creatura del cielo... nessuna preghiera può servire, nessuna scusa, nessun perdono... di fronte a lei tutto è diverso, tutto ha un altro peso, di fronte a lei i bastardi sono bastardi, nessuna scusa, nessun perdono... nel delirio ogni cosa si confonde, il viso bello della bionda si allarga, il suo sguardo punitivo diventa immenso, occupa il cielo da un orizzonte all'altro, lui è una pulce che corre a capo chino, un piccolo turco nudo che cerca riparo sotto una foglia secca... un rumore ossessivo di macchine in movimento gli rimbomba nelle orecchie... vorrebbe sparire, affondare nel nulla, dissolversi come cenere... Kalik vive una notte senza tempo, trapassa i millenni, il dolore trasforma la sua anima come il fuoco fonde il ferro... è spacciato... ha imboccato una strada senza ritorno, una strada luminosa e costellata di sofferenza... È ancora buio, quando il turco si alza dal letto il suo sguardo è diverso, nella sua coscienza gorgoglia un ruscello amaro, non capisce cosa sia quel chiarore che sembra emergere nella parte più nera della sua anima... sulla faccia ha due rughe nuove, il naso accartocciato, spellato e rosso, gli occhi fermi e decisi, il suo vestito blu è uno straccio, stringe i denti... È successa una cosa che nessuno poteva immaginare... dentro di lui esisteva un frammento di anima non ancora marcito... e il sentimento che lo ha spinto verso la bionda italiana è andato a cercare quel piccolo frammento sopravvissuto, come fosse un lembo di terra incontaminato... e ci ha seppellito un semino, e la pianta è cresciuta, e nessuno può fare più nulla per fermarla... Kalik si sente attanagliato dai rami di quella pianta robusta, intrappolato, prigioniero di quel sentimento che lo fa sentire libero... tutta la sua vita passata è stata cancellata, adesso ha davanti soltanto quella luce, la luce di quell'amore sconfinato, una luce che poi si è spenta davanti a lui... Kalik esce di casa, il cielo è nero, lui fissa il buio ma nei suoi occhi brilla quella luce nuova, si inoltra nel bosco e arriva al suo nascondiglio, alza la torcia e illumina la scorta di viveri, osserva le etichette del suo tesoro... fagioli, ceci, tonno, stoccafissi, lardo, sigarette russe... altre lacrime gli scendono dagli occhi, lacrime del passato, vecchie di secoli... l'immagine sulla scatoletta di tonno si sfuoca... la coscienza... i bambini... la guerra... il lardo e la farina...

L'aquila si alza ancora in volo, le ali rabbiose, lo spazio tra le montagne non le basta più, la sua vista non tollera barriere, vola dentro il tempo, corre al futuro, spia con gli occhi l'orizzonte, sente il bisogno di territori nuovi, di nuvole bianche, di deserti infiniti tormentati dal vento, vola veloce qualche decennio più avanti, il suo sguardo è attratto da un groviglio di case, si abbassa, un reticolato di strade si sparpaglia intorno a una piazza immensa e nera come una pozza di fango, l'aquila plana sulla città, via via che si abbassa la piazza diventa sempre più grande, la chiazza di fango diventa un formicaio in movimento, la piazza non è vuota, ci sono centinaia di milioni di uomini e donne in piedi, guardano tutti nella stessa direzione, una voce dura come ferro investe la folla oceanica, un uomo piccolo sta parlando, è un uomo solo sopra un palco dorato, è l'unico che ha i capelli biondi, più in basso ci sono due uomini in divisa nera, impietriti davanti a due cannoni grandi come case, lì accanto due donne seminude danzano senza posa, agitano in sincronia perfetta due stendardi neri dove è scritto in rosso il numero 4, molti metri dietro il palco un edificio colossale si alza fino alle nuvole, culmina con una cupola bianca grande come cinquanta stadi, come mille moschee, sopra la cupola un'aquila immensa e rigida, prigioniera del bronzo, ancora un'aquila, un simbolo di libertà, ancora un tradimento, un'aquila che l'uomo usa per dominare, tra gli artigli dell'aquila di bronzo c'è una palla colorata, è il mondo, la massa di uomini ondeggia, la voce di ferro termina la frase con un grido acuto, un'esplosione impressionante sale dalla piazza, milioni di voci che gridano, mani che applaudono... l'aquila di carne e sangue si abbassa sopra la folla, non vede altro che puntini colorati, lontanissimi, si abbassa ancora, e continua a vedere soltanto puntini colorati, lontanissimi, l'aquila sa che ogni puntino è un uomo, scende ancora, adesso è vicinissima, vola sopra la piazza, vede il viso di ogni uomo e di ogni donna, può guardarli negli occhi, eppure continua a vedere soltanto un ammasso di puntini colorati, lontanissimi, l'uomo sul palco è anche lui un puntino scuro lontanissimo, solo il suo capo biondo brilla come l'oro, nessuno può vedere la sua faccia, forse non è lo stesso uomo che ha parlato ieri in questa stessa piazza, con la stessa voce, forse quello di ieri è morto, ma non importa, un altro è al suo posto, nessuno se ne accorge, l'importante è che sia sopra un palco e urli e faccia sognare chi non ha più sogni, chi non sa cosa siano i sogni, l'importante è un puntino scuro lontanissimo con la testa dorata, in piedi sullo stesso palco di ieri, l'essenziale è che una voce di ferro si diffonda nella piazza, che quella voce dica le stesse cose con la stessa verità, che parli di un nemico lontano, ma vicinissimo, di là dalla Grande Muraglia, ma anche qui tra noi, milioni di puntini lontanissimi da uccidere, migliaia di libri da bruciare, la rabbia della voce è il collante che tiene unita la massa, è la volontà della moltitudine, l'uomo sopra il palco finisce il discorso, i pugni alzati sopra il capo, l'ultimo grido, poi s'irrigidisce, la massa risponde agitando i pugni sopra il capo, urlando e battendo i piedi, la terra trema, in periferia crollano gli ultimi palazzi abbandonati della città vecchia, quello che una volta era il « centro »... adesso la città nuova ha il suo nuovo centro nella nuova piazza, la Grande Piazza della Massa, il vecchio centro è stato lasciato crollare sotto le scosse di terremoto provocate dalla massa agitata e felice, il discorso è terminato, la Grande Piazza diventa silenziosa, poco distante c'è il Grande Stadio, un anello di venti chilometri di diametro, alto quasi come il Palazzo del Quarto Governo, la massa ci si riversa in fretta, con disciplina, alcune migliaia di uomini si staccano dalla massa, diventano i « guardiani », per tutta la durata dell'esodo agitano piccole fruste dorate per farsi obbedire, lo fanno per il bene di tutti... dopo appena due giorni la massa si è finalmente sistemata dentro lo stadio, ogni uomo ha il suo posto, ogni donna ha il suo posto, il colore dei loro vestiti forma sugli spalti una scritta circolare, « Quarto Governo », i guardiani hanno finito il loro compito, sono svaniti, si sono fusi di nuovo con la massa, fra non molto comincia lo spettacolo, c'è silenzio, attesa, nel Grande Stadio la massa diventa cosciente di se stessa, si osserva, valuta la propria volontà e la propria potenza, prende forza, sconfigge gli ultimi residui di una tentazione « antica, ridicola e nefasta », la tentazione di dividersi in puntini isolati e inutili, ognuno con la propria volontà e la propria coscienza... adesso ogni uomo trova la propria dimensione, la propria piccolezza, conferma il proprio posto nella magnifica moltitudine, ognuno in un perpetuo ardore sente e sa quanto la propria carne e la propria mente siano inutili da sole e quanto invece siano indispensabili per la massa, questo contrasto tiene ogni puntino in uno stato di ansia febbrile, di vaga incredulità, di esaltazione... la città si è trasformata da molto tempo, lo stesso nome « città » è stato mutato in « Agoropoli », la città della piazza, nulla di « individuale » esiste più da tempo, la maggioranza dei puntini non ha mai sentito pronunciare la parola « individuale », la vita dell'Agoropoli si svolge nella continuità e nella contiguità, nessuno vuole più isolarsi, nessuno si apparta... il numero minimo è il milione, ci si nutre in appositi spazi sconfinati, gomito a gomito, tavolate interminabili si diramano a ragno in ogni viale dell'Agoropoli, una notizia detta a ovest arriva in pochi secondi a est, i muri interni delle case sono stati eliminati, gli edifici sono camerate immense senza interruzione, chi grida viene sentito da tutti, il sesso è una faccenda comune, i figli sono « figli dell'Agoropoli », la morte dei singoli è un elemento inessenziale, trascurabile, quel che non muta l'essenza della moltitudine non riguarda nessuno, i televisori sono un gioco, quello che accade dentro lo schermo è finto e ridicolo, hanno valore solo le parole veritiere dell'uomo con il capo biondo... nel Grande Stadio i posti sono numerati, ogni puntino che forma la massa è numerato, chi manca all'appello è sicuramente morto, se non è morto è impazzito, e verrà eliminato dall'« Ufficio della Salvezza » per questioni di sicurezza nazionale, una puntura di veleno sotto la gola e le ceneri sparse al vento... sotto le gradinate del Grande Stadio c'è un'immensa quantità di esplosivo, pari a quello usato nell'intero Conflitto Mondiale da tutti gli eserciti del mondo, il congegno di innesco è collegato a un pulsante, il pulsante è nella camera da letto dell'uomo con il capo biondo, un pulsante piccolo e rosso, sotto c'è scritto « Operazione Finale », il Computer Centrale fornisce in tempo reale i dati relativi alla massa, densità, colore, odore, tasso di umidità, nascite, morti, velocità in millisecondi, grado di convinzione, tasso di ostinazione, questi ultimi espressi in chilopensieri, se gli indici sorpassano i limiti di guardia si provvede immediatamente, se entro mezz'ora i valori non tornano sotto i livelli di guardia verrà premuto il pulsante rosso... nel Grande Stadio lo spettacolo sta per cominciare, è sempre lo stesso, « La storia dell'Umanità »...

Eri attirata dagli ultimi, quelli che tutti consideravano perdenti, quando vedevi un barbone disteso sopra una panchina avvertivi un senso di solitudine, e ti veniva voglia di parlarci, ma avevi anche paura, però una volta ti facesti coraggio e ti avvicinasti... Il barbone era vecchio, la barba lunga e bianca, come Babbo Natale, era seduto su una panchina nel giardino di una piazza, in un quartiere popolare, tu stavi passando in bicicletta, una bicicletta scassata e arrugginita che ti aveva regalato il babbo di una tua amica, un meccanico di bici... era primavera, sentivi le farfalle nella pancia e non sapevi come mai, avevi tredici anni, i ragazzi e anche gli uomini si voltavano a guardarti, senza sapere che all'anagrafe eri un bambino e ti chiamavi Mario... vedesti quel barbone e invece di tirare dritto ti fermasti, appoggiasti la bicicletta a un albero e ti sedesti all'altra estremità della panchina, ti batteva forte il cuore, non sapevi come mai... il barbone puzzava, ma a te non importava nulla... non sapevi cosa dire, speravi che fosse lui a parlare con te... finalmente Babbo Natale si voltò a guardarti, sembrava stupito di vederti, o forse non ti vedeva nemmeno, non riuscivi a capire... cominciò a borbottare frasi senza senso, parole slegate che ti davano una sensazione di libertà... forse era proprio quello, che ti piaceva... quei perdenti erano esseri umani che se ne stavano fuori dai binari, senza obbedire alle regole invisibili ma rigide che ogni giorno ti stritolavano nei loro assurdi ingranaggi... quei magnifici perdenti appartenevano a un mondo solitario, dove non potevano essere raggiunti... e tu, anche se ancora non lo sapevi, non volevi essere raggiunta, volevi stare nel tuo mondo solitario, lontana da quegli sguardi che non riuscivano a capire chi eri veramente...

Nel Grande Stadio lo spettacolo sta per cominciare, è sempre lo stesso, «La storia dell'Umanità», un puntino appare in mezzo al Grande Prato sintetico, il silenzio è totale, il puntino corre disordinatamente, salta senza senso e fa mille capriole, si strappa i capelli, si agita come un forsennato, non sembra normale... a un tratto appare un altro puntino, si affianca al primo e ripete insieme a lui quelle mosse disperate, poi altri quattro si uniscono ai due, si picchiano, si scontrano, si gridano insulti, arrivano altri otto puntini, appaiono i coltelli, scorre il sangue, altri sedici puntini, colpi di pistola, crani sfondati, trentadue puntini, arti amputati, sessantaquattro puntini, teste che volano, centoventotto, grida inumane, duecentocinquantasei, bombe e cannoni, cinquecentododici, bombardamenti, mille e ventiquattro, razzi e lingue di fuoco, duemila e quarantotto, maschere antigas, quattromila e novantasei, la gente prega e muore, ottomilacento e novantadue, un uomo viene smembrato in piccoli pezzi, sedicimilatrecento e ottantaquattro, gli uomini camminano a quattro zampe e abbaiano, trentaduemilasettecento e sessantotto, bomba atomica, sessantacinquemila e cinquecentotrentasei, una distesa di morti... il prato si popola a ritmo vertiginoso, non c'è più spazio, la massa urlante e infelice gonfia come una marea, i visi dei puntini non si distinguono più, tutti insieme sono un'onda grigia con una sola anima sciagurata, una salsa di cadaveri ricopre il Grande Prato sintetico, è la fine del mondo... sugli spalti del Grande Stadio i puntini umani amalgamati sorridono felici, agitano i cappelli, dagli spalti si levano grida e applausi, un boato che i nemici al di là della Grande Muraglia possono udire, la massa può sfogarsi, lo spettacolo è finito, il video olografico viene riposto religiosamente in un luogo segreto, per realizzarlo ci sono voluti sette anni, sono stati sacrificati trecentomila schiavi... torna il silenzio, la massa si avvia di nuovo verso la Grande Piazza, tra due giorni ci sarà un altro discorso conclusivo, tutti i discorsi dell'uomo con i capelli biondi sono conclusivi... una parola sola, « evviva! », ogni altra parola è dimenticata, non serve a nulla, il saluto della mattina è « evviva! », la buonanotte è « evviva! », il grido di lotta è « evviva! », il commiato ai morti è « evviva! », il sospiro dell'orgasmo è « evviva! », il Nuovo Grande Linguaggio è fatto di pochi suoni, qualche vecchio ricorda trenta o quaranta parole della Vecchia Civiltà, le ripete a volte nel sonno turbando intere porzioni di massa con quei suoni incomprensibili e minacciosi, ma le « porzioni » contano poco o nulla, solo l'Uomo Biondo parla alla massa tutta intera, solo lui è unico e solitario, porta sulle spalle il peso di tutti, i peccati di tutti, le tentazioni, le maledizioni, in lui si uniscono Leggi Umane e Leggi Divine, a volte l'Uomo Biondo gioca con il pulsante rosso, lo sfiora con le dita, un'emozione gioiosa gli stringe la gola, ha erezioni violente, orgasmi improvvisi, potrebbe rimanere l'Unico, il Sopravvissuto, chiude le porte a chiave, forse stanotte un puntino malato, una cellula impazzita potrebbe staccarsi dalla massa per venire a pugnalarlo nel sonno, e ovviamente verrebbe ucciso, mentre l'Uomo Biondo non morirà mai, domani sul palco salirà l'eterno immortale puntino lontanissimo con il capo dorato, dirà le stesse verità, la massa è salva, nessuna malattia dell'animo potrà turbarla... L'aquila che vola nel cielo volta il becco e torna indietro, ha già visto molto, l'unica cosa che non ha visto è il sottosuolo dell'Agoropoli, un popolo intero è rinchiuso là sotto, una massa di schiavi senz'anima, hanno perso l'UGG, l'Ultima Grande Guerra, adesso sono costretti a lavorare per l'Agoropoli, producono quello che serve alla massa libera, mandano tutto « di sopra » attraverso pertugi sorvegliati, hanno una loro lingua e parlano sottovoce, hanno un loro Dio che pregano di nascosto, pensano, fanno l'amore a coppie in stanze chiuse, sono bianchi come il latte, molti sono nati qui, non hanno mai visto il sole, su dieci neonati uno solo sopravvive, gli uomini ingravidano senza sosta le loro femmine, da qualche tempo nascono sempre tre o quattro bambini in una volta, la natura vede e provvede... nel mondo di sotto qualcuno scrive delle storie sulla carta, gli altri le leggono, qualcuno disegna delle figure sulle pareti umide, figure gocciolanti che durano un giorno, nelle grotte più profonde c'è sempre qualcuno che canta e si commuove... nel mondo di sopra il verbo « commuoversi » non esiste più, la massa felice batte i piedi per la gioia nella Grande Piazza, e nel mondo di sotto alcune grotte crollano, il rumore è assordante, nel mondo sotterraneo i morti vengono subito bruciati, i forni non si spengono mai, il loro calore serve a scaldare l'intero popolo sotterraneo, duemila donne sono incaricate di bruciare i cadaveri e di pregare ininterrottamente perché venga presto il Grande Giorno della Liberazione, nessuno degli abitanti dell'Agoropoli ha mai saputo il nome del Dio che prega il popolo sotterraneo... l'aquila ha lo stomaco in subbuglio, sta già tornando indietro lungo il tempo, in lontananza rivede la fine del XX secolo, la sua epoca, ha la nausea ma non cede, dà ancora uno sguardo all'Occidente, così per fare, poco fa ha mangiato un grosso topo e deve digerirlo, i suoi occhi gialli e tondi volano sopra la terra, tra i grassi e gli stupidi e i contenti e i pensierosi vede barcollare un uomo, ha gli occhi pieni di saggezza e di avvertimenti, non si sa quanti anni abbia, lui stesso non sa in che giorno è nato, non sa come si chiama, vorrebbe solo parlare a « tutti », o almeno a « molti », vorrebbe dire quello che sa, avvertire i popoli, cammina da una città all'altra, non si ferma mai, sta cercando un posto dove posare il capo, in modo da avere poi la forza di trovare un posto per parlare a tutti, o almeno a molti, ma quel posto non lo trova, non c'è, l'uomo diventa sempre più tetro, sembra ossessionato, parla da solo, è tentato di lasciar perdere e di andare a ubriacarsi perché non trova un posto dove poter parlare a tutti, o almeno a molti, perché quel posto non esiste in nessun posto, non c'è, e se non c'è vuol dire che nessuno lo vuole, a nessuno serve, l'uomo si alza in piedi e dà un ultimo sguardo a tutto l'Occidente, no, non c'è, non c'è un solo posto dove poter posare il capo e nemmeno un posto dove potersi fermare per parlare a tutti, o almeno a molti, le cose sono fatte in modo che nessuno possa fermarsi a parlare a tutti, o almeno a molti, perché nessuno possa fermarsi ad ascoltare, non è solo una faccenda di spazio fisico, ma di « spazio credibile », è una faccenda che riguarda il « ridicolo », o il « pudore », chi si ferma a parlare a tutti o almeno a molti in un qualsiasi posto fa solo ridere, o sorridere, viene voglia di tirarlo giù dal suo podio immaginario per picchiarlo... parlare a tutti o almeno a molti è qualcosa che offende, no, non c'è, non c'è un posto, uomini e donne passano come ombre, non si spingono mai del tutto « fuori casa », ovunque siano, la loro parte più vera resta a casa, nelle loro stanze private, chiusa a chiave, i televisori accesi, facce di vetro che parlano a molti, o quasi a tutti, solo così si parla e si ascolta, solo la televisione è il «posto», un posto che non è in nessun posto, che non ha un luogo preciso, che può essere dappertutto, il resto è ridicolo e falso... l'uomo che vorrebbe parlare a tutti o almeno a molti scuote la polvere dai propri piedi, s'incammina verso la periferia, le strade deserte, i prati fangosi... le finestre illuminate dei palazzi, le voci escono dai televisori, da qualche parte un bambino strilla e piange, vuole qualcosa, la mamma continua a ripetere «no», il bambino sembra disperato, quel «no» grande quanto il mondo è un muro alto e indistruttibile, ma in fondo quel bambino non è poi così disperato, quel «no» disegna i confini del suo mondo, uno spazio piccolo ma sicuro... l'uomo passa oltre, s'inabissa tra due palazzi con le finestre illuminate, sta cantando, nessuno ha sentito la sua voce, un telegiornale rimbomba tra gli edifici, è scoppiata un'altra guerra in Medio Oriente... Maria si sveglia di soprassalto, quasi gridando, non aveva mai fatto un sogno così assurdo e spaventoso... è sudata, l'angoscia di quelle visioni è ancora viva, è felice di essersi svegliata, fa un po' freddo, dev'essere mattina presto, dalla strada arrivano rumori indecifrabili, sembra gente che corre, che bisbiglia, ci vorrà un po' di tempo per dimenticare quel brutto sogno.

La città si sveglia, nemmeno stanotte sono piovute bombe, è già da un po' che gli aerei non si vedono, una novità che preoccupa, forse sta arrivando l'esercito, faranno rastrellamenti, porteranno tutti nei campi di concentramento, fucileranno chi si ribella, spazzeranno via questa città, o la svuoteranno per riempirla di serbi... ogni sera che passa diventa più difficile addormentarsi, si deve tendere l'orecchio a ogni rumore, agli aerei in lontananza, alle voci, ai passi, si chiudono gli occhi pensando di svegliarsi con il rombo dei bombardieri sul capo, con i carri armati sulla strada, o con un mitra sul petto, o magari non ci si sveglierà più... ogni mattina è nuova, anche la più banale, qualcuno non prova nemmeno a dormire, sigilla i vetri e resta sdraiato a pensare, a ricordare... la voglia di fare un pasto decente è grande, da qualche tempo si è cominciato anche a digiunare, i soldi sono pochissimi, i prezzi del mercato nero sono sempre più alti, in periferia è rimasto qualche orto, molta della frutta sugli alberi è ancora acerba... ma c'è una sorpresa, all'alba si diffonde una voce, si parla dei viveri trovati ammassati contro un muro nella via principale, arrivano in molti, sono sospettosi, stupiti, nessuno capisce chi abbia messo lì quella roba, saranno mica cibi avvelenati?, ma no, ci sono molte scatolette sigillate, e poi al primo che si sente male gli altri butterebbero via tutto, non avrebbe senso, è roba buona, è roba buona... c'è chi parla di un camion della Croce Rossa, qualcuno stanotte ha sentito il rumore di un motore muoversi nelle strade, ma non si è azzardato a uscire, e le finestre sono sigillate... è una specie di mistero, una donna si fa il Segno della Croce, dice che è un miracolo, stanotte ha sognato la Madonna, aveva le mani piene di ferite e diceva « non avere paura, avvicinati, bevi il mio sangue », è stata lei a portare tutte queste cose, è stata la Madonna, qualcuno sorride, la Madonna con un camion... i superstiti escono dalle case, si formano gruppi, vanno tutti a vedere la montagna di scatolame ammassata nella via principale, di fronte a tutta quella roba c'è anche chi piange, piselli, ceci, pacchi di farina, salumi, pesce essiccato, perfino zucchero e cioccolata, sigarette russe, e qualche bottiglia di vodka... alcuni ridono, anche quelle le ha portate la Madonna?, anche le sigarette?, la donna li guarda e mormora una preghiera per quei blasfemi, si mette in coda, molti dei sopravvissuti hanno il viso bianco, gli occhi cerchiati di viola, nella luce debole dell'alba sembrano spettri, ma non fanno paura a nessuno, tutti insieme hanno deciso di organizzare una distribuzione equa, quattro uomini si sono incaricati di sorvegliare i viveri, si formano due code, parti uguali per tutti, un occhio di riguardo ai bambini, in poco più di due ore è stato distribuito tutto, per qualche giorno si mangerà di più e meglio... Altre due notizie arrivano in città, Kalik il turco è stato trovato morto nel bosco, impiccato a un albero, una mano trapassata da qualcosa di rovente, la carne bruciata, ustionata, forse qualcuno lo ha torturato per farsi dire dov'era il suo nascondiglio, poi lo ha ucciso e ha messo i viveri nella strada, ecco spiegato il mistero... anche Maria è in coda, in mente ha ancora le immagini di quel sogno brutto, l'aquila che viaggia nel tempo... quella montagna di viveri la fa sorridere di tristezza, chissà se è andata proprio così... lei non dirà nulla a nessuno, non dirà nulla di quel biglietto che ha dato al turco del mercato nero, ma forse il miracolo è avvenuto nella coscienza di Kalik... La seconda notizia per il momento è meno tragica, ma è strana, un uomo è sparito, ha abbandonato la sua casa, se n'è andato, era un tipo tranquillo, nessuno ha ancora trovato il suo cadavere, dev'essere andato via con le proprie gambe, ognuno spera così, nessuno pensa che sia morto, è certamente andato via, magari ce la farà, lo rivedremo... nessuno saprà mai come sono andate le cose...

Quando eri bambina e ti chiamavi Mario, c'era un amico di tuo padre che riusciva a farti ridere... diceva che ogni tanto Dio faceva uno starnuto e in un istante qualcuno nel mondo cambiava la propria vita... un cattivone diventava buono, uno spilorcio diventava generoso, un pigrone si metteva a lavorare, un ladro restituiva la refurtiva, un truffatore si dava da fare per aiutare gli altri, un violento diventava dolce e distribuiva carezze... se ci si metteva ad ascoltare con attenzione, si poteva sentire ogni tanto uno starnuto passare nel cielo, e si poteva star sicuri che un uomo aveva cambiato la propria vita...

Con il disprezzo della bionda davanti agli occhi, durante la notte Kalik ha caricato il suo tesoro di viveri sul furgone e lo ha rovesciato nella strada... ma questo gesto non è riuscito a placarlo, è andato in cucina, ha arroventato un coltello sulla brace, si è trapassato una mano, per non gridare si è morso la lingua, l'odore di carne bruciata doveva essere quello che si sente all'Inferno, mentre i dannati arrostiscono sulla graticola... quel dolore tremendo ha chiamato a raccolta tutte le sue colpe, quelle che finora erano state domate e cacciate in un angolo a forza di banconote, in quel momento i mostri che dormivano dentro di lui si sono scatenati, l'hanno torturato con vecchie storie, più si punisce più si sente sporco, tutta la sua vita inutile gli crolla addosso come una casa bombardata, si inginocchia sul pavimento, appoggia la fronte sul tappeto, il respiro affannoso, ricorda un torto fatto a sua madre molti anni fa, una cosa da nulla, una stupidaggine da bambini, il piccolo Kalik era vestito di bianco, era il giorno del suo ottavo compleanno, fece le bizze e scagliò il regalo di sua madre contro il muro, sbriciolandolo senza rimedio, sua madre aveva il viso addolorato, sembrava che a rompersi contro il muro non fosse stato il regalo, ma la sua gioia... sono passati quasi quarant'anni, Kalik si rotola in terra pensando di meritare la morte, chiede scusa alla mamma, vede il suo viso mortificato di allora, vede il giocattolo distrutto, una parola lo tormenta, deve dirla a voce alta altrimenti gli scoppierà il cuore, «irrimediabile... irrimediabile...», ripete quella parola, si infligge quella parola... poi rivede quel bambino che lui picchiò dietro un portone, senza motivo, per sfogarsi di chissà cosa... e le menzogne che per invidia mise in giro sul conto di una donna bellissima, scoppiò una lite terribile, la donna giurava in ginocchio, il suo uomo la picchiò a sangue... e gli amici raggirati, povere vecchie truffate, tutta la sua vita gli scorreva davanti agli occhi come si dice accada a chi sta per morire, ogni vittima delle sue azioni colpevoli era come un dio della vendetta, ora vedeva il viso di quel ragazzo precipitato nel burrone, non lo aveva ucciso lui, ma se non cadeva di sotto lo avrebbe fatto, lo avrebbe ammazzato con le proprie mani, solo per soldi, «irrimediabile... irrimediabile...», gli avrebbe spaccato il capo con una pietra, lo avrebbe strangolato... e poi, e poi... qualche mese prima una ragazzina era tornata a casa piangendo, undici anni, occhi grandi e verdi, diceva che Kalik «il turco» l'aveva molestata, se lo era trovato davanti fuori dal paese, tra gli alberi, lui si era calato i pantaloni, aveva cercato di sfilarle la gonnellina... erano andati in quattro a sfondare la porta della casa del turco, lo avevano attaccato al muro, avevano negli occhi la voglia di ammazzarlo, lui aveva giurato che non era vero... no no no no, non è vero, lo giuro su mia madre... non c'erano testimoni, a volte i bambini mentono, per i bambini è tutto un gioco, i bambini possono essere cattivi senza saperlo, non se ne rendono conto, non è colpa loro... alla fine lo avevano lasciato andare, con il tempo avevano dimenticato, non era successo più nulla... ma quella storia era vera... Kalik adesso sente che vorrebbe morire, si guarda le mani, la sinistra è piagata, la lama rovente non ha permesso al sangue di uscire, la pelle del palmo si è alzata, il dolore che continua a sentire gli fa quasi bene... a un tratto si morde un labbro, può fare qualcosa, si mette un giubbotto sulle spalle ed esce di casa, è ancora notte, percorre silenzioso le strade devastate dai bombardamenti, attraversa la piazza del Mercato, s'infila in un vicolo, si ferma davanti a una casa bassa, ci abita un suo vecchio conoscente, un maestro di scuola, non sono mai stati veri amici, ma non importa, tutto il quartiere lo conosce, tutti sanno chi è Juri Kitevich, un uomo onesto, di lui ci si può fidare a occhi chiusi, ha dedicato la propria vita alla scuola, ha insegnato ai suoi bambini non come si vive, ma come si deve vivere, un uomo che farebbe vergognare un santo, semplice, modesto, non si è nemmeno sposato, non voleva trascurare i suoi piccoli studenti... Kalik bussa alla porta, poi bussa ai vetri...

«Juri... Juri!»

«Eh? Chi è?»

«Sono io...»

«Io chi? Che c'è?»
«Sono io... Kalik...»
«Kalik?»
«Ti devo parlare.»
«Oddio!... Credevo fossero i serbi, disgraziato...»
«Apri...»
«Ma che ore sono?»
«Apri, svelto.»
«Eccomi, eccomi... ma... è buio... è ancora notte...»
«È importante.»
«Entra, così accendo la candela.»
«Vado via subito... Vieni a casa mia tra dieci minuti.»
«Ma perché?»
«Ti aspetto là... ti prego, vieni.»
«Ma che hai fatto alla mano? Sei ferito?»
«Non è nulla, sono caduto.»
«Caduto? Guarda là che piaga, e poi hai una faccia...»
«Verrai?»
«Sembri stravolto.»
«Verrai?»
«Va bene, vengo.»
«Non parlare con nessuno, ti aspetto a casa tra dieci minuti.»
«Senti... aspetta...»

Ma Kalik è già sparito, cammina come uno spettro fino a casa, la ferita alla mano è un dolore continuo, ogni tanto sente fitte acute e improvvise, questo gli dà coraggio, va a prendere i soldi che ha accumulato, sono molti, una fortuna, due anni di mercato nero, di risparmi, mette il denaro in una borsa di pelle, si siede e aspetta... aveva pensato di dare quei soldi alla bionda, ma la vergogna glielo impedisce, non potrebbe guardarla negli occhi e vedere di nuovo il suo disprezzo, non può raccontare a nessuno la notte che ha passato, nessuno saprebbe capire cosa è successo dentro di lui, nessuno... anche lui stenta a crederci, è come se una montagna di pietre in bilico fosse franata all'improvviso, è stata la bionda, il suo sguardo... è stato il crollo delle speranze scolpito nello sguardo della bionda, la morte del desiderio d'amore... guarda la borsa di pelle, là dentro c'è il veleno di questi ultimi due anni, se potesse lo berrebbe in un sorso... tende l'orecchio, non sente alcun rumore, si affaccia alla porta, non c'è nessuno, si siede sulla soglia e aspetta, nel cielo corrono grandissime nuvole scure, si sente già l'odore della pioggia, Kalik chiude gli occhi, dopo quelle ore orribili ha un attimo di pace, gli fa un effetto strano, è come un ritorno all'infanzia, all'innocenza incosciente... c'è un gran silenzio intorno, tutto è buio, il tempo è fermo, finalmente il riposo, Kalik vorrebbe che quegli attimi durassero all'infinito, la stanchezza della notte gli cade addosso tutta insieme, vorrebbe appoggiare il capo sulla strada e dormire, sognare di essere un altro, in un altro posto, con un altro nome, con altre persone, un'altra vita, altri ricordi, ma non può dormire, non ora... perché Juri non arriva?, a un tratto lontano lampeggia un fulmine, subito un altro, tre, quattro, i tuoni si rincorrono nel cielo e si accavallano, il temporale è ancora lontano, chissà se arriverà anche qui... un rumore gli fa girare il capo...

«Juri... sei tu?»

«Sono io, sì...»

«Vieni dentro.»

«Chissà che devi dirmi.»

«Siediti qui... accendo la candela...»

«Sono tutto orecchi.»

«Prendi questa borsa, è piena di soldi.»

«Soldi? E di chi sono?»

«Non te lo immagini?»

«Ah, certo... i tuoi traffici... e cosa ci devo fare?»

«Dalli a chi ne ha bisogno... pensaci tu.»

«Perché vuoi liberartene?»

«Non fare domande.»

«Va bene, ma perché proprio io?»

«So che sei un uomo onesto.»
«Dimmi pure...»
«Tieni qualcosa per te, sono tempi duri... il resto distribuiscilo a chi ne ha più bisogno.»
«Come vuoi...»
«Sono sicuro che saprai cosa fare.»
«Di che cifra si tratta?»
«Sono molti soldi Juri, moltissimi soldi...»
«E tu che farai?»
«Non preoccuparti per me, saprò cavarmela.»
«D'accordo.»
«Ti accompagno alla porta.»
Si salutano con una stretta di mano, e Juri si avvia lungo la strada. Kalik lo guarda allontanarsi, sull'orlo delle colline il cielo si è appena schiarito, sta per cominciare un giorno nuovo, a quest'ora prima della guerra i galli cantavano, ora non canta nessuno, i galli sono stati sacrificati e mangiati, gli uomini non cantano, preferiscono il silenzio... la mano fa sempre più male, fitte e bruciori alle ossa, Kalik deve fare l'ultima cosa, prende una corda e s'incammina verso il bosco... può lasciare aperta la porta di casa, tanto non tornerà più... Non saprà mai che il suo amico Juri, l'onesto Juri, appena tornerà a casa infilerà i soldi in un grande zaino, li coprirà di stracci e se ne andrà via, in cerca di un nascondiglio sicuro per quel tesoro, seppellirà i soldi da qualche parte, varcherà il confine con la Grecia e aspetterà la fine della guerra... Juri sta già camminando nella luce dell'alba, zaino in spalla, e a un tratto ha un brivido, ripensa a poco prima, quando era davanti alla borsa piena di soldi, ha immaginato addirittura di uccidere Kalik, per non lasciare testimoni... un colpo di vanga, un cavo elettrico intorno al collo... che senso ha distribuire poco denaro a molti?, dopo qualche giorno quelle persone saranno di nuovo povere... ha più senso che uno solo si tenga molto denaro, questo sì che fa la differenza, lui ha faticato tutta la vita per uno stipendio da fame, adesso si merita di vi-

vere anni sereni, è sicuro che anche Dio approva il suo pensiero... il cielo è sempre più chiaro, tra poco sarà l'alba, ma nel bosco è ancora notte, Juri affretta il passo, spezza i rami, sparisce nel fitto degli alberi, deve correre lontano, più lontano che può, soldi, molti soldi, quando finirà la guerra sarà ricco, si comprerà una casa bella e grande, magari con il giardino, una bella macchina, un bel televisore... avrà una donna, una bella donna...

Ti «facevi» da un paio di mesi, l'egiziano aveva quasi sempre roba buonissima, bianca, brown, siriana... la tagliava poco, era onesto, «questa qui ti chiude gli occhi, viene dalla Thailandia», aveva sempre il sorriso sulle labbra, gli occhi luccicanti, pesava la polvere con attenzione, ti trattava bene, lasciava addirittura che ti facessi subito, nella sua stanza, all'inizio ti aiutava, ti legava il laccio, ti diceva come fare, adesso eri già esperta, a trovare la vena ci mettevi poco... quel giorno l'egiziano non lo avevi trovato, avevi aspettato sotto casa sua almeno due ore, sentivi già i brividi scuoterti le ossa, camminavi davanti al suo portone, scrutavi la strada, da ogni angolo ti sembrava di veder sbucare l'egiziano, trasformavi ogni persona nel tuo «salvatore», pochi metri più in là un ragazzo con le pupille grandi come palloni scrutava come te in ogni direzione, era maggio e aveva addosso un maglione spesso e sudicio, stava peggio di te, era pallido, vulnerabile come un bambino, gli occhi lucidi, il naso gocciolante, a un tratto partì di scatto, se ne andò con il passo rigido, lo sguardo fisso, il capo pieno di idee... alla fine anche tu avevi rinunciato all'egiziano, avevi girato tutta la città, avevi trovato solo mezzo grammo di bianca da un tipo magro, la faccia affilata, un siciliano incravattato, un paio d'occhi altezzosi e ironici, «dimme, figliola... pecché ti tcioghi!, chista mmedda fammmale...», pagasti la roba e te andasti, ti facesti subito, in strada, dietro un furgone, adesso ti sentivi aggressiva e annebbiata, ti guardavi intorno con indifferenza, andasti a lavorare... la vita scorreva lungo il viale immersa in un fumo lattiginoso, due ragazzini urlanti frenarono davanti a te con il motorino, riccioli pieni di gel e giubbotti fosforescenti, orecchino incastonato nel lobo dell'orecchio, « ha da accendere? », ti guardavano con curiosità e paura, ti davano del lei, erano pronti a fuggire, ti avvicinasti con l'accendino in mano, erano carini, « ma che bei capelli... », a quello che guidava facesti una carezza sul viso, li vedesti partire a razzo eccitati e confusi, si misero a urlare e a ridere come pazzi, continuarono a girare tutta la sera là davanti fumando e ghignando... era una sera strana, venne anche un nano, si mise a sedere accanto a te, accanto alle tue scarpe con il tacco a spillo, ti guardava le gambe nude, « come va, piccolo? », non volevi offenderlo... lui se la prese e se ne andò bofonchiando, lo guardasti mentre si allontanava roteando il busto sulle gambette storte, nemmeno con lui la natura era stata generosa, pensasti... non è semplice essere rinchiusi in un corpo che non ti corrisponde, puoi avere un'anima bella, ma il tuo aspetto sarà quello per sempre, non ci puoi fare nulla, il fiore attira l'ape con i suoi colori, niente colori niente ape, a te era andata meglio, eri un fiore con i colori strani, sballati, ma le api arrivavano lo stesso, anche se erano api disgustose... eri comunque sola, chi ti avvicinava lo faceva con il portafogli in mano, si apriva i pantaloni e poi se ne andava... ci fumasti sopra una sigaretta e non ci pensasti più, eri preoccupata, l'effetto della roba stava scendendo, era robaccia, non come quella dell'egiziano, che stava su per dieci ore... all'una e mezzo di notte, sul viale, quasi di fronte a te si formò un ingorgo, una macchina si era fermata in mezzo alla strada, il fiume di lamiere colorate si avvolgeva intorno all'ostacolo, premeva, si gonfiava, le bestemmie e il suono isterico dei clacson si accavallavano, si moltiplicavano, in certi casi non esiste perdono... erano secondi perduti, secondi preziosi, nessuno avrebbe mai potuto recuperare quei fondamentali secondi, il tempo perduto era l'Inferno, il rumore dell'indignazione continuava a salire, ti dava fastidio, la macchina colpevole riuscì finalmente a uscire dal mulinello, avanzò per una trentina di metri, s'infilò di traverso tra due platani del viale, la portiera si aprì, scese un ragazzo, s'incamminò verso il distributore, la tua amica Patty gli si parò davanti, con le sue belle gambe nude, lui la guardò come se vedesse un mostro e le girò alla larga, venne verso di te, era bruttino e un po' grasso, i capelli ispidi, neri, ti si avvicinò impaurito, il passo goffo, ti si mise proprio di fronte, gli occhi sbarrati, deformati dietro le lenti spesse due centimetri, sembrava stupito come se a quel distributore avesse trovato sua madre, teneva la bocca semiaperta come i pesci morti, « be', che c'è? », glielo dicesti male, fumandogli in faccia, lui fece un altro passo in avanti, « Maria... », « falla finita, non conosco nessuna Maria », « sei... tu...? », « senti cocco, non ho tempo da perdere, se la cosa t'interessa fanno cinquantamila, sennò smamma », lui si allontanò di pochi passi e si piantò lì a guardarti... si fermò una BMW lunga e nera, il vetro si abbassò ronzando, apparve un uomo elegante con gli occhiali scuri, sicuro di sé, ti fece un cenno di domanda con il mento, i duri non parlano, sono silenziosi, senza muoverti gli mostrasti cinque dita di una mano, cinquanta, l'uomo rispose con un movimento appena visibile del capo, aveva accettato, il contratto era stato firmato, la portiera si aprì, salisti e la BMW partì lentamente, vedesti che il ragazzo grassoccio stava dicendo qualcosa, sembrava che parlasse con te, ti fissava cupo, forse gridava, ma il vetro si era già richiuso, un sottofondo di violini teneva fuori dalla BMW i rumori della strada, le voci e le preghiere... mentre ti allontanavi vedesti con la coda dell'occhio che il ragazzo quasi correva dietro alla BMW, quando passasti davanti alla sua macchina lanciasti un'occhiata alla targa, era di Roma, conoscevi quella macchina, ci eri salita sopra, in quella macchina avevi baciato un ragazzino brutto, lo avevi riconosciuto subito, di lontano... che cavolo si era fermato a fare?, non poteva restarsene a Roma dalla mamma?, sentisti una stretta al cuore, ma provavi anche rabbia... maledetto idiota di un ragazzino!, non potevi accontentarti di quello che era successo?, mi avresti ricordata in modo diverso, e poi ti saresti finalmente dimenticato di me, o quasi, oppure chissà... povero ragazzino, pensavi, di certo adesso correrà a farsi il test dell'AIDS, mi maledirà, « una maledetta troia... una mignotta », magari chiederà chi sei a qualche tua amica, ma certo, sì che si chiama Maria, visto com'è bella?, e pensare che fra le gambe... be' giovanotto, che ti succede?, non hai mai sentito parlare di trans?, la mamma non ti ha detto nulla?, chissà quel povero bamboccio che faccia avrebbe fatto, meglio non pensarci, cosa vuoi che me ne importi, mica posso stare dietro a tutte le fisime dei mocciosi di questo mondo che non sanno vivere... avevi altro a cui pensare, avevi già i brividi, avevi bisogno di un po' di roba entro un paio d'ore... adesso ti interessava solo sapere che questo ricco porco con la BMW ti avrebbe dato dei soldi... e dopo di lui altri porci ti avrebbero dato altri soldi, tutti insieme per aiutarti a « sopravvivere », non vedevi l'ora di tornare dall'egiziano... l'uomo della BMW si tolse gli occhiali, la sua faccia cambiò completamente, aveva due occhi tondi e insignificanti, un uomo senza palle, « dove andiamo? », « volta di qua », un rituale così consueto e noioso da essere ormai sopportabile, invece di vivere ti sembrava di ricordare, avevi già visto tutto, eri da un'altra parte, le cose andavano avanti da sole, facevi qualche moina, qualche battuta erotica, a seconda del tipo a volte fingevi di entrare in confidenza, tiravi fuori un preservativo, senza non se ne parlava nemmeno, se uno protestava continuavi a essere gentile e irremovibile, e pensavi senza dirlo che andasse a farsi fare quella cosa dalla moglie o dalla fidanzata... le mani e la bocca andavano avanti da sole, nessuna invenzione, nessuna fatica, mettevi tutti a loro agio, per te era meglio, così venivano prima, ti pagavano, ti riportavano al distributore, se ne andavano in fretta e potevi aspettarne un altro, avevi bisogno di molti soldi, forse stanotte l'egiziano sarebbe tornato, dopo un quarto d'ora la BMW ti scaricò al distributore della Q8, il ragazzo brutto non c'era più, meno male, ci sarebbe mancata anche questa... però sentivi un diavolo maligno pungerti da qualche parte, in profondo... colpa?, rimorso?, non rompermi le scatole, la mia vita è questa, non ho tempo per i mocciosi innamorati... sommergesti quel diavolo idiota sotto una montagna di sarcasmo... pensavi all'egiziano... la bianca thailandese, con quella dimenticavi tutto, o almeno potevi buttare ogni cosa in un angolo, rimandare a dopo, anche se era un « dopo » che non arrivava mai... con la thailandese la vita intorno a te svaporava in una nebbia gialla e luminosa, sentivi per molte ore un senso di pace in ogni fibra del corpo... altro che questo schifo di siriana, mi è stata su solo un'ora, Cristo, mi avrebbe fatto più effetto una canna... Ottavia ti si avvicinò ridendo, « quel ragazzino è proprio cotto, povero topo... », « lasciami stare », « ma sì, ho capito, oggi è meglio girarti al largo sennò ci si congela », si buttò in mezzo al viale sculettando sui tacchi a spillo, si aprì la camicia, liberò dalla galera il seno artificiale duro e tondo, « su belli, che non vi mordo... », basta, non avevi più voglia di stare in trincea, avevi già fatto un po' di soldi, per stasera potevano bastare, la stanza dell'egiziano non era lontana, accendesti un'altra sigaretta e ti avviasti a piedi verso la thailandese, fanculo al ragazzino, fanculo a Roma, fanculo a tutto!, non volevi ammettere che scappavi per non rischiare di ritrovarti ancora davanti quel moccioso di Roma, quegli occhi enormi e disperati dietro le lenti, i capelli ispidi dritti sul capo... Stavi attraversando una piazza grande e quadrata, piena di praticelli sfiniti, di alberi alti e magri intossicati dai gas di scarico... più avanti vedesti delle ombre, si muovevano in modo strano tra le panchine, ma chi sono?, andando per la tua strada dovevi passare accanto a quelle ombre... a un tratto capisci, cinque ragazzi con il cranio rasato stanno picchiando qualcuno, uno con la pelle scura che in quel momento cammina a quattro zampe e sbava sangue, il capo piegato in avanti, uno stivale di cuoio sul collo, i cinque rasati lo picchiano a turno, senza fretta, si dividono il piacere, un colpo ogni tanto, forte e preciso, un pugno, un calcio... Maria decide di tirare dritto, non sono fatti suoi, sta male, ha bisogno di eroina, deve andare dall'egiziano, ha già i brividi che corrono su per la schiena, non può occuparsi di quella faccenda, Cristo... la violenza è dappertutto, non si può salvare il mondo... i rasati parlano con il nero, lo prendono per i capelli, « Bongo Bongo, dove credi di andare... », « le scimmie stanno in Africa, non lo sapevi? », il tonfo del calcio sulla schiena, il nero cade sdraiato, si rialza sulle ginocchia, barcolla sulle quattro zampe, sente di lontano il rumore dei tacchi di Maria, d'istinto si volta verso di lei, verso un estraneo che forse lo può salvare... Maria gli getta uno sguardo frettoloso, e si blocca, il nero è un ragazzino, non ha più di quindici anni, sanguina dal naso e dalla bocca, è terrorizzato ma non vuole farlo vedere, ha lo sguardo di chi non piangerà mai, i cinque lo picchiano come si picchia un adulto, ma lui si comporta da adulto, « ehi, scimmia del cazzo, quanta droga hai venduto oggi? », « non ti basta essere un negro? », « spacciatore di merda... », un altro calcio gli rivolta la faccia, il ragazzo si ritrova sdraiato con gli occhi al cielo, ma quello non è il suo cielo, non è il cielo di Djanet, il rosso sul viso e sulle mani non è quello del sole che tramonta nel deserto... uno dei cinque non ha più voglia di scherzare, prende il nemico per i capelli, « guardami bene negli occhi bastardo faccia nera qui non c'è posto per quelli come te qui ci stiamo noi e basta! », tre calci in fila nello stomaco, come fa quel bambino a non piangere, a non gridare?, « vai a crepare a casa tua... venite qui a rubare, a portarci le malattie... », Maria fa un passo avanti, d'istinto, uno dei cinque la vede, sporge i fianchi in avanti e si prende le palle in mano, « serve qualcosa, piccola? », gli altri ridono, Maria è appena un'ombra femminile ferma sotto un albero, non fa paura a nessuno, figurarsi a cinque crani rasati, il ragazzo algerino sta tossendo, si tiene lo stomaco, i cinque tornano da lui, continuano il loro lavoro di smantellamento, uno di loro ha le mani grandi come mattoni, «hai digerito male, negro?», «con questo ti rimetti a posto», un pugno sul capo, forte... Maria è ancora ferma là, immobile, ogni tanto i giustizieri si ricordano di lei, la guardano, «che vuoi?», «fuori dalle palle, zoccola», «se vuoi ce n'è anche per te», la minacciano, ma in fondo sono contenti di avere uno spettatore, stanno facendo qualcosa d'importante, quello che li irrita e forse li preoccupa è che la bionda se ne sta laggiù ferma, senza dire nulla, nascosta sotto l'ombra di un ramo, «ripuliremo l'Italia da questa merda...», «perché solo l'Italia, stronzo... tutta l'Europa», «sì, tutta Europa! ebrei, negri...», uno di loro ha uno scatto di nervi, sono lì da troppo tempo, si è rotto i coglioni, vuole andare a bere una birra, «facciamola finita con questa scimmia...», appare un coltello, una lama lunga e fredda, Maria infila la mano nella borsetta, si stacca dall'albero e si muove verso i rasati, la lama si ferma, i cinque si voltano, Maria affretta il passo... calma, devo stare calma, sono cinque stronzi e basta... «ehi biondina, sei in cerca di guai?», la biondina è lì davanti, a pochi metri da loro, non se l'aspettavano così eccitante, il tipo del coltello ha un ragno tatuato sulla nuca, fissa Maria negli occhi, è una bella fica, pensa, però quella mano dentro la borsetta non gli piace per nulla, proprio non gli piace, chissà se la bionda sta bluffando, comunque sia il rasato non vuole far vedere di essere preoccupato, deve fare il duro... «che cazzo vuoi?», Maria sa che non può commettere errori, è una questione delicata, sta camminando sul filo del rasoio, «andate via o ve ne faccio pentire», «che? avete sentito?», «ma che vuole questa puttanella...», abbaiano, però il coltello sparisce in uno stivale, «non ci fai paura», «vattene, biondina», quello grosso fa un passo avanti, Maria sfila dalla borsetta una pistola e gliela punta contro, il rasato si blocca sugli stivali, suda freddo, ma sorride... «non ti conviene», Maria non sorride, «lascia decidere a me», «meglio se ti fai i cazzi tuoi, troietta...», Maria annuisce, «la troietta ha una pistola in mano, pensaci», «se spari a uno di noi gli altri ti faranno a pezzi», «ho quindici colpi, tre per ciascuno», «ma che dice questa?», era vero, la pistola che Maria stringeva nella sua piccola mano nervosa aveva quindici colpi, «volete provare?», fa oscillare la canna, come ha visto fare in un film, «questa è pazza», «stronza!», i cinque rasati stanno lì a guardarsi in faccia, Maria perde la pazienza, «conto fino a tre... uno... due...», «questa ce la paghi, troia», «se ci ricapiti sotto...», uno indietreggia, «dai, chi se ne sbatte, andiamo...», «ma sì, questo scimmione ha già avuto quello che si meritava», «gli abbiamo rotto il culo...», «vieni... questa è matta», «Cristo!... me la paghi, stronza!», urlano ma non si avvicinano, avere una pistola puntata addosso non è piacevole... la bionda non dice più nulla, non ce n'è bisogno, i cinque se ne vanno gonfi di odio, i loro crani rasati brillano sotto la luce debole dei lampioni, ogni tanto un grido, «puttana!», «stai attenta la notte!»... aspettasti di vederli sparire in fondo alla piazza, poi rimettesti la pistola nella borsetta, il ragazzino era già in piedi, stava vomitando, la faccia coperta di sangue, quando si riprese si avvicinò, zoppicava, ti guardò con due occhi terribili, sembrava che stesse per gridare, invece si mise solo a piangere in silenzio, tremando in tutto il corpo, piangeva senza vergogna, tu guardavi quelle lacrime cadere con la gola stretta, sentivi la sua solitudine, diversa dalla tua ma anche uguale, aspettasti con pazienza che il ragazzo si calmasse... «dov'è tua madre?», «no madre, io solo», si asciugò gli occhi, «vuoi che chiami la polizia?», «no, flics no», ti ringraziava con gli occhi... nel suo sguardo smarrito passavano le ombre lontane del suo villaggio... la sua casa, la miseria, i mercanti seduti tra sacchi e ceste, la sabbia calda e le oasi del deserto... qui nemmeno il cielo era come quello della sua terra, sembrava più piccolo e più basso, partendo non si aspettava questo, credeva che il mondo fosse diverso, che l'Italia fosse diversa... in fondo ti somigliava, ti venne voglia di abbracciarlo, ci provasti, lui ti respinse come avrebbe fatto un bambino offeso, senza troppa convinzione, ma non era offeso, non poteva permettersi cose del genere, si sarebbe attaccato a te con tutte le forze, non poteva farlo, non era il caso, ognuno ha i fatti suoi, non c'è tempo... in fondo sei sempre una donna italiana, anche i pugni e i calci che ha preso erano italiani, insomma niente abbracci, lasciamo perdere quelle cose, gli abbracci fanno parte di altri momenti... lo accompagnasti fino a una cabina del telefono, chiamasti un taxi, gli mettesti in mano un po' di soldi, pagasti bene il tassista per farlo accompagnare all'ospedale, lo salutasti con un cenno della mano, lui con uno sguardo... Continuasti per la tua strada, avevi la nausea, ma i brividi di freddo erano più forti, dovevi farti il prima possibile... ripensavi a quei rasati, meno male che avevi una pistola, era una Beretta 7,65 Parabellum, con un caricatore bifilare da quindici colpi, un po' la sapevi usare, durante la stagione di caccia eri andata diverse volte a sparare nei boschi, per non farti trovare impreparata nel momento del bisogno, e quel momento era arrivato, l'avevi comprata da quasi un anno, al mercato clandestino, perché sui viali non ti sentivi più sicura, ti era successa una storiaccia... la finestra dell'egiziano era buia, suonasti il campanello ma non rispose nessuno, gli lanciasti mille maledizioni, non sapevi ancora che lo avevano arrestato quella mattina alle sei, una soffiata, avevano sfondato la porta a spallate, l'avevano tirato giù dal letto a calci, quella notte non trovasti più nulla da mettere nel cucchiaio, tornasti a casa disperata, avvolta da un'angoscia di morte... avevi addosso una paura che non conoscevi, eri sola in un deserto senza fine, fragile come non ti eri mai sentita, sicuramente peggio di come si era sentito il ragazzo algerino nelle mani di quei cinque idioti... gli psicofarmaci non ti servirono a nulla, tremasti di freddo fino alla mattina, scalciando nel letto, la schiena tesa, alle nove riuscisti a comprare in piazza tre fiale di morfina, te le facesti tutte insieme con una siringa da 5 cc., il caldo di maggio tornò a scaldarti le ossa.

*

Un giorno ti venne in mente di rivedere la casa dov'eri nata, un palazzo di cemento grigio in mezzo a palazzi di cemento grigio, periferia estrema, non passavi di là da almeno cinque o sei anni, forse di più, all'alba prendesti un taxi e scendesti un isolato prima, avevi appena smesso di lavorare, l'idea di tornare davanti a quel palazzo ti aveva ossessionata tutta la notte, cominciasti a camminare, quella strada la facevi al ritorno da scuola, il tuo palazzo era affogato in mezzo a molti altri, ancora non lo potevi vedere, ti sembrava tutto più piccolo e innocuo, ma lo stesso eri tesa, non c'era nessuno per la strada, era inverno, faceva molto freddo, soprattutto con la minigonna, a un certo punto apparve il tuo palazzo, era tutto come prima, sei anni non sono molti per un quartiere di cemento armato, alzasti subito gli occhi, il quarto piano, la finestra della tua stanza, della cucina... le persiane erano chiuse, arrivasti fino al portone, spingesti, era aperto, ti venne voglia di entrare, lasciasti perdere l'ascensore, cominciasti a salire la scala bianca, i soliti muri sporchi, lo stesso odore di muffa, le stesse scritte incise sull'intonaco, ritrovasti anche una cosa che avevi scritto tu, un nome maschile, e sotto « ti amo », era il ragazzo che avevi baciato a diciassette anni... tuo padre era venuto a saperlo e ti aveva cacciato di casa, tu allora provasti dolore e un senso di liberazione, eri stata abbandonata ma non dovevi più obbedire... in quel momento vedere quella scritta ti fece male, ti si annodò la gola e per non piangere ti mordesti le labbra, se con te ci fosse stato qualcuno ti saresti messa a ridere... « quanto ero scema! », ma eri sola, eri costretta a essere sincera, con il rossetto cancellasti il nome del ragazzo e la scritta « ti amo »... arrivasti fino al quarto piano e ti fermasti davanti alla tua porta, la targhetta con il cognome non c'era, nemmeno allora c'era, quante volte avevi girato questa maniglia, spinto questa porta, quante volte eri entrata e uscita da quella casa... ti vedevi correre là dentro da sola, pomeriggi interi a inventare mostri e fantasmi, inseguita da paure sempre più grandi, ore e ore a guardare dalla finestra e a pensare... non facevi che pensare... si aprì una porta sul pianerottolo, si affacciò una vecchia, la conoscevi, abitava lì da sempre, due stanze con bagno e cucina, abbandonata dai figli, quando la incontravi per la strada ti salutava, era gentile, nel palazzo faceva finta di non vederti, non capivi perché, ora era là davanti, la stessa faccia accartocciata, il mento ricoperto di peli radi, gli stessi occhi vagamente scimmieschi, ti guardò male, fece uno scatto con il collo, « chi cercava? », lo disse con disprezzo, non riuscisti a rispondere subito, lei cominciò a borbottare scuotendo il capo, schifata, « mi sono persa... » dicesti, un po' per gioco e un po' seria, la vecchia fece scivolare lo sguardo sulle tue gambe nude, « poera Italia... », senza più guardarti negli occhi ti sbatté la porta in faccia, sul pianerottolo rimase un odore dolciastro di cavolo, lo stesso di allora, di certo la vecchia non ti aveva riconosciuta... una porta si aprì ai piani superiori, una voce maschile rabbiosa gridò qualcosa, poi il tonfo della porta che si richiudeva, conoscevi anche lui... Cominciasti a scendere le scale, appena uscisti fuori ti mettesti a ridere, « mai più, mai più »...

Successe tutto in poco tempo... la giornata sarebbe cominciata come le altre, una mattina interminabile e calma, la gente sarebbe andata a prendere l'acqua alle fontane, chi poteva avrebbe cotto un po' di pane in vecchi forni a legna, si sarebbero scavate fosse, piantate croci nella terra smossa... Maria non aveva dormito, adesso sapeva che con Goran non c'era nulla da fare, dopo quel tentativo andato a male per via delle fucilate nella strada, lei ci aveva riprovato, lo aveva preso per mano tirandolo verso il letto, ma Goran si era fermato, aveva scosso il capo, aveva sussurrato parole dolci che lei non aveva capito, le aveva dato un bacio sulla fronte e l'aveva guardata come un fratello maggiore che prova compassione per la sorellina sempre pronta a cacciarsi nei guai... dopo quella volta Goran era cambiato, la trattava con gentilezza, ma se Maria lo abbracciava lui rispondeva con baci teneri e mai sulla bocca, trasformava il desiderio di lei in affetto, non ci fu più modo di portarlo in un letto e di spogliarlo, Goran si difendeva con delicatezza e decisione, il suo « no » era dolce ma indistruttibile, insomma Goran era un'ombra che lei non avrebbe mai afferrato... Maria si era rassegnata, aveva fatto male i conti, una vagina nuova non era la soluzione di tutto, uscendo da quella specie di ospedale turco aveva ritrovato la verginità, aveva guardato il futuro attraverso un'allucinazione, credeva di poter spostare le montagne, ma non era così, stupida ingenua di una bionda... durante quella notte Maria aveva cercato di spazzare via gli ultimi cocci di speranza, alla fine ce l'aveva fatta, era successo all'improvviso, aveva sentito con precisione il momento del distacco definitivo, come una conversione, si era sentita libera, aveva anche pianto, ma per poco, un peso enorme le era caduto giù dalla schiena, avrebbe potuto volare, pensava a Goran più di prima, non si sarebbe dimenticata di lui, si era innamorata quasi subito, con lui avrebbe voluto fare l'amore per la prima volta, e non poteva smettere di desiderarlo, ma si sarebbe accontentata di vederlo, di parlare con lui, voleva solo stargli accanto, per sentirsi legati a qualcuno non si deve per forza andarci a letto... si ripeteva queste parole e non sapeva se crederci... appena pensava al letto s'immaginava la scena, lui che la spogliava, la stringeva, i baci, l'odore della pelle... prima di allora il sesso per lei aveva avuto l'odore del viale e del denaro, del sudore, dello squallore, e prima ancora il tanfo dell'umiliazione... adesso tutto era nuovo, chissà cosa proverò a sentire un uomo che entra nella mia pancia... il desiderio riprendeva forza, ma ormai sapeva che non avrebbe più sperato che accadesse con Goran, era una faccenda solo sua, forse sarebbe stato meglio non vederlo più, o forse proprio adesso possiamo invece... chissà... Era rimasta tutta la notte a guardare il buio, non poteva dormire, lungo la strada che la separava da Goran rivide tutta la sua vita, ricordò momenti a cui non aveva più pensato, emergevano dal teatro oscuro della memoria come se sorgessero da un orizzonte, oppure se li trovava davanti all'improvviso, legati ad altri da catene inspiegabili, lontani tra loro nel tempo, sembravano fatti della stessa essenza e si sovrapponevano, si respingevano, alcuni sparivano subito, erano solo immagini, altri la investivano in piena faccia come un pugno, erano il suo passato più vero, in quell'orrore era nata e cresciuta a poco a poco, a forza di paura e di calci e di sputi in faccia, erano le uniche cose veramente sue, lo sapeva bene, ci era passata attraverso, e insieme sentiva che erano lontane e sbiadite, come i lunghi anni in cui gli uomini la desideravano perché amavano l'ambiguità, come i mesi vissuti in compagnia di mamma eroina... quella non era lei, era un mondo lontanissimo, inverosimile, inconsistente, che con lei non aveva nulla a che fare... era come se quelle storie le sentisse raccontare da qualcuno, da una figura senza volto che parlava di continuo, e lei stava ad ascoltare quella voce che le ributtava davanti agli occhi la sua vita, così, senza giudizi e senza passione... alcuni racconti erano terribili, ma lei non poteva fare a meno di ascoltarli fino in fondo, fino all'ultima scheggia di schifo e di orrore, era una specie di tortura volontaria, ma dopo ogni supplizio si sentiva meglio, era come se sputasse fuori del fango velenoso, e si sentiva più leggera, si scopriva diversa... si rese conto di quante cose vivevano dentro di lei, di quante facce aveva, e le accolse tutte, anche quelle che odiava, smise di rinchiudere i sentimenti nelle gabbie rassicuranti di una normalità inventata, di trasformare le cose inspiegabili della vita in asfalto sul quale camminare senza inciampare... lo aveva fatto per troppo tempo, molte volte si era convinta che la sua vita fosse una vita vera, la più vera di tutte, anche perché era l'unica vita possibile, era arrivata a dirsi che in fondo non le mancava nulla, che stava bene così... tutte cazzate!, aveva dovuto convincersi per non uccidersi, adesso però era una donna, adesso poteva permettersi il lusso di non mentire, nemmeno a se stessa... a Balikesir il suo « inconveniente » era stato tagliato via, era finito nella spazzatura, e si era portato dietro molte altre cose, prima fra tutte la paura, una paura indiscriminata e sotterranea che fino a quel giorno aveva dominato ogni istante della sua vita... sui viali faceva la sbruffona, ma aveva paura, paura della solitudine, dell'inutilità, della cattiveria, del mondo intero... paura della paura... viveva in una tensione continua, in ogni momento poteva venire attaccata e umiliata per la sua « originalità », di giorno camminando per la strada stringeva i denti, sbirciava i passanti, a volte doveva smembrare e ridicolizzare ogni essere umano, farlo diventare inutile e buffo, tirarlo giù a bastonate dal trono, solo per poter alzare la bocca al di sopra della folla e respirare... nei giorni peggiori, gli sguardi di quei rari uomini che avevano qualcosa di affascinante le sembravano carichi di disgusto e di accuse, ogni faccia era un giudice severo che disapprovava il suo corpo offensivo e malformato... adesso no, adesso non doveva più vivere difendendosi, attaccando e respingendo chiunque si avvicinasse, non si sentiva più debole come prima, non doveva lottare contro la paura di rimanere schiacciata, di essere umiliata, allontanata, non doveva distogliere gli occhi dalla verità, spostare tutto in superficie... erano cambiate molte cose, non solo il suo corpo, soltanto adesso se ne accorgeva, era successo in quella città senza nome... era stata accolta come una figlia, poteva essere solo un caso?, la notte era ancora lunga, Maria aveva ancora voglia di pensare, era emozionata, la sua mente si allargava ogni minuto, scavalcava i confini e scopriva l'infinito, l'eternità... quando era un essere « indefinito » aveva vissuto in un ghetto creato dalla propria mente, adesso era una donna, una donna vera, quella fu l'ultima volta che ci pensò... da quel momento, essere una donna diventò per lei così naturale che non ci pensò più, non in quel modo... Si alzò dal letto e si mise a camminare nella stanza buia, non vedeva nulla, si aiutava sfiorando il muro con le dita, andava su e giù come un animale rinchiuso, non poteva dormire, quanto tempo è passato? dove sarò tra un anno? mi innamorerò ancora?, era scesa da un camion e la sua vita si era trasformata... la guerra, i cadaveri, i boati delle bombe, le case distrutte, Zubick, Lubjanca, e poi Goran, e i bambini uccisi, i suicidi, il turco Kalik, il biondino che balbetta... la sua vita era questa, si toccava il viso e le mani, ma davvero aveva passato tutti quegli anni appoggiata a un distributore di benzina, aspettando clienti, salendo sulle macchine e toccando e leccando carne sconosciuta?, a pensarci provava una grande tristezza... tutti quegli uomini, quei mezzi uomini... ce ne fosse stato uno, uno solo, che avesse capito la sua solitudine... si occupavano soltanto del loro cazzo ritto e non vedevano altro, era così triste e disgustoso... pensò ancora a Goran, le venne voglia di uscire, di correre da lui, di bussare al vetro della sua finestra... Goran non lasciarmi, stammi vicino... sia benedetto quel camionista che voleva violentarmi, che mi ha costretta a fuggire, che mi ha spinta in questa città senza nome dove ho trovato una madre e un padre e un ragazzo che mi fa sentire quanto la vita può essere bella... Si ributtò sul letto, ancora molte facce le passarono davanti agli occhi, solo poche le davano emozione, rimpianto, o rabbia, schifo, pena, le altre passavano lasciandola quasi indifferente, la sua vita assomigliava a un muro imbrattato di macchie sparse, una accanto all'altra, a volte una sopra all'altra... alcune macchie erano sudicie, altre erano immacolate... non poteva dormire, Goran era l'ultima macchia su quel muro sporco, una macchia bianca e luminosa, una macchia di luce... rivide suo padre nella cassa da morto, la chiesa che puzzava di cera e di fiori, i becchini, il prete con le mani al cielo... sognava spesso suo padre, lo vedeva forte e grosso con le mani sul cuore, «sto morendo, sto morendo», se ne stava davanti a lei ma non la guardava, il volto storpiato dall'insoddisfazione, avvilito e malinconico, scontento di sé e della vita, quella storta vita che gli aveva fatto mettere al mondo un bambino che invece era una bambina... a volte nel sogno suo padre fissava il vuoto e stava per morire, altre volte era morto e non lo sapeva, oppure era morto e risuscitato, e aveva la faccia mezza marcita... comunque andasse, Maria si svegliava sempre spaventata e piena di angoscia... Quella notte non le importava nulla di non dormire, si sentiva lucida, al buio vedeva tutto con più chiarezza, al disgusto e all'amarezza che a volte provava era ormai abituata, era uno sfondo su cui vivere tutto il resto, poco o molto che fosse... quella notte durò assai più di qualche ora... la Turchia, il bisturi, Zubick e Lubjanca, Kalik, Goran, tutto aveva contribuito a sollevare un'onda potente che l'aveva sommersa e trascinata lontano, dove non sapeva di poter arrivare, dove camminando lentamente non sarebbe arrivata... adesso si guardava indietro, vedeva una puttana con gli occhi vuoti e senza ricordi, un bambino effemminato con lo sguardo vivo, incapace di opporsi al mondo, sentiva aumentare l'amaro in gola, e insieme era presa da un'euforia che scagliava la sua immaginazione in ogni direzione... pensare a Goran adesso era ancora più bello, presto sarebbe andata da lui, l'avrebbe guardato negli occhi, lui avrebbe capito tutto, loro due erano fatti per farsi forza, erano nati dalla stessa volontà, avevano le stesse ombre nell'anima, gli stessi contravveleni, non potevano separarsi, così pensava Maria quella mattina, alzandosi dal letto, stanca e felice...

Era ubriaco, lo avevano spinto via da un bar a fine pomeriggio, tu lo seguisti senza che lui se ne accorgesse... avevi quasi quindici anni, quell'uomo magro che camminava a fatica davanti a te era stato il tuo professore d'italiano alle medie, te lo ricordavi bene, ti piaceva, era l'unico professore che ti piaceva... ti lanciava occhiate d'intesa, se qualcuno ti prendeva in giro chiamandoti femmina ti difendeva, cercava di educare quel branco di ormoni su due gambe a rispettare gli altri, soprattutto quelli che sembravano diversi e che diversi non erano... diceva che in fondo siamo tutti diversi, solo che una maggioranza di diversi stabilisce il parametro della diversità, cadendo nella rete di una trappola fra le più pericolose... « cercate di conoscere le cose, prima di giudicare... altrimenti vi ritroverete a credere di avere un'opinione senza sapere che invece state obbedendo all'idiozia della maggioranza, e avanzerete verso una direzione annusando il culo della pecora che avete davanti... », i tuoi compagni di classe sentendo dire « culo » si mettevano a ridacchiare, senza capire il discorso... solo tu non ridevi, e quando sentivi parlare quel professore ti si aprivano squarci nella mente, ti sentivi meno sola, acquistavi coraggio, ti sentivi meno diversa... Una volta trovasti il professore per strada, con il suo cagnolino... sembrava triste... si mise a parlare con te, da pari a pari... « leggere romanzi fa bene alla salute dell'anima... per quanto tu possa pensare da sola, e magari pensare anche bene, se non ti arriva una luce da fuori ti muoverai sempre dentro il pozzo della tua solitudine... ma è nel teatro dell'anima che avvengono le cose, e i romanzi riescono ad animare quel palcoscenico... », gli stavi accanto sul marciapiede, ascoltando le sue parole, « è dentro di noi che si annida il pericolo... i cristiani parlano di tentazione del demonio, preferiscono pensare a un attacco esterno, ma per me non è così... credo che nella nostra anima esista un baratro profondo, dove non manca nessuna possibilità umana... il male non sta fuori di noi, è sempre in agguato nel nostro sangue, pronto a uscire nelle sue più svariate forme... la stupidità, l'indifferenza, la supponenza e anche la perfidia vera e propria, tutto quello che facciamo, che decidiamo, che vogliamo e che desideriamo viene dal teatro dell'anima... ognuno nasce come nasce... quello che siamo non dipende da noi, ma quello che vogliamo essere sì, quello che facciamo dipende proprio da noi... », aveva una bella voce, che sembrava venire da un luogo misterioso, « non dobbiamo vigilare sul mondo, dobbiamo vigilare su noi stessi... non è per niente difficile precipitare nella meschinità, anche quando un attimo prima pensavamo di essere migliori degli altri... quando sei nata, tu non hai scelto di essere una bambina, ma se commetti delle azioni riprovevoli è da te che dipende... devi tenere gli occhi bene aperti per riuscire a essere una bambina capace di non commettere idiozie... e se leggi romanzi, i tuoi occhi si apriranno sempre di più... », ti trattava come una femmina, ti chiamava bambina, senza mai mettere in dubbio ciò che eri, « anche sapendo che i misteri della vita non possono essere svelati, cercare ugualmente di farlo è una nobile occupazione, che può dare un po' di senso alla nostra esistenza », ti sarebbe piaciuto avere un babbo come lui, poterci parlare per ore e ore, « elevare lo sguardo distogliendolo dalle volontà più basse ci costringe a guardare dentro di noi, ci mette faccia a faccia con la nostra cattiveria... ma la presenza della cattiveria nella nostra anima non è di per sé un pericolo, anzi è normale... la cattiveria che sta dentro di noi è uno di quei veleni che possono servire da antidoto, ma se prende il sopravvento riesce a trasformarci in qualcosa che non avremmo mai immaginato di essere, e spesso è una metamorfosi senza ritorno... », a quell'età non coglievi fino in fondo il senso delle sue parole, ma ugualmente ti scatenavano nella mente pensieri che non avevi mai pensato... che però sentivi scaturire nella tua anima come se ci fossero sempre stati, come se le parole del professore riuscissero a svegliare dentro di te pensieri che fino a quel momento stavano dormendo... era proprio come se quei pensieri fossero tuoi... e adesso quell'uomo speciale camminava per strada davanti a te barcollando, mezzo ubriaco... non avesti il coraggio di farti riconoscere... pensasti che era colpa della sua anima bella se era diventato solo e triste, se era stato abbandonato da tutti...

Successe tutto in poco tempo... probabilmente fu Maria la prima a vederli... all'alba uscì con la tanica vuota, dopo una notte così non riusciva più a rimanere in casa, stava andando verso la fontana più vicina, che era abbastanza lontana... apparvero all'improvviso in fondo alla strada... decine di uomini armati che corrono e si danno ordini con voce strozzata... Maria lascia cadere la tanica e lancia un grido di allarme, parte una raffica, vetri in frantumi, quelli che erano riusciti a prendere sonno si svegliano di soprassalto, alcuni fuggono per i campi con i vestiti in mano, i vecchi scendono d'istinto nei rifugi, si nascondono nelle cantine stringendosi addosso i bambini... dopo pochi minuti le strade sono invase dai militari e dai mitra, molti occhi spiano dalle finestre socchiuse, bocche irrigidite lanciano maledizioni sottovoce, i militari sfondano le porte delle case, trascinano tutti fuori, sono violenti in modo esagerato, « preventivo », sembrano uomini deboli, consapevoli di dover gridare per farsi rispettare, sono armati fino ai denti, bombe appese alla cintura, mettono tutti in fila contro il muro, ordinano di tenere le mani sul capo, ogni venti metri piazzano una mitragliatrice, ma sembrano più impauriti dei loro prigionieri, alcuni cacciano fuori dalle tasche dei sopravvissuti tutto quello che trovano, lo buttano in terra senza guardare cosa sia, si scopre che in città sono rimaste ormai poche migliaia di fantasmi, sono quasi tutti lì, appiattiti contro i muri delle case scalfiti dalle schegge o mezzi distrutti, qualcuno è in pigiama, solo alcuni fortunati sono già lontani, l'urlo di Maria li ha salvati, altri sono già stati uccisi nelle loro case, una fila lunghissima di uomini e donne e bambini va da un capo all'altro della via principale, i vecchi che non possono camminare e i malati vengono caricati sopra un camion e portati via... più tardi in lontananza si sentiranno delle lunghe raffiche di mitra, solo molto tempo dopo si saprà che i vecchi e i malati sono stati fatti scendere, sono stati ammucchiati in un prato e mitragliati, i cadaveri lasciati lì a marcire... I soldati agiscono tutti insieme, guidati da una volontà comune, da un progetto preciso, non sembrano avere un capo, di sicuro non qui e non adesso, sono guidati da un comando dato molto tempo prima, un ordine chiaro e indubitabile, non c'è bisogno di aggiungere nulla... Maria è in riga con gli altri, l'hanno presa insieme a Zubick e a Lubjanca, il vecchio ha la solita faccia di sempre, stringe la mano di Lubjanca, scruta il suo viso avvizzito e spaventato, non può sopportare di vederla piangere, Lubjanca spazza via le lacrime con le dita, sorride al vecchio e a Maria, sembra un addio, meglio non guardarla, Maria cerca con lo sguardo tra i prigionieri, non riesce a vedere i due bambini fuggiti da Sarajevo, non vede nemmeno la loro nuova mamma, forse sono riusciti a fuggire... le donne tengono i figli piccoli stretti contro le gambe, sembra vogliano confonderli con la propria carne, farli sparire, Maria cerca ancora, Goran non si vede, forse è troppo lontano, o è fuggito... si sentono altri spari, hanno scovato qualcuno nascosto sotto il pavimento di casa, due militari trascinano fuori per le braccia un cadavere rosso di sangue, lo lasciano sul selciato come esempio, è un vecchio in mutande, ha due grossi fori sul torace, gli occhi spalancati verso il cielo, l'hanno scaricato proprio davanti a Maria, lei e quel vecchio si conoscevano di vista, quando si incrociavano si sorridevano appena, era solo un modo per sentirsi a casa, per alleggerire la tensione... Maria fissa il vecchio come ipnotizzata, cerca di incontrare il suo sguardo, aspetta di vedergli alzare il capo, vuole salutarlo, ma lui continua a guardare il cielo, immobile, Maria non smette di guardarlo, uno strattone a un braccio la sveglia, sta succedendo qualcosa, alcuni soldati passano in fretta davanti ai prigionieri, li guardano a uno a uno, le donne giovani vengono tirate via dalla fila, separate dagli altri prigionieri, tutti intuiscono cosa deve accadere, la fila dei prigionieri si anima, i militari urlano e picchiano, alcuni uomini si mettono davanti alle mogli, alle figlie, vengono uccisi subito, le donne strillano, gli spari secchi delle pistole sembrano finti, ma qualcuno crolla a terra, senza gridare, si sente solo il tonfo del corpo che cade, alzando in aria un po' di polvere giallastra, sono molti giorni che non piove, la strada è polverosa, si sentono pianti e lamenti, qualcuno sviene, un soldato basso con le mani enormi ha preso Maria per un polso, vuole trascinarla via per mandarla nel gruppo delle donne giovani, lei punta i piedi, Lubjanca si mette a strillare, a invocare l'aiuto di Dio, il soldato abbaia qualcosa, ha gli occhi di chi comanda, con uno strattone butta in terra Maria, la prende per i capelli, Lubjanca non la finisce più di strillare, si attacca al braccio del soldato, lui la guarda con disprezzo, le dà una spinta e la manda a sbattere contro il muro, Zubick l'abbraccia e le fa una carezza, «no Lubj, non piangere», il soldato cerca di trascinare via Maria, ma lei punta i piedi... Zubick ha resistito fino a ora, voleva evitare il peggio, ma non può sopportare altro, è vecchio ma ancora forte, ha combattuto altre guerre, ha lo sguardo di chi sta per uccidere, arriva alle spalle del soldato, gli avvolge il collo con un braccio e stringe, stringe, il soldato si divincola, cerca di gridare ma non può, il braccio di Zubick sembra di ferro, dalla gola non passa un filo d'aria, arriva un altro soldato correndo, Maria grida, tutto succede in fretta, proprio lì, davanti a lei, «No! Zubick!», una pistola puntata al viso, un colpo, il braccio del vecchio allenta la presa, il soldato strozzato cade prima in ginocchio, poi bocconi, Zubick non crolla subito, fa due passi indietro, gli occhi aperti e vivi, il capo che butta sangue, Maria lo trattiene per la camicia, non deve cadere, non può cadere, il vecchio piega le gambe di schianto, cade in terra davanti a Lubjanca, al posto del naso ha un foro, la pelle del viso fuma leggermente, Maria gli parla in fretta, gli grida di rialzarsi, deve mettersi in piedi... alzati Zubick, per l'amor di Dio non morire, non morire... Lubjanca s'inginocchia accanto al cadavere, apre la bocca ma non può parlare, non vede più nulla, non sente più nulla, abbraccia il vecchio e lo bacia, lo bacia, Maria continua a tirare Zubick per un braccio, a scuoterlo, «dai babbo, alzati... Zubick, alzati...», dappertutto lungo la fila di prigionieri succedono cose simili, grida, spari, pugni, i morti cadono in terra... «babbo dai, ora basta, svegliati...»,

Maria ha la voce dolce, sembra impazzita, il cielo è di un blu insopportabile, troppo intenso e troppo bello... il sole sbuca fuori dai tetti, lame di luce bianca abbagliante tagliano la strada, rumore di carri armati, donne che pregano, soldati che corrono e gridano su e giù per le strade, i pensieri della notte sono lontani, sono inutili... Lubjanca in ginocchio... bacia suo marito, lo bacia sulla fronte... il soldato mezzo strangolato si sta rialzando, trema sulle gambe, si tiene la gola con la mano, tossisce come un malato, appena ci riesce grida un ordine, accorrono due tori in divisa, trascinano via Maria sollevandola da terra, scavalcando i morti sparsi sulla strada, lei non grida nemmeno, dice solo al babbo di rialzarsi, c'è bisogno di lui, alzati babbo, dai... non lasciarti offendere così... Maria butta il capo all'indietro, vede il mondo rivoltato sottosopra, il selciato ondeggia in modo ridicolo, le case hanno il tetto in basso, il fumo cade verso terra, gli uomini sembrano appesi a testa in giù, quando muoiono cadono in alto, sembra un brutto sogno, Maria tiene gli occhi puntati sul corpo di Zubick, su Lubjanca inginocchiata... il soldato basso si è quasi ripreso, è furioso, si guarda intorno tenendosi ancora il collo e sputando, vede il corpo massiccio del vecchio steso a terra, Lubjanca lo sta baciando, china su di lui, lo bacia sui capelli, sul sangue, il soldato si mette davanti al cadavere del vecchio, la pistola in mano, gli spara tre o quattro colpi nel torace, Maria vede tutto al rovescio e scoppia a ridere, una risata che sa di follia, e subito dopo piange, silenziosa, le lacrime le colano sulla fronte, mentre la portano via continua a guardare i due vecchi, i suoi genitori distesi sul soffitto di quel sogno assurdo, la vecchia non si sposta, continua a baciare il cadavere di Zubick, cerca con le dita le ferite nuove, senza sangue, il soldato la spinge via con un calcio, vuole sparare l'ultimo colpo nel capo a quel vecchio stronzo, « porco maledetto! », gli spara a bruciapelo in fronte, gli sputa in faccia, la vecchia si ributta sul cadavere, non chiede altro che di stare con suo marito, di poterlo baciare per sempre, « vecchiaccia! », un colpo alla nuca, la vecchia crolla sopra il marito, Maria è lontana ma ha visto tutto, quel mondo al rovescio è brutto come il mondo diritto... chiude gli occhi, ha smesso di piangere, il suo viso è cambiato, i due soldati la caricano sopra un camion, una spinta sulla schiena la fa volare in avanti, sbatte contro qualcosa e cade, sporca, inebetita... non è sola, il camion è pieno di donne, donne giovani, alcune ragazzine, quattro o cinque bambine, sono tutte strette insieme, gli occhi spalancati dal terrore, lucidi di speranza, labbra spaccate dalle botte, accanto ci sono altri due camion carichi di donne, ancora donne, sempre donne, giovanissime, le prede migliori, bottino di guerra, dietro ogni camion una jeep carica di militari e di mitra, i camion partono di colpo, procedono lentamente sulla lunga via principale della città, piena di buche, le facce ondeggiano, le donne scrutano lontano, cercano tra chi rimane un viso, una mano alzata, un morto, qualcuna urla un nome, cerca senza posa fino all'ultimo momento un marito, un figlio, laggiù nella lunga fila dei prigionieri... anche Maria si affaccia, forse è l'ultima volta che vede quella strada di quella città senza nome, da lontano riesce ancora a intuire i corpi dei due vecchi, uno sull'altro... adesso cerca tra i vivi, cerca il viso di Goran, vuole solo salutarlo, ma non lo trova, non c'è, non lo vedrà più, non vedrà più nessuno, sta per ributtarsi giù, ma vede una schiena larga, un capo orgoglioso, laggiù in fondo, forse è lui, Goran... sì, dev'essere lui, lo stanno spingendo contro il muro insieme agli altri, ecco, sì, ora lo vedo bene, è lui, è proprio lui, è legato, ha del sangue addosso, Maria grida, grida forte, Goran! Goran!, agita una mano, dalla jeep arriva un ordine secco, « giù! mettiti giù! », ai soldati non piacciono questi urli, Maria grida ancora, Goran! qua! sono qua!, lui non si gira, non sente, questa volta dalla jeep parte una raffica di mitra verso il cielo... che vogliono? che cazzo vogliono?, « maledetti stronzi! maledetti! », due donne prendono Maria per le braccia e la tirano giù, lottano per tenerla calma, hanno paura dei soldati, della loro violenza... Maria si divincola, si rialza, vuole vedere ancora, vuole guardare, si affaccia di nuovo, nella strada principale i soldati spingono la gente via dal muro, «camminare!», «svelti!», tirano calci a chi non scatta, una lunga coda di figure umane si mette in marcia, è l'ultima cosa che Maria vede di quella città, e Goran è là in mezzo, forse è ferito, lei sta lì in piedi, muta, si regge alle sponde del camion, lo sguardo fisso su quella strada lunga, la casa dove ha dormito per molto tempo non può vederla, è stretta dentro un vicolo... i camion carichi di femmine spariscono dietro una curva, non c'è più nulla da vedere, Maria si siede per terra e chiude gli occhi, deve capire se sta sognando... nella città senza nome, per la lunga fila di uomini comincia la marcia, in queste strade non deve rimanere più nessuno, nemmeno un cane, dove ci portano? che ci faranno?, qualcuno tenta di scappare, si lancia in avanti, i soldati si divertono a lasciarlo allontanare un po', intanto fanno scommesse, «al primo colpo...», «dai!», «quanto scommetti?», la pallottola arriva nella schiena, il fuggiasco rotola in terra, alza un po' di polvere, i soldati si danno manate sulle spalle, ridono, bevono, pagano le scommesse, i più giovani sono incaricati di andare a controllare dove è stato colpito il bersaglio, «vai, corri... se non è morto sparagli», «signorsì», i cadaveri vengono lasciati per terra, la marcia continua, dura diversi giorni, i prigionieri non mangiano, dormono vestiti dove capita, alcuni si ammalano e vengono ammazzati, non si può rallentare troppo la marcia, si deve fare presto, meglio qualche ostaggio in meno che arrivare troppo tardi, questi schiavi verranno scambiati con i soldati fatti prigionieri dal nemico, civili in cambio di militari, la guerra ha bisogno di ogni risorsa, ogni uomo è necessario alla vittoria... All'alba di qualche giorno dopo la città senza nome si popola lentamente di uomini donne militari bambini cani vecchi ragazzi, sono i nuovi abitanti, si aggirano nelle strade, stanchi, storditi, entrano silenziosi nelle case sane e in quelle sventrate, sono spettri, occupano ogni metro quadrato, si infilano in ogni fessura, sgombrano il terreno e le case dai morti... nelle settimane successive daranno nuova vita alle macerie, ripareranno, costruiranno, nessuno bombarderà più queste case, il nome della città verrà riscritto sopra un cartello nuovo, il vecchio nome scomparirà dalle cartine... la casa di Zubick e Lubjanca è piena di gente, una famiglia numerosa, il gatto di Lubjanca è sgusciato via dalla finestra, si è fermato solo un attimo sul davanzale, si è voltato indietro a guardare, le orecchie abbassate, poi è sparito e non si è più visto, nella stanza di Maria dormono quattro bambini, due maschi e due femmine, accanto al letto hanno trovato una borsa piena di roba, vestiti, scarpe, pettini, trucchi, se li sono divisi con grande senso di giustizia, di giorno giocano a fare i grandi.

Corpi di donne seduti e distesi sul pavimento del camion, oscillano al ritmo delle buche, mani tra le gambe, occhi spalancati dalla paura, lamenti improvvisi e acuti, pianti, e tu sei là nel mezzo, femmina tra le femmine, ti lasci andare... Ricordi una notte, nella città senza nome, non molto tempo prima, una delle poche notti della tua nuova vita, stavi cercando di dormire, la stanza era buia, riaprivi gli occhi, dopo un po' li richiudevi, così molte volte, e i sogni si facevano largo nella mente, sorgevano dal nulla, sembravano veri, li ricacciavi indietro con un sussulto, erano sogni brevi, immagini insignificanti, visi, colori... ti angosciavano e non capivi come mai, ogni volta ti svegliavi più spaventata, eri stanca, ti sembrava di sentire qualcuno respirare nella stanza, ai piedi del letto, era il respiro di uno che non ne poteva più di vivere, poi un grido nella strada, o forse è qualcuno che piange, apri gli occhi e il respiro scompare, una bicicletta passa sferragliando davanti alla tua finestra, forse stanotte non bombarderanno, richiudi gli occhi, vedi le croci nere piantate nei campi a colpi di pala, i bambini morti, con gli occhi mezzi aperti e la pelle grigia, abbandonati tra le braccia delle madri con la fiducia della morte... perché i bambini?, perché devono morire i bambini?, lentamente la città sta scendendo sotto terra, vedi seppellire i bambini nudi, uno sull'altro, ti volti, accanto a te c'è tuo padre che ti guarda, allunga una mano, non ti ha riconosciuta e vuole toccarti, è disposto a pagare, le macchine passano lente lungo il viale e lo travolgono, lo fanno scomparire, sommergono tutto... a un tratto alzasti il capo dal cuscino... silenzio... silenzio... solo la vita sotto la tua pelle faceva rumore, immaginavi il cuore che si contraeva, le arterie pulsanti e calde, stomaco, vene, cervello, fegato, tutti i macchinari in movimento, coordinati, perfetti, ma fino a quando?... una vena che si rompeva nel posto sbagliato e tutto finiva... il resto del corpo era sano, avrebbe potuto funzionare per molti anni ancora, ma per colpa di quella vena... ssst... perché sudi?... ti sembrava di dover morire, ora, subito, essere ancora vivi contava poco, aspettavi il momento, irrigidita, cercavi di piangere e non ti riusciva, l'angoscia aumentava, aumentava... piangere ti avrebbe fatto bene... piangere perché vivere è una faccenda crudele... di giorno non ti faceva paura, di giorno ti distraevi, non ci pensavi... ma ora... immobile al buio in quel letto... sapere con certezza di dover morire... non oggi?, non importa, forse vivrò a lungo, ancora molti anni, poi una malattia, un incidente... non voglio pensarci, vecchia e sola, un colpo al cuore, oppure lentamente, dentro un letto o per la strada, paralizzata... e se fossi io a farla finita?, e come?, la pistola non ce l'avevi più, l'avevi regalata a un'amica dei viali, prima di partire per la Turchia... un cappio?, il veleno?, un precipizio?... cercasti di dimenticare tutto, guardavi il buio, ferma nel letto, se solo riuscissi a dormire... stavi immobile, perfettamente immobile, rimanesti così per qualche minuto, quella fissità ti faceva sentire la morte ancora più vicina, alla fine ti buttasti giù dal letto, appena in piedi capisti che non potevi tornare a letto, ti avvolgesti in un lenzuolo, senza fare rumore apristi la porta e ti infilasti nella stanza del camino, la brace era ancora tiepida, l'odore del fumo era buono, accendesti una candela e ti sedesti al tavolo, appesi alle orecchie avevi gli orecchini che ti aveva regalato Lubjanca, due perle minuscole... quella sera prima di cena la vecchia bosniaca si era avvicinata con una mano stretta a pugno, sorridendo, aveva detto qualcosa con aria soddisfatta, davanti a te aveva aperto la mano e ti aveva fissato negli occhi, tra le rughe del palmo avevi visto luccicare due perle, « per me? », lei aveva mosso ancora la mano in segno di offerta, aveva insistito perché ti mettessi subito gli orecchini, sembrava felice, Zubick era seduto davanti al camino, aveva fatto un cenno con il capo per incoraggiarti... li prendesti, erano belli, le perle erano attaccate a un sottile filo d'oro, e in cima c'era una testa di serpente, un regalo per te... Lubjanca seguiva le tue mosse mentre li mettevi, sembrava ammirata dalle tue orecchie piccole, baciasti la guancia della vecchia e corresti come una ragazzina davanti allo specchio, le perle oscillavano, appese alla coda dei serpenti... durante la cena Lubjanca pianse nella minestra, capisti che quegli orecchini erano stati di Tianack, valevano molto più del loro valore, immaginasti come dovevano brillare sotto i suoi capelli neri... ti venne un brivido di freddo, ti avvolgesti meglio dentro il lenzuolo, quel silenzio ora ti piaceva, la candela si consumava lentamente, il gatto scese dalla sedia, si stirò e venne a sdraiarsi sulle tue gambe, appoggiasti la guancia sul legno ruvido del tavolo, chiudesti gli occhi... ti svegliasti con la mano di Zubick sui capelli, era seduto accanto a te, avevi ancora addosso il peso di un brutto sogno, di quelli che facevi spesso, sogni senza senso, ossessivi, lunghissimi, vedendo Zubick ti venne da piangere, la candela stava finendo, il viso del vecchio era una maschera millenaria, ti lasciasti andare sulla sua spalla, appoggiasti la fronte sul suo collo robusto, sentivi il suo sangue pulsare, lui ti mise una mano calda sui capelli, cominciò a raccontare una vecchia storia, la sua voce ti arrivava dentro attraverso le ossa..

*

Molti millenni fa sulle montagne più alte della Terra viveva un'aquila, era stata mandata da Dio per controllare il mondo, quando avveniva un'ingiustizia l'aquila doveva correre in cielo e avvertire Dio, il viaggio era lungo, ma l'aquila faceva sempre in tempo a portare il messaggio prima del disastro, e così Dio riusciva a rimettere tutto a posto, puniva il colpevole, salvava il perseguitato, poi tornava alle Sue misteriose occupazioni... a quel tempo insomma sul mondo regnava la giustizia, l'aquila volava alta sopra gli uomini, il suo sguardo correva senza posa sui continenti, vedeva ogni cosa, nulla poteva sfuggirle, scrutava nelle case, nei palazzi, nelle stalle, nei vicoli di ogni città e di ogni villaggio... i malvagi non sopportavano di vederla volare sopra il loro capo giorno e notte, sempre pronta a precipitarsi in cielo per chiamare Dio in difesa dei sottomessi, avrebbero voluto abbatterla, ma l'aquila era irraggiungibile, colpirla era impossibile... non si poteva andare avanti in quel modo, si doveva fare qualcosa, così un giorno alcune centinaia di malvagi si riunirono in gran segreto in una grotta sotterranea, dove l'aquila non poteva vederli, discussero a lungo la faccenda, litigarono, fecero a botte, corse anche un po' di sangue, alla fine decisero tutti d'amore e d'accordo che l'unica soluzione era chiamare il demonio, solo lui avrebbe potuto aiutarli a risolvere la situazione... si misero a chiamare a gran voce, « vieni o demonio! vieni o demonio! », finché il demonio apparve... era un uomo magro come una gruccia, vestito di stracci, con un sorriso amaro sulla bocca, « e tu saresti il demonio! sembri un poveraccio... », quello che aveva pronunciato questa frase irriverente fu incenerito con lo sguardo, gli altri smisero di dubitare e corsero a inginocchiarsi ai piedi del poveraccio, « be', che volete? », « devi aiutarci a uccidere quella maledetta aquila », « non posso », « non puoi? non puoi? », « no », « e allora? e allora? vivremo sempre in questo mondo stupido senza mai poter fare una guerricciola, un assassinio qua e uno là, uno stupro ogni tanto, nemmeno un misero sopruso, un piede sul capo di un ragazzino? », « un sistema c'è... », si scatenò un Inferno, « quale? quale? dicci quale! dai! forza! se ci aiuti ti mandiamo mille anime dannate al giorno! », « facciamo così... », « così come? così come? dicci come! dai! se ci salvi faremo in modo che per ogni ricco ci siano centomila disgraziati!, insieme ai cavoli semineremo ingiustizia! », « vi vedo bendisposti... », « e come no! e come no! liberaci da questa schiavitù e semineremo diffidenza e soprusi, odio e violenza!, faremo in modo che gli uomini si scannino di continuo!, divideremo i popoli!, provocheremo mille guerre!, scorrerà tanto sangue che arriverà fino all'Inferno, potrai farci una fontana... eh?... che ne pensi?... eh?... eh? », gli si stringevano intorno fino a togliergli l'aria, due gli pestarono i piedi e vennero bruciati vivi in un secondo, una fiammata e rimasero due mucchietti di cenere, gli altri non ci badarono, « dai! dai! dicci! dicci! », pendevano dalle sue labbra, gli baciavano i piedi, lo riempivano di carezze... il demonio si sedette comodamente, tirò fuori un dente di lupo e si mise a pulirsi le unghie, « be', è semplice... non posso uccidere quella specie di pollo cresciuto che vola nel cielo, non ho nessun potere su quel che appartiene a... a... insomma avete capito!... però posso... », fece una pausa, gli uomini intorno a lui cominciarono a strapparsi i capelli, « parla! non ti fermare! dicci cosa puoi! dicci cosa puoi! », erano talmente tesi che cominciarono a picchiarsi uno con l'altro, « bravi, bravi... così mi piacete... », « parla ti prego... se ci salvi dall'aquila vedrai immediatamente fiorire sulla terra ogni genere di perfidia e di forche e di armi e di galere e di manicomi e di dittatori e... », « ho capito, ho capito, bravi, state buoni, basta così... ecco qua la mia proposta, io mi prendo la vostra anima subito, immediatamente, e in cambio vi aiuterò... », « come ci aiuterai? come? dicci come! », gli uomini sbarrarono gli occhi, salirono uno sul capo dell'altro, erano così eccitati che per calmarsi cominciarono a mangiarsi le dita, le mani, il braccio intero, si divoravano pezzo a pezzo, «dicci come! dicci come!», il demonio fece un viso modesto, si contemplava le unghie ben pulite, «be'... sposterò il mondo così lontano da... da quel... insomma avete capito!... così lontano da lassù che quel tacchino idiota prima di arrivare in cielo morirà di vecchiaia, e voi sarete liberi... liberissimi di fare il più bel male possibile per sempre!», «geniale! fantastico! bellissimo!», un uomo alzò la mano per parlare, «sì, ma l'anima... mi pare troppo, come dire... io penso che...», il demonio lo indicò con un dito del piede, una fiammata e l'uomo sparì senza un grido e rimase solo un mucchietto di cenere, «dicevamo?», la gente esultava dalla gioia, «io ci sto!» «anch'io!» «anche noi! sì! sì!» «tutti! tutti!», il demonio sorrise, arricciò il naso, «bene bene, allora tutti d'accordo?», «tutti! tutti!», «giurate...», «giuriamo! giuriamo!», «bene...», il demonio aprì una mano, con l'unghia dell'indice disegnò sopra il palmo un ghirigoro, ci fu una vampata enorme, la grotta fu tutta fuoco e fiamme, per pochi secondi si sentì un divertente sfrigolio di carne, si videro occhi increduli e bocche spalancate, poco dopo era tutto finito, gli uomini erano diventati cenere, il demonio si stirò e fece uno sbadiglio, si alzò in piedi, strinse pigramente i pugni, la faccia cupa e annoiata, pronunciò parole strane... «armagheruk... hashin diabolon... samalagheddon... truppha... truppha...», ci fu un fragore assordante e il disgraziato vestito di stracci si trasformò in una bella bestia poderosa, pelosa e nera, gli occhi ardenti e soddisfatti... la bestia aprì la sua grande bisaccia, ci ficcò dentro cenere e anime e partì verso casa, prima però tirò una ginocchiata al mondo e lo mandò a rotoloni giù per l'universo, lontano da Dio, lontanissimo... «mantengo sempre le mie promesse» mormorò sorridendo, poi un turbine sulfureo accompagnò la bestia all'Inferno... L'aquila non si accorse di nulla, continuò a girare intorno al mondo scrutando in ogni angolo, cercando bestialità e ingiustizie da sussurrare all'orecchio di Dio, e non tardò molto a trovarne una... una donna stava per essere violentata, chiamava aiuto, si doveva fare presto, l'aquila volò di gran carriera verso il cielo, volava e volava ma non arrivava mai, volò ancora ma trovò soltanto il vuoto e il buio, era sempre più freddo, volò finché non esaurì le forze, finché poté respirare, ma di Dio non c'era più nessuna traccia, allora l'aquila gridò, con l'ultimo fiato chiamò il nome di Dio mille volte, nessuno rispose, tranne un'eco glaciale che fece piovere e rimbalzare sul mondo quell'inutile e triste grido di aiuto... Alcuni uomini udirono quei suoni e li scrissero nei libri e dissero che quelli erano i nomi di Dio e su quei nomi inventarono le religioni e in nome delle religioni si dichiararono guerra e tutto il mondo fu percorso da grida di terrore e le pianure diventarono rosse di sangue e vennero uomini che sottomisero altri uomini e furono rispettati e vennero uomini che parlarono di uguaglianza e nelle piazze sorsero montagne di teste mozzate e vennero uomini che parlarono di pace e furono uccisi e vennero uomini che parlarono di conquista e furono seguiti e non ci fu più posto per seppellire i morti e vennero uomini che parlarono alle masse e le masse si ribellarono e i cadaveri giacevano a milioni nelle campagne e vennero uomini che fecero promesse e le masse marciarono per la guerra e uccisero e furono uccisi e vennero uomini che parlarono di vendetta e interi popoli furono rinchiusi e sterminati e vennero uomini che parlarono di colpe e intere città furono distrutte e vennero uomini che additarono i diversi e i diversi furono massacrati e vennero uomini che giurarono che tutti avrebbero avuto tutto e gli uomini persero il senno e l'anima e ognuno pensò a se stesso e vendette tutto per comprarsi tutto e vennero uomini da altri continenti a chiedere quello che spettava loro e furono dati alle fiamme e tutti danzarono intorno ai cadaveri e intanto l'aquila continuò a volare verso Dio, e volò ancora, sempre più in alto, sempre più su, finché a un tratto le sue ali si chiusero e precipitò sulla terra e i suoi occhi non potevano credere a quello che vedevano e correva intorno al mondo piena d'orrore e gridava e nessuno la ascoltava e alcuni le spararono addosso e allora lei volò più in alto e di lassù continuò a guardare e il suo cuore s'indurì come una pietra e diventò immortale e ancora vola sopra la terra e solo alcuni uomini riescono a vederla e quando la vedono si vergognano perché si ricordano del tempo in cui l'aquila parlava con Dio... La storia è questa, Maria, non c'è più nulla da raccontare, ora dormi Maria, dormi e non pensare a nulla, dormi perché domani ti porterò sulla collina e se vorrai e se guarderai bene... nel cielo potrai vedere un'aquila che vola.

Goran è stato preso in casa sua, hanno sfondato l'uscio a calci, lui era sdraiato a letto, le braccia incrociate dietro la nuca, sembrava che li stesse aspettando, appena i soldati se lo sono trovato davanti lo hanno colpito con il calcio dei mitra, lo hanno buttato giù dal letto, il suo sguardo faceva paura, pieno di odio, sembrava che dovesse balzare in piedi per sbranarli, lo hanno anche legato... Dopo un po' Goran è in mezzo agli altri, una riga di sangue dalla fronte al mento, gli occhi asciutti di rabbia e di disgusto, fermo in piedi, poco più in là c'è Luchka con suo padre, non è per lui che è rimasto qui, è rimasto per questa città distrutta, per la donna che si è uccisa in casa sua, per i bambini, per la bionda italiana che lo guarda con gli occhi innamorati, che voleva baciarlo, che voleva fare l'amore con lui, senza capire che loro due non possono stare insieme... chissà dov'è adesso, aveva cominciato a volerle bene, quella ragazza ha qualcosa di oscuro che gli piace, i suoi occhi emanano luce vitale, la sua voce è carica di passato, una voce che fa pensare a segreti da non rivelare mai, o forse sembrava così a lui, solo perché non poteva capire la sua lingua, soprattutto i suoi occhi erano belli, e misteriosi, sembrava stessero a guardia di uno spazio immenso in cui nessuno poteva entrare, una persona così non si può mai conoscere fino in fondo... pensa a lei e si guarda intorno, il mondo è spaventoso, pieno com'è di ogni genere di sofferenza, Goran stringe i denti, le urla dei soldati gli arrivano nelle orecchie con violenza, lo scuotono... guarda un po' cosa mi viene in mente, proprio ora, non aveva mai pensato alla bionda italiana in quel modo, e la voce, la sua voce... solo adesso Goran si rende conto che qualcuno lo aveva chiamato, è successo qualche minuto fa, il suo nome gridato a voce alta, e forse era lei, l'italiana, portata via sopra un camion, o forse si era sbagliato, ora comunque è tutto inutile, ma lui continua lo stesso a pensare alla bionda Maria, adesso capisce quanto lei e lui fossero vicini, quante cose avessero in comune, pur essendo diversi... uno spintone sulla schiena, ordini come latrati, ora si deve solo obbedire, «avanti! svelti!», la fila di prigionieri si snoda e si mette in marcia, i vivi inciampano sui cadaveri, c'è chi dice un'ultima preghiera per i propri morti, ognuno a proprio modo, preghiere rabbiose, o rassegnate, c'è anche chi sussurra maledizioni tra i denti, una vecchia piange sorretta da qualcuno, altre donne piangono, quelle macerie sono la loro casa, la loro città, sarebbero morte più volentieri sotto il crollo di quei tetti amati, adesso le stanno trascinando via dai luoghi dove sono nate, è difficile camminare in queste condizioni... Goran continua a pensare, possono farmi marciare, correre, possono spezzarmi le gambe, farmi gridare, ma nessuno può impedirmi di pensare... qualche sparo lontano, in coda alla fila, non sprecherò questi momenti a maledirvi, non avrete di me anche il pensiero... comincia la salita, Goran guarda le colline intorno, soprattutto una, lassù l'italiana gli si è attaccata al collo, gli ha incollato la bocca alle labbra, gli era sembrata una sorellina da proteggere, la vedeva soffrire e non sapeva cosa fare, lui non poteva accontentarla fino in fondo, ci aveva provato ma poi era successa quella storia, quel vecchio con il fucile... Gli viene in mente sua mamma, molti anni prima, Goran aveva sì e no tredici anni, la mamma lo aveva chiamato nella sua stanza, aveva chiuso la porta e si era seduta di fronte a lui, aveva un viso strano, sembrava molto preoccupata, « Goran, amore mio, so che tu non sei come gli altri ragazzi... », lui capì subito cosa intendeva, non disse nulla e aspettò, « devi saperlo, soffrirai più degli altri, è giusto che tu lo sappia », lui stava per chiederle come mai, ma poi non disse nulla, la mamma lo tirò a sé, gli baciò i capelli... Un paio di anni dopo Goran era a casa di un suo amico, Samien Vutjich, erano compagni di classe, si erano chiusi in camera e si baciavano, si toccavano, si volevano bene, avevano fatto patti e giuramenti, erano distesi sul letto, un po' spogliati, eccitati... la porta si spalancò di colpo, il paletto volò in pezzi, entrò il padre di Samien, gli occhi impazziti, era un uomo enorme e violento, aveva in mano la cinghia dei calzoni, Goran gli andò incontro con le mani avanti, voleva fermarlo, l'uomo lo prese per un braccio e lo trascinò fuori, bestemmiava e lo insultava, « piccolo maledetto porco! piccolo schifoso porco! », gridava così forte che Goran non poteva sentire la propria voce, la madre di Samien era in piedi in un angolo della stanza, era stata lei ad accorgersi di « quello schifo » e a chiamare il marito, aveva una faccia inquieta e soddisfatta, se ne stava lì torcendosi le mani, guardava il risultato della sua denuncia, ammirava la giustizia in atto, rimpiangeva di non essere abbastanza forte per poter essere lei a picchiare come si deve, disse solo « così impari, Dio ti maledica! così impari », suo marito gettò il « piccolo porco » fuori di casa, gli tirò un pugno in faccia e chiuse la porta, Goran si ritrovò sul pianerottolo, stordito e spaventato, si sentiva schiacciare da un'angoscia nuova e paurosa, sconosciuta, ma non se ne andò, si trascinò sulle braccia e appoggiò l'orecchio alla porta, sentì il padre di Samien che continuava a gridare, sentì i suoi passi che tornavano in camera del figlio, i colpi di cinghia, gli strilli terribili del suo amico, la madre che incoraggiava il marito, « dagliele! dagliele!... pervertito! mostro! con tutto quello che abbiamo fatto per te... », Goran si mise a bussare e a gridare, i colpi di cinghia non smettevano più, il padre era furioso, « bestia! bestia! io t'ammazzo! », a ogni frustata Samien strillava, tutta la sua forza era in quelle grida, e suo padre colpiva, colpiva sempre più forte, non riusciva a fermarsi, alla fine anche la moglie s'impressionò, cominciò a strillare, «basta! così lo ammazzi! lo ammazzi!», «certo che lo ammazzo! certo che lo ammazzo!», dalle case vicine venne gente, uomini in tuta da lavoro, vecchie con i bambini per mano, coppie di fidanzati, si affollavano silenziosi sulle scale del palazzo, rimanevano un po' a distanza, non volevano immischiarsi nella faccenda, volevano solo capire cosa stava succedendo, guardavano quel ragazzino con il sangue sulla faccia e si facevano domande... Goran si era rimesso in piedi, «che c'è da guardare? eh?», cominciò a tirare pugni sulla porta, a urlare più forte, a un tratto sentì la voce della madre di Samien, vicina, subito di là dalla porta, era piena di odio e di accusa, rabbiosa, disperata, «tutta colpa tua, maledetto! tutta colpa tua!», diceva proprio a lui, a Goran, «apra la porta! aprite questa porta!», «vattene maledetto! vattene e non tornare! via da questa casa! sei la nostra rovina! vattene all'Inferno!»... le cinghiate smisero di colpo, e calò il silenzio, sembrava che in quella casa non ci fosse più nessuno, forse il padre era crollato dalla fatica di picchiare... la gente ammucchiata in basso mormorava, Goran tirò ancora qualche pugno contro la porta, nessuno rispose, alla fine se ne andò via disperato facendosi largo tra la gente accalcata davanti al portone del palazzo... passò una notte orrenda, non riuscì a dormire... il giorno dopo Samien non venne a scuola, e nemmeno il giorno dopo ancora, e nemmeno quello dopo, e nemmeno dopo, e dopo, e dopo... Goran scriveva il suo nome dappertutto, pensava a lui di continuo, pensava a quel padre terribile e stringeva i pugni, la voce e la bocca di Samien gli mancavano, sentire la sua mano sul petto, e i discorsi che facevano, i segreti... dopo una settimana si venne a sapere che Samien aveva cambiato scuola, Goran fu chiamato dal preside, un uomo grasso e imponente, due occhi disgustati, l'espressione sicura di chi rappresenta tutti i giusti della terra,

« ti sembra bello quello che è successo? », « io... ma... », « stai zitto, in questa scuola non tollero porcherie, ora vattene », lo disse a nome di tutto il mondo, una condanna chiara e definitiva, fece appena un gesto della mano, come per scacciare un insetto, e Goran fu cancellato... il preside rimise la faccia dentro alle sue carte e non si accorse nemmeno che il condannato era ancora lì, impietrito, dopo quel gesto con la mano per lui non esisteva più nessun Goran, una mosca morta sul vetro della scrivania gli avrebbe dato più fastidio, finalmente Goran riuscì a muoversi e se ne andò, appena fuori da quella stanza si ritrovò la mente affollata di risposte, ora sapeva cosa dire, era fin troppo chiaro, era innamorato, ecco tutto, perché non lo capivano?, non vi siete mai innamorati, eh?, che c'entrano le porcherie?, con una donna non è lo stesso?, perché non era riuscito a dire queste cose a quel tricheco del preside?, signor preside, che c'entrano le porcherie?, noi siamo innamorati, ci piace stare insieme, che c'è di strano o di sbagliato?, Goran parlava da solo, non riusciva a placarsi, sentiva che non era così semplice, ma perché!, perché!... Qualche giorno dopo svoltò in una strada e se lo trovò davanti all'improvviso, Samien camminava lentamente e si guardava i piedi, Goran gli andò incontro emozionato, quasi gli tremavano le gambe, « Samien! avevo paura di non vederti più », il suo amico alzò il capo e lo vide, lo guardò con diffidenza, con ribrezzo, parlò in fretta e sottovoce, « lasciami in pace, io non sono finocchio », poi fece un salto all'indietro e si mise a correre, sparì in fondo alla strada... Goran si accasciò contro il muro, fino a quel momento aveva tenuto duro, se gli altri lo guardavano storto c'era sempre lui, Samien, il suo amico, adesso invece era solo... a scuola i professori sbagliavano a fare l'appello, chiamavano ancora l'alunno ormai depennato dai registri, « ...Vutjich... già, questo non c'è più... », lanciavano un'occhiata a Goran, scuotevano il capo con disprezzo, i suoi compagni di scuola erano venuti a sapere tutto, alcuni sghignazzavano, altri gli offrivano soldi per farsi masturbare, alcuni per spregio, altri parlavano sul serio... lui cercava di non badarci, se reagiva diventava un buffone, ridevano tutti, molti si alleavano per tormentarlo, insomma i suoi compagni si erano trasformati, presi da soli erano innocui, alcuni li trovava per strada e parlavano con lui volentieri, si lasciavano da amici, il giorno dopo in classe si fondevano con gli altri, insieme al branco si accanivano contro di lui, era come se ognuno avesse paura di deludere gli altri, di essere diverso da come «doveva» essere, di non fare pubblicamente il proprio dovere contro un finocchio, o di finire vittima del branco... tutti insieme riuscivano a rendere inattaccabili e importanti gesti e offese e parole che da soli non potevano fare o dire senza sentirsi sbagliati e ridicoli, la loro forza e dunque la loro debolezza era tutta lì, nel branco... per Goran era una cosa nuova, terribile, definitiva, pensò alle parole di sua madre, «tu soffrirai più degli altri, è giusto che tu lo sappia», forse quel giorno avrebbe fatto meglio a chiederle come mai, ora non poteva più farlo, la mamma era morta... Goran rimase seduto in terra in quella strada, la schiena contro il muro, fece un giuramento, non mi alzerò da qui finché non sarò sicuro di non piangere mai più, al diavolo Samien! al diavolo i professori! non piangerò mai più, mai più... nessuno potrà più farmi del male, nessuno... nessuno... Goran guarda il cielo, le nuvole che si muovono libere nel vento... sono lontani quei giorni, molto lontani, Samien non ha più nemmeno un viso da ricordare, adesso lui sta camminando in mezzo a centinaia di prigionieri, ha mantenuto il giuramento, non ha mai più pianto, ha ignorato gli insulti, non i soprusi, ha fatto a botte, ha mandato uomini «veri» bocconi in mezzo alla polvere... quando lui era un ragazzo le cose andavano in modo diverso, erano altri tempi, era difficile che la gente si facesse gli affari propri, appena vedevano qualcosa di «strano» si mettevano a borbottare, commentavano, i più impauriti diventavano violenti... oggi non è più così, non dappertutto, qualcosa è cambiato, in certe città gli uomini possono camminare abbracciati, e le donne si baciano per la strada, i locali gay sono famosi, si comincia a parlare di matrimoni omosessuali, e addirittura di adozioni... non che sia tutto risolto, ma è già qualcosa, un rompighiaccio che avanza, anche se intorno c'è una distesa di ghiaccio che non si sposta di un millimetro... succede ancora che un uomo paghi un killer per uccidere il figlio frocio drogato e marchettaro che disonora la famiglia, la Chiesa chiede a tutti il rispetto degli omosessuali, ma chiede agli omosessuali la castità e parla solennemente di rapporti «contro natura»... Goran sorride, speriamo che prima o poi si parli di natura umana, e qual è la natura umana se non quella che appartiene all'uomo?... Uno spintone lo fa quasi cadere, un muso rabbioso gli abbaia di camminare più svelto, anche quello è un uomo, ci si deve credere?, poco fa quel soldato ha preso a calci delle povere vecchie... adesso lo stesso soldato è davanti al bambino biondo che sembra demente, un affarino magro con un ghigno idiota sul viso, che sbatte il mento sul petto... il soldato lo guarda, che cazzo fa questa cimice?, è scemo o mi prende in giro?, non mi piace, non mi piace... con lo stivale lo colpisce su quella «faccia da bosniaco», Goran ha visto la scena da lontano, il viso gli brucia, non sopporta i soprusi... il bambino si rialza, è stupito, mentre il soldato si allontana si tocca la fronte sanguinante, alza le braccia, sembra quasi che voglia andare dietro al soldato per chiedergli qualcosa, una donna anziana lo trattiene, se lo nasconde dietro le gambe, non è la stessa donna che aveva accolto in casa il biondino... lei è rimasta in città, distesa nella strada polverosa, è stata uccisa, quando i militari hanno buttato giù la porta la donna non ci ha visto più, nessuno poteva portarle via i bambini un'altra volta, si è lanciata in avanti con le unghie, una raffica l'ha fermata, hanno colpito anche l'altro bambino, quello con la faccia da uomo, è stato uno sbaglio, ma nessuno ci ha badato, li hanno trascinati fuori e li hanno buttati nella polvere, il bambino e la donna, il biondino si era voltato con la faccia al muro, le mani sugli occhi, cantava, l'hanno spinto fuori, in riga con gli altri... ingiustizia... ignobile ingiustizia... in Occidente certe cose non succedono, in Occidente sono più civili, più giusti... a Los Angeles si può ammazzare un nero a bastonate e essere assolti, dopo però si deve fare i conti con la giustizia nera, tutta Los Angeles bruciava, i bianchi tirati fuori dalle macchine, uomini e donne buttati giù dalle moto in corsa, picchiati con i bastoni, i negozi saccheggiati, in quale altro modo possono rispondere a un'ingiustizia?, a New York i neri ti chiedono soldi per la strada guardandoti bene in faccia, non c'è umiltà in quegli occhi, « ehi bianco, adesso tocca a te... ci avete rubato tutto e resi schiavi, adesso tocca a voi », è un richiamo al dovere, intanto comincia dandomi un dollaro, poi si vedrà, io stavo bene dove stavo, mi hai portato qui con la forza, mi hai trattato come una bestia, poi mi hai tolto il guinzaglio e hai detto che sono libero, e io adesso che cazzo ci faccio qui?, dai amico, tira fuori un paio di dollari, ringrazia il tuo Dio che ti lascio in piedi, vai a goderti le tue fottute donne e i tuoi soldi, senza di me non saresti così ricco, se non vuoi pensarci da solo te lo ricordo io, caccia questi tre dollari, dai, uomo bianco, non vedi il mio coltello?, ma no, lascia perdere, non voglio nulla da te, ho solo voglia di affondarti questa lama nel culo, mi piace sentirti gridare... eh? che ne pensi, amico? ti ricorderai di me? te ne ricorderai?... i prigionieri possono sedersi per dieci minuti, sono almeno dieci ore che marciano, hanno sete, « no, niente acqua, non c'è acqua per nessuno », potranno bere all'arrivo... all'arrivo dove?, dove ci portate?, e i morti che seminate per la strada?, sono domande solo pensate, nessuno si azzarda a parlare, a chiedere... Goran si sdraia nell'erba, faccia al cielo, guarda le nuvole per non vedere i soldati, meno male che esistono i ricordi, belli o brutti che siano, sono un tesoro invisibile, che soltanto lui vede, « roba mia, solo mia », Goran conosceva un nero a Sarajevo, qualche anno fa, prima del cataclisma... si chiamava Malcolm, americano della Louisiana, era stato chiamato a insegnare inglese in una scuola, nel periodo in cui Tito mostrava di voler aprire il paese al resto del mondo, almeno in apparenza... lo pagavano poco, Malcolm, ma lui sembrava contento... abitavano insieme, erano amici, solo amici, il nero si svegliava la mattina e correva allo specchio, « oh no, sono ancora tutto nero! allora non era un incubo! », e non la finiva più di ridere, tutte le mattine così, sorridere gli serviva per uscire di casa, si divertiva un sacco... Goran se la ricorda bene la sua risata, ma il suo amico nero non stava sempre a ridere, a volte nello sguardo aveva le fiamme dell'Inferno, diceva che gli uomini buoni esistono davvero, « sono i fortunati, quelli nati con la camicia, solo quelli possono essere buoni », aveva letto Platone, aveva letto altri filosofi... non era d'accordo con chi diceva che il male è un frutto dell'ignoranza, ci sono uomini coltissimi e cattivi, diceva... ma di certo il male era un frutto dell'ingiustizia, semplicemente, tutto qua... sanguinari si diventa per forza di cose... nasci in una baracca, vivi in una baracca, tuo padre e tua madre crepano in una baracca, se non uccidi il prossimo tuo devi essere malato o pazzo... così diceva, e Goran guardava fisso la sua faccia nera, i suoi occhi grandi e solenni, anche adesso lo vede lassù, stampato contro il cielo... e tu Malcolm dove sei nato?, gli dicevi... avevi i camerieri negri e l'autista negro? eh? dormivi in stanze di lusso?, mangiavi cibi cucinati dal cuoco negro?, no Malcolm, tu hai ancora addosso il tanfo delle baracche, eppure sei un uomo buono... eh?, che ne dici uomo nero?, dove diavolo sei finito?, uscisti di casa dicendo che avevi una faccenda urgente da sbrigare, non sei più tornato... eh?, ti ricordi che non mangiasti una settimana per mandarmi dal dentista?, l'ho scoperto per caso solo dopo, molto dopo, e se lo avessi saputo... quel dente mi faceva impazzire, « tieni Goran, a me non servono, me li renderai appena puoi... », scemo di un nero, non dovevi fare questo, per poco non mandai all'aria il mio giuramento, ma nemmeno quella volta riuscii a piangere... ehi Malcolm, se tu fossi qui adesso che faresti?, mi ricordo, sai, come cambiava la tua faccia quando vedevi commettere un'ingiustizia, quando un arrogante umiliava chi non si poteva difendere, quando qualcuno subiva un sopruso... sembrava che l'avessero fatto a te, gli occhi ti cambiavano, si arroventavano... eh? che dici, nero? se tu fossi qui al posto mio... che faresti?, glielo spaccheresti il muso a uno di questi stronzi?, lo capisci Malcolm?, non è per me, hai visto come trattano i bambini?, hanno caricato le donne più giovani sopra i camion, secondo te cosa faranno, eh nero?... senti come abbaiano questi soldati?, sono dieci ore che marciamo senza bere e senza mangiare, non è per me Malcolm, te lo giuro, io posso resistere ancora, è tutta la vita che resisto, guarda qui, vedi questa pietra?, non l'ho cercata io, era qui quando mi sono sdraiato, era qui da sempre, dall'inizio dei tempi... ogni cosa del mondo ha il suo posto, non può essere un caso, vedi?, questa pietra mi aspettava, sembra fatta apposta per la mia mano, non può essere un caso, Malcolm... alcuni soldati si sono tolti l'elmetto, fa caldo, sudano... anche questo è un segno, Malcolm, un segno del destino... non resisto più, non ce la faccio, vedi com'è appuntita? è solo una pietra, lo so, ma in certi posti del mondo le pietre aiutano a sentirsi vivi, sono l'unica dignità rimasta, nessuno crede di vincere con una pietra Malcolm, non guardarmi così, non voglio vincere... voglio solo... voglio solo... spaccare il capo... a quel figlio di puttana, per quelli che ha ucciso con indifferenza... per quel bambino che ha picchiato... non si picchiano i bambini, lo vuoi capire?, ora forse lo capirai... il soldato si allontana per pisciare, anche quello è un segno, se c'è un Dio è stato lui a fargli venire voglia di pisciare proprio adesso... Goran si alza con la pietra in mano, gli arriva da dietro, silenzioso come il destino... un ultimo pensiero, la bionda italiana che gli sorride, che lo bacia... alza la pietra in aria e colpisce con precisione... una due tre volte, due secondi, forse meno... il cranio si spacca, il soldato crolla a terra senza un lamento... ora forse lo capisce che i bambini non si picchiano, che ne pensi Malcolm?, non l'ho fatto per me, te l'ho detto... Da ogni parte soldati imbestialiti corrono verso di lui, ma sono troppo lenti, corrono al rallentatore, la pietra è stata più veloce... adesso devo proprio dirti addio, Malcolm... addio bionda italiana... addio mamma... o forse ci vedremo tra poco, dipende da chi aveva ragione... tu Malcolm dicevi che « di là » gli amici si ritrovano e fanno baldoria, io ridevo ma non ci ho mai creduto, ci si perde da vivi e da morti... be', comunque sia è finita... addio... Goran butta la pietra in terra e aspetta, non vuole fuggire, non gli interessa salvarsi, voleva solo fare qualcosa che gli desse un po' di sollievo... la prima pallottola gli arriva nella schiena, gli spezza due vertebre, lui crolla a terra con le gambe infuocate, un secondo dopo non le sente più, è proprio strano, è come se non avesse più le gambe, non può muoverle... senti che casino, Malcolm!, sparano tutti a me, tutti insieme, e pensare che basterebbe un colpo solo... decine di proiettili lo trapassano, gli spezzano le ossa, è già morto e ancora sparano, perché lui è più vivo che mai, sparano per cancellare la paura, sparano... sparano... nemmeno Maria lo riconoscerebbe... i soldati sono intorno a quel che resta del ribelle, si guardano in faccia, hanno paura, chi opprime gli altri non può permettersi di distrarsi... fai attenzione, il prossimo potresti essere tu... il gesto di Goran ha dato la scossa agli altri prigionieri... scambio di occhiate, denti che mordono le labbra... l'onda di violenza parte tutta insieme, una vera e propria rivolta improvvisa e incontrollabile... una carneficina... molti prigionieri restano sul terreno, dopo un po' i soldati sono tutti morti...

Il babbo ti prese sulle ginocchia, te lo ricordi bene, è come se lo vivessi adesso, « trotta trotta cavallino... », ti sembra quasi impossibile, avevi due anni, forse meno, è il tuo primo ricordo, il più antico, nessuno aveva dubbi su « cosa » eri, non ancora, ti chiamavi Mario e questo bastava, le mani forti del babbo ti tenevano, non potevi cadere, le sue ginocchia ballavano, tu ridevi, ti sentivi scuotere e ridevi, ridevi, non ricordi di aver mai più riso così tanto, ma forse non è vero, forse stai esagerando... il babbo smetteva un attimo, ti guardava di sbieco, ti faceva le boccacce, poi di nuovo faceva ballare le ginocchia e faceva rumori buffi con la bocca... com'era forte il babbo, faceva ballare tutto il mondo, era bello sentire che lui ti teneva, guardare il suo viso allegro, avresti voluto che non finisse mai, e ridevi e guardavi il viso bello del babbo, i suoi occhi luminosi fissi su di te, solo per te... un'ombra passò accanto, una donna, non ricordi che viso avesse la mamma, ma era lei, ne sei sicura, il babbo smise di ridere, due mani magre ti sollevarono in aria, ti ficcarono in un seggiolino e ti legarono con dei lacci, il babbo adesso aveva un viso strano, non faceva più suoni buffi, si alzò, continuavi a fissarlo, volevi che ti riprendesse con sé... qui, qui, sono qui, lo chiamavi con le mani e con la voce, ti disperavi, cercavi di liberarti dai lacci, agitavi le gambe, strillavi, lui non ti guardava, non ti vedeva, fissava qualcosa con gli occhi grandi, la sua faccia adesso era triste, perché non si accorgeva di te?, la voce acuta della mamma diceva qualcosa, lui stava zitto e ascoltava... anche questo ora ti sembra strano, il babbo dei tuoi ricordi non ascoltava in silenzio, reagiva e litigava, ma forse era diventato così soltanto dopo, per colpa di molte delusioni, e anche tu eri una delle sue delusioni... povero babbo, era debole e voleva essere forte... Quella volta invece il babbo ascoltava in silenzio, sembrava oppresso da qualcosa, la sua faccia diventava sempre più triste, la voce della mamma continuava a penetrarti nelle orecchie, sempre più acuta, sempre più fastidiosa, finché di colpo tornò il silenzio, il babbo si lasciò andare sulla sedia, si sentì un colpo sordo, una porta che sbatteva, ti mettesti a piangere più forte, il babbo restò un po' a fissare il vuoto, poi si alzò e ti venne incontro, il viso accartocciato, gli occhi diversi, senza luce, ti sciolse i lacci e ti sfilò dal seggiolino, fece una smorfia che ti fece paura, i denti sbucarono da sotto le labbra, sembrava che volesse morderti, forse cercava di sorridere, nascondesti il viso sotto il suo mento, gli occhi serrati, non volevi vederlo così, non potevi, continuasti a singhiozzare a lungo, non capivi dov'era andato il babbo di prima, lui ti fece ballare un po' camminando per la stanza, ti teneva in collo senza troppa attenzione, ma piano piano ti calmasti, a un tratto il babbo ti portò di fronte alla finestra, scostò la tenda, si mise a fissare qualcuno che camminava per la strada, quasi certamente era la mamma, stette lì qualche minuto, gli occhi fissi, poi richiuse la tenda, si sedette di nuovo, ti sistemò sulle sue ginocchia, ricominciò a farti ballare e saltare, a fare suoni buffi, tutto doveva tornare uguale a prima, come se non fosse successo nulla... ma la sua faccia non era più la stessa, lo guardavi e ti sentivi triste, non potevi fare altro che piangere, il babbo continuò a sballottarti, dagli occhi gli colavano gocce grosse e veloci, a un tratto ti avvolse il capo con le sue mani enormi, ti tirò a sé e ti baciò il viso, poi si alzò, ti lasciò sulla sedia e se ne andò, quel bacio ti aveva bagnato la faccia, ti asciugasti con le mani, ti annusasti le dita, avevano lo stesso odore del babbo, smettesti di piangere e passasti il tempo ad annusarti le mani... poi c'è una zona buia, un salto nella memoria, quando il babbo riappare nei tuoi ricordi ha cambiato faccia, voce, occhi, forse non era più lui, era un altro, solo le sue mani erano le stesse, grandi e piene di forza, mani che facevano paura...

I camion con le donne viaggiano fino al pomeriggio, Maria non ha potuto capire le ultime frasi dei soldati rimasti a guardia degli altri prigionieri, « lasciatene un po' anche a noi », « non consumatele tutte, ah ah », « beati voi », dietro i camion carichi di femmine ci sono altri automezzi, molti soldati, tutti con la stessa idea in mente, silenziosi, facce sicure, ballonzolano sulle jeep con le mani sui mitra, a un tratto il convoglio lascia la strada asfaltata, volta in un sentiero sterrato che sale sulla collina, i mezzi militari arrivano in un grande e bellissimo prato con chiazze di fiori bianchi... in fondo alla valle si vede una distesa gialla abbagliante, ma nessuno ci fa caso, l'attenzione dei predatori e delle prede è concentrata su altre cose, vicino a una radura i camion si fermano uno dopo l'altro, l'ultimo motore si spegne, dopo molte ore di rumore sferragliante questo silenzio puzza d'Inferno, le donne si affacciano fuori, le più giovani nascondono il viso nel petto delle altre, i soldati si accampano poco lontano, mangiano, bevono, alzano la voce, qualcuno si sdraia sull'erba per digerire, fuma una sigaretta, guarda le nuvole che presto porteranno la pioggia, le donne li spiano, affacciate ai parapetti dei camion, « forse non ci faranno nulla... forse... », no, ecco, hanno finito, si alzano, vengono qui... « forza... tutte giù », le donne scendono dai camion a una a una, i soldati le spingono fino al prato, hanno facce eloquenti, qualcuno si sta già tirando giù i pantaloni, basta solo calarseli fino al ginocchio, non importa perdere troppo tempo, ma soprattutto in questi momenti tenere addosso la divisa è giusto, è importante, è un atto di guerra, c'è uno strano momento di immobilità, non dura molto, in pochi secondi si scatena la rissa, strilli femminili e bestemmie, i soldati sembrano aumentare ogni secondo, come se spuntassero dal terreno, corrono con il culo nudo, atterrano la preda in due o tre per volta, non c'è scampo, nessuna sarà risparmiata, intorno a Maria fanno a botte, ognuno vuole essere il primo, i bottoni saltano tutti insieme, ce n'è uno grasso, con il viso sudato, è lui il primo, il più forte, il più eccitato... no, non è così che doveva essere la « prima volta », non così, dovevi essere tu, Goran, eri tu che dovevi entrarmi dentro per primo, eri tu che dovevi prenderti la mia nuova verginità... il grasso si attacca ai capelli biondi, morde quel seno tondo, Maria gli graffia la faccia, arrivano altri in soccorso del ciccione... Maria... Maria... due stivali ti montano sulle mani, ti tengono ferme le braccia, le gambe sono come paralizzate, accanto a te stanno stuprando una ragazzina con gli occhi sbarrati e vuoti, quello che le sta addosso la incita a muoversi, le strizza i fianchi... non è così... Goran... ti mordi la lingua, il sangue, il sangue... cerchi di cancellare quello che stai vivendo... io non sono qui, non sono qui... a poco a poco le donne smettono di urlare, non hanno più fiato, ma la battaglia è appena cominciata, le armi sono la violenza e il disprezzo, un coso duro che parla la lingua del potere e dei vincitori, la difesa è una vagina arida e sanguinante e la speranza che Dio scenda in questo prato e fulmini i soldati... intorno si sentono solo lamenti e respiri affannati, incitamenti, urla, un vento forte spazza il prato, porta via il fetore dei corpi sporchi e sudati... Maria... Maria... il grassone che ti sta sopra ce la mette tutta, mentre viene ti fissa, non sospira, non mugola, strizza solo gli occhi, la sua faccia si deforma, il suo fiato ti entra nel naso, non è così... non è così che doveva essere... il soldato sembra non finire più, si muove, si muove... Maria gli sputa addosso, uno sputo rosso di sangue, «eh no puttana, questo no...», un pugno potente le arriva in pieno viso, «questo non dovevi farlo...», il soldato grasso picchia, picchia, Maria sviene, è quello che voleva, gli altri sette dopo il ciccione scopano una specie di morta, va bene anche così, va bene anche così... uno dietro l'altro si abbassano e si alzano su di lei, via via che finiscono si riabbottonano i pantaloni e ricominciano a bere e a fumare sdraiati nell'erba, qualcuno di loro è triste e si mette a cantare... la cavalcata sopra Maria continua, lei è in una specie di dormiveglia, si accorge appena che il suo corpo viene sballottato qua e là, come se si muovesse da solo, quelli che le passano nella mente non sono pensieri, è un'unica immagine distante, lontanissima, un'immagine vuota, lei ci sta in mezzo, i suoni sono quelli di un giardino pubblico, è estate, i bambini giocano sul prato, giocano agli indiani, lanciano grida di guerra... ma c'è qualcuno che sta chiamando aiuto, lo sentite? da dove viene? andiamo a cercarlo, venite con me... no, dove andate? non sentite questi urli?... è bello sentirsi accarezzare... non senti il mare?... non ho mai visto il mare... mi passa sopra e non mi vede... babbo non farmi del male... hai visto?... è come un'onda... e continua a gridare... a gridare... sta morendo, vi dico che sta morendo... nessuno ascolta, si alzano silenziosi, hanno facce deluse, scuotono il capo, non serve tenerli per la manica, se ne vanno lentamente, uno dopo l'altro, torna il silenzio, nessuno grida più, non c'è bisogno di niente, di nessuno, si chiudono i cancelli, è notte, il babbo russa in camera sua, fuori sta piovendo, sono sola, sono prigioniera, nessuno verrà a portarmi via, nessuno...

Di colpo Maria apre gli occhi, di fronte a lei c'è una grande lampada tonda, alza una mano e cerca di toccarla, è troppo lontana, la mano ricade giù, le fanno male le ossa, no, non è una lampada... Dio mio, è la luna, tonda, immensa, il cielo è chiaro, Maria è ancora sdraiata nell'erba, alza il capo, intorno a lei decine di corpi distrutti, cadaveri... morte, sono tutte morte... di soldati non se ne vedono, i camion non ci sono più, cerca di alzarsi, tra le gambe un fetore di sperma e di orina, una chiazza gialla e secca sugli innocenti fili d'erba... lentamente riesce a mettersi in piedi, non ha più le scarpe, il prato è umido, più in là una figura si alza dal terreno... è un soldato!... no... no... è una donna, Maria si avvicina, non è una donna, è una bambina nuda, sta lì in piedi, immobile, una mano sopra la vagina, e guarda lontano, giù nella valle, alla luce della luna si intravedono le rovine di una città deserta, la bambina abitava a pochi isolati da Zubick e Lubjanca... non esiste più nessuno, i due vecchi... li ho visti morire o l'ho sognato?, altre ombre si alzano dall'erba, si chiamano per nome, si ritrovano, si abbracciano, non sono morte... non sono tutte morte, solo cinque ombre non si alzano, restano in terra come fagotti di stracci, nessuna piange, si sentono solamente i bisbigli, le donne si muovono con lentezza, ricadono in terra, l'effetto è quello di un lazzaretto, labbra rotte, guance piene di graffi, facce stupite, occhi tumefatti e umiliati che spiano intorno con paura, i soldati se ne sono andati davvero?, questo è sicuro?, una bella ragazza con il seno pieno di graffi e morsi dice che li ha visti andare via, sono saliti sui camion e sono spariti, non poteva crederci, è rimasta distesa nell'erba a pregare, poi ha piovuto un po', qualche goccia, l'acqua sul viso era fresca e faceva bene, anche le formiche e i ragni sulla pelle parlavano di vita, qualcuna comincia a raccattare i vestiti, sono strappati, sporchi, puzzano... non importa, le sopravvissute si rivestono come possono... Maria pensa a quelle donne, alcune di loro rimarranno incinte, forse era questo che volevano fare i soldati?, seminare figli serbi nel grembo di femmine bosniache?, a Maria almeno questo non toccherà... Goran, volevo che fossi tu, volevo sapere cosa si sente a fare l'amore con un uomo... Maria alza gli occhi alla luna, alta nel cielo che sta schiarendo, « dovunque tu sia... Goran... sono con te... », sta spuntando l'alba, in altre parti del mondo è un momento emozionante, a qualcuno dà tristezza, altri si svegliano apposta per vederla, qui a volte significa l'inizio dei bombardamenti aerei, è un altro giorno che comincia, è la notte che sta finendo, di nuovo la fame, la ricerca di cibo e di acqua, qualcuno morirà, altri rimarranno mutilati, a qualcuno andrà bene, non gli succederà nulla, ma poi c'è domani, e dopodomani... prima o poi qualcosa dovrà succedere... in lontananza si sente il rumore degli aerei in volo, i tuoni delle bombe, le donne scendono dalla collina, camminano silenziose in mezzo al bosco, a gruppi si tengono per mano, il sole è ancora basso... a un tratto si sente il rumore di molti motori, lontano, le donne cercano di vedere il convoglio, si nascondono, aspettano, il rumore si avvicina, il primo camion appare nella strada, si tira dietro altri automezzi, grandi e piccoli, una riga bianca e gialla si muove lentamente tagliando in due il verde cupo degli alberi... guardate i camion!, non sembrano uguali a quelli di ieri... no!, è vero...

guarda là!, sopra un furgone c'è una grande croce rossa, tra il bianco del convoglio s'intravedono dei puntini blu, le donne si lanciano giù per il pendio agitando i vestiti, alcune non sono convinte, scappano indietro... ma non vedi?, sono i caschi blu... la Croce Rossa... i soccorsi... il convoglio è ancora lontano, anche la strada è lontana... le donne corrono e gridano... gridano... riescono a farsi vedere... ecco, ora vengono... ci hanno viste... ci portano via... finalmente possono sdraiarsi in terra, sfinite, adesso qualcuna piange, si stringe addosso a un'altra, la faccia tra i vestiti... una donna chiama un nome che non potrà più rispondere...

Una spiaggia immensa, avvolta dall'oscurità della notte, ti arriva il rumore del mare ma non lo vedi, ovunque guardi tutto finisce nell'oscurità, ti senti bene, sei quasi felice, sei seduta sopra un carro aperto, lo conduce un uomo che non fa domande, il suo compito è di guidare per sempre, all'infinito, se tu gli parlassi risponderebbe, ma non hai nulla da dire, lo vedi solo di spalle, eppure sai che il suo viso ti piace, è un uomo semplice, energico e calmo, un vecchio pescatore saggio, ma non parlerebbe mai da saggio, quello che vuoi sapere potresti leggerlo nei suoi occhi, ti guardi intorno e stai sempre meglio, quell'oscurità ti fa bene, in quello spazio immenso e buio che ti circonda ti senti sicura... ma il benessere che provi dipende anche da una certa luce, dalla luminosità dell'aria, continui a guardarti intorno per capire da dove viene, l'uomo che guida il carro sa cosa pensi, senza voltarsi indica in alto, appena un cenno per mostrarti il segreto di quella luce, allora alzi gli occhi verso il cielo e rimani senza fiato, quello che vedi ti dà una bellissima sensazione di pace e di eternità, uno spettacolo che nessuno ha mai visto... il cielo è una cupola immensa, scura e blu, con miliardi di stelle abbaglianti, e tu puoi vederle tutte insieme, hai la vista circolare, ti immergi e resti sospesa in quella luce, non hai bisogno di girare il capo, puoi cogliere tutto contemporaneamente, una specie di eternità dei sensi, non devi fare nulla, nessuno ti chiede nulla, il carro continua a trasportarti, sai che avanzerà senza mai fermarsi, ma è come se nulla si muovesse, di fronte a quelle stelle e a quel cielo sei immobile, tutto il mondo è immobile, e la luminosità che si spande nell'aria non riguarda solo la vista, è nella mente che entra la luce, nello spirito, nella coscienza, nella carne, arriva sotto la pelle, dentro i pensieri, nelle idee, nel respiro... l'uomo che guida il carro lo sa da sempre, non ha più bisogno di guardare il cielo, e tu non sei mai stata così bene... solo che... c'è qualcosa che non capisci, è come un'onda che ti passa sopra e ti fa rabbrividire, al tempo stesso ti arriva nella mente l'inizio di un pensiero che subito si annulla e subito ritorna... e si annulla... e ritorna... e tutto questo non ha mai fine, e ogni secondo ricomincia da capo, ti accorgi che è solo un attimo che tu rivivi di continuo, è sempre lo stesso istante che non finisce mai, si ripete, si ripete fino all'ossessione, ti si è attaccato addosso e non si stacca, contiene tutto il presente e si dilata in ogni direzione, invade ogni senso, e quella luce adesso ti dà fastidio, ti prosciuga gli occhi, cerchi di nasconderti ma le ossa ti fanno male e tutto traballa e senti un frastuono nelle orecchie, qualcuno ti tira verso il basso e vorresti chiedere aiuto ma non puoi, non vuoi vedere nulla e stai con il viso tra le ginocchia... senti un brivido e un vecchio con il viso fiero cade nella polvere... nella polvere... Zubick, quante volte vuoi cadermi ancora davanti agli occhi... e il tuo naso... dov'è il naso?, e il sangue... il tuo sangue se ne va... fugge da un lato... ti senti portare via, ti lasci andare e ti rivolti, qualcosa cerca di strapparti all'ossessione, e non c'è più nulla da guardare... dal fondo buio si alza una faccia tonda e grassa, ti sale sopra, ti schiaccia, ti opprime, ti opprime... quando apri gli occhi sei sudata, i pugni stretti, hai freddo, sei sdraiata in un camion, il primo impulso è di saltare giù, ancora loro!, ancora loro! ci hanno riprese... non finirà mai... vuoi alzarti ma non riesci a muoverti, è come se il sonno ti tenesse ferme le gambe, appena alzi il capo riesci a capire... no, non sono loro... ora ti ricordi, giù per quella collina, il rumore dei camion, siete riuscite a farvi vedere dai caschi blu, il convoglio si è fermato, sono venuti a prendervi, non erano pronti per una faccenda simile, vi hanno sistemate alla meglio...

Maria si guarda intorno stordita, ci sono altre donne, compagne di sventura, accanto a lei c'è la ragazzina con gli occhi vuoti, è immobile e sembra che fissi qualcosa in lontananza, ma è più probabile che non stia guardando nulla, ogni tanto fa oscillare appena il capo come se volesse dire di sì, poi si blocca, d'istinto Maria le stringe una spalla, vuole farle sentire che vicino a lei c'è qualcuno, che non è sola, la ragazzina si gira lentamente, guarda Maria, guarda la mano sulla sua spalla, ma la sua faccia non cambia, rimane senza espressione, sembra il viso di una morta, poi si volta e continua a guardare lontano, a guardare «nulla»... In un angolo del camion c'è un ragazzo in divisa, si è tolto l'elmetto blu, ha il cranio ricoperto di peli fitti, cortissimi, sta fumando e guarda fuori, la campagna tutta uguale, i villaggi distrutti, nessuna traccia di esseri viventi, né uomini né animali, nei suoi occhi ci sono ancora i cadaveri di Mostar, non può e non vuole dimenticarli... il ragazzo non si è accorto che Maria lo sta guardando, lei vorrebbe sapere dove sono, dove vanno, quanto tempo è passato... a fatica riesce a mettersi in ginocchio, si avvicina al ragazzo e lo chiama, lui sorride, sembra triste, è carino, fa posto a Maria, si mettono a parlare, sei italiana?, lui viene dal Belgio, sa qualche parola di italiano, gli piace l'Italia, qualche anno fa c'è stato... Venezia, Roma, Firenze... ah, tu sei di Firenze?, che bella città, sei fortunata... Maria annuisce, pensando a quanto Firenze può essere anche brutta... con il vento in faccia guarda i prati, i campi deserti, il cielo carico di nuvole... restano un po' in silenzio, poi lei fa qualche domanda al soldato... dove siamo?, dove andiamo?, perché passavate di là?... è stato un caso, siete state fortunate, avevano scortato un convoglio della Croce Rossa fino a un campo profughi, più a sud, è andato tutto bene, tranne due aerei che continuavano a volare sopra di loro, adesso stanno tornando al loro campo, vicino a Sarajevo... il giovane soldato si chiama Pierre, anche lui ha voglia di fare domande... che ci fa un'italiana da queste parti?, hai dei parenti?, conosci qualcuno?... Maria non risponde, piange e si copre gli occhi con le mani, rivede i due vecchi morti uno sopra l'altro, i suoi genitori bosniaci... rivede la schiena di Goran e il soldato che lo spinge contro il muro, rivede la sua camera, il gatto, la città senza nome, le fosse scavate in fretta... non c'è più nulla, sembra che non ci sia mai stato nulla... Pierre le offre una sigaretta, le chiede scusa, smette di parlare, l'italiana gli si appoggia addosso, ha bisogno di sentirsi abbracciare, resta con il viso nascosto nella tela della sua divisa per molto tempo, cerca di non pensare... finché il convoglio arriva a destinazione, il campo è moderno e organizzato, dappertutto muri di sacchi bianchi, automezzi militari, armi pesanti e leggere, elmetti blu che vagano in ogni direzione... è molto tempo che Maria non vede un posto così animato, di là da quella montagna c'è la guerra, senza intervallo si sentono i colpi delle granate che colpiscono Sarajevo, dai camion scendono in processione le donne violentate, il campo è già stato avvertito via radio del loro arrivo, per accoglierle sono state piantate altre tende, si discute già sulla loro prossima destinazione, probabilmente verranno portate a nord, in un campo più sicuro, in alcune tende Maria vede dei bambini, ancora bambini, troppi bambini, vengono dai villaggi disseminati intorno a Sarajevo, qualcuno di loro ha gli occhi di chi ce la può fare, altri sono piccoli mostri senza speranza... le donne vengono portate all'infermeria per le prime cure, alcune vengono trattenute, le altre proseguono fino alle tende, ci sono le docce, i bagni, tute pulite, viene quasi da piangere... Pierre si incarica di parlare ai propri superiori dell'italiana, non è una profuga, deve solo tornare a casa, si potrebbe metterla sul prossimo aereo che va in Italia, certo, si può, si può, allora è deciso, domani o dopodomani l'italiana salirà sull'aereo del ritorno, quando glielo dicono lei risponde solo « grazie », non gliene importa nulla di tornare, è soltanto la cosa meno illogica, « sì, grazie », tornare per cosa, per chi, tornare dove... smette di pensarci, è bello potersi lavare, mangiare, bere acqua pulita... La sera Pierre va a trovarla, meno male che non era di guardia, quella ragazza italiana è così bella... Pierre cammina intorno alla tenda, dentro ci sono le donne, non può entrare, « Maria... Maria... c'est moi, Pierre », accende una sigaretta e aspira con ansia, « Maria... c'est moi », finalmente lei esce, lo vede e gli sorride, ciao, sei tu, le fa piacere che qualcuno la cerchi, i lividi sulla sua faccia nella penombra si vedono poco, Pierre le fa strada, quel campo è un labirinto, sembra una città, vanno fino ai margini, si siedono contro le ruote di un camion, dietro una parete di sacchi di sabbia alta più di quattro metri, si mettono a parlare, Pierre è allegro, anche un po' imbarazzato... insomma tra poche ore torni a casa, sei contenta... sì, contenta... farà in modo di esserlo, che altro può fare?, lui la guarda fisso, vorrebbe fare domande su domande, ma si trattiene, tanto lei non risponderebbe, si vede dai suoi occhi che non risponderebbe... Maria sorride, cerca di non farsi vedere triste... la guerra le aveva regalato una famiglia e la guerra gliel'ha tolta... quel ragazzo è carino, è anche curioso, lei sente che lui vorrebbe sapere qualcosa di lei... ma cosa potrebbe dirgli?, che non ha più una casa, che si è prostituita per anni, che è stata una tossicomane, che ha fatto un viaggio in Turchia per farsi « aggiustare », che ha vissuto per qualche mese in una città di cui ignora il nome, con due « genitori » che non le hanno chiesto nulla, che sono stati uccisi, o magari che c'è un uomo... si chiama Goran... no, non vuole parlare di queste cose, è gelosa dei suoi ultimi ricordi, nessuno deve conoscerli... fumano ancora qualche sigaretta, Pierre le racconta molte cose, famiglia, amici, azioni di guerra, ricordi d'infanzia... ha una voce piacevole da ascoltare e sa raccontare, continuano a stare insieme fino a notte fonda, nessuno dei due dormirebbe, per motivi diversi, si sono spostati in un posto dove nessuno può vederli, c'è un albero, un prato, Pierre è agitato, se lo scoprono passa dei guai, non deve allontanarsi, non deve familiarizzare con nessuno... nel cielo si vedono i lampi delle granate, le scie luminose dei traccianti... bisogna stare attenti ai cecchini appostati nel buio, la guerra è là accanto... al campo dell'ONU c'è confusione, è successa una cosa strana, una faccenda sporca di mercato nero... Pierre non fa che pensare che tra poco Maria se ne andrà, non la vedrà più, una bomba può cadergli sul capo il giorno dopo, non può più aspettare, si avvicina a Maria e la bacia, lei non lo respinge, non lo stringe, resta lì e basta, lui se ne accorge, si ferma, le chiede qualcosa, preoccupato, lei scuote il capo, « no, nulla... », « davvero? », « senti, se volessi andarmene dal campo... restare qui in Bosnia, per cercare una persona... », Pierre scuote il capo, piacerebbe anche a lui che l'italiana rimanesse, « ce n'est pas possible, il y a la guerre », « già... la guerra... », Maria resta un attimo in silenzio, sospira, « basta », cambia viso, prende Pierre per la mano e lo fa sdraiare in terra, c'è qualcosa di rabbioso in quei movimenti... Goran... era con te che volevo farlo... eri tu che volevo... si morde le labbra e si spoglia, vuole cancellare dalla mente e dal corpo il soldato grasso, lui e tutti gli altri... si sdraia accanto a Pierre, se lo tira addosso, lui la stringe forte, la bacia dolcemente, dappertutto... i capelli, le mani, il seno... l'odore della pelle... e gli occhi... e i sospiri... Pierre si sdraia sul corpo di Maria e affonda dentro di lei come in un mare, Maria chiude gli occhi e pensa a Goran, spinge i fianchi... ci prova, ci prova... come dal nulla spunta una faccia grassa e sudata, una bocca puzzolente... e suda sempre di più, si agita sempre più forte, sempre più forte... e Goran è là dietro, girato di spalle, lo chiami e lui non ti sente, guarda lontano e non ti sente... Goran... Goran... e il soldato ti morde la bocca, ti suda addosso e ti bacia, si muove, si muove, si muove... no! via! vattene via!, Maria apre gli occhi e spinge via Pierre con violenza, lo fa cadere di lato, si alza in piedi, « scusa, non posso », lui non dice nulla, resta lì a guardarla, un'ombra nuda, bella, i lampi delle granate sulla pelle umida... Maria resta un po' in piedi, senza vestiti, vuole sentire il vento addosso, poi raccatta i suoi stracci da terra, si veste e se ne va, Pierre stava per chiederle se poteva accompagnarla, ma capisce che non è il caso... Maria vaga per il campo e finalmente trova la sua tenda, la sua branda, ci si butta sopra vestita, ha molte cose in mente ma non riesce a pensare a nulla, è tutto confuso, o forse è un vuoto, un lago scuro dove galleggia qualche viso, e anche una grande angoscia... Maria sente ancora gli strilli delle donne violentate e i grugniti dei soldati, le granate continuano senza sosta a tuonare sopra Sarajevo, lei prova a chiudere gli occhi, appena si addormenta si risveglia, intorno a lei non c'è più nulla, la sua vita di questi ultimi mesi si è sgretolata in un giorno, sono rimasti i ricordi, solo i ricordi, li metterà accanto agli altri, tutti in fila come i paletti di un recinto... Pierre non è andato via subito, è rimasto disteso nell'erba a fumare un'ultima sigaretta, a guardare i lampi delle bombe che illuminano le nuvole... non la vedrà più, domani l'italiana se ne andrà, non la vedrà più... schiaccia la cicca in terra e va a sdraiarsi nella sua branda, per non pensare a Maria pensa all'Italia, ma si sente triste... oggi al campo c'era un gran casino, si vedevano i generali entrare a capo basso dentro le tende, i giornalisti televisivi erano rapidi come serpenti, una faccenda sporca, nelle strade di Sarajevo uomini con il casco blu vendono al mercato nero sigarette benzina gasolio alcolici armi eccetera eccetera, sono ucraini egiziani francesi belgi spagnoli italiani eccetera eccetera... già che c'erano hanno messo su un giro di prostituzione, raccattano qua e là ragazze e ragazzine affamate, le mandano a lavorare nelle case distrutte o sui camion, a dirigere i traffici è un alto ufficiale dell'ONU, fanno un sacco di soldi, una stecca di sigarette costa quarantamila lire, un litro di benzina cinquanta, la gente li odia, ma tutti pagano, chi vuole può essere portato fuori da Sarajevo, costa due milioni, se sei povero resti dove sei, fai la fine del topo... sogni d'oro...

La mattina dopo Pierre va a cercare l'italiana, l'aereo parte fra due ore, deve darle lui la notizia, spiegarle dove andare... il sole si è appena alzato da terra, c'è un po' di foschia, le granate continuano a piovere sul cadavere di Sarajevo, c'è una luce strana, verdastra, i monti là intorno sono come grossi rospi addormentati... Maria è ancora più bella, il viso stanco e triste, costellato di lividi e di graffi, tra un po' volerà via, devi dirglielo tu Pierre... il tuo volo, Maria, tra due ore, verranno a prenderti qui, non allontanarti... ecco Pierre, gliel'hai detto, ciao Maria (*sei bellissima...*), fai buon viaggio (*se ci fossimo incontrati in un altro momento, forse...*), salutami l'Italia (*non mi scorderò di te...*), «bonne chance», Pierre si volta per andarsene, Maria sta per fermarlo, vorrebbe dirgli qualcosa, ma cosa?, non le viene in mente nulla e rinuncia, lo lascia andare via, torna dentro la tenda e si butta sulla branda, resta sdraiata ad aspettare la partenza, intorno a lei le donne stuprate si muovono lentamente da una branda all'altra, si alzano, si rimettono giù, sussurrano, due dormono abbracciate, una dentro l'altra, si svegliano di soprassalto con gli occhi sbarrati, non sanno se rivedranno i mariti, i figli, non hanno più nulla, Maria si sente come loro, come tutte loro... una bella ragazza con i capelli corti e neri, un labbro spaccato, un occhio tumefatto, si avvicina e si siede sulla branda di Maria, resta lì un po' a guardare l'italiana bionda, sorride, bisbiglia qualcosa e alla fine se ne va... chissà cosa voleva dirmi, forse sa che parto, voleva salutarmi... Le due ore sono passate, un paio di soldati con il basco blu vengono a prenderla, lei è pronta, non ha nulla da portare via, si volta un attimo verso le altre e fa un cenno con la mano, una specie di saluto, nessuna risponde, qualcuna dorme, altre pensano, fumano, seguono le proprie allucinazioni, non importa, Maria s'incammina verso il ritorno, i due soldati l'accompagnano fino alla pista di decollo, un sorriso, una stretta di mano, un portellone che si apre... Maria si stacca dal suolo bosniaco e sale sull'aereo, è un velivolo civile da trasporto al servizio del Comando delle Nazioni Unite, lei è l'unica passeggera... quando era salita su quel treno mefitico in Turchia pensava di arrivare in Italia dopo qualche giorno, invece non ci arriverà mai del tutto, in questa terra ha lasciato qualcosa che non potrà portarsi dietro, in una città senza nome ha vissuto i momenti più belli della sua vita, con due vecchi che non conosceva, in una stanza con un letto e un armadio, con le bombe che potevano cadere dal cielo da un momento all'altro, vedendo sotterrare donne e bambini, non sapendo che giorno fosse, che ora fosse, non pensando a cosa poteva succedere domani, mangiando minestre e frittelle e ceci con una candela sul tavolo, bevendo fuoco puro... di quei mesi passati laggiù è rimasta solo polvere, non potrà portarsi dietro nulla... L'aereo comincia a muoversi, comincia il viaggio di ritorno, la terra corre sempre più veloce sotto le ruote, e la gola si chiude, respirare è difficile, l'aria non riesce a entrare nei polmoni... A un tratto ti porti le mani alle orecchie... gli orecchini!, ne è rimasto uno solo, un orecchino per ricordare ogni cosa, un orecchino di Tianack... l'aereo decolla, guardi dal finestrino, le tende e le baracche da campo, i puntini blu che si allontanano, sono sempre più piccoli, piccolissimi, spariscono, gli occhi bruciano, le labbra tra i denti, un tremito alle mani che per il momento non è possibile controllare... l'aereo si alza ancora, dietro la montagna appare Sarajevo, fumante, bianca, una specie di cimitero che si sta sgretolando... tu non vuoi piangere, basta piangere!, senti rabbia e tristezza, l'aereo entra in una nuvola, le ali ballano, un uomo in divisa si affaccia da una porta là in fondo, chiede se va tutto bene, «sì, grazie... tutto bene», ti lasci andare sullo schienale e chiudi gli occhi, la prossima volta che metterai i piedi sulla terra sarà oltre il confine, in Italia... laggiù in mezzo alle tende minuscole e ai sacchi di sabbia messi uno sull'altro c'è Pierre, è seduto accanto a Günter, fumano sigarette e parlano, tra poco partiranno per Mostar, scorteranno un convoglio di aiuti, cinquantamila musulmani sono intrappolati tra le macerie e stanno morendo di fame o di sete, il tedesco ha tirato fuori una bottiglia, Pierre racconta di un viaggio che ha fatto in Italia qualche anno prima, Venezia, Roma, Napoli... Firenze...

Il viaggio sarebbe durato poco meno di due ore, sembrava impossibile, due ore per allontanarsi da un'altra vita, da qualcosa che Maria non voleva lasciare, almeno non così... tutto era svanito e lei doveva tornare, tornare dove, da chi, cosa troverò qui che si possa paragonare a quello che ho perduto... l'Italia si avvicinava a poco a poco, sempre più visibile, la costa, i campi coltivati, le strade, i paesi, le case... l'elegante bomboniera di Venezia era come un'offesa, gli occhi di Maria si erano abituati alle macerie, e quegli edifici signorili e intatti erano fastidiosi, si aspettava di vederli crollare da un momento all'altro, non era mai stata a Venezia, la detestava per colpa di tutti quelli che ne parlavano sorridendo, « è una città magica », « è un luogo romantico »... aveva giurato a se stessa che non ci avrebbe mai messo piede, non avrebbe fatto il giro della laguna in gondola, non avrebbe calpestato il pavimento di San Marco, non avrebbe comprato i souvenir industriali, non si sarebbe fatta spennare dai ristorantini per turisti (come succedeva anche a Firenze), non sarebbe passata sotto il Ponte dei Sospiri, luogo di sofferenza dei condannati che le coppie di innamorati avevano eletto a luogo d'amore... soltanto una volta sentì su Venezia qualcosa di diverso dalle solite frasi noiose, una ragazza in un bar, parlava con un ragazzo, era appena tornata, il ragazzo faceva domande, « ti è piaciuta Venezia? », « è cupa, sporca, mortifera, sembra di camminare sopra un cadavere... », soltanto allora ti venne voglia di andarci, solo per un attimo, poi decidesti di mantenere il giuramento... guarda un po' cosa mi viene in mente in un momento come questo, sono morta dentro, che me ne importa di Venezia... sentì la rabbia crescere dentro, vide crollare tutto, Venezia che sprofondava nel mare... la Torre di Pisa che crollava in piazza dei Miracoli come uno scheletro, sparpagliando sul prato verde e ben curato le sue vertebre di marmo... Roma con le rovine di chiese e palazzi, incredula di fronte alla distruzione del Colosseo e dell'EUR, alle macerie di fontane e giardini... e il Ponte Vecchio e la Torre di Arnolfo e la Cupola di Filippo e Palazzo Medici e Palazzo Strozzi e San Lorenzo... tutto giù per terra, come le povere case della città senza nome... secoli di storia spazzati via per sempre... che succederebbe?, nascerebbe davvero qualcosa di nuovo?, la distruzione saprebbe svegliare chi dorme?... Maria piange, anche lei aveva i suoi monumenti, ma in poche ore è andato tutto in pezzi, non sa nemmeno chi l'abbia voluto, in nome di cosa, per quale motivo... le ruote dell'aereo toccarono la pista di Malpensa... dopo pochi minuti Maria scese a terra, suolo italiano, non sentì di essere tornata a casa, non era un ritorno, qualcosa di lei stava morendo... ricordava le sensazioni di quando era in quella città sconosciuta con Zubick e Lubjanca, una città che non sapeva nemmeno dove fosse, non sarebbe mai stata capace di trovarla sulla cartina... ma i due vecchi erano ancora davanti a lei, vivi, sentiva le loro voci, erano vivi, era lei a essere morta... finché era in volo era ancora insieme a loro, insieme a Goran, in mezzo a quelle strade, adesso era di nuovo in Italia, era «tornata» a casa più di quanto avesse immaginato, una casa che non sentiva più come sua... invece in quella città senza nome si era sentita a casa perché c'erano loro, c'erano quelle case e quei visi, quegli odori, perché era là e non qui... Aveva ancora addosso la tuta verde del campo di Sarajevo, omaggio dello Stato italiano... fu accompagnata davanti alla porta di un ufficio, i soldati la salutarono, lei entrò, era attesa, il funzionario la fece accomodare su una sedia scomoda, appesi al muro dietro di lui un crocifisso e la foto del presidente della Repubblica, le chiese il nome...

«Maria... i documenti li ho persi in Bosnia...», il funzionario sbirciava i suoi lividi con imbarazzo, le fece qualche altra domanda, si assicurò che stesse bene, le disse che lo Stato italiano le pagava il ritorno fino a casa, adesso la aspettava un viaggio in treno fino a Firenze... Maria guardava il cadavere di Gesù appeso alla Croce... la parola «ritorno» le fece venire in mente molte cose, le solite, «non qui, non qui, è là che vorrei tornare, ma dove, e da chi...», con la gola stretta pensò che Bosnia o Italia era lo stesso, non poteva «tornare» in nessun posto, le venne da piangere e pianse, il funzionario si inorgoglì in nome dello Stato, le lacrime di commosso ringraziamento della donna invitavano alla confidenza, «nulla di speciale, mi creda... era il minimo che potevamo fare per una nostra cittadina... potrà riabbracciare i suoi cari...», Maria lo guardò senza capire, non si ricordava nemmeno di essere in quell'ufficio, né perché, quando finalmente capì non riuscì a non sorridere... anche lo Stato sorrise, poi le mise davanti un foglio, «prego, firmi qui... bene... ecco qua il suo biglietto, faccia buon viaggio», il funzionario congedò la bella bionda e tornò tra le sue carte... un poliziotto accompagnò Maria alla stazione dei bus per Milano Centrale, «manca ancora un'ora alla partenza, vuole che rimanga con lei?», lo chiese per gentilezza, «non importa, grazie», «come vuole... l'autobus parte da qui, le auguro una buona giornata», Maria si fece offrire una sigaretta e salutò il ragazzo in divisa, si sedette sulla panchina della fermata, intorno si vedeva solo cemento, ma lei non vedeva nulla, aveva ancora gli occhi pieni di altre cose... un paio di ragazzi si avvicinarono, due facce lustre e molli, «come ti chiami, bella?», «vieni a fare un giro con noi?», lei chinò il capo per ignorarli, andò a cercare un angolo meno affollato, ma ovunque andasse continuavano a fermarsi ragazzi e uomini, facevano domande, insistevano, maledetta Italia... un agente della Polfer si accorge della cosa, si avvicina, «signorina, ha bisogno di aiuto?», dopo un po' anche lui fa come gli altri, la invita, le fa dei complimenti, Maria non ne può più,

« lasciami in pace », si allontana carica di rabbia, si mette a camminare là intorno... una mendicante grassa e sporca con i capelli grigi e lunghi e sparpagliati sul viso è seduta in un angolo su un lago di orina, tiene davanti alla faccia una mano annerita aperta a cucchiaio, mugola preghiere e bestemmie e si gratta le croste sui piedi, tra le gambe ha un fagotto di carta con dell'uva marcia, una goccia trasparente pende dal suo naso largo e spellato e la gente gira al largo, lei chiede e nessuno le dà nulla e una folla di facce di ogni genere e suoni mischiati di molte lingue e voglia di andare via e di partire per chissà dove e tra due carabinieri un uomo in manette con le mani sul viso e le scarpe senza lacci e i giapponesi ridendo fanno le foto al mafioso italiano... passa mormorando un facchino vecchio e curvo con il viso di sughero e un'aria da eroe della patria e la mano pronta a prendere la mancia... e donne vecchie con il viso offeso e a casa nessuno che le aspetta e i ceci sul fuoco e la pensione scippata e forse, domani, chissà... chissà... Maria tornò a sedersi sulla panchina alla fermata del bus che doveva portarla a Milano, passò un uomo nero carico di ninnoli da vendere, Maria lo fermò con un cenno, lui sorrise, « accendino? non è caro... », lei disse che non aveva un soldo e lo invitò a sedersi, lui posò la sua merce colorata e si sedette, si misero a parlare, lei gli chiese di dov'era, se gli mancava la sua terra, si sentiva come lui lontana da casa, il nero aveva occhi profondi e luminosi, sulla pelle giovane rughe mature, guardava Maria e il mondo con la stessa avidità, il sorriso buono di chi sa cosa desiderare, « vengo di Senegal, io gira sempre, sempre giro, io ho lavoro in Senegal, meccanico, macchine, ma non piace meccanico, io torno Senegal per fare un poco soldi, poi via, qua, là, io sempre giro per guardare cose, io guardo tutto, io piace guardare... », mentre parlava avvicinava una mano agli occhi e poi la spingeva via, lontano, verso le cose, quel movimento era l'esempio del suo « guardare », era un gesto più eloquente di molte parole, lui non rubava nulla al mondo, non prendeva nulla, si lasciava andare « nelle » cose, si lasciava prendere, rimaneva in tutto quello che aveva visto, « e tu? che fai tu? », Maria gli raccontò in poche frasi della Turchia, dell'operazione, della sua nuova vita, le bombe, i bambini morti, i due vecchi uccisi, Goran... il nero ascoltava, intanto guardava lontano, voleva « vedere » quello che Maria raccontava, « ora sono di nuovo qui... », « tu molto bella, tuo cuore bello », il nero prese un bracciale dalle sue cianfrusaglie e glielo regalò, stettero un po' in silenzio, la gente che passava si voltava a guardarli, una bionda e un nero... una coppia di turisti nordici li racchiuse in una foto, il nero sorrise, era buffo che qualcuno preferisse rubare le cose con le fotografie invece di « guardare »... arrivò il bus del ritorno, Maria salutò il senegalese, non avrebbe più rivisto nemmeno lui, il nero riprese da terra il suo carico di colori, fece un cenno a Maria e se ne andò lentamente, lo sguardo puntato avanti, mentre il mondo gli rotolava sotto i piedi come una palla...

Durante il viaggio Maria continuava a provare quella dolorosa sensazione di allontanarsi da ciò che amava... Arrivò presto a Milano, saltò sul primo treno per Firenze, trovò uno scomparto quasi vuoto, ci aveva sperato, tirò le tendine e cercò di dormire, non voleva più pensare a nulla... ma appena chiudeva gli occhi sentiva urla e spari, vedeva un vecchio barcollare con la faccia piena di sangue, riapriva gli occhi e si ritrovava con le braccia tese in avanti... solo dopo un po' venne vinta dalla stanchezza, dormì un paio d'ore, si svegliò in una galleria, il frastuono nelle orecchie, per un momento pensò di essere ancora là, nel rifugio di Zubick, le bombe sopra il capo, ma la paura che provò fu più piacevole del risveglio... per un secondo era tornata laggiù, si era sentita la « Maria bosniaca », e ora tutto se ne andava... non era chiusa nel rifugio, non c'era odore di terra umida, era su un treno che la portava « a casa », chiuse gli occhi e si ritrovò nella città senza nome, nella casa di Lubjanca e Zubick... tornando in Italia si era portata dietro « quella » Maria, la bionda italiana arrivata laggiù per caso, per colpa di un camionista volgare... si ricordava tutto, si era trovata davanti quel vecchio, aveva avuto paura di lui, adesso aveva paura di non poter più vivere in nessun altro posto... mancava ancora un'ora all'arrivo, ebbe il tempo di ricordare molte altre cose, se le vedeva venire addosso una dopo l'altra... le sue stanze fiorentine, il viale, il distributore della Q8, le facce delle sue amiche, Ottavia, Patrizia, Paloma... i loro occhi imbrattati, le voci innaturali, il parcheggio buio dove si fermava con i clienti... si lasciò andare con rassegnazione, il rumore delle ruote era quello di un orologio che la trasportava indietro nel tempo, il passato diventò un viso umano, un'espressione ruffiana negli occhi... quella faccia odiosa la riprendeva con sé volentieri, non era offeso per quella fuga, cos'era successo in fondo?, lei era stata via per un po', si era allontanata, aveva cercato di rinnegare quello che era, quello che era stato deciso per lei... be' non fa niente, può succedere, facciamo finta che non sia accaduto nulla... non vedi?, sono qui che ti aspetto, finalmente sei tornata... era una corsa all'indietro, la Maria di prima la accoglieva a braccia aperte, la stringeva, la stritolava come una mamma morbosa... Maria guardò dal finestrino, la pace apparente della campagna, i paesi intatti, i campi rigati dai trattori, le case coperte dai tetti... pensò che qui non si sparava, ma forse era ugualmente un paese in guerra, dappertutto c'era guerra, i potenti contro i deboli, i giusti contro gli ingiusti, i normali contro i diversi, guerra con ogni mezzo, dietro ogni apparenza, sempre guerra, solo guerra, sullo sfondo di ogni pensiero i due vecchi bosniaci morti per niente, la fila lunga di prigionieri allineati contro il muro... Il treno cominciò a rallentare, a cigolare, si fermò, erano le sei di pomeriggio, faceva caldo...

Maria scese dal vagone, attraversò la stazione di Firenze scansando sguardi e parole, s'incamminò verso il centro a passo lento, ogni tanto fermava qualcuno per farsi dare una sigaretta, si sedeva nei bar più pacchiani e costosi, sfruttava la sua bellezza per farsi offrire da mangiare e da bere, se ne andava senza ringraziare, disprezzava quegli scimmioni arrapati, quelle facce stupide che la riempivano di complimenti, come se non si capisse cosa volevano... stavano lì con una faccia generosa, tiravano fuori il portafogli, spendevano diecimila lire convinti di avere qualcosa in cambio, se fosse stata brutta e zoppa l'avrebbero lasciata morire di fame... da uno di quei tipi si fece offrire la cena, era un cafone sui cinquant'anni, l'aria da buon padre di famiglia, la portò in un bel posto, le versava il vino di continuo, parlando di qualsiasi cosa parlò tutta la sera di se stesso, dopo il gelato Maria finse di andare in bagno e uscì dal ristorante, il pensiero di dover far capire a quel tipo che non sarebbe andata a letto con lui le dava la nausea, s'immaginò la sua faccia stupita da onesto lavoratore tradito, «ma come?, ti ho anche offerto la cena...», preferì andarsene così, come uno sbuffo di fumo... Continuò a camminare per molte ore, non sapeva dove andare, si guardava intorno e tutto le faceva venire la nausea, le sembrava di vedere solo cose inutili, insulse fino a diventare colpevoli, le cose vere e importanti erano sommerse, seppellite dall'idiozia, forse erano morte senza rimedio... nel corso dei secoli la straordinaria tenacia dell'uomo aveva creato cose utili e belle, la sua volontà inarrestabile aveva migliorato la vita di molte persone e peggiorato la vita di altre... ma ora girava a vuoto, produceva una quantità enorme di cose inutili, le persone crescevano in mezzo a questa visione del mondo e le loro facce diventavano sempre più insignificanti... Maria continuava a camminare cercando di non pensare, ogni tanto vedeva Goran in fondo a una strada, appoggiato al muro ad aspettarla... sapeva che non era possibile ma lo stesso affrettava il passo, voleva vedere in faccia quell'uomo, accertarsi che non fosse lui, aveva scolpito in mente quel pomeriggio sul letto, le sue mani che le accarezzavano i capelli... per l'ennesima volta fermò una donna a caso e le chiese una sigaretta, passò una vecchia con il capo tremante, un pugno rugoso premuto sullo stomaco, gridava in mezzo alla strada, « non vi do più nulla... vi ho dato tutto... non vi do più nulla », la gente rideva e subito la dimenticava, Maria soffriva a vederla, ma non sapeva cosa fare, poi i cadaveri distesi nella città senza nome le oscuravano la vista... si fermò davanti a una vetrina piena di televisori accesi, grandi e piccoli, c'era un telegiornale, una donna castana stava parlando ripetuta venti volte sugli schermi, poi scomparve, apparvero dei soldati sopra un camion militare, poi case che saltavano in aria, aerei in volo, tutto moltiplicato per venti, una donna senza un braccio con un microfono davanti alla bocca, cadaveri ammucchiati per le strade, carri armati, e mortai che sparano, e macerie fumanti e un bambino che piange con le dita nelle orecchie, la faccia soddisfatta di un generale, una cartina geografica con dei cerchietti, una bambina con gli occhi fissi e un cannello nel naso, si chiama Irma, una bomba di mortaio, tre schegge, capo, stomaco, spina dorsale, sua madre è morta, il padre è lì accanto, le tocca il naso con un dito... bambini, ancora bambini, sempre bambini, riappare la donna castana, sparisce di nuovo, appare il viso di un politico del governo, anche lui venti volte ripetuto sulla parete di video, solo uno schermo in basso è indipendente e spara würstel e yogurt e bimbi grassi e donne e cosce e donne e culi e dita lunghe e motori e cessi profumati e preservativi colorati e marmellate e maschi abbronzati e colate di cioccolata e ville dorate e zanzare stecchite... Maria si staccò dalla vetrina e continuò a camminare, due giorni prima era ancora là, sotto quelle bombe, ora è un'italiana che guarda la televisione, molte cose non le sa ancora... scendono i tassi d'interesse, Pannella propone novità politiche ma nessuno lo ascolta, un industriale e alti dirigenti di società importanti si sono suicidati, la DC ha cambiato nome, hanno arrestato qualche mafioso e un giudice corrotto, altri cento politici inquisiti, Fellini ricoverato, la nuova legge elettorale è stata approvata, è morta la « sora Lella », di Craxi si parla ormai poco, Milano ha un sindaco della Lega Nord, nuovi servizi segreti e vecchi ladri, cinque autobombe e dieci morti, Andreotti applaudito al congresso di CL, cento morti a Mogadiscio, l'America cerca Aidid, Israele riconosce l'OLP, critiche dell'Italia all'ONU, e l'IRPEF e l'ICI e la SIP alle stelle e il prezzo del pane e del latte è stato liberalizzato e re Baldovino è morto e alla cerimonia d'incoronazione del fratello uno ha gridato « viva la Repubblica » e la regina Fabiola si è molto addolorata e un paio di barboni presi a sprangate da qualche minorenne annoiato e neri inseguiti con bastoni e fucili e pompieri carbonizzati nei boschi incendiati per interesse o per divertimento e ragazze uccise sparate bruciate accoltellate da mamme gelose e fidanzati assassini e povere menti instabili e bulgari assaliti e nessuno sa chi sia la bionda strangolata sulla spiaggia versiliese e forse è una puttana rumena e intorno luci intermittenti e colori e gelati e sguardi obliqui e questa notte orrenda e queste facce idiote e le strade piene di stranieri e vengono qui a mandrie da tutto il mondo a vedere le rovine di una città e alzano gli occhi per guardare le chiese e le statue e i palazzi e le tele degli Uffizi e accarezzano i cadaveri di marmo e si spellano i piedi e mangiano panini velenosi e fanno il giro del centro in carrozza e viaggiano nei secoli passati e aspirano storditi l'aria puzzolente dei secoli presenti e tornano a casa con gli occhi pieni di meraviglie e le valigie appesantite da ninnoli michelangioleschi e in bocca il sapore del vino e del cappuccino... Maria chiuse gli occhi e i pugni, aveva voglia di una birra, era tanto che non beveva una birra, una birra, una birra... andò a sedersi in piazza Santa Maria Novella a un tavolo del Fiddler's Elbow, la piazza si apriva davanti, lo sguardo sbatteva contro la facciata dell'Alberti, lei serrò i denti e fece gli occhi dolci al cameriere, si fece offrire due pinte di Guinness e molte sigarette, bevve e fumò gratis, con amarezza, mentre il cameriere era voltato si alzò in fretta e sparì tra i vicoli, il capo che le girava, le lacrime che scendevano, i ricordi che cercavano di contendersi la sua mente, i suoi occhi... vagò ancora nelle vie del centro, erano già le dieci di sera, evitava gli importuni ignorandoli, infilandosi nelle strade più vuote, dappertutto sui muri manifesti stracciati o appena incollati e raggrinziti e donne belle e nude e bottiglie colorate strette in mani femminili e gelati fallici in bocche adolescenti o leccati da lingue minorenni e famiglie felici sospese in aria senza paura della morte e spruzzi di sperma Ferrarelle su visi estasiati e Schubert e quintetti e Bach e teatri e comizi e chiese e De Niro e pistole e pugni chiusi e facce e bocche e corpi nudi e bombe e vendi spendi e compra e muori in solitudine... Maria continuava a leccarsi le lacrime... le venne voglia di andare in un posto, una stradina dove prima andava spesso, dove c'era un'atmosfera unica al mondo, era come se in quel vicolo il tempo non avesse potere, forse quello era l'unico modo per riprendere confidenza con la sua città, ci andò affrettando il passo, imboccò un vicolo scuro, girò l'angolo, quasi sbatté contro una grata di ferro, il vicolo era rinchiuso in galera, alzò gli occhi, al posto dei palazzi che ricordava c'era il vuoto, macerie, porte divelte, saracinesche sfondate, un buco in terra largo tre metri, cinque mazzi di fiori agganciati alle sbarre di una finestra, rimase un po' seduta in mezzo a quella specie di cimitero, oltre a uccidere e a distruggere i palazzi quella bomba era riuscita a far morire quel posto, l'esplosione aveva trasformato quel vicolo in un angolo di dolore e di morte... Maria se ne andò in fretta, si mise a girare da un locale all'altro, sempre più cupa, continuava a bere e a fumare un po' di tutto, gratis, pagavano gli uomini, le offrivano da bere e si mettevano a parlare, a parlare, lei non ascoltava, preferiva stare a sentire i discorsi dei tavoli accanto, prendeva una frase qua una là, « le bombe le hanno messe loro, te lo dico io », « hanno rubato per trent'anni, tutti in galera li voglio vedere », « perché il Papa non va in Bosnia?, me lo dici? », a un tratto si alzava e se ne andava, il coglione di turno restava lì a bocca aperta, le gridava dietro qualcosa, lei non aveva voglia di spiegare nulla, voleva solo continuare a camminare... camminare... in una strada vide un uomo sporco, avanzava in modo strano, borbottava e sputava, parlava da solo... « che ti dicevo io? non c'è stato verso... non c'è stato verso... te lo dicevo io! », si voltò verso il muro e gli sputò addosso, « e la colpa di chi è? di chi è! non c'è stato verso... te lo dicevo io! », era più solo lui o quel tipo che passava in macchina sulla sua lunga auto nera?... Cominciò a piovere, gocce grandi e calde, qualche tuono, due senegalesi affrettarono il passo, sparirono dentro l'atrio aperto di un palazzo, quando Maria ci passò davanti vide una ventina di neri stipati là dentro, cantavano, i tamburi erano gli sportelli dei contatori del gas, le lattine di Coca-Cola, scatole di cartone, battevano anche sul muro con le mani, con quello che avevano, ondeggiavano tutti insieme presi dalla stessa allucinazione, gli occhi infiammati dagli spiriti, un coro di voci antiche, suoni africani, riti millenari che uscivano da sotto terra, Maria si appoggiò contro il muro e rimase a guardarli, non poteva avvicinarsi, loro erano lontani, di là dal Mediterraneo, il loro canto prendeva il sangue, faceva quasi paura, dava i brividi... Maria si chiese come mai era tornata, anzi, come mai se n'era andata... Che senso aveva essere di nuovo a Firenze? L'avevano messa sopra un aereo e l'avevano spedita in Italia... e lei aveva lasciato fare... non riusciva a capire come mai... Quella musica improvvisata dentro un portone parlava anche della sua nostalgia, e si sentì chiudere la gola... Si fermò una macchina dei vigili urbani, qualcuno li aveva chiamati, « ci sono tutti quei negri là dentro... », scesero in tre con le facce scocciate, guardarono quello spettacolo con aria di scherno, uno di loro disse piano « che tribù », in pochi minuti fecero sgombrare l'atrio del palazzo, annullarono quell'angolo di Africa... non si poteva stare là dentro, è la legge, Maria li guardò male, loro risposero non guardandola per nulla, l'ultimo uomo nero sparì dietro l'angolo, i vigili risalirono in macchina soddisfatti e andarono a fare giustizia da qualche altra parte, Maria si staccò dal muro e continuò il suo pellegrinaggio, la pioggia era più rada, l'asfalto luccicava, s'infilò in una strada, due ragazzi fecero commenti volgari su di lei e tirarono avanti ridendo, lontano un ubriaco cantava, gente che rideva, una finestra aperta al secondo piano, un televisore acceso, una musica, parole appassionate, spari, un film americano degli anni Cinquanta spandeva intorno la sua verità, il televisore del piano di sopra diceva che il convoglio di viveri e medicine è finalmente arrivato a Mostar, i musulmani non vogliono più lasciarlo ripartire, finché i caschi blu restano in città i croati non spareranno... più avanti un tizio con il viso molto serio frugava in un cassone della spazzatura, cercava la sua cena, sceglieva con cura, rompeva i sacchi e tirava fuori gli avanzi, guardava, annusava, ci soffiava sopra, alcune cose le metteva in una busta che gli pendeva dal braccio, le altre le gettava via, quando Maria gli passò accanto continuò con dignità la sua ricerca, puzzava di vino e di vomito, non aveva scarpe... verso mezzanotte Maria si mise a sedere in una piazza sui gradini di una chiesa, la facciata alta e bianca, le porte chiuse, sembrava che Dio stanotte non volesse ricevere nessuno... Maria non si era mai sentita così sola, le macchine si fermavano, dai finestrini si affacciavano uomini e ragazzi, la invitavano, le offrivano di tutto, lei fingeva di non vederli, guardava lontano e non rispondeva, poi le venne in mente dove poteva andare, si alzò e si avvicinò a una macchina che si era appena fermata, «mi date un passaggio?», erano due ragazzi giovani, si erano fermati quasi per scherzo, ora erano imbarazzati, facevano domande sceme, ridacchiavano, Maria li ignorava, «portatemi sui viali per favore», lungo i viali poco illuminati e maleodoranti appeso a un palo della luce c'era Gesù, grande grande, il viso luminoso, due occhi languidi e malinconici, il cuore visibile sotto la veste bianca, «Gesù ti amo», sotto c'era scritto così, dal palo successivo pendono donne culi salumi profumi pellicce, sui muri una femmina smisurata quasi nuda sorride con qualcosa in mano, più avanti al distributore una Maddalena in minigonna e la faccia afflitta guarda le macchine che passano, due immigrati piuttosto neri camminano in fretta gesticolando e parlando a voce alta, litigano e si danno colpi addosso, Gesù era là in mezzo, Maria pensò che forse era giusto così, era proprio lì che Gesù doveva stare, alto sulle miserie, in mezzo alle idiozie e ai peccati, annerito dai gas e dalle bestemmie, illuminato dai lampeggianti delle ambulanze e della polizia, assordato dalle sirene... ma vederlo reclamizzato lassù come un prosciutto faceva un certo effetto, « lasciatemi qui, grazie », Maria era arrivata, scese davanti alle sue amiche, erano tutte lì, anche i palazzi in pietra erano tutti lì, tutto uguale, stesso puzzo di fogna e di benzina, mancava solo Paloma, le andarono incontro urlando di gioia, oooh!, guarda chi c'è!, pensavamo che fossi morta!, le fecero un sacco di domande... che bella tutina!, lei parlò vagamente di un viaggio in Oriente, « beata te! », Maria chiuse il discorso con un sorriso amaro, disse che ora non aveva voglia di raccontare, « e Paloma? è con un cliente? », fecero tutte una faccia cupa, « è morta », Paloma è morta, non si sapeva come, forse un colpo, o un'overdose, chi lo sa, l'avevano trovata nel suo letto, nessuno sapeva nulla, quando hanno sfondato la porta era morta da almeno una settimana, non si poteva respirare dal puzzo, hanno dovuto usare guanti e maschere, poverina... a loro aveva detto che partiva, povera Paloma!, forse si era uccisa... era uscita anche la foto sul giornale, era venuta la polizia a fare domande, e fotografi, e giornalisti, uuuff!, povera Paloma... Ci fu un po' di silenzio, Ottavia fu la prima a ricominciare a ridere, come sempre, « ora vieni un po' con me », prese Maria da una parte... « senti cara, mi ha detto un uccellino che ti sei fatta operare tra le gambe, è vero o no? », Maria sorrise, « è vero », Ottavia si eccitò, « hai una fica nuova! una fica tutta tua! e cosa si sente? fa male? », le fece un mucchio di domande, intanto prese Maria per una mano, la trascinò dietro il distributore, « dai, fammela vedere... dai, tira giù », non avrebbe smesso più, Maria dovette spogliarsi, Ottavia si abbassò con l'accendino in mano, guardò il miracolo, toccò, quasi ci mise un dito dentro, quando si rialzò fece una faccia malinconica, « ti invidio, cara... », con affetto le strinse una gota tra le dita, Maria si rivestì... rimasero un po' là dietro, sedute vicine, fumarono altre sigarette, alle loro spalle il traffico del viale faceva un rombo continuo, lo stesso di sempre, Ottavia cercò di sapere qualcosa in più su quel viaggio, dov'era stata Maria di preciso?, aveva conosciuto qualche uomo affascinante?, prima o dopo l'operazione?... e magari ci sei stata a letto?, e cosa si prova?, Maria non rispondeva, si toglieva le lacrime dagli occhi, si voltò dall'altra parte, Ottavia infilò le dita nei suoi riccioli biondi, « dai che sei giovane... come mai piangi... », Maria si morse la lingua e smise di piangere, « dammi un'altra sigaretta... l'egiziano è uscito? », « quello non esce più, te lo dico io... ma se vuoi un po' di roba... », « no, non importa », Ottavia rimase qualche secondo a guardare il viso triste di Maria, poi si alzò, si mise davanti a lei, le fece un'altra carezza sui capelli, « e ora cosa farai? », Maria si strinse nelle spalle senza dire nulla, non ci aveva pensato, forse non ci doveva nemmeno pensare, Ottavia capì che era meglio lasciarla sola, era la sua migliore amica, « se mi vuoi sai dove sono », « sì... grazie... », Ottavia fece un ultimo sospiro e tornò al lavoro, « forza belli che stasera mi sento generosa... », Maria rimase seduta dietro il distributore, pianse perché era lontana dalla città senza nome, pianse a lungo, poi si asciugò gli occhi e si alzò di scatto, si aggiustò i capelli con le mani, si aprì un po' la tuta sul davanti, andò a mettersi tra le due pompe di benzina, gli occhi fissi sul fiume di macchine, il tempo che ritorna... quasi subito si fermò un tipo con un'Alfa nera, il viso nell'ombra, « quanto? », « trecentomila », « eh?, ce l'hai d'oro? », « sparisci... », « dai, va bene... sali », « ho cambiato idea, vattene... », quella sera avrebbe potuto fare molti soldi, e poi adesso sarebbe stato più facile, poteva sdraiarsi e allargare le gambe, poteva pensare ai fatti suoi, guardare fuori dal finestrino, e se qualcuno ci metteva troppo poteva aprirsi la tuta e fare una faccia sexy e quello sarebbe venuto subito... Ma non le andava, quel viaggio non poteva essere stato inutile, doveva segnare la frontiera tra un prima e un dopo... tornò da Ottavia, le chiese dei soldi in prestito, « te li rendo prima possibile, sai bene che di me puoi fidarti », « ma certo cara, rendimeli quando puoi e quando vuoi, lo sai che ti voglio bene... », Maria affittò una stanza in una pensione a due stelle... quella sera, prima di addormentarsi, capì finalmente cosa avrebbe fatto... Passavano i giorni, Maria aspettava che finisse la guerra nei Balcani... Non raccontò mai a nessuno il suo desiderio, sognava di poter tornare nella città senza nome, avrebbe comprato una macchina, su e giù tra quei monti, prima o poi sarebbe riuscita a ritrovare quelle case... voleva tornare laggiù, tornare da Goran e dall'altra Maria, quella che da sempre aveva vissuto nascosta dentro di lei, la Maria che era sbocciata in casa di Zubick e di Lubjanca... sarebbe stato quello il suo vero « ritorno »... Passavano i mesi, sempre più lenti e stanchi, notte dopo notte... dormire non era facile... un giorno vide una locandina davanti a un'edicola, « nessuna pace per la Bosnia », spinse il portone e salì in camera, gettò le scarpe in un angolo, si tolse l'orecchino di Tianack, lo mise sul ripiano accanto alla bottiglia dell'acqua... era stanca, leggermente brilla... nonostante fosse ottobre l'aria era pesante... aprì la finestra e si buttò vestita sul letto... « ti troverò, Goran... e se non mi sarà possibile ti troverò lo stesso, dentro di me. »

MARCO VICHI
OMBRE

Questo romanzo di Marco Vichi è anche una sorprendente avventura. Una storia che racconta come il passato non è qualcosa di immutabile e irrimediabilmente concluso, ma è anzi materia viva. Una dimensione in movimento, che chiede ancora di essere descritta, definita, capace com'è di ribaltarsi sul presente sgretolando convinzioni che si credevano immodificabili. A un tratto, nel modo più inatteso, tutto può cambiare: quando meno ce lo aspettiamo, una svolta improvvisa ci porta dove non avremmo mai immaginato di poterci spingere. È quello che accade a Luigi, un raffinato editore fiorentino, che un giorno si trova proprio in questa tempestosa situazione, carica di mistero. E diventa il primo attore di una trama che lo porterà sulle tracce di una donna mai dimenticata...

GUANDA

MARCO VICHI
NERO DI LUNA

Emilio Bettazzi, giovane scrittore di Firenze, va ad abitare in una grande casa di campagna che un suo caro amico, prima di morire, aveva preso in affitto. È convinto che su quelle bellissime colline del Chianti riuscirà a scrivere un romanzo. Ma fin dai primi giorni gli succedono strane cose. Sente le voci concitate di un litigio provenire da una villa che, a detta di tutti, è abbandonata da anni per via di una vecchia e terribile tragedia. Vede nella notte una sagoma umana mezza nuda che corre nei campi. E scopre che da tempo ci sono delle stragi di galline e conigli che nessuno sa spiegare, nemmeno i carabinieri. Spinto dalla curiosità ma anche dal desiderio di capire, e forse a suo modo di risarcire i fragili personaggi coinvolti nella vicenda, Emilio cerca di venire a capo di quei misteri, facendo domande, raccogliendo storie, scrutando volti e gesti, fino a spingersi di notte dentro la villa e nei boschi. Quello che scoprirà lo lascerà sbalordito, ma lo legherà per sempre a quei luoghi.

GUANDA

MARCO VICHI: UN AUTORE DA OLTRE UN MILIONE E MEZZO DI COPIE

LA SERIE DEL COMMISSARIO BORDELLI NELLA COLLANA GUANDA NOIR:

Il commissario Bordelli, *Una brutta faccenda*,
Il nuovo venuto, *Morte a Firenze*, *La forza del destino*,
Fantasmi del passato, *Nel più bel sogno*,
L'anno dei misteri, *Un caso maledetto*,
Ragazze smarrite, *Non tutto è perduto* e *Nulla si distrugge*.

GIALLI DI QUALITÀ CHE HANNO CONQUISTATO LA CRITICA E I LETTORI

«Franco Bordelli... è il più tridimensionale tra i commissari di carta: nella sua epopea, la memoria è la coordinata principale.»

La Lettura, Corriere della Sera

«Il commissario Bordelli, un antieroe disilluso ma assolutamente autentico nelle ragioni del suo esistere. Un uomo che riconosci come vero e che non è facile dimenticare.»

Andrea Camilleri

«C'è un nuovo sceriffo in città. Il commissario Bordelli, con la sua sanguigna umanità tutta italiana e tutta toscana, si inserisce oggi nella grande tradizione dei De Vincenzi e dei Duca Lamberti: poliziotti complessi e tormentati che raccontano un'Italia ingenua e cattiva che ancora non sapeva di essere così noir.»

Carlo Lucarelli

GUANDA

Questo libro è stampato col sole

GRAFICA VENETA

Azienda carbon-free

Certificato PEFC
Questo prodotto è realizzato con materia prima da foreste gestite in maniera sostenibile e da fonti controllate
PEFC
PEFC/18-31-226
www.pefc.it

Fotocomposizione Editype S.r.l.
Agrate Brianza (MB)

Finito di stampare
nel mese di febbraio 2024
per conto della Ugo Guanda S.r.l.
da Grafica Veneta S.p.A. di Trebaseleghe (PD)
Printed in Italy